Chaucerの曖昧性の構造
THE STRUCTURE OF CHAUCER'S AMBIGUITY

中尾佳行 著
Yoshiyuki Nakao

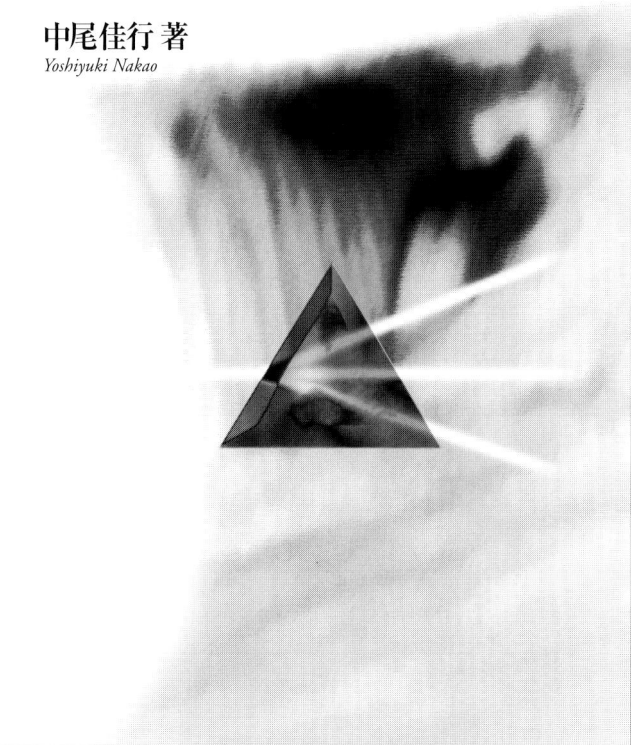

松柏社

まえがき

　Chaucerの言語の意味論的な研究は、音韻、形態、語彙、統語研究に比べ必ずしも十分には行われていない。語句を文脈から切り離しその固定的な意味を取り出す場合でも、直観がきかない中英語では文献学的な十分な根拠が必要である。「語り」の生きた文脈の中で、語句にどのような意味がどのような濃淡で包摂されているか、あるいはいかに意味が動いているかの検証は、なおさらのことである。それを誰もが納得するように取り出し、記述・説明することは決して単純ではない。しかし、意味論を研究対象としなくとも、テクストという第一次資料を読むこと自体この読み取りを伴う。中心的意味を取って読み進んだり、重層的な意味を感じ取ったり、またどちらの意味かと迷ったりすることは、誰しも経験していることである。例えば、*The Canterbury Tales*、General Prologue 冒頭での自然（nature）が刺激する対象 corages（CT I (A) 11）の意味は何か。herte と同じ扱いはできない。また尼僧院長のブローチに書かれている *Amor*（CT I (A) 162）はどのような「愛」を指すのか。あるいは The Nun's Priest's Tale の物語の末尾で語り手が言う Taketh the fruyt, and lat the chaf be stille（CT VII 3443）はそれぞれ作中のどの内容に対応するのか。意味は物語の流れに沿って動いている。このような動的な意味に対して、答えを出そうとしても一筋縄にはいかない。一人の読者の中で読みが揺れたり、また読者間で読みが違ったりする。このような曖昧性の問題は、「現代読者に情報が不十分でよくわからないため」と決め付けてよいだろうか。Chaucer のテクストが当時の聴衆、後の写字生、刊本の編者、また現代の読者に許す問題でもある。このような例はChaucer 作品の初期から後期まで枚挙に暇がない。意味論的な問題、そ

の一環としての曖昧性の問題は、作品を読むという行為の延長線上に自然に浮上してくるものである。

　意味を重視した研究は従来は主として作品論の関係で行われてきた。それは必ずしも言語学的な観点から記述・説明されたものではない。他方、言語学的な観点からの研究では、作品の解釈が十分に扱われてはいない。解釈はあるが方法論が不十分、方法論はあるが解釈が不十分というのが現状である。言語学的な観点と文学作品の解釈とを有機的に統合した研究は未だ不十分であるように思える。本書は意味の複雑さの一環として曖昧性の問題を取り上げた。曖昧性は、一つの言語表現が読者に対して重層的な意味を凝縮し、あの意味かこの意味か、と意味が別れてゆく現象である。Chaucer 作品において曖昧性がいかにして生起するのか、そのプロセスを記述し、解明することを試みた。このテーマの研究では、作品解釈と方法論を統合することが不可欠で、Chaucer の意味論的な研究を一歩前進させることができるのはないかと考えた。

　現象を発話者がまず切り取り、その切り取ったものを表現する、そしてその表現を通して読み手が発話者の切り取り方をあれかこれかと想定し、最終的に解釈を導く。曖昧性はこの読みの構造の中で、読者が違った解釈を導き出す時生ずる。最初の切り取り手である発話者を第一プリズム、表現を通して読み取る読者を第二プリズムとし、曖昧性をこの二重プリズム構造に位置付け、記述することにした。これが曖昧性の構造である（詳細は§3を参照）。表現の多様性は、テクスト、対人関係、言語表現の領域に三分した。それぞれのレベルでまたレベルを跨って記述している。本書は心理的な陰影の濃い作品で、微妙な曖昧性に富む作品、*Troilus and Criseyde* に焦点を当てた。

　作家の言語の個性よりは、その背後にある源流を解き明かすことが、科学の中心に位置付けられる時、言語理解に読者の立場が関与する領域は、科学には馴染まないのではと懸念した。しかし、言葉には意味があるから迷うものであり、曖昧性は我々が日常的に遭遇している問題でもある。ま

た作家がいずれにも読み取られるような重層的で凝縮性の深い表現を使い、それが読者の想像力をかき立てているのも確かである。一つの解を求める科学に対し、必ずしも正解は一つでないことを客観的に検証する科学もあるのではないかと考えるようになった。事実、最近の語用論や認知論は、結果としての「解」ではなく、それに至る読解過程そのものに光を当て、今までの科学が見逃したものを解明しつつある。本書は、従来ともすれば敬遠されてきた parole としての言語の側面に力点を置き、その中で浮上する曖昧性の問題を考察したものである。

本書は、筆者の研究発表、論文発表を通して、徐々に明確になったものである。筆者の論文のうち主だったのものを下記に挙げておこう。

1988a.「Chaucer の曖昧性の用法 —— *sely* の曖昧性について」『英米語学研究 —— 松元寛先生退官記念論文集』東京:英宝社、401-7.

1988b. "Chaucer's Ambiguity in *The Legend of Good Women*." *ERA* (*The English Research Association of Hiroshima*). New Series. Volume 6, No. 1, 14-49.

1991. "The Language of Romance in *Sir Thopas*—Chaucer's Dual Sense of the Code." Michio Kawai ed., *Language and Style in English Literature: Essays in Honour of Michio Masui*. Tokyo: Eihôsha, 343-60.

1993a.「Chaucer の *Troilus and Criseyde* における統語的曖昧性」、山口大学『英語と英米文学』第 28 号、53-76.

1993b.「Chaucer の語彙と文脈—*Troilus and Criseyde* における 'slydynge' とその関連語を中心に」『英語と英語教育 —— 高橋久・五十嵐二郎先生退官記念論文集』中谷喜一郎編. 高橋久・五十嵐二郎先生退官記念論文集刊行委員会. 広島大学学校教育学部英語科研究室、177-85.

1993c. "The Ambiguity of the Phrase *As She That* in Chaucer's

Troilus and Criseyde." *Studies in Medieval English Language and Literature,* No.8. The Japan Society for Medieval English Studies, 69-86.

1994a.「Chaucer のロマンスの言語における ambiguity—*Troilus and Criseyde* と *The Merchant's Tale* を中心に」『山口大学教育学部研究論叢』第 44 巻、第 1 部、45-66.

1994b.「Chaucer の *Troilus and Criseyde* におけるテクスト異同と受容の問題」、山口大学『英語と英米文学』第 29 号、51-94.

1994c. "The Affectivity of Criseyde's *pite.*" *POETICA,* 41, 19-43.

1995. "A Semantic Note on the Middle English Phrase *As He/She That.*" *NOWELE* (*North West European Language Evolution*), 25. Odense University Press, 25-48.

1997a.「Chaucer の *Troilus and Criseyde* における認識副詞 'trewely' の意味論」*YASEELE,* No. 1, 山口大学英語教育研究会、11-26.

1997b. "Social-Linguistic Tension as Evidenced by *Moot/Moste* in Chaucer's *Troilus and Criseyde.*" Masahiko Kanno, Masahiko Agari, and G. K. Jember, eds., *Essays on English Literature and Language in Honour of Shun'ichi Noguchi.* Tokyo: Eihôsha, 17-34.

1997c.「Chaucer の *Troilus and Criseyde* における法助動詞の意味の凝縮性 —— 根源的意味（root sense）と認識的意味（epistemic sense）の融合性に着目して」菅野正彦他編 *Medieval Heritage: Essays in Honour of Tadahiro Ikegami*『中世英文学の伝統』東京：雄松堂、441-54.

1998. "Causality in Chaucer's *Troilus and Criseyde*: Semantic Tension between the Pragmatic and the Narrative Domains." Masahiko Kanno, Gregory K. Jember, and Yoshiyuki Nakao, eds., *A Love of Words: English Philological Studies in Honour of*

Akira Wada. Tokyo: Eihōsha, 79-102.

1999a.「Chaucer の *Troilus and Criseyde* における ambiguity: 意味論的観点から ── 序論」*Circles*. No.2. 仏教大学英文学会、15-28.

1999b.「Chaucer の moot/moste の意味論 ── 外的要因の未分化性」大庭幸男他編『言語研究の潮流 ── 山本和之教授退官記念論文集』東京:開拓社、231-46.

2000a.「*Troilus and Criseyde* における「声」の ambiguity」都留久夫編『虚構と真実 ── 14 世紀イギリス文学論集』東京:桐原書店、133-44.

2000b.「Chaucer の creative contiguity と意味拡張」『英語史研究会会報』第 4 号、12-3.

2001a.「Chaucer の *Troilus and Criseyde* の言語の ambiguity の仕組み:読者から見たテクスト構成要素間の関係性の度合いの考察」中尾佳行・地村彰之編『独創と冒険:菅野正彦先生御退官記念英語英文学論集』東京:英宝社、225-59.

2001b.「*Troilus and Criseyde* における談話構造の ambiguity」『英語と英語教育』広島大学学校教育学部英語科研究室、第 6 号、47-58.

2002a. "The Semantics of Chaucer's *Moot/Moste* and *Shal/Sholde*: Conditional Elements and Degrees of Their Quantifiability." Toshio Saito, Junsaku Nakamura, and Shunji Yamazaki, eds., *English Corpus Linguistics in Japan*. Amsterdam-New York: Rodopi, 235-47.

2002b. "Modality and Ambiguity in Chaucer's *trewely*: A Focus on *Troilus and Criseyde*." Yoko Iyeiri and Margaret Connolly, eds., *And galdly wolde he lerne and gladly teche Essays on Medieval English: Presented to Professor Matsuji Tajima on His Sixtieth Birthday*. Tokyo: Kaibunsha, 73-94.

2002c.「Chaucer の言語の曖昧性の仕組み ── 法動詞に着目して」(日本英文学会口頭発表、於 北星学園大学、5 月 25 日)

2003.「Chaucer の曖昧性の構造：*Troilus and Criseyde* 3.12-5 'God loveth ...' を中心に」菅野正彦編『"FUL OF HY SENTENCE": 英語語彙論集』東京：英宝社、21-33.

上記の論文は本書の目的に合わせて部分的にまた大規模に書き変えてある。Chaucer の言語は時代的にも場所的にも隔たりがあり、読者の推論の関与は否めない。筆者の思わぬ誤解あるいは行き過ぎがあるかもしれない。不足の点は全て筆者の責任である。読者の皆様のご批判を請いながら、一層密度の高い研究を目指したいと思っている。

　本書を作成する段階で多くの先生や学兄にお世話になった。以下の方々に記して謝意を表したい。中谷喜一郎先生、高橋　久先生、桝井迪夫先生、河井迪男先生、田中逸郎先生、Norman Blake 先生、David Burnley 先生、Brian Donaghey 先生、和田　章先生、菅野正彦先生、須藤　淳先生、田島松二先生、松浪　有先生、繁尾　久先生、伊藤忠夫先生、池上忠弘先生、池上恵子先生、岡　三郎先生、河崎征俊先生、春田節子先生、山本和之先生、高橋　洋先生、川迫輝嗣先生、柳瀬陽介先生。

　本書の校正では広島大学文学研究科の大学院生、平山直樹君にお世話になった。お礼申し上げたい。本書をまとめる段階で、妻真紀子や子共達（寛子、雅之、晋吾）は、自分の意見を辛抱強く聞いてくれたり、また著述のための時間を確保してくれた。この協力に対して感謝したい。また筆者の論文の掲載を許された学術誌・論文集の編集の方々に感謝したい。

　最後に松柏社社長の森　信久さん、編集部長の森　有紀子さん、そして編集部の里見時子さんには、出版に関して有益なご助言を下さり、また編集作業を能率的に進めて頂いた。ここに記して謝意を表したい。

　幼い頃学問の大切さを教えてくれた父に本書を捧げたい。父は農作業をしながら「一畝作るごとに 100 行の書を読まんといかん。」と母によく言っていたそうである。

　　　　2003 年　山口・黒川にて　　　　　　　　　　　　　中尾佳行

父（1922-1967）に捧ぐ

目 次

まえがき ………………………………………………………………… i
1. 序論 ……………………………………………………………………… *1*
  1.1. 本論の目的 ………………………………………………………… *1*
  1.2. 問題の所在 ………………………………………………………… *1*
    1.2.1. テクスト解釈と読者の役割 ………………………………… *1*
    1.2.2. テクストを構成する要素間の関係：度合いの問題 ………… *2*
    1.2.3. 一つのサンプル：曖昧性から作品の意味の全体像へ ……… *2*
    1.2.4. 読者の推論方法とその作用レベル ………………………… *3*
    1.2.5. 言語の曖昧性：その生成過程の解明 ……………………… *5*
  1.3. 本論の構成 ………………………………………………………… *6*

2. 先行研究と課題 ………………………………………………………… *8*
  2.1. 言語の研究法と曖昧性 …………………………………………… *8*
  2.2. Chaucer の曖昧性：先行研究と課題 …………………………… *13*
  2.3. 研究課題 …………………………………………………………… *18*

3. 本論の視点と方法 ……………………………………………………… *19*
  3.1. 曖昧性の生起 ……………………………………………………… *19*
    3.1.1. 二重プリズム構造 …………………………………………… *19*
    3.1.2. 第一プリズム ………………………………………………… *21*
    3.1.3. 第二プリズム ………………………………………………… *25*
  3.2. 曖昧性のカテゴリー ……………………………………………… *26*
  3.3. 曖昧性のタイプ …………………………………………………… *28*

3.4. 本論における曖昧性の概念 ……………………………… *29*
　　3.4.1. 曖昧性の定義 ……………………………………………… *29*
　　3.4.2. 不明瞭性 …………………………………………………… *30*
　　3.4.3. 曖昧性の抑制 ……………………………………………… *31*
　3.5. 検証の手順 ………………………………………………… *31*

4. テクスト領域の曖昧性：メタテクスト …………………… *33*
　4.1. はじめに：二重プリズム構造とメタテクスト ………… *33*
　4.2. ロンドン英語の多様性と写字生 ………………………… *33*
　4.3. Chaucer テクストの写本制作 …………………………… *34*
　4.4. *Troilus and Criseyde* の 16 写本 ……………………… *35*
　4.5. *Troilus and Criseyde* の現代編集テクスト …………… *36*
　4.6. 読者の種類 ………………………………………………… *37*
　4.7. 曖昧性の検証 ……………………………………………… *39*
　　4.7.1. Tr 2.636 の分析 …………………………………………… *39*
　　4.7.2. Tr 2.1274 の分析 …………………………………………… *41*
　　4.7.3. Tr 3.575-93 の分析 ………………………………………… *44*
　　4.7.4. Tr 5.1240-1 の分析 ………………………………………… *51*
　4.8. おわりに …………………………………………………… *56*

5. テクスト領域の曖昧性：間テクスト性 …………………… *58*
　5.1. はじめに：二重プリズム構造と間テクスト性 ………… *58*
　5.2. courtly language に見られる間テクスト性と曖昧性の
　　　問題：1、2 の例を基に ………………………………… *60*
　5.3. おわりに …………………………………………………… *67*

6. テクスト領域の曖昧性：テクスト構造 …………………… *68*
　6.1. はじめに：二重プリズム構造とテクスト構造 ………… *68*

6.2. 主題の曖昧性 ………………………………………………… *68*
6.3. 人物の性格の曖昧性 ………………………………………… *74*
6.3.1. 一人称の語り手 …………………………………………… *74*
6.3.2. 登場人物のスピーチ ……………………………………… *77*
6.4. プロットの曖昧性 …………………………………………… *83*
6.4.1. 巻の序・エピローグと物語内容 ………………………… *83*
6.4.2. 場面と場面 ………………………………………………… *86*
6.5. おわりに ……………………………………………………… *92*

7. テクスト領域の曖昧性：話法 ………………………………… *94*
7.1. はじめに：二重プリズム構造と話法 ……………………… *94*
7.2. 自由間接話法と曖昧性の問題 ……………………………… *95*
7.3. おわりに ……………………………………………………… *102*

8. テクスト領域の曖昧性：談話構造 …………………………… *103*
8.1. はじめに：二重プリズム構造と談話構造 ………………… *103*
8.2. 結束性の曖昧性：1) a (reference), b (substitution),
　　c (ellipsis) を中心に ……………………………………… *105*
8.3. 結束性の曖昧性：1) d (conjunction) の因果関係を中心に …… *115*
8.3.1. 因果関係と主観性の濃淡 ………………………………… *115*
8.3.2. 検証：Tr 3.561-947 の場合 ……………………………… *116*
8.4. 結束性の曖昧性：1) e (lexical cohesion) を中心に ……… *126*
8.5. 語順と情報構造に見られる曖昧性 ………………………… *130*
8.6. おわりに ……………………………………………………… *132*

9. 対人関係領域の曖昧性：発話意図 …………………………… *134*
9.1. はじめに：二重プリズム構造と発話意図 ………………… *134*
9.2. 人物・語り手の意図の曖昧性 ……………………………… *135*

9.3. 曖昧性の統合的検討 1）: Tr 3.544-603 ·················· *144*
9.4. 曖昧性の統合的検討 2）: Tr 5.1009-50 ················· *148*
9.5. おわりに ·· *153*

10. 対人関係領域の曖昧性：法性 ································ *155*
10.1. はじめに：二重プリズム構造と法性 ························ *155*
10.2. 法助動詞が持つ曖昧性 ·· *157*
10.2.1. 外的要因の曖昧性：moot/moste を例に ················· *157*
10.2.1.1. moot/moste の意味発達と外的要因 ···················· *157*
10.2.1.2. 外的要因の相互作用 ······································ *158*
10.2.1.3. 法助動詞の意味論：外的要因の位置付け ··············· *159*
10.2.1.4. *Troilus and Criseyde* における外的要因の曖昧性 ········ *164*
10.2.2.「根源的意味」と「認識的意味」の相互作用に起因する
　　　曖昧性 ·· *168*
10.2.2.1. 法助動詞の意味の凝縮性 ································· *168*
10.2.2.2.「根源的意味」と「認識的意味」：moot/moste,
　　　may/myghte, shal/sholde, wol/wolde ················ *170*
10.2.2.2.1. may/myghte の場合 ····································· *170*
10.2.2.2.2. shal/sholde の場合 ······································ *171*
10.2.2.2.3. wol/wolde の場合 ······································· *171*
10.2.2.3.「根源的意味」と「認識的意味」の相互作用に起因する
　　　曖昧性：3つの観点から ··································· *172*
10.2.2.4. 検証 ··· *172*
10.2.2.4.1. moot/moste の場合 ····································· *172*
10.2.2.4.2. may/myghte の場合 ···································· *174*
10.2.2.4.3. shal/sholde の場合 ····································· *176*
10.2.2.4.4. wol/wolde の場合 ······································ *176*
10.2.3. おわりに ··· *179*

10.3. 法副詞が持つ曖昧性 ……………………………………… *179*
　10.3.1. はじめに ……………………………………………… *179*
　10.3.2.「認識」の概念とその周辺 …………………………… *180*
　10.3.3. Chaucer の法副詞 trewely：従来の研究と課題 ……… *181*
　10.3.4. trewely が持つ曖昧性 ………………………………… *183*
　10.3.5. 検証 …………………………………………………… *186*
　10.3.6. おわりに ……………………………………………… *199*
10.4. 法動詞が持つ曖昧性 ……………………………………… *200*
　10.4.1. はじめに ……………………………………………… *200*
　10.4.2. 問題の所在：I woot wel（5.1084）に着目して ……… *201*
　10.4.3. 法動詞が持つ曖昧性：その生起過程 ………………… *202*
　10.4.4. I woot wel が持つ曖昧性の叙述 ……………………… *205*
　　10.4.4.1.［1］意味機能の有無に関する曖昧性 …………… *205*
　　10.4.4.2.［2］（意味的な使用として）文法化の段階性に依拠した
　　　　　　　 曖昧性 …………………………………………… *207*
　　10.4.4.3.［3］（法的意味を認めた場合）命題の真偽性の度合いに
　　　　　　　 依拠する曖昧性 ………………………………… *213*
　　10.4.4.4.［4］命題の評価の判定基準に依拠する曖昧性 …… *214*
　　10.4.4.5.［5］（真偽の度合いというよりは）命題の多義性に依
　　　　　　　 拠する曖昧性 …………………………………… *215*
　10.4.5. おわりに ……………………………………………… *221*

11. 言語表現領域の曖昧性：統語法 ……………………………*223*
11.1. はじめに：二重プリズム構造と統語法 ………………… *223*
11.2. as she that 句 ……………………………………………… *225*
　11.2.1. as he/she that 句の意味 ………………………………… *225*
　11.2.2. as he/she that 句の機能 ………………………………… *226*
　11.2.3. as she that 句の曖昧性と Criseyde の性格描写 ……… *229*

11.3. 他の統語法の曖昧性 …………………………………… 240
11.4. おわりに ……………………………………………… 251

12. 言語表現領域の曖昧性：語 ……………………………… 252
12.1. はじめに：二重プリズム構造と語 …………………… 252
12.2. slydynge とその関連語に見られる曖昧性 …………… 254
12.2.1. 語彙と文脈 ………………………………………… 254
12.2.2. Criseyde の心変わりとその表現 ………………… 255
12.2.3. slide/slydynge の定義と使用 …………………… 256
12.2.4. slydynge と心理的に近接している語 …………… 261
12.2.5. slydynge と心理的に遠くにあり、積極的に Criseyde の
　　　　心変わりを表す語 ………………………………… 264
12.2.6. 変化・流動を表す語群：Criseyde に用いられた語、用い
　　　　られていない語 …………………………………… 267
12.2.7. Criseyde の心変わりを表す語とそれを取り囲む構造の相
　　　　互作用 ……………………………………………… 268
12.2.8. おわりに …………………………………………… 273
12.3. sely の曖昧性 ………………………………………… 274
12.4. weldy の曖昧性 ……………………………………… 283
12.5. pite の曖昧性 ………………………………………… 291
12.5.1. pite の語用論的意味 ……………………………… 291
12.5.2. Criseyde の pite：裏切りの内面史 ……………… 298
12.5.3. Criseyde の pite：例証 …………………………… 300
12.5.4. おわりに …………………………………………… 313
12.6. frend/shipe と gentil/esse の曖昧性 ………………… 314
12.6.1. はじめに …………………………………………… 314
12.6.2. 検証 ………………………………………………… 315
12.6.2.1. frend/shipe の場合 ……………………………… 315

         12.6.2.2. gentil/esse の場合 …………………………………… *320*
     12.7. おわりに …………………………………………………… *327*

13. 言語表現領域の曖昧性：声（音） …………………………… ***329***
    13.1. はじめに：二重プリズム構造と声（音） …………………… *329*
    13.2. 従来の研究と課題 …………………………………………… *330*
    13.3. 我々の立場：二重プリズム構造からの見直し ……………… *330*
    13.4. 曖昧性の検証 ………………………………………………… *332*
    13.5. おわりに ……………………………………………………… *343*

14. 結語 ……………………………………………………………… ***345***
    14.1. 本研究の要約 ………………………………………………… *345*
    14.2. Chaucer の曖昧性とその構造 ……………………………… *350*

Appendix A: Criseyde の流動性を表す語 ……………………… *354*
Appendix B: 流動性を表す語の作品別比較 …………………… *358*

注 ………………………………………………………………………… *361*

参考文献 ………………………………………………………………… *401*
あとがき ………………………………………………………………… *425*
事項索引 ………………………………………………………………… *430*
人名索引 ………………………………………………………………… *445*

1. 序論

1.1. 本論の目的

　William Empson の出現により曖昧性（ambiguity）の問題が言語学においても文学においても、市民権を得て以来久しい。言語学においては意味の問題を排除した構造言語学の衰退で、意味の問題は避けて通れなくなり、それに伴い曖昧性の問題もクローズアップされてきた。文学においては以来豊かな成果を生み出している。本論は Geoffrey Chaucer の作品の一つ *Troilus and Criseyde* を材料にして、その作品の中で、曖昧がいかにして生起するのか、その仕組みを解明することを目的としている。

1.2. 問題の所在

1.2.1. テクスト解釈と読者の役割

　Empson の理論の基底にあるのは彼の師とも言える I. A. Richards の曖昧に関する考え方で、彼は曖昧は発話者と聞き手（読者）との相互作用の結果であるとした。[1] コミュニケーションが両者の相互的な関係の上に成り立つ以上、発信者がいかに意図的に明確な発話をしようと、逆に曖昧なぼかした表現を使おうと、その意味は受け取る聞き手（読者）によって異なってくる。即ち、読者の視点の動きに伴って発話の意味も変わってくる。従って発話の究極の意味は受け取り手に読みとられて成立することになる。とりわけ Chaucer のような中世の作家の作品は元の作品(Ur-text)が現存せぬ以上、我々の手にするテクスト、現存の写本でさえも、絶対的で固定的なものでないだけに、その受け取り手である読者の果たす役割はより重要なものになってくる。

1.2.2. テクストを構成する要素間の関係：度合いの問題

　発話の意味は、通例、読者とテクストの関係を通して生成される。読者はテクストに直面した時、発話者が事象をどのように切り取っているかを想像し、読み取ってゆこうとする。彼らにとってテクストを構成する要素間の関係付けが絶対的で、他の選択肢が皆無だと、意味は一義的になり、曖昧性は生成されようもない。万人の認める事象はまさにこのように切り取られよう。しかし、一つの事象が複合的な認識を許す場合、そう単純ではない。要素間の関係認識の仕方 ── 関係性 ── に複数の読者ないしは同一の読者で度合い差があると、曖昧の生起は否定できないものとなる。例えば、語と語の統語関係で、ある語は読者に対してどの語と最も強く関係し、どの語と弱く関係するのか、段階性が生ずる場合がそうである。組み合わせ如何によって新たな意味生成が行われる。

　読者にとって要素と要素の組み合わせは、単独の要素では予測もつかないような意味作用を可能にする。また要素は必ずしもテクスト上明示的ではなく、潜在的な場合もある。上述の統語関係は通例明示的だが、発話者の意図（命令、依頼、脅かし等）、語に内包される意味・含意等は通例潜在的である。後者の場合、聞き手ないし読者は一層テクストの解釈行為への参加を要請される。曖昧性の叙述において表現に凝縮される意味関係を探り、その度合いを精査することは、不可欠であるように思える。

1.2.3. 一つのサンプル：曖昧性から作品の意味の全体像へ

　一例を挙げてみよう。1)は、*Troilus and Criseyde* の中で、捕虜交換でギリシア陣営に送られた Criseyde が、約束通りトロイに帰ることができず、Troilus との訣別を覚悟する時の独白である。

1) And *gilteles*, I woot wel, I yow leve.
   But al shal passe; and thus take I my leve." Tr 5.1084-5 [2]

gilteles に着目してみよう。聴衆・読者は Criseyde の心情を追体験し、

gilteles を話者の I (Criseyde) に関係付けるのか。それとも（想定された）聞き手の yow (Troilus) か。あるいは I と yow の双方か。どの人物に関係付けるかで、受け取る意味も違ってくる。また I woot wel の抑揚はどうか。上昇調かそれとも下降調か。前者だと出来事の確実性の度合いを表す表現と見なされ、そこでは当該行為の真偽が保留される。後者だと当該行為は断定される。そもそも当該行為とは何なのか。このように 1) のテクストに包摂される諸要素間の関係、そしてそれを読み取る読者の推論方法によって、意味が違ってくる。

このような一連の意味を探ってゆくと、gilteles の構文の曖昧性は作品の人物観や主題の在りように深く係わって、いわば作品の意味の全体像を紐解く鍵語ではないかとさえ思える。Chaucer の言語表現の易しくて（第一義的意味が分かる）同時に難しい（こだわると意味の他の選択肢が浮上する）側面が浮かび上がってくる。意味は固定的なものではなく、物語の流れに沿って動いている。本研究は、Chaucer 読者であれば誰もが経験したと思われる、このような読みの「動的」側面から徐々に生まれてきたものである。

話者だけでなく読者の立場も入れた意味の考察は、言語理論の面でも、意味論や語用論の成果を除けば、必ずしも十分に注意されてはこなかった。そして理論的な知見を活かした Chaucer の言語の曖昧性の研究となると、尚少ない状況である。確かに多くの研究で Chaucer の曖昧性が言及されているが、その仕組みの理論的かつ実証的な研究は、今尚不十分である。この点で、本研究は Chaucer の言語研究の一つの欠落部分を埋め、同時に新たな研究の方向性を示唆する上で、十分に意義のあることだと思われる。

1.2.4. 読者の推論方法とその作用レベル

テクストを読む時、読者の心は様々なレベルで動くものである。読者が推測を働かせながら読む時には、読者によって諸要素を関係付ける一定の

推論方法が係わっているものである。1)で見た、gilteles と I ないし yow の関係付けは、ある語を固定した場合それがどの語と最も密接に関係付けられるかという問題、即ち、近接性（contiguity）ないしメトニミー（metonymy）の推論が関与している。gilteles と言えば、「誰が」、ともう一つの要素を想定するし、I または yow を固定すると、「どのような状態にあるのか（または何をしたのか）」ともう一つの要素を期待する。曖昧は、この近接性が緩められたり活性化したりして生ずる。カンタベリー寺院への巡礼者の一人、尼僧院長のブローチに書かれた言葉、*Amor vincit omnia*（CT I (A) 162）の *Amor* はどのような愛を示すのか。彼女の尼僧院長としての立場を反映して「宗教的な愛」か、それとも彼女の宮廷風の好みを反映して（peyned hire to countrefete cheere / Of court CT I (A) 139-40)「世俗の愛」か。愛の概念を共通点として、違った文脈（聖か俗）に適用され、意味が別れてゆく。ここには類似性（similarity）ないしメタファー（metaphor）の推論が関与している。

　上述の二つの推論は、表現を通して読者が作者の視点を想定し、意味を探る際の起点になるものである。そしてこの推論は、テクストを構成する要素間の種々の関係、テクストとテクストの相互関係、主題の概念、発話意図、語と語の統語関係、語の中の意味関係等、多岐に渡って観察される。例えば、テクストとテクストの相互関係は近接性、主題の概念（愛の多様性）は類似性、発話意図は構文から直接出てくる意味と意図との間の近接性（因果関係）、統語関係は近接性、語の中の意味関係は近接性にも類似性にも依拠している。しかも読者の推論は、表現的に類別されたレベルで見られるだけでなく、それぞれのレベルが関係し合い、総合される中にも見られる。特定レベルの要素間の関係性は、全体的なレベルの関係性（レベル間の因果関係として見れば近接性が作用していることになる）の一つであるに過ぎない。

1.2.5. 言語の曖昧性：その生成過程の解明

　曖昧性の問題は、言語、言葉の芸術である文学に限らず、絵画、彫刻、思想、文化等、幅広い範囲で観察される事象で、そのアプローチの方法も対象に合わせて種々のものが考えられる。我々はChaucerの文学言語を考察の対象としており、そこに現れる曖昧性をすくい取る方法が必要である。文学は、絵画（色）、立体的な彫塑（木、ブロンズ、煉瓦等）、衣服・髪型等の形象とは違って、言語を使って作り上げられている。Sapir (1921) が「言語と文学」の章で言うように、言語は芸術を作る材料のうちで最も柔軟性に富むものである。どの材料であれ、芸術である以上、作家の想像力と相まって、無限の解釈の可能性を主張するものだが、言語はとりわけ意味を二様、三様に凝縮して表すことができ、複雑な概念や感情を具現する潜在力に富んでいる。勿論絵画や彫刻でも鑑賞する人の視点で、特徴間の関係性は大きく拡がる。抽象的なものはそれを得意にしている。しかし、言語は、高度な情報提供ができる点で、それらに抜きん出ているように思える。言語の多重な意味を一つ一つ解いてゆくには、読者が作者の立場を想定し、テクスト構成要素の関係性を辿ってゆくことが不可欠である。Chaucerは、この言語を通して、人間的な割り切れなさに目配りする一方、人間の正体を明確に掴んでも書いたと察せられる。しかし、一般的に言って、読者の視点を通して見ると、前者の表現は勿論のこと、後者ですら関係性に幅の生ずることは否めない。

　本論は以上のように、作者のみならず読者の立場にも注目し、読者とテクストの関係の仕方、即ち、読者が当該の表現に対し、いずれの構成要素と最も強く、あるいは弱く関係付けるか、に着目して、*Troilus and Criseyde*というテクスト内に生起する曖昧の生成過程を解明してゆくことにする。

1.3. 本論の構成

§1.1 の目的を、2)の手順に沿って検証することにする。これが本論の構成である。

2)　1. 序論
　　2. 先行研究と課題
　　3. 本論の視点と方法
　　4. テクスト領域の曖昧性：メタテクスト
　　5. テクスト領域の曖昧性：間テクスト性
　　6. テクスト領域の曖昧性：テクスト構造
　　7. テクスト領域の曖昧性：話法
　　8. テクスト領域の曖昧性：談話構造
　　9. 対人関係領域の曖昧性：発話意図
　　10. 対人関係領域の曖昧性：法性
　　11. 言語表現領域の曖昧性：統語法
　　12. 言語表現領域の曖昧性：語
　　13. 言語表現領域の曖昧性：声（音）
　　14. 結語

§1では、既に述べたように、本論の目的と問題の所在を示している。目的は、Chaucer の曖昧性がいかにして生起するかを、*Troilus and Criseyde* を材料に、その仕組みを解明することである。§2では先行研究を詳細に辿り、これまでの成果と課題点を明らかにする。曖昧性の生起過程の研究は言語の見方・考え方に連動する問題でもあり、言語研究の動向をまず概観し、それがどの程度に Chaucer の曖昧性の研究に応用されているかを調査する。曖昧性がいかにして生ずるか、読者の立場も含めたその生起過程の解明は、未だ不十分であることを指摘する。§3では、課題点を氷解するための視点と方法を示す。§3で詳述するように、現象に対

する話者の切り取り(第一プリズム)、話者によるその表現、その表現を通して推論する聞き手の読み取り(第二プリズム)、そして解釈という二重プリズム構造を設定する。曖昧は、聞き手が話者の切り取り方を想定し、結果、二様、三様に解釈が別れる時に生ずる。反面、聞き手が話者の一つの切り取り方に限定し、一つの解を導く場合は、少なくともその聞き手にとって曖昧は残らない。多様な表現を曖昧性のカテゴリーとして統合し、各レベルだけでなくレベル間を跨ったアプローチができるようにする。このカテゴリー化に際しては、レベルに応じて最近の言語学の成果、即ち、間テクスト性 (intertextuality)、談話文法 (cohesion)、発話行為 (speech act)、メタファーやメトニミーの推論作用、語と語の意味のネットワーク (semantic network) 等を活用する。Chaucer は言語科学が分析のためのメタ言語を設定する遙か前に、既にそれらの技法を運用していると考えた。§4～§13では、§3で示すカテゴリーに従い、それぞれを二重プリズム構造に位置付けて叙述する。§4～§8はテクスト領域の曖昧性で、§4でメタテクスト(写字生・編者の異同)、§5で間テクスト構造(テクストとテクストの相互照射)、§6でテクスト構造(主題、人物の性格、プロット)、§7で話法(自由間接話法の効用)、そして§8で談話構造(文と文の結束性)を扱う。§9～§10は対人関係領域の曖昧性で、§9で発話意図(発語内行為や含意)、§10で法性(法助動詞、法副詞、法動詞)を扱う。§11～§13は言語表現領域の曖昧性で、§11で統語法 (as she that 句の曖昧性等)、§12で語(多義性や 'fuzzy' の問題)、そして§13で声(音)(調音法と意味の推移)を扱う。§14は本研究のまとめと結論である。

　§2において、本目的に対し先行研究はどの程度に明らかにし、また明らかにしていないのか、研究史を批評的に概観し、課題点を明確にしてみよう。

2. 先行研究と課題

2.1. 言語の研究法と曖昧性

　Chaucer の曖昧性がいかにして生起するか、その仕組みを解明する場合、作品解釈のみならず、それを記述・説明するための一定の枠組みが必要である。従来の言語研究はこの枠組みに対しどのような利点があったか、また限界点は何か。そして Chaucer の曖昧性の研究は、その成果をどの程度応用できているか。本章ではこの2点を明らかにしてみたい。

　本節は言語の研究史の面から考察する。曖昧性は、我々がコミュニケーションに言語を使う以上必ず直面する問題で、その生成のメカニズムは過去より注目されてきたと予想される。しかし、実際は曖昧性を否定的なものとして扱い、いかに除去するかに力点を置いてきた。曖昧性を積極的に評価し、研究する立場は現代になって漸く確立したと言っても過言ではない。曖昧性を記述する方法はその中で大きな進展が見られる。

　古代・中世の修辞学は、一つの題材を聞き手にいかに曖昧性なく伝達できるかに力点があり、話者のテーマの設定、論理の展開、説得に効果的な言語表現、記憶のコントロール、口承伝達の方法を叙述・例証した。コミュニケーションの総合的な扱いで、言語使用に関する有益な視点と実例が得られる。しかし、話者による聞き手の説得に力点が置かれており、我々が問題にする読者の推論の動き、表現に内包される意味の段階性、といった問題は大きな関心事とはなっていない。確かに彼らは言葉遊び（paronomasia）を取り上げ、話者が故意に行う曖昧性を記述している。Chaucer にも影響を与えているが、後章で具体的に示すように、これだけで Chaucer の曖昧性を代表するわけにはいかない。またメタファーとメトニミーが取りあげられているが、言語的技法の一つとして難しい彩あるい

2. 先行研究と課題

は喩えの効果に言及したものに過ぎない。§1で述べた読者の推論を動機付ける代表的な方式としての効用は考察されていない。[1]

中世のアレゴリー（allegory）は、神の豊穣をいかに表象化するかの問題で、中世の教会建築、アイコン（絵画、彫刻等）、言語芸術等、種々の形で見られる。言語芸術においては神の多重な価値をいかに包摂し、表すかにある。Augustinusは『キリスト教教義論』で神の多価値をいかに言語に凝縮するかを論じ（Chamberlin 2000を参照）、Dante は『新生』で作品の言語の4つの解釈層を宣言している（MacQueen 1970を参照）。アレゴリーの意味の重層性は神の多価値との対応の意識に基づいている。アレゴリーは話者ないし作者が読者の視点の動きを強くコントロールしているが、言語の意味層に字義的、道徳的、聖書的、と段階性を設け、実践したことは注目に値する。修辞学が彩として取りあげた推論（メタファーとメトニミー）を構造的に拡げて実践したものとも言える。但し、Chaucer の場合、宗教的に固定的ではなく読者の俗的で経験的な次元も考慮して、柔軟で有機的なアレゴリーを創造していることは注意を要する。

Chaucer が The wordes moote be cosyn to the dede (ex. CT I (A) 742) を作中で繰り返しているように、中世において言葉と行動の一致に関する論争があった。一致の立場をとる実念論と恣意的であるとする名目論との論争である。ある事件の記述で言葉を使うのは人間であり、人間の認識の関与は不可避である。この問題は古今東西、普遍的な問題である。それは古代、中世を経て現代まで哲学的ないし意味論的な問題として議論されてきている。この論争を通して中世の人々は言葉の曖昧性に対する認識を深めたものと推定される。中世の聖と俗に跨る言語論（Chamberlin 2000を参照）でもあり、Chaucer の言語使用に大きなインスピレーションを与えたと考えられる。彼は言葉が真実を写すことの重要性にも、同時に The House of Fame の Fame に見られるように、言葉には嘘が混じることにも敏感であった。

修辞学は古代の弁論術に始まり、中世、初期近代の詩学に向けて推移・

発展した。しかし、近代合理主義の時代（1800年頃）になると、それは価値が後退し、批判の対象ともなった（Lakoff and Johnson (1980) を参照）。話者の目的を実現するために言語的修辞を施し、一方的に説得行為を繰り返し、聞き手の立場の配慮に欠けると、「嘘」の方便に成り兼ねないのである。聞き手の立場を重視するパラダイムへの移行は、20世紀を待たないと十分なものとは言えない。20世紀前半の Richards (1936) や Empson (1930) の新修辞学ないし意味論的な研究は、従来の話者の論理中心のテクスト観、あるいはまた構造言語学の客観主義、心理主義の否定に対する反動とも言える。意味が最終的には話者と聞き手の相互作用で決定することを指摘し、また旧修辞学と違って曖昧性を積極的に価値付けた業績は大きい。

　山本 (1940) は文体論の立場から、Richards や Empson と同様、意味創出における聞き手の立場を重視している。[2] また Spitzer (1948) は20世紀中葉、文体論の立場から 'philological cycle' を提唱し、テクストを部分から全体へ、全体から部分へ、と繰り返し読むことで解釈が深まることを指摘した。これはテクストを構成する要素間の関係性がレベルを跨ることを指摘していて示唆的である。また外山 (1964) は、前文脈の要素が当該文脈に残像として残り、あるいは逆に当該文脈が前文脈に対して残像として遡及的に作用することを指摘した。表層優性の当該文脈と深層劣性の残像とが重層的・立体的に意味を作り上げるという着想は、曖昧性の生起に本質的に係わるように思われる。テクストを読者が速く読み過ぎてもまた遅く読み過ぎても残像は働かないという指摘は、重層的な読みの条件にも触れていて注目に値する。外山は Richards の「意味が生み出される際の文脈の多様性 (engram)」を残像効果として談話文脈に適用したとも言えよう。

　Jakobson (1960) は、詩学の立場から、推論と曖昧性の関係について重要な提言をしている。言語構造の系列軸 (paradigm) には類似性（又は対照性）の推論が、他方、結合軸 (syntagm) には近接性の推論が働

2. 先行研究と課題

くことを指摘し、前者は言語の規則体系 (code) に係わり、後者は音素配列から句ないし連語、文の構造、更には、テクストの addresser と addressee の関係付けに係わる、としている。そして言語の詩的特性は、等価の原理（類似性・対照性）が選択の系列軸から近接性の横軸に投射されることである (The poetic function projects the principle of equivalence from the axis of selection into the axis of combination, p.358)、と規定している。Jakobson はコミュニケーションを構成する要素として 6 つのファクターを設定し (addresser, message, addressee, context, contact, code)、それぞれに対し 6 つの言語機能 (emotive, poetic, conative, referential, phatic, metalingual) を対応させている。現実の発話はこれらの機能の中心的要素と補充的要素の融合から生成されるとしている。詩的機能では、メッセージが中心的役割を果たし、曖昧性の生起はその一環にあるものとして説明されている。この曖昧性は、選択の概念（類似性・対照性）の結合軸上への投影に他なるまい。Jakobson は言語の基底で作用する二つの連想を措定し、それが言語テクストの多様なレベルで相互作用することを指摘した。Chaucer 読者の推論の動きを追跡する際、この記述性は有益である（§3 の二重プリズム構造の第一プリズムや第二プリズムの作動、及び表現を参照）。しかし、我々は原理を抽象するのではなく、Chaucer という個別の作家の文脈を通してそれがどう実現するかを問題にする。[3]

Bakhtin (1984) は、ロシアフォルマリストの立場から、2 つの要素（書き手と読者、読者とテクスト、テクストとテクスト、形式と概念等）の循環的な対話 (dialogical) を通して、表現に多音声 (polyphony) が生ずることを指摘した。これは対話を繰り返すことで、テクストの読解の仕方が段階化することに他ならない。意味をダイナミックに捉える上で、重要な着想である。

19 世紀の進化論や 20 世紀前半の構造主義・効率主義に対し、それだけでは人間の認識は説明できないとする既存の価値に対する懐疑主義、脱構

築が生まれてきた (Barthes 1977, Derrida 1976, Culler 1983, etc.)。話者——テクスト——読者の相互関係において言えば、読者の立場を積極的に押し進めた論考である。Empson は読者論の延長線上にあるものとも言える。複数のテクストが創出される所以である。我々が§3で提案する二重プリズム構造の第二プリズムはこの点に大きく動機付けられる。

現代では、語用論 (Leech 1983, Levinson 1983) と談話分析 (Beaugrande and Dressler 1981, Brown and Yule 1983) が、話し手と聞き手の立場を併せた総合的なアプローチを可能にしている。話し手や聞き手の背景にあり、感じ方や考え方を規定するスキーマ、論理の組み立て方、言語的手法に一層精緻なメスを入れている。Grice (1975) の「会話の含意」においては、話者と聞き手の「共同の原理」及び下位公理の「量の公理」、「質の公理」、「関連性の公理」、「様態（表現）の公理」が提案され、公理の執行あるいはその違反で、テクストには書かれていないが、推論できる意味・含意が指摘されている。解釈行為に読者である第二プリズム（§3参照）の参加が強く要請される。

認知論は、多義性を意味間の動機付けに着目して解明しようとしている。その動機付けがメタファーとメトニミーである。Lakoff (1987) や Johnson (1987) によれば、これらの推論方法は文学言語の特権的使用ではなく、日常的思考の中で培われたものである。人間の想像力を介して、元々身体的な意味が心理的な意味に拡張するメカニズムを明らかにしている。旧修辞学が一技法として扱ったものを、人間性に根源的な推論能力として位置付けた点は示唆的である。二重プリズム構造のプリズムを通して意味が多義的に別れる場合、それは必ずしも恣意的ではなく一定の推論が働いている可能性がある。

Sperber and Wilson (1986) も、認知論的な立場から人間の推論の仕方に着目している。コミュニケーション活動においてメッセージが何故またどのように聞き手の注意を喚起し、「関係がある」(relevant) ものとして成立するかを明らかにしようとしている。メタファー、アイロニー、ス

タイル、発話行為、前知識、含意等に鋭いメスを入れている。これは聞き手の視点の動き、及び表現に内包される意味の解明に有益である。

語用論や認知論は、曖昧性の解明を意図したものではなく、この観点からの体系立った記述とはなっていない。しかし、話し手と聞き手の間の意味の不確定性の問題や意味創出の心理的背景が考察されていて、本論で二重プリズム構造を設定する際のバックボーンになったものである。

以上のように、言語観の推移の中で、曖昧性に対する認識や許容度も推移してきている。現代になるにつれ、話者を中心にした一方向的な意味設定から、読者の立場も考慮した二方向的な意味設定へと推移し、かくして曖昧性の生起過程への関心及びその叙述の方法が明確になってきていることが理解できた。

2.2. Chaucer の曖昧性：先行研究と課題

Chaucer の曖昧性は、言語研究の流れに即して見ると、言語の曖昧性への関心が高まるにつれて積極的に取り上げられてきている。しかし、曖昧性を叙述する方法については、最近の言語研究の成果を未だ十分には活用していない状況である。以下、曖昧性の研究を通覧し、成果と課題点を明らかにしてみよう。

Chaucer の曖昧性の問題をまず取り上げたのは Empson (1930) である。彼は意味論の成果を応用し、曖昧性のタイプの全貌を捉えようとしている。Richards (1936) の「意味の脈絡定理」（脈絡の置き方で言語の意味の陰影が決まる）がベースにあるように思える。脈絡の重ね併せ方で分類し、曖昧の叙述・説明を試みている。具体的には、言語主体である話者の心理の 'disorder' の軽重に着目し、その度合いで曖昧性を7つのタイプに分類している。従って、話し手が意図した曖昧性から混乱のまま言語表現化した非意図的なものまで対象になっている。この二極間（order-disorder）のバリエーションは、我々の観点からすれば、決して固定的なものではなく、読者がどちらにより強く関係付けるかの程度問題である。

Empson が 7 つのタイプの検証で、分類上の 'fuzzy' について繰り返しコメントするのは当然のことである。また彼は表現の指示（referent）に係わる固有の価値や連想を追求し、意味生産に関与する種々の仕掛を例証している（メタファー、言葉遊び（pun）、引喩（allusion）、アレゴリー、リズム、統語法、更には、視点の推移、トートロジー、矛盾等）。しかし、Empson の場合、表現のレベルの分類及びレベル間の相互作用は第二義的な扱いである（§3 の二重プリズム構造の表現に対する考慮が不十分である）。更に言えば、Empson は Chaucer の曖昧性（*Troilus and Criseyde* からの例）を第 2 のタイプとして引用している。ここでは主として二重の統語法に焦点が置かれているが、これが Chaucer に典型的というのか、たまたまそのタイプのものを引用したのか、はっきりしない。意味関係の対照性の程度から見ると、Chaucer は後で示すように、Empson の分類に対応する種々のタイプを持っている。この可能性については記述されていない。問題意識を引き起こされ深い洞察力に驚かされる反面、同書の「タイプ」を容易に応用できないことも否めない。

　Robertson (1962) を始めとする聖書釈義学的な研究は、§2.1 のアレゴリー研究の一環にあるものである。テクストの意味が中世の神学的な価値体系と強く関係付けられることを実証している。字義的な意味の背後に宗教的な意味を同定するのは、読者の聖書原典への対応の意識、つまり、テクスト（聖書）とテクスト（文学作品）の関係付けの問題である。この意識は、テクストの構成（主題、人物描写、プロットの展開等）、更には細部の表現にも及んでいる。Chaucer の霊的な意味の発掘には有益であるが、反面、それを強調し過ぎると、世俗的・経験的な意味との相互作用を軽視し兼ねない（§3 の二重プリズム構造の第二プリズムに対する考慮が不十分である）。

　Gordon (1970) は Empson (1930) の研究をベースに、あるいは中世のアレゴリーの伝統に留意して *Troilus and Criseyde* の曖昧性を考察した。Chaucer が Boccaccio の *Il Filostrato* を翻案する際、Boethius の

『哲学の慰め』(De Consolatione Philosophiae) を積極的に用いたことに注目している。Chaucer の挿入部は、Boethius の哲学的な文章に照らすと、アイロニカルな陰影が浮上することを指摘している。また主要登場人物の性格、そして場面の展開の仕方にも、情意と理性の揺らぎがあり、聴衆・読者は自らの仮説でアイロニカルに読みとることができる、と指摘している。彼の論の骨子である 'ironical ambiguity' は、ある一つの要素が隠されたもう一つの要素を基準として、互いに反発し合う現象である。読者の基準点の想定如何で読みに迷いが生じている。しかし、Gordon は読者の推論の起点である表現に対して統一的なヴィジョンを持って検証しているわけではない。よってその扱いには偏りがある。テクスト構成の下位レベルの関係性の度合い（例えば、統語法や語の意味論的検証）の分析は、特に扱われてはいない（Appendix で kynde と queynte が扱われている程度である）。従って、上位レベル（主題、プロット等）と下位レベルの相互作用の扱いは不十分と言わざるを得ない（§3の第二プリズム構造の表現の分類が不十分である）。

　Brewer (1974) は、Jakobson (1960) が言う「近接性の作用」(metonymic principle) を Chaucer に応用したものである。テクストを構成する要素の隅々に近接性が適用されることを指摘し、Gordon (1970) に不十分であった表現レベルの考察を大きく進展させている。Brewer は従来の研究ではロマン派・象徴派に典型的な類似性が評価されていて、その網目で Chaucer も捉えられ、結果、それが少ないとして過小評価されてきたこと、他方、もう一つの推論行為、即ち、近接性が十分に評価されていないことを指摘した。近接性が適用されるテクストレベルの多様性を示したことは注目に値する。中世の Gothic の文化様式である併置の原理 (Gothic juxtaposition)、材源と当該テクストの比較研究、語り手と物語の対応関係、作品のプロット論（出来事の因果関係）、更には言葉のレベルに関して、連語、語と語の連想（語彙的ネットワーク）、語内の意味関係がそれである。具体的には The Clerk's Tale の sad を取り上げ、主と

して連語、語と語の連想、語内の意味関係について実証している。最後に、近接性は意味の自由連想を押さえ、意味の産出に対する制限を与えるものである、と指摘している。Brewer は近接性の多様性に重点を置いているが、Jakobson が指摘した類似性（系列軸）と近接性（結合軸）の相互作用、あるいはメッセージ性の焦点化については殆ど触れていない。従って、近接性が意味を「制限」する面を強調し、その度合いの問題については等閑視している（§3 で述べる第二プリズムの多様性が十分に考慮されていない）。

河崎（1995: 161）は直接的には、*Troilus and Criseyde* を扱っていないが、＜権威＞と＜経験＞の二極を設定し、「一般に、＜権威＞と＜経験＞という二大要素は、対抗し合いながらも渾然一体となる場合が多く、チョーサーの人間性を最も適切に具現化した言葉であるとされているが、これら両者は、変容する傾向もなく、まったくそれだけで独立しうる言葉なのであろうか」と述べ、両者の相互作用を考察している。この相互作用は、曖昧性を生み出す元になっていると考えられる。これは話者ないし読者の現象に対する認識過程を照射するもので、今後この領域は益々精査されるべきである。他方同書は文学的な立場からの論考で、テクスト構成要素のレベルの分類ないしレベル間の相互作用は直接考察の対象とはなっていない。

Chaucer の曖昧性に係わる他の研究は、中心的なテーマと言うよりは、関連して取り上げられたものである。数多くあるが、その大半は文学的ないし作品論の立場からなされている。作家・歴史との係わり（桝井 1962, Brewer 1984, Patterson 1987）、材源との係わり（Wetherbee 1984, Windeatt 1984, 1992）、作品分析との係わり（Frank 1972, Spearing 1976）、登場人物の性格との係わり（Donaldson 1970, 1979, 上野 1972, Peasall 1986）、語りの構造との係わり（Muscatine 1957, Jordan 1987）、文体特徴との係わり（Gaylord 1968-9, Ando 1983, 斎藤 2000）等がそれである。いずれの研究も洞察に富み、何らかの曖昧性のタイプに触れて

いるが、個別的で一定の方法論をもって論証されたものではない。

　言語的なレベルでの曖昧性の研究は、作品論に比べれば目立たない扱われ方である。修辞的な観点から、Kökeritz（1954）、Baum（1956, 1958）の研究があるが、それは言葉遊び（paronomasia）の技巧の指摘に留まる。言語学的な観点からは、曖昧性は議論の関係で副次的に扱われたにすぎない。辞書的・辞書学的研究として、Ross（1972）の研究がある。但し、それは字義的な意味と性的な含意のある用語に限定されている。語彙論的な観点から、Burnley（1979, 1983）は、語の価値体系（文化価値）の歴史的・立体的な統合を建築 'architecture' に喩え、また語が属する「言語使用域」（register）の重層的な使用を指摘した。Elliott（1974）の語の多義性への注意もここに位置付けられる。しかし、Burnley、Elliott とも曖昧性の扱いは部分的である。統語法の観点からは、Blake（1974）や Roscow（1981）のものがあるが、その扱いは示唆の次元に留まる。パレオグラフィー、本文批評も考慮に入れた立場からは、Chickering（1990）がある。しかし、曖昧性の検証が目的ではなく、それはテクストの異同、編者の句読点の打ち方に関係して扱われている。Masui（1964）は、言語学的また韻律的な観点から、脚韻（類字音）を通して語と語が反響し、語の意味幅が拡張することを指摘した。脚韻を介した語の相互予測性は示唆的だが、それはあくまで脚韻に限定してのことである。これらの言語的な研究は文学的立場と違って、一定の方法論がとられているが、逆に意味の種類へのこだわりや、読者に応じた解釈の検討（§3で述べる第二プリズムを参照）が不十分である。Jakobson（1960）が提言する推論の問題（メタファー、メトニミー）、あるいは最近の語用論・認知論の成果は、意味の多様性及び複合性を捉える上で不可欠と考えられるが、十分には応用されていない状況である。

　以上述べたように、これらの研究は Chaucer の言語の曖昧性、即ち、受け取り手の立場から意味が複数に読み取られる事例を掘り起こしてはいる。しかし、解釈は十分であるが方法論が不十分、あるいは方法論が十分

であっても解釈が不十分と、曖昧が生起するプロセスの叙述・解明は、必ずしも体系立ったものではない。曖昧性の問題は古くして新しい問題で、今尚再考の余地を残している。[4]

2.3. 研究課題

§2.1と§2.2で述べたように、Chaucer の曖昧性は、意味に密接に係わることから、言語学や詩学が意味の問題に着目し、あるいは発話者と読者の相互作用を重視するにつれて、積極的に論じられてきている。しかし、それぞれの研究に長所と短所があることは、既に指摘した通りである。これらの点を踏まえ、本論は、*Troilus and Criseyde* を材料に、Chaucer の曖昧性がいかに生起するか、その仕組みを叙述・解明することを研究課題とする。このことは従来十分に行われなかった方法論と解釈を統合して初めて可能である。

§3では、§2で明らかとなった研究課題に対し、どのような視点を設定し、どのような方法でアプローチすれば解明できるのか、本論の方法論を提示してみよう。

3. 本論の視点と方法

3.1. 曖昧性の生起
3.1.1. 二重プリズム構造

曖昧性は何故起こるか、その生成は1）に示す、二重プリズム構造で説明できる。

1）二重プリズム構造

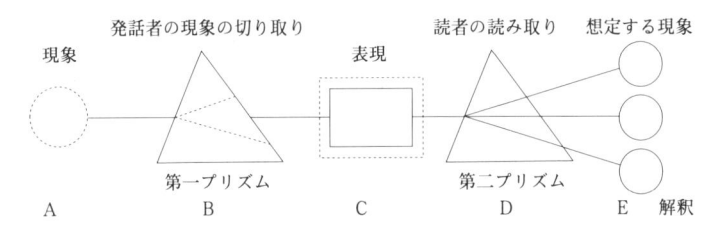

```
         発話者の現象の切り取り              読者の読み取り    想定する現象
  現象                        表現
                △                □              △            ○
                                                              ○
                                                              ○
   A     第一プリズム    C       第二プリズム
         B                       D            E  解釈
```

破線は読者にとって一つの立場あるいは価値に限定できないことを示す。
Bの二つの破線とDの三つの実線は両者は必ずしも一致しないことを示す。
Eは一人の読者での解釈の多様性あるいは複数の読者に跨った解釈の多様性を示す。

上の図のA～Eは、それぞれ発話者が向かい合う「現象」、その現象に対する「発話者の切り取り」、切り取ったものの「表現」、そしてその表現に対する「読者の読みとり」、そして読み取った「現象」（解釈）を示す。読者が発話者の読み取りを明確に確定し、かくして一義的に読み取る時は、曖昧性はあまり残らない。他方、読者が発話者の読み取りをこの立場かあの立場かと想像し、二様、三様に読み取ることができる時、曖昧性は促進される。曖昧性はこのように発話者と読者の二重プリズム構造で説明される。「プリズム」というのは、現象にしろ表現にしろ、それが見る者のレンズを通過する場合、必ずしも直線的ではなく、屈折したり、あるいは乱反射のようなことさえ起こるからである。

A～Eの要素は、Chaucer の曖昧性の生起に対していずれも甲乙付けがたい程重要である。オリジナルが残っていない 14 世紀の詩人 Chaucer のテクストでは、詩人が何の現象（A）を描いたか、どのように切り取ったか（B）、また表現自体（C）も作者のものかどうかさえ必ずしも明確ではない。その分読者の解釈行為への参加、彼の切り取り方（D）、最終的な解釈（E）が重要なものとなってくる。BとDの関係は複層的で、テクストの内側にいるか外側にいるかで大きく二分される。内側では、人物と人物、語り手とその語り手が仮定する聴衆、そして外側では、作品の全体を統治する作者とテクスト全体を観察することができる読者（テクストの意味を理念的に読み取ると想定される読者はここに含まれる）がいる。我々はそれぞれの視点を意識し、またその間を動きながら最終的に E を導いてゆく。(Cf. Leech and Short (1981: 269) を参照。) Chaucer の場合、外側の対人関係、特にその読者は§4.6 で示すように多岐に渡るので注意を要する。

　例えば、現象として§1の1）で述べた Criseyde の心変わり（5.1084）を取り上げたとしよう。この現象は精神的であり評価上程度問題になり易い。話者 Criseyde は自分の非を悔やみ、反省し、他方、必ずしも自分の非ではないと自己正当化しているようでもある。作者の切り取り方には、中世の聖と俗の視点、Brewer (1974) の言う 'Gothic juxtaposition'、詩人の共感 (involvement) と批判 (detachment) の視点、宮廷文化の中にあって表現の自由が保証されていない時代の暗に含めた自己主張等が考えられる。作者は思いを表層構造 And gilteles, I woot wel, I yow leve に包摂する。この表現自体多義性を秘めている（詳細は、§10 を参照）。聴衆・読者はこの表現に対し、話者 Criseyde はどの視点で言っているのか、また背後にいる作者はどうなのか、と色々な視点を想定しながら、読み解いてゆく。読者と一言で言っても、聖と俗の視点の中にいる中世の聴衆から、15 世紀の写字生、現代の刊本の編者、そして私を含めた一般の読者がいる。最終的に複数の読者が複数の解釈を導いてもそれ程異常ではないであ

3. 本論の視点と方法

ろう。上述したことをまとめてみると、A〜E は、2) のようになる。

2) 二重プリズム構造：Tr 5.1084
   A：Criseyde の心変わり（精神状態に係わり、程度問題になりうる）
   B：Criseyde の心理の流動性、作者の切り取り方（中世の聖と俗、批判と同情、故意に含みをもたらす等）
   C：And gilteles, I woot wel, I yow leve.（多義性）
   D：読者が C を通して、A, B を想定し、読み取り方を方向付けること。
   E：読者の最終的な解釈 —— 曖昧性の生起（複数の読者、複数の解釈）

A から E は曖昧の生成に係わる基本的要素であるが、その運用の順序性は必ずしも直線的ではない。作者は現象 A を読者 D の反応を想定して、B のように切り取るかもしれないし、読者は表現 C に接して、現象 A、作者の切り取り方 B を想定して、E と読み取ってゆくだろう。また Chaucer がどこまで意識的にこの二重プリズム構造を考えていたかは、簡単には言えない。第一プリズムは、Chaucer が明らかに意図した言葉遊び（paronomasia）のようなものもあるし、他方、書きながら対象を裁けなくなっていったような無意識的と思われるものまである。第二プリズムは、読者が作者の視点を二様、三様に想定して読み取る場合が主であるが、他方では作者の心理に起こった曖昧性というより、読者にとって裁けないような例まである。いずれの曖昧性にしろ、二重プリズム構造を設定しておくと、根拠を示して叙述可能である。これが本論で言う Chaucer の曖昧性の構造である。[1]

3.1.2. 第一プリズム

14 世紀後期は、Brewer（1974）が言うように、'Gothic juxtaposition' で特徴付けられる時代である。人々の発想は、大きく二つの価値、当時の権威（auctorite）と個人の経験（experience）の相互作用の中に見出さ

れる。Chaucer もこの二つの意味世界を跨って創作した作家である。その二つは、聖と俗、神の愛と人間的な肉体愛、天国と地獄、抽象と具象、客観と主観、理性と情念、生と死、冗談（game）と真面目（ernest）、瞑想と活動等、多岐に渡る。

　これら両極の中でいずれか一つに固定すると曖昧性は抑制される。しかし、いずれにも移動できる中間点に留まると、読者に対し曖昧性が動機付けられる。Chaucer は一般に記述対象の理解を深めてゆけばゆくだけ、またはそれに共感し同情すればするだけ、いずれか一方に裁けなくなり、最終的な判断は聴衆・読者に委ねたように思える。ましてや人権や言論の自由が十分に認められていない中世においては、割り切って自己主張することは、まかり間違えば自らの命に係わることでもあり、表層は無難な意味に関係付け、深層にメッセージを隠して伝達するのは（double entendre）、むしろ必然的ですらあったろう。一見非情報的なメッセージは、読者の解釈行為への参加を要請し、かくして重層的な関係構造が動機付けられる。

　Troilus and Criseyde は Chaucer の中期の作品で、一つのまとまった作品としては最長のものである。詩人の人間理解への関心が一層強まった時期の作品で、人間を社会的に縛る道徳、かくして生ずる人間の属性面が問題になることは勿論のこと、その社会性だけでは割り切れない人間の個性も大きく取り上げられている。本作品の主題とも言える「宮廷恋愛」は、独身のトロイの王子・騎士、Troilus と寡婦で宮廷夫人の Criseyde の恋愛という形で具現される。中世社会の道徳的基準を充たすには難しく、出発点から人物は個を表してゆくように要請される。Criseyde が Troilus の愛を受け入れ、そして捕虜交換後にギリシアの武将、Diomede に屈してゆくところはその最たるものである。人物が難しい局面と向かい合い、切り抜ける際の虚実皮膜の心理や情念（kynde）の動きが照射されている。人物は彼らに期待される社会的価値と彼らの生身の人間の在りようとの間で揺り動かされる。読者に対して価値がいずれにも割り切れず、濃淡をな

3. 本論の視点と方法

してテクスト上に留まる時、曖昧性が生じている。勿論他の Chaucer 作品においても似た面は見られるが、人間の心理状態への深い洞察力があり、それを終始一環して探究し、描写し得た点で、本作品はまさに代表的な作品である。この点で、*Troilus and Criseyde* は曖昧性を促す要因を十分に備えている作品と言うことができる。

　Chaucer 作品において二極的な価値の相互作用は繰り返し現れている。中世の宮廷内では言論の自由が補償されていないために、Chaucer はワンクッション置いて表現することを余儀なくされたであろう。このような環境の中で彼の初期の作品、*The Book of the Duchess* が書かれている。この詩は詩人のパトロンである Lancaster 公、John of Gaunt の夫人 Blanche の死を題材として、公爵の深い悲しみと慰めを描写している。このリアルな「現象」に対して詩人はぼかしを入れて書いている。語り手が夢見る前に読む物語（夫 Seyx の死に対する妻 Alcyone の悲しみと慰め）と読んだ後の夢の内容（黒衣の騎士の妻 White の死に対する悲しみと慰め）とが因果関係（近接性）をなして重なり合う。また夢の内容について、鹿狩りという外面世界での探究（hert（=hart）-huntynge）と、その狩りに参加する騎士の内面世界の狩り、即ち、最愛の夫人を失って傷心する (herte=hurt) 彼の心の慰みの探求（hert（=heart）-huntynge）とが、包含関係（近接性）あるいは外界・内界の隠喩的な二重構造をなして併置されている。心の探究が終了すれば、狩りも終了している。詩人は生々しい社会事象を扱うために宮廷の聴衆に対し露骨な表現を回避している。彼らのメトニミーないしメタファーの連想を通して内容が結びつけられる曖昧な書き方になっている。

　中期の *The House of Fame* では、詩人が見る夢の中で抽象的な価値を担う寓意的な人物（personified abstraction）が登場する。宮廷内での言語のぼかしの手法にアレゴリーの手法が加えられる。主人公の Fame は寓意的に「本当」（soth）と「嘘」（false）の共存する二重性のある性格で描かれている。名声は作られたもので、人間の恣意の入るものである。

これは出来事の「事実性」が虚実皮膜であることのメタファーでもある。いずれの面を重視するかで曖昧になる。中期の *The Parliament of Fowles* も同様に詩人が見る夢の中で展開し、種々の鳥達が中世の社会層を寓意的に表して登場する。love がテーマで、「宗教的な愛」(hevene blisse, commune profit)、「宮廷的恋愛」(Venus の神が支配する愛) そして「自然の愛」(Nature の神が支配する愛) が取り上げられる。それぞれは併置され、一方の愛を重視して他方の愛を見れば他方が価値薄に、また逆の立場では価値が逆転する曖昧な書き方になっている。

　初期から中期までの曖昧性は、宮廷内では言論の自由がないことによるぼかしの手法、また夢の枠組みを用いたアレゴリカルな手法を通して実現している。更に、曖昧性が心理的なものも加えて展開したのが *Troilus and Criseyde* である。ここでは夢の枠組みやアレゴリーを脱却し、人間の心理がより現実的に描かれている。人物の心理的な分析及びその細かな描写が行われ、心理的な曖昧性が達成されている。心理的な曖昧性は、Chaucer 作品の前にも後にもこれ程のものは見られない。

　Troilus and Criseyde の後は曖昧性の方法に大きな発展は見られない。あえて言えば *The Canterbury Tales* において、作品間を跨った曖昧性がより積極的に使われたとでも言えよう。*Troilus and Criseyde* の直後 *The Legend of Good Women* が書かれるが、そこでは、Criseyde の「裏切り」の話に対し「善女」の話が語られている。しかし、「悪い男」に対し「善女」という二分法は、その想定自体に無理がある。詩人は女性一般に期待される肯定的価値に注意を向けるが、他方、物語の展開と共に背後に潜む個の弱点にも注意し、肯定と否定の二重構造が描かれている。最後の *The Canterbury Tales* は、話し手と話、作品群 (Fragment) と作品群、作品と作品、テーマとテーマが相対的に併置されており、いわば「逆転の発想」で貫かれたような作品の集合である。例えば「結婚」問題に対し、複数の話し手 (観点) が設定されている。Wife of Bath の序で、＜権威＞の立場と個人的な＜経験＞の立場が併置されている。「結婚」の

概念は一人物内でまた人物を跨って動的に扱われている。読者がいずれの価値を重視するかで迷いが生ずる時、曖昧さが残る。しかし、この手法は§3.2.3) で示すように、*Troilus and Criseyde* の心理的な曖昧性の実現において既に使われているものである。

3.1.3. 第二プリズム

§1で述べたように、文学言語は言語に概念を凝縮するその奥行きと広さを最大限に活かしたものである。(逆な言い方をすると、概念を分析して一つ一つ形式に反映させれば、曖昧性は抑制される。) 読者の主体は経験基盤が異なることから、一般的に言って複数形成される (Cf. engram)。個々の読者は人物や作者の心情を想定しながら、表現のどの意味を強く意識し自己を確定するかということである。しかし、自己の読みを修正し、他の読みの可能性も探り、絶えずテクストと対話し続ける読者には、もしそこに度合があるとするなら、いずれにも近づける中間点に立つことが要請される。読者'I'はいわば読みの転換装置である。

後藤 (1996) は、曖昧文と個人差について興味深い観察を示している。「文脈は「曖昧文を1つに限定すること」と「曖昧文の読みの1つを発見すること」には役立つが、「曖昧文そのものの発見や確認」には、あまり、役立たないようである。また「曖昧性の発見の容易さ」と係わりがあるのは「語彙・構造・構文」というよりも、むしろ「人」であるらしい。すなわち、各個人がもっている「世の中・森羅万象に関する知識」や「言語に関する知識」が「曖昧性の認知」の問題と密接に結びついていることが分かる。」これは曖昧性の認識には読者の視点が大きく係わることを指摘している。

中世の読者と現代の読者では認識の仕方において大きなギャップがある。中世の読者が一つの対象を聖と俗、真面目と遊び、理念と実態といった両極的な価値体系の中に位置付け、両者の相互作用において把握することができるのに対し、現代の読者は分析的に読み取る傾向がある。また一部の宗教者を除き聖的な側面が希薄になってきているのも否めない。二極的な

価値の総合的認識は、中世の発想そのものであると言うこともできる。

周知のように、Chaucer の読者は複数想定される。詩人の語りを直接耳にした中世の同時代の聴衆、彼の写本制作に係わった写字生（Chaucer のオリジナル原稿は現在のところ発見されていない）、現代の刊本の編者、そして読みの統合者としての私がそれである。

（時代の価値体系、道徳観、経験等で異なる）読者は違った反応、つまり、違った関係認識をしてもおかしくない。本論で取り上げる Troilus and Criseyde は、§3.1.2 で述べたように、Criseyde の裏切りが物語の 'focal point' である。宮廷の聴衆には宮廷夫人が多数いたと考えられるが、詩人は読者の一つの層として彼女らの反応を想定しながら、宮廷夫人の裏切りを扱ったと想像される。読者層の想定が作者の切り取り方に影響を与え、また彼のその表現の仕方が、読者に各々の立場に合わせて微妙な反応を許している。

読者一人一人が要素間の関係を単一に限定しても、重ね合わせて見るとテクストが複数の関係性を許したり、あるいはまた一人が後藤の言う「曖昧性の認知」に促され、いずれか決め難く第一次的意味、第二次的意味と強弱を付けて受け入れる場合もあるだろう。Chaucer の文学の読解において、第二プリズムの読者が何を何と関係付けて意味を生成するのか、またそこに生ずる度合い差とは何か、この叙述は避けては通れない問題である。

本論では「読者」と言う時、「書かれた書物を読む人」という狭義の意味ではなく、人物の発話の聞き手、語り手が想定する聴者、聴衆、写字生、刊本の編者等を含め、「テクストの読解に係わる主体」として広義に用いている。

3.2. 曖昧性のカテゴリー

第一プリズムと第二プリズムを繋ぐ表現に着目し、3) のような曖昧性のカテゴリーを設定した。

3) 曖昧性のカテゴリー
   I. テクスト領域
      a. メタテクスト（Ur-Text がない状況でのテクストの選択：読者のフィルタリングを通してテクストを選択する）
      b. 間テクスト性（どのようなテクストが材源になっているか）
      c. テクスト構造
         ⅰ. 主題（例えば「愛」の概念）
         ⅱ. 人物の性格
         ⅲ. プロット
      d. 話法
      e. 談話構造
         ⅰ. 結束性
         ⅱ. 語順と情報構造

   II. 対人関係領域
      a. 発話意図（命題内容に対する発語内行為）
      b. 法性（命題内容に対する心的態度）
         ⅰ. 法助動詞
         ⅱ. 法副詞
         ⅲ. 法動詞（例えば、I woot wel Tr 5.1084）

   III. 言語表現領域
      a. 統語法
      b. 語
         ⅰ. 語と語の意味関係
         ⅱ. 語の多義性
         ⅲ. 語と世界の対応関係（境界的曖昧性）
      c. 声（音）（強勢、ポーズ、抑揚等）

表現が二様、三様に読み取られる可能性のある領域を、コンテクストをより包括的に含む上位的なものから狭義のコンテクストからなる下位的なものまで、大きく三分した。最上位にテクスト領域、中間に対人関係領域、そして最も下位に言語表現領域を設定した。意味の3領域は、Halliday and Hasan (1976: 29) の 'Functional components of the semantic system' をベースにしているが、Iのテクスト領域については、文学作品に即してメタテクスト、間テクスト、テクスト構造も加えて検討することにする。

　テクスト領域は、テクスト自体に対する読者のメタ認識（距離を置いて懐疑的・批判的に見る）から、テクストとテクストの相互照射、テクストのマクロ構造、スピーチの表示法、更には文と文の関係の仕方まで幅広く含む。大きく5つに下位区分した。メタテクスト (I.a)、間テクスト性 (I.b)、テクスト構造（主題、人物の性格、プロット）(I.c)、話法 (I.d)、そして談話構造 (I.e) がそれである。対人関係領域は、人物の心の動きに密接に係わる領域で、2つに下位区分した。発話意図 (II.a) と法性 (II.b) がそれである。これらは *Troilus and Criseyde* の心理的な曖昧性の実現に直結するものである。言語表現領域は、命題内容の構築に密接に係わる領域で、3つに下位区分した。統語法 (III.a)、語 (III.b)、そして声（音）(III.c) がそれである。計、10のカテゴリーに分けた。このようなカテゴリーの必要性と用語の定義は、それぞれの章で行っている。

　以上が曖昧性が生起する表現の枠組みである。[2]

3.3. 曖昧性のタイプ

　3) のカテゴリーで示したそれぞれの表現項目を曖昧性のタイプと呼ぶことにする。これらのタイプは個々別々に独立的なものではなく、密接な相互関係がある。それ故、読者の心はレベルを跨って動き、総合的にレベル間の関係を認識している。例えば、§1の1) の例、I woot wel (II.b.iii に位置付けられる) は、3) の矢印が示すように、それが加えられる命

題内容の特徴（III a, b. ii）にも、また Criseyde の人物観（I. c. ii）にも密接に係わっている。（具体的な分析は、§10 を参照。）断定性の度合いに伴う曖昧性は、それぞれの領域で、また領域を跨って生起している。

　二重プリズム構造の読者の推論の動きをベースに、表現をタイプごとに取り上げ、曖昧性がいかに生起するか、そのプロセスを叙述する。読者が3）のいずれかのタイプに焦点を当てたと想定し、そこから発展的に、読者がそのサブタイプを設定したり、あるいは当該レベルを超えて他のタイプと関係付けたりして、最終的にいかに複数の解釈を導くかを叙述することにする。

3.4. 本論における曖昧性の概念

3.4.1. 曖昧性の定義

　曖昧性の意味自体が曖昧である。本論では、二重プリズム構造で示したように、読者が現象に対する発話者の切り取り方を想定して、一つの表現に二様、三様の解釈を持つ場合を「曖昧である」と定義する。OED（s.v. ambiguity）は 4) のように定義している。

4) †1. Subjectively: Wavering of opinion; hesitation, doubt, uncertainty, as to one's course.　*Obs.* c1400--c1590
　†2. *concr.* An uncertainty, a dubiety. *Obs.* 1598--1658
　3.a. Objectively: Capability of being understood in two or more ways; double or dubious signification, ambiguousness. c1430--
　b. *spec.* in *Literary Criticism* (see quots.).
　1930　W. Empson *Seven Types of Ambiguity* i. 1 An ambiguity, in ordinary speech, means something very pronounced, as a rule witty and deceitful.　I propose to use the word in an extended sense, and shall think relevant to my subject any consequence of language, however slight, which adds some nuance to the direct

statement of prose. [ed. 3, 1953: I ... shall think relevant to my subject any verbal nuance, however slight, which gives room for alternative reactions to the same piece of language.]

4. *concr.* A word or phrase susceptible of more than one meaning; an equivocal expression.   1591--

話者の切り取りを示す第一プリズムから見れば、1と2の定義に、他方、読者の読み取りを示す第二プリズムから見れば、3と4の定義になる。本論の曖昧性は読者の立場を起点にし、かつ日常言語ではなく文学の言語を対象にすることから、特に3.bの定義をベースにする。Chaucerはまだ'ambiguity'という語を使ってはいない（類似した語 amphibologies Tr 4.1406 と ambages Tr 5.897 を否定的な価値で用いているだけである）。しかし、§4以降で例証するように、Chaucer は Empson が 'ambiguity' の文学的効用を指摘する遙か前にそれを実践したことになる。

Empsonの言う'any verbal nuance'は意味の種類に関係し、どの程度まで意味の差異を認めるかに掛かってくる。本論では、曖昧性の種類とその数（多様性）は、Empsonのように文脈の重なり合いのパタンを基にするのではなく（§2.2を参照）、表現構造の意味の種類に基づいてタイプ分けした。これが§3.2に示した曖昧性のカテゴリーである。このように分類することで各々の特徴及び相互関係を一層明確に把握し、かつ容易に叙述することができると考えた。

3.4.2. 不明瞭性（vagueness）

本論での曖昧性は、読者が表現の内部からポテンシャル（直接的な意味だけでなく発語内行為等の間接的意味も含む）として特定できる意味の揺れを問題にする。これらの概念は特定されるが、いずれとも決定し難いという点では不確定、不明瞭である。他方、不明瞭性は、動機付けがない、また表現の内部から概念特定できないという点で、不確定、不明瞭である。

(この識別については、後藤 (1996) を参照のこと。) He must be careful を例にとると、＜彼は注意深くしないといけない＞と＜彼は注意深いに違いない＞は、話者が must を社会・物理的な世界の理念に結び付けたのか、それとも彼の推論の世界（確実性の度合）に言及したのか、絞れない時に生ずる曖昧性である。他方、その「彼」の年が 40 か 50 か、あるいは彼が黒髪か茶髪かということは、言語形式から見れば暗示的、非特定的で、不明瞭である。

3.4.3. 曖昧性の抑制

曖昧性は、文脈、言語的な前後関係、口承伝達では音声によって、一つの意味に限定されることが多い。確かにこのような制限が加えられる時、読者は自らの仮設に合わせて、曖昧性を読み解いてゆく。Chaucer においても表現項目の文脈が曖昧性をコントロールしている。しかし、前後関係も談話構造が暗黙のうちに了解になっていたり、また統語法ですら心理的に一定の均衡関係が保持されている場合もある。音声は、Chaucer は確かに聴衆に対して語ったのであるが、現在では我々の読みからくる再建に大きく掛かっている。写本は音調を知る上で十分な句読点がなく、刊本も編者による再建であり、彼らの読み（例えば句読点）が入っていることは避けられない。例えば、§1の1）の I woot wel の前後のコンマは、写本ではなく、編者のものである。本論では、読者の心がどのように動くのかを明確にしながら、曖昧性の抑制と推進に注意して検証したい。

3.5. 検証の手順

読者が物語の読解行為において、3) のどのタイプに最初に目を付け、次にどのタイプに移行するかは、タイプ間の相互作用が認められる場合、容易には規定できないものである。§3.3 で述べたように、上位のタイプにおいても具体的には下位のタイプに根拠を取り、また下位を扱っても上位との因果関係に基づいて解釈が方向付けられる。これは I woot wel で

指摘した通りである。従って、例証の順序は本質的な問題ではない。読者の心で起こる上位と下位の相互作用に留意することが重要である。本論では便宜上上位のタイプ（I）から下位のタイプ（III）へ記述することとし、他のタイプとの相互作用については、タイプの観点を相互参照的に明記するか、あるいは重要度の高い場合そのタイプからの根拠を具体的に示すことにする。

　以下、曖昧性のカテゴリ、I、II、IIIのそれぞれのタイプを、二重プリズム構造に位置付け、いかにして曖昧性が生起するか、そのプロセスを叙述することにする。曖昧性のカテゴリーを本論の章構成と対応させると次の通りである。テクスト領域の曖昧性（I）は、§4〜§8で取り扱う。§4ではメタテクスト（I.a）、§5では間テクスト性（I.b）、§6ではテクスト構造（I.c）、§7では話法（I.d）、§8では談話構造（I.e）を扱う。対人関係領域の曖昧性（II）は、§9〜§10で取り扱う。§9では発話意図（II.a）、§10では法性（II.b）を扱う。言語表現領域の曖昧性（III）は、§11〜§13で取り扱う。§11では統語法（III.a）、§12では語（III.b）、§13では声（音）（III.c）を扱う。

　§1.2.1で述べたように、Chaucerのような中世の作家の作品は元の作品（Ur-text）が現存しない。我々が手にする現存の写本でさえも、絶対的ではない。その受け取り手である読者、第二プリズムの果たす役割はその分重要なものとなる。§4では、*Troilus and Criseyde*の写本と現代刊本の編者の異同に着目し、テクストの問題がどのように曖昧性の生起に係わるかを検証する。

4. テクスト領域の曖昧性：メタテクスト

4.1. はじめに：二重プリズム構造とメタテクスト

　§1で述べたように、Chaucerの自筆原稿は今尚未発見で、彼のテクストは写本ないし写本を基に再建した刊本として存在するだけである。本論は現在Chaucer研究の底本と見なされているBenson（1987）に依拠した。この刊本の *Troilus and Criseyde* は当該写本のうちで最もChaucerのオリジナルに近いと考えられているCp写本に基づいている。しかし、Chaucerのオリジナルでない以上、読者は当該テクストに一定の距離を置き疑ってみる、つまりメタテクストとして扱う必要がある。テクストの再建に読者はその分強い参加を要請されることになる。本章では、二重プリズム構造のうち、特に読者に焦点を当て、彼らの推論の動きとテクストの選択（語の選択、文法関係（編者の句読点の打ち方）、語順の異同等）を追ってみよう。曖昧性は読者の解釈が複数に別れる時生成される。ここではテクストの価値付けに係わる一連の読者のうち、時代的にオリジナルに対し最も近くで反応できた写字生、及びChaucerのオリジナルの再建を目指し、テクストの問題に最も意識的である現代刊本の編者に着目した。当時の言語状況、写本、刊本、読者の問題に簡単に触れ、分析に入ることにする。

4.2. ロンドン英語の多様性と写字生

　Troilus and Criseyde の写本制作がなされた14, 5世紀のロンドンの英語は、英語の変動期にあり、種々のレベルで流動的であった。final-eの発音の有無、語のスペリングの不統一、統語法の緩やかさ、語彙の拡大、語彙の共存により起こる意味の分化、ロンドンにおける地方言の混交等が

あった。このような流動性に対する作家の実感は、例えば、1) のように示されている。

1) And for ther is so gret diversite
   In Englissh and in writyng of oure tonge,
   So prey I God that non myswrite the,
   Ne the mysmetre for defaute of tonge;
   And red wherso thow be, or elles songe,
   That thow be understonde, God I bisceche!　　Tr 5.1793-8

Troilus and Criseyde の最後の部分で、自分の言語が正しく書き写されないのでは、と懸念している。このような言語的な流動性の中で書き写す時、14, 5世紀の写字生はどのような新しい問題に直面しただろうか。その時の英語の可能性に対し、どのような反応を示したか。この時、写字生間の異同はどの程度に人為的なエラーか（不注意な書き損じ、方言的書き直し、いびつな統語法等）。それとも統合的に見るなら、単なるエラーではなく、テクストに潜在的にある曖昧性を示唆するものか。この2つがあるとするなら、どうそれを識別できるか。写字生並びに編者がテクストに示す受容の許容度とその方向性に留意し、曖昧性の生起のプロセスを浮かび上がらせてみたい。

4.3. Chaucer テクストの写本制作

中世においては、テクストは写字生が作家のオリジナルを写しとることで生産された。Chaucer のテクストは写字生によって書き写されたもの、つまり写本という形でのみ今日に伝えられている。[1] Chaucer の自筆原稿が未発見なのは既に述べた通りである。[2] 写字生は、Chaucer の作品を書き写してゆく際、できるだけ忠実に再現しようとする反面、写本の読者の意向に沿うように書き直したり（写本の朗読を耳にしたのは、宮廷内の貴族だけではなく、宮廷外の裕福な貴族や地方の豪族もいた）、また彼ら自

4. テクスト領域の曖昧性：メタテクスト

身の方言的ないし文学的なフィルターを通して、自己主張（改編）したりもした（Brown 2000: 432 を参照）。Chaucer が写本を点検する際の悲痛な嘆きは、2）のように、彼の短詩、*Chaucers Wordes unto Adam, his Owne Scriveyn* に記されている。

2) Adam scriveyn, if ever it thee bifalle
   Boece or Troylus for to wryten newe,
   Under thy long lokkes thou most have the scalle,
   But after my makyng thow wryte more trewe;
   So ofte adaye I mot thy werk renewe,
   It to correcte and eke to rubbe and scrape,
   And al is thorugh thy negligence and rape.

Chaucer の世俗的作品の写本制作は、比較的緩い規制の中で時には編集者の役割も担って行われた。コピーライトや校正の観念は希薄である。この点で、監督者がいて内容（sententia）が変わらないようにチェックされる宗教的な作品とは大きく違っている。また同じ世俗的作品と言っても、Gower の *Confessio Amantis*（ロマンスに比べ、宗教性・倫理性の高い作品）における書き写しの方法、書き写しが作家の監督のもとに行われ、厳密にチェックされたもの、いわゆる 'The Gower Tradition' とは一線を画している。[3] 我々が、1つの編集テクストから解放されて、Chaucer のテクストを複層的・立体的に見ることは必然的ですらある。

4.4. *Troilus and Criseyde* の 16 写本

Troilus and Criseyde の写本について、大きく2つの捉え方がある。一つは、写本の異同は Chaucer の書き換えに起因するというもの、そしてもう一つは、オリジナルは1つで異写本は写字生の書き換えによるとするものである。Root（1952）は前者に最も近いものである。α γ β の順で各々に Chaucer は改訂を施し、β が Chaucer の最終版と想定している。

従って、全部で 16 ある異写本は、Chaucer の改訂段階の理念的な想定型、3 つの exempla から派生したと考えている。彼の編集テクストは、彼の見解で中間的な γ（Cp）と最終版の β（J）写本を共に積極的に用いている。それに対し Windeatt (1990) は、後者に最も近いもので、Root の線条的・時間的な改訂段階に否定的で、Chaucer は最初から、全体を意図して書いたと見なしている。書き換えがあったとしても短い期間でのもので、'revision' と言える程のものではないと考えている。α γ β 写本が 1 写本において混在することが多いことからも、時間的に明確な段階での詩人の改訂には懐疑的である。γ（Cp）写本を Chaucer の最終版として、彼のテクストのベースにしている。β 写本はむしろ写字生の改編と見ている。[4]

4.5. *Troilus and Criseyde* の現代編集テクスト

もう一つのタイプの読者、現代の編者も彼らのテクスト編集において彼らの読みを示している。現代の編者は、写字生が手元の exempla を用いて十分な異本の照合（collation）なしに写本制作したのに対し、異本の照合を行った上でできる限り Chaucer の言語に近いものを出そうと試みている。現代の編者は、写字生が行わなかった文法的な観点からの句読点を付けている。写字生のは句読点を任意につけてはいるが、音読上（elocutionary）のものである。現代の編者は、写字生と違って用語注解をしている。写本ではあってもせいぜい marginalia にある断片的な書き込みである。現代の編者は、写字生が写本の注文者のような特定の読者を想定したのに対し、幅のある普遍的な読者を想定している。更に中英語の慣用的表現に関しては、現代の編者は写字生に比べ直感が十分にはきかないところにいる。

刊本は、写字生の数だけの多様性はみられない。例えば、Windeatt は極端に問題的でない限り、γ 写本の Cp を利用し、また我々がベーステクストとする Benson 版は、優先順位を付けて、Cp、Cl、そして J を参考

にすると述べている。[5]

4.6. 読者の種類

テクストの読解について、写字生と編者を挙げたが、読者は決してこの2つに還元できるものではない。まとめてみると3)のようになる。

3) 読者の種類 (Cf. 3.1.3)
   a. 作家：読者としての作家（自分を客観的に茶化して見る）
   b. 聴衆：Chaucerの写本朗読を直接耳にした宮廷関係者（immediate audience）
   c. 作家が想定する理想的読者（implied audience/reader）
   d. 写字生（作家と中世の読者の橋渡し）
   e. 写本の注文者：宮廷内外の裕福な人々
   f. 初期の刊本編者：Caxton, Wynkyn de Worde, Thynne 等
   g. 現代の編者・批評家
   h. 読解の統合者としての私（読みの転換装置 'I'）

テクストを生み出すに当たって、まず作家自身（a）が一読者となって、自らの作品を客観的に茶化して見、批判的修正を加えたであろう。*Troilus and Criseyde* における Boethius の『哲学の慰め』のパッセジの付加、*The Legend of Good Women* の Prologue、F/G version、また *The Canterbury Tales* の順序等にそれが窺える。次に考慮すべきは、Chaucer の詩の朗読を直接的に聞いてすぐに反応を返した聴衆、第一義的聴衆（b）である。国王 Richard II、女王 Anne of Bohemia、宮廷の官僚、騎士、宮廷貴婦人、文人（*Troilus and Criseyde* の最後で、Chaucer が moral Gower と philosophical Strode に本作品を献呈していることに注意）等。Chaucer が念頭においていたのはこの第一義的聴衆だけではない。第二義的聴衆への考慮が必要である。ここには、貴族階級だけでなく、もっと広く、彼の出身であり当時力を増してきていた中産

階級も含まれよう。また写本の増版と共に、4) に示すように、写本の聞き取りではなく、文字通りに「読書」する読者もある程度いたであろう。

   4) For when thy labour doon al ys,
      And hast mad alle thy rekenynges,
      In stede of reste and newe thynges
      Thou goost hom to thy hous anoon,
      And, also domb as any stoon,
      Thou sittest at another book
      Tyl fully daswed ys thy look;
      And lyvest thus as an heremyte,
      Although thyn abstynence ys lyte.   HF 652-60
     Cf. BD 49, PF 15-25, Tr 5.1753, 5.1797, LGW 30

更に読者層を広げて、Chaucer は将来の読者を含め、自分の意図したところを理念的に読解してくれる読者 (c) を考慮に入れたであろう。

次に中世の作家と読者の橋渡しになる写字生 (d)（我々が確認できるのは 15 世紀の写字生のみ）がいる。彼らは本論の中心的な読者である。彼らは最も初期の Chaucer のテクストに対する言語ないし文芸批評家である。彼らの書き換えには、エラーからパラフレーズ（解釈が限定的で、分かり易いものにする）、創作的な自己主張に至るまで種々ある。彼らの編集が写本の注文者 (e) の意向にそうものでもあることは、§4.3 で述べた。[6]

次に、15 世紀末から 16 世紀にかけての初期の刊本の編者 (f) がいる。写本と違って大量にテクストを生産をするわけで、経営上のリスクが大きく伴った。購買者を確保するために好みに合うように書き換えた。とは言え、必ずしも普遍的な読者の想定ではなかった。（近くにいる 2, 3 の代表的な読者を想定したと考えられる。）また十分な写本の照合は行われなかった。次に、現代の編者、批評家 (g) がいる。本論では、写字生の読みの

異同に関わってこの編者の選択を問題にする。そして最後に、読解の統合者として私自身（h）がいる。

4.7. 曖昧性の検証

　二重プリズム構造の枠組みの現象として、Criseyde の心変りのプロセス、即ち、それがどの程度に積極的に又は消極的に書かれているかに焦点を当てた。この現象は程度問題であり、その表現は読者の解釈行為への参加を強く要請するものである。Criseyde は中世の宮廷夫人の行動規範から見ると、異性への愛を慎重に徐々に受容してゆくことが期待される。男性をすぐさま受け入れたり、あるいは積極的に自ら男性に愛を仕掛けることははしたなく、理想的とは見なされない。また当時のキリスト教の価値体系や宮廷恋愛の倫理的規範から、肉体的快楽の露骨な描写は抑制的である。

　以下、写字生や編者がテクストの何を選び、何を選ばなかったか、そして最終的に解釈がどのように別れてゆくかを検証してみよう。[7]

4.7.1. Tr 2.636 の分析

5) So lik a man of armes and a knyght
　He was to seen, fulfilled of heigh prowesse,
　For bothe he hadde a body and a myght
　To don that thing, as wel as hardynesse;
　And ek to seen hym in his gere hym dresse,
　So fressh, so yong, so *weldy* semed he,
　It was an heven upon hym for to see.　　Tr 2.631-7

第 1 巻で、Pandarus は Troilus に Criseyde に対する恋を打ち明けられ、その恋の仲介者となることを約束する。第 2 巻で姪の Criseyde の家を訪れ、Troilus の愛を告げる。その直後に Troilus が凱旋して、トロイの町

に帰還する。彼女の家の下を通り過ぎて行く。5) の描写は、Troilus を目の当たりにした時、彼女の心がどのように動き、彼の愛をいかに受容するかにスポットを当てている。鎧をまとっている Troilus を見て、彼は「瑞瑞しく、若く、そして精力的（weldy）」だと記述している。この weldy に関する写字生の異同は、Windeatt (1984) によれば、6) の通りである。

　6) weldy] worþi　Gg H3 H5 J R Cx (Cx=Caxton's edition 1483)

初期の α 写本、中期の γ 写本は、共に weldy であるの対し、一番後の β 写本（Gg, H3, H5, J, R）は worþi である。更に言えば、β 写本に依拠した Cx の刊本も worþi である。数で言えば、11 写本が weldy、5 写本が worþi である。頻度的には weldy が 2 倍を越えている。写字生の編集上の原則に鑑み、weldy は馴染みのない語で、彼らのフィルターにかける必要があったと推定される。[8] 書き換えは、騎士の属性に関係がある点を保持し、典型的な形容詞 worþi が使用されている。現代の刊本では、Root のみが、worþi を採用している。それは彼が β 写本を Chaucer 自身の改訂最終版と仮定したために起こったのだと考えられる。

　weldy が相対的にまれな語であることは明白である。当該例（OED s.v. wieldy 'capable of easily 'wielding' one's body or limbs'）と否定の接頭辞 un を付けた unweldy (CT MancP IX (H) 55) が、[9] 共に OED の初例であること、また Chaucer では weldy が 1 回のみに対し、worthy は 184 回も使われていることに注意されたい。尚、weldy が Chaucer の使用かどうかであるが、unweldy が CT 写本の中で最古で最もオリジナルに近いと考えられている Hengwrt 写本にあることを付言しておく（Blake et al. (1994) を参照）。

　更に言えば、weldy には OED が取り上げていない意味・含意があることである。つまり、14 世紀後半において、この語の語幹である動詞 welde は、OE 来の字義的な意味「思い通りに手足や武器を使う」に対し、「性

的に思い通りにする」を発展させていた（Hanna III (1974) による頭韻句、'welde a womman' のコメント、及び Donaldson (1979: 9) に注意）。派生語である形容詞 weldy にもその含意が看取される。写字生の書き換えや編者の異型の選択は、Troilus 像に、あるいは Troilus の観察者 Criseyde に違ったイメージを付与することになる。（§12.4 で weldy の曖昧性を具体的に分析している。）

4.7.2. Tr 2.1274 の分析

7) God woot if he sat on his hors aright,
　　Or goodly was biseyn, that ilke day!
　　God woot wher he was lik a manly knyght!
　　What sholde I drecche, or telle of his aray?
　　Criseyde, which that alle thise thynges say,
　　To telle in short, hire liked al in-fere,
　　His persoun, his aray, his look, his chere,

　　His goodly manere, and his gentilesse,
　　So wel that nevere, sith that she was born,
　　Ne hadde she swych routh of his destresse;
　　And how so she hath hard ben here-byforn,
　　To God hope I, she hath now kaught a thorn,
　　She shal nat pulle it out this nexte wyke.
　　God sende *mo* swich thornes on to pike!　　Tr 2.1261-74

7) のコンテクストはこうである。第2巻で Pandarus は Criseyde を説いて、彼女の心を Troilus に向けるように働きかける。Pandarus の1回目の Criseyde の家への訪問は、§4 の 5) の例で見た。2回目の訪問では、Troilus と打ち合わせて、ちょうど Pandarus が訪問している時に

Troilus が彼女の家の下を通り過ぎるよう計画する。彼女を説得している時、タイミングよく Troilus が彼女の家の下を通る。Criseyde は Troilus のりりしい姿に魅せられ、彼女の心は彼に引き寄せられる。その瞬間を捉えて語り手がコメントしたのがこの場面である。

mo が問題的である。この語の品詞の取り方が構文の取り方を決める。つまり与格動詞、send の目的語の性質を決定付ける。mo に対して 10 人の写字生はそのままだが、6 人の写字生は、8）のようになっている。

8) mo] 一般論： 3ow A Gg; mo folkes R.
　　　　特殊： mo...on] hir m...o. D S1; hir... mo H5.

異同のポイントは、一般的意味で、即ち、mo を yow か mo folkes に換えて、「あなた方／もっと多くの人々にそのような恋のうずきを」と理解するか、Criseyde に特定して、「Criseyde に対して、もっと多くの恋のうずきを」と理解するかにある。[10] 与格動詞だから、2 つの目的語（受益者、移動の対象）が想定されるが、間接目的語（受益者）が自明（旧情報）の時、9）のように、言語表層に出ないことがある。

9) Ther God thi makere yet, er that he dye,
　 So *sende myght* to make in som comedye!　　　Tr 5.1787-8

　 Now Jhesu Crist, that of his myght may *sende*
　 Joye after wo, governe us in his grace,　　　MLT II (B1) 1160-1

　 Sendeth othere wise embassadours;　　　PardT VI (C) 614

写字生の編集の 1 つのパタンであるが、彼らは構造上の潜在的曖昧性に直面した時、最小限の操作で回避できる場合、その曖昧性を除去しようとしている。これを適用すると、オリジナルは mo で、彼らはそれが許す構造上の潜在的曖昧性を最小限の操作で除去したのだと考えられる。尤も R、

4. テクスト領域の曖昧性：メタテクスト

D、S1 写本に見られるように、韻律に対してはしばしば無頓着である。

mo は中英語において名詞でも形容詞でも使われ、各々は Chaucer の語法に符合する。MED は当該例を、10) のように、名詞で引用しているが、それは読みの１つの選択枝でしかない。

10) mo n. 2. (a) Other persons　CT SN G 485, Cl E 1039, WB D 663, Tr 2.613,　Tr 2.1274.

   mo adj. 2. (a) more in number, more numerous　　RR 1834.

編者もこの表現に困惑しており、8 人の編者は、11) のように、mo の意味を限定・具体化している。

11) 一般の人々（mo=名詞）：Robinson, Windeatt, Howard, Benson (Barney) 'others'; Donaldson: me ('men')
   特定の人（Criseyde）にもっと多くの（mo=形容詞）：Benson (Barney), Skeat, Warrington, Shoaf; Donaldson: me ('me')

Barney は決めかねて第一義的には形容詞（もっと多くの）に、第二義的には一般的に「人々」と解している。Robinson と Howard は共に一般の読みだが、単なる語挿入の写字生と違って、その指示内容にまで深入りしている。Robinson は恋に悩む Pandarus が間接的に彼の恋人に訴えようとしているのだと述べている。Howard は一般の読みを活かして、Chaucer は恋愛問題の熱烈な支持者としての役割を演じていると述べている。当時の宮廷人が gentilesse（優しい、柔らかい心）の一環として、恋情を受け入れるのは理想であったろう。実際、物語の要所で語り手は何度も同種の呼びかけを聴衆にしている（類例 1.22-9, 3.1222-5, 3.1324-37, 3.1373-93, 5.1835-41, 5.1856-9）。[11]

mo に対する特定の読みは、編者ではパラフレーズの段階に留まっている。常識的読解は、Criseyde はまだ恋のほんの入り口にいるので、もっとそのような刺が送られるように、ということであろう。しかし、コンテ

クストをもっと大きく広げて、聴衆は彼女の裏切りのことは既に第1巻冒頭で聞いて知っているので、語り手は、思わせぶりにその分恋のとげを彼女にもっと多く願ったのだと取ることもできよう。とすれば、その含意はもっと意味深いものになる。

　Donaldson は、(もし彼の単なるミスタイプでないとすると) 大胆にも写本にない me の形を採用している。写字生の字体で、e と o が判別しにくい場合がある。Donaldson は写本学的に再建して Chaucer のオリジナルは、e であると考えたのだろうか。[12] Chaucer の God send と代名詞の共起からみると、God send me ...は繰り返し現れているが、God send mo ...は当該部を除き皆無である。写字生はより慣用的な me に換えてもいいはずだが、現存写本にはない。me は総称的な men [me]の弱形か 1 人称代名詞 me である。但し、men の弱形の me は Chaucer のオリジナルに最も近い写本、Hengwrt 写本にはない。1 人称代名詞 me とすると、恋に傍観者であるはずの語り手が、そのような自分を茶化して見ているように解釈できる。[13]

　mo が両義的に読み取れるのは、これが唯一のものである。作者の切り口を示す第一プリズムから見れば偶然的な曖昧性かもしれない。しかしそれは第二プリズムの読者には複数の視点を許し、要素間の関係性に曖昧な読み方を促している。

4.7.3. Tr 3.575-93 の分析

12) Nought list myn auctour fully to declare
　　What that she thoughte whan he seyde so,
　　That Troilus was out of towne yfare,
　　As if he seyde therof soth or no;
　　But that, *withowten await, with hym to go,*
　　She graunted hym, sith he hire that bisoughte,

4. テクスト領域の曖昧性：メタテクスト

And, as his nece, obeyed as hire oughte.

But natheles, yet gan she hym biseche,
Although with hym to gon it was no fere,
For to ben war of goosissh poeples speche,
That dremen thynges whiche as nevere were,
And wel avyse hym whom he broughte there;
And seyde hym, "Em, *syn I moste on yow triste,*
Loke al be wel, and do now as yow liste."

He swor hire yis, by stokkes and by stones,
And by the goddes that in hevene dwelle,
Or elles were hym levere, soule and bones,
With Pluto kyng as depe ben in helle
As Tantalus--what sholde I more telle?　　Tr 3.575-93

12) のコンテクストはこうである。第2巻の終わりから第3巻の始めにかけて、Pandarus の仲介で Troilus は Criseyde に会うことができ、愛を告白する。Pandarus は二人の絆を更に強いものにしようと、彼の家で二人を会わせようとする。Pandarus は彼女の家に来て、彼の家での夕食に招待する。彼女は Troilus がいるのではないかと警戒しスキャンダルを恐れ躊躇する。しかし、Pandarus の強い勧めに説得され、遂に応ずる。

　まず、3.579-80 の語順を見てみよう。上述の引用文は γ 写本の Cp をベースにしたものである。α 写本もこの γ 写本と同様の語順である。それに対し β 写本の H4、J、R、S1 は、13) のように withowten await を次行の she graunted と入れ換えている。

13) But that *she graunted* with hym forto go

> *Withoute awayt* syn þat he hir bisoughte

語順の置換に連動して、韻律を整えるために、3.579 行では to を forto に、3.580 行では代名詞の that を接続詞 syn の直後に移動し、補文表示の接続詞のように組み替えている。Caxton も語順に関する限り β 写本と同じである。

　写字生の編集上の 1 つのパタンとして、オリジナルの詩的な統語法を散文的なより予測できる語順に書き直すことがある（Windeatt 1979: 136）。写字生は音読されたものに対し 1 行単位で記憶して筆記し、8 音節の詩行に対し 10 音節のそれは、相対的にエラーが生じ易いと言われている。*Troilus and Criseyde* は、rime royal の詩型をとることから、この一般論に当てはまると考えられる。しかし、ここでは改編は 2 行に跨っており、韻律の調整も 2 行に渡ってあるので、かなり作意的な操作と言える。編者では Pollard と Root のみがこの語順を採用している。Root は 6）同様ここでも β 写本を用いている。

　様態を表す副詞句、withowten await（待つこともなく即座に）の前置は、通常語順の場合に比べ Pandarus の誘いに対する Criseyde の心的態度、彼女の性急な反応をより鮮明に写し出しているように思える。[14] この読みが許されるなら、syn 以下の理由節で語り手が Criseyde の決断を叔父の要請のせいにし、姪として義務的に従うのだ、とするのはいささか竜頭蛇尾（anticlimax）のように受け取られる。[15] 仕方がないと言っては、現実を受容してゆくのは、後章で示すように、Criseyde に繰り返し見られるパタンである。宮廷貴婦人としての行動規範に照らすと、スキャンダルになるかもしれない行動には、そのような外圧がない限り踏み切れないのである。β 写本のように、通常語順に戻すと 上述の Criseyde の心理の投影が薄められ、Criseyde の名誉に対して言えば、より無難な読みとなろう。

　次に、withowten await だが、await の名詞への品詞転換は、OED

4. テクスト領域の曖昧性：メタテクスト

(s.v. *await*) によれば、Chaucer が初出である。写字生は戸惑っているように思える。

14) That with-owten await] þerwith out H2 Ph; þat with owte more H5. with-owten] with H1; Without nayeng Cx.

この句に対するもっと大胆な対処は、H1 写本の out を除去し、意味を逆転させたものである。H1 写本はこのように Criseyde の「配慮」を強調した読みを示している。

次に 3.587 行の most と triste on の連語に注意したい。中英語において助動詞、'must' の語形（1人称単数）は、must と most とがある。Hengwrt 写本に関する限り、全て most 形である。かくして形態面で副詞の最上級か法助動詞かを識別することは不可能である。統語法に広げてみると、*Troilus and Criseyde* の場合、72 例中、71 例まではいずれかに識別できる。しかし、3.587 の例は別である。[16] 写字生はこの例において、7) の mo で見たのと同様な対応、つまり潜在的曖昧性に直面して、15) のように最小限の書き換えをしている。

15) most]moste Cp D; mot Gg H4; must H2 H5 Ph R Cx Th (Thynne's edn.1532)

16 写本のうち 6 写本では、明確に助動詞に解している。初期刊本の Cx、Th もそうである。6 写本は α、β 写本に限定的で、γ 写本は総じて曖昧である。

曖昧な γ 写本を選ぶとすると、どちらの意味で取るべきか。即ち、Criseyde は、招待の件で Pandarus に「万事宜しく」と依頼する時、「最も彼を信頼しているので」か「信頼しなければならない」からなのか。編者の対応を示したのが 16) である。

16) Windeatt: perhaps "must" rather than the adverb "most", as

> some scribes thought. (Windeatt (1984) mot --> Windeatt (1990) most)[17]
>
> Barney: 'must' is clearly preferable: Criseyde finds it useful to assert her dependency on her uncle.
>
> Robinson: 'trust most'
>
> Baugh: adverb (Root, Robinson) ; mss --> aux.
>
> Root: I take *triste* to be present indicative, and *most* the superlative; but it is possible that Chaucer wrote *moste* (pret. of *moot*) with infinitive *triste*. See variant readings.
>
> Donaldson: 'must'
>
> Skeat: mot
>
> Fisher: 'must'
>
> Shoaf: 'most'

このように編者の理解はほぼ半々に分かれている。

17) 助動詞： Windeatt, Barney, Donaldson, Skeat, Fisher
　　副詞： Robinson, Baugh, Root, Shoaf

因みに、現代語訳は 18) の通りである。

18) Coghill (1971) : since I trust you best
　　Stanley-Wrench (1965) : trust most of all
　　Tatlock & MacKaye (1912) : since I must trust you
　　Windeatt (1998) : since I must trust you
　　刈田 (1949) ：一番信頼していますゆえに
　　宮田 (1979) ：一等ご信頼してるんですもの

Tatlock and MacKaye と Windeatt は法助動詞、他は最上級に取っている。

4. テクスト領域の曖昧性：メタテクスト

　Chaucer の triste/trust (CT と Tr) は、半数近くが副詞と共起している。そのうちわけを語順で分けてみると、動詞－副詞の順が副詞－動詞の順を圧倒する。しかし、副詞の最上級 most に関して、動詞 (desireth, honouren, labouren, loue, entendeth, wynne, drede, greueth, etc.) との位置関係を調査すると、動詞－副詞と副詞－動詞の順序は拮抗している (Blake et al. (1994) では、それぞれ 5 例、8 例である)。triste/trust と副詞の共起は繰り返し見られるが、triste/trust と法助動詞 mot/most の共起は、CT と Tr で見る限り Tr の 3.587 と 3.916 の 2 例のみである。Chaucer の語法の自然さから見ると、遙かに副詞の方が予測される。[18]

　次に、14 世紀の宮廷社会において「信頼」は重要な徳目であった。人が善意で何かをしてくれるとき、19) に示すように、その人への絶対的な信頼がしばしば前提になっている。

19) "But for the love of God I yow bisceche,
　　As ye ben he that I love moost and triste,
　　Lat be to me youre fremde manere speche,
　　And sey to me, youre nece, what yow liste."　　Tr 2.246-9[19]

宮廷社会の常識から見れば、副詞での読みが自然である。Pandarus への信頼が強制的に彼女に課せられるとなると (法助動詞の読みはそれを示唆する)、宮廷社会での二人の信頼関係の徳目が弱められることになろう。

　しかし、3.587 の例は信頼関係の確認だけでは十分ではないように思える。社会的というよりは心理的な立場、即ち、Criseyde の個人的な心情の動きに深くメスを入れるのが法助動詞の読みである。Pandarus が話を切り出してもいないのに、「Troilus はいるのですか」(3.569) と訊くことから察すると、彼女は心の内奥では Troilus との出会いを半ば期待しているように思える。とは言え、宮廷貴婦人としてスキャンダルになりかねない誘いに対しては、他発的にしないと同意できない立場にある。Pandarus の信頼への義務性は彼女の責任回避の心理を示唆する。すぐ前

の And, as his nece, obeyed *as hire oughte* (3.581) と軌を一にしている。つまり、Criseyde は相手に道義的な責任を委ねることで行動に踏み切ってゆく。ここでの法助動詞の読みは普通ではないが、こと Criseyde の決断に関わるパタンに即して見ると、それがより妥当のように思える。

では次に syn の理由節に続く文、3.588 行の異同に着目してみよう。

20) H2 （α） loke al be wel y do now as ye lyst (Windeatt 1984 を補完)
　　Cp （γ） Loke al be wel and do now as ȝow liste
　　H1 （γ） Look al be wel do / now as ȝow liste (Windeatt 1984 を補完)
　　J R H4 Cx （β） Loke al be wel for I do as ȝow liste ('now' の省略)

中英語の慣用句では、do は非人称構文 as you liste と連語する場合通例命令文になる。Hengwrt 写本では 6 例中、5 例が命令文と共起している。[20] Cp、H1 写本はその点で最も予測される構造である。それに対し H2、J、R、H4 写本そして Cx は do の定動詞としての使用である。H2 写本の y (「私は」) は、パレオグラフィの観点からみれば、H1 写本に見られるような virgule [/] と誤解して生じたのかもしれない。あるいは and の省略形 [&] と誤解したのかもしれない。

Cp 写本が loke、do と共に命令文で、Criseyde が行動の主体性を Panadarus に委ねてゆくのに対し、β 写本の後半では「だって私は...」と行為に対する彼女の主体性を示唆するものである。当該部は Criseyde 自身のスピーチであるが、彼女の決断のパタン、即ち、彼女が外圧に依存し、それを基に行動を正当化する点から見ると、Cp 写本の方がそのことをより顕著に伝えているように読める。

この Criseyde の依頼に対し Pandarus はその実行を断言する。その断

4. テクスト領域の曖昧性：メタテクスト

言 (3.589) に対し写字生は、Windeatt (1984) によれば、21) のように書き換えている。

21) ȝes] Cp; þis Gg H5 J R Th; D H2 H4 Ph *om.*; *rest* ȝis.

しかし、何に対して yes、this と言ったかは写本を固定しても尚疑問が残る。[21] ここではもはや写字生も編者も自分の読みを主張できない。いずれの意味に関係付けるかは、第二プリズムである読者の推論に委ねられる。指示関係の問題は、§8 の談話構造で詳しく検討する。

4.7.4. Tr 5.1240-1 の分析

22) So on a day he leyde hym doun to slepe,
　　And so byfel that yn his slep hym thoughte
　　That in a forest faste he welk to wepe
　　For love of here that hym these peynes wroughte;
　　And up and doun as he the forest soughte,
　　He mette he saugh a bor with tuskes grete,
　　That slepte ayeyn the bryghte sonnes hete.

　　And by this bor, faste in his armes folde,
　　Lay, kyssyng ay, his lady bryght, Criseyde.
　　For sorwe of which, whan he it gan byholde,
　　And for despit, out of his slep he breyde,
　　And loude he cride on Pandarus, and seyde:
　　"O Pandarus, now know I crop and roote.
　　I n'am but ded; ther nys noon other bote.　　Tr 5.1233-46

22) のコンテクストはこうである。Troilus と Criseyde の愛は最高潮に達するが、それも束の間彼女は捕虜交換でギリシア側に引き渡される。彼

女は10日以内にTroilusのもとに帰ると約束したが、その期日を過ぎても帰っては来ない。Troilusが不安と疑念の中で夢を見るのがこの引用である。夢の中で、TroilusはCriseydeと猪とが抱き合っているのを目にする。夢には無意識の中に気になるものが現れるものである。TroilusはCriseydeを信頼しているものの、会わない期間が長びけばCriseydeの浮気に対する不安が頭を過ぎることもあろう。

　本例についての写字生と編者の異同は、既にChickering (1990) で取り上げられている。ここでは二重プリズム構造に位置付けて、写字生と編者の異同の心理的背景により細かな分析を施してみた。写本と現代刊本の異同は23)の通りである。

23) 5.1240の写本の異同
　　his]Cl H4; H2 H3 Ph Cx *om.; rest* hire　　[Cp lacks 1233-74]

　　5.1240の現代刊本の異同
　　his: Robinson, Benson (Barney), Skeat, Baugh, Warrington, Howard (note. The image is of Criseyde held by and kissing the boar); hir/her: Root, Donaldson, Fisher, Pollard

「抱きしめる」(folde)は、主体が誰かが問題になる。代名詞はその指示内容の理解が談話構造に及ぶので、一般的に1行を基に書き写してゆく写字生にとって、しばしばエラーの要因になっている。読み返して修正している証拠が見られる（後期の写字生の修正も時折見られる）。しかし、ここでの異同には修正は見られない。どの写字生も間違いないと思って書き、そして異同が生じている。hisはboarを、herはCriseydeを指示し、省略は甲乙つけがたいことを示唆する。編者はhisかherを選択し、誰一人写字生の代名詞の省略は採用していない。[22] 韻律の要請を満たすと共に、boarかCriseydeかの主体性を問題にしている。

　「抱きしめる」という行為は相互的行為であり、仕掛けがどちらかは容

4. テクスト領域の曖昧性：メタテクスト

易に判断できないものである。このため上述の代名詞のどちらがオリジナルでどちらが書き換えかの判断は、難しいものになっている。このことは「キスする」にも当てはまる。写字生は文法的な句読点を打っていないことは既に述べた。編者はこの句読点を打って読み（動詞 kissing の動作主は誰か）を限定している。5.1241 行の句読点は 24) の通りである。[ ] には前行で当該編者が採用した代名詞を示した。

24) a. Windeatt [his]; Donaldson/Fisher [her]
   Lay kissing ay his lady bright, Criseyde
  b. Baugh [his]
   Lay, kissing ay his lady bright, Criseyde
  c. Robinson/Benson [his]; Root/Pollard [her]
   Lay, kissing ay, his lady bright, Criseyde

遠くから見ると猪のそばに Criseyde が横たわっていて、それを近くから見ると抱きつきキスをしている姿が見えてくる、といった状況であろう。構文的にはいわゆる 'locative inversion' (By this bor ... lay ... Criseyde) を起こしたものと捉えられる。24) a では、lay と kissing の間にポーズがなく、主語を倒置された his lady bright と見なせば、キスしているのは Criseyde となろう。his lady bright の後のコンマは同格である。24) b は kissing ay his lady bright の前にコンマがあることから、（倒置）主語 Criseyde とキス行為に対し一歩距離を置いたものになっている。もし朗読の際 by (5.1240) を弱く読めば、聴覚に関する限りでは、猪が主語、Criseyde が目的語のようにも読める。（§13 の声（音）を参照。）24) c は kissing ay の前後にコンマがあることから、分詞構文の遊離性をより明確に表したものとなる。ay の後ろのコンマは Criseyde が目的語でないことを示す。また同時に主語を表すことにも抑制的である。主体と客体の関係がぼかされ、結果、相互行為としての面 (Chickering 1990: 103) が浮き立ってくると言えよう。[23]

猪と Criseyde の主体性の有無は 25) のようなパタンが考えられる。

25) a: 抱きしめるのもキスも主体的
　　 b: 抱きしめるのが主体的で、キスは受動的
　　 c: 抱きしめるのが受動的で、キスは主体的
　　 d: 抱きしめるのもキスも受動的

Criseyde が最も主体的な読み取り 25) a は Pollard/Donaldson に、逆に最も消極的な読み取り 25) d は Baugh に、Criseyde が抱かれて、キスをしているという中間的な読み取り 25) c は Robinson, Barney, Skeat, Howard に見られる。因みに、25) b は既存の編者では見られない。32) a, c, d の読み取りについて、写字生ないし編者の心理を推論してみよう。25) a の Criseyde を「抱きしめる」主体とする読みは、女性が悦楽的な意味で主体者になり、しかもそれは裏切り行為を暗示する。宮廷貴婦人の理想的な行動規範からすると、大きな逸脱になる。伝統から離れるのでその分大胆な読みとなる。他方、猪が主語であることに否定的な立場に立てば、Troilus の夢の中では猪は寝ていた（5.1239）と書かれているので、猪を抱く行為の主体者とするのは無理があるとも言える。「抱きしめる」で Criseyde が主体的であるなら、彼女が「キス」の動作主となるのは言うまでもない。しかし、Chaucer の Criseyde の性格描写の全体的特徴は、このような本能（kynde）に関わる描写は低層に潜めて行うことであった。勿論、夢でもあることから Chaucer が猪に対してどこまでの科学主義で書いたかは疑問である。

　25) c に関して、原典の *Il Filostrato* では 26) のようになっている。猪は強姦者のイメージで現れ、Criseida を押さえつけるが、しかしその行為を彼女は心地よく感じると書かれている。

26) E poi appresso gli parve vedere
　　 Sotto a' suoi piè Criseida, alla quale

4. テクスト領域の曖昧性:メタテクスト

> *Col grifo il cor traeva*, ed al parere
> Di lui, Criseida di così gran male
> Non si curava, ma quasi piacere
> Prendea di ciò che facea l' animale.
> Il che a lui sì forte era in dispetto.
> Che questo ruppe il sonno deboletto.　　*Il Filostrato* 7.24.1-8
> (And then afterward it seemed to him that he saw beneath its feet Cressida, whose heart it tore forth with its snout.　And as it seemed, little cared Cressida for so great a hurt, but almost did she take pleasure in what the beast was doing. This gave him such a fit of rage that it broke off his uneasy slumber.)

Chaucer は原典に着想を得て書いたとすると（§5 の間テクスト性を参照）、この解釈が自然である。[24)] また Chaucer が猪の腕を Criseyde が裏切ってゆく Diomede のものと見ているならば（後、Cassandre によってそのように謎解きされる）、積極的・果敢な彼が Criseyde を強く抱きしめるのはごく自然である。更に言えば、この読みは彼女の性格の全体像を崩さなくてよいという利点もある。即ち「猪／Diomede に抑えられて、彼女の生々しい本能が動かされ、徐々に積極的になって、主体的に猪／Diomede にキスする」は、彼女の行動パタンに最も符号している。

　25) d においていずれの行為も猪の仕掛とみなすのは、Criseyde を宮廷貴婦人としての理想像に近付ける最も同情的な読みである。彼女に弁護的な聴衆・読者の意には叶うだろうが、ここまで型通りに読み取ると、いささか彼女の実像から離れていったと言わざるを得ない。言語的に見ても kissyng ay his lady bright と bor（主語）との関係性の度合いは、Criseyde（主語）に対し弱いものである。[25)] このように聴衆・読者の Criseyde 観が代名詞や統語法の選択を決め、また代名詞や統語法の選択が結果として彼らの Criseyde 観を決めると言うことができる。[26)] 最終的

に第二プリズムを構成する受け取り手によって読みが別れ、曖昧性は避けられないものになっている。

4.8. おわりに

　以上、二重プリズム構造で言う現象「Criseyde の心変り」に着目し、第一プリズムを構成する作者がどのように切り取り、表現しているか、その表現に対して第二プリズムを構成する写字生ないし編者がどのように反応しているか、そしてその表現項目の選択（書き換え）がいかに彼らの解釈の相違、即ち、曖昧性を導いているかを叙述した。Chaucer のテクスト生産に携わる写字生は、オリジナルを忠実に写すかと思えば、しばしばコンテクストで許容できない単純なエラーを引き起こしている。しかし、我々が注目してきた「部分」は写字生の異同がコンテクストで大なり小なり認められ、容易に「不正解」とは言えない用例である。第一プリズムを構成する人物や作者の切り取りが想定されるものである。Criseyde の心変りはその積極度が程度問題をなして第二プリズムからなる写字生の改編を促したように思える。当該部において珍しい語、あるいは圧縮された曖昧な表現、詩的な語順、曖昧模糊とした表現内容（行為・状態）等に直面した時、それらは彼らの 'filtering' を通して受容された。彼らの視点に合わせてあるいは彼らの写本の注文者の価値観に合わせて通例より一般的な言い回しに、あるいはより限定的に書き換えられる傾向が窺われた。しかし、写字生の異形を総合してみれば、元のテクストが潜在的に持っている複数の読みの可能性が浮かび上がってくることが分かった。

　写本の異同は、もう一つの第二プリズムである編者に対して、テクストを再建する過程で何が良い、何が悪いと読み手としての選択を要請した。彼らはある異形を選択し、また写字生が行わなかった文法的句読点を付して読みを確定した。しかし、読み取りのトータルな構造において写字生や現代刊本の編者には同時に限界点（解釈の限定）があり、そこでは読者 'I' が読みの転換装置を務めるよう要請された。テクストが選択幅を許す

4. テクスト領域の曖昧性：メタテクスト

場合、読者にとって全てが Chaucer であって Chaucer でない、どれもが事実であって事実でない、つまり Chaucer は複数のテクストの中間点に位置付けられる。

　Chaucer テクストを固定したとしてもそのテクストはまた別のテクストに対して開いている。§5 では、テクストとテクストの相互反照、即ち、間テクスト性の問題と曖昧性の関係を見てみよう。間テクスト性は、二重プリズム構造の作者の切り取り方とその表現法に密接に係わる問題である。

5. テクスト領域の曖昧性：間テクスト性

5.1. はじめに：二重プリズム構造と間テクスト性

　中世詩人の力量は、既にある素材、convention を新たなコンテクストに溶解し、いかにそれを innovation ないし invention へと変容できるかに問われた。Chaucer の *Troilus and Criseyde* もそのような作品の一つである。Chaucer は、原典である Boccaccio の *Il Filostrato* を忠実に翻訳するのではなく、Lewis（1932）が言うように、「中世化」して描いている。そこでは、宮廷ロマンス、アレゴリー、キリスト教の教義、哲学（例えば、Boethius の『哲学の慰め』）、神話、科学（修辞学、天文学、医学等）、民間伝承（例えば、諺）等、種々の材源が用いられている。本章で言う間テクスト性（intertextuality）は、テクスト創作が最初から最後までオリジナルというのではなく、既にある複数のテクストに素材を求めながら書き加えたり、削除したり、あるいは修正したりして、テクストとテクストを跨って生み出されてゆく現象を言う。[1] 翻案が文学創作の基調である中世では避けては通れない問題である。間テクスト的に見ることは、我々が表層のテクストとそれに影響を与えたであろう深層のテクストの双方を意識できることである。従って、間テクストは表層テクストと読者の中間にあるテクストと言うことができる。二重プリズム構造に位置付けると、第二プリズムの読者は中間的なテクストとして材源を発見ないし想定し、それを第一プリズムの作者がどのように書き換えているかを掴み、そうすることで表層のテクストの背後に隠れている意味の層を浮かび上がらせることである。*Troilus and Criseyde* においてもテクストとテクストの相互作用は、主題、モチーフ、表現方法等、多岐に渡って影響を与えている。

5. テクスト領域の曖昧性：間テクスト性

　Troilus and Criseyde は宮廷恋愛の規律を踏襲し、独身の騎士 Troilus と夫を亡くし喪に服している Criseyde の愛という密室性のある愛を扱っている。二重プリズム構造に置いてみると、表現内容が当時の社会通念に抵触すると考えられる時、詩人は読者に二様、三様に読み取られるように、一歩引いて表現する必要があった。ここにあるぼかしのフィルターの一つが間テクストである。Lewis (1932) が言う *Il Filostrato* の「中世化」は、ただ中世的な価値を付与することではなく、一つの意味の層を与えるものとして見直すことができる。権威的なテクストに依拠して表現の表層を地固めし、道徳的に見て問題的な情欲面は背後に隠すといった方法である。しかし完全に権威的に言い表すのではなく、ところどころに綻び（付加、削除、修正等）を残している。読者がテクストとテクストを併置して一段高いところから見ると、表層テクストの妥当性が疑われ、皮肉ないしパロディではないか、と深層の意味が浮かび上がってくる。本章の曖昧性は、表層のテクストと深層のテクストの微妙な均衡関係を通して生起してくる。[2]

　宮廷恋愛を叙述する言語、courtly language は、出発点からこのような間テクスト的な特徴を持っている。宮廷恋愛の本質的な特徴である「愛の宗教」は好んで宗教的なレジスターの言語を使用している。しかし、その表現内容は依然として人間の情念・情欲の問題を保持している。表現は読者に対して作者の想定が聖か俗か、あるいは権威（auctorite）か経験（experience）かという意味の二重構造、即ち、曖昧性を許している。

　本章では間テクスト性が曖昧性にどのように係わるか、その観点を簡単に例証することにする。例証は courtly language の曖昧性の事例に留めた。詳しい記述は他のタイプの曖昧性の取り扱いで、レベルを跨った作用の一つとして叙述することにする。

5.2. courtly language に見られる間テクスト性と曖昧性の問題：1、2の例を基に

　Pandarus は Troilus の Criseyde への恋を知って（第1巻）、彼女に Troilus の意志を伝える。説得の末彼女の同意を得（第2巻）、以後両者の橋渡しとして積極的に動く。Pandarus は二人を彼の家で密会させようと画策する。1）のコンテクストはこうである。Pandarus の仕掛けで、Criseyde は嵐が起こる日に彼の家での夕食会に招待される。彼女は夕食会の後、嵐のために彼の家に逗留することを余儀なくされる。待機していた Troilus は計画通り、夜 Criseyde の寝室に案内される。彼女は躊躇するものの彼を遂に受け入れる。この引用は二人の結び付きの直前に挿入され、狼狽する Troilus を眼前にして彼女の心が和らぐところを照射する。

1) This accident so *pitous* was to here,
　　And ek so like a sooth at prime face,
　　And Troilus hire knyght to hir so deere,
　　His *prive* comyng, and the *siker place*,
　　That though that she did hym as thanne a *grace*,
　　Considered alle thynges as they stoode,
　　No wonder is, syn she did al for *goode*.　　Tr 3.918-24

この密会の描写は *Il Filostrato* への Chaucer 自身による挿入である。1）は、語り手が宮廷夫人としての Criseyde の立場を配慮し、Troilus を受け入れることを正当化している（§8の話法を参照）。この正当化に際して間テクスト的な材源が活用されている。Gordon (1970) は物語の転換点に現れる Chaucer の付加部分に着目し、表層的には理性的に機能し、深層では情意的に機能すると、それが持つ 'ironical ambiguity' を指摘した。この曖昧性は、本論の「曖昧性のカテゴリー」に当てはめると、間テクスト性が持つタイプに位置付けられる。1）もそのような描写の一つ

5. テクスト領域の曖昧性：間テクスト性

で、Gordon が本作品で最も心理的な個所として引用したところである。ここでは曖昧性のカテゴリーの III（統語法と語彙）にも関係付けて、曖昧が何故またどのように生ずるか、その生起のプロセスを叙述してみよう。

Chaucer は Criseyde に関して、背信という結果ではなく、そこに至る彼女の心理的なプロセス、つまり、何故またどのようにそれを容認するのか、に焦点を当てている。彼女が宮廷貴婦人としての理想的なイメージを崩さないで、しかも Troilus を受け入れることができるかが問題になる。彼女は当該行為を中世の宗教的なアレゴリーの着想に基づいて理性的に再構築しているように見受けられる。日常的で肉体的な出来事にも神の霊的な深い配慮が宿っているのである。彼女の行為の正当化に宗教的ないし宮廷理念の権威を示すテクストが導入されている。間テクスト構造は現象の真実と表現の対応に微妙な緊張関係を生み出している。

上記引用 1) の pitous (OED s.v. piteous B. †1. Full of piety; pious, godly, devout c1305--1570; 2. Full of pity c1350--) は、キリスト教において極めて重要な概念で、人間の全ての罪を負って十字架に掛けられるキリストの深い慈愛や聖母マリアによる弱い人間への哀れみの情を表す。[3] またこの概念は宮廷理念に典型的で、*Roman de la Rose* において詩人がアレゴリカルな人物、Pite と Daunger の引き合いを通して、ついに Pite に受け入れられ愛を得る過程を彷彿とさせる。アレゴリカルな人物は Criseyde が Troilus の愛を受け入れる時の心理的な実在として適用されている。これは、Burnley (1979) が言うように、tyrant (hardherted) と対極にいる gentil man にふさわしい属性で、宮廷の理想主義に即したものでもある。prive (Cf. OED s.v. privity †1.a. A divine or heavenly mystery a1225--1470) は、宗教的に見れば、神の神秘性、つまり神の奥深さ・多価値に関係する。[4] また grace (OED s.v. grace 11. a. The free and unmerited favour of God as manifested in the salvation of sinners and the bestowing of blessings a1225--) は、Criseyde の好意を人間に対する神の恩寵、あるいはマリアのそれのように崇めた記述であ

る。[5] goode は、grace から導き出される善行 (Cf. I ParsT 450-5, 455-60, 465-70) を表すことができる。Criseyde の心情に則して言えば、Troilus のベッドへの受け入れは、善行とすることで可能なのである。

しかし、聴衆・読者は Pandarus の計略を知っており、次に何が起こるかを予期している。彼女は Troilus がいることを期待して Pandarus の家での夕食会に来た可能性もある（この論証は、§9 の発話意図の分析を参照）。語り手ないし Criseyde の表面的な論理、＜権威＞面への関係付けだけでは不完全である。彼女の個性的な側面に関係付けると、彼女の哀れみの情は寡婦で喪に服す者が独身の騎士 Troilus を床に入れることに繋がっている。神の神秘性は宮廷恋愛の不倫（adultery）に伴う＜秘密主義＞に対応する。この秘密主義には、たとえ悪いことでも人が見ていなければ罪にはならない（His prive comyng, and the siker place）という問題性が潜んでいる。ここで Criseyde が与える恩寵はまさに＜秘め事＞である。place-grace の脚韻ペアの共鳴は、性的意味の陰影を一層際立てている（§13 の声（音）の曖昧性を参照）。Ross (1974) は、grace を 'grass' と、また Smith (1992) は、syn (=since) を 'sin'、good を 'God' としても解し、paronomasia を押し進めている。[6] ＜恩寵＞に加え＜隠しどころ＞、＜善行のためにしたので＞に加え ＜(Troilus を受け入れる) 善行のために罪を犯した＞（統語的曖昧性にも支持されている：syn she did al for goode）、＜神のために罪を犯した＞（神が Cupid でない以上アイロニー）等、種々の関係性が生まれてくる。ところで syn は、Windeatt (1984) によると、GgH2H5Ph 写本では因果関係を表す類義語、for に書き換えられている。これらの異型では syn='sin' の意味的共鳴は不可能である。

現象である Criseyde の行為を即物的に見ると、MilT や MerT のファブリオー (fabliau) のジャンルと大同小異である。MilT では、年老いた大工の若妻 Alisoun が下宿しているオックスフォードの学生 Nicholas と浮気する行為（privetee MilT I (A) 3454, 3493, 3558, 3603, 3623)、ま

5. テクスト領域の曖昧性：間テクスト性

た MerT では、年老いた夫 Januarie の目を盗んで若妻 May が近習 Damyan と浮気する行為に相同する。彼らの心は生身の人間としての情意・情欲に動かされている。MerT では、2) に見るように、表現面においても 1) に近接している。May が Damyan に同情し、手紙を書いて彼の想いを受け入れるところである。

2) This *gentil* May, fulfilled of *pitee,*
   Right of hire hand a lettre made she,
   In which she graunteth hym hire verray *grace.*
   Ther lakketh noght oonly but day and *place*
   Wher that she myghte unto his *lust* suffise, ...
   She taketh hym by the hand and harde hym twiste
   So *secrely* that *no wight of it wiste,*   MerT IV (E) 1995-2006

courtly language を踏襲し、道徳化してはいるが（gentil, pitee, grace）、表現内容は性的（unto his lust suffise）であり、また計算ずくでもある（So secrely that no wight of it wiste）。

1) の表現は、宗教ないし宮廷理念を表すテクストを下敷きにして、Criseyde の行為を理想的な宮廷貴婦人に相応しいものとしている。他方、実際の場面はファブリオーのテクストにも繋がるような生身の人間としての情動を伏せている。この中間的なテクストを契機に読者がいずれに重点を置くかで迷うと、最終的に解釈が別れ、曖昧になる可能性がある。

courtly language が持つ曖昧性は、love の使用そのものにも見られる。[7] 本作品、第 3 巻序で語り手が Venus に献じた賛歌は、原典の *Il Filostrato* (3.74-9) では Troilo が Criseida との愛のクライマックスを遂げて歌ったものである。他方、Troilus による愛の賛歌には原典の Venus の賛歌が本来依拠していた Boethius,『哲学の慰め』(2.m.8: Philosophy の言葉) が当てられている。それぞれ、3)、4) のように、love が使われている。

3) In hevene and helle, in erthe and salte see
   Is felt thi myght, if that I wel descerne,
   As man, brid, best, fissh, herbe, and grene tree
   Thee fele in tymes with vapour eterne.
   God loveth, and to love wol nought werne,
   And in this world no lyves creature
   Withouten love is worth, or may endure.

   Ye Joves first to thilke effectes glade,
   Thorugh which that thynges lyven alle and be,
   Comeveden, and *amorous* him made
   On mortal thyng, and as yow list, ay ye   Tr 3.8-18

4) "*Love,* that of erthe and se hath governaunce,
   Love, that his hestes hath in hevene hye,
   Love, that with an holsom alliaunce
   Halt peples joyned, as hym lest hem gye,
   Love, that knetteth lawe of compaignie,
   And couples doth in vertu for to dwelle,
   Bynd this acord, that I have told and telle.

   "That, that the world with feith which that is stable
   Diverseth so his stowndes concordynge,
   That elementz that ben so discordable
   Holden a bond perpetuely durynge,
   That Phebus mote his rosy day forth brynge,
   And that the mone hath lordshipe over the nyghtes:

5. テクスト領域の曖昧性:間テクスト性

Al this doth *Love,* ay heried be his myghtes! 　Tr 3.1744-57

3)、4) とも異教の神を表す Venus ないし Cupid を明示してはいない。God loveth, and to love wol nought werne と普遍的に、また Love, ..., Love,... と抽象概念を残して表現している。3) の God loveth ... は、原典 *Il Filostrato*「人間も神々もあなた (Venus) を感じている (... E gli uomini e gli dei ...) 3.75.6-7」の書き換えである。また Withouten love is worth ... は、原典の「あなた (Venus) なしでは... (Senza di te ...) 3.75.8)」の書き換えである。間テクスト的に見ると、このような書き換えで Venus は異教神話にある個人的な性愛ないし生殖のイメージを超えて、普遍的な神の愛として意味付けられる。4) は Troilus の感動を通して愛の束縛が小宇宙(人間世界)から大宇宙に及ぶ壮大なヴィジョンを展開している。読者は Troilus と Criseyde の愛が展開する予兆として、またクライマックスでの主人公の心理の高揚を想定して、宗教的で哲学的なテクストを容易に連想することができる。

しかし、3) で見た神の愛の普遍性は、すぐ後で *amorous* him made / On mortal thyng により性愛としてパラフレーズされている。このことで遡及的残像が働くと普遍愛は価値の見直しが迫られることになる。CT の General Prologue で語り手が賞賛しては取り消してゆく、'anticlimax' の手法のようなものが看取される。[8] 4) は確かに Chaucer による愛の宇宙的なヴィジョンの挿入であり、哲学的な陰影の強化は否めない。しかし、Chaucer は Love が統治する諸要素の順序を『哲学の慰め』の Philosphy から Troilus に適用する際大きく変更している。Philosophy の順序は大宇宙から小宇宙であるが、それに対し Troilus では、小宇宙から大宇宙である。また Troilus の場合小宇宙が更に追加されている。順序は 5) の通りである。

5)   Troilus   Philosphy

    小宇宙　3.1744-50　　　大宇宙　2.m.8.1-21（*Boece*）

    大宇宙　3.1751-64　　　小宇宙　2.m.8.21-7（*Boece*）

    小宇宙　3.1765-71（Chaucer の追加）

　この順序に認識の順序が反映されているとすると、Troilus の愛のヴィジョンは確かに宇宙的規模に及ぶが、あくまでも力点は小宇宙にあり、その点では、Philosphy を反転したものである。読者は表層的には Troilus の愛（Love）を哲学的認識に関係付けて読むよう促されるが、中間的テクストとして Philosophy の愛に対応させてみると、深層に伏せられている Troilus の情意面が浮かび上がってくる。[9] 更に細部を対応させると、小宇宙の愛は、Philosophy の 'This love halt togidres peples joyned with an holy boond, and knytteth sacrement of mariages of chaste loves; and love enditeth lawes to trewe felawes' が、Troilus では 'Love, that with an holsom alliaunce / Halt peples joyned, as hym lest hem gye, / Love, that knetteth lawe of compaignie,/ And couples doth in vertu for to dwelle, / Bynd this acord, that I have told and telle' に書き換えられている。キリスト教的ないし結婚の秘蹟としての概念が削減されている。普遍的な広がりが顕著とは言え、宮廷恋愛の規律に即した書き換えである。また Philosophy は当該内容を直説法で一般的事実として記述するが（love halt ....）、Troilus は祈願法で個人的な調和を得ようと願望している（bynd this acord）。このような Troilus の小宇宙への傾斜は、Boethius のテクストを横に置いて初めて明確になるものである。[10]

　love という語自体が、主として宗教的なコンテクストで用いられる charite、また性的なコンテクストに限定的な amor(ous) に対し、宗教的にも性的にも用いられることが、解釈の層の問題を引き起こす可能性がある。[11]

　以上、本テクストの courtly language を例に、第二プリズムの読者が

中間的なテクスト（原典 *Il Filostrato*／宗教的なテクスト／哲学的なテクスト／ファブリオーのテクスト等）を想定し、第一プリズムである作者の書き直しに注意し、表層の意味か深層の意味かと解釈の重点が動くことを叙述した。

5.3. おわりに

Troilus and Criseyde を第二プリズムの読者がその作成に影響を与えたと考えられる別のテクスト、いわゆる材源を中間に置いて読むと、第一プリズムの作者の付加、削除、修正等が意識される。そこでは両テクストの相互作用が否めないものとなる。読者が本テクストの当該部を宗教や宮廷主義のような＜権威＞に引き寄せるか、それとも個別的な情動である＜経験＞に引き寄せるかで、解釈が均衡状況に置かれ、曖昧性が生起する可能性がある。courtly language は、間テクスト性の観点から見ると、異質なテクストの微妙なバランスの上に構築されている。ここには二重プリズム構造が大きく作動している。間テクスト性は、以降のタイプの曖昧性の生起においても背景にあって協力的に働いている。中間的なテクストは随時重ね合わせながら扱ってゆくことにする。

§5のタイプの曖昧性は Chaucer のテクストが翻案の形式を取る以上、以降のタイプでも常に付きまとうものである。§6では *Troilus and Criseyde* のテクストを中心に、そのマクロ構造（テクストを構成する要素の単語や文のミクロ構造に対し、主題、人物造型、プロット等の上位的な要素をマクロ構造と呼ぶ）を二重プリズム構造に位置付け、記述してみよう。

6. テクスト領域の曖昧性:テクスト構造

6.1. はじめに:二重プリズム構造とテクスト構造

　物語の基本的なフレームとしての主題、人物の性格、プロットは、二重プリズム構造に位置付けると、それぞれ現象、発話者の視点、そして表現に焦点を当てたものである。何について、誰が、どのように展開させるかが問題になる。曖昧性は読者がそれぞれの面で固定的な読み取りをすればあまり残らない。しかし、二様、三様に価値が想定されると、曖昧性は避けられないものとなる。*Troilus and Criseyde* は、多分に後者の要素を潜めている。主題が「愛」であることに異論はないであろうが、その中身は何かとなると疑問が残る。語り手や人物の見方も社会基準に合致しているのか、それとも逸脱なのか、微妙な均衡関係に置かれている。また彼らの見方は彼らの行為と表裏の関係にある。異質な行動が併置される時、どちらを優先させるかで価値付けが推移するように思われる。本章では、主題、人物の性格、プロットの順で、それぞれがどのような特徴を持ち、いかに曖昧性の生起に係わるか、そのプロセスを検証する。[1]

6.2. 主題の曖昧性

　Troilus and Criseyde は、Troilus と Criseyde の愛に焦点が置かれた物語である。二人は愛を達成、また維持するために、しばしば難局に立ち向かう。その難局に彼らがどのように対応するかが物語の骨子である。愛は作中一貫して追求されており、それは単なる作中の一モチーフではなく、主題と呼べるものである。

　この「愛」の主題は、桝井(1962)が言うように、Chaucer が初期から中期にかけて持続的に追求してきたものである。*The Book of the*

6. テクスト領域の曖昧性：テクスト構造

Duchess は、ペストでなくなった夫人への騎士の愛、彼の哀悼、そして彼の慰みを扱っている。*The House of Fame* は愛の知らせ、'love tydynges' を求めた旅である。また *The Parliament of Fowles* は愛の概念の多価値を扱っている。愛の問題が初期より中期まで繰り返し追求されている。

現象の多価値を扱った点で、*Troilus and Criseyde* の直前の作品、*The Parliament of Fowles* は注目に値する。そこでは愛のタイプが並列的に、つまり、最初に宗教的な絶対愛、blisse (commune profit) が、次いで Venus の神が支配する非生産的な宮廷恋愛が、最後に自然の神 Nature が支配する庶民的で生産的な愛が提示されている。異質な要素のどこに力点を置くかによってそれぞれの価値が相互批判的に位置付けられている。[2] 中でも、宮廷恋愛が宗教的な愛と自然な愛の中間に置かれて、いわば両要素（愛の宗教、性愛）を相半ばするように持っているのは意味深長である。*Troilus and Criseyde* は、この宮廷恋愛を中心に展開している。読者の推論方式に関係付けると、愛の変種が並列され、その価値が相互批判的に位置付けられるのは近接性に依拠し、他方、愛のポテンシャルが領域を超えて深化するのは類似性に依拠している。両推論は協力し合って曖昧性に貢献している。

The Parliament of Fowles では、愛の変種の併置がアレゴリカルで露骨・図式的であるが、*Troilus and Criseyde* では具体的な一人物の愛の展開において立体的・重層的に重ね合わされている。Troilus と Criseyde の愛は、トロイの王子と寡婦（喪に服しており、しかも父親はトロイの裏切り者である）の間で進行し、出発点から社会的・道徳的に見て不安定である。宮廷恋愛の一つの約束事、姦通 (adultery) に則り、二人の愛は結婚には結びつかない形で設定されている。これは Chaucer において自明のことではなく、当時の社会常識との間でテンションを引き起こすように扱われている。宮廷恋愛は中間に位置し、人間の本能的行為に対すると権威的だが、他方、キリスト教的な権威に対すると、世俗的な性愛のレベル

に後退する。しかし、潜在的とは言え、愛の重点は人間の生身の在りようにあるとすると、宮廷恋愛やキリスト教的な権威は、言葉の膨張になりかねない。語り手は、1) に示すように、表現の妥当性に対してメタ認識している。

1) And if that ich, at Loves reverence,
   Have any word in eched for the beste,
   Doth therwithal right as youreselven leste.

   For myne wordes, heere and every part,
   I speke hem alle under correccioun
   Of yow that felyng han in loves art,
   And putte it al in youre discrecioun
   To encresse or maken dymynucioun
   Of my langage, and that I yow biseche.
   But now to purpos of my rather speche.   Tr 3.1328-37

愛を表す表現の修正、即ち、拡大するか（encresse）か縮小するか（maken dymynucioun）は聴衆・読者の読解に委ねられている。§4及び§5でも取り上げたように、愛の概念は、読者の立場から見ると、どこに視座を置くかで価値が流動的である。

　Troilus と Criseyde の愛は、*The Parliament of Fowles* とは鏡像的に、Nature に依拠する愛から始まり、宮廷恋愛の規律を通して高められ、宗教的な次元に近接するが、最終的には、非生産的な破局で閉じる。そして最後に権威の最上位、キリストの愛の観点から物語全体に対して評価が下される。Troilus の愛は Criseyde を見ることがきっかけで始まる（His eye percede, and so depe it wente 1.272）。彼の愛は肉体的に始まる。[3]
彼は最初男女の恋に批判的であったが、Criseyde を見るや否や激しい恋に陥る。語り手はこの直前で高慢な彼が恋に陥ることを、馬の Bayard が

認識する定め (horses lawe / I moot endure 1.223-4) に喩え、[4] また2) のように、「愛の束縛力」と「自然法」(the lawe of kynde) に関係付けている。

 2) For evere it was, and evere it shal byfalle,
   That Love is he that alle thing may bynde,
   For may no man fordon *the lawe of kynde*. Tr 1.236-8

「愛の束縛力」は、§5で見たように、Boethius の愛の哲学を反映している。自然法 (lawe of kynde) は、OED によれば、'Nature in general, or in the abstract, regarded as the established order or regular course of things (*rerum natura*) ... Freq. in phr. *law* or *course of kind*. c888 ...' である。MED は、'Man's innate or instinctive moral feeling' と定義し、当該箇所を引用している。[5] 自然法は人間が生まれながらに持っているポテンシャルで、肉体的（生殖的）でもあり、温情深さでもあり、また愛の忠義（§12.2.4を参照）を表すものでもある。この句は Bayard との関係で読むと、Troilus の動物的本能に言及するが、Boethius の愛の観点では（後の展開が期待される）人間に不可欠な愛の絆を言及する。宮廷恋愛は性愛を哲学（宗教）的に再構築しており、両要素が未分化的である。[6]

本能的な愛は宮廷夫人である Criseyde にも当てはまる。Pandarus は彼女に Troilus の愛を知らせ、それを受け入れるよう勧める。ちょうどその時 Troilus の凱旋する雄姿が彼女の目に留まる。彼女の心が動く。彼女の愛の始まりである。この時の彼の馬は「栗毛の馬」(baye steede) (2.624) で、彼女の視覚的な反応 (seen 2.632, seen 2.635, semed 2.636, see 2.637, syghte 2.702) が強調されている。2回目の凱旋で彼女が見た Troilus の勇姿は3) のように、表されている。

 3) Criseyde, which that alle thise thynges say,

> To telle in short, *hire liked al in-fere,*
> *His persoun, his aray, his look, his chere,*
>
> *His goodly manere, and his gentilesse,*   Tr 2.1265-8

gentilesse を除き明らかに視覚的な特徴である。(gentilesse の概念の視覚的意味への転調については、§7.2 を参照。)二人の愛は共に栗毛の馬と視覚が関与している。見ることによって始まった両者の愛は、内面的な成長をもたらすのか、見たことにより盲目の Cupid に翻弄され、内面が見えなくなってゆくのか、意味深長な問題を引き起こす。lawe of kynde は、とりわけ愛が理性的に高められ、あるいはそのように表現される時一つの層として微妙な陰影を残すことになる。[7]

宮廷恋愛はその理念に即して、外観、振る舞い、感性ないし心理、道徳、人格まで洗練されてゆく。Lewis (1936) のいう4つの規律、謙遜 (humility)、礼節 (courtesy)、姦通 (adultery)、愛の宗教 (religion of love) はよく知られている。*Troilus and Criseyde* もこの点で典型的な作品である。謙遜は王子 Troillus が Criseyde との恋を通して、彼女の下僕 (servaunt) となるところに、礼節は Troilus と Criseyde の儀礼を踏まえた言動 (gentilesse) に典型的に現れている。姦通は王子と寡婦の秘密の恋の設定に踏襲されている。愛の宗教は性愛が宗教的ないし哲学的とも言える次元に高められるところに見られる。

しかし、宮廷恋愛の描写で、この視点から純粋に記述されることはまれである。多くは深層に lawe of kynde(情欲)の残像を残す書き方がされている。§5 で Troilus の愛の神への賛美歌 (3.1744-57) を間テクストの観点から取り上げたが、そのコンテクストを広げて再検討してみよう。表現的には彼は哲学的な境地に達しているように見えるが、彼の愛が肉体的な愛であることには変わりなく、しかもそれは Pandarus の計算で成立したものある。Pandarus は大雨の降る日を予測し、その日に Criseyde

6. テクスト領域の曖昧性:テクスト構造

を夕食会に招待する。会の終了後計算通り嵐になり、彼女は彼の家へ逗留を余儀なくされる。Troilus は Pandarus の指示通り彼の家で待機している。このような Pandarus の計画により、二人の恋は秘密裏に成就するのである。普遍的な宗教・哲学の概念は個人の情動を通して多元化されている。

また宮廷恋愛で扱われる徳目は、登場人物の行動が道徳に抵触する時、それを正当化するためにも使われている。後章で具体的に示すように、pite, gentilesse, frendshipe 等の徳目は、人物のフィルター(自己保存、弁解、作意等)を通して個性化されている(§12の語を参照)。Diomede はその最たるもので、言語は Criseyde に対して宮廷的(5.120-75)であるが、動機は自分の利益(5.94-105)のためである。謙虚さ、礼節、宗教とは大きな隔たりがある。

純粋にキリスト教の愛は、第5巻のエピローグにおいて、取り消し(palinode)として導入されている。Troilus は死後天上(第8天界)に昇り、そこから地上を見、この世の幸せを、虚栄(al vanite 5.1817)ないし長続きしない盲目的な快楽(The blynde lust, the which that may nat laste 5.1824)と見なしている。人々は、4)のように、キリストを愛するよう要請される。

4) And *loveth hym the which that right for love*
   Upon a crois, oure soules for to beye,
   First starf, and roos, and sit in hevene above;   Tr 5.1842-4

視点の階層性という言葉が許されれば、この視点は本作品で最上位に位置するものである。この基準から遡及的に見れば、これまでの Troilus と Criseyde の地上での愛は、流動的なものへの愛であり、否定されることになる。アレゴリカルに見れば、あってはならない肉体愛(cupidity)の一つの喩えである。

以上のように、二重プリズム構造の現象である愛の主題に対し、第二プ

リズムを構成する読者は、第一プリズムの切り取りをどの基準に設定するかで、違った愛の真実を読みとってゆくと考えられる。自然法を基準に宮廷恋愛を見ると、背後にある性愛の情動が浮上する。他方、宮廷恋愛から見ると、自然な性愛は俗的であり伏せられるべきものである。しかし、キリスト教の価値体系に照らしてみると、宮廷恋愛は違法である。肉が愛の対象となる限り、それは流動的で愛する価値はないということになる。[8]
愛の価値は読者の基準の置き方で流動し曖昧になる。

ところで、ロマンス作品 The Knight's Tale の宮廷恋愛から、庶民的な愛 The Miller's Tale のファブリオーを見ると、後者の愛は価値の低落したものとなる。しかし、逆に The Miller's Tale から The Knight's Tale を見ると、騎士の愛は宮廷的なヴェールこそあれ、一目ぼれの愛により（Palamon と Arcite の恋の対象である Emelye は人格化されていない）人間関係が破綻することが分かる。この愛も実質的には粉屋のそれと同じで同様に茶化しの対象となる。ここには間テクストに依拠した二重の真理（笑い）がある。The Canterbury Tales の場合は、Troilus and Criseyde 内での二重プリズム構造の現象、つまり、愛の多価値が作品間に拡張して実現されたと言えよう。

6.3. 人物の性格の曖昧性

6.3.1. 一人称の語り手

Troilus and Criseyde は、他の Chaucer の作品がそうであるように、一人称の語り手の「語り」である。一人称の語り手は当時の語りが眼前の聴衆に話して語られることから、義務的であった。とは言え、現代のような自叙伝的な小説のように、主観が強く投影されるものではない。中世の作品の多くが匿名的であることに象徴されるが、視点が共有されるのが基調である。中世の説教文学やロマンス作品は、理念や本質に焦点が置かれている。よって個人的ではなく全知の視点が中心である。しかし、Troilus and Criseyde は、中世の一般的傾向を脱却して、全知の視点で表現する

6. テクスト領域の曖昧性：テクスト構造

語り手と、他方、一登場人物のように固有の目で見て表現する語り手の二種類が設定されている。これは、*The Canterbury Tales* で語り手が固有の視点を持って語るという方法を予期させるものである。語り手の全知の視点は、作中の物語の事実ないし歴史的背景に関する記述に見られる (Calkas の裏切り・逃亡、Criseyde の捕虜交換、戦場での Hector や Troilus の死等)。他方、語り手の主観的な視点は、人物の行動が社会通念に刃向かうと考えられる時に集中し、当該行動に至る人物の心理描写に見られる。ここでは人物の発想や心情に近づき、弁護的、釈明的になる。その時彼の言語表現は社会的な目にも耐えうる程、解釈の幅が拡がってゆく。

Gordon (1970) は、語り手のコメントと人物の実際の行動にはギャップが読み取られ、そこにはアイロニカルな曖昧性があることを指摘した。しかし、Chaucer は、何も社会の道徳規準に照らして、それからの違反として皮肉っぽく見ているのではない。深層では、社会通念の枠を超えて、それだけで割り切れない生きた人間の感情を愛情深く、優しい眼を注いで描写したように思える。

前述のギャップは、作中特に Criseyde の行為に対するコメントに現れている。当該箇所は、原典の *Il Filostrato* に付加された箇所で、その分詩人の独創性が問われるところである。原典では語り手は自らの失恋を嘆くスタンスを保持し、よって Criseida に対する共感の視点は抑制的である。他方、Chaucer は、「愛に奉仕するものに奉仕する」という中間的な立場に立ち (I, that God of Loves servantz serve 1.15)、人物に付いてみたり、また離れてみたりして、共感と批判の両面を持って描いている。

Criseyde は難局 ── 社会通念からすると問題的な出来事 ── と向かい合い、葛藤しながら問題解決を試みる。5) はそのような典型例である。彼女は Pandarus に Troilus の愛を告げられ、彼の愛を受け入れるよう強く要請される。そのような折り、彼女は Troilus の凱旋を目にし、彼の外観（男らしさ）に引きつけられ (2.631-7)、思わず Who yaf me drynke? (2.651) と独り言を言う。引用箇所は、語り手が直後に挿入した Criseyde

の行為に対するコメントである。

5) Now myghte som envious jangle thus:
   "This was a sodeyn love; how myghte it be
   That she so lightly loved Troilus
   Right for the firste syghte, ye, parde?"
   Now whoso seith so, mote he nevere ythe!
   For every thing a gynnyng hath it nede
   Er al be wrought, withowten any drede.

   For I sey nought that she so sodeynly
   Yaf hym hire love, but that *she gan enclyne*
   To like hym first, and I have told yow whi;
   And after that, his manhod and his pyne
   Made love withinne hire for to myne,
   For which by proces and by good servyse
   He gat hire love, and in no sodeyn wyse.

   And also blisful Venus, wel arrayed,
   Sat in hire seventhe hous of hevene tho,
   Disposed wel, and with aspectes payed,
   To helpe sely Troilus of his woo.
   And soth to seyne, *she nas not al a foo*
   To Troilus in his nativitee;
   God woot that wel the sonner spedde he.   Tr 2.666-86

Criseyde は宮廷貴婦人として Troilus の資質を確かめ、徐々に受け入れることが期待されている。しかし、彼女は一目惚れのような生々しい愛の反応（Who yaf me drynke? 2.651）を示す。更に、父親 Calkas はトロ

6. テクスト領域の曖昧性：テクスト構造

イの裏切り者で、自分は寡婦で喪に服している時でもある。このような状況でしかも Troilus の愛を受け入れることは問題的である。宮廷恋愛の基準では是認されるとしても、当時の道徳的な基準に照らすと、スキャンダルである。Criseyde が自分の名誉（honour）に極度に敏感になるのは否めないことである。

　語り手は、まるで懐疑的な聴衆の疑問に応えるように、彼女の一目惚れの観念を否定し、宮廷貴婦人の理念に相応しく徐々に愛が受容されたことを強調する。最後の連（2.680-6）ではこの受容は Venus の力にもよることを指摘する。読者は彼女の愛は宮廷恋愛の規律に沿うものか、一目惚れなのか、問題解決を強いられる。語り手が示す＜時間差＞の根拠に説き伏せられるか、あるいは懐疑的にアイロニーとして突き放すか。それとも彼女は、たとえ一目惚れでも、理性的に段階性を設定して（根拠を積み上げて）初めて行動できるといった、彼女の重層的な心理を読み取るであろうか。ここにはいずれに関係付けるかで意味が変動する虚実皮膜のテンションがある。

　以上のように、第一プリズムを作る語り手は第二プリズムを作る仮定上の聴衆の見解をしりぞけ Criseyde を弁護している。しかし上位にいて全体を見通している第一プリズムの作者は第二プリズムの読者に対しその弁護を相対的に見るよう促す。そこでは曖昧性が生ずる可能性がある。

6.3.2. 登場人物のスピーチ

　本作品では人物は直接的に自分の目で見て、自分の言葉で語る機会が多く与えられている。対話、独白、傍白が繰り返し現れ、著しく劇的な構成となっている。人物の性格描写は、中世的な宗教ないしロマンス的な要素に、経験に依拠した近代小説的な心理分析が加味され、人間理解が深く掘り下げられている。主要人物、Troilus、Pandarus、Criseyde は、当時の文学に一般的なアレゴリカルないし類型化された人物像を脱却し、いわゆる膨らみのある人物（round character）として性格化されている。

Troilus は理想主義的、Pandarus は現実主義的、そして Criseyde はその中間点に通例位置付けられる。しかし、完全にそう割り切れるわけではない。Troilus の理想主義的なスピーチの背後に人間の生身の在りようが、Pandarus の現実主義的な対応の背後に洞察力の深さと哲学的な認識が、また Criseyde は両極（理性と情動）に挟まれた引き合いが看取される。

　主人公 Troilus は、最初恋に対しては否定的であるが、トロイの裏切り者 Calkas の娘で、寡婦である Criseyde に一目惚れする。彼は恋の苦悩と喜びを通して精神的な鍛錬の場を与えられる。宮廷恋愛の理念に即して精神的に成長し、宗教的ないし哲学的とも言える段階に達する。しかし、ここで注意すべきは、Troilus の視点が深化して宗教・哲学に近接するとしても、決して宗教・哲学そのものではないのである。彼の宮廷恋愛は彼の想像世界では安定していても、Pandarus の策略に依存し、かつ戦争という現実的な状況に脅かされていることは明らかである。[9]

　6) は Troilus が Criseyde との愛を成就する直前、感動のあまり地上の愛を天上の愛に融合して述べるところである。

6)　Than seyde he thus: "*O Love, O Charite!*
　　Thi moder ek, Citheria the swete,
　　After thiself next heried be she--
　　Venus mene I, the wel-willy planete!--
　　And next that, Imeneus, I the grete,
　　For nevere man was to yow goddes holde
　　As I, which ye han brought fro cares colde.

　　"*Benigne Love, thow holy bond of thynges,*
　　Whoso wol grace and list the nought honouren,
　　Lo, his desir wol fle withouten wynges;
　　For noldestow of bownte hem socouren

6. テクスト領域の曖昧性：テクスト構造

That serven best and most alwey labouren,
Yet were al lost, that dar I wel seyn, certes,
But if *thi grace* passed oure desertes.　　Tr 3.1254-67

Troilus が祈る愛の神 Cupid は、多義的な Love で表され、しかもキリスト教の博愛を表す Charite と併置される。[10] 彼の祈りは、Cupid の母 Venus、そして結婚の神 Hymenaeus へと続く。彼の想像世界では二人の合体は結婚にまで押し進められる。次いで、神の愛の束縛力が焦点化される。キリスト教的な慈愛を表す benigne が Love（Cupid ではなく、Love が選択されている）を形容し、その同格句で同様キリスト教の神聖さを表す holy が bond（Boethius の哲学を投影）を形容している。更に宗教的な用語、即ち、神の恩寵（grace）、神の寛大さ（bownte）、神の救済（socouren）、神への奉仕（serven）、神のための労働（labouren）が続いている。[11] Troilus は Criseyde との愛を個人的な問題ではなく神との普遍的な関係で捉えようとしているのが分かる。読者はこのような表現に接した時、次のいずれで読み取るだろうか。Troilus は Criseyde との愛を通して精神的に成長し、遂に宗教的な段階に達した。神学上の用語により逆にその道徳的な価値に敏感になり、その妥当性を疑う。彼の想像世界において可能なことである。

以上、二重プリズム構造の第一プリズムを構成する Troilus の宗教的な言説にも、それにも拘わらずではなくむしろそれ故に、解釈の層の問題が浮上する。

Criseyde は、トロイの裏切り者 Calkas の娘、しかも寡婦で喪に服しており、最初から自分の名誉に敏感にならざるを得ない人物として登場する。そのような彼女がトロイの王子 Troilus の求愛を受ける。彼女はその受容の諾否について、また受容したとして以後の愛の展開に対し、社会的な目を意識し、慎重に言動するよう要請される。彼女が名誉（honour）を繰り返し気にかけるのは当然である。Criseyde は自らの行為を正当付け、

一歩前進している。彼女の理性的な表面とは裏腹に背後には彼女の生々しい情動が潜んでもいる。彼女は外圧で動くように振舞うが、Troilus の愛を肯定し、恐らく望んでもいるのである。

7) は Criseyde の独白の一部で、Troilus の愛を受け入れるかどうか、逡巡するところである。彼女は、「名誉」の保持を条件に、前向きに対応しようとしている。

> 7) "What shal I doon? To what fyn lyve I thus?
>   Shal I nat love, in cas if that me leste?
>   What, pardieux! I am naught religious.
>   And *though that I myn herte sette at reste*
>   *Upon this knyght, that is the worthieste,*
>   *And kepe alwey myn honour and my name,*
>   *By alle right, it may do me no shame."*　　Tr 2.757-63

Criseyde の論理の特徴は、出来事の価値そのものを哲学的に詮索するのではなく、むしろそれを受け止めた上でいかに対処するか、つまり当該行為の正当化に見られる。彼女は Troilus に対する愛の受け入れを、自分は宗教人ではない、相手はこの上なく立派な騎士である、名誉と名声を保つ限り恥にはならない、と根拠を積み上げ正当化している。「名誉と名声を保つ限り」は、彼女の行為の社会的なスキャンダルを認識した上での言葉であるが、反面、「見つからなければ、恥ではない」の発想に通じている。判断の仕方は絶対的な価値基準によるものではなく、相対的な状況判断である。このように「名誉」が使用されると、一般的な徳目と彼女の情念とが微妙な均衡関係に置かれる。

　Criseyde の論理は、後章で示すように、Troilus の愛の受容、彼との愛の進展、また訣別のそれぞれの段階で見られる。深層には生身の人間の情動を潜め、表層では社会的ないし道徳的な基準を満たす形で構築されている。第一プリズムを構成する彼女の言説には経験と権威の微妙な引き合い

6. テクスト領域の曖昧性：テクスト構造

が見られ、それが第二プリズムを構成する読者に対して曖昧に読み取られる。

　Pandarus は Troilus の友達として登場する。彼は Troilus の愛の対象が自分の姪の Criseyde であると知り、二人の恋を取り持つ。彼はこの恋の反社会性を意識し、社会的な権威を導入した上で、Troilus に対し、また Criseyde に対し、説得行為を繰り返す。特に Criseyde に対しては、彼女の名誉が保持されない限り、前進できないことから、説得の表現はより工夫が凝らされる（§9の発話意図を参照）。それは世間的知恵（格言）から哲学的な認識に及ぶ。

　Pandarus は、Troilus から Criseyde への愛を打ち明けられ、Troilus がこの愛の実現を悲観し、絶望状態に陥っているのを知る。8）は、Pandarus が彼に助言する時の言葉である。

8) Quod Pandarus, "Than blamestow Fortune
　　For thow art wroth; ye, now at erst I see.
　　Woost thow nat wel that *Fortune is comune*
　　To everi manere wight in som degree?
　　And yet thow hast this comfort, lo, parde,
　　That, *as hire joies moten overgon,*
　　So mote hire sorwes passen everechon.　　Tr 1.841-7

運命の流動性を Troilus の窮状に適用して、「喜びが必ずなくなるように、悲しみも必ずなくなる」と力説し、マイナス価値はプラス価値に代わることを際立てている。彼の諺的知恵はこの場面に当面当てはまる。が、状況次第では、逆に「悲しみがなくなるように、喜びもなくなる」もまた真である。物語の当事者が現時点で知る由もないが、一段と高い視点から見、Troilus の二重の苦しみ（The double sorwe of Troilus to tellen 1.1）を見通している読者—理念的読者—には、Pandarus が意図した「真理」とは逆も含意される。Pandarus はその場の目的で対応するが、結果として

一貫性に欠けてゆく。1.946-52 の諺も同類である。

9) は Criseyde は有徳なので、(Troilus への) 哀れみは当然期待できる、と説くところである。

9) "And also thynk, and therwith glade the,
　　That *sith thy lady vertuous is al,*
　　So foloweth it that there is some pitee
　　Amonges alle thise other in general;
　　And forthi se that thow, in special,
　　Requere naught that is ayeyns hyre name;
　　For vertu streccheth naught hymself to shame.　　Tr 1.897-903

Gordon (1970) が指摘したように、Criseyde の「有徳」と「哀れみの情」の因果関係は、危うい前提に立っている。Pandarus の有徳観では、誰も見ていなければ、あるいは彼女が「恥」をかかなければ、姦通は構わないのである。宮廷恋愛の秘密の規律には合致するが、社会道徳から見ると勿論逸脱である。

　以上のように、Pandarus は難題を解決するために一般論を導入する。Troilus と Criseyde の行動を統治する創造主のような役割を果たしている。しかし、Boethius の難問を解く Philosophy にはなり得ない。捕虜交換の事件以来彼の創造性は大きく縮小する。彼の権威は、読者が全体を見通した立場に立つと、その適用は個人の意図で操作され、決して誰にでもまたいつでも当てはまるとは限らない。発話者の切り取りを示す第一プリズム、Pandarus の言説は、第二プリズムの読者が彼に共感してその場的に見るか、距離を置いて全体的に見るかで、曖昧になる可能性がある。

6.4. プロットの曖昧性

 Troilus and Criseyde の出来事は、近接性が活発に働いて、相互に予測し易い構造になっている。外山（1963: 55）が『修辞的残像』で示すように、先行コンテクストでの出来事が残像として残り、それが現コンテクストの出来事に重なり、また現コンテクストの出来事が残像となって、先行コンテクストのそれに遡及的に影響を及ぼす。読者に残像が作用する限り、表現は立体的・重層的な意味構造を作る。大規模には巻の序・エピローグと物語内容が、また小規模には巻の中の場面と場面が相互作用している。

6.4.1. 巻の序・エピローグと物語内容

 本作品の序とエピローグは、愛の価値付けに係わる視座が語り手によって意識的に示された箇所である。この序とエピローグは *Il Filostrato* に対する付加部で、Chaucer の意図の程が察せられる。但し第3巻序は既に§6.2 で述べたように、原典での Troilo の愛の賛美歌が序に回されたものである。聴衆・読者は、物語の展開の前に視座が設定され、それを通して物語を読み取るよう促される。

 第1巻の冒頭、10) は、物語の全体像を予告している。

10) The double sorwe of Troilus to tellen,
    That was the kyng Priamus sone of Troye,
    In lovynge, how his aventures fellen
    Fro wo to wele, and after out of joie,
    My purpos is, er that I parte fro ye.　　Tr 1.1-5

主人公 Troilus の恋の流動性、「恋の悩みから喜びへ、そして後喜びを失うに至る」が示される。物語は、逆境の Boethius が Philosophy の助言で人間の認識を深め、至福の状態に至るという理想的な方向で展開するのではない。生身の人間が経験する、もっと言えば運命に翻弄される不安定

なフレームの中で展開する。読者は容易に巻と巻の因果関係を想定することができる。[12] また、11) に見るように、語り手は、物語全体に対する自分のスタンスを示してもいる。

11) For *I, that God of Loves servantz serve,*
　　Ne dar to Love, for myn unliklynesse,
　　Preyen for speed, al sholde I therfore sterve,
　　So fer am I from his help in derknesse.　　Tr 1.15-8

語り手は愛に対して当事者ではなく、「愛の神の奉仕者に奉仕する」という間接的な立場を取っている。*Il Filostrato* は自分が訣別した女性に物語を献ずるという 'biographical' な立場（Windeatt 1984: 85）を取り、好対照をなす。Chaucer の語り手は、恋人達の愛を柔軟に観察・記述することができる。またすぐ後で、語り手は宮廷人からなる聴衆に対し、物語の主人公が愛の難局に遭遇し、どう対応するかに関して共感のスタンスを要請している（1.22-7）。気高さ・優しさ（gentilesse）や憐憫の情（pitee）は宮廷人の理想的な資質の一つである。「事実を事実として語る」に対し共感の立場が加わる時、表現は思わぬ意味の広がりを見せる。

　Troilus と Criseyde の愛が動き出す第 2 巻序では、その兆しを象徴的に語る（2.1-7）と同時に、12) に見るように、愛の行動や表現は国によって多様性があり、同じ価値観では割り切れないことに注意している。

12) For *every wight which that to Rome went*
　　Halt nat o path, or alwey o manere;
　　Ek in som lond were al the game shent,
　　If that they ferde in love as men don here,
　　As thus, in opyn doyng or in chere,
　　In visityng in forme, or seyde hire sawes;
　　Forthi men seyn, "*Ecch contree hath his lawes.*"　　Tr 2.36-42

6. テクスト領域の曖昧性:テクスト構造

本作品の愛の舞台はキリスト教導入以前の古代のトロイであるが、Chaucer は中世のロンドンを舞台に再構築している。ここでの愛の多様性は、後に展開する宮廷恋愛、理屈では割り切れない自然愛、宗教的な愛等に対応するように思える。語り手は、いずれかに安易に割り切らないように聴衆・読者に深い理解を求めたものと言える。

第3巻序では、§5で示したように、語り手は二人の愛が宗教的な次元へと発展・深化する可能性を示す。しかし、直後 Venus が Jove を誘導して *amorous* him made / On mortal thyng (3.17-8) と述べ、性愛に根ざすスタンスを併置してもいる。地上的な性愛が残像となって、遡及的に宇宙的な愛が揺さぶりをかけられる。読者はいずれに関係付けるか、解釈の層が提示される。

第1巻から第3巻を愛が展開し成就する上昇場面とすると、第4巻、第5巻は愛が退行し、破局に至る下降場面に当たる。後者では愛の流動的な側面が運命との係わりで暗示的に示されている。理念とは裏腹の現実的な視座が提示されている。第4巻の序では、13)のように、運命の流動性が表されている。

13) *But al to litel, weylaway the whyle,*
    Lasteth swich joie, ythonked be Fortune,
    That semeth trewest whan she wol bygyle
    And kan to fooles so hire song entune
    That she hem hent and blent, traitour comune!
    And whan a wight is from hire whiel ythrowe,
    Than laugheth she, and maketh hym the mowe.   Tr 4.1-7

地上愛は、天上愛とは裏腹に流動的な運命に支配されており、長続きしないことが宣言される。Troilus と Criseyde の愛の行く末が暗示されている。後の Criseyde の心変わりであるが、この運命の車輪の動きと併行するように書かれている (Cf. slydynge of corage 5.825)。第5巻の序で

は、14) のように、Criseyde がギリシア側に捕虜交換で送られ、Troilus との愛は破綻する運命にあることが示されている。彼女のギリシア行きは、運命の動きに併行することが、ここでも強調されている。

14) *Aprochen gan the fatal destyne*
　　That Joves hath in disposicioun,
　　And to yow, angry Parcas, sustren thre,
　　Committeth to don execucioun;
　　For which Criseyde moste out of the town,
　　And Troilus shal dwellen forth in pyne
　　Til Lachesis his thred no lenger twyne.　　Tr 5.1-7

このような＜運命＞の前奏を後の生身の人間の＜性格＞と重ね合わせると、彼女の心変わりは、＜運命＞か＜性格＞かというシーソーリズムを作り上げることになる。これは共感の視点の現れとも言えよう。[13] 第5巻のエピローグないし取り消し（palinode）において、Troilus は、死後天上（第8天界）へ昇り、そこから地上を見、この世の幸せに興じる人間を批判する。これは物語全体に対する評価である。この最上位の基準点から見ると、物語内容で提示されたこの世の愛の営みは全て取り消される。これは§6.2で見た通りである。

　以上のように、物語の序とエピローグにおいて、語り手は人物の言動を捉える視座を表層的に、つまり、二重プリズム構造の表現に明示している。このため第二プリズムの読者は、物語を解釈する際、進行的（序）にも遡及的にも（エピローグ）複数の立脚点が与えられている。

6.4.2. 場面と場面

　ここでは出来事と出来事の併置が、読者に対しどのように相互作用し、最終的にいかに曖昧性をもたらすのか、そのプロセスを叙述してみよう。Troilus から見れば、Pandarus はあまりに現実的で場当たり的な対応を

6. テクスト領域の曖昧性：テクスト構造

しているように、また Pandarus から見れば、Troilus はあまりに理念的で、現実的な行動力に欠如していることになる。Criseyde は、この点、中間的である。Troilus との関係では宮廷理念的に（例えば、3.988-54）、他方、Pandarus との関係では現実対応的に（例えば、3.582-8）対し、相手の考えに合わせるように言動している。*Troilus and Criseyde* の登場人物は、宮廷人という一つの社会層ではあるが、相互補完的に性格化されている。

15) は、Troilus が Pandarus の家で Criseyde との愛のクライマックスを迎えようとしている箇所である。愛を宇宙的な次元に関係付け、現実から離れて神々に祈りを捧げている。Troilus によるアサイド、宗教的な言説（3.712-35）の前後に、彼と Criseyde をベッドで結びつけるための Pandarus の即物的な言動（3.708-11, 3.736-42）が併置されている。

15) Quod Pandarus, "Ne drede the nevere a deel,
　　For it shal be right as thow wolt desire;
　　So thryve I, this nyght shal I make it weel,
　　Or casten al the gruwel in the fire."
　　"Yet, blisful Venus, this nyght thow me enspire,"
　　Quod Troilus, "As wys as I the serve,
　　And evere bet and bet shal, til I sterve. ...

　　"O Jove ek, for the love of faire Europe,
　　The which in forme of bole awey thow fette,
　　Now help! O Mars, thow with thi blody cope,
　　For love of Cipris, thow me nought ne lette!
　　O Phebus, thynk whan Dane hireselven shette
　　Under the bark, and laurer wax for drede;
　　Yet for hire love, O help now at this nede!

"Mercurie, for the love of Hierse eke,
For which Pallas was with Aglawros wroth,
Now help! And ek Diane, I the biseke
That this viage be nought to the looth!
O fatal sustren which, er any cloth
Me shapen was, my destine me sponne,
So helpeth to this werk that is bygonne!"

Quod Pandarus, "Thow wrecched mouses herte,
Artow agast so that she wol the bite?
Wy! Don this furred cloke upon thy sherte,
And folwe me, for I wol have the wite.
But bid, and lat me gon biforn a lite."
And with that word he gan undon a trappe,
And Troilus he brought in by the lappe.　　Tr 3.708-42

　また 16) は Criseyde の Troilus に対する宮廷貴夫人としての「忠誠」(trouthe) の表明 (3.988-1050, 1053-4) に対し、Pandarus が介入し阻止した時のものである。Pandarus は姪の Criseyde に黙るように指図し、ついには Troilus をベッドに投げ込み、彼の服を剥ぎ取っている。

16)　"O nece, pes, or we be lost!" quod he,
　　　"Beth naught agast!" But certeyn, at the laste,
　　　For this or that, he into bed hym caste,
　　　And seyde, "O thef, is this a mannes herte?"
　　　And of he rente al to his bare sherte,　　Tr 3.1095-9

　Muscatine (1957) は、プロット上人物の言動が対比的に配置され、それらの価値が相対化することを 'structural ambiguity' と呼んでいる。私

6. テクスト領域の曖昧性：テクスト構造

の言葉で言えば、近接性が進行的にまた遡及的に作用して曖昧性が成立している。Troilus の現実世界からの逸脱、つまり、宗教（神話）的没入 (Venus--Jove--Mars--Phebus--Mercurie--Diane--fatal sustren) は、神々の価値の連携を介して、連と連に、詩行と詩行に結束性を持たせている。これは読者に Pandarus の言説の即物主義を懐疑するよう、他方、彼の現実主義は Troilus の非現実的・非行動的な言説を懐疑するよう促す。Pandarus の視点から Troilus の視点を批判する方が、その逆よりも、権威の失墜として一層大きなインパクトがあるように思える。Troilus の宗教性の背後にある人間性の限界点が浮かび上がってくる。

17) はプロットの展開を止めるようであるが、実は人物の以前の行動と以後の行動の展開を示唆するものである。第 5 巻で Criseyde が Diomede の求愛に屈する直前、語り手は、当該行為に係わる 3 人の人物の性格を集約する。

17) This Diomede, as bokes us declare,
  Was *in his nedes prest and corageous,*
  With sterne vois and myghty lymes square,
  Hardy, testif, strong, and chivalrous
  Of dedes, lik his fader Tideus.
  And som men seyn he was of tonge large;
  And heir he was of Calydoigne and Arge.

  Criseyde mene was of hire stature;
  Therto of shap, of face, and ek of cheere,
  Ther myghte ben no fairer creature.
  And ofte tymes this was hire manere:
  To gon ytressed with hire heres clere
  Doun by hire coler at hire bak byhynde,

Which with a thred of gold she wolde bynde;

And, save hire browes joyneden yfeere,
Ther nas no lak, in aught I kan espien.
But for to speken of hire eyen cleere,
Lo, trewely, they writen that hire syen
That Paradis stood formed in hire yën.
And with hire riche beaute evere more
Strof love in hire ay, which of hem was more.

She sobre was, ek symple, and wys withal,
The best ynorisshed ek that myghte be,
And goodly of hire speche in general,
Charitable, estatlich, lusty, fre;
Ne nevere mo ne lakked hire pite;
Tendre-herted, slydynge of corage;
But trewely, I kan nat telle hire age.

And Troilus wel woxen was in highte,
And complet formed by proporcioun
So wel that kynde it nought amenden myghte;
Yong, fressh, strong, and hardy as lyoun;
Trewe as stiel in ech condicioun;
Oon of the beste entecched creature
That is or shal whil that the world may dure.

6. テクスト領域の曖昧性：テクスト構造

> And certeynly in storye it is yfounde
> That Troilus was nevere unto no wight,
> As in his tyme, in no degree secounde
> In durryng don that longeth to a knyght.
> Al myghte a geant passen hym of myght,
> His herte ay with the first and with the beste
> Stood paregal, to durre don that hym leste.　　Tr 5.799-840

Il Filostrato ではこのような挿入はなく、Criseida がストレートに Diomede に屈するように書かれている（*Il Filostrato* 6.8.6-8）。しかし、Chaucer による Criseyde が Diomede に屈する一連の行為はこの引用の後、5.841 から始まっている。この挿入は、読者の推論方法から見ると、近接性の作用（Diomede の求愛――>Criseyde の受け入れ）が保留されたことになる。これは Criseyde の裏切り行為に対し一種の間（ま）を与えている。この間（ま）の解釈は、もう一つの推論方法、類似性を活発にする。Criseyde が Diomede に屈するには、寄せ付けまいとする空間的な距離があり、それは（屈する迄の）時間的な距離でもあり、またそれは彼女の彼に対する心理的な距離でもある。この間（ま）はメタファーを通して意味拡張されている。メトニミーで暗示される保留はメタファーの産出を動機付けている。ここには彼女の裏切りをストレートに言いたくない詩人の深い同情があるようにみえる。一見脱線ともみえる Chaucer の挿入は、出来事の流れに密接に係わり、深い心理的な陰影を醸し出している。

　この空間の中身、連と連の関係を見てみよう。最初の 1 連が Diomede に、次の 3 連が Criseyde に、そして最後の 2 連が Troilus に与えられている。Schaar (1967) が指摘するように、Criseyde は恋のライバル、Diomede と Troilus の間に、両者の引き合いの中に位置付けられている。この順序性は愛の牽引関係を写像するメタファーであり、また彼女がいずれに強く引かれるかは、メトニミーの作用の強弱の問題でもある。

この連の中身はそれぞれの人物において、外面描写（effictio）と内面描写（notatio）が併置され、性格を特徴付けている。この外面描写と内面描写は、相互に予測的である。外にあるものが内側に、内側にあるものが外に、というのは中世の性格描写のスキーマに依拠したものでもある。[14] 推論方式から見ると、外面と内面の包含関係はメトニミーに依拠し、意味の相互関連性（肉体的意味と心理的意味）はメタファーに依拠している。Diomede の険しい声、強力ないかつい手足と彼の獰猛な性質、Criseyde のくっついた眉毛を除いて一点の欠陥もない容姿と彼女の誠実さ、愛情深さ（くっついた眉毛は心の移ろい易さを象徴するという考えもある）、[15] そして Troilus の均整のとれた体つきと彼の真摯な性質、騎士にふさわしい勇敢さが、それである。ここでの性格付けは、以後の展開を示唆し、つまり因果関係をなして新たな場面を生み出してゆく ── Diomede の執拗な Criseyde への求愛、彼女の無碍に否定できない誠実な対応、彼女の移ろい、Troilus の変わらない彼女への愛、それ故の悲劇的な死。特に Criseyde の両騎士間での引き合いにハイライトが当てられている。彼女は、捕虜交換で送られたギリシア陣営において、Troilus（精神的存在）と Diomede（肉体的存在）の間で牽引関係に置かれる。Troilus の精神面を愛しながら、同時に肉体的に Diomede を受け入れてゆくのか、あるいはもっと深層では Troilus の精神面よりは、Diomede の肉体面により引かれてゆくのか。牽引関係はメトニミーの柔軟で創造的な使用である。Criseyde の心理状態の具体的な分析は §9～13 で行う。

　以上、出来事と出来事の相互関係は、二重プリズム構造の表現として、巻の序・エピローグと物語内容、場面と場面に及び、第二プリズムの読者に微妙な意味の相互作用を引き起こし、曖昧性をもたらす可能性がある。

6.5. おわりに

　以上のように、物語の基本的なフレーム、即ち、主題、人物の性格、そしてプロットは、二重プリズム構造に位置付けると、それぞれ現象、発話

6. テクスト領域の曖昧性：テクスト構造

者の視点、表現に焦点を当てたものである。主題は愛であるが、その価値の多面性が取り上げられていた。*The Parliament of Foules* のように並列的ではなく、一人の人物の中に立体的・重層的に扱われ、より微妙な曖昧性が生起する。表層では理性的ないし宗教的な愛が強調され、深層には情念的な性愛が伏せられ、両者は重ね合わされた。最終的には Troilus と Criseyde の肉体愛は、キリスト教的な絶対愛で取り消された。現象を切り取る第一プリズムの語り手は、全知の視点に加え、人物のような限界点のある視点が設定されていた。もう一つの第一プリズムを構成する人物は性格化され、彼らのスピーチには彼らの視点や意図が反映していた。Troilus と Criseyde の愛は、宮廷恋愛の不倫を踏襲して展開し、社会・道徳的に見ると問題的である。第一プリズムの語り手や人物は、愛の受け入れ、進展において、いかに正当化するか、工夫が必要であった。彼らの言説は読者に対し理性面と情動面という二つの心理構造を持たらしている。また彼らが取る行動は、二重プリズム構造の表現として、つまり、プロット上相対的に配列され、相互に反照ないし引き合うように構造化されていた。読者はこのようなテクストの特徴を通して、それぞれを見る複合的な視座が設定され、最終的に重層的で曖昧な解釈を導く可能性がある。

　§7では、§6と同様テクストのマクロ構造に着目し、話法（誰の目で見ているのか、誰の言葉なのか）を取り上げることにする。話法には二重プリズム構造における発話者の切り取り方が反映する。誰（語り手または人物）の発話か不明瞭な自由間接話法のような話法に注目してみよう。

7. テクスト領域の曖昧性：話法

7.1. はじめに：二重プリズム構造と話法

　Troilus and Criseyde は、§6で見たように、Chaucer の人間理解が深く、人物の心理的な分析が随所に施され、彼らの性格化が行われている。このような性格化は、語りにおいて語り手がコントロールする地の部分と登場人物の視点ないし主張を表す会話部の識別、話法を可能にしている。話法は、二重プリズム構造に位置付けると、発話者の視点とその表現方法に密接に係わっている。本作品は人物の反応（心理・言動）の表現方法として、語り手による人物の言葉・思想の要約、間接話法、そして直接話法（対話、独白）があり、近代の心理小説のような特徴を有している。しかし、実際のパッセジにおいて語り手のコントロールと人物の視点・主張の関与は必ずしもクリアカットではなく、語り手の地の文でも人物の視点が入っていたり、他方、人物のスピーチでも語り手のコントロールが入っていたりしている。両者は程度問題をなしている。[1] 本章では、この程度問題がいかに読者の推論を動かし、結果として曖昧な解釈を許すか、そのプロセスを叙述する。[2]

　§6で、語り手の2つの役割を指摘した。事実を記述する客観的立場と人物の心情に共感し、肯定的に評価しようとする主観的立場がそれである。後者の立場が強まると、地の部分が語り手の視点か人物かが未分化的になり、当時まだ用語のなかった「自由間接話法」のような効果が生まれてくる。当該話法の可能性は、既に Peasall (1986) が語り手が Criseyde の思考法を再現する方法として指摘している。また Fludernik (1993: 194) も同様で、General Prologue の人物紹介で彼らの生の声を表す表現法として指摘している。[3]

ところで Chaucer の直接話法は、写本上は現代の刊本のように識別的ではない。文学の伝達が大半口承的に行われていたわけで当然のことである。Chaucer の直接話法のナレーションが実際どのように実演されていたか、つまり人物の主観的陰影を描出するのに声色のようなものが用いられたのかどうかは興味ある問題である。現代の刊本は読書することが基本になっているため、通例識別されている。我々の検証は、Benson (1987) の句読点ををベースにしている。人物の思考部分の独白やアサイドは、当該思考を表す動詞、thought の後に二重引用符で引用されている。この部分は一人称主語であり、直接話法（思考）と見なして考察の対象とはしなかった。自由間接話法は、間接話法の一種であり、句読点では判断できず、しかも三人称主語であり、発想、言語表現（語彙、統語）に対し一層高度な判断を要する。

7.2. 自由間接話法と曖昧性の問題

本作品では、生身の人間の在りよう（現象）が描かれる時、語り手は当該部をストレートに切り取るのではなく、適用幅（表現）を持たせて書いている。自由間接話法は、視点の適用幅を作る上で効果的である。それはとりわけ難局に置かれた Criseyde の対処 —— Criseyde が社会・道徳的には許されない愛をいかに受容し押し進めることができるか —— を描写する際に生じている。以下、プロットに即して見てみよう。

Criseyde は、Pandarus から Troilus の求愛を知らされ、受け入れるよう押し進められる。Troilus の凱旋を目にした彼女の反応は、直接話法ではなく、語り手の間接的な記述を通して示される。それは、1) に見るように、客観と主観の微妙な色合いが看取される。この例は §4 の 5) で weldy の異同に関して取り上げたが、自由間接話法の観点から捉え直してみよう。

1) So lik a man of armes and a knyght

> He was to seen, fulfilled of heigh prowesse,
> For bothe *he hadde a body and a myght*
> *To don that thing,* as wel as hardynesse;
> And ek to seen hym in his gere hym dresse,
> *So fressh, so yong, so weldy semed he,*
> It was an heven upon hym for to see.　　Tr 2.631-7

語り手のコントロールが入った三人称、過去形の記述である。語り手の記述は客観的に行われていると想定すると、誰の眼にも Troilus の凱旋の勇姿はこのように映るとなる。(不定詞 to seen (2.632, 635, 637) の意味上の主語は抑制されている)。しかし、程度副詞 so の繰り返し、that の直示語、評価形容詞の連鎖 (fresshe, yong, weldy)、法動詞 semed、喜びを表す誇張表現 It was an heven...等、主観的な表現特性に留意すると、聴衆の一人 Criseyde の固有の目を通して印象付けられる過程が浮上する。ここでは二重プリズム構造の第一プリズム Criseyde が見て感じ、発話する自由間接話法に近づいている。直接話法にしないのは、未亡人と独身男性の肉体愛という内容を含んでいるために、第二プリズムの読者に対し表現の適用幅を拡げる必要があったからである。一般論で読み取るのと Criseyde の視点で読み取るのとでは、細部の表現の意味・含意が違い曖昧性が生成される。that の指示的意味は§8 の談話の結束性の曖昧性で、また weldy の含意の問題は§12.4 の語の曖昧性で扱っている。[4]

　英国中世のキリスト教の教義では、Troilus と Criseyde の恋愛は lechery とされ、7大罪の一つ (ParsT を参照) である。これは作家と当時の聴衆の共通知識である。Chaucer には当時の知識人、宮廷人としてこの大罪は十分に意識できたことである。しかし、Chaucer の人間観察ではこの見方だけでは不十分さが残る。彼は説教家ではない。彼の場合理念通りに生きる大切さを認識する一方、難局の中ではいつもそうはならないという人間の個性への洞察がある。とは言え、当時は個の権利、言論の

7. テクスト領域の曖昧性：話法

自由が現代に比べ十分には保障されていない。自由間接話法は、Chaucerが人間の在りように対する現実感覚を持ちながら、他方で宮廷夫人としての名誉を重んじるといった、両者の妥協点の産物と捉えられる。

2)、3)、4) は、語り手が凱旋する Troilus の属性を記述したものである。彼女の目を引く特徴を記述したものだが、語り手がどの程度に彼女の思考をコントロール（編集）しているかが問題になる。Troilus の属性をリストする語順において、彼女の認識の順序が反映しているなら、Leech and Short (1981) の NRSA に接近する。[5]

2) And with that thought, for pure ashamed, she
　　Gan in hire hed to pulle, and that as faste,
　　Whil he and alle the peple forby paste,

　　And gan to caste and rollen up and down
　　Withinne hire thought his excellent prowesse,
　　And his estat, and also his renown,
　　His wit, his shap, and ek his gentilesse;　　Tr 2.656-62

3) Now was hire herte warm, now was it cold;
　　And what she thoughte somwhat shal I write,
　　As to myn auctour listeth for t'endite.

　　She thoughte wel that Troilus persone
　　She knew by syghte, and ek his gentilesse,　　Tr 2.698-702

4) God woot wher he was lik a manly knyght!
　　What sholde I drecche, or telle of his aray?
　　Criseyde, which that alle thise thynges say,

> To telle in short, *hire liked al in-fere*,
> *His persoun, his aray, his look, his chere*,
>
> *His goodly manere, and his gentilesse*,
> So wel that nevere, sith that she was born,
> Ne hadde she swych routh of his destresse;   Tr 2.1263-70

2)、3)、4) のいずれもまず Troilus の外観的な特徴を確認して、最後に彼の gentilesse を取り上げている。Gaylord (1964: 26) と Gordon (1970: 84) は、gentilesse がリストの一部として末尾に置かれることから、それは道徳的意味というよりは、表面的な意味（'manners,' 'social deportment'）で解せることを示唆している。リストの仕方が二重プリズム構造の第一プリズム、即ち、彼女の思考を反映するなら、彼女の心を動かし Troilus に接近させるのは、彼の外観（2) では彼の軍人としての能力や名声にも注意が向けられている）であるということになる。§6.2 で見た 'law of kynde' の作用、外観（目）に左右される人間の情動を端的に表すものである。後に Criseyde が Troilus に告白する自分が彼に哀みを抱いた理由、彼の grete trouthe and servise (3.992) と moral vertu (4.1672) とは対照的である。

5) は、§5 の 1) で間テクスト性の観点から、既に取り上げたものである。自由間接話法の観点から見直してみよう。Criseyde は Pandarus の家での夕食会の後、嵐のため、彼の家に逗留することになる。Criseyde の寝室に Troilus が案内されて入ってくる。彼女はこの訪問に当惑するが、Troilus の心情に共感し、彼を騎士として愛しく思い、この場面の秘密の状況を確かめ、宮廷夫人の善行に鑑み、遂に彼を受け入れようとする。

> 5) This accident *so pitous* was to here,
>   And ek *so like a sooth* at prime face,

7. テクスト領域の曖昧性:話法

> And Troilus hire knyght to hir *so deere*,
> His *prive* comyng, and the *siker* place,
> That though that she did hym as thanne a *grace*,
> Considered alle thynges as they stoode,
> No wonder is, syn she did al for *goode*.　　Tr 3.918-24

語り手は彼女の心理を理解、また同情し、彼女の視点に近づく。両者の視点は未分化的になってゆく。この上なく自由間接話法に接近している。読者は当該例を二重プリズム構造の第一プリズム、即ち、語り手の客観的な判断として読むべきか、あるいは Criseyde の心情としてか、選択幅が与えられる。pitous, prive, grace, goode の用語は、§5で分析したように、宗教及び宮廷恋愛に関係する価値だけでなく、その背後に潜む生身の人間の在りようにも言及する。これらの用語は Criseyde の境遇に同調し彼女を擁護する立場で読めば、前者の価値が強まるし、他方、彼女に距離を置き懐疑的に見る立場で読むと、後者の価値が浮かび上がってくる。この例は、§5の間テクスト性、また§12で示す辞書的な曖昧性と協力し合って意味の陰影を深めている。[6]

　6) のコンテクストはこうである。第4巻で Criseyde が捕虜交換でギリシア側に渡されることが議会で決定する。Troilus と彼女は苦しむが、対応策として、彼女は一端ギリシア陣営に行き、10日以内に帰る、決して裏切ることはない、と彼を説得する。引用部は、この Criseyde の約束に懐疑的に反応するかもしれない聴衆・読者を想定して、語り手が差し挟んだものである。彼らは物語の冒頭で Criseyde が Troilus を裏切ることは既に知らされている。

> 6) And treweliche, as writen wel I fynde
> That al this thyng was seyd of good entente,
> *And* that hire herte trewe was and kynde

>   Towardes hym, *and* spak right as she mente,
>   *And* that she starf for wo neigh whan she wente,
>   *And* was in purpos evere to be trewe:
>   Thus writen they that of hire werkes knewe.　　Tr 4.1415-21

語り手は、Criseyde が Troilus に対して忠義を誓った時、彼女は善意からであり真摯であった、と繰り返し強調している。語り手の釈明の論理は、Peasall (1986) が指摘するように、Criseyde のそれをまねている。彼女が決断の際に社会的な根拠を連ね (and の畳みかけに注意)、行動を正当化するのに似ている。語り手の視点であれば、ここでの根拠は客観性を強めるし、他方、Criseyde の視点が投影されていれば、そうであるというよりはそうありたいと思う、彼女の願望を表わしているかもしれない。かくして二重プリズム構造の第一プリズムを構成する語り手のスタンスと人物の思考法が微妙に重なり合い、自由間接話法と同じ様な曖昧な効果が生まれてくる。7)

　Criseyde は捕虜交換でギリシア側に連れて行かれる時、引率の武将 Diomede に求愛される。7) は彼女が丁重に返答した時のものである。

> 7)　But natheles she thonketh Diomede
>   Of al his travaile and his goode cheere,
>   *And* that hym list his frendshipe hire to bede;
>   *And* she accepteth it in good manere,
>   *And* wol do fayn that is hym lief and dere,
>   *And* tristen hym she wolde, *and* wel she myghte,
>   *As seyde she*; and from hire hors sh'alighte.　　Tr 5.183-9

語り手による Criseyde の反応の要約 (Leech and Short (1981) の NRA ないし NRSA) から徐々に彼女の生の声が強くなってきている。5.187-8 は彼女の口調のようにもとれる。5.188 は、as seyde she が挿入的で、そ

7. テクスト領域の曖昧性：話法

の分発話内容自体に目立ちが与えられている。間接話法（ID）と自由間接話法（FIS）の中間的な話法のようである。Criseyde はここで Diomede の善意に感謝し、更には彼との信頼関係を作り上げようとすらしている。（and の連鎖は彼女が Diomede を受け入れる根拠を積み上げているようでもある。）ここでの決断は、彼女の Diomede への礼節かそれ以上に積極的な応対か微妙なところであり（§9 の発話意図の曖昧性を参照）、語り手による間接的な記述に留められている。

　8) は、Criseyde が Diomede の言葉、彼の地位、トロイの危うい状況、ギリシア側での自分の孤独を考慮し、ギリシア側に留まることを決意する箇所である。

> 8) And Signifer his candels sheweth brighte
> Whan that Criseyde unto hire bedde wente
> Inwith hire fadres faire brighte tente,
>
> *Retornyng in hire soule ay up and down*
> *The wordes of this sodeyn Diomede,*
> *His grete estat, and perel of the town,*
> *And that she was allone and hadde nede*
> *Of frendes help;* and thus bygan to brede
> The cause whi, the sothe for to telle,
> That she took fully purpos for to dwelle.　　Tr 5.1020-9

Criseyde は Troilus にトロイを出て 10 日以内に帰ると約束するが、まさに 10 日目にギリシア側に留まろうと思い始める。語り手は彼女の心理状況を要約する間接的な方法（NRSA）を採用している。これは語り手が強くコントロールした地の文に近い形であるが、Retornyng ... の分詞構文は Criseyde の視点を反映するように思える。Peasall (1986) は、分詞構文が主節と乖離して独立的に位置付けられることを（§11 の統語法の

曖昧性を参照)、罪深い心理の帰属を回避するCriseydeの心理に結び付けている。ギリシア側に留まろうとする根拠の畳みかけは、二重プリズム構造の第一プリズムの切り取り、つまり、彼女の正当化の論理を反映している。第二プリズムの読者は語り手の間接的なヴェールの背後にCriseydeの個性を認識するよう要請される。

7.3. おわりに

自由間接話法がもたらす曖昧性は、二重プリズム構造に位置付けると、以下のようにまとめられる。Criseydeは、TroilusやDiomedeの愛の受け入れに関して、宮廷理念や当時の社会理念に抵触するような状況(現象)を突きつけられる。作者は彼女に同情し、それを一歩下がって捉え(作者の切り取り)、自由間接話法で表している(表現)。表現上人物の視点が伏せて表わされ、読者は語り手の視点か人物の視点か(読者の読み取り)、解釈が曖昧になる可能性がある。

§8では、マクロ構造とミクロ構造の中間にある文と文の結び付け方、談話構造に着目してみよう。この談話構造を二重プリズム構造に位置付け、発話者の切り取り方、表現法、そして読者の解釈行為への参加を記述することにする。

8. テクスト領域の曖昧性：談話構造

8.1. はじめに：二重プリズム構造と談話構造

　§7で述べたように、*Troilus and Criseyde* は、語り手の地の文に加え、人物の会話が多く挿入されている。当事者において、会話は合理的・円滑に進行し、理念的に遂行されているように受け取られる。このような進行は、彼らが文と文の繋がり、即ち、談話的なテクストを認識しているからこそ許されるものである。

　しかし、本作品でこの工夫はただ単に合理性・円滑さを導くだけでなく、心理的でもあることは注意を要する。会話の心理的な展開とそれがもたらす曖昧性は、二重プリズム構造に位置付けると、次のように説明される。人物に要請される行為（現象）が名誉に抵触するのではないかと考えられる場合（人物の切り取り方）、談話理解を暗黙のうちの了解（表現）にして、押し進める場合がある。このような合理化・円滑さ（表現）は、テクスト内の当事者はともかくも（人物としての第一プリズム、人物としての第二プリズム）、第三者、即ち、本テクストを読解する立場にある聴衆・読者（第二プリズム）には問題的である。ここには虚構故の読解の二重性、即ち、当事者同士のインタープレイと当事者と聴衆・読者のインタープレイがある。聴衆・読者にとっては、合理化されればされる程、情報が少なく提供されるわけで、解釈行為への積極的な参加（読者の読み取り）が要請される。[1] 彼らが文と文にどのような関係性を見出すかについて、度合いの問題（解釈）が生じてくる。

　Halliday and Hasan (1976) は、文と文の意味連関を作る重要な要素として非構造的な結束性（cohesion）と構造的な情報構造（information structure）に着目している。このような談話レベルの意味連関は、

Jakobson (1960) を援用すると、結合軸上の近接性の作用に他ならない。読者の推論の関与は否めないものである。

　結束性は、Halliday and Hasan (1976) によると、1) のように分類される。

1) a. reference
   b. substitution
   c. ellipsis
   d. conjunction
   e. lexical cohesion

1) a は代名詞や指示詞等による先行詞との指示関係、1) b は置換表現、1) c は語句の省略表現、1) d は文と文の接続詞を介した関係付け、1) e は、語の反復や変奏による概念の保持である。Halliday and Hasan (1976: 327) は、1) は日常会話の談話だけでなく、他の形態、特に語り (narrative)（韻文を含む）においても顕著に観察されることを指摘している。*Troilus and Criseyde* にこのような仕組みが適用されても自然なことである。

　情報構造について、Halliday and Hasan は、主題と題述、既知情報と未知情報の配列の仕方を指摘している。更に、大江 (1984) は、現象を言葉で切り取る人間の認知過程、語順に投影される認識の順序に注目している。*Troilus and Criseyde* は、言うまでもなく詩で書かれており、韻律や脚韻（rime royal）に合わせた語の配列がなされている (Masui 1964 を参照)。この配列が日常言語としての情報的意味を加味しているか、それとも本来の情報的意味は抑制的で、韻律に強く縛られれているかの判定は難しい。しかし、Brewer (1977: 111) が、'Chaucer's poetic power is only rarely distilled in a word or a phrase; it is to be sought in the paragraph and even larger units' と述べているように、Chaucer が人物のイメージや心の動きに敏感に、それを語順に反映したとしても不思議

ではない。認識の順序の想定の有無によって、作者が切り取る現象の在りようが変化し、違った人物観が浮かび上がってくる。

本章では、結束性と語順の問題を二重プリズム構造に位置付けて、曖昧が何故またどのように生起するか、そのプロセスを叙述する。

8.2. 結束性の曖昧性：1) a (reference), b (substitution), c (ellipsis) を中心に

Pandarus は Troilus が Criseyde に恋し、告白できないで苦悶していることに同情して、二人の恋を取りもとうとする。彼は彼女の館に来て、Troilus の恋を伝えようとする。2) はその会話の導入部である。

2) "For, nece, by the goddesse Mynerve,
　　And Jupiter, that maketh the thondre rynge,
　　And by the blisful Venus that I serve,
　　Ye ben the womman in this world lyvynge--
　　Withouten paramours, to my wyttynge--
　　That I best love, and lothest am to greve;
　　And *that* ye weten wel youreself, I leve."　　Tr 2.232-8

that (2.238) は前方照応の指示詞 (demonstrative reference) である。話し手 Pandarus と聞き手 Criseyde との間で、既知情報として了解されている。文頭位置に置かれ、先行文脈との結束性が強調されている。常識的には確かにそうである。しかし、どのように結束しているのかと詮索してみると、that の指示は Pandarus の誓言による断定とは裏腹に、非断定的である。つまり、§11 の統語法及び §13 の声（音）で具体的に示すように、直前の文、'Ye ben the womman in this world lyvynge-- / Withouten paramours, to my wyttynge-- / That I best love, and lothest am to greve' の解釈が問題になる。この文は、読者が Pandarus の発話意図（Pandarus と Criseyde の信頼関係、Criseyde と彼女の恋人の存在）

をどのように想定するかで、Withouten paramours の位置付けが異なってくる。当該句を後ろの I best love... greve に関係付けるか、直前の lyvynge に関係付けるかで、2つの解釈を許す。現象の問題性を認識する読者には、二人の会話は暗黙のうちの了解（that）として解釈の綾を残しつつ行われたと推論できる。

3）は、Criseyde と Pandarus の対話で、Criseyde が自分の名誉を守り、しかも「友情愛」（Swych love of frendes 2.379）の枠内で Troilus の愛を受け入れる、というくだりである。

3）"And here I make a protestacioun
　　That in this proces if ye *depper* go,
　　That certeynly, for no salvacioun
　　Of yow, though that ye sterven bothe two,
　　Though al the world on o day be my fo,
　　Ne shal I nevere of hym han *other* routhe."
　　"*I graunte wel,*" quod Pandare, "by my trowthe.

　　"But may I truste wel to yow," quod he,
　　"That of this thyng that ye han hight me here,
　　Ye wole it holden trewely unto me?"
　　"*Ye, doutelees,*" quod she, "myn uncle deere."
　　"Ne that I shal han cause in this matere,"
　　Quod he, "to pleyne, or ofter yow to preche?"
　　"*Why, no, parde;* what nedeth moore speche?"　　Tr 2.484-97

会話は一般に話し手と聞き手から見て多くの暗黙のうちの了解、前提ないし省略部分から構成されている。3）もそうである。2.485 の比較級 if ye depper go、2.489 の other は潜在的な起点、than ...が前提になっている。[2] 2.490 の同意を示す定型句 I graunte wel、2.494 の Ye, doutelees、

8. テクスト領域の曖昧性：談話構造

そして否定を表す定型句 2.497 の no, parde は、先行する陳述ないし問いかけが前提になっている。[3] 二人の会話は円滑かつ速やかに展開している。しかし省略された要素を再現しようとすると、それは見かけ程明確ではない。2.485 の「この件でもっと深入りするならば」と言う時の比較の起点は、Criseyde の名誉に対する考え方、また Pandarus の言う町に流布している友情愛 Swych love of frendes (2.379) の適用範囲に関係し、これまた程度問題である。更に、この Swych も比較の起点が暗黙のうちの了解になっている。2.489 の「絶対にこれ以上の哀れみはかけない」と言う時の基準点も意味深長で、哀れみの情自体が程度問題となっている。[4] それに対し Pandarus は I graunte wel (2.490) と同意するが、Criseyde の「... 以上」に不確定要素が伴うので、彼の同意も同様不明なままである。Pandarus の「このこと (this thyng 2.492) は、本当に守ってくれると信頼していいね」に対して、2.494 で Criseyde は同意するが、同意の内容が何かとなると依然問題が残る。最後に 2.497 の否定 Why, no は、Pandarus の「この件で自分が不平不満を述べたりもっと説得的になったりすることはないか」に Criseyde が応えたものだが、この質疑・応答に対して、Criseyde と Pandarus の間で具体的には何が共通理解されたのか、依然不明なままに置かれている。二重プリズム構造の対人関係、第一プリズムと第二プリズムを構成する登場人物は、暗黙のうちの了解として前進しようとしている。しかし、第二プリズムの聴衆・読者にとって、前提の確認が更にもう一つの前提を呼んで不確定性が残り、最終的には彼らの推量に委ねられ、曖昧になる。

　Pandaurs の話に Criseyde は好奇心をかきたてられ、Troilus の恋をどのように知ったのか、二人以外は知らないのか、恋について彼は巧く話すことができるか、と尋ねる。二人は徐々に打ち解けて、Pandarus は 4) のような言葉遊び (double entendre) を彼女に仕掛ける。

4) "And right good thrift, I prey to God, have ye,

> That han swich oon ykaught withouten net!
> And be ye wis as ye be fair to see,
> Wel in the ryng than is the ruby set.
> Ther were nevere two so wel ymet,
> Whan ye ben his al hool as he is youre;
> Ther myghty God graunte us see *that* houre!"
>
> "Nay, *therof* spak I nought, ha, ha!" quod she;
> "As helpe me God, ye shenden every deel!"
> "O, mercy, dere nece," anon quod he,
> "*What* so I spak, I mente naught but wel,
> By Mars, the god that helmed is of steel!
> Now beth naught wroth, my blood, my nece dere."
> "Now wel," quod she, "foryeven be *it* here!"   Tr 2.582-95

Criseyde が「すっかり」(hool 2.587=wholly; Cf. hole) Troilus のものになった時、「指輪」に「ルビー」がぴったりおさまる (2.584-7) には、Gordon (1970) や Ross (1974) が指摘する通り、性的な含意がある。Pandarus の祈願文での指示詞を使った that houre (2.588)、それを受けた Criseyde の代名詞 therof (2.589)、それに続く Pandarus による自由関係節 What so I spak (2.592) (What は substitution に準ずる働きをしている)、最期に Criseyde の代名詞 it (2.595) は、それぞれ同じものを指示すると考えられる。が、それは決して表層的には具体化されない (exophoric)。[5] Pandarus と Criseyde は行為の反社会性を意識し、暗黙のうちの了解として押し進めている。

　Pandarus が帰った後、思いに耽っていると、Troilus の凱旋に周りが騒ぎ出す。5) に示すように、彼女の視線は勇壮で若く溌剌とした Troilus に注がれる。[6]

5) So lik a man of armes and a knyght
   He was to seen, fulfilled of heigh prowesse,
   For bothe he hadde a body and a myght
   To don *that thing*, as wel as hardynesse;
   And ek to seen hym in his gere hym dresse,
   So fressh, so yong, so weldy semed he,
   It was an heven upon hym for to see.   Tr 2.631-7

「彼は勇気だけでなく、that thing (2.634) をする体と力があった」において、指示詞 that と代用語 thing は、[7] 具体的には何を指示するだろうか。騎士に関する一般的な属性として捉えると、that をテクスト内界照応 (endophoric) の前方照応 (anaphoric) で取り、直前の軍事的行為に関係付けることになる。[8] 他方、Criseyde が男性の肉体に強く魅せられたとして、彼女の心理に即して捉えると、テクスト外界照応 (exophoric) で Troilus の性的な行為を含意することにもなろう。[9] 後者について、thing は当該の意味の euphemism として Chaucer も使っているものである。[10] 読者が Criseyde の心理状態をどのように仮定するかで解釈が別れ、曖昧性が生まれてくる。

Pandarus は Troilus と Criseyde が密会する場を彼の家で作ろうと画策する。大雨の降る日を予見し、まさにその日に Criseyde を彼の家での夕食会に誘うのである。Troilus にも事前に知らせ、彼を自分の家で待機させておくのである。Pandarus は当日彼女を訪れ、招待の意を伝える。彼女の立場を配慮して一方的に強く要請して彼女の同意を得る。その後の展開が 6) である。

6) Soone after this, she to hym gan to rowne,
   And axed hym if Troilus were there.
   He swor hire nay, for he was out of towne,

> And seyde, "*Nece, I pose that he were;*
> *Yow thurste nevere han the more fere;*
> For rather than men myghte hym ther aspie,
> Me were levere a thousand fold to dye."　　Tr 3.568-74

彼女は、「Troilus もいるのか」と小声で尋ねる。Pandarus はこれをただちに否定し、「彼は町から出ている」と言う。この質疑・応答を見る限り命題内容は明確である。しかし、その直後、「たとえいたとしても、これ以上恐れる必要はない、探し出せるものがいたとしたら自分は死んだ方がましだ」と付け加える。この付加は発話意図（発語内行為や含意）の問題として、次章の§9で詳しく取り上げる問題である。彼女は宮廷夫人としての名誉のために、Troilus がいると分かれば当然招待を断ることになる。Pandarus の否定はこれを配慮してのことであろう。この Pandarus の反応を彼女がどのように捉えたか、またいかに彼の招待を受けてゆくかを記述したのが 7) である。

7) Nought list myn auctour fully to declare
　　What that she thoughte whan he seyde so,
　　That Troilus was out of towne yfare,
　　As if he seyde therof soth or no;
　　But that, withowten await, with hym to go,
　　She graunted hym, sith he hire that bisoughte,
　　And, as his nece, obeyed as hire oughte.

　　But natheles, yet gan she hym biseche,
　　Although with hym to gon it was no fere,
　　For to ben war of goosissh poeples speche,
　　That dremen *thygnes* whiche as nevere were,
　　And wel avyse *hym* whom he broughte there;

And seyde hym, "Em, syn I moste on yow triste,
Loke al be wel, and do now as yow liste."

He swor hire yis, by stokkes and by stones,
　　And by the goddes that in hevene dwelle,　　Tr 3.575-90

「彼がそのように言った時」の so（3.576）の代用表現、「Criseyde がそのことについて」の therof（3.578）の代名詞は、その先行詞が何かと言えば明確である。しかし、その先行詞自体は、6) で述べたように、含意を伴い、解釈幅を残すものである。自由関係節で表される「彼女が思ったこと」（What that she thoughte（3.576））はまさにこの含意のことである。それは原典・著者のはっきり言いたくないこととして非情報的に留められている。テクスト内にいる第一プリズムの語り手は、プロットの展開を止めてわざわざこの点にこだわっている。しかし、テクストの外側にいて全体を読み取る第二プリズムの聴衆・読者に対して、それはやぶへびになるかもしれない。（この点も§9 の発話意図を参照。）

　また彼女は下衆の勘ぐりに Pandarus の注意を促し、彼らはまるでない「もの」（thygnes（3.585））を想像すると言うが、この代用表現の「もの」は包括的意味で読み取れる半面、4) で見たような特殊なスキャンダルの含意も読み取れる。（同様に thyng　3.763。）最後に彼女は Pandarus への信頼を理由に、万事を彼に委ね、好きなようにするよう頼む（3.587-8）。それに対して彼は「わかった」（3.589）と応ずる。Spearing（1976）は、yis は何に対して応答しているか、直前の彼女の依頼を受けているとしても、その依頼にある al（3.588）は何か、[11] また do の目的語は何か、[12] は依然として不明であると分析している。指示関係が暗黙のうちの了解となっているのである。上述した含意から捉えると、第一プリズムの彼女は包括性（一般論）を装って自分の名誉を守り、深層に Troilus との特殊な状況を潜めて依頼している。そして Pandarus はこの特殊性に応答したと

も言えるのである。勿論これは含意であり、却下可能であるので、第二プリズムの聴衆・読者に対して曖昧さが残る。

8) の what (3.844)、al ... that ... (3.845)、this (3.846)、doth right so (3.847)、そして 9) の herof (3.939) も同様で、その指示的意味は 7) の al と do の場合と大同小異である。

8) "Ye woot, ye, nece myn," quod he, "*what* is.
   I hope *al* shal be wel that is amys,
   For ye may quenche *al this*, if that yow leste--
   And doth right so, for I holde *it* the beste."   Tr 3.844-7

9) "Than, em," quod she, "*doth herof as yow list*.
   But er he com, I wil up first arise,   Tr 3.939-40

Criseyde は、Troilus との愛のクライマックスも束の間、トロイ・ギリシア戦争中の捕虜交換でギリシア陣営に送られることになる。彼女は Troilus に 10 日以内に帰ることを約束して行くことになる。そこに行く道すがら、彼女は護衛の任にあるギリシアの武将、Diomede にいきなり求愛される。彼女は父親 Calkas のところに身をよせる。10) は、Diomede が再度求愛するために彼女を訪れたところである。

10) Criseyde, at shorte wordes for to telle,
    Welcomed hym *and down hym by hire sette*--
    And he was ethe ynough to maken dwelle!   Tr 5.848-50

Roscow (1981) は省略による曖昧性を次のように分析している。5.849 の and の後に he が省略されていると仮定すると、Diomede が自ら進んで座ったとなる（この場合 him は再帰代名詞である）。他方、主語は Criseyde であるとすると、彼女が彼を座らせたと読み取られる。[13] 後者であると彼女の Diomede に対する歓待の積極的姿勢が強くな

る。尤も後者でも宮廷貴夫人の礼節（politeness）の身振りを語り手が言語化したに過ぎないとも取れる。[14]

　Diomede の求愛に対して無碍に断れない Criseyde は、ギリシアがトロイを勝ち取った暁には今までにないことをしよう、と 11) のように応答する。しかし、確率的には戦況でトロイが劣勢にあることは明らかである。The Franklin's Tale で Dorigen が彼女に言い寄る近習、Aulerius に約束する「あの不気味な岩がなくなれば、恋に応じてやろう」という言葉よりは遙かに現実性の高いものである。

11) "Myn herte is now in tribulacioun,
　　And ye in armes bisy day by day.
　　Herafter, whan ye wonnen han the town,
　　Peraventure so it happen may
　　That whan I se *that* nevere yit I say
　　Than wol I werke *that* I nevere wroughte!
　　This word to yow ynough suffisen oughte.

　　"To-morwe ek wol I speken with yow fayn,
　　So that ye touchen naught of this matere.
　　And whan yow list, ye may come here ayayn;
　　And er ye gon, *thus muche* I sey yow here:　　Tr 5.988-98

wol I werke that I nevere wroughte (5.993) において、自由関係詞 that の中身は、外界照応的で話者 Criseyde と聞き手 Diomede の意図を通してのみ同定可能である。This word（5.994）の指示もこれに連動する。更に言えば、最後の代用表現 thus muche（5.998）もそうである。(Cf.「この件（this matere）に触れなければ」5.996。）指示詞の同定にはその分強く Diomede の推論が必要である。当然彼は自分の期待を満たす方向に関係付けてゆくのである。Criseyde は自分の名誉を精一杯に守

りつつ、同時に含意を利用して彼の気持ちをも満たしている。

　Criseyde は 10 日以内に Troilus のところに帰ると約束したが、その期日を過ぎても帰っては来ない。Troilus が不安と疑念の中で夢を見るのが 12) である。夢の中で Troilus は Criseyde と猪とが抱き合っているのを目にする。

> 12) So on a day he leyde hym doun to slepe,
>   And so byfel that yn his slep hym thoughte
>   That in a forest faste he welk to wepe
>   For love of here that hym these peynes wroughte;
>   And up and doun as he the forest soughte,
>   He mette he saugh a bor with tuskes grete,
>   That slepte ayeyn the bryghte sonnes hete.
>
>   And by this bor, faste in his armes folde,
>   Lay, kyssyng ay, *his* lady bryght, Criseyde.
>   For sorwe of which, whan he it gan byholde,
>   And for despit, out of his slep he breyde,　　Tr 5.1233-43

これは§4の 22) で既に取りあげた例である。his lady bryght の代名詞 his の観点から捉え直してみよう。5.1240 の代名詞は、§4で見たように、写字生の異同、編者の異同が著しく見られた。ここでは正反対に異同は見られない。確かに her lady bryght はあり得ない。his が正しい。しかしその指示内容はそれほどに明らかだろうか。この his の中身に関しては、写字生のみならず編者も沈黙している。ここでは読者が積極的にその読みに係わっていかざるを得ない。his は 2 つの指示を可能にするように思える。一つは、すぐ前の猪である（後に占い師 Cassandre によって Diomede の喩えであることが明らかにされる）。そこでは Criseyde は猪ないし Diomede に既に所有されていると見なされる。Criseyde は猪・

Diomede の愛を受け入れたことになる。二つ目は、夢を見ている、Criseyde の恋人、Troilus である。この場面は彼の夢の内容である。Troilus が疑心暗記になって「自分」の恋人がどうなっているのかと懸念しているところである。ここでは Criseyde はまだ Troilus に所有されている。Troilus の Criseyde への期待感からするとこれが自然である。小さな語 his においても Chaucer の言語の内包性の深さの一端が垣間見られる。

以上のように、1) a, b, c は本来談話間の結束性を高めるものだが、*Troilus and Criseyde* では倫理的に問題的な現象に対し、それを切り取る第一プリズム（人物）、そしてそれを読み取る第二プリズム（人物）、即ち、当事者間で暗黙のうちの了解として用いられた。この暗黙のうちの了解としての表現法は、第二プリズムの聴衆・読者の推論（近接性）を刺激し、その再建の仕方が複数想定されると、最終的に曖昧に読み取られる可能性がある。

8.3. 結束性の曖昧性：1) d（conjunction）の因果関係を中心に

8.3.1. 因果関係と主観性の濃淡

Halliday and Hasan (1976: 321) は、談話の接続関係に 'external' と 'internal' な場合があることを指摘している。因果関係はその典型的な一つである。'external' は彼の言う 'ideational' の世界、他方 'internal' は彼の 'interpersonal' の世界に対応する。[15] ここで世界とは因果関係の適用世界のことである。前者は客観的・論理的な因果関係、後者は話者の見解の入った主観的な因果関係を問題にする。[16] 因果関係はそもそも話者・聞き手の推論の上に成り立ち、[17] 'external' か 'internal' かは当初より微妙な問題を孕んでいると言ってもよい。

Troilus and Criseyde の人物は、既に述べたように、社会的に見れば非倫理的な行動を釈明して前進するようにし向けられている。そのため本

作品は、ロマンス作品にふさわしいというよりは、*The Canterbury Tales* の道徳的ないし聖書釈義的な作品 Melibee や The Parson's Tale に近いような説明的な（expository）な文体特徴を有している。しかもやっかいなのは、これら一連の因果関係の判定は単純ではない。というのも判定者は、作品世界の全体を見通している作者、「信頼できない語り手」（unreliable narrator）またはフィクショナルキャラクター、そして彼らの説明を読み取る読者と、少なくとも3種類あるからである。第二プリズムの読者が第一プリズムの語り手や人物の視点をいかに想定するかで、因果関係の表現が 'external' にも 'internal' にもなり、適用が揺れる。原因・理由と言うのは、実際はそれがあって結果が生ずるものだが、人間の認識レベルでは、通例既に起こった行動に対し後から理由を推論するわけで、このような曖昧な状態は不可避であると言える。

　因果関係の表現 'external'、'internal' のうち 'external' は今まで多く論じられてきている（OED/MED, Mitchell 1985, Kerkhof 1982 等）。[18] が、'internal' は実際にはしばしば、ともすれば 'external' 以上に使われているにも拘わらず、十分に注意されていない。'internal' は話者の認識法と意図が係わり、語用論の領域に跨って機能している。この点で Peasall (1986: 17) と Smith (1992: 277) は注意に値する。[19] 語り手や人物の心理状態に係わり、当該表現の微妙さや破綻（subversion）が示唆されている。しかし前者は Criseyde の選択の論理と表現法（and による根拠の連鎖）が、後者は syn の paronomasia（since と sin の同音異義語の効用）が主眼であり、因果関係そのものついては副次的な扱いである。この点では、今尚再考の余地があると言える。

8.3.2. 検証：Tr 3.561-947 の場合

　以下では、3.561-947 に焦点をあてて考察する。場面は作中の重要な転換点の一つで、Troilus と Criseyde の愛が Pandarus の計画によって、大きく押し進められるところである。因果関係の表現は、人物だけでなく

8. テクスト領域の曖昧性：談話構造

語り手によっても微妙な心理的な陰影で使われている。Pandarus は、Troilus と Criseyde を彼の家で密会させようと計画する (3.193-200)。彼は激しい嵐が起こる日を選び、Troilus を彼の家で待機させ、Criseyde を彼の家での夕食に招待する。因果関係の観点から見ると、語り手は彼女がどのようにこの誘いを受けたかを、13), 14) のように説明している。(同引用の分析は§4の12) のメタテクストと§9の発話意図の分析も参照。)

13) At which she lough, and gan hire faste excuse,
And seyde, "It reyneth; lo, how sholde I gon?"
"Lat be," quod he, "ne stant nought thus to muse.
This moot be don! Ye shal be ther anon."
So at the laste herof they fille aton,   Tr 3.561-5

Nought list myn auctour fully to declare
What that she thoughte whan he seyde so,
That Troilus was out of towne yfare,
As if he seyde therof soth or no;
But that, withowten await, with hym to go,
She graunted hym, *sith* he hire that bisoughte,
And, as his nece, obeyed as hire oughte.   Tr 3.575-81

14) But natheles, yet gan she hym biseche,
Although with hym to gon it was no fere,
For to ben war of goosissh poeples speche,
That dremen thynges whiche as nevere were,
And wel avyse hym whom he broughte there;
And seyde hym, "Em, *syn* I moste on yow triste,

Loke al be wel, and do now as yow liste."

　　　He swor hire yis, by stokkes and by stones,　　Tr 3.582-9

13) の sith (3.580) と syn (3.587) は、[20] 'external'、'internal' のうちいずれに位置付けられるだろうか。前者は帰結節 (She graunted hym (3.580)) との関係で、'external' か 'internal' かは、選択の余地がある。後者は命令文と共起し、聞き手に対する話者の情意的働きかけである。潜在的な 'I ask/command' と結び付いている。よってここでは 'internal' な機能を持つと言える。

　Pandarus が彼の家での夕食会に Criseyde を招待することは、Troilus が待機していることもあり道徳的な問題を含んでいる。語り手は彼女の受諾の扱いに慎重で、彼女の選択の余地を意識的に除去している。当該行為を Pandarus が義務付ける際の法助動詞の使用 (3.564)、次いで sith 節での因果関係 (3.580) がそれである。因果関係が 'external' であれば、彼女の当該行為に対する読者の判断の関与は否定される。

　他方、彼女は受諾に対して好意的に思っていたのではないかというヒントがある。(3.568-9, 575-8, 579: withowten await の前置は、彼女の心理の優先順位を示唆しているようでもある。§4のメタテクスト及び§8.5を参照。) もし Criseyde が Troilus のいることを直観的に知っている、あるいはもっと積極的にそれを望んでいるとすると、語り手の 'external' な因果関係は怪しいものとなる。彼は彼女の宮廷夫人としての名誉を守る立場に共感し、理由を付け加えた嫌いがある。つまりこの理由表現は、二重プリズム構造で現象を切り取る第一プリズム、即ち、話者の 'internal' な認識が反映したものともなる。

　syn (3.587) は 'internal' な因果関係である。彼女は当該行為を Pandarus との信頼関係に訴えることで、潜在的に非倫理的にもなる行為を他発的にフレーム化し、責任回避して前進している。

8. テクスト領域の曖昧性：談話構造

　Pandarus の家での夕食会の後 Criseyde は帰ろうとするが、彼が予測していた通り突如大嵐となる。彼女は逗留を余儀なくされる。語り手は彼女の逗留の理由を述べるが、それは 15) のように神意に依拠している。

15) But O Fortune, executrice of wierdes,
　　O influences of thise hevenes hye!
　　Soth is, that under God ye ben oure hierdes,
　　Though to us bestes ben the *causez* wrie.
　　This mene I now: *for* she gan homward hye,
　　But execut was al bisyde hire leve
　　The goddes wil, *for which* she moste bleve.　　Tr 3.617-23

接続詞 for (3.621)、前置詞句 for which (3.623) による理由説明は、彼女の逗留は彼女の意志ではなく、神意であることを強調している。これは語り手が Criseyde の名誉を配慮する立場からすれば、確かにそうである。しかし、これは Pandarus の人為的な計画の一環にあり、もっと意味深長なことには、彼女は Troilus に会うのを期待して来たかもしれないのである。読者は語り手の因果関係に対しその妥当性を懐疑するよう促される。[21]

　Criseyde は Pandarus の家に逗留することに同意し、16) のように直接話法でその理由を述べている。

16) "I wol," quod she, "myn uncle lief and deere;
　　Syn that yow list, it skile is to be so.　　Tr 3.645-6

Criseyde の観点から見れば、「叔父の Pandarus に好ましいのだから、そうするのが道理」となる。この因果関係は叔父・姪の信頼関係あるいは宮廷の礼節に拠るとなる。彼女は自分の名誉を保持するために、客観的にそう述べた、と言えよう。しかし、これは、13) や 15) で見たように、彼女のスキャンダルになりかねない行動を押し進める際の自己選択権の放棄、

第一プリズムである彼女の情意が働いた（internal）使用と言うこともできる。

　Pandarus は待機している Troilus に Criseyde との愛の成就の近いことを告げ、彼女の寝室に入る。Troilus が彼女の Horaste への愛（Pandarus の虚構）のために気も狂わんばかりだと伝え、彼を寝室に連れてくる口実にする。Troilus が来ることは誰にも知られていない、だから危害も罪もない（3.865 8, 876 8, 911 3）と強調し、彼を彼女のベッドに受け入れるよう説得する。Pandarus は彼女の名誉を守るように用意周到である。17), 18), 19) を見られたい。17) では、誤解の修復に対する彼女の能力を強調し、それこそ最善だと言う。

 17) I hope al shal be wel that is amys,
   For ye may quenche al this, if that yow leste--
   And doth right so, *for* I holde it the beste." Tr 3.845-7

しかし、Pandarus の観点から見て（I holde）最善（the beste）なのである。18) は、彼女が即座に Troilus を受け入れる妥当性を力説している。

 18) "So shal I do to-morwe, ywys," quod she,
   "And God toforn, so that it shal suffise."
   "To-morwe?　Allas, that were a fair!" quod he;
   "Nay, nay, it may nat stonden in this wise,
   For, nece myn, thus writen clerkes wise,
   That peril is with drecchyng ydrawe;
   Nay, swiche abodes ben nought worth an hawe.

   "Nece, alle thyng hath tyme, I dar avowe;
   For whan a chaumbre afire is or an halle,
   Wel more nede is, it sodeynly rescowe

8. テクスト領域の曖昧性：談話構造

> Than to dispute and axe amonges alle
> How this candel in the strawe is falle.
> A, benedicite! For al among that fare
> The harm is don, and fare-wel feldefare!   Tr 3.848-61

19) は、誰も見ていないなら罪にはならないことを強調している。

> 19) That dar I seyn, *now ther is but we two.*
> But wel I woot that ye wol nat do so;
> *Ye ben to wys to doon so gret folie,*
> *To putte his lif al nyght in jupertie."*   Tr 3.865-8

> "Now loke thanne, if ye that ben his love
> Shul putte his lif al night in jupertie
> For thyng of nought, now by that God above,
> *Naught oonly this delay comth of folie,*
> *But of malice*, if that I shal naught lie.
> What! Platly, and ye suffre hym in destresse,
> *Ye neyther bounte don ne gentilesse."*   Tr 3.876-82

> "Now have I told what peril he is inne,
> And *his comynge unwist is to every wight;*
> *Ne, parde, harm may ther be non, ne synne:*
> I wol myself be with yow al this nyght.
> Ye knowe ek how it is youre owen knyght,
> And that bi right ye moste upon hym triste,
> And I al prest to fecche hym whan yow liste."   Tr 3.911-7

発話の根拠を述べる 'internal' な for は、alle thyng hath tyme (3.855)

のような抽象命題の導入に好んで用いられている。[22] この for 節では諺や喩えが通常導入される。根拠付け（一般化・道徳化）のために、Pandarus は宮廷的または宗教的な理念を畳みかけている。wys (3.867), bounte (3.882), gentilesse (3.882), harm ... non (3.913), ne synne (3.913) がそれである。しかし、Troilus の受け入れを支持するこれらの徳目と彼の打算的で実益主義的なコメント、now ther is but we two (3.865) と his comynge unwist is to every wight (3.912) の併置は問題的である。彼は Troilus と Criseyde との非倫理的な行為を、他の者に知られない限り、有徳と見なしている。これは宮廷恋愛の「秘密の規律」に合致するが、キリスト教的な観点から見れば批判を促すものでもある。諺は情念と理性の葛藤する現実の困難点を回避するために使われている。この因果関係は道徳的と言うよりはもっと心理的で、名誉が壊れやすい状況下に置かれた宮廷貴婦人 Criseyde への配慮から生まれてきた可能性がある。

20) の 3.918-24 は、Troilus を受け入れる直前の Criseyde の心理描写である。既に§4の1）と§7の5）で取り上げた用例である。ここでは因果関係の観点から見直してみよう。

20) This accident *so* pitous was to here,
　　And ek *so* like a sooth at prime face,
　　And Troilus hire knyght to hir *so* deere,
　　His prive comyng, and the siker place,
　　That though that she did hym as thanne a grace,
　　Considered alle thynges as they stoode,
　　No wonder is, *syn* she did al *for* goode.

　　Criseyde answerde, "As wisly God at reste
　　My soule brynge, as me is for hym wo!

8. テクスト領域の曖昧性：談話構造

> And em, iwis, *fayn wolde I don the beste,*
> If that ich hadde grace to do so;
> But whether that ye dwelle or for hym go,
> I am, til God me bettre mynde sende,
> At dulcarnoun, right at my wittes ende." Tr 3.918-31

　Troilus を受け入れることの妥当性を強調するために、語り手は一連の根拠（pitous, sooth, deere, prive, siker）を so ...で畳みかけ、that ...でその帰結を述べ、更に根拠 syn she did al for goode (3.924) を付加して終えている。上記の根拠は中世において宮廷的ないし宗教的な理念に係わりがある。＜哀れみ深い＞（pitous）は宮廷理念＜気高さ＞（gentilesse）の資質の中心的なもので、Virgin Mary の＜哀れみ＞をも喚起する。grace は宮廷的な＜善意または優美＞、また宗教的な＜恩寵＞を容易に連想される。prive は、宮廷的な＜秘密＞だけでなく＜神の神秘＞の連想がある。このような根拠を通して聴衆・読者は、Criseyde が Troilus を受け入れることの妥当性を認めるよう要請される。

　語り手は Criseyde に同情的で、彼の見解は彼女の見解に接近する（§7 の話法を参照）。この部分は彼女の心理状態についての語り手の判断かそれともその直接的な反映か曖昧である。3.922-4 について、現在形による記述 No wonder is は注目に値する。語り手と聴衆のインタープレイの常套句だが、[23] このような状況に対する当代の反応を確かめているようにも見える。即ち、既に起こったことから考慮すると、Criseyde が Troilus に grace を与えたとしても聴衆にとって不思議ではないとなる。syn による理由は、no wonder is の後に回されており、後思案的（internal）に付加したものであろう。この箇所は自由間接話法と言うよりは、語り手の見解（弁護的な釈明）に傾いている。

　上記の非道徳的な行為への道徳的な用語の応用は、カムフラージュとして完全に成功しているのではなく、キリスト教を信仰する聴衆には却って

懐疑を促す要因でもある。Pandarus 的な正当化 His prive comyng, and the siker place、及び霊的な grace と密会の場所 place の脚韻位置での相互反響は、この批判的な解釈を暗示している。[24] 全体を見通している作者は、この因果関係は「現状に対して最善を尽くす」(fayn wolde I don the beste 3.927) という Criseyde の習性（相対的な対応）から起こっている、と言っているようである。Criseyde は問題的な行動を社会的な外圧に屈して行動することで、宮廷貴婦人の立場と自分の情念という双方の要求を満たしている。

　Criseyde は、21) のように、選択権を完全に Pandarus に委ねることで自分の行為を正当化している。

21) "Than, em," quod she, "doth herof as yow list.
　　But er he com, I wil up first arise,
　　And for the love of God, *syn* al my trist
　　Is on yow two, and ye ben bothe wise,
　　So werketh now in so discret a wise
　　That I honour may have, and he plesaunce:
　　For I am here al in youre governaunce."

　　"That is wel seyd," quod he, "my nece deere.
　　Ther good thrift on that wise gentil herte!　　Tr 3.939-47

最初の syn (3.941) による因果関係は、命令文と共起しているので、'internal' に機能している。二番目の For (3.945) も同類で、彼女の前述の発話の根拠を示したものである。3.944 の編集上のコロンがそれを示唆している。Criseyde は叔父への信頼 (trist)、彼の分別 (wise)、慎重さ (discret)、そして彼女の名誉 (honour) を根拠に、自分を完全に彼の支配下に置いている。このようにして彼女は前進できるのである (Cf. Pandarus の Criseyde の決断に対する評価 that wise gentil herte 3.947)。

8. テクスト領域の曖昧性：談話構造

読者にとって、20) で見たコンテクストが持続的で、この因果関係の妥当性は見解の問題である。

Criseyde は Troilus を彼女のベッドに受け入れる時、22) のように、彼に哀れみをかけた経緯を説明する。

22) "Lo, herte myn, as wolde the excellence
　　Of love, ayeins the which that no man may--
　　Ne oughte ek--goodly make resistence,
　　And ek *bycause* I felte wel and say
　　Youre grete trouthe and servise every day,
　　And that youre herte al myn was, soth to seyne,
　　This *drof* me for to rewe upon youre peyne.　　Tr 3.988-94

Criseyde が Troilus に哀れみをかけたのは、誰にも抵抗できない愛の概念の卓越性のため、また宮廷的・宗教的な徳目 (trouthe, servise; youre herte al myn was) のためである。Troilus はこれらの根拠を信ずるよう説得される。しかし、これはこの場で現象を切り取る第一プリズム、即ち、彼女の意図によってコントロールされた、あるいは可変的な状況に応じて柔軟に変わりうる彼女の能力によるものともとれる。[25] 彼女の哀れみのきっかけが、Troilus の凱旋場面での彼女の一目惚れである可能性は、既に§6 で述べた。また既に見てきた因果関係に彼女の見解が潜むことからも (3.580-1, 588-9, 918-24)、彼女は実際にそのように振る舞ったというよりは、理想的な宮廷貴婦人としていかに振る舞うべきかを述べているように思える。ここにも因果関係の客観と主観（意図）の未分化性が窺える。

以上のように、因果関係は、第一プリズムを構成する人物達が潜在的に非道徳的な行為（二重プリズム構造の現象）を要請され、しかし彼らが理想主義に敏感であるという局面で多用されている。語り手も人物の心情を追体験するように因果関係をしばしば用いている。彼らはどのようにすれ

ば難局を乗り越えられるか、その対策を示しているようでもある。

　因果関係は、我々の認識面では原因よりも結果が、その逆よりも先に観察される傾向がある。このことは本作品にも当てはまる。Criseyde の心変わりは原典のプロットから継承されたものである。しかし、何故彼女が裏切ったかは、現象の切り取り手を表す第一プリズム、即ち、作家の推論ないし再解釈に委ねられている。意味深長なことには、このことはもう一つの第一プリズム、作品内のフィクショナルキャラクターにも当てはまる。問題の行為の選択が先に来て、後でその理由を推論している。Criseyde の心変わりは、反復的な根拠（これは宗教的な徳目から宮廷的な理念、そして Pandarus に代表される実益主義的な指図まで広がる）によって正当付けられている。しかし、作品全般に渡って観察できる第二プリズムの読者は、物語の関与者に対して彼らの心情に沿って見るだけでなく、距離を置いて見ることもできる。この因果関係は、人物が難局に対応するために彼らの習性・性格によって色付けられた 'internal' なもので、必ずしも客観的・論理的なものではないことが分かる。読者は言語構造上では含意的で、恐らくは話者によってもその場の感情で動き、無意識的であるかもしれない、'I think' または 'I intend to say/mean' 等のフィルターを意識するよう促される。このようなフィルターは、syn や for に凝縮された意味の一部である。読者がこのフィルターをどの程度強く意識するかで解釈が曖昧になる可能性がある。Chaucer はこのような因果関係に伴う含意を人物の性格の道徳的な状態（moral status）を測る手段として使用しているように思える。

8.4. 結束性の曖昧性：1）e (lexical cohesion) を中心に

　語の反復・変奏は、中世文学の口承伝達において聴衆に対してキーとなる概念を保つ上で不可欠であり、またそれを実現する最も単純な方法である。[26] Chaucer がこの方法を頻繁に使用していることは言うまでもない。しかし、語がどのような概念を凝縮するかは、反復の際文脈が必ずしも同

種ではなく、推移し、あるいは逆転することすらあり、全く同一とは言い難い。意味論的にみれば、それぞれの文脈的要素を吸収して陰影を変えながら、談話上の結束性が維持されている。先行文脈の残像が第二プリズムの読者に維持される限り、両者は相互作用を引き起こし、意味の陰影を深めてゆく（外山（1962）の「残像」を参照）。ここでは残像効果のいくつかのタイプを紹介するに留めたい。

まず本作品で繰り返し現れる聖と俗の相互作用を見てみよう。§5のメタテクストで、愛の概念、第3巻冒頭部分の God loveth ... (3.12-4) がすぐ後 amorous (3.17) で反復・変奏され、普遍的な価値と地上的（生殖的）な価値が相互作用することを指摘した。また§6の主題の曖昧性では、愛の概念が自然愛 (lawe of kynde) から宮廷恋愛、そして絶対的なキリスト教の愛まで反復・変奏され、互いに意味を動かしていることを指摘した。

Troilus と Criseyde の愛のクライマックスを表す表現「天上の至福」(blisse in hevene) の反復は、間テクスト的に見れば、これは本来宗教的なテクストに相応しいものである。「愛の宗教」との関連で、宮廷恋愛に適用され、二人の愛の肉体的な結び付きを記述している (3.704, 3.1202-4, 3.1599-60, 3.1658-9)。他方、物語の最終部では本来の宗教的な意味で用いられている (5.1818-9)。後者の残像を残し、それまで繰り返されたきた例を遡及的に見直すと、聖と俗の緊張関係が一層増してゆくように思われる。[27]

第1巻で恋人を嘲笑した Troilus の笑い (smyle 1.194, 1.329) は、第5巻の Troilus が死後第8天界に登り、地上の人間の無知を洞察した笑い (lough 5.1821) に対応している。前者は盲目的な地上世界の笑いであり、後者は視点の閉塞状況を脱却した宇宙的な笑いである。聖と俗の相互作用が物語の冒頭と最終部という語りの全体を見通して起こる点でユニークである。

2番目に人智の及ばない運命と人間の性格の相互作用を見てみよう。

Boece では、slydynge は運命の流動性を表す形容辞として使われている (slydynge Fortune Bo1.m5.34)。*Troilus and Criseyde* では、第5巻の Criseyde が捕虜交換で送られたギリシア陣営において、「Troy と Troilus が彼女の心を滑り抜けてゆく」という出来事に (slide 5.769)、そしてすぐ後彼女の「心の移ろい」(slydynge of corage 5.825) に適用されている。間テクスト的な反復も含めて考えると、最後の slydynge による心理描写は、運命の流動性の残像が残り、彼女の性格に直接出来するのか、それとも運命の影響によるのか、境界が曖昧になっている。(詳細な分析は§12.2 の slydynge とその関連語を参照。)

3番目に pite のような同じ概念を表す語がコンテクストによってその指示対象が真反対になる場合を見てみよう。Criseyde は Troilus に哀れみをかけて彼の愛を受け入れるが (routhe 4.1673)、同様にギリシア陣営において Diomede に求愛され、彼に哀れみをかけることで (routhe 5.1000) 受け入れてゆこうとする。彼女の哀れみは、作中一貫して持続・強調されているが (例えば pite 5.824)、プラスの価値にもマイナスの価値にもなり諸刃の刃として機能している。(詳しくは§12.5 の pite の分析を参照。)

4番目に諺が半面真理として全く反対の場面で使われる場合もある。23) は、Pandarus が恋の成就を絶望視する Troilus に、諺を使って激励するところである。

23)　"For thilke grownd that bereth the wedes wikke
　　　Bereth ek thise holsom herbes, as ful ofte
　　　Next the foule netle, rough and thikke,
　　　The rose waxeth swoote and smothe and softe;
　　　And *next* the valeye is the hil o-lofte;
　　　And *next* the derke nyght the glade morwe;
　　　And also joie is *next* the fyn of sorwe.　　Tr 1.946-52

Pandarus は「雑草が生える土地に薬草が生え、汚らしい棘のある木の近

8. テクスト領域の曖昧性：談話構造

くに心地よいバラが、谷の隣に丘が、暗い夜の隣に喜ばしい朝が、悲しみの終わりのすぐ近くに喜びがある」と一つの概念を変奏して Troilus を勇気づけている。Pandarus は愛の肯定的価値に焦点を当てている。（この諺は、Whiting (1968) の J61 に登録されている。'Joy after wo, and wo after gladness (varied) Chaucer CT I (A) 2841, Usk 82.180, CT II (B) 421-4, Lydgate Troy I 157, 471-2, Temple 17.397, etc.'）しかし、この対照的な価値の併置は、今プラス面を浮き立てたとしても、状況が変われば逆にマイナス面が浮上する含みがある。読者に対して物語冒頭で Troilus の運命 Fro wo to wele, and after out of joie (1.4) が示されている。全体的な流れを見据えると、Troilus と Criseyde の愛は第1巻から第3巻までは上昇的だが、第4巻から第5巻は下降的である。Pandarus の諺は前者に当てはまるが、皮肉にも後者を暗示することにもなり曖昧である。

Pandarus は逆境の Troilus を励ますに当たって、ある時には Fortune is comune (1.843) を肯定的（マイナスからプラスに変わる）価値で用い、またある時には hire yiftes ben comune (4.392) を否定的（プラスからマイナスに変わる）価値で用いている。また彼は同じ諺「物事にはタイミングがある」を、Troilus に「落ち着いてやるように」という意味で (for every thing hath tyme 2.989)、他方、ある時には Criseyde に「速くやるように」(alle thyng hath tyme 3.855) という意味で用いている。Pandarus は臨機応変に対応するが、このような流動性は結果的には彼の助言の破綻に繋がってゆくものである。

最後に、Masui (1964) によって既に指摘されている脚韻ペアの反復もここに位置付けることができる。脚韻ペア Troie-joie は、語 (Troie) と語 (joie) の意味的共鳴がまずあり、同時にそれがユニットとして文脈を推移し、異質な文脈を跨って共鳴するという二重のレベルで共鳴している。二人の愛の展開的・上昇的な場面では、肯定的に共鳴し合うが (2.643-4, 2.881-2)、他方、二人の愛が危うくなり、破綻してゆく下降的な場面では

(5.729-31, 5.1546-7)、前者の残像を残す分、アイロニカルな意味の緊張を作り出している。(§13の声(音)を参照。)

　語の反復や変奏は結束性に貢献するが、細部を見るとそれは文脈の推移と相まって微妙な意味の相互作用、つまり曖昧性を生み出している。残像の強弱は、二重プリズム構造の第二プリズム、即ち、読者の当該項目への関心の強さや記憶に係わり、最終的には彼らの推論作用に左右されるものである。

8.5. 語順と情報構造に見られる曖昧性

　Chaucer は、一語、一文の単位ではなく、談話的な単位も考慮に入れながら書き進めていったと考えられる。*Troilus and Criseyde* において、文要素の配列は rime royal の韻律パタンに制御される。しかし、コミュニケーションである以上、同時に情報的な観点が入ったとしても異常ではないように思われる。文要素の配列に対し、読者は語り手や人物の情報操作を想定しても不自然ではあるまい。[28]

　ここでは、従来あまり注意されることのなかった語の配列に話者の認識の順序が想定される例を2、3挙げてみよう。二重プリズム構造の現象に関して、一つの可能性は、話者の切り取りが心理的に近接した対象からそうでないものへと順序付ける、というものである。この近接の性質は、場面によって可変的である。もう一つの可能性は、話者は現象を総合的に認識したのであるが、言語の線状構造によるため、あるいはまた韻律パタンに即したため、偶発的にそうなったというものである。ここでの曖昧性は語順に対し、二重プリズム構造の第一プリズム、即ち、人物の認識の順序を認めるか否かで生起するものである。

　Criseyde は Pandarus よって届けられた Troilus の手紙に対し、表面上は礼節と自制心を忘れない。24) は、語の配列から見ると、内実は興奮しているように読み取られる。no lenger と streght into hire closet の前置に注意されたい。

24) Criseyde aros, *no lenger* she ne stente,
　　But *streght into hire closet* wente anon,
　　And set hire doun as stylle as any ston,
　　And every word gan up and down to wynde
　　That he had seyd, as it com hire to mynde,　　Tr 2.598-602

副詞 streght は脚韻語の anon と共起し、この性急さを支持している。彼女は食い入るように読み、一語一語を心の中で巡らせる。Criseyde は初めて Troilus が凱旋する様子を眼下に見て、§6で見たように、Who yaf me drynke? (2.651) とつぶやき、彼女の思考に顔を赤らめる。そして彼女の思考の中で、Troilus の属性を思い巡らせる。この属性のリストが、外観的なものから始まり、その延長線上に gentilesse が位置付けられ、またこの語で終わることを§7の自由間接話法で指摘した (2.1266-8: To telle in short, hire liked al in-fere, / His persoun, his aray, his look, his chere, / His goodly manere, and his gentilesse を参照)。

24) と同様な前置詞句の前置は、And streght into hire chambre gan she gon (2.1173) や And into a closet, for t'avise hire bettre, / She wente allone, ... (2.1215-6) にも見られ、彼女が Troilus の手紙を一人で読もうとして、また書こうとして性急になっている心情が読み取れる。

25) は、Pandarus の家での夕食会に招待された時、Criseyde が Troilus がいるのではないかと躊躇したところである。彼女の思考は明確にされていないが、語順の前置を見る限り、彼女はむしろ期待していたのではないかという反応を示している。

25) Nought list myn auctour fully to declare
　　What that she thoughte when he seyde so,
　　That Troilus was out of towne yfare,
　　As if he seyde therof soth or no;

> But that, *withowten await*, with hym to go,
> She graunted hym, sith he hire that bisoughte,
> And, as his nece, obeyed as hire oughte.　　Tr 3.575-81

§4のメタテクストで示したように、様態を表す前置句 withowten await（立ち止まることなく）の前置は、通常語順（withowten await と次の行の she graunted との入れ換え）の場合に比べ、Pandarus の誘いに対する Criseyde の性急な反応がより明確である。α写本とγ写本はこの前置の配列である。β写本（H4、J、R、S1）のみ通常語順である。

　以上、語順が人物の認識の順序を反映して、心理的に近接したものから発話していると考えられる用例を扱った。勿論、この解釈は絶対的なものではない。語順に時間差が投影されるとしても、その意義付けは個人によって変わり得るからである。更に言えば、現象に対する同時的な認識かもしれない、韻律上の結果によるものかも知れない。ここには第二プリズムの読者が、現象の切り取り手である第一プリズムの認識の順序を、どのように想定するかで解釈が曖昧になる可能性がある。

8.6. おわりに

　本章では、談話の結束性と情報構造の問題がいかに曖昧性をもたらすかを、二重プリズム構造に位置付けて叙述した。社会・道徳的に見ると問題的な現象に対し、第一プリズムの当事者が暗黙のうちの了解として合理化（代名詞化、代用、省略）して表現する場合、第二プリズムの読者は推論を通して適切な指示物に結びつけるよう要請された。その時の想定の仕方が二様、三様になる時、曖昧性が残った。問題的な行動に対する話者の根拠付け（接続関係の一つ）は、読者がそれを客観・主観のいずれに読み取るかで、解釈の仕方が異なった。語の反復・変奏は、文脈の推移を伴って行われ、読者に対する残像効果と相まって、重層的で立体的な意味を促した。最後に語順は、現象に対する第一プリズム、即ち、人物の認識の順序

8. テクスト領域の曖昧性：談話構造

が関与しているようにみえた。そこでは人間の情動面を強調して読むことができた。しかしこのような想定は、絶対的ではなく、第二プリズムの読者にとって却下可能であり、曖昧性が残った。

　以上、テクスト領域に関して、いかに曖昧性が生起するか、二重プリズム構造に位置付け叙述した。§4のメタテクストでは、Ur-text のない Chaucer についてはテクストの理解に読者の参加が不可欠である。二重プリズム構造の読者、特に写字生と現代の刊本の編者の異同に着目した。異同において単なる誤りではなく、曖昧性の可能性を反映すると思われる箇所を考察した。§5の間テクスト性では、中世の文学創作の翻案の特性から（作者の現象の切り取りと表現の仕方に密接に係わる）、テクストとテクストの相互参照が必然的であり、残像効果が曖昧性の生起に深く関与することを指摘した。§6のテクスト構造では、テクストのマクロ構造、主題、人物の性格、プロットが、二重プリズム構造の現象、作者の切り取り、表現に対応し、本作品はそれぞれにおいて相対的・多面的で、曖昧性が残ることを検証した。§7の話法では、Criseyde の心変わりの描写が、語り手の客観的な言説か、人物の主観的な言説か、つまり誰の切り取りか（第一プリズム）が不明瞭な用例を取り上げ分析した。Chaucer は既に自由間接話法に準ずる話法を用いていることを指摘した。§8の談話構造では、社会通念に抵触する内容を話す際の暗黙のうちの了解にした会話、語の反復の残像効果、また語順における認識の順序の含意を取り上げた。各章で表現が複数の意味を内包して重層的になること、そしてそれが第二プリズムの読者を通して解釈が別れ、曖昧になる可能性を指摘した。

　テクスト自体の問題、テクストとテクストの関係、テクストのマクロ構造、話法、そして談話構造を見てきて、次には発話内容「——が——である、——が——する」に対し、発話者がどのような意図ないし態度で語っているのか、対人関係領域の問題を扱ってみよう。§9で発話意図、§10で法性を取り扱うことにする。

9. 対人関係領域の曖昧性：発話意図

9.1. はじめに：二重プリズム構造と発話意図

　発話意図は、二重プリズム構造に位置付けると、第二プリズムの読者が表現の構造から直接予測できる字義的意味ではなく、背後に第一プリズムである話者の意図を想定し、推論を通して浮上する意味である。既に§3で述べたように、Chaucerの創作した中世後期は、人権や言論の自由に対する意識は現代に比べて希薄であり、社会通念に反するかもしれない内容を表現するには、表現に適用幅を設ける必要があった。本章では、この適用幅が発話に対する話者の意図を介して実現し、読者がそれを読み解こうとして生起する曖昧性を考察する。[1]

　Austin (1962)[2] と Searle (1969)[3] は、発話には言語構造に直接的に依拠した構文論的意味 (locutionary force) とそれを基に聞き手に促す発語内行為 (illocutionary force) のあることを指摘した。発語内行為は、直接的と間接的に二分される。前者は遂行動詞を用いて当該行為を言語表層に表すものであり、後者はそれを表層化せず含意として言語の背後に留めるものである。後者がとりわけ意味論的には問題で曖昧性と大きく関連してくる。言語構造と発語内行為は、一対一の対応を示さず、場面に応じて流動的である。

　間接的発語内行為は、Grice (1975) の「会話の含意」とも関係する。これはコミュニケーションの成立条件を規定したものである。コミュニケーションを成立させるためには、上位公理として、話し手と聞き手の間で「共同の原則」（話し手はわからせようとするし、聞き手はわかろうとすること）が作用し、それを実現する下位公理として4つの公理が設定されている。「量の公理」、「質の公理」、「関連性の公理」は発話内容に係わり、

最後の「様態の公理」は表現方法に係わる。「量の公理」は言い過ぎても言い足りなくてもいけないことであり、「質の公理」は嘘を言ったり、根拠の不十分なことを言ってはいけないことである。「関連性の公理」は話の流れで繋がりのある、あるいは情報として妥当性のあることを言うことである。「様態の公理」は曖昧な言い方をせず、秩序正しく述べることである。間接的発語内行為は「量の公理」や「様態の公理」に見かけ上違反するが、尚かつ「共同の原理」が働いて浮上する含意である。つまり表現面では過小情報の提供であり、また表現が明瞭性に欠けているが、このギャップを聞き手が推論、例えば、因果関係（近接性）で埋めてコミュニケーションが成立する。以下の用例は、Austin/Searle と Grice を適宜援用して分析する。この含意の問題は、第一プリズムを構成するどの人物の言説にも観察できることを指摘し、その後まとまりのある談話を 2 例取り上げて検証する。

9.2. 人物・語り手の意図の曖昧性

Pandarus は Troilus の苦悶に深く同情し、自分に悲しみの原因を隠さないようにと 1) のように言う。

1) "I wol parten with the al thi peyne,
　　If it be so I do the no comfort,
　　As it is frendes right, soth for to seyne,
　　To entreparten wo as glad desport.
　　I have, and shal, for trewe or fals report,
　　In wrong and right iloved the al my lyve:
　　Hid nat thi wo fro me, but telle it blyve."　　Tr 1.589-95.

Pandarus は二人の友情を強調するが、その表現、for trewe or fals report, / In wrong and right iloved the は、問題的である。彼が中世のロマンスの騎士のように、事の正邪よりも友情を優先したのであれ

ば、[4)]字義通りに解釈できる。あるいは修辞的効果（誇張法）を狙って、友情の強さを示したのかもしれない。[5)] Troilus は Pandarus の友情の誓いに疑念を感じないどころか、彼との信頼関係を保つように対応している (1.596-602)。しかし、道徳的立場に立つ読者には、＜正邪を問わず＞は妥当性を欠いた表現となる。ここでは誇張の許容範囲を超えてアイロニーの含意が浮上する。

2) も 1) と同様で、Pandarus が Troilus の恋の協力者になる決意を示したものである。

2) Ne, by my trouthe, I kepe nat restreyne
   The fro thi love, *theigh that it were Eleyne*
   That is thi brother wif, if ich it wiste:
   Be what she be, and love hire as the liste!　　Tr 1.676-9

これは構文の示す通り字義的な意味（お兄さんの奥さんの Helen であれ誰であれ、愛せばよい）なのか、それともこの背後に Troilus の恋のために全力を尽くすという彼の誠意（含意）を伝えたのか。前者では非倫理的な発話内容に、後者では修辞的な誇張法として非道徳性は軽減される。この判断は聴衆・読者に委ねられる。

Pandarus の「自分の妹であれお前のものにしてやろう」も 1)、2) と軌を一にする。3) を見られたい。

3) For whoso list have helyng of his leche,
   To hym byhoveth first unwre his wownde.
   To Cerberus yn helle ay be I bounde,
   Were it for my suster, al thy sorwe,
   By my wil she sholde al be thyn to-morwe.　　Tr 1.857-61

語り手による Pandarus の言説に対するコメント Thise wordes seyde he for the nones alle (1.561)、Thise wordes seyde he for the nones alle

9. 対人関係領域の曖昧性：発話意図

(4.428) は、読者に対して字義通り（本気）でなく、当座目的の誇張として読み取るよう示唆する。しかし、この弁護的なコメントは、読者に逆に Pandarus の言説が妥当か否かを意識させている。

Diomede は、Criseyde が Troilus に帰ると約束した10日目に彼女を訪れ、執拗に求愛する。彼女は一方でトロイ、Troilus を愛し、他方でギリシア人を賞賛し、葛藤する。遂に彼の求愛に対し 4) のように応答する。

4) "Myn herte is now in tribulacioun,
　　And ye in armes bisy day by day.
　　Herafter, whan ye wonnen han the town,
　　Peraventure so it happen may
　　That whan I se that nevere yit I say
　　Than wol I werke that I nevere wroughte!
　　This word to yow ynough suffisen oughte.

　　"To-morwe ek wol I speken with yow fayn,
　　So that ye touchen naught of this matere.
　　And whan yow list, ye may come here ayayn;
　　And er ye gon, thus muche I sey yow here:
　　As help me Pallas with hire heres clere,
　　If that I sholde of any Grek han routhe,
　　It sholde be youreselven, by my trouthe!

　　"*I say nat therfore that I wol yow love,*
　　N'y say nat nay; but in conclusioun,
　　I mene wel, by God that sit above!"
　　And therwithal she caste hire eyen down,

And gan to sike, and seyde, "O Troie town,
Yet bidde I God in quiete and in reste
I may yow sen, or do myn herte breste."　　Tr 5.988-1008

彼女は「今まで見たことのないことが起これば、今までしたこともないことをしよう」(5.991-3)、また「もし哀れみを与えることがあるとしたら、あなたに与えよう」(5.1000-1) と約束する。Grice (1975) に即して見ると、「様態の公理」（不明瞭な言い方をするな）に違反している。法副詞 Peraventure の付加（§10.3 の法副詞を参照）、指示関係を意図的に不明瞭にすること（自由関係詞 that の使用 5.992-3）、指示関係は明確だが、あくまでも仮想的な問題（sholde の反復 5.1000-01）に留めていること、そして Diomede を愛するという叙述を否定し、またその否定を否定し（5.1002-3）、結果、I mene wel (5.1004) と中間的立場を保つこと、がそれである。状況次第ではどちらにも移行できる、Janus 的な表現法である。表層構造上、宮廷貴婦人として Troilus のことを想い、安易に Diomede に屈するわけにはいかない、かといって客観的状況から見て自己防衛を怠るわけにもいかない、といった二律背反的な彼女の心理が読み取れる。しかし、Diomede が共同の原理を強く働かせて推論すると、彼女は立場上このようにぼかしているが、深層では肯定的なのだと読み解いたかもしれない。ここの対話では Criseyce が第一プリズム、Diomede が第二プリズムである。Diomede の読み取りに対する解釈は勿論彼を全体的に観察する第二プリズム、読者によるものである。

　Troilus は Pandarus が Criseyde との恋を取り持ってくれたことに感謝し、彼の行為は、＜女衒＞ (bauderye 3.397) ではなく、＜気高さ＞、＜同情＞、＜友情＞、＜信頼＞ (gentilesse, / Compassioun, and felawship, and trist 3.402-3) である、＜似たものでも大きな違いがある＞ (diversite requered / Bytwixen thynges like 3.405-6) と断じる。そして感謝として Polixene, Cassandre, Eleyne (3.409-10) のどの姉妹で

あれ、Pandarus に差し出すと言う。Gordon (1970) は、Troilus を 'a pure and noble lover' と見なす批評家は、この言説を単なる 'hyperbole'（誇張）として看過するが、Pandarus がしたことはまさに bauderye であり、Troilus は意図に反して真実を言い当てた、とコメントしている。これは Pandarus の 2), 3) で見たのと同様に、Grice (1975) の「質の公理」及び「関連性の公理」の実行と違反に依拠して生ずる曖昧性である。ところで語り手は当該案件に対し Troilus も Pandarus も互いに満足したと書いている (3.421)。

Criseyde は Troilus の凱旋を目にし、「一目惚れ」ともとれる反応を示す (Who yaf me drynke? 2.651)。語り手はその疑念を否定するように、5) を付加している。これは原典 *Il Filostrato* への付加部である。

5) Now myghte som envious jangle thus:
   "This was a sodeyn love; how myght it be
   That she so lightly loved Troilus
   Right for the firste syghte, ye, parde?"
   Now whoso seith so, mote he nevere ythe!
   For every thing a gynnyng hath it nede
   Er al be wrought, withowten any drede.

   For I sey nought that she so sodeynly
   Yaf hym hire love, but that *she gan enclyne*
   To like hym first, and I have told yow whi;
   And after that, his manhod and his pyne
   Made love withinne hire for to myne,
   For which by proces and by good servyse
   He gat hire love, and in no sodeyn wyse.

> *And also blisful Venus, wel arrayed,*
> Sat in hire seventhe hous of hevene tho,
> Disposed wel, and with aspectes payed,
> *To helpe sely Troilus of his woo.*
> And soth to seyne, *she nas not al a foo*
> *To Troilus in his nativitee;*
> God woot that wel the sonner spedde he.   Tr 2.666-86

Who yaf me drynke? (2.651) が愛し始めを表すのか、それとも一目惚れを表すかで、この付加部の解釈は大きく違ってくる。前者であるなら、この部分は Searle (1969) の言う言葉の「誠実性条件」（発話意図に関して、言葉は誠実に語るというデフォルトの規定）を満たしている。しかし、もし後者であるなら、この部分は、Grice (1974) の「量の公理」、「質の公理」、「関連性の公理」、そして「様態の公理」の全てに違反している。「量の公理」の違反は、Criseyde の Troilus の愛の受け入れに対する段階性を過度に拡大することである。間テクスト的に見ると、原典への付加自体が既に「量」の拡大である。2.280-6 では Criseyde が Troilus の恋を受け入れる要因として、Troilus 誕生の際の Venus 神の天宮上の位置まで導入されている。「質の公理」の違反は、根拠の不十分なことを言うことである。「関連性の公理」の違反は、この場の状況から見て、自然な談話の因果関係としては容易に予測できないことを言うことである。そして「様態の公理：秩序正しく言え」の違反は、時間差を表す一連の表現に見られる ── 全ての行動に始点のあることを強調する一般論（2.671-2）、動詞の相（gan が単に韻律合わせのものでなく起動相を表す可能性）及び動詞の意味（enclyne, like）に依拠した段階表現（2.674-5）、そして接続詞や前置詞句による表現（And after that 2.676, by proces 2.678）。一目惚れなら時間差はあり得ない。表現と現象にギャップがあり、尚且つ読者に共同の原理が働くと、次のような推論が可能になる。語り手は、

Criseyde の宮廷貴婦人としての名誉を守るために、あるいは（彼女の実態とは別に）彼女の意図に沿うように弁護的な釈明をした。Donaldson (1970) が言う「語り手の 'rhetorical failure' を Chaucer はにやりと喜んでいる」は、Criseyde に付いたり離れたりする第一プリズムの切り取り方、即ち、語り手の二重意識（一目惚れでないと主張するが、結果はやぶへびである）を指しているように思える。

　物語が捕虜交換、そして彼女のギリシア側での裏切りへと下降してゆく時、語り手は、6) のように、それに先立ち彼の全体的なスタンスを示している。当該部は、原典 *Il Filostrato* への付加部である。

6) For how Criseyde Troilus forsook--
　　Or at the leeste, how that she was unkynde--
　　Moot hennesforth ben matere of my book,
　　As writen folk thorugh which it is in mynde.
　　Allas, that they sholde evere cause fynde
　　To speke hire harm! And if they on hire lye,
　　Iwis, hemself sholde han the vilanye.　　Tr 4.15-21

forsook をパラフレーズした or 以下の節が解釈上問題になる。桝井 (1962) は、語り手が Criseyde に同情し、（判断・評価を露わにしない）「中性的な語」unkynde で言い換えた、と解している。[6] 助動詞 Moot は同情の証と見なす。一方、Donaldson (1970) は、先に forsook と事実を明かにして、後にトーンダウンするのは 'anticlimax' であるとして、語り手の批判的なスタンスを強調している。後者は、Grice (1975) の「様態の公理」（秩序正しく言え）に違反し、尚且つ上位で「共同の原理」が働いて浮上する含意である。もし「同情」か「批判」か一つに読ませようとするなら、パラフレーズで併置する必要なかったであろう。解釈のずれは第二プリズムの読者に氷解できる筋のものではなく、第一プリズムの作者が故意にテクストに曖昧性を残したからではないかと思われる。

捕虜交換でギリシア陣営に送られた Criseyde は、騎士 Diomede にいきなり求愛される。それに対する彼女の返答が 7) である。

7) But natheles she *thonketh* Diomede
   Of al his travaile and his goode cheere,
   And that hym list his frendshipe hire to bede;
   And she *accepteth* it in good manere,
   And *wol do fayn* that is hym lief and dere,
   And *tristen* hym she wolde, and wel she myghte,
   As seyde she; and from hire hors sh'alighte. Tr 5.183-9

Criseyde の Diomede への返礼は、当時の宮廷作法での礼節を単純に表したとも（陳述）、また、そのように振舞うことで（特に 5.186-9）もっと積極的に彼の愛を受け入れようとする行為的意味（申し出、提案）を仄めかしたとも考えられる。たとえ Criseyde がそのように意図しなくても、Diomede に対し礼節としては「言い過ぎ」と読み取られると（Grice の「量の公理」に違反）、行為的意味が読み込まれる可能性がある。

Diomede は父親と一緒にいる Criseyde を訪れる。彼女にギリシア人の作法や営みを奇妙に思うかどうか、何故父親は彼女をしかるべき騎士と結婚させないのか、と尋ねる。8) を見られたい。

8) Fro that demaunde he so descendeth down
   To axen hire if that hire straunge thoughte
   The Grekis gise and werkes that they wroughte;

   And whi hire fader tarieth so longe
   To wedden hire unto som worthy wight.
   Criseyde, that was in hire peynes stronge
   For love of Troilus, hire owen knyght,

9. 対人関係領域の曖昧性：発話意図

> As ferforth as she konnyng hadde or myght
> Answerde hym tho; but as of his entente,
> *It semed nat she wiste what he mente.* 　　Tr 5.859-68

Diomede の Criseyde への質問 (axen hire if ... 5.860) は、単に情報提供を彼女に求めるだけでなく、彼女に対して自分の求愛を暗に示し、同時にそれを考慮して欲しいという、依頼ないし指図を示したとも言える。しかし、語り手は、読者のそのような推論を察してか、彼女は「彼の意図が何かは分からなかったようにみえた」(5.368) と断っている。このようにこだわること自体 Grice の「量の公理」の違反で、実際は逆ではないのか、の含意が浮上する。彼女は彼の意図に気付いたとしても、宮廷夫人としてそれに応じられない、また Troilus という恋人がいると言うこともできない状況がある。（Troilus との恋も社会的に見れば非倫理的で、表に出せないとう宮廷恋愛の一つの規律、「秘密」に支配されている。）語り手は、It semed nat ...と、真偽価値を保留しており、[7] 読者に一層解釈への参加を促している。

Diomede はトロイの滅びる運命を畳みかけ、Criseyde に執拗に求愛する。語り手は、その時の彼の表情・しぐさを 9) のように述べている。

9) And with that word he gan to waxen red,
   And *in his speche a litel wight he quok,*
   And *caste asyde a litel wight his hed,*
   And stynte a while; and afterward he wok,
   And sobreliche on hire he threw his lok,
   And seyde, "I am, al be it yow no joie,
   As gentil man as any wight in Troie. 　　Tr 5.925-31

Diomede の表情・しぐさは、Criseyde に対し打算的な彼も彼女を前に引き付けられ、動揺したのか、それとも故意（a litel wight 5.926, 5.927

に注意）に彼女にそのように見せて、同情を引こうとしたのか、微妙な揺らぎがある。Grice の「質の公理」の実現・違反に係わる問題である。前者なら打算的な Diomede にも人間的な側面があるという証になるし、後者なら打算的な人間の枠内に留まるものである。[8]

　以上、人物や語り手は、二重プリズム構造の現象、即ち、社会通念に反するかもしれない内容を表現する時、表現に一定の幅（構文論的意味と発語内行為・含意）を残す必要があった。第二プリズムの読者は、現象を切り取る第一プリズム、つまり、彼らの意図を想定して、構文論的な意味に関係付けるか、それとも発語内行為や含意に関係付けるかで、解釈が揺れ曖昧性が生起することが理解できた。

9.3. 曖昧性の統合的検討 1）：Tr 3.554-603

　10）〜15）は、Pandarus が彼の家での夕食会に Criseyde を招待する時のものである。ここでの夕食会は、Troilus と Criseyde の愛の結合を導くための口実である。発話意図の観点から読み直してみよう。Pandarus は、10）のように、Criseyde に彼の家での夕食会に来るよう要請する。夕食会の後、嵐のために彼女は帰れなくなると予測している。Troilus には彼の家で待機するよう指示している。

10) Whan he was com, he gan anon to pleye
　　As he was wont, and of hymself to jape;
　　And finaly he swor and gan hire seye,
　　By this and that, *she sholde hym nought escape,*
　　Ne lenger don hym after hire to cape;
　　But *certeynly she moste, by hire leve,*
　　Come soupen in his hous with hym at eve.

　　At which she lough, and gan hire faste excuse,

9. 対人関係領域の曖昧性：発話意図

> And seyde, "It reyneth; lo, how sholde I gon?"
> "Lat be," quod he, "ne stant nought thus to muse.
> *This moot be don! Ye shal be ther anon.*"
> So at the laste herof they fille aton,
> Or elles, softe he swor hire in hire ere,
> He nolde nevere comen ther she were.　　Tr 3.554-67

Pandarus は、Criseyde に来ることを強制し (3.547, 3.549-50)、彼女の判断が入り、責任が生ずることを回避している。彼女は彼の強い要請に遂に折れるが、11) のように Troilus がその場にいるかと小声で尋ねる。

> 11) Soone after this, she to hym gan to rowne,
> And *axed hym if Troilus were there.*
> He swor hire nay, for he was out of towne,
> And seyde, "Nece, *I pose that he were;*
> *Yow thurste nevere han the more fere;*
> For rather than men myghte hym ther aspie,
> Me were levere a thousand fold to dye."　　Tr 3.568-74

「小声」(rowne) での彼女の質問 (axed hym if ...) は、単に情報提供を求めたものか、それとも質問することで、Troilus がいることへの期待、あるいはそうしてほしいと間接的に Pandarus に依頼したのだろうか。[9)] Pandarus は「いない」と彼女の問を否定する。彼女は宮廷貴婦人としての名誉のために、Troilus がいるとわかれば、当然招待を断わらざるを得ない。Pandarus の否定はこれを配慮してのことであろう (Criseyde は、断定的に否定されることで、行動できることになる)。しかし、直後「いたとしても恐れるには及ばない。彼が見つかる位なら千回も死んだ方がましだ」と付け加える。Pandarus の付け加えは、Grice の「量の公理」(超過情報) ないし「関連性の公理」(否定の後、肯定を匂わす) の違反であ

る。Criseyde に「共同の原理」が働くと、「いない」と言う情報だけでは終わらない何か、ひょっとして Troilus はいるのではないかという推論を促したであろう。この間接的な意味は、Criseyde の間接的な依頼に呼応したものであるとも言える。ところで Pandarus は既に Troilus と Criseyde に二人が彼の家で会えるよう段取りすることを約束している (3. 193-6)。

この Pandarus の反応を彼女がどのように受けとめたか、またいかに彼の招待に応ずるかを記述したのが 12) である。

12) *Nought list myn auctour fully to declare*
 What that she thoughte whan he seyde so,
 That Troilus was out of towne yfare,
 As if he seyde therof soth or no;
 But that, withowten await, with hym to go,
 She graunted hym, sith he hire that bisoughte,
 And, as his nece, obeyed as hire oughte. Tr 3.575-81

語り手によれば、Pandarus が本当とも嘘とも言える感じで、Troilus は町から出ていると言った時、原典の著者は Criseyde がどのように感じたかは、はっきりと言いたくないのだ、である。これは Grice の「量の公理」に違反している (低情報)。間テクスト的に言うと、原著者 Boccaccio はこのような記述をしていない。この点では「質の公理」にも違反している (嘘を言うな)。しかし、「共同の原理」が働くと、Criseyde は「知っている」がそのように言えば彼女の名誉に抵触するので、このように表現したと読み取れる。しかし、これはあくまでも読者の推論であり、却下可能である。

Criseyde は、13) のように、夕食会の招待客に言及し、在りもしない話をでっち上げる人がいると注意する。

9. 対人関係領域の曖昧性：発話意図

13) But natheles, *yet gan she hym biseche,*
Although with hym to gon it was no fere,
For to ben war of goosisssh poeples speche,
That dremen thynges whiche as nevere were,
And wel avyse hym whom he broughte there;
And seyde hym, "Em, syn I moste on yow triste,
Loke al be wel, and do now as yow liste."　Tr 3.582-88

このように人目を気にするのは、Criseyde の宮廷貴婦人としての礼節であるのか、それとも「量の公理」に違反しているのか（超過情報）。後者であると、Pandarus との間で「共同の原理」が働き、Troilus がいることを前提にして、Pandarus に細心な注意を念押ししているように見える。

　このような含意を含めたやりとりで、Criseyde は Pandarus に全てを委託する。彼は彼女に 14) のように応える。

14) He swor hire *yis*, by stokkes and by stones,　Tr 3.589

§8 の省略で述べたが、yis は、Grice の観点を加えて扱うと、「量の公理」の違反（何に対する省略か言われていない：低情報）、また「様態の公理」の違反（省略部分を確定してもその中身が明瞭に埋められない：al ... do 3.588 は指示的に見て不特定）である。Criseyde の含意（3.587-8）に対して Pandarus も含意で対応したように読み取れる。

　語り手は、15) のように、Pandarus の家での夕食会で、Criseyde は Troilus の待機を知っていないと確認している。

15) But who was glad now, who, as trowe ye,
　　But Troilus, that stood and myght it se
　　Thoroughout a litel wyndow in a stewe,
　　Ther he bishet syn mydnyght was in mewe,

Unwist of every wight but of Pandare?   Tr 3.599-603

　もし Criseyde が Pandarus の仄めかし (3.570-4) で Troilus がいることに気付いたなら、あるいは彼女が Pandarus の二人を彼の家で会わせると言う約束 (3.193-6) を覚えているなら、Grice の「質の公理」への違反は避けられないであろう。含意は、「知っていない」と言わなければ、宮廷貴婦人としての Criseyde は参加できないということである。勿論「もし...」の仮定が成立しなければ、含意は却下される。

　以上、二重プリズム構造の現象、社会的に見ると問題的な案件を、Pandarus と Criseyde が含意を通して対話し、かつ押し進め、また語り手が当該案件について読者と含意を巡ってインタープレイしていることを例証した。[10] 第二プリズムの読書が含意をどのように読み取るかで、曖昧性が生起することが理解できた。

9.4. 曖昧性の統合的検討 2）: Tr 5.1009-50

　Diomede は Criseyde が Troilus にトロイに帰ると約束したまさに 10 日目に彼女を訪れ、求愛する。彼女の反応は§9.2 で見た通りである。しかし、16) のように、Diomede は、新たに彼女に圧力をかけ、哀れみを願い求める。そして彼女の手袋を手に入れる。

> 16) But in effect, and shortly for to seye,
> This Diomede al fresshly newe ayeyn
> Gan pressen on, and faste hire mercy preye;
> And after this, the sothe for to seyn,
> *Hire glove he took,* of which he was ful feyn;
> And finaly, whan it was woxen eve
> And al was wel, he roos and tok his leve.   Tr 5.1009-15

Hire glove he took は、近接性（包含関係：物で心を伝える）が働いた

9. 対人関係領域の曖昧性：発話意図

と言えるし、また類似性（身体領域から心理領域への拡張）が連動したとも言える。このような客観と主観の融合は宮廷恋愛の認識法としては、ごく自然なものである。Donaldson (1970: 80) は、心も同時に与えた、と解している。しかし、これはあくまでも含意である。Diomede は彼女に手袋を差し出すよう強く圧力をかけたのかもしれないし、あるいは彼女は宮廷貴婦人の礼儀作法を示しただけかもしれない。もしそうであるなら心理的な意味「心」は却下される。

　もしこの時点で Criseyde が Diomede に心を与えたとすると、以下の彼女の逡巡は、結果に対する後付けの理由で、彼女の自己弁護となる。Criseyde は、ギリシア陣営に来て 10 日目、17) のように、Diomede の言葉を反芻しながら床に入る。

17) And Signifer his candels sheweth brighte
　　Whan that Criseyde unto hire bedde wente
　　Inwith hire fadres faire brighte tente,

　　Retornyng in hire soule ay up and down
　　The wordes of this sodeyn Diomede,
　　His grete estat, and perel of the town,
　　And that she was allone and hadde nede
　　Of frendes help; and thus bygan to brede
　　The cause whi, the sothe for to telle,
　　That she took fully purpos for to dwelle.　　Tr 5.1020-9

Criseyde のギリシア陣営に留まる根拠を記述しながら、語り手は彼女の思考を追体験している。[11] この発話は、彼女の主観が入る余地がある（§7 の自由間接話法を参照）。一つの解釈は、本当に今ギリシア陣営に残ろうと思い始めている、というものである。もう一つの解釈は、16) で既に済ませた決断を宮廷貴婦人に相応しく、彼女の意図で再度始めていること

である。この再開始については、5.993-4, 5.1000-4. 5.1013 を見られたい。現実とは裏腹に彼女の意図で宮廷貴婦人としての誇りを維持しようとしている。

　決断が段階的であるという論理は、彼女が凱旋する Troilus を見て、心が引き付けられる場面でも見られる。彼女のアサイド、Who yaf me drynke? (2.651) で吐露する一目惚れともとれる反応 —— 語り手の当該部についての弁解的なコメント、He gat hire love, and in no sodeyn wyse (2.679) —— 愛の両面価値についての自己討論 (2.703-63, 771-805) とそこでの決意、He which that nothing undertaketh, / Nothyng n'acheveth, be hym looth or deere (2.807-8) —— Antigone による愛の賛歌 (2.827-75) —— ナイチンゲールの恋の歌 (2.918-24) —— 彼女の眠りと夢：鷲がやって来て彼女の心臓（心）と彼のそれとを交換して飛び立って行く (2.925-31: he fleigh, with herte left for herte 2.931)。彼女の決断の真の迷いとも、決断の後の宮廷貴婦人に相応しい正当化ともとれる。Criseyde も語り手も協力し合って論理を展開している。

　翌、11 日目の朝、18) のように、Diomede は Criseyde を訪れ、彼女の苦痛の大半を除去する。

18)　The morwen com, and gostly for to speke,
　　　This Diomede is come unto Criseyde;
　　　And shortly, lest that ye my tale breke,
　　　So wel he for hymselven spak and seyde
　　　That *alle hire sikes soore adown he leyde;*
　　　And finaly, the sothe for to seyne,
　　　He refte hire of the grete of al hire peyne.　　Tr 5.1030-6

時間の接続詞 And finaly で結び付けられた 2 つの行為 ——「彼は彼女の溜息を全て静めた」と「彼は彼女の全ての苦痛の大部分を除去した」の順序付けは読者の仮説により、妥当性のあるものにもないものにもなる。前

9. 対人関係領域の曖昧性：発話意図

者では、「溜息を静めること」は苦痛を削除することのほんの一部の行為であり、この後もっと本質的に「彼女の苦痛の削除」に繋がるのである。後者は、2つの行為は因果関係が密接で、時間関係を付けること自体不可能であるという立場である。Donaldson (1970: 80) は後者の立場に立っている。後者は、Grice に位置付けると、「質の公理」（根拠のないことを言うな）、「関連性の公理」（情報性のあることを言え）、「表現方法の公理」（秩序正しく言え）に違反している。「共同の原理」が働くと、次の含意が浮上する。Criseyde の段階的な心理の推移は、彼女の宮廷貴婦人の名誉に抵触しないように（恐らくは彼女の意図に共感して）、語り手が想像的に作り上げたものである。このように And finaly の時間差に対する前提自体が曖昧である。

Criseyde が Diomede に示した行為は、語り手には彼女が完全に屈するにはまだ不十分であると考えられている。18) の grete (5.1036) は、MED によれば、'8. (1) : the major part, important part' である。Diomede に屈するには、更に 19) のような段階を踏まなければならない。

19) *And after this* the storie telleth us
    That she hym yaf the faire baye stede
    The which he ones wan of Troilus;
    And ek a broche--and that was litel nede--
    That Troilus was, she yaf this Diomede.
    And ek, the bet from sorwe hym to releve,
    She made hym were a pencel of hire sleve.

    I fynde ek in stories elleswhere,
    Whan thorugh the body hurt was Diomede
    Of Troilus, tho wep she many a teere
    Whan that she saugh his wyde wowndes blede,

> *And* that she took, to kepen hym, good hede;
> *And* for to helen hym of his sorwes smerte,
> *Men seyn--I not--that she yaf hym hire herte.*   Tr 5.1037-50

And after this によって示される期間はテクスト上不明瞭である。仮説によって、この時間幅を短くしたり長くしたりすることができる。尤も271行前には Criseyde の決意、For which, withouten any wordes mo, / To Troie I wole, as for conclusioun (5.764-5) に対して、語り手は But God it wot, er fully monthes two, / She was ful fer fro that entencioun! (5.766-7) と述べている。彼女の Diomede への贈り物は、徐々に重要度が高まってゆくように順序付けられている：「Troilus のものであった栗毛の馬」、「Troilus のブローチ」、「彼女の袖の一部」、「Diomede の傷に彼女の涙」、「彼女の介抱」、そして最後に「彼女の心」である。(§8の情報構造と語順を参照。) and の繰り返しによって、一つ一つの贈り物が与えられる時、それぞれに時間差があり、hire herte までには相当長い時間がかかったように知らされる。しかし、他方で時間の区切りは月や年ではなく、日かあるいは時間であるかも知れないと疑うことも可能である。また Donaldson (1970) が指摘するように、最後の贈り物 hire herte は一連の贈り物に既に含まれているとも言える。もっと意味深長なのは、前述したように、10日目の Hire glove he took (5.1013) の時に、既に含まれていたかもしれないのである。

　以上の用例を縫い合わせてみると、二重プリズム構造で現象を切り取る語り手は Criseyde の slydynge of corage (5.825) の速度（現象）について、2つの時間世界を構築しているように思える。一方では、Criseyde に同情的で、発話で記述されたことを時間差を付けて読者に読み取るよう要請している。ここでは Criseyde が Diomede に対して心変わりする躊躇いと時間の長さが強調されている。他方、語り手は Criseyde に少し距離を置いて、読者に発話の記述の妥当性を疑うよう要請している。表現的

9. 対人関係領域の曖昧性：発話意図

には、時間の引き延ばしが顕著であるが、彼女の心の推移はもっと早い時に、恐らくは（Diomede が彼女の袖を手にした）10日目に起こったのではないかと推論させる。この時間の長短の相互作用は、ひいては Criseyde の性格像及び主題「愛」のイメージ（§6を参照）に連動するものである。

30行後に、語り手は、Criseyde の心変わりの時間の問題に注意している。

20) But trewely, *how longe it was bytwene*
    That she forsok hym for this Diomede,
    Ther is non auctour telleth it, I wene. ...
    For though that he bigan to wowe hire soone,
    Er he hire wan, *yet was ther more to doone.*　　Tr 5.1086-92

3.1334-6 で示唆されているように、第二プリズムの読者は自らの仮説に即して、時間を拡張したり（encresse: yet was ther more to doone 5.1092）、縮めたり（maken dymynucioun）するよう要請される。

9.5. おわりに

以上、発話意図を二重プリズム構造に位置付け、第一プリズムの人物や語り手が問題的な行為（現象）を表現の背後に潜め、適用幅のある言い方をしていること、そのため第二プリズムの読者は言語表層の意味を基に発語内行為ないし含意を汲み取るよう要請されることを検証した。読者が設定する仮説次第で、解釈が揺れることが分かった。一つの視点から推論する読者もいれば、複数の視点を持って推論する読者もいる。後者の場合、曖昧性は一読者においても生起することになる。

例証としては、まず人物ごとに発話意図を分析し、その後物語の現象において社会通念に抵触すると思われる箇所を2点取り上げ、総合的に検討した。発話意図がもたらす曖昧性は、§6の人物観を想定しながら浮上す

るもので、レベル間の協力が不可欠であることも理解できた。

　対人関係的な問題は、発語内行為だけでなく、発話内容に対する話者の態度（判断・推測）にも観察される。§10 では、法性がもたらす曖昧性を二重プリズム構造に位置付け、検証してみよう。

10. 対人関係領域の曖昧性：法性

10.1. はじめに：二重プリズム構造と法性

　Troilus and Criseyde は、Chaucer の人間理解への洞察が深まり、人間の心理への関心が高まった時期の作品である。Kittredge (1970) が 'psychological novel' と言うように、難局に置かれた人物の精神状態、彼らの行動への判断・評価がしばしば問題になっている。特に彼らの人間としての生身の在りようが社会的・道徳的な通念に抵触する時、どう理由付けて社会的に実現していくかが問題にされている。また流動的な状況の中で、彼らが行動の確実性の度合をいかに推論するかも重要な関心事である。行動の実現の根拠と行動の確実性の推論は、法性（modality）が担う中心的なところで、当該表現は本作品で重要な役割を果たしている。本章は心理的な曖昧性が際立って現れる個所である。

　二重プリズム構造に法表現を位置付けると、第一プリズムの発話者は命題（現象）に対する割り切れない精神状態を当該表現に重層的に凝縮することができる。命題を事実としてではなく、真偽の度合の問題として表すことは、第二プリズムの読者に対して別の解釈もあり得ること、本当はどうなのかと解釈への参加を促している。読者により発話者の心理状態に対する想定が異なる時、曖昧が残る。

　法表現には 1) のような方法がある。

1) a. 法助動詞（modal auxiliary）で表す方法
　　　may/myghte, wol/wolde, shal/sholde, moot/moste, owe/oughte, etc.

b. 法副詞（modal adverb）で表す方法（法性を表す前置詞句も含む）

certain, certainly, certes, in certein, dredeles, douteles, iwis, paraventure, paraunter, sikerly, sothe, sothly, forsothe, for sothe, trewely, etc.

c. 法動詞（modal lexical verb）で表す方法（形容詞や名詞を伴う動詞句も含む）

I gesse, I leve, I suppose, I trow, I understand, I undertake, trust (imperative) me, I wene, I woot, God woot, it is certein, I am certein, certein is that, that is douteles, soth is that, the soth is this, etc.

d. 形態（仮定法）で表す方法

Kerkhof (1982: 42-51): The subjunctive is used in adverbial clauses of place, time, condition (and supposition), result, purpose, concession and comparison. In most cases it denotes uncertainty, supposition, possibility, probability, desirability and the like, but occasionally, notably in clauses of time and concession mere facts may be indicated.

e. 音調で表す方法

Chaucer の文学の伝達方法は、第一義的には写本を聴衆に口承で伝えることであり、音調は命題の実現や真偽性の濃淡を表す上で極めて重要な役割を果たしたと考えられる。（§13 の声（音）を参照。）

本章では 1) a～c に着目し考察する。

10.2. 法助動詞が持つ曖昧性

　法助動詞に内包される人物の精神状態のうち、読者の判断が関与する次の2点に着目する。一つは、法助動詞の使用の背後にある「外的要因」(external causals) である。法助動詞は、話者が命題の実現に対して何らかの根拠、本論で言う「外的要因」を持って使われるものである。読者はその根拠をいかに推論するかという問題である。もう一つは、法助動詞の多義性、いわゆる「根源的意味」(root sense) と「認識的意味」(epistemic sense) の関係の仕方の問題である。

10.2.1. 外的要因の曖昧性：moot/moste を例に
10.2.1.1. moot/moste の意味発達と外的要因
　Chaucer の moot/moste は、歴史的に言えば、元は本動詞で「神によって配分された土地を所有する」を意味し、主語の動作・状態を記述することができた。しかし、動詞補部（不定詞）とのまとまりが強化されるに従って、命題内容に対して話者の判断・見解を加味する、いわゆる法助動詞の機能を発達させた。Chaucer が創作した中英語後期は、機能上の過渡期にあり、初期近代英語で確立する法助動詞の意味機能を充電していた。

　中英語までの意味推移を簡潔に辿ると、まずは本動詞としての原義から、命題内容に対して「能力」、「許可」を表す助動詞的な意味を発達させた。この意味は既に OE で見られる。この場合「許可」は神や制度の理念に係わった。確かに当該行為を聞き手が積極的に受け入れれば「許可」であるが、その実現が往々にして困難であり又は望んでいないことから、消極的意味合いで捉えられる傾向が出てきた。この後者の含意から「義務」が発達した。この「義務」の萌芽は既に OE 末期でみられ、中英語ではこの意味が中心的に発達した。[1)] この「義務」には、話者が想定する当該文の主語に行動を促す根拠「外的要因」が伴う。それは神や運命に依拠した客観的なものから、社会法や集団規律を経て、次第にもっと個人的ないし主観

的なものまで広がっていった。現代英語において、have to の「外的要因」が客観的で、must のそれが主観的あることは周知のことである。

　この「義務」は、更に発展的にその適用範囲を話者の想像世界に、つまり命題内容の確実性を推論する際にも適用された。この意味拡充にはメトニミー（因果関係）の推論方式が係わっている。現実世界でそうしなければならないのなら、そうすると考えなくてはならない（——するに違いない）となる。メタファーは結果としての領域拡張（社会・物理的世界から話者の精神世界）である。[2)]前半の「許可」・「義務」を表す意味は「根源的意味」、後半の推量の意味は「認識的意味」と呼ばれる。[3)] moot/moste の「認識的意味」は、「義務」を経て始まり、他の法助動詞、例えば、shal/sholde に比べて、その発達時期は遅い。先行研究（OED, MED, Visser (1969: 1810-1), Traugott (1989: 42)) で示されているように、14 世紀がその萌芽期であると言える。この両義的意味の内包は読者に対し幅広い読みを生むことになり、曖昧性の生起は自然のものとなる。以下、意味の展開に応じて見てゆくことにする。

10.2.1.2. 外的要因の相互作用

　§10.2.1.1. で見たように、Chaucer の moot/moste において、近代英語で定着する意味はほぼ出そろい、蓄えられた。とは言え意味頻度は同質的ではない。「許可」は後退的で、「認識的意味」は出始めたところである。最も活発に用いられたのは「義務」であった。本節では、この「義務」を使用する際に話者が依拠する根拠、「外的要因」に着目する。

　従来の法助動詞の史的研究は、目に見えない意味をできるだけ客観的に表すことに力点が置かれ、主として法助動詞と共起する統語的な要素に関連付けて行われてきた。Visser (1969)、小野 (1969)、Goossens (1987) 等がそれである。反面、言語構造そのものというよりはその構造を操作する主体に係わる要素は、意味論的に不可欠であるにも拘わらず、十分には調査されてこなかった。「外的要因」もその例外ではない。安藤 (1976)、

Traugott (1989)、中野 (1993) 等はその先駆的な業績と言える。Chaucer に関して言うと、この方面での正当な扱いは殆どなされていない状況である。Traugott の言うように、客観から主観への定方向性 (unidirectionality) を原理的に予測しても、実際の用例がどうかとなるとそう単純ではない。確かに客観的要因と主観的要因が個々別々に作用する場合、意味もその分明確に規定できる。が、Chaucer においては、往々にして両者がテンションをなし、その兼ね合いで意味に微妙な色合いが生じている。この兼ね合いの問題は、従来等閑視されてきた。本論では、この兼ね合いが第二プリズムの読者にいかに曖昧性を残すか、そのプロセスの一端を明らかにしたい。

10.2.1.3. 法助動詞の意味論：外的要因の位置付け

法助動詞は話者の精神状態に密接に係わり、大別して 2) に示す 3 つの条件を吸収・凝縮して、価値付けられる。[4]

2) a. 命題内容条件
　　　ⅰ. 主語の人称（1, 2, 3 人称、有生、非有生）
　　　ⅱ. 主語の辞書特徴
　　　ⅲ. 述語動詞の相（動的、状態的）
　　　ⅳ. 述語動詞の時制（過去、現在、未来）
　　　ⅴ. 述語動詞の断定性（肯定、否定）
　　　ⅵ. 述語動詞の態（能動、受動）
　　　ⅶ. 述語動詞の辞書特徴
　　　ⅷ. 述語動詞の付加詞（時や場所を表す副詞句）

　b. 上位構造の条件（法助動詞を含む文ないしそれと共起する調和辞）
　　　ⅰ. 独立節内（文の機能：平叙文、疑問文、祈願文等）
　　　ⅱ. 主節内＋従属節（従属節の種類：副詞節、形容詞節、名詞節）

  ⅲ. 従属節内（従属節の種類：副詞節、形容詞節、名詞節）
  ⅳ. タイプ（慣用表現等）
  ⅴ. 調和辞（法助動詞と調和的に現れる *certes* 等の副詞句）

 c. 語用論的条件
  ⅰ. 話し手や聞き手の視点（誰の目で見ているか）
  ⅱ. 話し手と聞き手の社会関係（権威の強弱）
  ⅲ. 外的要因（法助動詞を使う時、話者が依拠する根拠）
  ⅳ. ジャンル（ロマンス、ファブリオー、説教、哲学等）

外的要因は語用論的条件の一つである。法助動詞は一般的に、3) のように、何らかの根拠があるから使用される。

3) But I *moot* been in prisoun *thurgh Saturne,*
  And eek *thurgh Juno,* jalous and eek wood, KnT Ⅰ(A) 1328-9

騎士 Palamon と Arcite は共に捕虜になり投獄されるが、Arcite は友達の介在で出獄することが許される。この例は牢獄に残された Palamon が自分の不運を嘆いた時のものである。話者 Palamon は命題内容「私は監獄にいる」に対して態度的意味「義務」を加味する。彼の判断では、この命題が生ずる根拠は Saturne と Juno の神（の決定）にある。外的要因は、使用者の動機に密接に係わり、意味の輪郭を大きく方向付けるものである。

 命題内容に対する「義務」の態度は、「意欲」や「能力」のそれに対し、話者を縛る根拠は一層明確である。根拠が話者に対し内在的で自然発生的というよりは外在（圧）的にあるからである。それは言語外的に話者が住む物理・社会的世界の諸々の強制である。moot/moste は、同じ「義務」でも、sholde や oughte (to) に比べ、話者を縛る拘束性は一層強いものである。

10. 対人関係領域の曖昧性：法性

　外的要因はテクスト上ある時には顕在的で、またある時には自明のこととされている。前者の場合、法助動詞は理由を表す語句や節を伴って使われている（as/by/thrugh/for の後に理由；理由の後に and than/therefore/or ellis；the Apostle seith, by the sentence of Plato, etc. を付記して理由）。4) はその一部である。

4) a. He that is usaunt to this synne of glotonye, he ne may no synne withstonde.　He *moot* been in servage of alle vices, *for it is the develes hoord ther he hideth hym and resteth.*

ParsT X (I) 821

　b. And if myn housbonde eek it myghte espye,
　　I nere but lost; and therfore I yow preye,
　　Lene me this somme, or ellis moot I deye.　　ShipT VII 184-6

　c. This olde man gan looke in his visage,
　　And seyde thus: "*For I ne kan nat fynde
　　A man,* though that I walked into Ynde,
　　Neither in citee ne in no village,
　　*That wolde chaunge his youthe for myn age;
　　And therfore moot* I han myn age stille,
　　As longe tyme as it is Goddes wille.　　PardT VI (C) 720-6

　d. Eek *Plato seith,* whoso kan hym rede,
　　The wordes *moote* be cosyn to the dede.　　GP I (A) 741-2

他方、後者の潜在的な根拠は談話的にコンテクストを広げて、または非言語的で読者が推論を強く働かせて読み取られるものである。moot/moste の意味の振幅を最も意義深く使っているところである。

161

「外的要因」の在処は、Chaucer が生きた中世社会での認識法（epistemology）に深く係わる。要因において、話者の関与（speaker's involvement）が小さいものを客観的、大きいものを主観的と呼ぶことにすると、要因は徐々に主観性を強化し、多元化する。元々は「神」で、それに「人間」（社会集団としての規律）の選択肢が加えられ、そしてついには「個」のそれが加えられる。「置換され」ではなく「加えられ」と言うのは、中世の場合それぞれが共存しているからである。一般的に言って、中世では社会的地位と道徳的地位の対応が現代以上に強く要請され、要因が意識される時客観的であるのが原則である。外的要因は客観から主観へと、大ざっぱに 5）のように分けられる。

5）a. 自然現象の法則に依拠
　　b. 理性に依拠
　　　ⅰ）神（ないし聖人）の教えに依拠
　　　ⅱ）哲人（プラトン、アリストテレス等）の教えに依拠
　　　ⅲ）運命の強制力に依拠
　　c. 人間の常識に依拠：人間、動物、抽象物（喜び、悲しみ、愛、病気、秘密等）にみられる習性（常識的価値）
　　d. 人々の社会的役割ないし道徳に依拠（王、騎士、裁判官、法執行者、宮廷人、夫、妻等の務め）
　　e. 特定集団の決定事項に依拠（議会の決定、遊技（例えば馬上槍試合）の規則等）
　　f. 個人的な人間関係での約束

Chaucer においては、「神」（5）b）ないし「人間」（5）c/d/e）が中心的であるように思える。しかし、ここで注意すべきは、必ずしもこの二つは分離的でないことである。「神」から徐々に傾斜して「人間」面が強調され、あるいは「人間」と言っても背後に「神」の陰影が残り、両者の未分化性は否めない。[5]

10. 対人関係領域の曖昧性：法性

　ところでChaucerのmoste（過去形）の約半数が、（仮定法ではなく）直説法過去で用いられていること、また現代英語の客観的なhave toがなく、それを補完するようにも使われたことは、客観的含意を言語的にも支持している。無論現代英語のmustでも客観的な要因はあるが（聖書にみられる神意や天然現象等）、それは話者の主観の同調を通して、と考えるべきである。[6]

　上述の未分化性は「個」が関与すると更に大きな広がりをみせる。いつの時代であれ人間が言葉を話す以上、主観は付き物のはずで、もし違いがあるとすれば、有無ではなく程度差であり、またその表し方である。個性が許容・推進される時代とそうでない時代とでは大きな差がある。Chaucerの生きた中世後期は、既に述べたように、人権は勿論言論の自由が保障されていない時代であり、主観の表し方には工夫が必要であった。主観を表すのに客観（ないし社会通念）のフィルターを通して表すことがよく行われ、中世で多用されるアレゴリーや格言を用いた一般論はその端的な例である。これはmoot/mosteの外的要因にも当てはまる。客観的なことと判断し、それをストレートに義務づける場合もあれば、他方、主観的な思い（個人の意図・作為）――通例コンテクストに伏せられている――を客観的に装って義務付ける場合もある。ここでは客観と主観が未分化的・融合的に使われている。この後者の用法は、二重プリズム構造において現象を切り取る第一プリズム、即ち、Chaucerが生身の人間の在りようを追求する箇所に見られる。これは第二プリズムの読者に対して客観か主観かで両義的な解釈を許すものである。将来の「個」への橋渡し的な現象とも言える。因みに、Coates (1983:38) の言う最も主観的（幼児的）な 'performative stereotype' (You are obliged to do X because I say so) は、Chaucerではしかるべき社会的な特権を介してでないと現れないようである。（裁判官の独りよがりな判決：SumT III (D) 2037, 2038を見よ。）

10.2.1.4. *Troilus and Criseyde* における外的要因の曖昧性

　Troilus and Criseyde の人物達（第一プリズム）は難局に置かれ、個（現象）を表現するよう要請される時、社会通念に抵触することに敏感で、それをストレートに表すには躊躇があった。表面的には客観を装い、深層で（語用論的に）自己主張する必要があった。ここでは moot/moste の外的要因の未分化性が巧みに使われている。第二プリズムの読者から見ると、いずれに関係付けるか、選択幅が与えられる。以下、用例のコンテクストを考慮に入れて検討してみよう。

　Pandarus は Criseyde を嵐が起こるとわかっている日に夕食に誘う。§9.3で述べたように、ここでの夕食会は Troilus と Criseyde の愛の結び付きを導くための口実である。6) で Pandarus は彼女の応諾を避けられないものとして要請している。

6) Whan he was com, he gan anon to pleye
　　As he was wont, and of hymself to jape;
　　And finaly he swor and gan hire seye,
　　By this and that, she sholde hym nought escape,
　　Ne lenger don hym after hire to cape;
　　But certeynly she *moste,* by hire leve,
　　Come soupen in his hous with hym at eve.

　　At which she lough, and gan hire faste excuse,
　　And seyde, "It reyneth; lo, how sholde I gon?"
　　"Lat be," quod he, "ne stant nought thus to muse.
　　This *moot* be don! Ye shal be ther anon."
　　So at the laste herof they fille aton,
　　Or elles, softe he swor hire in hire ere,
　　He nolde nevere comen ther she were.　　Tr 3.554-67

10. 対人関係領域の曖昧性：法性

Pandarus は、宮廷貴婦人の取るべき行動として、実際の意図が明らかになれば、Criseyde は断らざるを得ないことを知っている。この点で彼は招待の正当化に用意周到である。その表現手段の一つが moot/moste で、4) で見た「外的要因」の使用である。文脈から大きく3つの要因を推論することができる。社会関係（4) d）、宮廷理念（4) e）、運命（4) b. ⅲ）がそれである。社会関係では、Pandarus は叔父と姪、更には保護者・非保護者（彼女の父 Calkas の裏切り後において）の関係によって、権威を獲得し、その分上記の招待を受け入れるよう圧力をかけることができる。この招待は、And, as his nece, obeyed as hire oughte (3.581) にも見られるように、社会的に自然なものとして見なされている。Pandarus のスピーチでの呼びかけ語、nece の使用 (3.571, 631, 649, 659)、そして Criseyde の uncle の使用 (3.645) は注意を要する。語り手も同様に社会関係の確認、He streght o morwe unto his nece wente (3.552)、Pandarus, hire em (3.680) を怠らない。次に宮廷理念から見ると、Criseyde は、daunger と pite のバランスを取ることが期待される。彼女が彼を信用せず一方的に拒絶することは礼節に欠けることになりかねない。最後に、これはあくまでも含意のレベルに留まるが、この招待を Pandarus は運命的に不可避の出来事として強調しているようにも思える。間接話法での she sholde hym nought escape (3.557) と certeynly she moste ... / Come soupen (3.559-60)、また直接話法での This moot be don (3.564) と Ye shal be ther anon (3.564) は、不可避性を強調している。第二プリズムの読者が外的要因に立ち止まると、第一プリズムの Pandarus は、moot/moste に含意される多種の力に関係付け、結果 Criseyde に対し事の客観性を裏付けたように思える。

しかし、もっと広いコンテクストでは、読者は、この招待は Troilus と Criseyde を密会させるための Pandarus の仕掛けで、上記の3つが直接の要因ではないことが知らされている。言語的には客観的な意味を投影するが、語用論的、つまり、Pandarus あるいは Criseyde から見れば、さ

もなければ個人的な決断になるところを、非個人化するように計算している、と気付くであろう。読者は「個」の要因に引きつけられる。(§8で見たように、Criseyde と Pandarus は夕食会に Troilus のいることを表面下で確認し合っているようである。3.568-78 を参照。)

　Criseyde は夕食会について細かい注意を促し、彼女の名誉についての安全性を確かめる。そして 7) のように Pandarus に一任する。

7) But natheles, yet gan she hym biseche,
　　Although with hym to gon it was no fere,
　　For to ben war of goosissh poeples speche,
　　That dremen thynges whiche as nevere were,
　　And wel avyse hym whom he broughte there;
　　And seyde hym, "Em, syn I *moste* on yow triste,
　　Loke al be wel, and do now as yow liste."　　Tr 3.582-8

Criseyde は Pandarus を信頼すべきであり、招待の件で彼に一任している。宮廷界では、人にものを依頼する時、その人を信頼するのが筋である。この考えは *Troilus and Criseyde* だけでなく、*Confessio Amantis* や *Sir Gawain and the Green Knight* (trawthe) にも見られる。(§4 の注 19) を参照。) 法助動詞は彼女の依頼に社会的根拠を与えている。しかし、彼女が夕食会に伴う Troilus とのスキャンダルを想定しているなら、§8 で見たように、彼女は事の決定の選択権を放棄し (3.588)、責任回避しておく必要がある。彼女は、このようにして初めて潜在的なスキャンダルに向けて前進できるのである。このように見ると、「個」の要因との関係付けが浮上する。

　夕食会の後 Pandarus の家を去ろうとすると嵐になり、8) のように、彼の家に逗留することになる。(§8.3 の因果関係を参照。)

10. 対人関係領域の曖昧性：法性

8) But O Fortune, executrice of wierdes,
   O influences of thise hevenes hye!
   Soth is, that under God ye ben oure hierdes,
   Though to us bestes ben the causez wrie.
   This mene I now: for she gan homward hye,
   But execut was al bisyde hire leve
   The goddes wil, for which she *moste* bleve.   Tr 3.617-23

語り手は、Criseyde が Pandarus の家に留まることを、Fortune, wierdes, God, the goddes wil と畳みかけ、個人の意図ではなく、神意の働きであることを強調する。moste の外的要因は絶対的である。他方、より広いコンテクスト（3.512-8, 547-53, 568-74）では、この逗留は Troilus と Criseyde を結び合わせるための Pandarus の綿密な策略の結果である。ここでの外的要因は主観性を免れない。運命は人為の中にある。Pandarus は、Criseyde が直面している難局、即ち、寡婦が未婚の王子の愛を（肉体的に）受け入れることは、社会的に非道徳的行為であることを熟知している。客観を主観的に利用することで、Criseyde が自分の名誉を守り、前進することを可能にしている。第二プリズムの皮相的な聞き手は語り手の客観に説得され、一方注意深い聞き手は Pandarus の深い人間的洞察を見逃さないであろう。

　Troilus は、Pandarus の家に待機していた。Pandarus は Criseyde に対し彼女が Horaste に恋心を示したために、Troilus が気も狂わんばかりになってやって来た（Pandarus の虚構）と告げる。そして9）のように、誰も見ていないし罪にもならないので、彼を信頼するよう要請する。

9) "Now have I told what peril he is inne,
   And his comynge unwist is to every wight;
   Ne, parde, harm may ther be non, ne synne:

> I wol myself be with yow al this nyght.
> Ye knowe ek how it is youre owen knyght,
> And that bi right ye *moste* upon hym triste,
> And I al prest to fecche hym whan yow liste."　　Tr 3.911-7

Pandarus は moste の外的要因を叔父と姪の社会関係は勿論のこと、理想的な騎士と宮廷貴婦人の関係（3.915）に結び付けている。この社会的な力は、moste と共起している副詞句、bi right（3.916）に投影される。Troilus は高貴（gentilesse 2.702, 2.1268）であり、彼女は彼に対し優しく（gentilesse 3.882）、哀れみの情を示し（pitous 3.918）、信頼するのが自然である。しかし、すぐ前の And his comynge unwist is to every wight; / Ne, parde, harm may ther be non, ne synne（3.912-3）は、道徳的に問題的である。社会的には人に見られようと見られまいと、罪は罪である。Pandarus と Criseyde は、言語の表層では社会的に、そして深層レベルでは、社会的な問題点を非個人化して事態に対応している。ここにも根拠の客観と主観の相互作用が見られる。

　以上のように、Chaucer の moot/moste の意味論的な条件の一つ、中でも意味の色付けに深く係わると考えられる語用論的条件、外的要因を調査した。本作品は客観的なものが主として想定された。しかし、それらは第一プリズムを構成する人物の意図が介在し、客観と主観が相互作用するように用いられ、結果として第二プリズムの読者に曖昧性をもたらすことを検証した。

10.2.2.「根源的意味」と「認識的意味」の相互作用に起因する曖昧性
10.2.2.1. 法助動詞の意味の凝縮性
　英語の法助動詞は、元々動詞で主語の動作・性状を記述したが、不定詞との間のまとまり度を強めるに従って、話者の主観（話者の想像力・連想力）の関与が増していった。徐々に原義を脱却し、「根源的意味」（話者が

10. 対人関係領域の曖昧性：法性

命題の実現に対して義務、許可、意志、能力等の評価を示す意味)、そして「認識的意味」(話者が命題の確実性の度合を示す意味) を発達させた。後期中英語の法助動詞はこの意味発達の過渡的な状況を示していた。

英語のように1語の中に「根源的意味」と「認識的意味」を包摂する方法は、日本語の法助動詞のように明らかに違った言語形式、例えば、「根源的意味」を「―― しなければならない」、認識的意味を「―― であるに違いない」で表す方法とは一線を画している。Sweetser (1990: 49) は、'The ambiguity of modal expressions between "root" (or deontic) and epistemic senses' と評して、注意を促している。確かに実際のコンテクストにおいて、最も中心的な意味を同定することが重要である。しかし、「根源的意味」から「認識的意味」への過渡的状態を残す Chaucer の英語では、その色合いの決定は読み手の推論に大きく依存することに注意すべきである。

Troilus and Criseyde では人物を取りまく状況が不確定性を強め、人物の義務、意志、能力の達成が揺らいでくると、彼らは命題内容の確実度を推論しているのではないか、と「認識的意味」の可能性が強まってくる。ことに当該命題に対する話者の心的態度が複雑に描かれたり、また話者である人物の見方 (第一プリズム) に読者の見方 (第二プリズム) が加味されたりして、法助動詞の意味は簡単には割り切れないものになっている。

Criseyde は捕虜交換が決まった時、Troilus にギリシア陣営に行っても1, 2週間のうちに帰ってくる、と言う。10) の shal は、「帰国」に対する彼女の決意か、それとも彼女の確信を表すのか。

10) For, dredeles, withinne a wowke or two
    I *shal* ben here; and that it may be so   Tr 4.1278-9

また 11) は、Troilus がギリシア側にいる Criseyde の帰りを疑念をいだきながら待ち続ける時のものである。ここでの may は彼女の能力に言及するのか、それとも話者 Troilus の推論 (可能性) を表すのか。

169

11) She [i.e. Criseyde] seyde, 'I shal ben here, if that I may,
   Er that the moone, O deere herte swete,
   The Leoun passe, out of this Ariete.'

"For which she *may* yet holde al hire byheste."　　Tr 5.1188-91

　従来の研究（Fridén (1948)、Visser (1969)、小野 (1969)、Kerkhof (1982)；OED, MED）は、法助動詞の概念を分析的に取り出すことに力点があるが、法助動詞を使うのは簡単には分析できない、割り切れないものがあるからである。むしろ1語の中に色々な意味が含まれている語の複雑な凝縮性に力点をおいた方が、より当事者の立場に立って考察できるように思える。本節では、聴衆・読者が「根源的意味」と「認識的意味」をどのように関係付けるか、つまり、メトニミーによるリンクを通して意味がいかに重なり合い曖昧性をもたらすかを検証する。

10.2.2.2.「根源的意味」と「認識的意味」：moot/moste、may/myghte、shal/sholde、wol/wolde

　具体的に分析する前に、Chaucer の法助動詞のうち moot/moste、may/myghte、shal/sholde、wol/wolde を取り上げ、各々の意味発達を通覧する。moot/moste については§10.2.1.1 を参照。

10.2.2.2.1. may/myghte の場合

　may/myghte は、語源的には「肉体的に力がある」だが、不定詞を補部にとることで「肉体的（物理的）に──できる」の「能力」の意味を発達させた。次第にこの「能力」の意味は知的な力にも適用され、肉体的にも知的にも「──できる」と一般化された。知的な力は元々は can/coude が担当していたが、「弓を射る」場合のように、しばしば双方の力が必要で、その不分明さが一般化に貢献した。次いで「状況的にできる」、そし

て「社会的にできる」、即ち「許可」意味を発達させた。他方で、「能力」の意味が起点に近接性が働き、「――できるのなら、――する可能性がある」と「認識的意味」を導いた。[7] Chaucer の英語においてこれら全ての意味が看取できるが、近代英語に比べ、原義に由来する客観的な意味が残ることから、§10.2.1.1 で見たのと同様に、「根源的意味」と「認識的意味」は互いに連想され易い状態にある。[8]

10.2.2.2.2. shal/sholde の場合

shal/sholde は語源的には「借金がある」で、まず「義務」意味（外的要因は、運命・神、社会法、道徳等）を、次いで話者志向的な「義務」（2, 3人称の主語について、話者'I'の約束や脅かしを表す）を発達させた。そして「義務」を起点に（行動の反復性・未来性の含意がある）「習性」、「予言」、更に「認識的意味」を押し進めた。また「未来時制」（決意の含意のある未来時制または単純未来）を発達させた。Chaucer では、shal は wol と比べると、相対的に時制の意味を発達させているが、近代英語程時制の用法が明瞭ではなかった。

10.2.2.2.3. wol/wolde の場合

wol/wolde は語源的には「――を望む、欲する」だが、不定詞補部とのまとまりを強め、「――するつもりである」と、命題内容の実現に対する話者の「意志」を表すことが可能になった。次いでその意志の強弱に基づき、「自己主張」、「意向」、そして「意志」の意味を起点に、「――する意志があるなら、――するだろう」と、「習性」、「予測」、更には「認識的意味」を発達させた。他方、「意志」の意味を起点に（未来時が含まれている）、「未来時制」（意志未来、単純未来）を発達させてもいる。それは自分の意志を直接言及できるので、特に1人称の主語と共起し易かった。shal の決意とは違い、その場的な思いの表現として、口語的なコンテクストで好まれた。[9] また、2, 3人称では、wol は相対的に単純未来を示し

171

易く、一方、shal は話者の意志・意向（指示、約束、威嚇等）が現れ易かった。[10]

　以上見てきたように、Chaucer の法助動詞は元の動詞の意味に起因する「根源的意味」と動詞から脱却して話者志向性を押し進めた「認識的意味」とが未分化的であった。そこでは両者の兼ね合いが問題となった。以下では、このような特徴がどのように二重プリズム構造のフレームを通り、曖昧性の生起に繋がるかを検証してみよう。

10.2.2.3.「根源的意味」と「認識的意味」の相互作用に起因する曖昧性：3つの観点から

　法助動詞は、2) a, b, c で示した3つの文脈の情報を吸収して意味が重層的になり、凝縮性を深めてゆく。命題内容条件、法助動詞を含む上位構造の条件、そして語用論的条件がそれである。本節で検討する「根源的意味」と「認識的意味」の相互作用は一つの凝縮の仕方である。2) a, b は従来中心的に取り上げられたが、語用論的に見ればこれだけでは不十分で、c の当事者の立場、話者や聞き手の精神状態を加味した検討を要する。更に、作品世界での意味の全体像を捉えようとすると、話者である人物（性格化された語り手を含む）の意図だけでは不十分で、それを聞いて疑ったり、反発したりする読者の反応を考慮する必要がある。以下では、moot/moste、may/myghte、shal/sholde、wol/wolde の各々について「根源的意味」と「認識的意味」がいかに相互作用し曖昧性をもたらすかを検証してみよう。

10.2.2.4. 検証
10.2.2.4.1. moot/moste の場合

　Criseyde は捕虜交換でギリシア側に送られる時、Troilus に10日以内にトロイに帰ると約束する。しかし彼女は約束通り帰って来ないので、Troilus は彼女を信じたいものの、疑念を抑えきれない心境にある。[12]

10. 対人関係領域の曖昧性：法性

の moot は、Criseyde がなぜ帰って来ないのかと懐疑的になり、彼女に手紙を書いた際に現れる。彼女の約束の不履行に不平を言いたいのであるが、「あなたに好ましいものの全てが好き…だから不平を言うのはやめよう」というくだりである。

12) "But for as muche as me *moot* nedes like
    Al that yow liste, I dar nat pleyne moore,
    But humblely, with sorwful sikes sike,
    Yow write ich myn unresty sorwes soore,
    Fro day to day desiryng evere moore
    To knowen fully, if youre wille it weere,
    How ye han ferd and don whil ye be theere;　Tr 5.1352-8 [11]

述語動詞 like は非人称動詞で状態的な相特徴を持つ（「命題内容条件」の「述語動詞の相」を参照）。自己制御性（self-controllability）が弱いことから、この動詞と共起する moot は、「認識的意味」、「——はずだ」と取るのが自然である。調和辞の nedes は、「認識的意味」の萌芽期では、法助動詞だけでは不十分で、補強的に用いられたものと解釈される（「上位構造の条件」の「調和辞」を参照）。しかし、話者である Troilus の心理状態を考慮に入れると、実状はもっと複雑である（「語用論的な条件」の「話し手や聞き手の視点」を参照）。「認識的意味」は、客観的か主観的か。Troilus の性格は、個々の出来事を多分に決定論的に捉える傾向があるが、聴衆・読者がその延長線上で捉えれば、前者である。他方、彼が特殊状況の中で、自分の好意に疑心暗鬼に陥ったと想定すれば、後者になる。moot の「認識的意味」が萌芽期であることを考慮に入れると、後者の解釈は普通ではない。

　認識の背後の決定論的な根拠を強調すれば、外的な力 —— 運命、神、宮廷恋愛の規律等 —— によって、「好きであるべく義務付けられている」ないし「好きにならなくてはならない」（状態動詞は、動的に転用されると

推移動詞に移行する）と解釈できる。Troilus は、Criseyde の約束の不履行を不快に感じても、彼に義務付けられた理念を全うするよう、自己規制するのである。[12] このように第二プリズムの読者の心の動きで＜関係付け＞が多岐に渡る場合、分析的に一つの意味に絞り込むよりは、これら一連の意味が濃淡をなして moot に凝縮され、曖昧さを残すとする方が、当該語の意味の重層性を活かした解釈と言える。[13]

10.2.2.4.2. may/myghte の場合

　Pandarus は Troilus と Criseyde を彼の家で逢い引きさせることを計画する。大雨の降る日を選んで彼女を夕食に招待する。彼女は夕食後大雨で逗留を余儀なくされる。Pandarus は愛に苦しむ Troilus を誰にも見つからないように連れて来ると告げる。13) の may は、それを正当化する際に現れる。

> 13) "Now have I told what peril he is inne,
>   And his comynge unwist is to every wight;
>   Ne, parde, harm *may* ther be non, ne synne:
>   I wol myself be with yow al this nyght.
>   Ye knowe ek how it is youre owen knyght,
>   And that bi right ye moste upon hym triste,　　Tr 3.911-6

主語が存在構文の ther で主語志向性が抑制され（「命題内容条件」の「主語の人称」を参照）、また断言を表す parde が調和辞として機能しているので、「認識的意味」の可能性が高い。主観性の濃淡については、話し手や聞き手の視点あるいは両者の社会関係を検討する必要がある（「語用論的な条件」の「話し手と聞き手の社会関係」を参照）。Troilus の受け入れは社会的に不倫の罪を含意するだけに、Pandarus は「理論的に見て危害や罪は存在し得ない」と客観性を持たす必要がある。他方、彼女もその意味でのみ彼に応じることができるのである。客観的認識は、既に述べた

10. 対人関係領域の曖昧性：法性

ように「根源的意味」と近接的な関係にある。しかし、キリスト教の立場から見れば、「人が見ていなければ、罪ではない」(3.912-3) の Pandarus の発想は問題的である。読者は「危害や罪は＜あなたの考えでは＞ないかもしれない」と、彼の認識を捉え直すよう要請される。

捕虜交換でギリシア側に行った Criseyde は、約束の 10 日目になってもトロイに帰って来ない。Troilus は彼女の約束の履行について、自分の日付の計算間違いとして見直そうとする。14) の may は、彼が大きな不安に駆られている時に現れる。

14) But natheles, he gladed hym in this:
   He thought he misacounted hadde his day,
   And seyde, "I understonde have al amys.
   For thilke nyght I last Criseyde say,
   She seyde, 'I shal ben here, if that I may,
   Er that the moone, O deere herte swete,
   The Leoun passe, out of this Ariete.'

   "For which she *may* yet holde al hire byheste."　　Tr 5.1184-91

動詞 holde は、動的・状態的双方の相特徴を持ち、may は「根源的意味」と「認識的意味」の双方が可能である。また述部に現れる yet「今尚」も双方の意味を許す（「命題内容条件」の「述語動詞の付加詞」を参照）。Troilus の心情及び Troilus と Criseyde の社会関係は、12) で見たように、読者の推論と表裏の関係にある。第一プリズムの Troilus は、Criseyde の言葉「月が白羊宮から出て獅子宮を過ぎるまでに（帰る）」を基に（「語用論的な条件」の「外的要因」を参照）、「彼女はまだ約束を守ることができる」と彼女の能力に言及したのか、「（能力があるのだから）── を守っている可能性がある」と推量したのか。第二プリズムの読者にとって may の「根源的意味」と「認識的意味」は力点の問題であり、曖

175

昧に読み取られる可能性がある。

10.2.2.4.3. shal/sholde の場合

Criseyde は捕虜交換でギリシア陣営に送られることなる。15) で、彼女は1, 2週間のうちに帰ってくると Troilus に約束する。

> 15) "Now, that I shal wel bryngen it aboute
> To come ayeyn, soone after that I go,
> Therof am I no manere thyng in doute;
> For, dredeles, withinne a wowke or two
> I *shal* ben here; and that it may be so
> By alle right and in a wordes fewe,
> I shal yow wel an heep of weyes shewe.   Tr 4.1275-81

1人称主語と shal の共起は話者の「決意」を、他方、Therof ... in doute (4.1277) は命題の確実性に対する話者の認識を促す。調和辞 dredeles は「認識的意味」を強化する。このように shal には決意と確実性の推量が凝縮する。更に言えば、彼女の楽観性に批判的な読者は、決意を示すのであれ推量であれ、彼女から見た必然性と言わざるをえない。彼女の shal の使用は、結果として見ると、流動的 (slydynge) である。[14] shal に複数の意味が凝縮し重層的になるために読者に曖昧性が残る。16) でも同様な shal の使用が見られる。

> 16) And er that trewe is doon, I *shal* ben heere;   Tr 4.1314

10.2.2.4.4. wol/wolde の場合

Criseyde は捕虜交換でギリシア陣営に送られた際、その護衛の任に当たった Diomede に求愛される。17) の wolde はその求愛に彼女が謝意を示した時に現れる。

17) But natheles she thonketh Diomede
   Of al his travaile and his goode cheere,
   And that hym list his frendshipe hire to bede;
   And she accepteth it in good manere,
   And wol do fayn that is hym lief and dere,
   And tristen hym she *wolde,* and wel she myghte,
   As seyde she; and from hire hors sh'alighte.　　Tr 5.183-9

彼女の謝意は語り手によって間接的に示され、その記述は、§7で述べたように、要約の段階から徐々に彼女の言葉使いに近づいている。問題のwoldeは、間接的な記述から直接的な記述の中間点に位置付けられる。間接話法では語り手の第三者としての立場が関与する。主語はsheで、彼女の未来の行為を語り手が「予測」するという態度が含まれる。意志は本人でないと確認し難いものである。他方、As seyde sheに着目し、直接話法、I wol …（仮定法で婉曲的に言ったのあればwoldeのまま）を再建すると、1人称主語であるために、その場で涌き起こった第一プリズム、つまり、話者の「意志」が濃厚に感じられる。彼女の裏切りの前兆が消極的（3人称主語）にも積極的（1人称主語で見た場合）にも読み取れる。同様のことが、wel she myghte (5.188)（第三者的な読み取り：「可能性」が含まれる；1人称としての読み取り：「能力」）についても言える。[15]

18) のwolはギリシア側に送られたCriseydeが、Diomedeの執拗な求愛についに屈する場合に現れる。

18) "Myn herte is now in tribulacioun,
   And ye in armes bisy day by day.
   Herafter, whan ye wonnen han the town,
   Peraventure so it happen may

> That whan I se that nevere yit I say
> Than *wol* I werke that I nevere wroughte!
> This word to yow ynough suffisen oughte.　Tr 5.988-94

　主語の人称から見ると、wol は2方向の意味を吸収している。主語が1人称であることは、「意志（未来）」の可能性が高い。また wol が韻律的に強勢音節に置かれることも「意志」の意味を明確にする。他方、I wol は、過度な埋め込み文の最後に現れている（「上位構造の条件」の「主節内＋従属節」を参照）。時間（条件）を表す従属節の帰結節に、そしてその帰結節が複文構造からなり（認識的な枠 it happen may を伴う；Peraventure の法副詞（「上位構造の条件」の「調和辞」を参照）、更に、その中が時間（条件）を表す従属節を伴い、その帰結節にやっと現れている。条件的な枠組みは、「根源的意味」を「認識的意味」の方向に導く効果がある。

　このような意味論的な対立は、第一プリズムの担い手、宮廷貴婦人である Criseyde の立場を考慮すれば、Diomede の求愛を受容し、よく思われたいと思う彼女の防衛本能と Troilus を裏切る罪深さに躊躇する彼女の誠実さの葛藤である。前者は「意志」の意味を、後者は「認識」の意味を促す。この対話での第二プリズム Diomede にとっては彼女の「意志」を重視した読みが好都合であるし、現にそうとることもできる。19) の wol も、同様な例で、彼女が Troilus を裏切った後、彼女の独白の中で、Diomede に誠実を誓う時のものである。I wol は意志による積極性と緩和副詞、algate (at any rate) による消極性の双方を吸収する。

　19) To Diomede algate I *wol* be trewe.　Tr 5.1071

　このようなもやもやとしとした心理の葛藤を凝縮して表せるところに、法助動詞のユニークさがあると言える。いずれにとるかは重点の問題で読者に委ねられる。[16]

10. 対人関係領域の曖昧性：法性

以上のように、moot/moste、may/myghte、shal/sholde、wol/woldeは「根源的意味」と「認識的意味」が未分化的で、第一プリズムの人物達の複雑な精神状態を凝縮することができる。それは結果として第二プリズムの読者に解釈の重点の問題を引き起こし、曖昧になる可能性がある。

10.2.3. おわりに

以上、法助動詞の外的要因の未分化性、及び法助動詞の「根源的意味」と「認識的意味」の相互作用に着目し、各々を現象の切り取り手である第一プリズム、そしてその受け取り手である第二プリズム、つまり二重プリズム構造に位置付けて叙述した。Troilus と Criseyde の恋の実現において、第一プリズムの人物達は社会・道徳的に問題的な行動を根拠付けて押し進める必要があった。彼らは法助動詞（moot/moste）を用いて客観的に根拠付けていたが、第二プリズムの読者にとってその要因は仮説次第で客観的にもまた主観的にも読み取られた。また物語の展開において、出来事の実現が不鮮明になる、あるいは故意に不鮮明にする必要が生ずると（例えば、Criseyde の Diomede の求愛に対する応対）、法助動詞の意味が「根源的意味」か「認識的意味」か、その境界が不明瞭になり、読者には曖昧に読み取られた。

10.3. 法副詞が持つ曖昧性

10.3.1. はじめに

物語はそもそも「語りもの」であり、歴史的な事実の列挙ではない。出来事の背後の要因を推論し、評価して、語り手の見解が介入し易い。登場人物の視点を通して語られると、その度合は更に促進される。語り手と読者は当該事件について見解が一致しているのか、それとも何らかのずれがあるのか。このことは事の虚実に係わるので無視できない問題である。二重プリズム構造が作動する所以である。

Troilus and Criseyde は難局に対応する際の人物の心理にスポットが

179

当てられた作品である。そこでは出来事が客観的な事実としてではなく、語り手や人物自らによる見解の問題として表される傾向がある。語り手の視点は常に全知ではなく、個人的見解が含まれていることは、§6で既に述べた（例えば、宮廷貴婦人 Criseyde の裏切りに対する語り手の見解）。内面的な問題を客観的に見て真であると決定付けるのは難しく、それは相対的な問題として扱われている。読者は真か偽かの関係付けに参加するよう要請される。

　話者の出来事に対する真偽性の判断（程度）を表す表現、いわゆる「認識」表現は、§10.1 で示したように多様な方法が見られる。§10.2 では法助動詞による方法を検証した。本節では法副詞による方法の一つとして、trewely（本当に、実を言えば）を取り上げた。trewely を二重プリズム構造に位置付け、それが曖昧性の生起にどのように係わるのか、そのプロセスを明らかにしてみよう。

10.3.2.「認識」の概念とその周辺

　本節で言う「認識」について、従来の研究を踏まえ、その概念と周辺領域を明らかにしておこう。Palmer (1979: 50-1) の言う「認識的」(epistemic) に依拠している。事件、彼の言葉で言う「命題」(proposition) の確実性に対する話者の「判断」(judgement) を問題にする。理論的にはその判断は客観的な（主観性の関与が弱い）ものと、主観的な（主観性の関与が強い）ものに分けられる。が、実状では、Warner (1993: 14) が指摘するように、判断の主体者は話者であるので、純粋に客観的であることは稀である。[17]

　類似概念として「話者が命題にアクセスする際の情報源（evidential）」がある。この情報源は人づてに聞いたもの、書物で確認したもの等、種々のものがある。人づてに聞いたものを自分の判断を入れないでそのままに反復すれば「情報源」(evidential) で、他方、それを基に自分の判断が加味されれば「認識的」に移行する。本作品では、「認識的意味」を表す

表現と共に「原著者が言うように」のような「情報源」が繰り返し用いられている。[18]

また「認識」概念は文法論で言われる Quirk et al. (1985) の 'style disjunct'（発話様式を規定する離接詞）や、'content disjunct'（命題の真偽の度合いを規定する離接詞）と軌を一にしている。また語用論・機能論における Lakoff (1972) の 'hedges'（発話の真偽に対して相手に責任追求されないための防御表現）にも似ている。Leech (1983) の 'politeness'（真偽について程度問題にし、相手に別解釈の余地を残す方法）とも共通基盤を持つ。更には、従来 'swearing'、'asseveration' と称されるものとも効果面で隣接している。

10.3.3. Chaucer の法副詞 trewely：従来の研究と課題

辞書的に見ると、OED は trewely を 21) のように定義している。

20) OED s.v.truly OE *treowlice*

1. Faithfully, loyally, constantly, with steadfast allegiance. *arch.* a1000--

† 2. Honestly, honourably, uprightly. *Obs.* 1362--1558

3. In accordance with the fact; truthfully; correctly (in reference to a statement) 1303--

4. In accordance with a rule or standard; exactly, accurately, precisely, correctly.   1375--

5.a. Genuinely, really, actually, in fact, in reality; sincerely, unfeignedly. c1380--

b. Used to emphasize a statement (sometimes as a mere expletive): Indeed, forsooth, verily.   c1205--

Cf. OED s.v. truth OE *treowþe*

1. † b. *By my truth*, as an asseveration. *obs.* 13..--1605
8. True statement or account; that which is in accordance with the fact: chiefly in phr. *to say, speak, or tell the truth,* to speak truly, to report the matter as it really is. 1362--
14.a. Phrases *in truth, of a truth,* † *of truth,* † *for a truth*: in fact, as a fact; truly, verily, really, indeed: mostly used to strengthen or emphasize a statement. 14..--

様態副詞の意味（1, 2, 3, 4, 5.a）に対して、「認識的意味」（5.b）が定義されている。但し、3 と 5.a には、発話動詞や思考動詞と当該副詞の共起が含められ、法副詞に準ずる働きが例示されている。多義性の記述では有益だが、話者又は聞き手の立場には言及されていない。文法論的に Kerkhof (1982: 404-5) は、Chaucer の 'Adverbs of Modality' を列挙しているが、意味・語用の観点からの説明はない。trewely は考察の対象にすらなっていない。

　Chaucer に関する語用論・談話分析の手法を取り入れた先駆的な研究は、Brinton (1996: 230-1) である。認識を表す「1 人称挿入動詞」（本論では §10.4 で検証する）、若干数の法副詞、また前置詞句による認識表現を扱っている。それぞれを文法化の観点から検討している。しかし、法副詞に trewely は含められてはいない。文法化の検証が中心で、法副詞がもたらす曖昧性の生起の問題は、十分には考察されていない。

　trewely のポテンシャルを探るには、話者の立場、聞き手の立場、更には両者の人間関係に至るまで、語用論の観点をもっと取り入れる必要がある。この点で貢献したのは、文体論ないし文学批評の観点からの研究である。Bennett (1947) はこの表現が口語的な常套句として文学作品で効果的に用いられていることを指摘した。Malone (1951) も同様に、General Prologue において語り手と聴衆が内緒話をするような効用を指摘した。聴衆論との関係では、Mehl (1974) が聴衆を作品の解釈行為に参加させ

る効用を指摘した。また韻律論との関係では、Masui（1964）が詩の脚韻構造との関係で取り上げた。21）にBennettの見解を紹介しておこう。

21) Bennett (1947: 85)
This is not to deny, however, as has been admitted above, that Chaucer made use of rhyme-tags and padding material. All medieval writers drew upon a large rag-bag full of tags, alliterative and stock phrases to save themselves trouble, to give their listeners time to absorb some fact or interesting detail, or to drive home the importance of a statement.

trewelyについては記述していないが、この語を捉える着想で大きなヒントになる。しかし、この語の法的な意味作用、そして曖昧性の生起は叙述していない。trewelyに注意した研究としてDonaldson（1970）とElliott（1974）がある。Donaldson（1970: 74）は、*Troilus and Criseyde*において、trewelyは逆に命題内容の嘘っぽさを聴衆に喚起し、'anticlimax'に機能すると指摘している。またElliott（1974: 115）も同様で、Donaldsonを支持して、物語の後半、第4、第5巻のアイロニカルな使用（'ironical twist'）を指摘している。しかし、trewelyをアイロニーと決めつけてよいであろうか。

以上のことから、この語は、現象に対し作者がどのように切り取り、いかに表現し、読者がいかに読み取るかを、今尚検討してみる必要がある。

10.3.4. trewelyが持つ曖昧性

§10.3.3で述べたtrewelyの意味は、コミュニケーションの立場に立てば、3つの層に分けて価値付けることができる。

22) a. 命題内容層

b. 心的態度層
   c. 発話意図層

22) a は 20) で見た OED の様態副詞としての意味 (1, 2, 3, 4, 5.a)、22) b は OED の「認識的意味」(3 の一部：発話動詞と共起； 5.a の一部：思考動詞と共起；5.b)、そして 22) c はもっぱら聞き手への情意的働きかけである。22) c は 5.b の法的意味が更に主観化を押し進め、発語内行為として浮上する意味である。英語史的に言えば、22) a〜c へと意味発達している。

　22) b が本節での中心的意味である。命題内容に対する話者と聞き手の態度が問題になる。trewely はそもそも何故使う必要があるのか。つまり、話者と聞き手の間で当該問題について見解が一致しているなら、通例使用されないであろう。つまり trewely はずれを是正するためのマーカーで、話者は聞き手に対しポーズをとって、命題内容の真偽に注意を向けるわけである。Oh (2000) は、法副詞の機能を 'local scope' と 'global scope' に分けている。前者は命題の真実の強意辞としてその場で意味確定する機能である。後者は命題の真実に対して聞き手の反発を想定し、語用論的に広がる機能である。Chaucer の場合、'global scope' には特に注意する必要がある。23) に trewely の典型例を挙げておこう。

23) a. for *trewely*, alle tho that conseilleden yow to maken sodeyn
　　　werre ne been nat youre freendes.　　　Mel VII 1364

   b. And *trewely,* as to my juggement,
　　　Me thynketh it a thyng impertinent,
　　　Save that he wole conveyen his mateere;　　ClP IV (E) 53-5

   c. This Chauntecleer, whan he gan hym espye,

He wolde han fled, but that the fox anon
Seyde, "Gentil sire, allas, wher wol ye gon?
Be ye affrayed of me that am youre freend?
Now, certes, I were worse than a feend,
If I to yow wolde harm or vileynye!
I am nat come youre conseil for t'espye,
But *trewely*, the cause of my comynge
Was oonly for to herkne how that ye synge.
For *trewely*, ye have as myrie a stevene
As any aungel hath that is in hevene.　　NPT VII 3282-92

d. I wol yow teche pleynly the manere
How I kan werken in philosophie.
Taketh good heede; ye shul wel seen at ye
That I wol doon a maistrie er I go."
　"Ye," quod the preest, "ye, sire, and wol ye so?
Marie, therof I pray yow hertely."
　"At youre comandement, sire, *trewely*,"
Quod the chanoun, "and ellis God forbeede!"
　Loo, how this theef koude his service beede!

CYT VIII (G) 1057-65

23) a で Prudence は復讐のために戦争に訴えようとする夫 Melibee に、そのようなことを勧めるのは友人ではないと説いている。両者の人物関係から、trewely は強意的に 'local scope' で読み取れる。(夫に対する意見で、politeness の面を強調すれば、22) c に移行する)。23) b では、学僧はペトラルカの物語が不適かどうか、巡礼者の一行の反発を予期している。23) c, d は共にペテン師が話の中身とは裏腹のことを意図し、相手を巧

みに騙している。明らかに読者の反駁を呼び込み、'global scope' として読み取れる。

22) c は、発語内行為や従来口承的な語りの tag ないし filler (Bennett 1947 を参照) と呼ばれてきたものが含まれる。認識的表現は脚韻位置で多く現れていて、埋め草的な機能は否定できない。しかし、trewely の脚韻の比率は半数以下である（24) を参照）。単に脚韻に合わせるものではなかろう。

これら 22) a～c の意味タイプが trewely に内包され、読者はそのいずれかを読み分けるよう要請される。本節での曖昧性は a, b, c の層を跨って、あるいはまた a, b, c のそれぞれがもたらす多義を巡って生ずると言うことができる。本節では、後者、特に b の含意（別の可能性もある）を巡って生ずる曖昧性に焦点を当てた。

10.3.5. 検証

Chaucer において trewely は殆どが 22) b の「認識的意味」で用いられている。認識的用法 111 例：単独 96 例、発話動詞（1 人称、現在時のもの）と共起 6 例、思考動詞（1 人称、現在時のもの）と共起 9 例。明らかに 22) a の様態副詞の用法：17 例。trewely の意味頻度を作品別に示すと 24) の通りである。22) b と 22) c の識別は重点の問題で、質的な分析でないと扱えない。

10. 対人関係領域の曖昧性:法性

24)	CT	BD	HF	Anel	PF	Bo	Tr	LGW	SHP	Astr	RomA	計
trewely 様態副詞	6/0	0	2/2	0	0	0	5/1	2/1	1/0	1/0	0	17/4
trewely ＋ 発話動詞	4/2	0	1/1	0	0	0	0	0	1/0	0	0	6/3
trewely ＋ 思考動詞	3/0	4/2	0	0	0	0	2/1	0	0	0	0	9/3
trewely 法副詞	33/10	18/7	2/2	0	0	0	33/12	6/2	2/0	0	2/2	96/35
計	46/12	22/9	5/5	0	0	0	40/14	8/3	4/0	1/0	2/2	128/45

(スラッシュ右の数字は脚韻位置にあるもの。SHP=Short Poems)

trewely は、*Troilus and Criseyde*(8239行)で、2倍有余の行数の *The Canterbury Tales* と同じ位に現れている。このことは注目に値する。また Chaucer 以外の当時の4つのロマンス作品(*Amis and Amiloun, Sir Launfal, The Squire of Low Degree, The Wedding of Sir Gawain and Dame Ragnell*)においては、trewely の法的使用は全体で2例である。決して当該ジャンルに多い表現とは言えない。この点でも同じロマンスを基底にしているとは言え、*Troilus and Criseyde* は異色であると言える。*Troilus and Criseyde* は、§7のテクスト構造で述べたように、Troilus と Criseyde の不倫の恋の成就、そして彼女の裏切りを描いている。宮廷理念に沿った人物の記述は、その真偽性を巡って人物間及び語り手と読者の間で大きな注意を引いている。

　trewely がどのような人間関係で、いつ(どの巻で)用いられているかを 25)に示した。*Il Filostrato* に対応させると、trewely は 4.687, 5.483 の2例を除き、原典からの拡充部分に現れている。25)に見るように、大多数が、第4巻(33回のうち8回)、第5巻(33回のうち16回)に現れている。つまり、プロットの上で Criseyde が捕虜交換でギリシアに行くことが決定されてから彼女が Troilus を裏切る過程、つまり、Troilus と

Criseyde の人間関係が破綻してゆくにつれて多く使われている。

25)

誰が誰に	第1巻	第2巻	第3巻	第4巻	第5巻	計
T-->C			1489	1450		2
T-->P					483	1
T: M				1055 1063	1704 1720	4
C-->T				1288	1623	2
C-->P		164 241 1161	835	939		5
C-->D					987	1
C: M					1075 1082	2
P-->T	985				380 410 494	4
P-->C		541				1
Calkas-->Greek				116		1
Women-->C				687		1
D-->C					146	1
N	246	628		1415	19 816 826 1051 1086	8
計	2	5	2	8	16	33

(T=Troilus, C=Criseyde, P=Pandarus, D=Diomede, N=narrator, M=monologue)

以下では trewely が命題内容の真偽を保留する用法を見てみよう。この使用は、語り手が第4、第5巻で、つまり Criseyde の宮廷夫人としての誠実さが危うくなってゆく巻で、最も端的に現れている。語り手は彼女の内面（現象）を同情的に切り取り、説明している。この使用は繰り返されており、Criseyde の心変わりの問題において語り手と読者の関係がいか

に不安定であるかが察せられる。語り手は読者が疑念を抱いていると想定して、彼女を弁護しているようでもある。

このような例は第4巻の26) の例から始まる。§7の6) (自由間接話法) で既に取りあげた例である。この文脈を再確認しておくとこうである。Troilus は Criseyde の捕虜交換への対応策を彼女と協議する。その時、彼女は一旦ギリシア側に行き巧みに父親を騙して、10日以内にトロイに帰ってくると言う。彼は彼女の楽観性を指摘し、駆け落ちを促すが、聞き入れられない。語り手は、Criseyde の応答に対する聴衆・読者の疑念・反発を想定して、26) のように、「真相は…」と彼女の「誠実さ」に注意を向ける。この箇所は Chaucer の原典への付加部である。

26) And *treweliche,* as writen wel I fynde
   That al this thyng was seyd of good entente,
   And that hire herte trewe was and kynde
   Towardes hym, and spak right as she mente,
   And that she starf for wo neigh whan she wente,
   And was in purpos evere to be trewe:
   Thus writen they that of hire werkes knewe.　　Tr 4.1415-21

発話内容が万人の認めるところであれば、al this thyng was seyd of good entente … のみで、態度的なマーカーは不必要であったろう。treweliche に写本間の異同はなく、Chaucer の使用と考えてよかろう。二重プリズム構造に位置付けると、27) のような疑問が浮かび上がってくる。

27) a. treweliche の法性が加えられる命題 (現象) は何か。
   b. 現象の切り取りを表す第一プリズム、即ち、語り手の命題が確定できたとして、第二プリズムの読者にとってその真偽の度合いはどうか。

c. treweliche の法性の作用域に濃淡があるか。(c, d, e は表現と第二プリズムの読者の解釈の問題)
　　d. 情報源 (evidential)、Thus writen they that of hire werkes knewe の再確認の意味は何か。
　　e. treweliche と trewe に修辞学で言う paronomasia のような効果があるか。

27) a から順次検討してみよう。treweliche が加えられる内容は、評価形容詞（good, trewe, kynde 等）の使用から、That 節が自然である。その時、情報源、as writen wel I fynde は、挿入的に、事の信憑性を強めている。「自分の見解として、また他の人が書いてもいることですが、そうだと見て知っているのです。」しかし、補文のマーカー、That の存在に注意すると、表面的には treweliche は節の階層構造で最上位の I fynde に加えられるようにも見える。I fynde の次に as writen wel、そして最も深いところに That 以下が埋め込まれている。ここでは、treweliche は出来事ではなく、出来事の引用行為に加えられる。Criseyde が誠実か否かの判断は、ここでは間接的に示されることになる。

　このような第二プリズムの解釈上の揺れは、当該部に与えられた現代英語訳、28) にも窺われる。

28) Tatlock and MacKaye (1912)：And truly, as I find it written, all this was said with sincerity and good intent, and her heart was true and loving towards him ...
　　Stanley-Wrench (1965)：And truly, as I find it written, too,
　　　　　　　　　　　　Al this was said to him with good intent,
　　　　　　　　　　　　And I believe her heart was kind and true

10. 対人関係領域の曖昧性：法性

Coghill (1971) : And truly, it is written, as I find,
That all she said was said with good intent,
And that ...

Windeatt (1998) : And truly, I find it written that all of this was said with good intentions, that ...

Windeatt と Coghill は情報源が上位構造に、Stanley-Wrench と Tatlock and MacKaye は情報源が挿入的に扱われている。

法性の及ぶ命題を確定したとして、27) b を検討してみよう。Criseyde の誠実さが「本当である」場合から考えてみよう。形容詞による評価が妥当かどうかは、一般的に第二プリズムである読者の基準に則して決まる。Criseyde は眼前の状況を無碍に否定できず、真摯に対応している、と判定すれば、彼女の行動は表現（of good entente, trewe was and kynde）に合致することになる。しかし、読者がどのような状況であれ、恋人への忠誠を保つのが誠実と捉えれば、つまり、彼女の最終的な裏切りから逆算してその証拠を見つけようと懐疑的になってゆくと、表現（of good ...）は妥当性に欠けることになる。treweliche の＜逆も真なり＞の「含意」（global scope）が浮上する。Donaldson (1970) はこの含意を押し進めて解釈している。更に、その場その場の誠実さは、将来的に心変わりを含意するので、読者によっては本当であり、また嘘にもなると ambivalence の読み取りをすることも可能である。

treweliche のもう一つの命題、引用行為はどうか。既に述べたように、この部分は Chaucer の挿入で、原点の *Il Filostrato* にはない。原典とテクストを対比する立場に立つと、情報源「書物に書いてある」自体、見解の対象である。「書物に書いてある」は中世の語りでは、発言に権威付けをする常套だが、Chaucer ではこの様な引用行為自体、まるで *The House of Fame* の愛の知らせ（love-tydynges 2143）のように問題的である。[19]

27) c、treweliche の法性の作用域を検討してみよう。That 節の内容が対象になっているとすると、この語の法性の力はどこまで及ぶか。命題は and によって畳み掛けられ、Criseyde の誠実さにハイライトが当てられている。目で見る限り、補文のマーカー、that は繰り返され、しかも韻律上では強音節の位置に置かれている。しかし、聴いていることから、しかも that が機能語で相対的に弱く調音されるなら、後ろの命題になればなる程 treweliche との関係付けは弱くなり、いつのまにか忘れられ、命題の真が浮き立ってゆく。これは Peasall (1986) が言う Criseyde の決断する時のロジックである。理由付けを積み重ね、いつのまにか当該行為が真として認識されるのである。語り手もヒロインを追体験し、同じ発想を取って聴衆を説得しているように思われる。これは treweliche の作用域の濃淡に係わる曖昧性である。

27) d、情報源、Thus writen they that of hire werkes knewe (4.1421) は、何故再認識されたのか。treweliche ないし as writen wel I fynde との関係性が薄れたために、連の最終部で再度念を押したように思える。但し、この行為に読者が素直に説得されたか、逆に警戒し、疑念をいだいたかは、判断の余地のある問題である。

最後に 27) e を検討してみよう。treweliche は物語の一大転換点に現れ、Criseyde の「誠実」さ (trewe 4.1417, 1420) を程度問題にしている。命題の中で 2 度 trewe が、またその類義語、kynde (恋人として自然である、忠義がある、温情深い等) が使われている。treweliche と trewe は、類似音の反響を通して意味的なリンクが生じているようにも思える。中世の修辞学で言う paronomasia である (Leech (1969) が詩的技法の一つとして挙げる 'chiming' を参照)。もしこの言葉遊びがあるなら、treweliche は語源的意味「誠実に」と後に発展した「認識的意味」とが相互作用し、この語の陰影は更に深まることになる。これは 22) a と 22) b に跨った意味の揺れである。

このような treweliche の使用は、以下に見るように繰り返されている。

29）はトロイとギリシア間の捕虜交換で、Criseyde がギリシアの武将 Diomede によってギリシア側に引率される時のものである。

> 29) Ful redy was at prime Diomede
> 　　Criseyde unto the Grekis oost to lede,
> 　　For sorwe of which she felt hire herte blede,
> 　　As she that nyste what was best to rede.
> 　　And *trewely,* as men in bokes rede,
> 　　Men wiste nevere womman han the care,
> 　　Ne was so loth out of a town to fare.　　Tr 5.15-21

語り手は、宮廷貴婦人 Criseyde がトロイを出る時の嘆きを浮かび上がらせている。この箇所は、原典 *Il Filostrato* の Troilo の嘆きを Chaucer が Criseyde に当てたもので、詩人の意図は明白である（Windeatt 1983: 447）。trewely が加えられている命題は、Men wiste 以降である。wiste (knew) は過去形で当時の人々の認識を示す。そしてその認識内容は、「Criseyde 程この町を出るのを不安に思いまた嫌がる女性はいない」である。trewely が加わるのが人々の認識か、それとも出来事自体なのかのテンションはここにも持続している。

as men in bokes rede (5.19) は、26) で見たのと同様の情報源である。個人の見方だけでなく、書物においても読むことができる、と情報を権威付けている。しかしこの部分は先程述べたように、Chaucer の *Il Filostrato* の書き換え部分に当たる。更に、直前の As she that nyste what was best to rede (5.18) は、§11 の統語法で述べるように、that 節の内容の真偽を巡って意味が揺れている。「彼女はどのように考えたらよいか分からなかったので」にも「どのように考えたらよいのかわからなかった人のように」にも取れる。この真偽の揺れは、直後の trewely が命題にもたらす揺れと連動するように思える。

Criseyde はギリシア陣営で Diomede の執拗な求愛を受ける。そして遂

に彼に屈する。30) は、Troilus を裏切った直後の記述である。

30) I fynde ek in stories elleswhere,
　　Whan thorugh the body hurt was Diomede
　　Of Troilus, tho wep she many a teere
　　Whan that she saugh his wyde wowndes blede,
　　And that she took, to kepen hym, good hede;
　　And for to helen hym of his sorwes smerte,
　　Men seyn--I not--that she yaf hym hire herte.

　　But *trewely,* the storie telleth us,
　　Ther made nevere womman moore wo
　　Than she, whan that she falsed Troilus.
　　She seyde, "Allas, for now is clene ago
　　My name of trouthe in love, for everemo!
　　For I have falsed oon the gentileste
　　That evere was, and oon the worthieste!　　Tr 5.1044-57

語り手は彼女が戦いで傷ついた Diomede を見て嘆く時、また彼女が遂に彼に心を与えた時、それぞれに情報源 I fynde ek in stories elleswhere (5.1044)、Men seyn (5.1050) を加えている。しかし、「彼女は彼に心を与えた」は彼女の露骨な裏切りの記述となり、語り手はその真実性への関与を拒否 (I not) すらしている。この後、Criseyde の誠実さを疑う読者を想定してか、反意の等位接続詞 But を伴い、trewely を導入する。また情報源 the storie telleth us で権威付けをし、「その時彼女程嘆いたものはいなかった」と述べる。ここでの情報源も Chaucer の付加である。情報源が命題との間に挿入されることから、trewely と命題との関係付けが引用行為なのか、出来事「彼女の嘆き」なのか、微妙な引き合いがある。いずれであれ読者に「逆も可の含意」を残す。

31) の最初の2連で、Criseyde は自分の裏切りを後悔し、どう現況に対応し、立ち直ってゆくかを独白の形で語る。彼女はここで2度 trewely を使っている。引用3連目は、直後に語り手が挿入した彼女への弁護である。彼はまるで彼女の思考と一体化して、彼女の期待に応えるように命題を眺めている。これも Chaucer が原典を拡張したところである。

31) "But, Troilus, syn I no bettre may,
   And syn that thus departen ye and I,
   Yet prey I God, so yeve yow right good day,
   As for the gentileste, *trewely,*
   That evere I say, to serven feythfully,
   And best kan ay his lady honour kepe."
   And with that word she brast anon to wepe.

   "And certes yow ne haten shal I nevere;
   And frendes love, that shal ye han of me,
   And my good word, al sholde I lyven evere.
   And *trewely* I wolde sory be
   For to seen yow in adversitee;
   And gilteles, I woot wel, I yow leve.
   But al shal passe; and thus take I my leve."

   But *trewely,* how longe it was bytwene
   That she forsok hym for this Diomede,
   Ther is non auctour telleth it, I wene.
   Take every man now to his bokes heede,
   He shal no terme fynden, out of drede.
   For though that he bigan to wowe hire soone,

　　　　Er he hire wan, yet was ther more to doone.　　Tr 5.1072-92

　Criseyde は自分の裏切りの自覚の中で、Troilus の自分への変わらない奉仕と自分の名誉の保持を祈願している。そこに現れる trewely（5.1075）は様態副詞（22）a）で、「真心を込めて」祈るということか。それともこのような虫のいい要求に対して、独白部とは言え、Troilus の疑念・反発を想定して、法副詞（22）b）を付したのか。それとも最上級（gentileste, best）を使うので、見解の段階に留めたか。あるいは物事を依頼する際の礼節か。更に言えば、彼女の意識を離れた詩人の tag、脚韻合わせの埋め草（22）c）だろうか。trewely（5.1082）は、仮定法の wolde と共起しており、Troilus の存在が遠のき、彼女の悲しみは可能性の段階に留められている。

　語り手は Criseyde の心変わり（5.1085）の後、30) 同様、聴衆・読者の反発を想定して、反意の But で trewely を導入する。彼女が Troilus を棄てて Diomede を愛するには、「本当にどの位時間がかかったか、どの著者も書いていない、と思う」と述べる。trewely、情報源（Ther is non auctour telleth it）、そして個人的見解（I wene）が重ね合わされている（5.1086-8）。時間がかかったことを示唆するもので、「尻軽」ではないかという読者の批判を想定したものである。trewely は第一義的には、Criseyde が心変わりする（forsok 5.1087）のにどれ位かかったのか（含意：長くかかった）という期間が命題であろう。この命題は trewely の直後に置かれている。しかし、次行が耳に入ってくると、法性は第 2 義的には Ther is non auctour telleth it（5.1088）に加えられているようにも思われる。法動詞 I wene（5.1088）も出来事か引用行為か、いずれに添えられたものかはっきりしない。尤も次行の He shal no terme fynden, out of drede（5.1090）は情報源に言及している。Criseyde の裏切りに係わる時間はテクスト上明確ではなく、[20] このような説明に読者が納得するか、それとも益々警戒して、結果としてやぶ蛇になるかは、曖昧性の残る

問題である。この時間の心理的な曖昧性は§9.4の発話意図で詳述した。

これまでは語り手の使用を中心に見てきた。人物の使用はどうだろうか。Troilus の使用は、発話内容と彼の行動が対応しており、主として 'local scope' で機能している。彼の Criseyde への愛の誓い（the which thyng, *trewely,* / Me levere were than thise worldes tweyne 3.1489-90）は揺るぎないもので、彼の死をもって証明される。類例には、4.1450, 5.1704, 5.1720 がある。Criseyde の使用は、Troilus のようにストレートではない。31) でも述べたように、彼女の発話内容、例えば、彼女の約束や誓いは、自信がないからこそ却って真実として強調する必要があったように思われる。ここでは語用論的に対人関係を巻き込んで（Oh (2000) を参照）、「読者の反発を想定する」'global scope' で機能している。32) は彼女が自分の約束（まずギリシア側に行って、それからトロイに帰ってくる）にコメントを加えたものである。

32) And for the love of God, foryeve it me
    If I speke aught ayeyns youre hertes reste;
    For *trewely,* I speke it for the beste,　　Tr 4.1286-8

この約束は相対的なものであり、ギリシア陣営においてすぐに修正される。類例には 2.241, 2.1161, 4.939, 5.987, 5.1623 がある。Pandarus のこの語の使用も Criseyde と似ている。発話内容と行動がストレートに結びつかず、真実に見せるための戦略として機能する。例えば、世間の判断を想定して、Troilus を行動に駆り立てる場合がそうである。

33) For *trewelich,* of o thyng trust to me:
    If thow thus ligge a day, or two, or thre,
    The folk wol seyn that thow for cowardise
    The feynest sik, and that thow darst nat rise!"　　Tr 5.410-3

これはあくまでも想定であり、却下可能である。類例には 1.985, 5.380,

5.494 がある。Diomede の使用は、Criseyde に対する欺瞞的な態度が描かれており (5.92-105, 771-98)、読者に反駁を許すものである。34) は、彼の求愛での使用である。

34) For *trewely,* ther kan no wyght yow serve
　　That half so loth youre wratthe wold disserve.　　Tr 5.146-7

因みに、語り手は Diomede の愛の誓いについて、For *treweliche* he swor hire as a knyght / That ... (5.113-4) とコメントしている。「誠実に」(22) a) に誓ったが第一義的な意味である。しかし騎士としての誓いの妥当性が問われると、法的意味 (22) b) としても機能するように思える。推論を表す等位接続詞 For との共起、また文頭位置にあることは、法副詞に典型的な特徴である。(trewely と接続詞の共起及びこの語の文構成上の位置については Nakao (2002b) を参照。)

Shakespeare にも Chaucer と同じような使用が見られる。35) の sure がそれである。

35) 　　　　　　　　... The noble Brutus
　　Hath told you Cæsar was ambitious ....
　　(For Brutus is an honourable man, ...)
　　But Brutus says he was ambitious,
　　And Brutus is an honourable man ....
　　Yet Brutus says he was ambitious,
　　And Brutus is an honourable man ....
　　Yet Brutus says he was ambitious,
　　And *sure,* he is an honourable man.
　　　　　　　　　　Julius Caesar, Act III, Sc. II 79-101

これは Cæsar の死を知った市民に Antony が行う演説の一部である。彼は Brutus を he is an honourable man と称えるが、4回目の he is an honourable man では、文頭に sure を付加している。この法副詞の存在で、群集は当該命題に反駁する視点（global scope）が与えられる。もしそうであるなら Cæsar was ambitious と Brutus が報じたこと（Brutus says）、その情報価値そのものが疑わしくなる。ここには既に見てきた法性と命題、及び法性と情報源との関係が凝縮されている。[21]

10.3.6. おわりに

　以上、法副詞 trewely が持つ機能に着目し、作者の切り取りである第一プリズム、読者の読み取りである第二プリズム、即ち、二重プリズム構造を通して、最終的にいかに曖昧性が生起するかを検証した。この語はとりわけ Criseyde の裏切り（現象）が濃厚になる第4巻、第5巻で増えていた。trewely を加えることにより、語り手は Criseyde の誠実さを称える一方、同時に読者に対して「逆も真なり」の含意（global scope）を残した可能性がある。彼女の誠実さに関する真偽の保留は、命題のみではなくその情報源にも及んでいた。語り手は「書物に書かれているように」と繰り返すが、当該部分は原典 *Il Filostrato* からの逸脱であり Chaucer の独創である。Troilus は発話内容と彼の行動に強い対応性（local scope）が見られたが、Criseyde、Pandarus、そして Diomede では、その対応性は緩く、読者の反駁（global scope）を許すものであった。読者による話者の立場の想定で、[22] a, b, c を跨って曖昧になる場合もあったが、多くの場合 [22] b の「本当に本当か」あるいは「逆も可なのか」の間で曖昧になっていた。trewely は人物が真に誠実（trewe）かどうかを占う上で一つの重要な試金石になっていた。この語が人物の心理の虚実皮膜の接点に現れていることは意味深いものである。

10.4. 法動詞が持つ曖昧性

10.4.1. はじめに

I gesse, I leve, I woot 等の法動詞（modal lexical verb）は、従来対人関係的な機能、特に発語内行為（聴衆への注意の喚起、潤滑油としての役割、ポライトネス、韻律的な穴埋め等：§10.3.3 の Bennett (1947: 85) を参照）が強調されてきた。この点、Brinton (1996) は、さほど注意されてこなかった法的機能を扱っており、注目に値する。Brinton (1996) は、*Troilus and Criseyde* に現れる法動詞を、談話の種類（人物のスピーチ、語り手の地の文）とそれが加えられる命題を明記して、リストしている。誰がどこでどのような命題に対してどの法動詞を使用しているかの鳥瞰図を得ることができる。しかし、彼女は文法化の成立過程を問題にしており、法的な機能が基で生ずる曖昧性は、付随的な扱いである。本節では、法動詞を二重プリズム構造に位置付け、どのように曖昧性が生起するかを考察してみよう。

法動詞は、意味論的に見ると、その発達段階に留意する必要がある。法副詞で見たのと同様、Chaucer の英語は 36) のように段階性を備えている。

36) a. 命題内容層
    b. 心的態度層
    c. 発話意図層

本来 36) a に属した原義的意味が 36) b に適用され、心的態度の意味を発達させ、遂には 36) c に適用されて、発語内行為の意味を発達させた。法動詞が持つ曖昧性は、法副詞と同様、36) a, b, c の間で、またそれぞれの多義性を巡って生ずる。本節では、特に 36) b の「含意」（逆も可）を巡って生ずる曖昧性に着目する。法動詞のうち、I woot (5.1084) に焦点を当て、それが曖昧性の生起にいかに係わるか、そのプロセスを叙述し

10.4.2. 問題の所在：I woot wel（5.1084）に着目して

問題の性格を明らかにするために、37) を見てみよう。これは§1 の 1) にサンプルとして取り上げた例である。Troilus と Criseyde は愛し合うが、捕虜交換で Criseyde はギリシア陣営に送られることになる。彼女は 10 日以内にトロイに帰ると約束して、ギリシア側に行く。しかし、彼女は Troilus に対し、この約束を全うすることはできない。この例は、Criseyde の独白（5.1054-85）の最終部に出てきている。同時に本作品全体での彼女自らによる最後の言葉である。彼女は自分の裏切り行為を後悔するが、徐々に自己回復し、最終的に、Troilus との別れを決断する。37) はまさにその決断をするところである。

37) And trewely I wolde sory be
  For to seen yow in adversitee;
  And gilteles, *I woot wel,* I yow leve.
  But al shal passe; and thus take I my leve."   Tr 5.1082-5

読者は、And gilteles, I woot wel, I yow leve (5.1084) に接し、どのように読み取るだろうか。現代読者から見ると、調音の仕方自体が読者間で違ってくるように思える。一つのやり方は、gilteles の後のポーズを小さくして、I woot wel を小声ないし上昇調で調音することである。二つ目は、gilteles の後にポーズを置き、I woot wel を大きく下降調で調音することである。このような調音の仕方によって、伝わってくる意味が違ってくる。試訳すれば 38) の通りである。

38) 本当なんです。あなたが逆境にいることになれば、悲しくなります。悪いこともしていないのに、と思うんですが／と分かっていますが、あなたとお別れです。だってなるようにしかなりません。お別れします。

I woot wel は何故必要だろうか。I woot wel は発話内容に対し、Criseyde のどのような心情・態度を表しているだろうか。そもそもこの発話の内容 gilteles ... I yow leve は何なのだろうか。二様、三様に読み取ることができる時曖昧性は促進される。

37) の曖昧性の生起過程を、39) のように二重プリズム構造に位置付けてみよう。

39) 現象：Criseyde の心変わり（精神状態の問題で程度問題である）
　　作者の切り取り方：中世の聖と俗、作者の批判と同情、故意に含みをもたらす等
　　表現：And gilteles, I woot wel, I yow leve.
　　読者の読み取り方：読者は表現を通して、現象、作者の切り取り方を想定し、読み方を方向付ける。
　　読者の解釈：複数の読者、複数の解釈が促進される時、曖昧性が生起する。

以下では、このことを念頭において検証する。

10.4.3. 法動詞が持つ曖昧性：その生起過程

二重プリズム構造の読者の読み取り方 ── 推論過程 ── に沿って、曖昧性を7つに下位区分した。40) がそれである。

40) 法動詞の曖昧性の下位タイプ
　　[1] 意味機能の有無に関する曖昧性
　　　　a. 意味的な（必要に迫られた）使用
　　　　b. 形式（韻律ないし tag）的な使用
　　[2]（意味的な使用として）文法化の段階性に依拠した曖昧性
　　　　＊音調との係わり：III.言語表現領域の曖昧性（§13）との連動
　　　　a. 原義的意味（命題内容層で機能）

b. 法的意味（心的態度層で機能）

   c. 発語内行為（文の最も周辺部、発話意図層で機能）

[3]（法的意味を認めた場合）命題の真偽性の度合いに依拠する曖昧性

[3]-1 法動詞の使い分け：主観性の濃淡

   a. 客観的

   b. 主観的

[3]-2 法動詞が付加される命題内容（現象）の種類：何故評価の対象になるのか

[3]-3 法動詞が付加される命題内容の断定性の度合い：動詞の法性（'harmonics' の色付け）

[4]（命題が話者の評価を含むとして）その判定基準に依拠する曖昧性

   *語用論的な広がり：I.テクスト領域の曖昧性（§6）との連動

   a. local scope: 命題内容を事実として確認・強調する　＜聴衆との見解の一致＞

   b. global scope: 話者は、当該内容（現象の切り取り）に対し聴衆の反発を予測している　＜聴衆との見解の不一致＞

[5]（真偽の度合いというよりは）命題の多義性に依拠する曖昧性

   どのような命題内容に対して、法性が加えられるか（一つの命題内容の真偽の度合いではなく、統語法や辞書的意味の違い、といった多義性に係わる）

   *命題内容の多義性の分析：III.言語表現領域（§11, §12）の曖昧性との連動

   a. 統語・辞書的意味 1

   b. 統語・辞書的意味 2 ...

[6] （命題の範囲が一文で終わるのではなく）談話上に広がって成
　　立する曖昧性
　　＊談話構造の結束性：I.テクスト領域の曖昧性（§8）との連動
[6]-1　談話の領域
　　a. 作用域が大きい
　　b. 作用域が小さい
[6]-2　談話の再建
　　a. 省略、代名詞・指示詞等の再建 1
　　b. 省略、代名詞・指示詞等の再建 2 ...
[7] （言語的意味に直接依拠したものではなく、むしろそれを反転
　　させた）修辞的曖昧性
[7]-1 overstatement: 法動詞の選択で、話者は明らかに事実と違
　　うと知っているが、故意に客観的なタイプを使用し、説得を
　　図る
　　a. 額面通り
　　b. 修辞的意味の洞察
[7]-2 understatement: 話者は事実に対し故意に和らげた表現を
　　するが、逆に強調的な効果を得ることができる
　　a. 額面通り
　　b. 修辞的意味

読者はまず[1]で法動詞が必要に迫られた使用か、単なるtagかを判断する。読者が必要に迫られた使用として考えると、[2]で法動詞は動詞の原義に近いか、それとも主観的・心的な思いが加わっているかと考える。心的なものと判断した場合、[3]でどの程度に主観的か客観的かと考える。この度合いは、話者が見ている命題内容、つまり二重プリズム構造の現象と密接な関係がある。物議を醸す内容なら主観的に、自信が持てる内容ならある程度客観的に表すことができる。37）の例では、Criseydeの心変

10. 対人関係領域の曖昧性：法性

わりの問題はどうかということになる。これが[3]-1と[3]-2との相関である。自信がなければ更に命題の中の動詞にshalやmayの法助動詞を付けたりすることもある。これが[3]-3である。次に、[4]で、つまり、法動詞は命題内容の判断・評価に係わって加えられることから、読者は二重プリズム構造の話者の判定基準を想定する。それは自明のものではなく、読者の反駁を許すものかもしれない。Criseydeの心変わりはどうだろうか。[5]は、読者にとって現象が真実か虚偽かというその度合いの問題ではなく、命題の細部を分析すると、現象が明らかに違った価値・意味をもってくる場合である。37）では、誰がgiltelesだろうか。主観的・心的意味は、どの意味に加えられるのか。話者のスタンスを想定したり、読者の推論を強めたりして、解釈を生み出してゆく。[6]と[7]は、ここでは直接考察の対象とはしない。[6]は判断の対象になる命題が談話レベルに広がって、その領域（scope）が不鮮明になったり、談話の結束性の再建が複数に渡ったりする場合、[7]は法動詞が字義を生かしているのか、それともレトリックとして用いているのか、といった場合である。

　これらの曖昧性の下位タイプは、読者が法動詞に対してどのように推論して、意味を読み解いてゆこうとするか、つまりその推論プロセスに従っている。推論の順序、タイプ間の因果関係、タイプの表層的な把握から細部に入った深層的な把握への発展等を基に並べている。7つのタイプが同時に読者に出力し、7つの解釈があるというのではない。読者はいずれかの過程に留まったり、複数のパタンが相関的に働き、意味に特定の方向性を与えたり、あるいは用例によれば全く適用できないタイプもある。

10.4.4. I woot wel が持つ曖昧性の叙述
10.4.4.1. [1] 意味機能の有無に関する曖昧性
　　a. 意味的な（必要に迫られた）使用
　　b. 形式（韻律ないしtag）的な使用

[1]は、読者がそもそも法動詞に意味を認めるかどうかといった出発点を占うタイプである。I woot wel は、41)のように、韻律条件を満たすように使われている。

41) I woot (wel, etc.) の韻律パタン　　　　　　(S=strong, W=weak)

 a. "In every thyng, *I woot*, ther lith mesure;　Tr 2.715　　　　W　S
  I woot my fader wys and redy is,　Tr 5.964　　　　　　I woot
  I woot she meneth riden pryvely.　Tr 5.1150

 b. I have no cause, *I woot wel,* for to sore　Tr 1.670　　　W　S　W
  And gilteles, *I woot wel*, I yow leve.　Tr 5.1084　　　I woot wel

 c. But *wel I woot*, the mene of it no vice is,　Tr 1.689　　　S　W　S
  But *wel I woot*, a broche, gold and asure,　Tr 3.1370　　wel I woot
  For *wel I woot* it wol my bane be,　Tr 4.907

 d. Now *woot I wel*, ther is no peril inne."　Tr 2.875　　　　S　W　S
  Than *woot I wel* that she nyl naught sojorne.　Tr 5.598　woot I wel

 e. And *wel woot I* thow mayst do me no reste;　Tr 1.600
  "Ek *wel woot I* my kynges sone is he,　Tr 2.708　　　　S　W　S
  For *wel woot I* myself, so God me spede--　Tr 2.744　　wel　woot　I
  But *wel woot I* thow art now in drede,　Tr 2.1504

 f. "*I woot wel that* it fareth thus be me　Tr 1.652　　　W　S　W　S
  "*I woot wel that* thow wiser art than I　Tr 2.1002　　I woot wel that
  Cf. Thorugh which *I woot that* I moot nedes deyen.　Tr 2.536

10. 対人関係領域の曖昧性：法性

			S W S W
But *wel I woot that* ye wol nat do so;	Tr 3.866		wel I woot that

g. *For aught I woot*, for nothyng ellis is	Tr 4.1269	W S W S
"*For aught I woot*, byfor noon, sikirly,	Tr 5.1122	for aught I woot

I woot の形式のバリエーションは、弱強（iambic）の要請に従っている。ただし、脚韻位置には来ない傾向がある。[22] 37) は I woot wel（弱強弱）の韻律に応えている。読者がただ韻律上の穴埋め、あるいはせいぜい潤滑油として働いている、と捉えると、曖昧は生じない。しかし、韻律を充足し、同時に意味の問題もあるのではと推論すると、下記に示すようにいずれの理解が中心的かと曖昧の可能性が出てくる。

10.4.4.2. [2]（意味的な使用として）文法化の段階性に依拠した曖昧性

a. 原義的意味（命題内容層で機能）
b. 法的意味（心的態度層で機能）
c. 発語内行為（文の最も周辺部、発話意図層で機能）

I woot は法的な意味があるとして、[2]でその主観性の濃淡、文法化の段階性が問題になる。原義が信念に関係した動詞、gesse と leve、そして原義が知識に関係した動詞 witen について、Chaucer がどう使っているかを調査した。42) にその際のチェック基準を示そう。このチェック基準に照らしてみることで、文法化の段階性がある程度分かる。

42) 文法化の度合いを調べるチェック基準
 a. 動詞の原義的使用（節ではなく名詞句や代名詞を目的語として取る使用、非定形動詞としての使用）か法的使用（名詞節を取る使用、名詞節を that/it で確認する使用、現在時制の使用）か

b. 法動詞の文中での位置（sentence-initial, sentence-medial, sentence-final）

　　　　sentence-initial（si）：▽（法動詞）── 命題
　　　　　　　　　　　　　　　　（▽は法動詞の文の中の位置を示す）
　　　　　　　　　　　　　　接続詞 ── ▽ ── 命題
　　　　sentence-medial（sm）：従属節 ── ▽ ── 帰結節
　　　　　　　　　　　　　　句 ── ▽ ── 句
　　　　　　　　　　　　　　語 ── ▽ ── 語
　　　　sentence-final（sf）：命題 ── ▽
　　　　　　　　　　　　　　命題 ── ▽ ── 等位接続詞[23]
　　c. 法動詞の後の接続詞 that の有無、(that があれば動詞の原義を留める）
　　d. 文頭の等位接続詞（and, but, for）（話者の推論に係わる等位接続詞）
　　e. 命題内容節の動詞の法性（いわゆる 'harmonics' の問題）
　　f. 脚韻語かどうか（発語内行為の可能性）
　　g. 話者の種類（語り手、人物）(speaker's involvement の強弱)[24]

43) で gesse、44) で leve、そして 45) で woot の文法化の度合いをチェックした。

10. 対人関係領域の曖昧性：法性

43) gesse

	CT	BD	HF	PF	Anel	BO	Tr	LGW	M inorP	RomA	Astr
1. gesse (root)	3	0	2	1	0	2	7	1	1	1	1
2.&3.gesse (modal)	28	1	1	3	0	1	9	5	2	2	0
I gesse: si-0that	0	0	0	0	0	0	0	0	0	0	0
si-that	3	0	0	0	0	0	0	0	0	0	0
si-wh	0	0	0	0	0	0	0	0	0	0	0
sm-0that	0	0	0	2	0	0	2	1	0	0	0
sf-0that	5	0	0	0	0	0	4	2	1	0	0
as I gesse si-0that	1	0	1	0	0	0	0	0	0	0	0
sm-0that	10	0	0	0	0	1	0	1	1	2	0
sf-0that	9	0	0	1	0	0	2	1	0	0	0
4. conjunction											
and	3	0	0	1	0	0	3	0	0	1	0
but	2	1	0	0	0	0	1	1	0	0	0
for	3	0	0	1	0	0	2	2	1	1	0
5. modal in proposition											
indicative	19	1	0	3	0	1	9	4	2	2	0
wol	1	0	0	0	0	0	0	0	0	0	0
wolde	1	0	0	0	0	0	0	0	0	0	0
shal	3	0	0	0	0	0	0	1	0	0	0
sholde	0	0	0	0	0	0	0	0	0	0	0
may	1	0	0	0	0	0	0	0	0	0	0
myghte	0	0	0	0	0	0	0	0	0	0	0
moot	0	0	0	0	0	0	0	0	0	0	0
moste	0	0	0	0	0	0	0	0	0	0	0
can	0	0	0	0	0	0	0	0	0	0	0
coude	2	0	0	0	0	0	0	0	0	0	0
owe	0	0	0	0	0	0	0	0	0	0	0
oghte	0	0	0	0	0	0	0	0	0	0	0
6. rime											
rime word	25	1	0	3	0	0	9	5	2	2	0
non-rime word	3	0	0	0	0	1	0	0	0	0	0
7. speakers											
narrator	17	1	0	2	0	0	2	2	2	2	0
character	11	0	0	1	0	1	7	3	0	0	0

注：-0that（補文標示が無し）

44) leve	CT	BD	HF	PF	Anel	Bo	Tr	LGW	MinorP	RomA	Astr
1. leve (root)	5	3	2	1	0	1	10	4	0	0	0
2.&3. leve (modal)	3	1	1	0	0	0	4	1	1	0	0
I leve: si-0that	0	0	0	0	0	0	0	0	0	0	0
si-that	0	0	0	0	0	0	0	0	0	0	0
si-wh	0	0	0	0	0	0	0	0	0	0	0
sm-0that	1	0	0	0	0	0	2	0	0	0	0
sf-0that	0	0	0	0	0	0	1	0	0	0	0
as I leve. si-0that	0	0	1	0	0	0	0	0	0	0	0
sm-0that	0	0	0	0	0	0	0	1	0	0	0
sf-0that	0	0	0	0	0	0	1	0	0	0	0
leve me: si	0	0	0	0	0	0	0	0	1	0	0
(imperative) sm	0	0	0	0	0	0	0	0	0	0	0
sf	2	0	0	0	0	0	0	0	0	0	0
leve hit: si	0	0	0	0	0	0	0	0	0	0	0
(imperative) sm	0	1	0	0	0	0	0	0	0	0	0
sf	0	0	0	0	0	0	0	0	0	0	0
4. conjunction											
and	0	1	1	0	0	0	0	0	0	0	0
but	0	0	0	0	0	0	1	0	1	0	0
for	1	0	0	0	0	0	0	1	0	0	0
5. modal in proposition											
indicative	2	1	0	0	0	0	2	0	1	0	0
wol	0	0	0	0	0	0	0	0	0	0	0
wolde	0	0	0	0	0	0	1	0	0	0	0
shal	0	0	0	0	0	0	0	0	0	0	0
sholde	0	0	1	0	0	0	1	0	0	0	0
may	0	0	0	0	0	0	0	1	0	0	0
myghte	0	0	0	0	0	0	0	0	0	0	0
moot	0	0	0	0	0	0	0	0	0	0	0
moste	1	0	0	0	0	0	0	0	0	0	0
can	0	0	0	0	0	0	0	0	0	0	0
coude	0	0	0	0	0	0	0	0	0	0	0
owe	0	0	0	0	0	0	0	0	0	0	0
oghte	0	0	0	0	0	0	0	0	0	0	0
6. rime											
rime word	2	1	1	0	0	0	4	1	0	0	0
non-rime word	1	0	0	0	0	0	0	0	1	0	0
speakers											
narrrator	0	0	0	0	0	0	0	0	1	0	0
character	3	1	1	0	0	0	4	1	0	0	0

10. 対人関係領域の曖昧性：法性

45) witen (*Troilus and Criseyde* に限定)

1. witen (root)	136	
2. & 3. wit (modal)	78	
I woot: si-0that	18	
si-that	8	
si-wh	1	
sm-0that	5	
sm-wh	0	
sf-0that	1	
as I woot si-0that	0	
sm-that	0	
sf-that	0	
this woot I wel:si	1	
I woot it wel:sm	1	
that I woot:sf	1	
For aught I woot.:si	1	
For aught I woot:sm	2	
God woot:si-0that	14	
God thow woot:si-0that	1	
God woot:si-that	4	
si-if	1	
si-wh	1	
God woot:sm-0that	10	
sm-that	1	
sm-wh	1	
God woot:sf-0that	1	
sf-wh	1	
God it wot:si	3	
sm	1	
4. conjunction		
and	8	
but	10	
for	11	
5. modal in proposition		
indicative	62	
wol	6	
wolde	2	
shal	0	
sholde	0	
may	3	
myghte	1	
moot	1	
moste	0	
can	0	
coude	0	
owe	0	
oghte	0	
rime		
6. rime word	2	
non-rime word	76	
7. speakers		
narrator	I woot	God woot
	2	11
character		
Troilus	13	11
Criseyde	10	5
Pandarus	13	11
Diomede	1	0

211

gesse と witen について対比的に特徴を指摘してみよう。gesse は原義の動詞（19例）に対して2倍以上が法動詞（52例）で使用されている。法動詞の後に接続詞 that がくることは殆どない（3例）。また I gesse は3例が sentence-initial で、大半が sentence-medial（5例）か final（12例）で使われている。as I gesse も同様で、sentence-initial は2例で、大半が sentence-medial（16例）か final（13例）で使われている。殆どが脚韻語の位置にきている（42例の脚韻に対し非脚韻は4例）。woot は、gesse とは逆に、原義の動詞（138例）に対して約二分の一が法動詞（78例）として使用されている。法動詞の後の接続詞 that が散見される（I woot: 8, Got woot: 4）。多くは、sentence-initial に現れている（I woot: si=27, sm=5, sf=1; God woot: si=21, sm=12, sf=2）。§10.4.4.1 で述べたように、脚韻位置にくることは稀である。*Troilus and Criseyde* では、語り手は I woot を2例のみ、もっぱら God woot（11例）を使用している。主要登場人物は I woot と God woot の双方を使っている（I woot: 37, God woot: 27）。[25] woot は、原義に依拠した客観的な意味を相対的に留めてもおり、十分な意味を含めた言い方が可能なことが分かる。

37) の I woot wel は sentence-medial に出ている。挿入的として上昇調で読めば、命題の真偽を保留する法的な意味として読み取れる。が、ただポライトネスのために和らげたのだとすれば、発語内行為に発展する。他方、gilteles の後にポーズを置き、分詞構文のようにとると、I woot を含む文は主節のようにも取れる。そこではもっと客観的に、原義的な意味を生かして、gilteles ... I yow leve の内容を認識している、と取ることもできる。因みに、Donaldson（1975）の編集刊本では、I woot wel の前後にコンマが打ってなく、読みは読者に委ねられている。

46) And gilteles *I woot wel* I yow leve--

このように、原義か法的か、法的か発語内行為かの揺れがあるように思える。

10.4.4.3. [3]（法的意味を認めた場合）命題の真偽性の度合いに依拠する曖昧性

[3]-1 法動詞の使い分け：主観性の濃淡

　　a. 客観的

　　b. 主観的

[3]-2 法動詞が付加される命題内容（現象）の種類：何故評価の対象になるのか

[3]-3 法動詞が付加される命題内容の断定性の度合い：動詞の法性（'harmonics' の色付け）

[3]-1 に関して Criseyde は何故他のものではなく、I woot の法動詞を使ったのか。God woot に比べれば、I woot は主観的、しかし、I gesse に比べれば、I woot はより客観的である。意味上の選択意識があるとすると、I woot wel は主観と客観の中間点に位置付けられ、そのような真偽の度合いを示すことになる。

[3]-2 に関して、Brinton (1996: 218-23) は、命題が話者の評価の対象になることを指摘し、8つのタイプに下位区分している。

47) 法性が加えられる命題内容の種類

First .... Comparative and superlative forms are common in such utterances ... as well as evaluative terms .... Second, they occur with statements of more general opinion or truth .... Third, they occur with statements of expected consequences or results of actions .... Fourth, they may occur with stated expectations concerning the actions or reactions of others .... Fifth, they are attached to statements expressing the possible, presumed, or required causes of events (or their lack of causes) .... Sixth, they may occur with deductions from evidence or judgements based on appearances .... Seventh, they are used when a belief or feeling is attributed to another.... Finally, they are used emphatically when promising or asserting.

gilteles は評価形容詞であり、Brinton に従えば、1 番目のタイプ 'evaluative terms' に分類される。二重プリズム構造でいう現象、Criseyde の心変わりに係わって、giltelcs は既に述べたように、話者の微妙な価値付けの問題を引き起こす。Criseyde は Got woot のように客観に傾くこともなく、かと言って I gesse のように主観に傾くこともなく、中間的な I woot wel で判断したとなる。

[3]-3 に関して、37) の例では、命題の動詞は leve で直説法が使用されている。更に心的な may や shal 等の法助動詞は加えられてはいない。43)～45) に見られるように、法助動詞との共起は稀である。因みに、共起の場合はもっと微妙な真偽の度合いが醸成されることになる。

10.4.4.4. [4] 命題の評価の判定基準に依拠する曖昧性
 a. local scope: 命題内容を事実として確認・強調する　＜聴衆との見解の一致＞
 b. global scope: 話者は、当該内容（現象の切り取り）に対し聴衆の反発を予測している　＜聴衆との見解の不一致＞

命題が話者の判断を要するものとすると、話者の拠って立つ判定基準が問題になる。判定基準を決定する際の領域の大小を問題にし、'local scope' と 'global scope' に二分した。話者が自分の見解が聴衆と一致すると想定する場合を 'local scope'（その場で発話内容が決まる）、他方、話者が自分の見解が聴衆と一致しないと想定する場合を 'global scope' と呼ぶことにする。[26]

 例えば、48) の tail rime romance の例は、'local scope' で機能していると言える。

48) In Lumbardy, *y vnderstond,*
　　Whilom bifel in þat lond,
　　In romance as we reede,
　　Two barouns hend wonyd in lond　　*Amis and Amiloun* 25-8

　　In þat tyme, *y vnderstond,*
　　A duk wonyd in þat lond,
　　Prys in toun and toure;　　*Amis and Amiloun* 61-3

これは *Amis and Amiloun* の物語の冒頭部分に当たる。「どこどこに誰々が住んでいました、とさ」と登場人物の紹介をする箇所である。もし聴衆がこのことは恐らく嘘だ、住んでいないかもしれないと判定すると、物語はまともには進行しないことになろう。他方、37) の例は、どうだろうか。Criseyde の心変わりに係わって、人物ないし作者の切り取り、法動詞 I woot wel の使用、そしてそれに対して読者の読み取りが加わり、最終的に解釈を生み出してゆく。判定基準は読者の反駁も許す 'global scope' に拡がっている。

10.4.4.5. [5]（真偽の度合いというよりは）命題の多義性に依拠する曖昧性

　どのような命題内容に対して、法性が加えられるか（一つの命題内容の真偽の度合いではなく、統語法や辞書的意味の違い、といった多義性に係わる）
　a. 統語・辞書的意味 1
　b. 統語・辞書的意味 2 ...

ここでは心的な意味が加えられる命題の細部に入ってゆくことになる。そこでは命題に対する話者の態度的な問題というだけはすまされない問題が

ある。Criseyde の心変わりを巡って、「誰が罪がないのか」が論点になる。曖昧性のカテゴリー III の文法関係や語の意味の多義性を取り扱うことになる。言語分析は、現象の複雑さ、その現象に対する Criseyde や作者のスタンス、いろんな立場を想定する読者と密接に係わり、最終的に複数の解釈を導いてゆく。[4]の 'global scope' と強く連動する。

37)の例を 49)により広いコンテクストで引用する。Criseyde の論理、推論過程を右のマージンに示した。彼女は自分の裏切り行為に対し、それを肯定することで現状に対応してゆく。嘆き・悔悛から始まり、名誉の喪失を憂い、他にどうしようもないことから、Diomede への忠義を誓う、という対応策を取る。そして泣くことで、罪の浄化を行い、以後自己回復をし、逆に自分が裏切った Troilus に優位な立場に立つ方向に進む。Troilus を哀れんだり、距離を置いたり、自分の罪を責めたり、また言い訳したりして、最終的には解脱の状態（運命の流れに逆らわないで生きる状態）に達する。

49) Troilus を裏切った後の Criseyde の独白

But trewely, the storie telleth us,	語り手の心理（trewely ...)
Ther made nevere womman moore wo	Troilus を裏切った時、
Than she, whan that she falsed Troilus.	Criseyde 程嘆いた女性は
She seyde, "Allas, for now is clene ago	いなかった
My name of trouthe in love, for everemo!	Criseyde の嘆き：
For I have falsed oon the gentileste	高潔な Troilus を裏切った
That evere was, and oon the worthieste!	ことで 愛の忠義の名声が失われる
"Allas, of me, unto the worldes ende,	
Shal neyther ben ywriten nor ysonge	
No good word, for thise bokes wol me shende.	名誉の喪失を嘆き、世間の
O, rolled shal I ben on many a tonge!	評価を気に病む

10. 対人関係領域の曖昧性:法性

Thorughout the world my belle shal be ronge!
And wommen moost wol haten me of alle.
Allas, that swich a cas me sholde falle!

"Thei wol seyn, in as muche as in me is,　　女性一般に自分のせいで
I have hem don dishonour, weylaway!　　不名誉を与える
Al be I nat the first that dide amys,　　(自分が初めてではないが)
What helpeth that to don my blame awey?
But syn I se ther is no bettre way,　　もはやどうしようもない
And that to late is now for me to rewe,
To Diomede algate I wol be trewe.　　Diomede にせめて忠義を
　　　　　　　　　　　　　　　　　　尽くそう

"But, Troilus, syn I no bettre may,
And syn that thus departen ye and I,　　どうしようもない、二人は
Yet prey I God, so yeve yow right good day,　　別れるしかない
As for the gentileste, trewely,
That evere I say, to serven feythfully,　　高潔な騎士として自分の
And best kan ay his lady honour kepe."　　名誉を保持してほしい
And with that word she brast anon to wepe.　　そう言って、Criseyde は
　　　　　　　　　　　　　　　　　　わっと泣き出す

(→罪の浄化→自己回復→自分が Troilus より優位に)
"And certes yow ne haten shal I nevere;　　あなたを憎むことはない
And frendes love, that shal ye han of me,　　あなたは私から友情愛が
And my good word, al sholde I lyven evere.　　得られる
And trewely I wolde sory be　　逆境にいるのを見ると、
For to seen yow in adversitee;　　気の毒に思うだろう
And gilteles, *I woot wel,* I yow leve.　　罪もなく…と思う/分かっている …

217

But al shal passe; and thus take I my leve."　　Tr 5.1051-85　　解脱の心理

まず統語法の読み取りの幅を見てみよう。50) を見られたい。

50) a. gilteles と代名詞の統語法
　　　a-1. gilteles=yow　　　Fisher (1989), Benson (1993),
　　　　　　　　　　　　　　Wetherbee (1984 leve=believe),
　　　　　　　　　　　　　　Windeatt (1998)
　　　a-2　gilteles=I　　　　Wetherbee (1984 leve=depart from)
　　　a-3. gilteles=yow/I　　中尾の解釈 (leve=depart from におい
　　　　　　　　　　　　　　ても)

中世の宮廷貴婦人の理念から見ると、yow との関係付け (a-1) が一般的で、これ以外ないようにも思える。Criseyde は自分の裏切りを悔悛し、罪のない Troilus と別れるのを嘆く。しかし、彼女が後悔の後、泣いて罪を浄化させ、自己回復してきているような状態を見ると、yow だけでは不完全さが残るように思える。この点では I との関係が浮上するように思える。中世において裏切って「自分は罪がない」(a-2) は、あまりに露骨であり、厚かましい、と言われかねない。しかし、彼女は好き好んで裏切ったわけではなく、捕虜交換に始まって、結果、裏切ることになったわけで、彼女自身も犠牲者の一人である。独白の中で生身の人間の感情を思わず出したとしても、さほど不自然ではないように思われる。3番目は、中間的・融合的 (a-3) で、表向き中世の理念に即して、「Troilus には罪がない」と言い表し、背後に「運命にもてあそばれた自分にも罪がない」と言い含めた言い方である。Criseyde は中世の宮廷貴婦人のイメージを壊すことなく、同時に自分の立場を自己主張できることになり、彼女の立体的で重層的な性格が浮かび上がってくる。この時、But al shal passe は、誰彼が悪いと言うのではなく、人間にはなるようにしかならない時がある、という意味になる。[27]

次に、語彙の多義性に着目してみよう。51) を見られたい。

51) b. leve の辞書的意味

b-1: OED s.v. leave II. To depart from, 7. To go away from, quit (a place, person, or thing) a1225-- Tatlock and MacKaye (1912), Wetherbee (1984)

b-2: OED s.v. †leve V^2. obs. 2. trans. To believe 971--1570 Fisher (1989), Benson (1993), Wetherbee (1984), Windeatt (1998)

'depart from' (b-1) の意味を採用し、「Criseyde は Troilus に罪がないのに別れてゆく」と取れば、Criseyde の宮廷貴婦人像を壊さないという意味で、最も常識的な意味である。'believe' (b-2) は、(自分ではなく) Troilus に罪がないことを真偽問題にしている。Criseyde の自己回復を前提にし、彼女が Troilus よりは優位に立って、あるいは彼に距離を置いて、可能になるような意味と言える。

では次に、語彙・統語法・文法化の相関の問題を考えてみよう。52) がそれである。

52) 語彙・統語法・文法化の相関

b-1: depart from--->gilteles と代名詞の統語法：①a-1: gilteles=yow, ②a-2: gilteles=I, ③a-3: gilteles=yow/I
I woot wel の主観性の濃淡：①主観的（上昇調）；②客観的（下降調）

b-2: believe--->gilteles と代名詞の統語法：①a-1: gilteles=yow
I woot wel の主観性の濃淡：①I woot wel: I leve に対する 'harmonics'（上昇調）——主観性が強い；（②I woot wel（下降調）：客観的——自分の信念を距離を置いて確認する。このような客観と主観の併置は心理的にはまれであろう。）

leve を 'depart from' で読み取ると、gilteles と代名詞の統語法は既に

219

述べた 3 つの関係付け、yow、I そして yow/I が残り、その時の I woot wel は主観的（上昇調）にもまた客観的（下降調）にもなり曖昧である。下降調は Criseyde の悟りのような重みさえ感じられる。他方、leve を 'believe' に読み取ると、gilteles と代名詞の統語法は yow との関係に限定される。その際には、I woot wel の法性は、信念を表す believe との衝突を避け、'harmonics' として協力的に働くように思える。上昇調で主観性を高くして使われる。

当該表現に対し翻訳者は 53) のように解釈している。

53) Tatlock and MacKaye (1912)：and I know well I leave thee without the guilt of thine.
　　Stanley-Wrench (1965)：Free from all blame, all guilt are you, I know.
　　Coghill (1971)：And you are guiltless, as I well believe.
　　Windeatt (1998)：and I believe you to be guiltless.
　　刈田 (1949)：なんの咎もないのに、わたくしがあなた様を棄てたこともよく知ってをります
　　宮田 (1979)：間違ったことをなさったわけでもないのにあなたをお見捨てするのだってことは、よく分かっていますけれど

leve の解釈（leave と believe）と I woot wel の解釈（客観的、挿入的、'harmonics' として believe に吸収する）に相違がある。しかし、全員「あなた（Troilus）には罪がない」という点では一致している。二重プリズム構造の第二プリズム、読者を通して、「自分（Criseyde）には罪がない」また「あなた（Troilus）は罪がないが、私（Criseyde）にも罪がない」を付け加えると、最終的に読者の解釈が大きくずれて、曖昧性の生起は否定できないものとなる。

ところで、leve の語彙的な曖昧性は、Criseyde 自身が心理的に同時に発想したものとは考えにくい。語の意味の設定で文法関係も大きく違って

き、一人が同時的に処理するにはあまりに過酷であろう。これは、二重プリズム構造の第二プリズム、読者を通して生ずる曖昧性と言えよう。他方、gilteles と代名詞の統語法の曖昧性は、Criseyde の心理的な葛藤として、つまり第一プリズムを想定して、読者が追体験できるものである。

 I woot wel の意味発達の段階性（[2]）、法性の濃淡（[3]）、判断基準の scope（[4]）、そして命題の多義性（[5]）が密接に係わり合ってくる。これは当該表現の曖昧性が Criseyde の人物観の曖昧性（I.テクスト領域の曖昧性）にもまた言語的な命題内容の曖昧性（III.言語表現領域）にも密接に係わって、生起していることを示している。[28]

10.4.5. おわりに

 以上のように、法動詞 I woot wel が持つ曖昧性を二重プリズム構造に位置付けて叙述した。Criseyde の心変わり（現象）を巡って、第二プリズムの読者が第一プリズムの彼女や作者の心情・スタンスを想定し、あるいは自らの推論を強く押し進め、最終的にいかに複数の解釈を導くかを明らかにした。具体的には、読者の推論の動きに合わせて、I woot wel が持つ曖昧の下位タイプを設定し、各々を考察する形で曖昧の生起プロセスを叙述した。Criseyde の宮廷貴婦人としての像を保って「Troilus には罪がないのに別れる、と知っている（思う）」と取るか。それとも Criseyde の生身の人間としての感情を全面に出し、「私には罪がないと知っている（思う）」と取るか。あるいは表層では宮廷貴婦人像を保ち、深層では「私にも罪がないと知っている（思う）」と立体的な人物像で取るか。最終的な解釈は読者に委ねられる。

 以上、対人関係領域に関して、いかにして曖昧性が生起するか、二重プリズム構造に位置付け叙述した。§9の発話意図では、人物が道徳的に問題的な行動を起こす際、表現に幅を持たせ、字義的な意味というよりは、間接的な意味（発語内行為や含意）で会話しているようにみえること、このため読者がいずれを重視するかで解釈が曖昧になることを検証した。

§10の法性では、物語の出来事が流動的で話者の判断や推定が強く係わってくると、発話内容に法性が加えられること、かくして真偽のいずれに関係付けるべきか読者に曖昧が残ることを例証した。また心的な曖昧性はテクスト領域にも言語表現領域にも密接に係わることを指摘した。

　発話内容に対する意図と態度の問題を扱ってきて、次では発話内容そのものの構造、言語表現領域の曖昧性を扱うことにする。§11で統語法、§12で語、そして§13で声（音）をそれぞれ二重プリズム構造に位置付け、いかにして曖昧性が生起するか、叙述してみよう。

11. 言語表現領域の曖昧性：統語法

11.1. はじめに：二重プリズム構造と統語法

　一般に語と語が組み合わされると、語と語の相互作用が生起し、語の単なる加算では予測できない意味が生み出される。既に述べたように、*Troilus and Criseyde* は、Chaucer の人間的関心が高まった時の作品で、人間の心理状態への洞察が深められ、人物の心の動きに即した言語使用がみられる。表現にいくつもの意味の層が生成され、読者により読みが別れてゆく。本章では、統語法を二重プリズム構造に位置付けて、どのように曖昧性が生起するか明らかにしてみよう。

　本作品で心理的な緊張がとりわけ大きく見られる Criseyde の心変わりの描写（Criseyde だけでなく、語り手や他の人物による言説も含める）を中心に検討する。これは作中最も重要な 'focal point' の一つで、それ故に読者の注意を集めているところである。Criseyde のこの時の心的状態はどの程度に明らかにされているのか。その時のプロセスがどのように統語法に写し出されてゆくのか。読者は人物の心情を想定し、そこに現れている統語関係をどう理解してゆくのか。Jakobson (1960) 的に言えば、語と語の近接性の拘束性が読者を介してどの程度に緩められ、曖昧になる可能性があるか考察してみよう。

　具体的に分析する前に、Chaucer が創作した時代の中英語の統語法を見ておこう。Blake (1977: 67) は、1) のように、語関係がある程度の緩やかさを残し、読者の介在を全く許さない程に確定的ではないこと、読者によって理解の仕方が変わっても不思議ではないことを指摘している。

1) ... each reader would be forced to make the necessary connections

> between the parts of the sentence himself. Naturally different readers could reach different results. The effect of the modern editor's approach is on the contrary to imply that there is only one possible meaning and his pronunciation strives to make that meaning obvious to his readers.

　口承文化から印刷文化への中間段階、つまり写本文化（文学作品は口頭で語られるために書かれる）においては、文構成は厳密に文法的というのではなく、多分に修辞的な面があり、その結果文構造の論理性が後退することもある。つまり意味の伝達法は、文の要素の論理関係にのみ頼るのではなく、口承的特徴を留めたり（省略的な統語法のために語関係が暗示的になり易い（significant imprecision））、リズムやポーズの音的工夫を通して（語句が通常の位置から分離にしろ転移にしろ動き易い）、あるいは反復、平行法、対照法等、修辞的技巧を通してもなされている。中世の写本に文法的観点からの句読点が発達しなかったのもこのような背景があったからだと言える。更に言えば、翻訳・翻案の際にみられる原典の文構造の英語への影響もある。文構成上の統語的緩やかさは、部分的には写本間での語順の異同や編者の句読点の相違にも反映している。[1]

　このように、中英語での文構成法はある程度の緩やかさを残しており、聴衆・読者の介在を助長するものであった。このことはChaucerにも大なり小なり当てはまることである。また彼の詩の創作という点から見ると、統語的な緩やかさは韻律（弱強五歩格）や脚韻「ライムロイアル」に合わせて、好都合な型を選ぶことを容易にしたとも考えられる。多くの場合勿論意味を犠牲にするものではない。が、このような統語的な流動性は作品内容と微妙に係わって、時に語り手や人物の葛藤的な心理状態を表しているようにも思える。

　以下では、Criseydeの性格描写に反復的に用いられているas she that句とその他の例に分けて検証することにする。

11. 言語表現領域の曖昧性：統語法

11.2. as she that 句[2)]

11.2.1. as he/she that 句の意味

as he/she that 句は、古フランス語 com cil/cele qui の観念借入句である。[3)] この句は古フランス語において様態ないし比較の意味に加え、句としてのまとまりのある意味、理由の意味＜——ので＞を発達させていた。このような発達段階でこの句は英語に導入された。しかし、この句が英語に導入された時、英語話者は必ずしもまとまったものとしてではなく、字義通りに分析的な意味、様態・比較の意味「——するように」で捉えてもいる。更に、理由と様態の中間的な意味として、「——に相応しい」、「——として」の意味も看取される。as 自体の意味が様態的意味から理由の意味へと意味拡張していることも、この句の概念上のリンクを促したと言える。このように as he/she that 句は、読者に段階性のあるものとして読み取られる可能性があった。2) は3つの意味の代表的な例である。

2) a. 様態の意味 <like one who>
   "Thow farest ek by me, thow Pandarus,
   As he that, whan a wight is wo bygon,
   He cometh to hym a paas and seith right thus:
   'Thynk nat on smert, and thow shalt fele non.'   Tr 4.463-6

   b. 役割としての意味 <in the role of one who>
   Quen he had made his orisun,
   Vnder þis tre he sett him dun,
   He thoghte a-pon ful mani thing,
   Als he þat was suilk a lauerding
   A temple thoght he ma to dright,   *Cursor Mundi* C 8263-7

> quen he had made his orisoun
> vnder þis tree he sette him doun.
> he þoȝt on mony selcouþ þing.
> *as fallis to a grete lording.*
> A temple make þorou goddis miȝt.　　*Cursor Mundi* F 8263-7

　c. 理由の意味 <as/since ...>

> for he hath late translated the *Epystlys* of Tulle, and the *Boke of Dyodorus Syculus* and diverse other werkes oute of Latyn into Englysshe, not in rude and olde langage but in polysshed and ornate termes craftely, *as he that hath redde Vyrgyle, Ovyde, Tullye and all the other noble poetes and oratours to me unknowen.*
> 　　*Caxton's Own Prose* [Caxton の *Eneydos* 訳への序], p. 80.

この句は初期中英語から後期中英語の間で現れている。[4] Chaucer の時代には上記の3つの意味が看取できたと考えられる。句の中の命題を事実と認識するか、類似的と認識するかで、第二プリズムの解釈が大きく異なり、意味深い問題となる。[5]

11.2.2. as he/she that 句の機能

　as she that 句に多義性があるから、それらが自動的に相互作用し、読者に曖昧を残すのではない。多義性は曖昧に読み取られる場合、その背景にあるものである。Gower はこの句を *Confessio Amantis*（異本の例も含めると）で207回使用している。しかし、彼が読者に同時に複数の反応を促したと考えられる用例は殆ど見出せない。例えば、29) a の例として i 1620-1, ii 1017 が、29) b の例として i 369, ii 1076 が、そして 29) c の例として vii 4915, 4921 がある。[6]

11. 言語表現領域の曖昧性：統語法

　Chaucer のこの句の使用も Gower と基本的には同じである。しかし、*Troilus and Criseyde* で Criseyde に用いられる as she that 句は注意を要する。Chaucer は彼女の性格描写において、この句の語義を一つに絞り込むというよりは、むしろその相互作用を活かすように用いている。この句は作者と読者の双方向からの働きかけが顕著で、二重プリズム構造が強く作動している。

　具体的な検討に入る前に、Chaucer がどの位この句を使用しているか見てみよう。3) はその頻度表である。

3) 関係節の先行詞　（計68）	he	she	they	I	ye	d.p	c.n.
Rom	1	3	0	0	0	0	1
BD	0	0	0	0	0	0	0
HF	1	0	1	0	0	0	0
Anel	0	0	0	0	0	0	0
PF	1	1	0	0	0	0	0
Tr	19	11	1	0	0	0	1
LGW	1	4	0	0	0	0	0
CT	8	1	3	0	0	1	4
Short Poems	0	0	0	0	0	0	0
Bo	1	0	3	0	0	0	1
Astr	0	0	0	0	0	0	0

d.p.=demonstrative pronouns; c.n.=common nouns

　3) から分かるように、*Troilus and Criseyde* ではこの句が多用されている。*The Canterbury Tales* は行数では *Troilus and Criseyde* より2倍以上であるが、当該句の数は約半分である。*Troilus and Criseyde* で Criseyde 以外の人物に使用された例を見てみよう。Troilus (1.797-8, 4.948, 4.1692, 5.1660-5, 5.1803-4)、Pandarus (4.824)、Sarpedoun (5.435-6)、そして Diomede (5.89-90, 5.106, 5.795) に使用された例は、彼らの典型的属性を疑うというよりは、むしろ強調している。読者にとってこの句で示される疑義はあっても小さなものである。4) は、Pandarus が

Troilus の愛の苦しみを記述したものだが、2) a で読み取られる。

4) But [thow] list *as he that lest of nothyng recche.*
What womman koude loven swich a wrecche?

Tr 1.797-8　[thow] は、筆者の補完。

この句の比較の意味は必ずしも人物の属性に疑義を表すものではない (Windeatt 1990: 135 'like he who wishes to care about nothing')。2) a がどのように機能するかは、当該人物の全体的な所見（§6 の人物の性格を参照）を通して決定されるものである。Troilus に関しては、Criseyde の愛で被る心理的動揺を疑うような文脈はない。Yager (1994) は、比較の意味を事実に反する意味（counterfactual）にとり（例えば、pp. 159, 160)、人物の属性・行為の疑義をストレートに表しているが、Nakao (1995) で詳述したように、動詞は直説法であることから非事実的 (non-factual) に、即ち、事実かどうかは文脈依存的に留めるべきである。[7]

5) は、Troilus が別れる時 Criseyde に与えたブローチを、Diomede から奪った戦利品の中に見つけた時のものである。この描写の客観的事実は 2) c の読解を促す。

5)　Ful sodeynly his herte gan to colde,

As he that on the coler fond withinne
A broch that he Criseyde yaf that morwe
That she from Troie moste nedes twynne,
In remembraunce of hym and of his sorwe.
And she hym leyde ayeyn hire feith to borwe
To kepe it ay! But now ful wel he wiste,　Tr 5.1659-65

Yager (1994) は、as she that だけでなく、他の代名詞 (he/that) の例も分析している。ここでも比較の用法を即反事実に結び付けるのは行き過

ぎであるように思える。

11.2.3. as she that 句の曖昧性と Criseyde の性格描写

 as she that 句は、Criseyde に用いられる時、4) や 5) と違い割り切れないものが残る。本作品には 3) で見たように 11 回現れている。全て Criseyde を記述している。Chaucer は他作品では多用していない。*The Canterbury Tales* において女性のヒロインが登場するが（Emelye, Constance, Dorigen も Criseyde 同様宮廷貴婦人である）、一度もこの句を用いてはいない。彼は一度だけ Luciana 女神にそれを用いている（FranT（V）F 1053）。以上の点を考えると、この句が Criseyde に使用される頻度は異常に高いと言ってもよい。3 例（4.673-7 [Fil 4.79.5], 4.704-5 [Fil 4.83.4.], 4.898 [Fil 4.104.2.]）は、*Il Filostrato* に対応しているが、8 例（1.96, 3.1227, 5.18, 5.25-6, 5.177-9, 5.709-11, 5.953-4, 5.1413）は、Chaucer が *Il Filostrato* を拡充したところに現れている。

 as she that 句は、物語の重要な転換点、即ち、Criseyde が難局に置かれ、彼女の宮廷貴婦人としての性質（二重プリズム構造の現象）が試される時、現れる傾向がある。本作品の上昇場面、Troilus と Criseyde の関係が徐々に強化されクライマックスに達する場面では、この句は 2 例（1.96, 3.1227）のみである。他方、二人の関係が悪化し、彼女の裏切りで遂に破綻する下降場面では増加している（9 例：4.673-7, 4.704-5, 4.898, 5.18, 5.25-6, 5.177-9, 5.709-11, 5.953-4, 5.1413）。更に注意すべきは、この句は全て語り手によって使用され、このような局面での彼女の心情やあるべき性質にスポットが当てられている。彼女が父の裏切りを知った時（1.96）、彼女と Antenor の捕虜交換が議会で決定した時（4.673-7）、恋人 Troilus と別れる時（5.18）、彼女がギリシア陣営に Troilus と別れてゆく時（5.177-9）等がそれである。[8]

 この句が使われるごとに、第二プリズムの読者は、それはどのような意味か決定付けなければならない。これはヒロインに対する我々の態度に密

接に係わる（§4のメタテクスト、§6のテクスト構造（人物の性格）を参照）。Chaucer は、*Il Filostrato* を翻案する際、彼女の外面史、即ち、彼女が Troilus を裏切るという事実を踏襲している。しかし、彼の力点は彼女の内面史、つまり裏切りに至る彼女の葛藤や心情に置かれている。特に彼女の「哀れみの情」（例えば、pite 5.824）を強調している（§12.5を参照）。中世において裏切り者は、道徳的にも宗教的にも厳しく罰せられたので、彼女への同情的なスタンスは、一層創造的であったあろう。現象を切り取る第一プリズムの語り手は、彼女を批判的に見たり、同情的に見たりする中間点のスタンスが与えられている (Cf. I, that God of Loves servantz serve 1.15)。結果、種々の表現レベルでプラス価値とマイナス価値の相互作用が生じている。as she that 句もそのような表現の一つである。

　第二プリズムの読者は、Criseyde に対し同情的立場に立てば、理由の意味 2) c ないし資格の意味 2) b に、他方、懐疑的・批判的立場に立てば、疑義に繋がる根拠を探し出し（推論し）、様態の意味 2) a に関係付けるであろう。Criseyde はこのような意味の段階性の中に価値付けられる。この句の最初の例は、父 Calkas の裏切りで、彼女が途方にくれる時に現れる。Chaucer は *Il Filostrato* から逸脱し、6) のように、彼女の苦境を記述している。

6) For of hire lif she was ful sore in drede,
　　As she that nyste what was best to rede;　　Tr 1.95-6

Criseyde はロマンスのヒロインにふさわしく、敏感に心が動かされる。この最初の例に写字生はどのように解釈すべきか当惑しているように思える。ここには§4のメタテクストで指摘したように、写字生の読解行為への参加が見られる。Windeatt (1984:91) によれば、写本の異同は 7) の通りである。

7) H4 (Phetc), Ph (Phetc), H2 (Phetc) ＜独立節＞:

 H4, Ph Ne in al þis world she nyste what to rede

 H2 Ne in al þis world she nyst not what to rede

A (Cpetc), H3 (Retc) ＜接続詞を用いた副詞節＞:

 A As she nat nyste what was best to rede

 H3 As she nyste what was best to do

Cx, Th（初期刊本）＜等位構造＞:

 And wyst neuer what best was to rede

7) で示した以外の写本はこの句を採用している。Cl (Cpetc), D (Cpetc), Cp (Cpetc), Dg (Cpetc), S1 (Cpetc), S2 (Cpetc), Gg (Retc), H1 (Retc), H5 (Retc), J (Retc), Raw (Retc) がそれである。[8]

H4, Ph, H2 の写字生は独立節で、A, H3 の写字生は従属節（理由節）で表して、Criseyde の当惑の妥当性をストレートに表している。同様に現代の翻訳者もストレートである。8) のように非定形節ないし前置詞句で表している。

8) Tatlock and MacKaye (1912) : ... not knowing what to do

 Coghill (1971) : ... not knowing where to go or whom to heed

 Stanley-Wrench (1965) : ... without one friend to whom to moan

 Windeatt (1998) : ... not knowing what was the best advice

Caxton は独立節で表しているが、彼自身の著作ではこの句を使っている (Blake 1973: 80)。しかし、7) では、もしコピーテクストである Retc 伝統の失われた写本でこの句に出くわしていたとするなら、彼はフランス語法を避けてそれを書き換えた可能性がある。[9]

他方、7) には 'Like ...' の異形はない。この異形は私の知る限り稀である。手持ちにある唯一のものは、Caxton による com cil qui の like as he that への翻訳である (Mossé 1952: 228)。Criseyde に対して懐疑的・

批判的な読者は、この句に様態の読みを当て、これは彼女の後の流動性を暗に仄めかすと言うかもしれない。しかし、物語のこの段階では、反ロマンス的な文脈は冒頭部で示唆されたにすぎず、この句を非現実的な直喩と取るのは時期尚早である。

写本の異同の他の例は、本作品では、As she that]As ye that (5.1413) のみである。このことは当該句が Chaucer 自身のものであり、写字生のものではないことを示唆している。またこの句が単に韻律上の要請からでないことは、7) の写本 A の異型から推定することができる。nat であれ that であれ韻律上の条件は同じである。またこの句は、詩行を弱強弱の iambic のパタンで始め、as と that は弱音節に置かれている。このことが解釈上どのような効果をもたらすかは、§13 の声(音)で取り扱う。[10]

第 2 巻では as she that 句は皆無である。第 3 巻では 1 例見られる。Pandarus の家に夕食に招待されていた Criseyde と彼女の一行は、その晩嵐のため彼の家に逗留することになる。Troilus が彼女の寝室に導かれる。彼女は何故彼がここに来たのかと尋ねる。これが彼の嫉妬のせいであることを知り、長々とその是非を論ずるが、終いには 9) のように折れる。

> 9) Criseyde, al quyt from every drede and tene,
> *As she that juste cause hadde hym to triste,*
> Made hym swych feste it joye was to sene,
> Whan she his trouthe and clene entente wiste;   Tr 3.1226-9

この句で、語り手は、彼女が男性を受け入れるに当たって正当な理由を持つこと(宮廷貴婦人の属性)を強調している。この句は、1 行後、When ... により事実の記述として言い換えられている。しかし、懐疑的な読者は、15 行前の Ne hadde I er now, my swete herte deere, / Ben yolde, ywis, I were now nought heere (3.1210-1) の残像を残して、既に彼女は Troilus を受け入れた上でここに来ている、あたかも初めて信頼する根拠を得たかのように言っていると、指摘するかもしれない。しかし、これは

11. 言語表現領域の曖昧性：統語法

3.1210-1 に依拠した推論で、この残像が作用しない限り、事実として読み取られるだろう。

　残りの例は第4巻と第5巻に集中している。ここでは、宮廷貴婦人としての理想像と彼女の実体とがもっと意味深い均衡関係に置かれる。第4巻に入り、Troilus と Criseyde の愛は、難局に立ち向かうことになる。トロイの議会で Criseyde と Antenor との捕虜交換が決定される (4.665)。この知らせは彼女に届くが、その真偽を確かめる勇気がない。この時の彼女の心情を語り手は 10) のように As she that ...に凝縮している。

10) But shortly, lest thise tales sothe were,
　　She dorst at no wight asken it, for fere.

　　As she that hadde hire herte and al hire mynde
　　On Troilus iset so wonder faste
　　That al this world ne myghte hire love unbynde,
　　Ne Troilus out of hire herte caste,
　　She wol ben his, while that hire lif may laste.
　　And thus she brenneth both in love and drede,
　　So that she nyste what was best to reede.　　Tr 4.671-9

語り手は、as she that 句を使い、宮廷貴婦人としてのあるべき姿を照射している。Windeatt (1984: 389) は、'Ch's imagery (of fixing, binding, burning) elaborates B's brief figure (of C's turning her desire on to T) and adds her loyalty until death (677)' と指摘している。語り手は、Criseyde に共感するあまり、彼女の心の中に没入し、彼女の視点から述べているようにみえる（Cf. §7の話法を参照）。She wol ben his ... (4.677) は、As she that ...のフレーム内にあるのか、そこから抜け出て、独立文（事実文）として機能しているのか、曖昧になっているように思える。読者が彼女に共感的立場をとれば、この句は 2) c の理由の意味で読

み取れよう。しかし、彼女の心変わりのきっかけとなる捕虜交換の場面において、懐疑的な読者はこれから起こる裏切りのヒントを探ろうとするかもしれない。様々な状況に敏感に反応し、それを受容できる類の女性にはこのことは不可能ではない。ここでは直喩的に 2) a にも理解できる。

　他の 2 例でも語り手は宮廷貴婦人にふさわしい Criseyde の反応にスポットを当てている。女友達が彼女を慰めようとやってくる。通り一遍の対応で、彼女を真に慰めることはできない。彼女は、11) のように、彼女らが考えてもないこと（即ち Troilus のこと）で燃え上がっているのだから。

11) Swich vanyte ne kan don hire non ese,
　　As she that al this mene while brende
　　Of other passioun than that they wende,　　Tr 4.703-5 [11]

Pandarus は、Criseyde に Troilus からの伝言 ── 逆境をいかに切り抜けるかの相談 ── を伝える。彼女は 12) のように応答する。彼女の辛い悲しみを疑う必要はあるまい。

12) "Gret is my wo," quod she, and sighte soore
　　As she that feleth dedly sharp distresse;　　Tr 4.897-8

　第 5 巻の例を見てみよう。既に述べたように、この巻では 6 回使われている。最初の例は、Criseyde がトロイから出て行く時に現れる。彼女は Diomede の護衛でギリシア陣営に連れて行かれる。13) のように、この句は彼女の当惑した心情にスポットを当てている。

13) Ful redy was at prime Diomede
　　Criseyde unto the Grekis oost to lede,
　　For sorwe of which she felt hire herte blede,
　　As she that nyste what was best to rede.　　Tr 5.15-8

この後すぐに 14) が現れる。ここでは彼女に付き添っている Troilus にも注意が向けられている。

14) This Troilus, withouten reed or loore,
  As man that hath his joies ek forlore,
  Was waytyng on his lady evere more
  As she that was the sothfast crop and more
  Of al his lust or joies heretofore. Tr 5.22-6

13) は第1巻で見た 6) と同じ例である。しかし、この度は彼女の落ち着きとバランスがすぐに明らかにされる (She seyde ek she was fayn with hym (i.e. Calkas) to mete, / And stood forth muwet, milde, and mansuete. 5.193-4)。遡及的残像が働くと、この句は 2) a の様態のように読むことが可能である。14) は Troilus の視点を通して観察されている。彼にとって「Criseyde は最高の喜び」は疑問の余地のないことである。15) は彼の Criseyde への手紙の一部であるが、同様に彼の視点から述べられている。彼女は「彼の生死の鍵を握る人」である。

15) And fareth wel, goodly, faire, fresshe may,
  As she that lif or deth may me comande! Tr 5.1412-3

16) の文脈はこうである。Criseyde はギリシア陣営に送られる途中、護衛役の Diomede に求愛される。彼女の反応に注意が向けられる。

16) Criseyde unto that purpos lite answerde,
  As she that was with sorwe oppressed so
  That, in effect, she naught his tales herde
  But here and ther, now here a word or two. Tr 5.176-9

語り手は、恋人と別れたロマンスのヒロインの深い悲しみと狼狽にスポットを当てている。これは Chaucer によって付加された部分である。

Windeatt (1984: 455) によれば、Benoît と対照的である。そこでは Briseide は Diomede を歓迎し、彼の話をよく聞いた、となっている。Criseyde の状況に同情し、Chaucer は彼の材源を修正したように思える。しかし、語り手は彼女の Diomede への反応を、17) に見られるように、同情的な読みだけでは不完全であるように書いている。

17) *But natheles* she thonketh Diomede
　　 Of al his travaile and his goode cheere,
　　 And that hym list his frendshipe hire to bede;
　　 And she accepteth it in good manere,
　　 And wol do fayn that is hym lief and dere,
　　 And tristen hym she wolde, and wel she myghte,
　　 As seyde she; and from hire hors sh'alighte.　Tr 5.183-9

逆転の接続詞 But natheles ... はあまりに突然で語りの首尾一貫性を壊すように思える。[12] 彼女のムードと態度がこんなにも速く推移することをどのように理解したらよいか。この連では、語り手は彼女が Diomede の申し出にいかに感謝しているかを述べている。and の反復は、いかに円滑に彼女がそうしているかを示唆している。我々は、彼女が殆ど聞いていなかった、ということを疑いたくなる。Criseyde に同情的な読者は、彼女の謝意は宮廷理念による礼節と見なすであろう。他方、批判的な読者は、この謝意は彼女のもっと積極的な姿勢を示し、Diomede にとって彼女の愛を追求するよい口実になる、と反発するであろう。ここでは連自体が両義的である。[13]

17) の遡及的効果でこの句は2つの解釈を許すように思える。同情的な読者には 2) b＜悲しみで抑圧されたものとして＞ないし 2) c＜悲しみで抑圧されていたので＞で、他方、批判的な読者には 2) a＜悲しみで抑圧された人のように（見せかけて）＞で読み取られ、曖昧になる。Donaldson (1970: 74) は当該句の simile の性格に着目して、'one does

not know whether to read the indicative or the subjunctive' と述べているが、意味の違いは、simile の含意だけでなく、この句の多義性（as she that を分析的に読み取るか、一つのまとまったものとして読み取るかの程度問題）にもあることに注意すべきである。

Criseyde はトロイに帰ることは不可能だと認識する。そのトロイを見やるわけで、彼女の輝かしい顔は蒼白、手足はやせ細ってしまっている。18) はそのような彼女の心情を活写している。

18) Ful pale ywoxen was hire brighte face,
　　Hire lymes lene, *as she that al the day*
　　Stood, whan she dorste, and loked on the place
　　Ther she was born, and ther she dwelt hadde ay;　　Tr 5.708-11

as she that 句は、that 節の動詞が過去形で、しかも Criseyde に個別的な情報を伝えている。この限りでは 2) c の理由の読みが促される。しかし、the place (5.710) は「器とその含有物」のメトニミーで、Troilus を含意する（他のメトニミーの例：5.956-7, 5.1006-8）。Troilus との関係で言うと、彼女は彼から距離的には勿論心理的にも少し離れてきているようである。2) a の直喩の可能性を完全に除去するものではないだろう。

Diomede は Criseyde に対し二回目の求愛を行う。彼女は彼の弁舌に説き伏せられ、皮肉なことにトロイを出て 10 日目に（Troilus に 10 日目にはトロイに帰ると約束していた）彼と話す約束をする。Diomede の求愛に彼女が応答する前に、語り手は *Il Filostrato* から逸脱し、19) のように当該句を挿入している。そこでは Troilus に対する彼女の変わらない献身的態度を強調している。

19) And thus to hym she seyde, as ye may here,

　　As she that hadde hire herte on Troilus

> *So faste that ther may it non arace;* Tr 5.952-4

語り手はこの句に十分に満足できなかったようで、20) のように言い換えている。

20) And *strangely* she spak, and seyde thus: Tr 5.955

OED によれば、strangely は 'In an unfriendly or unfavourable manner; with cold or distant bearing' (Tr 5.955 が初例として引用されている) を意味している。第一義的には、彼女は Diomede に対して一定の距離を置いて話したのである。が、同時に Troilus に対してもそうであることに注意する必要がある。彼女のスピーチ 5.956-1008 に明らかであるように、彼女はトロイ (Troilus) とギリシア (Diomede) の間を行きつ戻りつしている。21) はその典型である。

21) "That Grekis ben of heigh condicioun
　　I woot ek wel; *but* certeyn, men shal fynde
　　As worthi folk withinne Troie town,
　　As konnyng, and as parfit, and as kynde,
　　As ben bitwixen Orkades and Inde;
　　And that ye koude wel yowre lady serve,
　　I trowe ek wel, hire thank for to deserve. Tr 5.967-73

等位接続詞 but (5.968) や And (5.972) は、両者を併置し天秤にかけるロジックに効果的である。他にもいずれの側にも対応できる条件文の設定 (5.990-3, 5.1000-1)、'yes' か 'no' かを不明瞭に留める中間的な表現法 (5.1002-4) 等がある。

このような Criseyde の揺れは、as she that の解釈と表裏の関係にある。同情的な読者は、このような逆境でも Criseyde が Troilus への思いを断ち切れないことに留意するだろう。宮廷貴婦人に相応しい資質、即ち、

2) b（役割）か 2) c（理由）でこの句の事実性を強調する可能性がある。他方、批判的な読者は、彼女が Diomede を受け入れようとする兆を見て取るだろう。そこでは 2) a（比喩）で事実性を弱めて解釈する可能性がある。

Benson (1987: 1026) の *Troilus and Criseyde* の編者 Barney は、Kerkhof (1982: 278) に依拠して因果関係の読みを支持している。他方、Donaldson (1970: 78) は当該句の意味を直喩に限定し、'the opposite of what it purports to be saying--of turning its own sense inside out. Criseyde spoke like a woman who loved Troilus, but she was most imperfectly like a woman who loved him, as her speech shows' と指摘している。[14] 同様に現代の翻訳者も、22) のように、解釈に不一致が見られる。

22) Tatlock and MacKaye (1912)：With her heart so fast set on Troilus ...
　　Stanley-Wrench (1965)：She, who had set her heart on Troilus ...
　　Coghill (1971)：Like one whose heart was set on Troilus ...
　　Windeatt (1998)：like one who had ever heart set so fimly on Troilus ...

このように編者や批評家、あるいは翻訳者間で解釈が別れるのは、当該句が二重プリズム構造の第二プリズムを通して、活発に意味の相互作用を起こしたことを示している。

Yager (1994: 157) は、'the ambiguous phrase seems to me to be a syntactic correlative to the thematic ambiguity of the *Troilus*' と指摘するが、本論の立場で言えば、曖昧性のカテゴリーの下位レベル（統語法）と上位レベル（§6のテクスト構造で扱った主題）の融合として位置付けられる。Yager は曖昧性のカテゴリーを設定していないので、この融合の認識は部分的である。また Yager (1994: 165) は、最終部で「個人的」

には意味の識別が明確でも、総合的には解釈に多様性が出る、と指摘している。これは、本論文では二重プリズム構造の一部、第二プリズムの典型的な作動——読者によって受け取り方が異なるケース——として位置付けられる。Yager はこのような二重プリズム構造を想定して述べているわけでない。

　以上のように、この句は物語の主要な転換点で、Criseyde の宮廷貴婦人としてのあるべき姿を映し出すように使われている。しかし、彼女が第 4、第 5 巻で Troilus との愛を全うするには不安定な状況に置かれると、この句の意味も同様に不安定になっている。読者は逆境にいる Criseyde に同情的になれば、この句を 2) b, c に引き付けて、事実として解釈するだろうし、他方、彼女に批判的になれば、2) a に引き付けて、事実でないかもしれない、と解釈するだろう。その結果、第二プリズムが活発に作動し、複数の読者（編者、批評家、翻訳者等）が複数の解釈を導く結果になっている。類義的な表現、like ...（直喩表現）、 who ...（関係詞構文）、-ing ...（分詞構文）、as/since ...（従属接続詞構文）と違って、この句は事実も非事実も包摂することができる。第一プリズム、語り手の背後にいる詩人 Chaucer は、この句の重層的な価値に気付いており、実際この重層性を駆使することで、Criseyde に対する両極的な態度（評価・批判）を巧みに止揚したと結論付けられる。

11.3. 他の統語法の曖昧性

　他の統語法でも二重プリズム構造が作動している。Criseyde の心変わりが現象である時、当該現象を切り取る第一プリズム、つまり、語り手ないし登場人物は、社会通念に抵触することを意識して、表現に幅を持たせているように思える。この表現を読み取る第二プリズム、読者にとって解釈が別れる可能性がある。例をいくつか挙げてみよう。

　23) のコンテクストはこうである。Troilus は Criseyde に恋をするが、彼女に打ち明けられず、悩んでいる。彼の友達であり、また彼女の叔父で

もある Pandarus はこれに気付き二人の橋渡しをして、何とか彼の願望を叶えようとする。Pandarus はこの目的で彼女の家を訪れ、二人の信頼関係を確認するが、その言い方は思わせぶりである。この引用は既に§8の2) の例で談話の結束性 (2.238) の観点から分析した。統語法の観点を加えて考察し直してみよう。

23) "For, nece, by the goddesse Mynerve,
　　 And Jupiter, that maketh the thondre rynge,
　　 And by the blisful Venus that I serve,
　　 Ye ben the womman in this world lyvynge--
　　 Withouten paramours, to my wyttynge--
　　 That I best love, and lothest am to greve;
　　 And that ye weten wel youreself, I leve."　　Tr 2.232-8

Withouten paramours に対するポーズの入り方が問題である。Withouten 句の前にポーズを入れると、同句は直前の lyvynge とは離れ、後ろの節との関係付けが強化される。Pandarus は姪と自分との社会関係に言及して、「恋人は別として (paramours が副詞の場合：恋愛は別として)」最大に愛している人、という意味であろう。[15] 常識的にはこの読みである。in this world lyvynge は、最上級 (best ... lothest ... 2.237) と共起する強めの句と見なされる。しかし、Withouten の前にポーズを入れないで ... lyvynge / Withouten paramours と句跨りで読めば、Criseyde が「恋人無しに暮らしている」という新たな統語関係が生まれてくる。[16] 他方、Withouten 句の前後にポーズを置けば、この句とそれが修飾する語句の関係付けが保留され、微妙なテンションが生まれてくる。Ross (1972: 154) は、'bawdy' の一事例としてこの句に留意し、その意味の膨張を 'a complicated piece of multiple significance worthy of Shakespeare's poetry at its most mature and complex' と評している。因みに編者の句読点は、24) の通りである。

24)

	lyvynge の後	paramours の後	wyttynge の後
Baugh	,	,	,
Donaldson	--	,	--
Fisher	--	句読点無し	--
Howard	--	--	--
Pollard et al.	,	,	,
Robinson	,	,	,
Root	,	,	,
Skeat	,	,	,
Windeatt	--	句読点無し	--

Donaldson, Fisher, Howard, Windeatt は Withouten 句の前後にダッシュを使って積極的にポーズを表している。均衡性を意識した解釈とも言えよう。しかし、いずれの編者の句読点も… lyvynge / Withouten paramours（ポーズ無し）を支持していない。露骨に反社会的になるのは、不自然と考えたのだろう。とは言え、句読点はオリジナルにはなく、あくまでも編者の再建である。Pandarus が言う、to my wyttynge、that ye weten wel youreself, I leve の認識的表現（§10を参照）は、Criseyde に対し常識的な読みの背後に非常識的な読みを隠しているといった二面性を仄めかしているように思える。Withouten paramours の前後のポーズと意味の推移は、§13で検証する声（音）と密接に関係する。

既に述べたように、Troilus と Criseyde の愛は、Pandarus の橋渡しで展開し（第2巻）、クライマックスを遂げる（第3巻）。しかし Criseyde の捕虜交換が決定し、二人の愛は極めて不安定な状況に陥る（第4巻）。25) は、既に§7の話法（§7の6))、§10の法性（§10の26))との関係で取りあげた例である。Criseyde は捕虜交換において、駆け落ちを提案する Troilus に、ギリシア陣営に行って10日以内に帰って来ると約束する。この時、語り手は彼女の言説の誠実さに注意を向けている。統語法の観点から見直してみよう。

11. 言語表現領域の曖昧性：統語法

25) And *treweliche*, as writen wel I fynde
　　That al this thyng was seyd of good entente,
　　And that hire herte trewe was and kynde
　　Towardes hym, *and* spak right as she mente,
　　And that she starf for wo neigh whan she wente,
　　And was in purpos evere to be trewe:
　　Thus writen they that of hire werkes knewe. 　Tr 4.1415-21

語り手は、誠実さの根拠を等位接続詞 and（4.1417, 1418, 1419, 1420）で畳みかけている。文が付加的に展開してゆくと、論理関係が不鮮明になることがある。and ... と繰り返されることで、treweliche との関係が徐々に不明瞭になり、聴覚映像から消えてゆくのではないかということである。つまり「（Troilus に応答した際の）Criseyde は誠実であった」の命題内容が、話者である語り手の判断の問題から断定の問題へと移行する可能性がある。語り手は、Criseyde の正当化の論理を追体験しているようでもある。§10で述べた法性の作用域は、and による等位構造と表裏の関係にある。曖昧性は第二プリズムの読者が当該命題を第一プリズム、語り手の判断として読むか、または断定として読むかで生ずる。

26) は Criseyde 自身による根拠の畳みかけである。彼女は捕虜交換で Troilus と別れる直前、どのような理由で彼を愛するようになったかを告白している。

26) "For *trusteth wel* that youre estat roial,
　　Ne veyn delit, *nor* only worthinesse
　　Of yow in werre *or* torney marcial,
　　Ne pompe, array, nobleye, *or* ek richesse
　　Ne made me to rewe on youre destresse,
　　But moral vertu, grounded upon trouthe--

243

>   That was the cause I first hadde on yow routhe!
>
>   "*Eke* gentil herte and manhod that ye hadde,
>   *And* that ye hadde, as me thoughte, in despit
>   Every thyng that souned into badde,
>   As rudenesse and poeplissh appetit,
>   *And* that youre resoun bridlede youre delit,
>   This made, aboven every creature,
>   That I was youre, and shal while I may dure.   Tr 4.1667-80

For trusteth wel that ...は、§10で見た法動詞の一つである。つまりthat以下の命題内容（彼女はTroilusの概観ではなく彼の徳性（moral vertu 4.1672）に引かれて哀れみの情を抱いた）は、話者の判断が入った形で提示されている。しかし、Criseydeのne, nor, or, andの等位接続詞の反復で、冒頭のFor trusteth wel that ...は、徐々にその支配力が減じられ、その分命題が真実であるという印象を深めてゆく。法動詞の作用域は、第二プリズムである読者の解釈に委ねられる。このように25）と26）は、読者に対し聴覚的な残像の濃淡に係わる曖昧性を引き起こしている。（moral vertu 4.1672の妥当性の問題については、§8.3の談話構造（因果関係）を参照。）

Criseyde が Diomede の求愛に屈する直前、Chaucer は *Il Filostrato* を拡充して、彼女の心変わりに関係する主要人物のゲシュタルト・イメージを描写している。詩人はこの時、宮廷貴夫人 Criseyde の賞賛と彼女の裏切り（原典のプロット）の踏襲という相矛盾する価値の中にいる。このような中で、彼女の描写の最終部は27）のように表現されている。

>   27) She sobre was, ek symple, and wys withal,
>   The best ynorisshed ek that myghte be,

11. 言語表現領域の曖昧性：統語法

And goodly of hire speche in general,
Charitable, estatlich, lusty, fre;
Ne nevere mo ne lakked hire pite;
Tendre-herted, slydynge of corage;
But trewely, I kan nat telle hire age.　　Tr 5.820-6

Tendre-herted と slydynge of corage は併置され、両者の関係付けは保留されている。第二プリズムの読者は、第一プリズムの作者の立場を想定して、28) のような重層的な関係構造を生み出すことができる。[17]

28)

	tendre-herted	関係付け	slydynge of corage
a.	「心が柔らかい」	\<therefore\>	「心が敏感にすぐに動く」
b.	「心が柔らかい」	\<that is\>	「心が敏感にすぐに動く」
c.	「心が優しい」	\<but\>	「心が移り気である」
d.	「心が柔らかくて弱い」	\<therefore\>	「心が移り気である」
e.	「心が柔らかくて弱い」	\<that is\>	「心が移り気である」

a、b の順接での関係構造が彼女の裏切りに対し最も消極的な読みであり、d、e が最も積極的なものである。この点、c の逆接によるものは、消極・積極が相半ばしている。c, d, e の corage は換喩的に心の中に生ずる感情、特に性的な感情が浮き立ってきている（Cf. Davis et al. (1979)）。

　因みに、Benoît の当該描写では「大いに愛し愛され」に続き彼女の移り気が導入されるが、29) のように逆説の Mais で結び付けられている。28) c に近い解釈である。

29) Mout fu amee e mout amot,
　　Mais sis corages li chanjot;
　　(Benoît: *Roman de Troie* 'Les Portraits' 5285-6)

30) の描写は、前述した人物の全体描写のすぐ後で、プロットが再び動いてゆく時のものである。Diomede は、彼女の父親に会うふりをして、

彼女が Troilus にトロイに帰ると約束したまさに 10 日目に彼女を訪れる。
Diomede に対し、彼女は歓迎したと言う。

 30) But for to tellen forth of Diomede:
   It fel that after, on the tenthe day
   Syn that Criseyde out of the citee yede,
   This Diomede, as fressh as braunche in May,
   Com to the tente ther as Calkas lay,
   And feyned hym with Calkas han to doone;
   But what he mente, I shal yow tellen soone.

   Criseyde, at shorte wordes for to telle,
   Welcomed hym *and down hym by hire sette*--
   And he was ethe ynough to maken dwelle!
   And after this, withouten longe lette,
   The spices and the wyn men forth hem fette;
   And forth they speke of this and that yfeere,
   As frendes don, of which som shal ye heere. Tr 5.841-54

動詞 sette (5.849) の用法は既に§8 の 10) で談話構造（結束性）の観点から取り上げた。統語法の観点から見直してみよう。sette「座らせる」の動作主・被動作主をどのように想定するかで、違った関係構造が浮かび上がってくる。言う迄もなく等位節において動作主が同じなら後の節のそれは省略可能である。しかし中英語では現代英語と違って、旧情報なら動作主が異なっても省略される場合がある。従ってここでは動作主をCriseyde にも Diomede にも取ることが可能である。[18] もし動作主を Criseyde に取れば、彼女の Diomede を座らせる積極性が強調される。尤も単なる手招きの言語化である、ないしは宮廷貴婦人としての礼節の範囲にあるものとすると、それ程の積極性はないのではないかという疑問も残

る。これは§9の発話意図に係わる意味の段階性である。他方、Welcomed hym の hym との関連で、動作主を Diomede にとることも可能である。その際、hym ... sette の hym は再帰代名詞となる。動作主を Diomede と見なすと、Criseyde の歓迎に渡りに船とすばやく決断・動作する、sodeyn Diomede の一面を示すことになる。そこでは Criseyde の積極性は抑えられる。

因みに、Chaucer の *Troilus and Criseyde* の sette の用例は、31) のように、動作主の非省略、省略の各々で、大半が再帰代名詞と共起している。

31)

	accusative	reflexive
動作主の非省略	2	7
動作主の省略	1?	7 + 1? (1?は5.849の例)[19]

原典の *Il Filostrato* と Chaucer が参照した可能性があるそのフランス語訳 Beauvau では、Diomede の視点から彼の行為が記述されており、Criseyde が Diomede を座らせたという視点は希薄である。32) を参照されたい。ここでは、Diomede の行為の積極性が強調されている。Chaucer にこのような読みの着想を与えたとしても不思議ではなかろう。§5の間テクストの観点から、一つの読みが引き寄せられる。

32) prima di lei; e postosi a sedere,

Di lungi assai si fece al suo volere.   *Il Filostrato* 6.11.7-8

(... and after taking a seat he came gradually to his desires,)

et premierement se assist asupres d'elle   Beauvau: Pratt (1956: 532) p. 262 [20]

ところで、Windeatt (1984) は動作主を 'she' に解している。Roscow (1981: 89) も同様だが、多少抑制的に 'she' が 'more likely' と述べている。一方、Karpf (1930: 135) は 'he' で解釈している。第二プリズム

を構成する編者、研究者の見解が分かれ、最終的に曖昧性を導いている。もし第一プリズムの作者がいずれか一つに関係付けたいのなら、何故そのように書かなかったのかという疑問が残る。

　同類の曖昧性は Chaucer の他作品にも見られる：BD 192-9; KnT I (A) 1628-46; CYT VIII (G) 1317-26。また中世の他の詩人の作品、例えば、33) にも見られる。

> 33) Al studied þat þer stod *and stalked hym nerre*
> 　　Wyth al þe wonder of þe worlde what he worch schulde.
> 　　　　　　　　　　　　*Sir Gawain and the Green Knight* 237-8
> 　　[All who were standing stared and cautiously approached him;
> 　　All stared him who was standing there, and [he] walked himself nearer.]（Andrew & Waldron (1978 : 216) を参照。）

Criseyde の歓迎を受けた後、Diomede はまずトロイの運命に言及し、彼女に心理的な圧力を加える。次いで個人的に彼女に求愛する。そして彼女から翌日（11 日目）会う約束を取り付け、彼女から手袋を得て退出する。 Hire glove he took (5.1013) は、§9.4 の発話意図で述べたように、彼女が既に彼の意を承諾したことを暗示する。そのような彼女の決断を理性的に正当化しようとするのが、言い換えれば、決断のしきり直しをしていると考えられるのが 34) である。

> 34) The brighte Venus folwede and ay taughte
> 　　The wey ther brode Phebus down alighte;
> 　　And Cynthea hire char-hors overraughte
> 　　To whirle out of the Leoun, if she myghte;
> 　　And Signifer his candels sheweth brighte
> 　　Whan that Criseyde unto hire bedde wente
> 　　Inwith hire fadres faire brighte tente,

11. 言語表現領域の曖昧性：統語法

> *Retornyng in hire soule ay up and down*
> *The wordes of this sodeyn Diomede,*
> *His grete estat, and perel of the town,*
> *And that she was allone and hadde nede*
> *Of frendes help*; and thus bygan to *brede*
> The cause whi, the sothe for to telle,
> That she took fully purpos for to dwelle.　　Tr 5.1016-29

Diomede が立ち去った後、一人心の中で彼の言葉や周囲の状況等を考慮して、ギリシアに留まることを決断しようとする。分詞句 Retornyng ... (5.1023) の係り方を見てみよう。分詞句は、'ing' を関係付けの標識として、主節に結び付くことで意味成立する。読者から言えば、どれを主節として近接関係を構築するかの問題である。Retornyng ... は、前連の従属節 Whan 節の Criseyde unto hire bedde wente と関係付けられる。「床に入り、そして考えを巡らせた .../考えを巡らせながら床に入った ...」そして 5.1027 から、新たな主節が導入されると考えられる。他方、Retornyng の分詞句は、新たな連の始まりに来ているので注意を要する。rime royal では、桝井 (1964: 226) も示すように、連の最後のカプレットは一般的に思考内容の終結部をなすところで、連と連はそれぞれまとまりをなして円環的な展開をするのが常である。連と連のいわゆる句跨りは稀である。この点を重視すると、Retornyng をむしろ後ろの bygan to brede に関係付けて読みたくなる。しかし、Peasall (1986) が指摘するように、この分詞句の後は接続詞 and thus ... が続き（全写本に and thus がある）、文法的にはそのような関係付けを許さない。結果として、この句は半ば独立的にどっちつかずの状態に置かれている。Tendre-herted, slydynge of corage と同様な関係付けの保留である。第二プリズムの読者がこの表現上の保留をどのように読み取るかで違った解釈になる。分詞句の関係付けを明確にすれば、Criseyde の主体性はその分明確になるし、

その関係付けを保留すれば、その分曖昧になるのである。(tente (5.1022) の後の編者の句読点を見ると、Skeat と Warrington はピリオッド、Baugh, Benson, Fisher, Robinson, Root, Windeatt はコンマ、また Donaldson はセミコロンである。)

　Retornyng は、bygan to brede (5.1027) との関係付けが強化されると、brede は他動詞 (MED 7. Of deisre, malice, grief, hardship, strife, sin, etc. (a) to engender, induce) として解釈される可能性がある。もしそうなら、彼女は動作主で、ギリシア陣営に留まる理由作りをしていることになる。しかし、The cause ... と続くと、brede は自動詞 (MED 7. (b) to arise, develop, grow) に再解釈され、彼女がギリシア陣営に留まる原因が自然発生的に生じてくるように読み取られる。第二プリズムの読者には錯覚とも言える統語的な曖昧性が生じている。(ここでの心理的な統語法は、§7の8)の自由間接話法と連動することにも注意。)

　Criseyde は執拗な Diomede の求愛に遂に屈する。語り手は、Troilus を裏切った時、彼女程嘆いたものはいないと述べる。その後 Criseyde の独白 (5.1054-85) が続く。彼女の論理の特徴は、Troilus に付いたり離れたりしながら遂には立ち直ってゆく自己回復と自己説得能力にある。§10 で挙げた 49) の法動詞の考察で、And gilteles, I woot wel, I yow leve. / But al shal passe; and thus take I my leve. (5.1084-5) を二重プリズム構造に位置付け、gilteles と代名詞 I/yow が二様、三様の関係付けを許すことを指摘した。

　Criseyde は捕虜交換でギリシア側に引き渡される。彼女は 10 日以内に Troilus のところに帰ると約束したのだが、その期日を過ぎても帰っては来ない。Troilus が不安と疑念の中で夢を見るのが 35) である。これは既に §4 のメタテクストで扱ったもの (§4の22)) である。

35) And *by this bor, faste in his armes folde,*
　　Lay, kyssyng ay, his lady bryght, Criseyde.　　　Tr 5.1240-1

夢の中で Troilus は、Criseyde と猪とが抱き合っているのを目にする。分詞句 kyssyng の挿入が問題的である。読者は、現象自体が相互性のあるものだけに、誰が誰にキスしているのか、錯覚状態に置かれる。いずれに想定するかで、Criseyde の心変わりの積極性の強弱を決定付けることになる。（写本や編本の異同を交えた詳細な分析は§4を参照。）

以上、as she that 句以外で重要と思われる統語上の曖昧性を検証した。

11.4. おわりに

以上のように、二重プリズム構造に統語法を位置付け、いかに曖昧性が生起するかを検証した。現象としては、本作品でとりわけ問題的である Criseyde の心変わりの描写に焦点を当てた。第一プリズムの語り手や人物の動揺する心理が統語法に反映し、その統語法を通して第二プリズムの読者は、Criseyde の立場に沿ってみたり、また突き放したりして二様、三様に読み解いてゆく可能性のあることが分かった。読者の Criseyde 観（§6のテクスト構造）の想定が、統語法の取り方を決定付け、また統語法の取り方が、結果 Criseyde 観を決定付けることの一端を明らかにした。

§12では、文構造の基本的な構成要素である語に着目する。そこに凝縮される概念の多様性がいかに文意を複雑にし、曖昧性をもたらすかを、二重プリズム構造に位置付けて、検証してみることにする。

12. 言語表現領域の曖昧性：語

12.1. はじめに：二重プリズム構造と語

　Troilus や Criseyde は、愛が推移する過程でしばしば難局に直面し、心理的な緊張関係に置かれている。彼らは、心理の動きに合わせ、揺れる概念や心情を表現に凝縮している。語り手も人物に近づいたり、離れたり、両立場を拮抗させながら描写している。語は、一般的に思想や感情を容易に凝縮できる点で、作家が好んで使う表現形式である。Chaucer もそのような作家の一人である。本章では人物の語の選択、あるいはその背後にある意味というパラディグマティックな問題に着目した。語を二重プリズム構造に位置付け、最終的に第二プリズムの読者がどの意味を選択し、結果どのような文意を創出するかを検証してみよう。

　この問題に対して、1) の3点に着目した。

1) a. 語と語の意味関係
   b. 語の多義性
   c. 語と世界の対応関係

1) a は、語の選択の問題で、Jakobson (1960) が系列上（paradigmatic）の問題、あるいは辞書体系（code）の問題として設定したものである。また Aitchison (1994: 85) が心内辞書として想定するもので、話者ないし聞き手の心にいかに語と語が関係付けられているかの問題である。彼女は、'word-web' (semantic network) のタイプとして、'coordination' (semantic field), 'subordination' (hyponymy), 'collocation', 'synonymy' を、また類似音を通した語の集合、'network of similar-sounding words' を指摘している。[1] しかし、この関係付けの範囲は、話

12. 言語領域の曖昧性：語

者・聞き手の経験ないし独自のシナリオが介入することが想像され、暗黙のうちの了解ではすまされない問題がある。我々は、互いに意味的に関係している語群から Chaucer が何を選んで何を選ばなかったのか、肯定的証拠と否定的証拠を対話させて検討する必要がある。[2]

1) b は、1) a で語を選んだとして、何故それを選んだのか、つまりその背後にある意味の問題である。辞書的な定義と実際の使用は同一ではない。前者は語義の分析的な問題であり、後者はその（濃淡をなした）総合の問題である。また実際の使用において、意味は＜ある＞ものではなく、話し手や聞き手の緊張関係を通して、あるいは場面の情報を吸収して＜生まれてくる＞ものである。[3] 定義は Chaucer の創作した時代に、最大公約数的に安定した意味に言及するが、その定義自体常に語用論的な情報にさらされて、編成、再編成される余地を残す。語内の意味関係は通例同音性（homonymy）と多義性（polysemy）に二分される。しかし、これは語源的に見ての判断で、必ずしも言語使用上のものを反映してはいない。同音性についても文脈的に概念の相互作用（意味関係の動機付け）がある限り、臨時的には多義性として機能するとも言えよう。

1) c の語と現実世界の対応は、決して直接的なものではない。人間の思考・認知が関与する間接的なものである。ここでは語が現実世界の事象にどの程度適用できるか、Aitchison (1994) が言う典型的対象（prototype）と周辺部における境界の不明瞭性（fuzzy edge）の問題に注目する。Chaucer においては、特に抽象語の使用が問題的である。

語の意味は、分析レベルに留まらず、テクストの全体的な見通しを得て、つまりレベルを跨った情報を関係付けて成立している。以下では、1) a〜c を、二重プリズム構造に位置付けて検証する。具体的には Criseyde の心変わり（現象）を表す語（表現）、2) に注目し曖昧性の生起過程を考察した。

2) a. slydynge とその関連語に見られる曖昧性：語のパラディグマティックな関係、語内の意味関係、語とそれを取り囲む構造の相互作用
   b. sely の曖昧性：語のパラディグマティックな関係、語内の意味関係
   c. weldy の曖昧性：言語的意味と語用論的意味の相互作用
   d. pite の曖昧性：語用論的意味の相互作用
   e. frend/shipe と gentil/esse の曖昧性：語と世界の境界不明瞭性

12.2. slydynge とその関連語に見られる曖昧性
12.2.1. 語彙と文脈

　語の意味は、その語単独では決まらず、その語の使われている文脈に依存することは言うまでもない。語は、句、節、文、更にはテクスト全体の中で生きたものとなってくる。時にはテクスト外の社会的・文化的要素と結びつくことすらある。§3で示した曖昧性のカテゴリーは、当該表現を取り囲むこのような重層的な文脈を考慮してのことである。本節で取り上げる slydynge とその関連語は、このような文脈を吸収し、概念の凝縮性を深めている。ここでは種々の文脈要素に通底しているが、従来さほど注意されなかった発話者の心理的背景、つまり二重プリズム構造の第一プリズムである話者の切り取り方に焦点を当てた。この心理的背景は、大別して、話者が記述対象に対して肯定的であり積極的である場合と、否定的で消極的でる場合が考えられる。＜積極的＞あるいは＜消極的＞と言うのは、語の選択、語の背後にある意味というパラディグマティックな問題を検討する時、それは絶対的ではなく、両者を両極にして相対的に決まってくるからである。この心理的文脈は、第一プリズムである作者の作品や作中人物に対する意図と密接に係わり、語の選択のみならず、その語の埋め込まれた構造をも決定付けるものである。

12.2.2. Criseyde の心変わりとその表現

　Criseyde の心変わりを示す表現、slydynge (5.825) は、Criseyde 批評の 'crux' とも言える箇所で、後に示すように既に多くの研究者が論じてきている。従来はその語自体の解釈に集中したきらいがあるが、本節では、作者の心的態度と語の選択、またその背後にある語の意味という、その語の関連表現をも含めた、パラディグマティックな考察に力点を置いた。

　Criseyde の心変わりはプロットの上で、詩人と聴衆との間で既に前提とされていたことである。伝統的なテーマの受容とそのイノヴェーション、この恒常的な営みのために、両者の注意は心変わりの扱い方に少なからず集中したと思われる。また中世における trouthe の重層的な価値（封建領主と家臣、夫と妻、宮廷恋愛の男女の忠義等）を考えると、それらを反転させる裏切りの描写は、双方にとって最も敏感に反応できた個所と考えられる。これは中世においては、Héraucourt (1939) の言う「価値世界」の一画に位置付けられるものである。Aitchison (1994) の言葉で言えば、'coordination' (semantic field) に該当し、話者や聞き手の心内辞書にあると想定される一つの「意味の場」（フレーム）である。このような場において、Chaucer は、彼女の心変わりをどこまで積極的に表現しようとしたか、また逆にどこまで消極的に表現しようとしたか。関連語群はまさにこの心理的な振幅の中に決まってくると言える。

　関連語としては、特に Criseyde の心の変化、流動、不実、欺瞞、分離・別離、そして放棄・見放しの観念を表す語を選んだ。Appendix A に示したのが slydynge とその関連語である。N=Narrator, T=Troilus, C=Criseyde, D=Diomede, M=Monologue である。また矢印-->は 'speaks to' を表す。この語群は、Aitchison (1994) の言う 'synonymy' と 'subordination' (hyponymy) を特徴とする語の集合で、Criseyde の心変わりを表す語の選択母体──パラダイム──を構成する。まず関連語の起点とした slydynge に着目してみよう。

12.2.3. slide/slydynge の定義と使用

slide は、OED によると、3) の通りである。

3) 1. To pass from one place or point to another with a smooth and continuous movement, esp. through the air or water or along a surface. a950--

2. Of streams, etc.: To glide, flow. 1390--

3. Of reptiles, etc.: To glide, crawl. a1300--

4. To move, go, proceed unperceived, quietly, or stealthily; to steal, creep, slink, or slip *away*, *into* or *out of* a place, etc. 1382--

5. To pass away, pass by, so as to disappear, be forgotten or neglected, etc. c1250-- (Chaucer Tr 5.769. 3番目の例として)

   b. With let (or allow). In later use freq., to let (something) take its own course. (Chaucer ClT IV (E) 82. 初例として)

5.c. Of time: To pass, slip away, go by, imperceptibly or without being profitably employed. (Chaucer Tr 5.351 初例として)

6. †a. To fall *asleep*, etc. *obs*. c1330--1513

7. To move, pass, make way, etc., in an easy or unobtrusive manner. (Chaucer Bo 3.p.12.190 初例として)

8. To slip; to lose one's foothold. a1225--

9. *fig*. To lapse morally; to commit some fault; to err or go wrong. a1000--

ME では、「滑る」時の様態や「滑る」対象に応じて、また転義的意味（メタファー）も加えて、9つの語義が認められる。「こっそり動く」、「川が流れる」、「過ちを犯す」等がそれである。Chaucer も基本的には、この語の意味領域を活かして使用している。[4] 彼の Boethius の訳、*Boece* に

現れる4例を原典とMeun訳とに対応させたのが4)である。これは§5の間テクスト的なレベルから看取できる語彙情報である。

4)

	Chaucer		Boethius	Meun
Bo 3.p.12.190	slideth		dilabatur	escolorge
Bo 4.p.6.347	slideth		relabatur	rechiet
Bo 5.p.2.29	slyden		dilabuntur	descendent
Bo 5.p.3.36	slideth		relabi	rechiet 5)

Boethius は、「分解する」(dilabatur)、「滑り帰る」(relabatur) の2語、Meun は「降りる」(descendent)、「流れる」(escolorge)、「また陥る」(rechiet) の3語であるのに対して、Chaucer は、それらを slide 1 語に集約（凝縮）し、この語はその分膨らみを増して使われている。ここで注意すべきは、この語は直ちにマイナスの評価を持つ語ではなく、意義素を多く持った広義な、それ故に曖昧で中立的な語であることである。

次に slydynge に着目してみよう。OED は ME に 5) の3つの意味を認めている。

5) 1. *fig.* a. That slides or slips away; transitory; unstable, inconstant; passing. a900-- (Chaucer の引用例：Bo 1.m.5.34, CYT VIII (G) 732)

   † b. Of persons: Slippery, unreliable; apt to fall or transgress. *Obs.* c1435--

2. Slippery; steeply sloping. *rare.* c1325--1616

3.a. That moves by sliding or slipping; flowing, gliding, etc. c1374--   (Chaucer の引用例：Bo 5.m.1.17)

Chaucer が用いた全5例について OED の採用の有無、Davis et al. (1979) による規定、Boethius についてその翻訳対応語を示したのが 6) である。ここでは§5の間テクスト性を Chaucer の作品間にも当てはめた。

6)

	Chaucer	OED	Davis	Boethius	Meun
	Bo 1.m.5.34 slydynge Fortune	1	inconstant	lubrica	escoulouriable
	Bo 4.m.2.14 slidynge and desceyvynge hope		inconstant	lubrica	escouloriable et decevable
	Bo 5.m.1.17-8 the slydinge watir	3	flowing gliding	lapsi	escoulorjant
	Tr 5.825 slydynge of corage		changeable unstable		
	CYT VIII (G) 732 That slidynge science	1	slippery		

因みに Meun は「滑り易い」(escouloriable) に原典にはない「人を騙す」(decevable) を加えているが、前者のみでは不明瞭と判断したのであろう。Chaucer の Meun に添った訳出からも窺えるように、彼の slydynge にも同様の曖昧さがあったと考えられる。[6]

我々は、slide に見たように、slydynge についても、それを直ちに比喩的な意味（メタファー）に限定するのではなく、「滑る」という原義的な意味を含めて、この語に一定の意味の幅を持たせて考えることが重要である。

Chaucer が Criseyde の心変わりを slide 及び slydynge を用いて表現した時、第一プリズムである彼の心理は、次のようであったと推定できる。第5巻に入って、Diomede が登場したことで、それまでの予告とは違って、彼女の裏切りをいよいよ実行に移さなくてはいけなくなる。宮廷貴婦人としての彼女の資質に惜しみない賞賛を送ってきただけに、それを覆すのは作者にとって大きな重荷であったと考えられる。しかし、Troilus に同情し Criseyde に同情したのでは、物語は平行線を辿るであろう。彼女をどこかで切り放しプロットの立て直しを図らねばならない。まさにその端緒に現れるのが、この slide である。7) の語り手の言葉はペルソナを脱いだ詩人 Chaucer の声に近接している。

7) For bothe Troilus and Troie town
   Shal knotteles thorughout hire herte *slide;*   Tr 5.768-9

OED 5 は、3) で見たように、この箇所を 8) の意味で引用している。

8) To pass away, pass by, so as to disappear, be forgotten or neglected, etc.

OED の編者は 'forgotten or neglected' と付加的説明をし、その評価的意味は相当濃厚である。Chaucer は、Criseyde が裏切った後も、Troilus を忘れたとも無視したとも描いてはいない。むしろ、彼への想いを、裏切ったことに対する自責の念を強調している。[7] slide の意味は、原義的に「滑って行く」、又は「移ろって行く」位に止めて、その評価は暗示的に第二プリズムの読者に委ねられる。Criseyde の心変わりを切り取る第一プリズム、つまり、Chaucer はこの語の持つ意味上の幅を使用している、あるいは、その幅がこの語を彼に選ばせたのだと言えよう。彼は物語の最大の転換点にあってまさにぼかしを入れて書き始めたのである。

原典 *Il Filostrato* とこの箇所を対応させると、Chaucer がいかにそれを消極的に書き直しているかが分かる。[8] Boccaccio の扱い方は明白・露骨で、直前で Diomede を「新しい恋人（novello amadore 6.8.2.）」と規定し、彼女の転身の早さを 9) のように表現している。間テクストレベルから見ると、Chaucer が Criseyde の当該描写にワンクッション置いていることは明瞭である。

9) E'n breve spazio ne cacciò di fuore
   Troilo e Troia, ed ogni altro pensiero
   Che 'n lei fosse di lui o falso o vero.   *Il Filostrato* 6.8.6-8
   (In brief space he drave forth from it Troilus and Troy and every other thought which she had of him, or false or ture.) [9]

56行後、この slide は slydynge of corage に受け継がれる。そして描写の中心は出来事から Criseyde の性格そのものの描写へと移動する。slydynge は、Criseyde が Diomede に屈する直前に挿入された一連の性格描写の中に現れている。そこでは彼女を真ん中にして、最初に Diomede、最後に Troilus の性格が集約されている。この描写自体語り (narrative) の流れを阻止するもので、直ちに彼女の裏切りの描写に進むことを躊躇う詩人 Chaucer の逡巡の現れとも取れる。この挿入部分がなく直ちに Cresida の裏切りの描写に進む原典（*Il Filostrato* 6.11--->6.12）とは一線を画している。（この箇所は§6のテクスト構造で、場面と場面の相互作用の観点から既に扱った。§6の17) の例を参照。）

　Criseyde の描写は、彼女の外面描写（5.806-19）と内面描写（5.820-6）から構成されている。前者では彼女の女らしさや美貌が、後者では特に彼女の心の優しさが賞賛されている。この優しさは、10) のように、漸次その度合いを強めながらクローズアップされてゆく。

10) She sobre was, ek symple, and wys withal,
　　The best ynorisshed ek that myghte be,
　　And goodly of hire speche in general,
　　Charitable, estatlich, lusty, fre;
　　Ne nevere mo ne lakked hire pite;
　　Tendre-herted, *slydynge* of corage;
　　But trewely, I kan nat telle hire age.　　Tr 5.820-6

charitable, fre, pite, Tendre-herted そしてこの直後に接辞なしに問題の slydynge of corage が併置されている。[10) ここに示された情愛の深さないし哀れみの情は、宮廷貴婦人と呼ばれるに相応しい美徳である。が、同時にそれは一歩程度を誤ると、身を滅ぼしかねない危険を秘めた徳目でもある（§12.5で行う pite の分析を参照）。pite や tendre-herted を、Chaucer が *The Canterbury Tales* の General Prologue の Prioress や

The Merchant's Tale の May で、[11] いかに逆手にとって使用しているかは周知のことである。pite や tendre-herted は、Diomede に対しても邪険に扱えないが故に、いわば諸刃の剣の性格を持っており、そしてこの意味がそのまま slydynge の意味に反映している。力点の置き方では、プラスの価値にもマイナスの価値にもなる。[12] Criseyde の性格が 'ambiguous' または 'ambivalent' と言われる所以はここにある。結局のところどう評価するかは第二プリズムの読者に委ねられる。従来どちらかに固定することに終始したきらいがあるが、固定しないでおくことに第一プリズム Chaucer の本意があると考えられる。Criseyde の裏切りという伝統的なプロットを変更するわけにはいかない、かと言って彼女への哀れみを捨て去ることもできない、そのぎりぎりの妥協が、このようなどちらにも傾く揺れのある表現を生み出したと言えよう。[13]

このように見てくると、slydynge は、Criseyde の心変わりを表す一連の語の中で、詩人の否定的・消極的態度に大きく引き寄せられた表現である。[14] この消極的な心理が、幅のある表現を選択させ、読者の解釈行為への参加を強く要請したと言える。

12.2.4. slydynge と心理的に近接している語

slide や slydynge と同質的な語、つまり作者の消極的な心的態度の反映している語として、knotteles と unkynde を取り上げてみよう。(pite については§12.5 で取り扱う。) knotteles は、7) の slide と意味的に共鳴し合うかのように使われている。[15] 11) に再録する。

11) For bothe Troilus and Troie town
    Shal *knotteles* thorughout hire herte slide;   Tr 5.768-9

OED, MED は共にこの例を採用しているが、その定義は 12) の通りである。

12) OED: Without a knot, free from knots; unknotted. quasi-adv.=like a thread without knots, smoothly, without check or hindrance.（初例）

MED: adj. Of a thread: without a knot; used fig.（唯一例）

Chaucer は、slide を用いた時と同様、この語の原義「結び目がとける」とその転義（メタファー）を巧みに重ね合わせている。更に興味深く思えることは、彼は造語に頼って迄も、心変わりの観念を暗示的に留めようとしたのではないかと考えられる。既成の trecherie や chaunge との相違は言うまでもない。

　unkynde は、第4巻の冒頭部分、いわゆる下降場面の開始点で、語り手が Criseyde の裏切りを予告する際に用いられる。13) を見られたい。（§9では発話意図の観点から当該箇所（§9の6））を分析した。）

13) For how Criseyde Troilus forsook--
　　Or at the leeste, how that she was *unkynde*--
　　Moot hennesforth ben matere of my book,　　Tr 4.15-7

この箇所を引用して、Muscatine (1957) は、語り手が物語の劇的な行為にコメントを加える時、曖昧さが生み出されることを指摘している。[16) ここで注目したいのは、そのコメントの部分にある unkynde の意味範囲そのものである。kynde は ME に於いて極めて多義的であったことは改めて念を押すまでもない。MED s.v. kinde を外観するだけでも少なくとも 14) のような語義がある。

14) 1. natural, normal, healthful, innate, proper, inborn
　　2. native, inherent, genuine, uncontaminated, pure
　　3. legitimate, akin, hereditary

4. dutiful, moral, customary

5. benevolent, pleasant

6. generous, constant, true, brave, wellborn

この語は、接頭辞 un- によって否定されることで、さらにその語義を拡充する。[17] unkynde はかくして広い意味をもち、逆にそれが曖昧な表現となるから、Chaucer の何とか断定すまいとする気持ちを満たしてくれるのである。[18]

ところで、unkynde は原典の拡張部分に現れている。Chaucer の *Il Filostrato* からの逸脱は、彼が Criseyde の内面にのめり込んでいったことと表裏の関係にある。4.1440 及び 5.1441 の unkynde も同様で、15) のように、その意味の幅が利用されている。

15) a. And seyde hire, "Certes, if ye be *unkynde*,
　　　 And but ye come at day set into Troye,
　　　 Ne shal I nevere have hele, honour, ne joye.　　Tr 4.1440-2

　　b. He ne eet, ne dronk, ne slep, ne word seyde,
　　　 Ymagynyng ay that she was *unkynde*,
　　　 For which wel neigh he wex out of his mynde.　　Tr 5.1440-2

ここでは Criseyde の心変わりを決め付けたくない Troilus の心理の一端が読み取れる。また否定の副詞 nought を伴った 16) の表現も同質的である。

16) That Troilus wel understod that she
　　　 Nas nought so kynde as that hire oughte be.　　Tr 5.1642-3

not kynde--unkynde--cruel [19] または not trewe--untrewe--false の表現のうちから、作者は、積極的・消極的の心理的背景に合わせて、そのいず

れかを選択したのではないかと考えられる。語が消極的な背景で選ばれる時、第二プリズムの関与が促進され、曖昧性が生起する。

12.2.5. slydynge と心理的に遠くにあり、積極的に Criseyde の心変わりを表す語

§12.2.3 ないし §12.2.4 の語とは逆方向にある、作者の積極的な心的態度を反映する語として、false, betrayed, tresoun, variaunce, forsook 等が挙げられよう。一般的に、unkynde よりも untrewe, untrewe よりも false, false よりも betray, tresoun と直截な表現に移り、その分解釈幅を許していた slydynge との距離を拡げてゆく。また chaunge や variaunce は心の変化をストレートに表し、同様に slydynge から離れている語として位置付けられよう。

Chaucer は、時に語り手、また時に Troilus、時に Criseyde、あるいは Pandarus と同化しながら、抑制のヴェールを脱ぎ、生々しい感情を露呈するのもまた事実である。17) を見られたい。

17) a. In which ye may the double sorwes here
   Of Troilus in lovynge of Criseyde,
   And how that she *forsook* hym er she deyde.

   Tr 1.54-6 [Narrator]

b. For I have *falsed* oon the gentileste
   That evere was, and oon the worthieste!

   Tr 5.1056-7 [Criseyde]

c. "My lady bryght, Criseyde, hath me *bytrayed,*
   In whom I trusted most of ony wight.

   Tr 5.1247-8 [Troilus]

d. And of this broche, he tolde hym word and ende,
   Compleynyng of hire hertes *variaunce,*

   Tr 5.1669-70　[Narrator]

e. "Thorugh which I se that clene out of youre mynde
   Ye han me *cast*--and I ne kan nor may,

   Tr 5.1695-6　[Troilus]

f. "If I dide aught that myghte liken the,
   It is me lief; and of this *tresoun* now,
   God woot that it a sorwe is unto me!

   Tr 5.1737-9　[Pandarus]

17) a の forsook は、trouthe の価値を反転させる行為で、従って中世においては、Troilus 個人のみならず、社会の封建主義の理念、更には神をも「見捨てる」とメトニミー（包含関係）が作用し、重層的に機能したと考えられる。(Cf. MED s.v. forsaken 1)

　このように Criseyde の心変わりを露呈した Chaucer も、間テクスト的に見ると、Boccaccio 程には彼女の非難に積極的ではなかったことが分かる。その一つは Boccaccio が Criseida の裏切りを重複的に非難しているのに対し、Chaucer はそれらを１つに減じている場合である。

18) a. Del tutto veggio che m' hai discacciato
    Del petto tuo, ...　　*Il Filostrato* 8.15.1-2　[Troilo]
    (I see that thou hast driven me quite of thy beast ...)

b. Tu m' hai cacciato a torto della mente,
   Laddov' io dimorar sempre credea,

> E nel mio luogo hai posto falsamente
> Diomede; ...　　*Il Filostrato* 8.16.1-4　[Troilo]
> (Thou hast wrongfully driven me forth from thy mind, wherein I thought to dwell forever and in my place thou hast falsely Diomede.)

　c. "Thorugh which I se that clene out of youre mynde
　　　Ye han me cast-- ...　　Tr 5.1695-6　[Troilus]

Chaucer の例は、Boccaccio の最初の例、18) a のみに対応している。Troilus では Troilo に比べ非難の積極的度合いは和らげられている。

　もう一つは 18) とは逆に Chaucer が原典に挿入した部分で、必ずしも彼女の否定的評価に直結しないと思われる場合である。Criseyde は Troilus を裏切ったことを単刀直入に告白している。彼女の後悔の強さは、I have falsed の目的語をただ Troilus とするのではなく、彼を賞賛する語に置換するところに見られる。I have falsed oon the gentileste ... oon the worthieste (5.1056-7) は、彼の人格に対する彼女の再認識を示す。このような点は、19) のように、語り手によっても強調されている。

19) a. But trewely, the storie telleth us,
　　　Ther made nevere womman moore wo
　　　Than she, whan that she falsed Troilus.　　Tr 5.1051-3

　b. For she so sory was for hire untrouthe,　　Tr 5.1098

このような挿入例は、Criseyde の裏切りを積極的に示すものではあるが、同時に彼女の自己認識と後悔を言及し、彼女の誠実さの証明ともなるものである。

12.2.6. 変化、流動を表す語群：Criseyde に用いられた語、用いられていない語

　Criseyde の心変わりを表す語と概念的に共通項を持つと考えられる語を、Chaucer よりできるだけ取り出して、一種のパラダイムを設定した。変化、流動、不実、欺瞞、分離、放棄、更には快楽・好色を示す語群がそれである。そして大ざっぱではあるが意味範囲の広いものから狭い語へと並べた。取り出した語について、Bo、LGW、更に Henryson の *The Testament of Cresseid*（以下 Henryson）の対象（運命、不実な人間等）も合わせて調査した。[20]

　Appendix B がその調査結果である。＋は少なくとも 1 例あることを、他方、空白は 1 例もないことを示している。語群の[ ]はその語のバリエーションを、また（ ）は、その語が Chaucer の語彙項目にはないことを示している。Appendix B から、大別して 20) のような分布があることが分かる。

20) a. Criseyde と他の指示対象が共有している語（slydynge, passe, chaunge, untrewe, false, etc.）

　　b. Criseyde には用いられていないが、他の指示対象には用いられている語（unstable, mutable, flitte, brotel, transitorie, unconstant, unstedefast, unfeithful, deceivable, trecherie, traitour, unclene, lecherous, etc.）

　　c. Criseyde にのみ用いられている語（knotteles, holde ... in honde）

　　d. 上述のコーパスに関する限り、どの指示対象にも用いられていない語（tikel, unsad）

20) b に絞って若干例示しておこう。brotel (=fragile, changeable, fickle) ないしその派生語は、Tr ではこの世の移ろい易さ、LGW では男性（男性一般、Demophone）の裏切り、また Henryson では Cresseid 自

身の不貞に対して用いられている。unstable (=unsteady, fickle, variable) は、Tr ではこの世の喜び、Bo では運命、Henryson では brotel 同様 Cresseid の不貞に対して用いられている。flitte (=transfer, deviate, change) 又 flittinge (=changeable, transitory) は、Tr ではこの世（王国）、Bo では運命及びこの世の人間に対して用いられている。他にも、unconstant (=inconstant), fikill (=false, treacherous, deceptive), lecherous (=lascivious, sensual) が Henryson の Cresseid に、deceyve (=deceive) や deceyvable (=deceitful, fraudulent, deceptive) が Tr 及び Bo の運命に、また Bo の当てにならない人の希望に用いられている。traitour (=traitor) が Tr の男性、Calkas, Antenor、また LGW の男性 (Eneas, Jason, Theseus, Tereus) に、更には Tr の運命に対しても用いられている。

　Criseyde は、これらの指示対象とその基本的特徴で隣接しており、事実、いくらかの語 (e.g. false) を分かち持っているが、その反面、彼らから大きく離脱してもいる。20) b の語は、比較的語義の幅が狭く、その分否定的な評価を積極的に与えることが、その出没を決定付けたように思える。第一プリズムの Chaucer はこれらを Criseyde に使用するのを避けた、換言するならば、それらは彼女に与えられたパラダイムを越えた所にあると言えよう。21) 第二プリズムの読者は、彼女の心変わりが評価を抑えた解釈幅のある語で表現される時、曖昧性が増すと感ずる。

12.2.7. Criseyde の心変わりを表す語とそれを取り囲む構造の相互作用

　Appendix A で取り上げた語が、どのような構造に埋め込まれているかを考察してみよう。形容詞と名詞の連語 (collocation) の方法、即ち、限定用法 (attributive use) と22) 叙述用法 (predicative use)、そして文の断定型（断定型、非断定型）の２点に絞って考察する。形容詞は、話者の判断・評価を最も端的に表す語であることから、Chaucer は性格描写

に好んで用いている。Chaucer は、Criseyde を賞賛する場合には、21）の goodly や brighte に示されるように、形容詞を名詞に対して主として限定的に用いている。

21）

	goodly	brighte
限定用法	9（2）	14（1）
叙述用法	2	2

（　）の数字は形容詞の絶対用法を示す

賞賛に際しては固定的、分類的特性が浮き立たされている。[23] 他方、彼女の非難に関わる形容詞については、全く逆で、叙述用法で使用されている。問題の slydinge に関して、Chaucer の全例（5例）のうち、Criseyde に関してのみ、叙述的に用いられている。彼女に用いられる false を Tr の他の人物や物、LGW の男性、Henryson の Cresseid、そして Shakespeare [24] の Cressida に用いられているものと比較すれば、その違いは一目瞭然である。22）を見られたい。

22）

	Criseyde	Tr の他の人物等	LGW の男性	Henryson の Cr	Shakespeare の Cr
限定用法	0	11	17（1）	3	3
叙述用法	6	6	6	0	3

22）で見る限り限定用法が支配的だが、この点 Criseyde にそれが皆無であるのは注目すべきである。Henryson、Shakespeare は、23）のように、彼女の裏切りに対しその分類的特徴を浮き立たせる書き方をしている。

23) O *fals Cresseid* and trewe knicht Troylus!　　Henryson *The Testament of Cresseid*　　545

　　O Cressid!　O *false Cressid!* false, false, false!　　Shakespeare *Troilus and Cressida*　　5.2.178

Boccaccio も同様で、24）のように、Criseida の不実に対し形容詞を限定的（attributo, epiteto）にも用いている。

24) a. Lascimal tor del mondo il più dolente
   Corpo che viva: lasciami, morendo,
   Contenta far *la nostra fraudolente*
   Donna ...   *Il Filostrato* 7.35.2-4
   (Let me take away from the world the most sorrowful body alive; let me in my death give contentment to our deceitful lady)

b. Cotal fin' ebbe la speranza vana
   Di Troilo in *Criseida villana.*   *Il Filostrato* 8.28.7-8
   (Such was the end of the vain hopes of Troilus in base Criseyda)
   (Cf. il tuo falso spergiuro (thy treacherous lying)
                                       Il Filostrato 8.13.3.)

24) b は、25) の Chaucer の例に比較できよう。

25) Swych fyn hath *false worldes brotelnesse*!   Tr 5.1832

24) b は Criseida 個人が対象であるのに対し、25) は一般化を通してこの世全体が対象である。語の上下関係（hyponymy）で言う上位語への移動で、Chaucer の限定用法が可能になったと言ってもよかろう。第一プリズムである両詩人の心理的な背景には大きな違いがある。

Chaucer は LGW の男性の裏切りに関しては、26) のように、分類的特徴を浮き立たせている。

26) a. In makyng of a glorious legende
   Of goode wymmen, maydenes and wyves,
   That weren trewe in lovyng al hire lyves;

And telle of *false men* that hem bytraien,

                                    LGW Prol. F. 483-6

b. Or as a welle that were botomles,
   Ryght so can *false Jason* have no pes.   LGW 1584-5

c. But thus *this false lovere* (i.e. Theseus) can begyle
   His trewe love (i.e. Adriane), the devel quyte hym his while!
                                    LGW 2226-7

Criseyde に関して Chaucer が false を叙述用法に限定していることは、彼女の裏切り行為を一時的、流動的状態にあるものとして書こうとしていることを暗示する。(Cf. false Poliphete 2.1467, for wommen that bitraised be / Thorugh false folk 5.1780-1 を参照。) 彼女の心変わりという現象を切り取る第一プリズム、作者の消極的な態度が曖昧性の生起の基底部にある。

次に断定型について考察してみよう。断定型は、定形動詞での肯定平叙文、一方、非断定型は、次の7つの条件下に出るものとした：1) 否定文、2) 疑問文、3) 条件文、4) 譲歩文、5) wene, deme 等の法動詞に続く節、6) 義務や推量等の法助動詞を伴った動詞句、7) 緩和語（法副詞や弁護的なコメント等）。(5), 6), 7) は §10 の法性を参照。) 断定型は、Criseyde の心変わりを揺るぎない事実として肯定するのに対し、非断定型は、そのように肯定することには躊躇し、疑ったり、推測したり、仮想してみたり、またある時には否定すら辞さないものである。Criseyde の裏切りに言及する一連の語（Appendix A）について調査したのが 27) である。

27)

巻	1	2	3	4	5	計
断定型	1	0	0	6	13	20
非断定型	0	6	8	18	17	49
1)否定文	0	3	5	3	1	12
2)疑問文	0	1	1	0	2	4
3)条件文	0	0	1	8	1	10
4)譲歩文	0	0	1	2	1	4
5)法動詞	0	0	0	0	7	7
6)法助動詞	0	0	0	3	1	4
7)緩和語	0	2	0	2	4	8

心変わりの観念を直截に表す語 (forsook, falsen, torne...out of my thoughte, etc.) は、その大半が非断定的に用いられていること、そしてその非断定的傾向は、Criseyde が Troilus を裏切った後も、あるいはそのことが Troilus に発覚した後も、尚も用いられていること (5.1051-3, 1086-8, 1682-3, 1678-80, etc.) に注意すべきである。22)で見た形容詞 false の叙述用法について言うと、Criseyde では全て (6例) 非断定型の枠組みの中で用いられているが、LGW では一例を除き全て断定型 (5例) である。28)に各々2例示しておこう。

28) a. And Attropos my thred of lif tobreste
　　　　If I be fals! Now trowe me if yow leste!　　Tr 4.1546-7

　　b. How darstow seyn that fals thy lady ys
　　　　For any drem, right for thyn owene drede?　　Tr 5.1279-80
　　　　（他に、3.802-4, 4.615-6, 4.1534-7, 5.697-8）

　　c. Whi sufferest thow that Tereus was bore,
　　　　That is in love so fals and so forswore,

　　　　　　　　　　　　　　　　　　LGW 2234-5　[Tereus]

d. For fals in love was he, ryght as his syre.
      The devil sette here soules bothe afyre!

   LGW 2492-3　［Demophone］

  （他に、LGW 2446-7, 2555-6, 2570-1）

Chaucer は、Criseyde の裏切りの事実性を無視してはいないものの、それを断定的に表現することには極めて抑制的である。この抑制が第二プリズムの読者を解釈行為に誘い、評価が曖昧になる可能性がある。

12.2.8　おわりに

　以上、Chaucer 批評でとりわけ問題的と見なされた Criseyde の心変わり（現象）に注目し、それを示す表現、slydynge とその関連語を調査した。その際、文脈を構成する重要な要素の一つ、二重プリズム構造の第一プリズム、話者ないし作者の心理的背景に焦点を当てた。次のことが理解できた。slydynge や unkynde のような広義で曖昧な語は、心変わりの観念に対し一歩距離を置くものである。deceyvable や trecherie のような裏切り行為を明示し、否定的な評価を強く与える語は、回避される傾向がある。形容詞 false とその名詞の連語は、LGW の男性とは対照的に、Criseyde に関しては叙述用法に限定されている。forsook のような比較的意味範囲の狭い語は、通例非断定的な構造を介して使われている。上述の点で *Troilus and Criseyde* は原典の *Il Filostrato* や後代の Henryson とは一線を画している。

　Chaucer は、Criseyde の裏切りをプロットの上では踏襲しつつも（積極的方向）、そこに至る彼女の内面史に力点を置いて描いている（消極的方向）。彼の心理は両者の妥協点にあり、[25] それが語の選択、選択された語の意味、語と構造との相互作用の仕方を決定付けたと言えよう。第二プリズムの読者は、この妥協点にどのように強弱を付けるかで解釈が別れ、曖昧性が生起する可能性がある。

12.3. sely の曖昧性

　sely の意味推移は、OED を参照すれば、次のように進行したと考えられる。語源（OE *sælig*, OHG *salig*）に由来する 'happy, fortunate'（OE～1483）は、宗教的救いとの連想でまず 'spiritually blessed'（OE～1400）を分化させる。ここには現世的な世界から霊的世界へのメタファー的な拡張がある。宗教的救いは、その救いに値する人間の徳性を表す意味 'pious, good, holy'（1225～1604）を派生させる。またそのような人間は、純真さの属性 'innocent, harmless'（1290～1604）を備えていても自然であろう。この意味推移には、メトニミー、即ち、因果関係が働いている。'innocent, harmless' から語用論的に両面的価値 ── プラスの価値にもマイナスの価値にもなる ── が生じたと推論される。それが一大転機となって、以後はその後者を中心に発展する。'pitiable, helpless'（1297～1609）、'insignificant, feeble'（1297～1642）、そして最終的には現代唯一的な意味、'simple, foolish'（1529～）が派生する。

　Chaucer が創作活動をした 14 世紀後半は、少なくともロンドン英語において、sely は意味流動の真只中にある。語源的な 'happy' の意味は後退的で、替わって新しい 'foolish' が宿り、発展しつつある。Chaucer の sely は、新旧含めその全語義を備えていた。しかも sely は両極的とも言える意味 ── 中間的意味として 'innocent'、肯定的価値を表す意味として 'pious', 'blessed', 'happy'、否定的価値を表す意味として 'pitiable', 'feeble', 'foolish' ── を持っていた。多義語の常として、これらの語義には密接な因果関係がある。当時公刊された辞書はないものの、話者・聞き手は自らの心内辞書で、語義の相互作用を感じとったであろう。

　sely と類義関係にある語を 29) に示した。＋は存在、－は非存在を表す。a～j の意味は表下に示した。

12. 言語領域の曖昧性：語

29)

	a	b	c	d	e	f	g	h	i	j
sely	+	+	+	+	+	+	+	+	−	−
innocent	−	−	−	+	−	−	+	−	−	−
blisful	+	+	−	−	−	−	−	−	−	−
holy	−	−	+	−	−	−	−	−	−	−
pitous	−	−	+	−	+	+	−	−	−	−
feble	−	−	−	−	−	−	+	+	−	−
nyce	−	−	−	−	−	−	−	+	+	−
fool	−	−	−	−	−	−	+	−	−	+

[a: happy; b:spiritually blessed; c: holy, good, pious; d: innocent, harmless; e: pitiable, helpless; f: full of pity; g: insignificant, feeble; h: simple, foolish; i: scrupulous; j: senseless, lecherous]

sely の意味は他の語に比べ遥かに多岐に渡っている。このような語の使用では、文脈で語義を絞るというよりは、むしろこの語を選択すること自体が重要である。第一プリズムの話者はその語に価値の割り切れなさを凝縮したようにもみえる。

この語の Chaucer の使用を通覧すると、全43例のうち、Chaucer の習作期では皆無、中期10例 (Mars--2, Tr--8)、そして残りの33例は後期 (LGW--8, CT--25) に集中している。彼は後期になるにつれてこの語の意味の使用に積極的になっていったと言える。事実、意味を幾重にも重ねた複雑な曖昧性は LGW で促進され、CT の MilT, WBP, SumT でその頂点に達している。[26] *Troilus and Criseyde* での使用は後期の作品程複雑ではないが、そのような片鱗が多分に見られるものである。

本作品での sely と名詞の連語を見てみよう。語り手は恋に悩む Troilus の性格 (sely Troilus 1.871, 2.683, 5.529) に言及している。Troilus は自分の恋の苦痛に終止符を打ってくれる死 (sely is that deth 4.503)、ギリシア人と対比的にトロイ人 (sely Troians 4.1490)、そして恋愛に関係する出来事 (a sely fewe pointes 1.338) に言及している。更に語り手は Criseyde の不安定な状況をメタファーで言及している。(the sely larke 3.1191)、同様語り手は Troilus を裏切った彼女のゲシュタルト・イメージ

(this sely womman 5.1093) に言及している。[27] 第二プリズムの読者はそれぞれの文脈で中心的な語義を指摘することはできる。しかし、語義間の因果関係の強さから、他の語義の陰影も否定できない状況である。

語り手は Troilus に対して宮廷恋愛の奉仕者としての側面を照射し、彼の愛の受難の場面で用いている。30) は、Pandarus に説得されて、恋人の名前を告白する時のものである。

> 30) Tho gan the veyne of Troilus to blede,
> For he was hit, and wax al reed for shame.
> "A ha!" quod Pandare; "Here bygynneth game."
>
> And with that word he gan hym for to shake,
> And seyde, "Thef, thow shalt hyre name telle."
> But tho gan *sely* Troilus for to quake
> As though men sholde han led hym into helle,
> And seyde, "Allas, of al my wo the welle,
> Thanne is my swete fo called Criseyde!"
> And wel neigh with the word for feere he deide.   Tr 1.866-75

31) は、Criseyde が Troilus の凱旋を間近に見て、心を彼に傾けるところで、そのことには Venus の神も彼を悲しみから救済するために有利に働いたと述べるくだりである。

> 31) And also blisful Venus, wel arrayed,
> Sat in hire seventhe hous of hevene tho,
> Disposed wel, and with aspectes payed,
> To helpe *sely* Troilus of his woo.
> And soth to seyne, she nas not al a foo
> To Troilus in his nativitee;

>   God woot that wel the sonner spedde he.　　Tr 2.680-6

32) は、ギリシア陣営に行った Criseyde の館を見ようと、Troilus と Pandarus が連れだって行った時のものである。

> 32) For syn we yet may have namore feste,
>   So lat us sen hire paleys atte leeste."
>
>
>   And therwithal, his meyne for to blende,
>   A cause he fond in towne for to go,
>   And to Criseydes hous they gonnen wende.
>   But Lord, this *sely* Troilus was wo!
>   Hym thoughte his sorwful herte braste a-two.
>   For whan he saugh hire dores spered alle,
>   Wel neigh for sorwe adoun he gan to falle.　　Tr 5.524-32

Troilus が Criseyde の愛を得る過程の、また彼が彼女の愛を失ってゆく過程の、彼の苦悶に焦点が置かれている。隣接した語 wo/o (1.873, 2.683, 5.529) は、sely と因果関係をなして、その時の彼の心情を規定している。彼の純真さ、一途な愛、それが充足されない時強い反動として被る心の痛手、脆さが凝縮されている。sely の 'helpless'、'pitiable' 辺りが中心的であろうが、周縁的には、'innocent'、'feeble' 辺りも無視できないように思える。一定範囲内ではるが、意味の相互作用が看取される。

　更に、この語は、間テクスト性から見れば、*Troilus and Criseyde* は確かに世俗的な恋愛物語であるが、人物の愛の純真さ、苦しみ、それ故の犠牲というフレームは、宗教的な作品である聖者伝のフレーム、即ち、人間の神に対する純粋な愛、それ故の苦悶、そして犠牲（そして天上の至福）に相同する。間テクスト的な相互作用は、更にこの語の陰影を深める要因となる。宮廷恋愛自体が模擬宗教的であり、Troilus が愛に純粋・善良で、

それ故に犠牲者となる側面が強調されるように思える。この点で、本作品は、legend ないし hagiography と類似する特徴を持つ。実際聖者に関係して、33) のように、sely が使われている

33) a. Mayden euer vurst and late
   Of heuenriche *sely* ȝate,　　17 *Aue Maris Stella* 3-4

   b. And wiss me waies þare,
   þare santes has þair *seli* sete;
   　　　　　　　　　　29 *An Orison to the Trinity* 45-6

   c. I Come vram an vncouþe londe as a *sely* pylegrym, þet
   ferr habbe i-souȝt.　　36 *How christ shall Come* 8 [28)]

しかし、Chaucer は、この語を流動的で嘘のある現実世界に適用する時、一途な愛は＜純真＞、＜善良＞のプラスの価値を持つ半面、＜無防備＞で、＜騙され易い＞マイナスの価値も持つという現実感覚があったように思える。とは言え、この語の否定的含意は、妻に間男される受難の John (This sely carpenter MilT I (A) 3601, 3614) 程積極的ではない。因みに Benson (1987: 1287) の Glossary は、1.871 は 'hapless'、'wretched' で取っているが、2.683 は 'happy' で取っている。後者は、受難に苦しむ Troilus よりは「Venus に助けられる＜幸運＞な星のもとに生まれた」Troilus を強調した解釈である。

34) は、Criseyde の捕虜交換が議会で決定し、運命の変転に Troilus が死を求める時のものである。

34) "Nay, God wot, nought worth is al thi red,
   For which, for what that evere may byfalle,
   Withouten wordes mo, I wol be ded.

O deth, that endere art of sorwes alle,
Com now, syn I so ofte after the calle;
For *sely* is that deth, soth for to seyne,
That, ofte ycleped, cometh and endeth peyne.

"Wel wot I, whil my lyf was in quyete,
Er thow me slowe, I wolde have yeven hire;
But now thi comynge is to me so swete
That in this world I nothing so desire.   Tr 4.498-508

一途な恋を全うし、それが叶えられないと、その苦しみを抹消する死を選択する。かくして＜幸せ＞を得ようとしている。しかし、流動的な現実世界では、このような自らの死の選択は、自己満足ではあれ、報われる保証のないものである。

　Troilus は、Criseyde が捕虜交換でギリシア陣営に行くと、立派な騎士の求愛を得、彼女に哀れみがなければ、トロイ人の＜朴訥さ＞にうんざりするだろう、と懸念している。35) を見られたい。

35) "Ye shal ek seen so many a lusty knyght
　　Among the Grekis, ful of worthynesse,
　　And ech of hem with herte, wit, and myght
　　To plesen yow don al his bisynesse,
　　That ye shul dullen of the rudenesse
　　Of us *sely* Troians, but if routhe
　　Remorde yow, or vertu of youre trouthe.   Tr 4.1485-91

ギリシア陣営の騎士との対比、rudenesse との連語から、sely が否定的な概念 'simple'、'foolish' を持つことは明らかである。とは言え、それは悪意からくるものではなく、善良さや騙され易さから派生される特性であ

る。否定的意味に焦点が当てられているが、それは、全体の意味の一部である。

36) は、本作品に現れる最初の例である。Troilus は人間に避けられない情動 (the lawe of kynde 1.238) から、Criseyde に一目惚れする (1.271-3)。この例は、かつて恋を嘲笑した Troilus (1.195-203) が、辻褄を合わせるため、恋の不安定さを恋人達に繰り返す時のものである。

36) "In nouncerteyn ben alle youre observaunces,
　　　But it a *sely* fewe pointes be;
　　　Ne no thing asketh so gret attendaunces
　　　As doth youre lay, and that knowe alle ye;
　　　But that is nat the worste, as mote I the!
　　　But, tolde I yow the worste point, I leve,
　　　Al seyde I soth, ye wolden at me greve.　　Tr 1.337-43

恋の規律は、わずかの＜とるに足らない＞ところを除けば、不確かだ、と述べる下りである。世俗の恋は、相手のあることだから、本質的に相対的で、その点では至言である。皮肉にもこれは Troilus 自身に当てはまることになる。当該意味を Benson (1987) は、'insignificant' で捉えている。しかし、恋が上位概念にあることを考慮すると、幸せ ── 純真 ── 自己満足 ── 脆さ、といったメトニミーリンクも否定できまい。

最後の 2 つの例は、Criseyde に言及するものである。37) は、Troilus と Criseyde が Pandarus の家で密会する機会を得、愛の結び付きを成就する場面である。

37) He hire in armes faste to hym hente.
　　　And Pandarus with a ful good entente
　　　Leyde hym to slepe, and seyde, "If ye be wise,
　　　Swouneth nought now, lest more folk arise!"

> What myghte or may the *sely* larke seye,
> Whan that the sperhauk hath it in his foot?
> I kan namore; but of thise ilke tweye--
> To whom this tale sucre be or soot--
> Though that I tarie a yer, somtyme I moot,
> After myn auctour, tellen hire gladnesse,　　Tr 3.1187-96

語り手は第一義的には Troilus の腕の中の Criseyde を鷹に押さえられたヒバリに喩えているように思える。当該行為をメタファーで直接性を緩和して記述している。またその喩えは、肉食獣 (sperhauk) と犠牲者 (larke) の対比で (Whiting (1968) の L84 を参照)、彼女の無防備さを強調している。sely の使用もこの喩えと並行的で、ヒロインが強い外圧の影響化にあり、それを受け入れるしかないというイメージ (innocent, helpless) を彷彿とさせる。しかし、怯えているのはむしろ Troilus かもしれない。あるいはまた Troilus と Criseyde の両者であるかもしれない。後者では sperhauk は彼らのすぐ近くにいる人々 (同行した侍女) の目である。sely と larke のコロケーションの微妙な綾が醸し出される。

　本作品で最も微妙な例38) は、ギリシア側で Diomede の求愛に屈し、結果的に Troilus を裏切ってゆく Criseyde のゲシュタルト像を捉えている。それは、物語の最終部で、語り手が Criseyde の裏切りに対する聴衆の怒りを想定し、彼女を弁護する際に使用されている。

38) Ne me ne list this *sely* womman chyde
　　Forther than the storye wol devyse.
　　Hire name, allas, is publysshed so wide
　　That for hire gilt it oughte ynough suffise.
　　And if I myghte excuse hire any wise,
　　For she so sory was for hire untrouthe,

> Iwis, I wolde excuse hire yet for routhe.　　Tr 5.1093-9

sely は、裏切り者ではなく裏切られた者に相応しい形容詞である。語り手は Troilus は勿論であるが、Criseyde も裏切られた者として、彼女の境遇に同情していることが窺える。語り手は、彼女こそ運命の犠牲者であり、社会（戦争）ないし男性（Troilus, Pandarus, Diomede）社会の犠牲者である、と述べているのかもしれない。彼女は社会の過酷な状況にもまれながらも柔軟に生き続け、結果、宮廷恋愛や社会道徳の枠からはみ出してゆく。第二プリズムを構成する彼女に同情的な読者は、第一プリズムの作者がそれを人間の在りようとして優しく肯定している、と判断するだろう。このような視点からは、sely は＜純真＞、＜善良＞、＜不運＞、＜哀れな＞として読解できよう。他方、第二プリズムの批判的な読者は、動機よりは事実に留意し、否定的に＜弱い＞、＜愚かな＞と判断するだろう。事実この語に対する編者や訳者の解釈は、39) のように、評価が別れている。

39) a. Donaldson (1975), Warrington (1975) : 'poor'; Howard (1976) : 'hapless'; Fisher (1989) 'foolish'

　　b. Tatlock and MacKay (1912) : 'unhappy'; Stanley-Wrench (1963) : 'foolish'; Coghill (1971) : 'hapless'; Windeatt (1998): 'poor'; 刈田 (1948) :「あはれむべき」; 宮田 (1979) :「哀れな」

以上のように、sely は、恋愛過程で生ずる人物の複層的な心情を融合するように用いられている。道徳的立場から「愚か」と見なされるものでも、生身の人間の在りようという人間的な立場に立つと、一律には割り切れないものである。ここでは肯定的でもあり否定的でもあるというパラドックスが生ずる。sely によって性格付けられる人物は、第二プリズムの読

者に対し、視点の置き方でプラスにもマイナスにも取れるといった人間の多重性を垣間見させている。

12.4. weldy の曖昧性

weldy (2.636) は、既に§4のメタテクスト（§4の5））と§7の話法（§7の1））で取り上げたものである。本節では weldy の選択、その背後の意味というパラディグマティックな問題を、他の曖昧性のレベルも考慮に入れ、一層深めて考察したい。

weldy は物語の重要な転換点に現れている。コンテクストを再認しておこう。Pandarus は姪の Criseyde に、王子 Troilus が彼女を愛している、と告げる。その直後に Troilus が凱旋してトロイの町に帰ってくる。彼女の家の下を通りすぎて行く。Criseyde は Troilus を目の当たりにして、どのように心が動くか、彼の愛をいかに受け入れるか、まさにこのプロセスにスポットが当てられている。

この箇所は、原典 *Il Filostrato* の拡充部分である。間テクスト的なレベルに立つと、Chaucer の書き換えの方向性が浮かび上がってくる。Chaucer は *Il Filostrato* の一つのエピソードにヒントを得、大きくそれを書き換えている。この書き換えの基底にあるのがロマンスの型である。*Il Filostrato* では、Troilo が Pandaro を誘って、Criseida の家へ出かけ、その下を歩くところが、Chaucer では、ギリシア軍との戦いの後、Troilus が凱旋するシーンに書き換えられている。ロマンスに特徴的な武具・戦闘のトポスが導入されている。そして *Il Filostrato* で、彼女が窓のところにいて、Troilo を眼下に見、すぐさま彼への欲情に捕らえられるという部分は、Chaucer では宮廷恋愛ロマンスのヒロインにふさわしく、彼女の欲情が抑制的に書き換えられている。40) がそれである。

40) So lik a man of armes and a knyght
　　He was to seen, fulfilled of heigh prowesse,

> For bothe he hadde a body and a myght
> To don that thing, as wel as hardynesse;
> And ek to seen hym in his gere hym dresse,
> So fressh, so yong, so *weldy* semed he,
> It was an heven upon hym for to see.　　Tr 2.631-7

　Criseyde は、凱旋場面で男性の生々しさに触れた時、どの程度に積極的に、また消極的に反応しただろうか。Criseyde に期待される愛の受け入れ方は、大よそ次のようになろう。ロマンスの理念に従うと、宮廷貴婦人は通例感覚的にすぐ様男性の愛を受け入れるのではない。*The Romaunt of the Rose* に典型的に示されるように、まずは Daunger（つれない態度）の心理が防衛的に、慎重に働く。次いで男性の愛の試練を通して、つまり彼の熱情と誠実さにより徐々に心が軟化する。持ち前の柔らかい敏感な心 (Pitee)、気高い寛大な心 (Gentilesse/Franchise) が動く。遂に男性の愛を受け入れる。宮廷の礼儀作法 (courtly decorum) に沿って慎重に与えられた愛は、不動のものとなる。当該場面はまさに Criseyde の真価が問われるところである。

　Troilus の軍人としの力強さ、勇敢さがクローズアップされている。まず「Troilus は、そのことをする (To don that thing) 肉体と力があった」(2.633-4) を見てみよう。指示詞 that と上位性の高い語 thing の意味は、談話上それが何を指示 (refer) するかで決まる。この点は既に§8の談話の結束性（§8の5））において指摘した。事実批評家によってその理解の仕方が違っている。Brewer (1969) は、ロマンスの型、騎士に期待される行為に引き付け、'presumably meaning deeds of arms' と注釈している。すぐ上で 'a man of armes' とあるので、Chaucer の強調点はここにあるとするのが自然であろう。(因みに、OED s.v. thing 4 に 'That which is done or to be done; a doing, act, deed, transaction' c1000--がある。) 他方、Donaldson (1970) は、この常識的な見解を取ら

ず、thyng を OED 7c.の婉曲語法、'Used indefinitely to denote something which the speaker is not able or does not choose to particularize' にとり、当該句を「性的な行為をする」に解している。Donaldson はこの読みのみを示しているが、それは相対的で、凱旋する Troilus の男らしさを Criseyde (または女性) がどのように見るかで決まるものである。

尤も当該例から 46 行前、2.585 においては、Pandarus が意図する ryng と ruby の性的な含意 (sexual innuendo) を、Criseyde は直観的に洞察しているように思える。もしそうなら Criseyde の視点からの性的な解釈は、ここで突如現れたのではなく、持続的に存在し、一つの文脈の層をなしていたことになる。Criseyde は、Troilus を初めて見て、このように肉体的な段階まで感じ取ったとすると、daunger と pite の葛藤、繊細な配慮 (tender circumspection) という宮廷貴婦人の理性からは大きく逸脱する。

鎧の中にいる Troilus に目を向けると、彼の瑞瑞しさ、若さがトロイの群衆、Criseyde の目に飛び込んでくる。そこに現れるのが本節で問題にする weldy である。この語には写字生の異同が見られる。まず我々は、この語が Chaucer のものであるのかどうかを確認して、その解釈に入ってゆこう。この weldy の異同に関して、§4 の 6) で示したことを 41) に再確認する。

41) weldy] worþi Gg H3 H5 J R Cx (Cx=Caxton's edition 1483)

初期の α 写本、中期の γ 写本は、共に weldy であるのに対し、一番後の β 写本 (Gg, H3, H5, J, R) は worþi である。β 写本に依拠した Cx の刊本も worþi である。写字生のオリジナルの書き換えの一般的傾向「特殊な表現をより平易な表現に書き換える」から推論すると、weldy の方が worþi よりも特殊であると言える。Chaucer での使用頻度を見ると、weldy が 1 例 (ここのみ)、否定の接頭辞 un- のついた unweldy が 1 例, unwelde が 2 例であるのに対し、worþi は 184 例もある。現代の刊本では、Root

のみが worþi を採用している。両語は、音の類似性（[w], [þ]/[d], [i]）及び共に2音節であることから、また両者には意味の接点があることから（weldy は「力強い、精力的な」、worþi は「武将として相応しい、勇敢な」を表す）、互いに強い連想があったとしても不思議ではない。§4で述べたように、weldy が Chaucer の用いた語であると考える。

　OED は、この weldy を、42）に示すように、初例として取り上げている。

42) OED s.v. wieldy 1. Capable of easily 'wielding' one's body or limbs, or a weapon, etc.; vigorous, active, agile, nimble. *Obs.* exc. *dial.* Tr 2.636（初例）--1677.

Cf. OED s.v. unwieldy: †1. Of persons, the body, etc.: Lacking strength; weak, impotent; feeble, infirm. c1386 Chaucer MancP IX (H) 55（初例）--1659 [Hengwrt 写本にある]

MED も同様で、'(a) Of a person: vigorous, agile' と規定し、当該例を初出例として挙げている。weldy の意味について、Donaldson を除く編者は、'vigorous'、'active' で解釈している。Troilus が四肢や武器を駆使することは、騎士に期待される資質である。これは to doon that thing の Brewer の読みの延長線上にある。Donaldson (1979: 9) は、性的な含意を押し進めて取っている。「男性が（肉体的に）思い通りに女性を支配する」が、それである。しかし、この性的な意味はここでは文脈的に留め、Criseyde ないし女性の視点を通して浮上する、と修正すべきであろう。彼女の視点への移行は、2.636行の法動詞 semed や、2.637の It was an heven ... の情緒的な記述がヒントになっている。§7の話法で述べたように、この詩行は一種の自由間接話法として読み取れる。

　Donaldson は weldy の性的な含意を指摘したが、中英語での例証は行っていない。その点で Hanna III (1974) は、*The Awntyrs off Arthure at the Terne Wathelyn* の注釈で、'welden a woman' の含意に注意している。43) はその用例である。

43) Ho was *þe worþiest wight þat eny welde wolde*;
　　 Here gide was glorious and gay, of a gressegrene. 365-6
　　 (Ho=a lady lufsom of lote ledand a kniȝt 344)

これは、騎士をアーサー王のところに案内する（性的に）魅力的な婦人を記述したものである。44) は Hanna III のコメントである。

44) In alliterative poetry the phrase *welden a woman* has a very specific sense not recognized by *O.E.D.*, 'to have sexual knowledge of a woman'.

Hanna III の指摘は、本論の立場で言えば、§13 で扱う音と意味の相互作用の一つ、'chiming' の例である。頭韻 [w] が接点となって二つの語、welde と woman が結び付き、意味の相互作用が起こっている。

　45) に welde が性的な含意を持つ例を挙げてみよう。頭韻句 welde a woman の原型的なもの (j, m) に加え、welcum to welde (d)、wylle and welde (d, e)、wicked to welde (h)、welde ... wolde (i) の異型がある。また脚韻詩においては、頭韻句を交えて使われる場合もある。welde ... wille (b, c)、In wedlocke to welde (g) がそれである。更に言うと、脚韻詩の þou schalt hir weld (a)、welde hire at mi wille (b) は、hir と代名詞で頭韻は踏まないが、その先行詞は女性であり、welde a woman の原型を仄めかすものでもある。このことは welde his love at wille (c) にも当てはまる。

45) a. Y wot þou louest par amour

    Ygerne þat swete flour, ...

    Y schal þe lese out of þi sorwe?'

    'Merlin' quaþ þo þe king

    'Help me now in þis þing

    And þou schalt haue whatow wilt ȝerne--

    Do me to haue swete Ygerne.'...

    'Now' quaþ Merlin 'þi pais þou held   Glos. v. have at one's

    And ar day *þou schalt hir weld.*   (sexual) will

    (*Of Arthour and of Merlin* 2479-92   [Auchinleck MS])

b. I wolde it miht so befalle,

    That I al one scholde hem alle

    Supplante, and *welde hire at mi wille.*

        (Gower *Confessio Amantis* ii 2409-11)

c. Bot he schop thanne a wonder wyle,

    How that he scholde hem best beguile,

    So that he mihte duelle stille

    At home and *welde his love at wille*:

        (Gower *Confessio Amantis* iv 1825-8

d. He sayde, 'ȝe ar *welcum to welde* as lykez

    þat here is; al is yowre awen, to haue at yowre *wylle*

    and welde.'   (*Sir Gawain and the Green Knight* 835-7)

e. Ȝif ȝe luf not þat lyf þat ȝe lye nexte,

    Bifore alle þe wyȝez in þe worlde wounded in hert,

    Bot if ȝe haf a lemman, a leuer, þat yow lykez better, ...

12. 言語領域の曖昧性：語

    þe knyȝt sayde, 'Be Sayn Jon,'

    And smeþely con he smyle,

    'In fayth I *welde* riȝt non,

    Ne non wil *welde* þe quile.'

                       (*Sir Gawain and the Green Knight* 1780-91)

f. Hir sone stode and hir byhelde:

   'Wele were him þat myght *þe welde!*'

                       (*Sir Eglamour of Artois* 1090-1 [Cotton])

g. I truste hym so well, withouten drede,

   That he would neuer do that dede

   But yf he myght that lady wynne

   In wedlocke to welde, withouten synne;

                       (*The Squire of Low Degree* 367-70)

h. Wyues wille were ded wo,

    ȝef he is *wicked forte welde;*

      þat burst shal bete for hem bo,

        (*The Harley Lyrics:* 2. 'The Three Foes of Man' 34-6)

i. Mosti ryden by Rybbesdale,

   wilde wymmen forte wale,

     ant *welde whuch ich wolde,*

   founde were þe feyrest on

   þat euer wes mad of blod ant bon,

     in boure best wiþ bolde.

(*The Harley Lyrics* 7. 'The Fair Maid of Ribblesdale' 1-6)

j. Than suld I waill ane full weill our all the wyd realme
That suld my *womanheid weild* the lang winter nicht;
And quhen I gottin had ane grome, ganest of uther,
ȝaiþ and ȝing, in the ȝok ane ȝeir for to drawe,
(Dunbar *The Tretis of the Tua Mariit Wemen and the Wedo* 76-9)

k. All the soueranis by assent assignet me hir, (Hesione)
ffor to wirke with *my wille, & weld as myn owne;* (Telamon)
(*The 'Best Hystoriale' of the Destruction of Troy* 1880-1)

l. And me, þat am mete & of more power
Þen hym þat þou hade and held for þi lorde, (Helen)
Wyuly to weld; & I the wed shall,
(*The 'Best Hystoriale' of the Destruction of Troy* 3357-9)

m. "I wold yonder worthy weddit me hade, (Medea)
Bothe to burde & to bede blessid were I:
So comly, so cleane to clippe vpon nightes,
So hardy, so hynd in hall for to se,
So luffly, so lykyng with lapping in armys;
Well were that *woman might weld hym* for euer." (Jason)
(*The 'Best Hystoriale' of the Destruction of Troy* 472-7)

Of Arthour and Of Merlin は、ロンドンで1330年頃編纂された Auchinleck 写本に納められるが、その用例（a）は注目に値する。

Chaucer はこの写本を読んだ可能性があり、またその表現方法及び内容が原型に近いからである。Merlin は Uter の願いを聞き、Uter が人妻である Ygerne を「思いのままにできる」よう叶えてやろうと約束する。その不義の結果が、Arthour の誕生となる。また *Confessio Amanits* の例 (b, c) も、Chaucer と親交のあった Gower の作であることからしても、Chaucer は welde a woman の含意に気付いていたかもしれない。Chaucer が本作品の weldy をこのような含意に気付いた上で使った、つまり、間テクスト的に当該頭韻句と連想させて使ったとすると、両表現の相互作用、言語的意味と含意の融合性は一層確実なものと言えよう。

以上のように、weldy は、一般的には Troilus の軍人の資質に言及するが、作中内の第一プリズム、Criseyde の視点を想定すると（自由間接話法との共同）、性的な特殊な含意が浮上すること、またその含意は第二プリズムの読者が間テクスト的な情報を加えるとより確かな意味の層になること、かくして字義通りか含意かで曖昧になる可能性を検証した。

12.5. pite の曖昧性

12.5.1. pite の語用論的意味

courtesie、gentil、kynde、grace 等の中世的な道徳的価値を表す語は理念的な世界に適用されると、ストレートに機能するが、現実の生身の人間に適用されると、その文脈的価値は必ずしも明確ではない。これらの価値は相対的なものになる。Chaucer の pite はこのような語の典型である。本節では、Chaucer の pite とその類義語 routhe, mercy, misericorde, tendre を取り上げ、語用論的な意味拡充の可能性を考察した。とりわけ Criseyde の性格描写との関連に焦点を当てた。

ME の pite は多義的である。人間性に本質的な温情、社会的・道徳的な徳目としての情愛、宮廷人（gentil man）に期待される憐憫の情、宗教的な慈悲（聖母マリアやキリストの慈悲）等がある。OED は、46) のように、規定している。

46) s.v. pity [OF *pité* ad. L. *pietās*]
　†1.　The quality of being pitiful; the disposition to mercy or compassion. *Obs.* a1225-1613
　2.a.　A feeling or emotion of tenderness aroused by the suffering. c1290--
　3.a.　transf. A ground or cause for pity; a regrettable fact or circumstance.　c1369--
　†4.a.　A condition calling for pity.　　a1400-50--1622-77
　†5.　Grief for one's own wrong-doing.　　1483-1591
　†6.a.　Piety　　1340-1483

Chaucer は、pite の概念幅を熟知していたと考えられる。[29] この点は多くの研究者に指摘されている。Héraucourt (1939) は pite を中世の重要な価値体系の一つとして見なし、Mathew (1968) は pite を騎士道との関係で取り上げ、Masui (1976) は pite を Chaucer の Criseyde への共感と彼女の性格描写に関係付けている。また Gray (1979) は pite を Chaucer の 'pathos' の一環として位置付け、Windeatt (1992) は、pite を本作品の主題の一つとして見ている。

Burnley (1979: 114, 170) は、当該概念をもっと心理的に掘り下げ、その相対的な価値に注意している。

47) In Chaucer's world, too hard a heart is reprehensible. Simply for the process of perception to operate, a certain tenderness is required in the heart, *ymaginacioun*, or *celle fantastik*. But beyond the physiological processes of perception, the degree of hardness or tenderness of the heart becomes problematic, subject to argument, and relative. (114)

In the *gentil* man, then, we have the spectacle of a moral ideal insecurely founded and perpetually poised on the edge of chaos. The tyrant and the churl, the saint, the philosopher and the just king were all in their own ways static and invariable symbols of moral good or evil according to the estimation of one ethical system or another, but the *gentil* man was a dynamic symbol poised between the tyrant and the philosopher, and as much closer to human nature as it was ordinarily experienced. (170)

彼によると、14世紀は、文学での哀感の趣向(ロマンス、叙情詩、宗教上の献身を表す著述)、宮廷理念(gentilesse)、情感を重視する倫理観、宗教的な神秘主義等に典型的なように、極端な感傷主義と献身的な姿勢が流行していた。ここでは、哀れみは絶対的な価値ではなく、その情感が理性とバランスをとるか否かで肯定的にも否定的にも評価されるものであった。この点について、Gower は 48) のように述べている。

48) Bot *Pite*, hou so that it wende,
  Maketh the god merciable,
  If ther be cause resonable
  Why that a king schal be pitous.
  Bot elles, if he be doubtous
  To slen in cause of rihtwisnesse,
  It mai be said no *Pitousnesse*,
  Bot it is Pusillamite,
  Which every Prince scholde flee.
   For if *Pite* mesure excede,
  Kinghode may noght wel procede
  To do justice upon the riht: (*Confessio Amantis* vii 3520-31)

piteが理性との関係でプラスにもマイナスにもなる特徴は、§6のテクスト構造（主題、人物の性格、プロット）の相対性と軌を一にするものである。この相対性が第一プリズムと第二プリズムをどのように作動させ、最終的にいかに曖昧性が生起するかを考察してみよう。

pite及びその類義語は、49)に示すように、*Troilus and Criseyde*において反復的に用いられている。Chaucerの他作品の頻度も参照されたい。

49) a. Chaucerにおけるpiteとその類義語の頻度

	CT	BD	HF	Anel	PF	Bo	LGW	SHP	Ast	Rom	Tr
pite	52	5	5	0	0	8	17	24	0	20	13
pitous	33	2	0	1	0	1	2	2	0	8	11
pitously	23	1	0	1	0	1	4	2	0	2	20
routhe	19	5	5	5	1	0	15	0	0	1	30
routheles	1	0	0	1	0	0	0	0	0	0	1
rewe	18	0	1	3	0	0	4	3	0	4	23
reweful	2	0	0	0	0	0	0	0	0	0	0
rewefully	0	0	0	0	0	0	0	0	0	0	2
mercy	74	6	2	0	1	0	9	24	0	9	31
merciful	1	0	0	0	0	0	0	0	0	1	0
merciable	4	0	0	0	0	0	4	2	0	0	0
misericorde	13	0	0	0	0	1	0	2	0	1	1
compassioun	9	0	0	0	0	1	4	2	0	0	3
tendre	22	0	0	0	0	1	2	1	1	8	5
tendrely	11	0	0	1	0	0	6	1	0	3	6
tendrenesse	1	0	0	0	0	0	1	0	0	0	1

b. CT における pite とその類義語の頻度

	GP	KnT	MilT	RvT	CkT	MLT	WBT	FrT	SumT	ClT	MerT
pite	0	8	0	0	0	6	0	0	1	2	4
pitous	1	6	0	0	0	4	0	0	0	6	0
pitously	0	5	0	0	0	4	1	1	0	1	1
routhe	0	3	0	1	0	4	0	0	0	2	1
routheles	0	0	0	0	0	1	0	0	0	0	0
rewe	0	5	3	0	0	1	1	0	0	1	2
reweful	0	1	0	0	0	1	0	0	0	0	0
rewefully	0	0	0	0	0	0	0	0	0	0	0
mercy	0	12	1	0	0	5	2	0	1	1	3
merciful	0	0	0	0	0	1	0	0	0	0	0
merciable	0	0	0	0	0	0	0	0	0	0	0
misericorde	0	0	0	0	0	0	0	0	1	0	0
compassioun	0	2	0	0	0	1	0	0	0	0	0
tendre	2	1	0	0	0	1	0	0	0	6	7
tendrely	0	2	0	0	0	1	0	0	1	5	0
tendrenesse	0	0	0	0	0	1	0	0	0	0	0

	SqT	FranT	PhyT	PardT	ShipT	PrT	Thop	Mel	MkT	NPT	SNT
pite	1	5	3	1	0	1	0	5	2	0	2
pitous	3	2	2	2	0	1	1	0	2	1	1
pitously	4	2	0	2	0	1	0	0	1	0	0
routhe	1	5	1	0	1	0	0	0	0	0	0
routheles	0	0	0	0	0	0	0	0	0	0	0
rewe	0	1	0	0	0	0	0	0	0	1	0
reweful	0	0	0	0	0	0	0	0	0	0	0
rewefully	0	0	0	0	0	0	0	0	0	0	0
mercy	0	2	1	0	1	3	0	12	0	1	2
merciful	0	0	0	0	0	0	0	0	0	0	0
merciable	0	1	0	0	0	1	0	2	0	0	0
misericorde	0	0	0	0	0	0	0	1	0	0	0
compassioun	2	2	0	0	0	0	0	0	1	0	0
tendre	0	0	0	1	0	1	0	0	0	0	0
tendrely	1	0	0	0	0	0	0	0	0	0	0
tendrenesse	0	0	0	0	0	0	0	0	0	0	0

	CYT	MancT	ParsT
pite	1	0	10
pitous	0	0	1
pitously	0	0	0
routhe	0	0	0
routheles	0	0	0
rewe	2	0	0
reweful	0	0	0
rewefully	0	0	0
mercy	2	0	25
merciful	0	0	0
merciable	0	0	0
misericorde	0	0	11
compassioun	0	0	1
tendre	0	1	2
tendrely	0	1	0
tendrenesse	0	0	0

更に注目すべきは、50）に示すように、多くの例は人物の視点を通して提示されている。人物達は作中流動的な状況に対応するよう要請されるが、pite は以下で具体的に示すように、彼らの説得行為ないし自己弁護等に関係して使用されている。

50) *Troilus and Criseyde* における pite とその類義語：人物別リスト

	pitee, piete					pitous, pietous					pitously/ich				
	1	2	3	4	5	1	2	3	4	5	1	2	3	4	5
B	1	2	3	4	5	1	2	3	4	5	1	2	3	4	5
N	0	1	0	4	1	2	0	1	3	2	0	2	0	6	7
T	1	0	0	0	0	1	0	0	1	1	0	0	0	0	2
C	0	1	1	3	0	0	0	0	0	0	0	0	0	1	0
P	1	0	0	0	0	0	0	0	0	0	1	0	0	0	0
D	0	0	0	0	0	0	0	0	0	0	0	0	0	0	1
H	0	0	0	0	0	0	0	0	0	0	0	0	0	0	0
Ca	0	0	0	0	0	0	0	0	0	0	0	0	0	0	0

12. 言語領域の曖昧性：語

	mercy					misericorde					comapssioun				
B	1	2	3	4	5	1	2	3	4	5	1	2	3	4	5
N	1	1	0	0	4	0	0	0	0	0	2	0	0	0	0
T	2	0	6	2	1	0	0	1	0	0	0	0	1	0	0
C	0	3	1	4	0	0	0	0	0	0	0	0	0	0	0
P	1	1	0	2	0	0	0	0	0	0	0	0	0	0	0
D	0	0	0	0	2	0	0	0	0	0	0	0	0	0	0
H	0	0	0	0	0	0	0	0	0	0	0	0	0	0	0
Ca	0	0	0	0	0	0	0	0	0	0	0	0	0	0	0

	routhe					routheles					rewe				
B	1	2	3	4	5	1	2	3	4	5	1	2	3	4	5
T	2	2	0	0	3	0	0	0	0	0	0	1	1	2	3
N	0	2	1	3	2	0	0	0	0	0	2	0	1	3	1
C	0	2	0	3	1	0	0	0	0	0	0	1	1	2	2
P	1	6	2	0	0	0	1	0	0	0	0	0	0	0	0
D	0	0	0	0	0	0	0	0	0	0	0	0	0	0	0
H	0	0	0	0	0	0	0	0	0	0	1	0	0	0	0
Ca	0	0	0	0	0	0	0	0	0	0	0	0	0	2	0

	rewefulllich					tendre					tendrely				
B	1	2	3	4	5	1	2	3	4	5	1	2	3	4	5
N	0	0	0	1	1	0	0	0	0	2	1	0	0	3	2
T	0	0	0	0	0	0	0	0	0	0	0	0	0	0	0
C	0	0	0	0	0	0	0	0	1	0	0	0	0	0	0
P	0	0	0	0	0	0	1	1	0	0	0	0	0	0	0
D	0	0	0	0	0	0	0	0	0	0	0	0	0	0	0
H	0	0	0	0	0	0	0	0	0	0	0	0	0	0	0
Ca	0	0	0	0	0	0	0	0	0	0	0	0	0	0	0

	tendrenesse				
B	1	2	3	4	5
N	0	0	0	0	0
T	0	0	0	0	1
C	0	0	0	0	0
P	0	0	0	0	0
D	0	0	0	0	0
H	0	0	0	0	0
Ca	0	0	0	0	0

B=Book Number, N=Narrator, T=Troilus, C=Criseyde, P=Pandarus, D=Diomede, H=Helen, Ca=Calkas

§6で述べたように、語り手の視点も全知の視点とは限らないので注意を要する。苦悩する恋人に共感するあまり一人物のような個別的な視点を持つこともあるのである。Windeatt (1992) は pite の「程度問題」に対し十分に考慮していないように思える。

12.5.2. Criseyde の pite： 裏切りの内面史

Troilus and Criseyde は *Il Filostrato* の翻案であるが、その焦点の一つ、恐らく最大のものは Criseyde の Troilus に対する裏切りである。しかし、Chaucer はこの伝統的なプロットを独自の文脈に溶解させ、新たな Criseyde 像を構築している。Chaucer は、生身の人間性を色濃く持つ Criseida を宮廷ないし（疑似）宗教的な理念に従って中世化し、ヒロインの周到な配慮、優しさ、高貴さ、また彼女が決断する際の道徳性等を強調している。このような改変の中で、Criseyde の pite には大きなスポットが当てられている。

確かに、Boccaccio は Criseida の pietà/pietosa を言及しているが、pite の概念は Chaucer によって 51) のように大きく強調されている。

51) pite の概念：*Troilus and Criseyde* と *Il Filostrato* の対応及び
Chaucer の同概念の拡張

Il Filostrato	*Troilus and Criseyde*
pio (1.5.6.)	pyte (1.23), compassioun (1.50)
pietoso (1.6.4.)	*pitous (1.111)
mercè (1.12.8)	mercy (1.112)
pietoso (1.13.1.)	pitous (1.113)
pietà (1.43.6.)	*rewe (1.460)
pietade (2.4.1.)	routhe (1.582)
mercede (2.92.2)	*routhe (2.1007)
pietosa (2.104.1)	pitousli gan *mercy for to crye (2.1076)
pietà (4.28.1)	for piete of herte (4.246)
pietosa allegrezza (4.80.6)	pitous joie (4.683)
pietà (4.109.3)	tendrely (4.950)
pietà (6.16.2)	mercy (5.888)

[Chaucer の拡張]

  pitee: *1.522, *899; *2.655; (piete) 3.1033; 4.368, 847; *5.824, (pietee) 1598, etc.

  pitous: 4.1499; 5.555, etc.

  pitously: 4.1174, 1438; 5.216, 522, 1346, *1424, 1584, etc.

  mercy: *3.1282, *1356; 4.1149, 1231, *1500, 1604; *5.168, 591, *1011, 1861, 1867, 1868, etc.

  misericorde: *3.1177

  compassioun: 1.467; 3.403

  routhe: *2.349, *664, *1280, *1371, *1375; 3.895, 1511; *4.1476,

> *1490, *1673;　*5.1000, 1099, *1587, etc.
> rewe: 4.104, 738, 1176, 1531, *1671; 5.560, 707, etc.
> *印のある例は、Criseydeを言及するものである。

§12.2で見たように、Chaucerはマイナスの価値をストレートに表す語（unconstant, unstedefast, deceivable, trecherie, newfongilnes, lecherous）を彼女には用いていない。逆にワンクッション置いたあるいはもっと積極的にプラスの価値をも表す語を用いている。piteはそのような語の一つで、間テクスト的に見ると、そこに第一プリズム、詩人の強調点があるように思える。ここでは、以下で例証するように、彼女の裏切りを外面的な事実としてではなく、そこに至る彼女の内面的なプロセス、哀れみの問題として再解釈しようとしている。

12.5.3. Criseydeのpite：例証

Criseydeのpiteは物語の重要な転換点でクローズアップされている。彼女の心は敏感に周囲の圧力に反応してゆく。Pandarusが彼女に対して恋に悩むTroilusに同情するよう要請する時、彼女が凱旋するTroilusを見て恋心が動く時、彼女がTroilusの全ての罪を許し彼を受け入れる時、ギリシア陣営に送られた彼女がTroilusのことを気に病みながらも遂にDiomedeに屈する時、裏切りの後どのように彼女がTroilusを見ているかを示す時が、それである。

Troilusは最初恋を嘲笑していたが、愛の神に罰せられ、Criseydeに一目惚れする。彼は恋の苦悩に陥る。PandarusはTroilusの恋している女性がCriseydeであることを聞き出すと、彼の選択を評価し、「彼女は徳目に恵まれているから、哀れみの情が期待できる」と52)のように注意している。

52) "And also thynk, and therwith glade the,

> That sith thy lady vertuous is al,
> So foloweth it that there is some *pitee*
> Amonges alle thise other in general;
> And forthi se that thow, in special,
> Requere naught that is ayeyns hyre name;
> For vertu streccheth naught hymself to shame.　　Tr 1.897-903

Il Filostrato の対応部分は、53) の通りである。

53) Solo una cosa alquanto a te molesta
　　Ha mia cugina in sè oltre alle dette,
　　Che ella è più che altra donna onesta,
　　E più d' amore ha le cose dispette:　　*Il Filostrato* 2.23.1-4
　　("Only one trait, somewhat troublesome to thee, hath my cousin beyond those mentioned, that she is more virtuous than other ladies, and holdeth matters of love more in contempt.)

Pandaro は Criseida の徳目（onesta）が、Troilo が彼女の愛を得る上での唯一の阻害要因と見なしている。他方、Pandarus は、Criseyde は有徳なので、その分彼女の哀れみが得易いことを強調している。pite は、Chaucer の *Il Filostrato* への付加である。この概念は、*Roman de la Rose* で典型的に見られるように、宮廷主義ないしロマンスの理念に不可欠のものである。[30] また道徳的徳目ないしキリスト教的な教義に基盤を置くものでもある。Chaucer では、pite は Bo、Mel、ParsT のような教義的なジャンルに顕著である。(49) の頻度表を参照)。疑似宗教的な宮廷恋愛の文脈では、世俗的な pite が宗教的な献身（Cf. Virgin Mary の慈愛）と混ざり合っても不思議ではない。Pandarus は Troilus を激励する上で、宮廷・宗教領域での pite の価値を浮き立たせたように思える。[31]

しかし、Gordon (1970) が指摘したように、連の後半 (1.901-3) に注

意すると、当該の pitee は打算的で実益主義的な視座から見られており、その先行文脈の価値（残像）と後続文脈の価値は緊張関係に置かれる。この視座から見れば、Criseyde の pite は shame（スキャンダル）を引き起こさなければ有徳となる。道徳の立場では、見つかろうと見つかるまいと罪は罪である。二重プリズム構造の第一プリズム、Pandarus の視座をどのように評価するかで、第二プリズムの読者は大きな揺さぶりをかけられる。

このような視座の混交は Pandarus が後に使用する pite にも見られる。彼は Criseyde に対して Troilus に同情するよう、54）のように働きかけている。

54) "Wo worth the faire gemme vertulees!
　　 Wo worth that herbe also that dooth no boote!
　　 Wo worth that beaute that is routheles!
　　 Wo worth that wight that tret ech undir foote!
　　 And ye, that ben of beaute crop and roote,
　　 If therwithal in yow ther be *no routhe*,
　　 Than is it harm ye lyven, by my trouthe!　　Tr 2.344-50

最初の4行は格言的な効果がある。彼は哀れみの欠落（routheles）を一般論的に罪悪として提示し、後半で（2.348-50）で二人称、ye/yow に当てはめ、Criseyde に適用している。しかし、打算的で計略的な観点から見れば、Criseyde を脅して Troilus の愛を受け入れさせるレトリックである。このような実益性は、彼と Troilus が彼女の哀れみの欠如（2.320, 322, 323, 327, 335, 338, 351）や残虐さ（2.337, 384, 399）により死に追いやられる、と脅かすところにも顕著である。

55）で Pandarus は、Troilus にいかに愛を得るかの戦略を示している。2つの視座の緊張は更に大胆なものになる。

302

55) And God toforn, yet shal I shape it so,
　　That thow shalt come into a certeyn place,
　　There as thow mayst thiself hire preye of grace.

　　"And certeynly--I noot if thow it woost,
　　But tho that ben expert in love it seye--
　　It is oon of the thynges forthereth most,
　　A man to han a layser for to preye,
　　And siker place his wo for to bywreye;
　　For in good herte it mot *som routhe* impresse, [32)]
　　To here and see the giltlees in distresse.

　　"Peraunter thynkestow: though it be so,
　　That Kynde wolde don hire to bygynne
　　To have *a manere routhe* upon my woo,
　　Seyth Daunger, 'Nay, thow shalt me nevere wynne!'
　　So reulith hire hir hertes gost withinne,
　　That though she bende, yeet she stant on roote;
　　What in effect is this unto my boote?　　Tr 2.1363-79

この引用は pite の関連語群が顕著に現れた例である。類義性（grace, Kynde）、反義性（Daunger）、上下・包含関係（hertes）、連語（som routhe impresse）、因果関係（近接性）（the giltlees, distresse, routhe）、意味の場（pite が作動する関連領域：心の生理学・心理学）がそれである。pite（ここでの routhe）はこのような一連の関連語の紐帯である。しかし、他方では、実益的な面が見え隠れしている。とりわけ脚韻のペアが注目に値する。宮廷的及び疑似宗教的な grace ＜親切＞ないし＜恩寵＞（2.1365）は、Troilus と Criseyde が肉体的に結び付くための密かな place

＜場所＞ (2.1364) と関係付けられている。音的にも意味的にも反響し、両語の相互作用は否めない。（§13 の 'chiming' を参照。）Wetherbee (1984: 77-8) が指摘するように、Pandarus の視点を通して、grace の価値が矮小化されている（'localization'：話者の意図・作為が入って個別的に用いられる）。このことは routhe にも言えることである。同種の例はもっと露骨には MerT の May の描写にも見られる。56) は、May が彼女の恋に病む Damyan、彼女の主人の近習の一人を哀れみ、受け入れてゆくところである。哀れみから彼女の間男に繋がるファブリオーの展開である。§5 の間テクスト性でも一部引用（§5 の 2)）した。

56) But sooth is this, how that this fresshe May
  Hath take swich impression that day
  Of *pitee* of this sike Damyan...
  Lo, *pitee* renneth soone in gentil herte!
   Heere may ye se how excellent franchise
  In wommen is, whan they hem narwe avyse.
  Som tyrant is, as ther be many oon
  That hath an herte as hard as any stoon,
  Which wolde han lat hym sterven in the place
  Wel rather than han graunted hym hire grace,
  And hem rejoysen in hire crueel pryde,
  And rekke nat to been an homycide.
   This gentil May, fulfilled of *pitee*,
  Right of hire hand a lettre made she,
  In which she graunteth hym hire verray grace.
  Ther lakketh noght oonly but day and place
  Wher that she myghte unto his lust suffise,

            MerT IV (E) 1977-99

place-grace (1991-2, 1997-8) の脚韻の共鳴、類義性 (gentil, franchise)、反義性 (tyrant, hard, crueel, pryde)、上下・包含関係 (herte)、連語 (impression ... Of pitee) は、Pandarus のそれに酷似している。Chaucer 作品の間テクスト的な情報から、Pandarus の pite は、普遍的な意味ではなく、自分の営利的な目的に限った使い方をしているのではないかと一層疑われる。

次に Criseyde がどのように pite を使用するかを見てみよう。Troilus の凱旋場面に接し、彼女の心は強く動かされる。

57) Criseÿda gan al his chere aspien,
And leet it so softe in hire herte synke,
That to hireself she seyde, "Who yaf me drynke?"

For of hire owen thought she wex al reed,
Remembryng hire right thus, "Lo, this is he
Which that myn uncle swerith he moot be deed,
But I on hym have *mercy and pitee*." [33]
And with that thought, for pure ashamed, she
Gan in hire hed to pulle, and that as faste,
Whil he and alle the peple forby paste,

And gan to caste and rollen up and down
Withinne hire thought his excellent prowesse,
And his estat, and also his renown,
His wit, his shap, and ek his gentilesse;
But moost hire favour was, for his distresse
Was al for hire, and thoughte it was *a routhe*

To sleen swich oon, if that he mente trouthe.

Now myghte som envious jangle thus:
"This was a sodeyn love; how myght it be
That she so lightly loved Troilus
Right for the firste syghte, ye, parde?"
Now whoso seith so, mote he nevere ythe!
For every thing a gynnyng hath it nede
Er al be wrought, withowten any drede.

For I sey nought that she so sodeynly
Yaf hym hire love, but that she gan enclyne
To like hym first, and I have told yow whi;
And after that, his manhod and his pyne
Made love withinne hire for to myne,
For which by proces and by good servyse
He gat hire love, and in no sodeyn wyse.　　Tr 2.649-79

Il Filostrato の対応部分は58)の通りである。

　58) E sì subitamente presa fue,
　　Che sopra ogni altro bene lui disia,　　*Il Filostrato* 2.83.5-6
　　(And so suddenly was she captivated that she desired him
　　above every other good)

Boccaccio が Criseida が急激に Troilo の恋に陥ると書いているのに対して、Chaucer は Criseyde の対応部を宮廷的な言葉で婉曲的に表し、結果、彼女は徐々に心変わりするように印象付けている。彼は彼女の道徳的な分析、周囲の目への配慮、宮廷作法にスポットを当てている。pite (mercy and pitee 2.655, routhe 2.664) は、格言 'Pity is akin to love' に示されるように、愛に先んじて生ずるものだから、少なくともそれは一目惚れではないことを示唆するものであろう。

　しかし、彼女の pite の文脈は厳密に見ると完全に宮廷的とは言えない。まず、Troilus の男っぽさを心に留めた直後の独り言、Who yaf me drynke? (2.651) をどのように解釈したらよいか。第二プリズムである編者や批評家によって解釈に違いがある。Barney (Benson 1987: 1033) は、比喩的な意味 'love-portion' に気付いてはいるが、むしろ字義的な意味 'any intoxicating beverage' で解釈している。他方、Gordon (1970:81) は比喩的な意味で解釈し、一目惚れの可能性を指摘している。実際 drynke のそのような使用は、a manere love-drynke (WBP III (D) 754) で見られる。もし Gordon が正しいなら、Criseyde の pite の言及は、愛に発展する前ではなく、愛の後に来ているものとなり、一目惚れをぼかすための自己釈明ということになる。

　2番目に、of hire owen thought she wex al reed (2.652) も同様に心理的である。抽象語 thought の中身は Criseyde にのみ知られている。色彩語 reed は彼女の赤面する様を彷彿とさせるが、その ashamed (2.652) が正確に何を言及するかは明瞭にはされていない (Cf. And of his owene thought he wax al reed. ShipT VII 111)。

　3番目に、語り手は彼女が Troilus を哀れむ直前、59) のように彼女の心理にハイライトを当てている。

59) But moost hire favour was, for his distresse
　　 Was al for hire, and thoughte it was *a routhe*
　　 To sleen swich oon, if that he mente trouthe.　　Tr 2.663-5

語り手は冷静に彼女を捉えている。彼女の哀れみの最大の要因は、Troilus についての冷静な分析ではなく、彼女の好み（情念的要因）(hire favour) である。

第一プリズムの語り手が pite をプラスの価値で用いたのか、それとも一目惚れの婉曲表現としてなのかは、第二プリズムの読者の判断に委ねられる。この pite の価値は、Criseyde の反応に対する語り手のコメント (2.666-79) によっても、その流動性に拍車がかけられる。当該連のポイント and in no sodeyn wyse (2.679) について、Brewer (1969: 112) は Criseyde に同情的に 'not apparently ironical' と述べるのに対し、Donaldson (1970: 66) と Gordon (1970: 81 2) は、もっと批判的で、そのアイロニカルな効果を強調している。いずれにとるかは、Criseyde の性格の全体像に対する我々のスタンスで決まる。

　Criseyde の pite は、彼女と Troilus が愛のクライマックスを遂げる直前にも現れている。Pandarus は嵐になると予知しているその日に彼女を彼の家の夕食会に誘う。彼の計略に従って、Troilus は彼の家で待機している。嵐のため彼女は彼の家に逗留することになる。Troilus は、口実を作って彼女の寝室に案内される。Criseyde は Pandarus に Troilus の愛を受け入れるよう、押し進められる。この受け入れにおいて、彼女の pite は重要な役割を果たしている。このことは、既に§4の間テクスト性（宗教的なレジスターの使用）、§7の話法（彼女の心理の動きを再建する自由間接話法）、そして§8の談話構造（結束性の一つの仕掛け、因果関係）で取り扱った。This accident so pitous was to here ... (3.918-24) の分析がそれである。Troilus はこの pite のおかげで彼女と向かい合うことになる。そして彼女に慈悲（mercy 3.1173）を請う。これに彼女は 60) のように応答している。「慈愛」(misericorde) は、*Troilus and Criseyde* で唯一の例である。

60) And seyde, "Allas, upon my sorwes sike
　　Have mercy, swete herte myn, Criseyde!
　　And if that in tho wordes that I seyde
　　Be any wrong, I wol no more trespace.

```
            Doth what yow list; I am al in youre grace."

And she answerde, "Of gilt *misericorde*!
That is to seyn, that I foryeve al this;      Tr 3.1172-8
```

Burnley (1974: 107) は、'Misericorde is entirely limited, but for a single occurrence, to the religious situation: devotional texts or the speech of ecclesiastics ...' と述べている。misericorde [<OF *misericorde*, L *misericordia*] は、罪の悔悛ないし許しに係わって使われている。49) で分かるように、この語は殆ど ParsT で使われている。牧師は、例えば、「貪欲」を改める徳目として misericorde を使っている (X (I) 806, 807, 808, etc.)。Burnley の言う唯一の例外が 60) の例である。この箇所は Chaucer の原典への付加部である。彼は Troilus の罪を Criseyde が許すのを、宗教的な立場から価値付けている。これは彼女が Troilus を哀れみ、寝室に迎え入れた時の pitous (3.918) の延長線上にあるものである。

　しかし、もっと広いコンテクストで見ると、80 行前で Pandarus の策謀で Troilus と Criseyde が密会していること、また Pandarus が Troilus の衣服を剥ぎ取って彼を彼女のベッドに投げ入れること (3.1096-7) が知らされている。このベッドシーンはファブリオー (MilT, RvT, MerT) に近接している。[34] misericorde は宮廷恋愛の理念に照らすと、倫理的に価値付けられるが、他方、打算的で営利的な観点から見ると、Criseyde がスキャンダルを正当付けるための 'linguistic veil' のように思える。

　物語の第 4 巻と第 5 巻では、Criseyde の捕虜交換の決定、彼女のギリシア陣営行きと続き、彼女の宮廷的なヒロインと彼女の生身の人間としての在りようが、強い緊張関係に置かれる。この巻では、50) に見るように、語り手の pite に対する言及が顕著である。彼の使用は、OED s.v. pity 3, 4 の客観的な意味 (当該者の哀れみの気持ちではなく、当該者を外側から見る人の哀れみの感情) が目立つ。読者は別離で苦しむ Troilus と

Criseyde に共感するよう促される。61) にその例を挙げておこう。

61) He (i.e. Pandarus) stood this woful Troilus byforn,
　　And on his *pitous* face he gan byholden.　　Tr 4.360-1

　　And to Pandare, his owen brother deere,
　　"For love of God," ful *pitously* he sayde,　　Tr 5.521-2

　　Ful *rewfully* she loked upon Troie,
　　Biheld the toures heigh and ek the halles;　　Tr 5.729-30

しかし、OED s.v. pity 2 が記述している主観的な意味（当該者の哀れみの気持ち）にもっと注意すべきである。第5巻で Criseyde が Diomede に屈する直前、関係人物のゲシュタルトが示されているのを既に見てきた。彼女の描写は、外面描写から内面描写へと進展し、最終部分で彼女の pite の豊かさ、そして Tendre-herted, slydynge of corage (5.825) にハイライトが当てられている（§6の17）を参照）。62) に再録しておこう。

62) She sobre was, ek symple, and wys withal,
　　The best ynorisshed ek that myghte be,
　　And goodly of hire speche in general,
　　Charitable, estatlich, lusty, fre;
　　Ne nevere mo ne lakked hire *pite*;
　　Tendre-herted, slydynge of corage;
　　But trewely, I kan nat telle hire age.　　Tr 5.820-6

pite が彼女に対して諸刃の刃として働いていることは、§12の10）で指摘した。[35] 更に言えば、中世の女性の立場が背景にあるかもしれない。彼女らは不安定な状況に置かれていて、外圧を乗り越え、生き延びるためには、自然に逆らわないで、心を柔軟に調整し、変容する能力が要請された。

心の柔らかさは、道徳的な弱点というよりは、むしろ可変的な状況への対応力として評価に値するものである。このイメージは中世のステレオタイプの女性観 —— 宮廷恋愛の規律であれ、道徳ないし宗教的な法であれ、忠義を全うすることが期待される —— を越えて、Chaucer の人間主義的な、より創造的な人物像と見なされよう。[36]

Criseyde の pite は、Troilus を眼前にしては Troilus に、しかし、Diomede を眼前にしては Diomede に適用される。63) は、Diomede の求愛に応答する時のものである。

63) If that I sholde of any Grek han *routhe*,
    It sholde be youreselven, by my trouthe!   Tr 5.1000-1

彼女は、Diomede の懇願を拒絶できず、条件的ではあるが、彼を受け入れてゆく。この routhe は彼に更につけ込む余地を与えるものである。routhe-trouthe の脚韻ペア（§13 の 'chiming' を参照）について、Elliott (1974: 113) は、'This is no mere mechanical convenience ... for the two concepts had close psychological association for Chaucer.' と指摘している。彼が引用した例「Criseyde が Troilus に抱く哀れみの情」(4.1672-3) に対し、ここでの例は、彼女が Diomede に抱く哀れみの情である。これはともすれば Troilus に対する哀れみが薄れることを示唆する。類例は 5.1586-7 にもある。Criseyde は外圧に敏感に対応し、pite にも拘わらずではなく、まさにそれ故に結果として一貫性に欠けることになる。

語り手は Criseyde の裏切りを記述した後、64) のように彼女へのスタンスを再確認する必要を感じている。

64) Ne me ne list this sely womman chyde
    Forther than the storye wol devyse.
    Hire name, allas, is publysshed so wide
    That for hire gilt it oughte ynough suffise.

> And if I myghte excuse hire any wise,
>
> For she so sory was for hire untrouthe,
>
> Iwis, I wolde excuse hire yet *for routhe*.　　Tr 5.1093-9

彼女は裏切り行為のために至る所で非難されており、本人も後悔しているのだから、routhe (5.1099) のために許してやろうと述べている。for routhe は語り手が彼女の pite を評価し、それ故に彼女に哀れみを感じる、といった相互的な両義性が凝縮しているようにも思える。untrouthe-routhe の脚韻ペアは、彼女が Diomede に屈した今、表面的なアイロニーを越えて因果関係的な響きがある。

　Criseyde に対する二律的な見解は、更にその幅を拡げてゆく。Troilus からトロイに帰るようにという手紙を受け取った時、語り手は彼女は pitously に返事を書いたと言う。

65) Ful *pitously* she wroot ayeyn, and seyde,

　　That also sone as that she myghte, ywys,

　　She wolde come, and mende al that was mys.　　Tr 5.1424-6

pitously を OED (s.v.piteous 2) の主観的な意味でとれば、Criseyde は、Troilus に対する哀れみの情から手紙を書いたことになる。しかし、次の連 (5.1428-35) は、Troilus が彼女の手紙内容を but botmeles bihestes (5.1431) と見なしたことを明らかにしている。尤も、pitously は OED (s.v. piteous 1) の客観的意味で、語り手が、逆境の中で彼女が手紙を書く行為に同情した、と言えないこともない。他方、5.1584 の pitously は、Troilus が手紙を書くことへの語り手の同情が第一義的であろう。

　語り手は Criseyde が Troilus からの 2 回目の手紙に返事をする時、再度彼女の pite に読者の注意を引いている。

66) To hire he wroot yet ofte tyme al newe
　　Ful pitously--he lefte it nought for slouthe--
　　Bisechyng hire that sithen he was trewe,
　　That she wol come ayeyn and holde hire trouthe.
　　For which Criseyde upon a day, *for routhe*--
　　I take it so--touchyng al this matere,
　　Wrot hym ayeyn, and seyde as ye may here:　　Tr 5.1583-9

しかし、「Criseyde がこの件で哀れみを感じて返事を出した」の記述に対して、第一プリズムの語り手は法動詞 I take it so を挿入し、命題の真偽価値を保留している。[37] 第二プリズムの読者は、いずれに関係付けて読み取るか、解釈の層の問題が提示される。

12.5.4. おわりに

以上のように、第一プリズムの詩人は *Il Filostrato* から基本プロット── Criseyde の裏切り ──を踏襲しているが、その描き方は同情的で、彼女の pite の複雑な作用として再解釈している。この再解釈は、中世で裏切りが厳しく非難されるものであっただけに、その分創造的であったと言える。Chaucer は彼女の pite を強調することで、原典から大きく逸脱している。Criseyde の pite は、彼女が男性達の求愛に心を柔和にし、彼らの意向に添う時にハイライトが当てられている。第二プリズムの読者は、pite（pite, pitous, routhe, misericorde, etc.）の多重な価値に対し、人物や語り手の視点（宮廷主義・実益主義・人間主義）を想定して解釈行為を行う。視点の移動に合わせて肯定的にも否定的にも読み取られ、諸刃の刃として作用していることが分かった。

12.6. frend/shipe と gentil/esse の曖昧性
12.6.1. はじめに

「言葉と世界の対応」(The wordes moote be cosyn to the dede) は、CT の GP I (A) 742、MancT IX (H) 210、あるいは Bo 3.p.12.206-7 に示されるように、Chaucer が持続的に意識していた問題である。このことは実念論か名目論かという哲学論争を想起させる。前者は言葉と世界の一致、後者は言葉と世界の恣意的な関係を問題にする。Chaucer は既に述べたように聖と俗の間を跨って生きており、いずれか一つに決定付けるのは難しい。*Troilus and Criseyde* は作者の人物に対する心理的な分析が深く施され、生きた人間の心情が細かく描写されている。人物の自己弁護、策略や嘘もある言説では、実念論に拘泥するのは難しく、言葉と世界は必ずしもストレートに結びつくものではないことに注意すべきである。Chaucer は、言葉と世界が人間の主体を介して間接的に対応することを、現代の意味論や語用論よりも遙か以前に認識し、同時に実践し得た作家である。

本節では、二重プリズム構造の現象とその表現が、切り取り手の主観を介して結び付けられ、その妥当性が問題的である場合を考察する。Aitchison (1994) の言う 'fuzzy edge' の問題である。「鳥」の例で言えば、仮にこの語が「二つの羽、二つの足があり、空を飛び、囀ることができ、玉子を生む」の概念を凝縮するものとすると、<すずめ>はそれに典型的に合致するが、他方<鶏>は、十分に空を飛べない点で、また<ペンギン>は、空を全く飛べない点で、適用が周辺に追いやられる。語の適用性において、前者は 'prototype'、後者は 'fuzzy edge' に位置付けられる。周辺部分では、読者の判断に揺れがあっても不思議ではない。これは、§12.2〜§12.5 で見た語の多義性（語用論的な意味も含む）、いずれが中心的か付随的かという問題とは一線を画する。

'fuzzy edge' の問題として、frend/shipe と gentil/esse を取り上げた。

frend/shipe は通例男女の愛には適用されない（下記の 67）1.a を見よ）。しかし、そのような愛に適用されると、読者はどのように読み取るか。また gentil/esse は通例社会的・道徳的価値に言及する（下記の 77）1, 2, 3）。しかし、それが男女の愛に適用されると、読者はどのように読み取るか。ここには 'fuzzy edge' の問題が生じている。

12.6.2. 検証
12.6.2.1. frend/shipe の場合

「友情」は、*Amis and Amiloun* の＜道徳的な価値に優先させて友達の願いを叶える＞に端的に見られるように、中世において人間関係の強い絆を表す重要な徳目であった。事実、*Troilus and Criseyde* でも Troilus と Pandarus、叔父 Pandarus と姪 Criseyde、Troilus と彼の兄弟 (Deiphebus)、Criseyde と Troilus、Criseyde と Diomede 等、様々な社会関係で用いられている。辞書的に見ると、OED は 'frend' について、67) のように規定している。

67) 1. a. 'One joined to another in mutual benevolence and intimacy' (J.). Not ordinarily applied to lovers or relatives (but cf. senses 3, 4).   a1000--
 2. Used *loosely* in various ways: e.g. applied to a mere acquaintance, or to a stranger, as a mark of goodwill or kindly condescension on the part of the speaker.   c1290--
 3. A kinsman or near relation.   c1200--
 4. A lover or paramour, of either sex.   1490--
 5. a. One who wishes (another, a cause, etc.) well; a sympathiser, favourer.   c1205--
 6. a. As opposed to *enemy* in various senses: One who is on good terms with another, not hostile or at variance.   a1000--

中世の典型的な用法 (OED 1.a) は、Troilus が愛を知ることで精神面で大きく成長するところに見られる。68) のように、「友好性」は「気高さ」、「寛大さ」等と共に騎士の主要な徳目の一つである。

68) For he bicom *the frendlieste wight*,
　　The gentilest, and ek the mooste fre,
　　The thriftiest, and oon the beste knyght
　　That in his tyme was or myghte be;　　Tr 1.1079-82

しかし、frend/shipe が Troilus と Criseyde ないし Criseyde と Diomede の男女の関係に適用される時、社会的というよりは人間個人の感情がクローズアップする。OED 1.a のように、通常は 'lovers' には適用されないのである。この語は当該の恋愛行為が社会基準に抵触するが、しかし体面上社会的に相応しい言い方が要請される、といった境界領域に現れている。語と行為が微妙なぶれを起こしてくる。

Pandarus は Troilus の愛を Criseyde に伝え、かつ受け入れるように諭す時、それが社会通念に抵触し、彼女は断らざるを得ないことを熟知している。そこで彼が工夫するのが、「友好的な表情」ないし「友情愛」という言い方である。Pandarus は、69) のように、誠実で高貴な騎士 Troilus は彼女の「友好的な表情」のみを望んでいると言う。

69) "Allas, he which that is my lord so deere,
　　That trewe man, that noble gentil knyght,
　　That naught desireth but *youre frendly cheere*,
　　I se hym dyen, ther he goth upryght,
　　And hasteth hym with al his fulle myght
　　For to ben slayn, if his fortune assente.　　Tr 2.330-5

Troilus と Criseyde の接触方法は視覚的な段階に留まっている。[38] しかし、Pandarus は、「友情」が今後「愛」に発展することを見通していた

ように思える。このような脈絡で現れるのが「友情愛」(love of frendshipe) である。この連語は、本作品で計 5 回 (2.371, 2.379, 2.962, 3.1591, 5.1080) 現れる。最初の 3 つは Pandarus が Criseyde に対して Troilus と Criseyde の恋愛関係を含意して用いている。4 つ目は語り手が Troilus が Pandarus に抱く友情を記述している。最後の例では Troilus との約束を果たせなかった Criseyde が彼との人間関係に言及している。70) は Pandarus が Troilus が Criseyde の所に行き来しても世間のものは「友情愛」と考える、と述べるところである。

70) Men wolde wondren sen hym come or goon,
　　Ther-ayeins answere I thus anoon,
　　That every wight, but he be fool of kynde,
　　Wol deme it *love of frendshipe* in his mynde.　Tr 2.368-71

MED は love of frendshipe を 'friendly affection, Platonic love' (1. (b)) と規定し、2.371 の例を引用している。二重プリズム構造の現象の切り取り手、第一プリズムの Pandarus は、Crisyede が安心して応じられるようにこの意味を響かせたであろう。第二プリズムを形成する当事者の Criseyde はそのように信じて応ずることが可能である。しかし、広いコンテクストを見通している第二プリズムの読者には、深層では Pandarus は彼女と Troilus の愛の発展的な段階をイメージしていたように思える。

　Pandarus は 71) でも、そのような「友情愛」は町の至る所にあると強調している。

71) And ek therto, he shal come here so selde,
　　What fors were it though al the town byhelde?

　　"*Swych love of frendes* regneth al this town;
　　And wre yow in that mantel evere moo,　　Tr 2.377-80

直後の wre yow in that mantel evere moo (2.380) は、Pandarus のこの句に対する意図を覗かせている。これは倫理的というよりは打算的な観点からものである。この観点は遡及的に「友情愛」に作用し、その適用範囲は 'fuzzy edge' に追いやられる。

　Pandarus は 72) のように、Troilus に「友情愛」を獲得してやったと告げる。

　　72)　"For thus ferforth I have thi werk bigonne
　　　　　Fro day to day, til this day by the morwe
　　　　　Hire love of frendshipe have I to the wonne,
　　　　　And therto hath she leyd hire feyth to borwe.　　Tr 2.960-3

当該句はまるで戦利品のように「獲得した」(wonne) と共起している。Gaylord (1966: 255) は、'"Love of frendshipe," within Pandarus' practice, is part of the game of love; it is a means of achieving an intimacy which can be further exploited.　Its tactical advantage lies in the general connotations outside of the garden of romance ....' と述べて、その戦略的な含意に注意している。また love は本作品において、性愛 (amor/ous) にも、また宗教的な愛 (charite) にも適用され、潜在的に両義的であることは既に指摘した。（§6の主題の曖昧性を参照。）Pandarus は本来抽象的で指示対象が不明瞭な当該句を、打算的で実益的な観点に大きく引き寄せ、結果、読者に対し 'fuzzy edge' の問題を引き起こしている。(Cf. Patterson (1987：137) 'to hide *amor* under *amicitia*')

　Criseyde は Diomede に屈するが、§10.2 の法性（§10の49））で述べたように、彼女の悔悛と釈明を通して自己回復する。そして 73) のように、Troilus に対して「あなたが嫌になることはない、あなたは私から友情愛が得られる」と立場を逆転したような論理を展開する。

73) "And certes yow ne haten shal I nevere;
　　　And *frendes love*, that shal ye han of me,
　　　And my good word, al sholde I lyven evere.　　Tr 5.1079-81

Criseyde は裏切りの後、Troilus に対し自分を上位に置き、寛大に振る舞うことで何とか体面を保っている。

　Criseyde は Troilus への手紙、74) で「あなたの情け深い言葉と友情を願っている、だってあなたは友人として私を信頼できるのだから」と述べている。

74) But in effect I pray yow, as I may,
　　　Of youre good word and of *youre frendship* ay;
　　　For trewely, while that my lif may dure,
　　　As for *a frend* ye may in me assure.　　Tr 5.1621-4

二人の愛が終わった段階での frendship の嘆願は、皮肉にも二人の関係の最も消極的な段階を告白したものである。当該語の積極的な価値は大きく後退している。

　Diomede は、75) で Criseyde に対して友達になることを誓い、性急に彼女への奉仕を申し出ている。また 76) は彼女が Diomede の「友情」に謝意を表したものである。

75) "And by the cause I swor yow right, lo, now,
　　　To ben youre *frend*, and helply, to my myght,
　　　And for that more aquayntaunce ek of yow
　　　Have ich had than another straunger wight,
　　　So fro this forth, I pray yow, day and nyght
　　　Comaundeth me, how soore that me smerte,
　　　To don al that may like unto youre herte;

> "And that ye me wolde as youre brother trete,
> And taketh naught *my frendshipe* in despit;   Tr 5.127-35

76) But natheles she thonketh Diomede
    Of al his travaile and his goode cheere,
    And that hym list *his frendshipe* hire to bede;   Tr 5.183-5

Diomede の意図は、言葉巧みに彼女の愛を勝ち取ることにある。彼の意図では、通常の「友情」の境界内には収まらないものである。Gaylord (1966: 262) による 'His progress from "frendshipe" to "love" is accomplished in a few lines, rather than over many months and through several books' の指摘は注意に値する。他方、Diomede の「友情」に対して Criseyde が表した謝意は、彼に更に積極的に求愛を促す口実になる。[39]

以上のように、frend/shipe の概念とそれが写し出す世界の対応を調査した。両者の関係は一見 'prototype' に位置付けられる。しかし、第一プリズムである人物が社会通念から逸脱する行為をこの語で正当付ける時、その妥当性は第二プリズムの読者に程度問題、即ち、'fuzzy edge' の問題を引き起こし、かくして曖昧になる可能性を検証した。

12.6.2.2. gentil/esse の場合

gentil/esse は、frend/shipe 同様に中世社会における重要な価値語で、封建主義、宮廷理念、宮廷風恋愛等に深く係わって「生まれのよさ、気高さ、心の寛さ」を表した。OED は gentil を 77) のように規定している。

77) 1. a. Of persons: Well-born, belonging to a family of position;
        originally used synonymously with noble, but afterwards
        distinguished from it, either as a wider term, or as

designating a lower degree of rank.　a1225--

2. a. Of birth, blood, family, etc.: Honourable, distinguished by descent or position, belonging to the class of 'gentlemen'. (Cf. 1.)　a1300--

3. a. Of persons: Having the character appropriate to one of good birth; noble, generous, courteous. Freq. in the phrase *a gentle knight*.　Now only *arch.*　1297--

Chaucer においてこの概念の重要さは繰り返し強調されている。WBT で老婆が若い騎士に行う寝床の講義、MancT で語り手がハイライトを当てる挿入的なモチーフの一つ、あるいは短詩 *Gentilesse* がそれである。*Troilus and Criseyde* では Criseyde に対して繰り返し印象付けられる Troilus の属性、あるいは Criseyde が逆境にいる Troilus に示す慈愛として用いられている。この語が Troilus の騎士としての気高さ、また宮廷恋愛の理念をストレートに言及する時は、行動とのミスマッチは見られない。しかし、Criseyde が Troilus の愛を受け入れる時には、微妙な扱い方がされている。彼女は寡婦であり、喪に服した状態で登場する。宮廷恋愛の伝統では確かに彼女の姦通（adultery）は保障されるが、第一プリズムの背後にいる Chaucer は、§6 のテクスト構造で述べたように、この道徳規律をストレートに取り入れるには当時の現実社会との妥協点を見つけざるを得なかった。Chaucer は、第二プリズムである読者の社会的な反応を想定して、登場人物の言動を特徴付けている。

　gentil/esse は、Pandarus が Criseyde に Troilus の愛を受け入れるよう説得する時、Criseyde が Troilus の愛を受け入れる時、また彼女が Troilus をベッドに迎える時、その論拠として用いられている。Pandarus は、当該行為が社会通念に抵触することを熟知しており、社会的な根拠を盾にとりながら、二人の愛を動かしてゆく。このようなヴェールを通して、その使用は 'prototype' から 'fuzzy edge' に追いやられる。第二プリズ

ムの読者は妥当性のあるものとして読みとったり、社会通念とのずれを感じたり、あるいは弱い立場にある Criseyde(根拠を前提に前進するしかない)に共感したりし、読みが別れるのである。Burnley (1979: 170) の言う 'gentil man' の、'tyrant' でもないまた 'philosopher' でもない動的な性質、'human nature' が端的に表されている。

　Pandarus は、gentil/esse を Troilus の愛を叶える手段(実益目的)に引き寄せて用いている。Troilus の愛を Criseyde に打ち明ける際、78)のように、彼の賞賛(誠実さ、高貴さ、気高さ)を怠らない。

78) a. And ek his fresshe brother Troilus,
　　　The wise, worthi Ector the secounde,
　　　In whom that alle vertu list habounde,
　　　As alle trouthe and *alle gentilesse*,
　　　Wisdom, honour, fredom, and worthinesse."　　Tr 2.157-61

　b. "Allas, he which that is my lord so deere,
　　　That trewe man, *that noble gentil knyght*,
　　　That naught desireth but youre frendly cheere,
　　　I se hym dyen, ther he goth upryght,　　Tr 2.330-3

78) a は、Hector に次いで Troilus を賞賛した個所である。Criseyde に Troilus の愛を打ち明ける重要な導入部になっている。彼女は Pandarus の見解に同意している。78) b は彼の愛を打ち明けた後のものである。Troilus が騎士としての理想的な属性に恵まれ、その彼が愛のために動揺し、死に瀕していることを強調している。Burnley (1979) の言う、'tyrant' に対する 'gentil' のイメージを彷彿とさせる。

　Troilus の gentilesse は、Criseyde によっても以後重要な局面で繰り返し注意されている。凱旋する Troilus を見て、彼の特徴が外面から内面へとリストされていることは、§7の話法と§8の談話構造(語順と情報構

12. 言語領域の曖昧性：語

造）で指摘した。リストにおいて gentilesse (2.701-2, 2.1265-8) は最後に置かれていた。Criseyde は Pandarus の仕掛けで Deiphebus 邸において初めて Trolius と対面する。彼女は 79) のように Troilus が trouthe と gentilesse を敬うことを前提に彼の奉仕を受け入れようとする。

79) "Myn honour sauf, I wol wel trewely,
    And in swich forme as he gan now devyse,
    Receyven hym fully to my servyse,

    "Bysechyng hym, for Goddes love, that he
    Wolde, in honour of trouthe and *gentilesse,*
    As I wel mene, ek menen wel to me,
    And myn honour with wit and bisynesse
    Ay kepe; and if I may don hym gladnesse,
    From hennesforth, iwys, I nyl nought feyne.   Tr 3.159-67

Troilus は理想的な騎士に相応しく振る舞うことで、彼女の名誉が保たれ、かくして受け入れられるのである。しかし、彼女の名誉が保たれることが必ずしも道徳的な問題の解消とはならないことに注意すべきである。

　Pandarus に再度注目してみよう。彼は Troilus に対して、80) のように、彼の gentilesse を Criseyde に信じ込ませた、と彼の方略を明かしている。

80) "That is to seye, for the am I bicomen,
    Bitwixen game and ernest, swich a meene
    As maken wommen unto men to comen;
    Al sey I nought, thow wost wel what I meene.
    For the have I my nece, of vices cleene,
    So fully maad *thi gentilesse* triste,

> That al shal ben right as thiselven liste.   Tr 3.253-9

Pandarus にとって、gentilesse は Criseyde に Troilus の愛を受け入れさせるための手段 (meene) で、それは「遊びと真面目」(game and ernest) の中間に追いやられている。Troilus は Pandarus の恋の橋渡しの役割 (swich a meene 3.254) を bauderye (3.397) ではなく And this that thow doost, calle it gentilesse, / Compassioun, and felawship, and trist (3.402-3) と述べている。§9の発話意図でも扱ったように、これはあくまでも彼の判断である。事実は彼の否定した bauderye で、gentilesse はむしろ彼の哲学が構築した虚構であると言うべきある。

Pandarus が彼の家に逗留する Criseyde に Troilus を迎え入れるよう説得する時にも gentil が使われている。81) は、恋人である Troilus を危険のままに放置すると、その遅延は愚かさではなく悪意からであり、bounte も gentilesse も与えない行為だと豪語するところである。

81) "Now loke thanne, if ye that ben his love
　　Shul putte his lif al night in jupertie
　　For thyng of nought, now by that God above,
　　Naught oonly this delay comth of folie,
　　But of malice, if that I shal naught lie.
　　What! Platly, and ye suffre hym in destresse,
　　Ye neyther bounte don ne *gentilesse*."   Tr 3.876-82

Gaylord (1964: 30) は、'It must be obvious to everyone, both characters and audience, what kind of virtue will result from a midnight colloquy in a private room' とこの場の密室性（秘め事）を注意している。更に Pandarus は、82) で Troilus の「心の敏感さ」に触れ、彼が自殺しかねないと圧力をかける。

82) "This is so *gentil* and so tendre of herte
   That with his deth he wol his sorwes wreke;   Tr 3.904-5

第一プリズムの Pandarus を通すと、gentil の社会・道徳的意味「気高い」が、もっと表層的で物理的な意味、「傷つき易い」に転調してゆくように思える。Criseyde は繰り返し圧力をかけられ、遂に Troilus の受け入れを Pandarus に一任する。彼は 83) のように彼女の「賢さ」ないし「優しさ」を讃えている。

83) "That is wel seyd," quod he, "my nece deere.
   Ther good thrift on *that wise gentil herte!*
   But liggeth stille, and taketh hym right here--
   It nedeth nought no ferther for hym sterte.   Tr 3.946-9

現象を切り取る第一プリズム Pandarus の道徳的な判断 that wise gentil herte (3.947) と彼の打算的で実益主義的な指図 (3.948-9) が併置されている。表現を読み取る第二プリズムの読者に対し両者は微妙な価値の相互作用を引き起こし、曖昧になる可能性がある。

Criseyde は Troilus が突如彼女の寝室に現れて当惑するが (3.956-9)、Pandarus は素速く Troilus を 84) のように形容する。

84) And seyde, "Nece, se how this lord kan knele!
   Now for youre trouthe, se *this gentil man!*"
   And with that word he for a quysshen ran,
   And seyde, "Kneleth now, while that yow leste;
   There God youre hertes brynge soone at reste!"   Tr 3.962-6

ここでも 83) 同様に道徳的な表現 this gentil man (3.963) の後、間髪を入れず打算的な「クッションを取りに行く」(3.964) が併置されている。gentil は、'fuzzy edge' に追いやられ、読者がいずれの視点を重視するか

で意味に揺らぎが生ずる。

　CriseydeはTroilusの釈明を聞いた後、彼の行為をgentilesse (3.1036) によるものとして許し、また語り手も愛するものはgentilesse以外のことは意図しないと85) のように彼の行為を認めている。

　85) ... for every wyght, I gesse,
　　　That loveth wel, meneth but *gentilesse*.　　Tr 3.1147-8

85) の2行について、Gaylord (1964: 30) は、'representative of the controlled ambiguity that Book III displays' と指摘している。更に語り手は、二人が愛のクライマックスに及んだ時、86) のように彼女がTroilusの理想的な属性（worthynesse, gentilesse等）を胸に納めたと強調している。

　86) Criseyde also, right in the same wyse,
　　　Of Troilus gan in hire herte shette
　　　His worthynesse, his lust, his dedes wise,
　　　His gentilesse, and how she with hym mette,
　　　Thonkyng Love he so wel hire bisette,　　Tr 3.1548-52

Troilusのgentil/esseは、以後、CriseydeがTroilusと別れる直前に彼を哀れんだ理由を挙げた時にも、またギリシア陣営で彼女がDiomedeに屈した後、Troilusの手紙に返事を書いた時にも取り上げられている。Eke *gentil* herte and manhod that ye hadde (4.1674)、O swerd of knyghthod, sours of *gentilesse* (5.1591)、そして But now no force. I kan nat in yow gesse / But alle trouthe and *alle gentilesse* (5.1616-7) がそれである。彼女が記述するようにTroilusは「気高く」言葉と行動が最も密接に結びついている人物である。しかし、全体を見通して見ると、彼の恋は「目」で始まり、心が動転し、盲目となる。彼は心理的に成長するものの、この世においては正常な認識を取り戻すことなく死んでしまう

(Cf. The blynde lust, the which that may nat laste 5.1824)。

　最後に、gentil は Criseyde に求愛する Diomede によっても自らを言及して用いられる。87) がそれである。

> 87) And seyde, "I am, al be it yow no joie,
>   As *gentil man* as any wight in Troie.
>
> "For if my fader Tideus," he seyde,
> "Ilyved hadde, ich hadde ben er this
> Of Calydoyne and Arge a kyng, Criseyde!　　Tr 5.930-4

Diomede は gentil の社会的な意味 'well-born'、'honourable' (OED s.v. gentle 1.a, 2.a) に力点を置いているが、それは倫理的意味 'noble'、'generous'、'courteous' (OED 3.a) とも密接に関係し合う。後者が含意されると、彼の使用 (5.771-84) は Pandarus で見たのと同様自分の目的を達成するための手段、'fuzzy edge' に追いやられる。

　以上のように、frend/shipe と gentil/esse は、第一プリズムの人物達によって 'prototype' に引き寄せられているが、彼らの打算や営利を通して同時に 'fuzzy edge' に追いやられる可能性を指摘した。これは第二プリズムの読者に対していずれに重点を置いて読み取るべきか曖昧を促すことを検証した。

12.7. おわりに

　以上、語を二重プリズム構造に位置付けて、いかに曖昧が生起するかを叙述した。人物や語り手は社会通念に抵触するような現象を肯定し、押し進めようとする時、適用幅を持たせて表現する傾向があった。読者はそのような表現に対し発話者の視点を想定し、結果、二様、三様に読みが別れてゆくことを検証した。具体的には、語と語の意味関係 (semantic network)、語の選択と語の背後にある意味といったパラディグマティックな

問題、語に内包される意味のリンクの問題（語義間、語義と含意、語の含意間の緊張関係）、そして語と世界の対応に係わる 'prototype' と 'fuzzy edge' の問題を調査した。ここでは第一プリズムと第二プリズムが活発に相互作用している。視点の動きに応じて語の一つの意味の背後に他の意味が浮かび上がってくること、かくして概念の凝縮性が深まってゆくことが分かった。また語の曖昧性は、§5の間テクスト構造、§7のテクスト構造、§8の談話構造、§9の発話意図、あるいは§11の統語法と相互に協力し合って実現されることも理解できた。

　§13では、言語表現領域の最小単位、声（音）に着目する。音自体には意味はなく、その意味はテクストを構成する他の構成要素（語、統語法、態度、談話構造等）と密接に結びついて生成される。声（音）を二重プリズム構造に位置付け、つまり、読者の調音方法と意味の動きを追いながら、いかに曖昧性が生起するかを叙述してみよう。

13. 言語表現領域の曖昧性：声（音）

13.1. はじめに：二重プリズム構造と声（音）

　Chaucer の作品は「語り」（narration）であり、基本的には語り手の声を通して聴衆に伝えられる。聴衆は語り手の声の音調、つまり、強勢、ポーズ、抑揚等に敏感に反応しながらテクストの意味を受け取ったと考えられる。語り手も眼前の聴衆の反応が分かるだけに、調音の仕方に留意し、積極的にそれを活用したものと想像される。しかし、現代読者の立場から言えば、その調音方法の実状を知ることは決して容易ではない。同一テクストに対し違った調音をすれば、違った意味解釈が可能になる場合は特に注意を要する。Chaucer の調音は固定的で、曖昧性を削除する（disambiguate）するように作用したのか、それとも（繰り返し語る場合、エンターテイナーとして）一定幅を持っていたのかは、容易には結論の出ない問いかけである。

　本章では、声（音）を二重プリズム構造に位置付け、第一プリズムの語り手や人物達の調音法を第二プリズムである聴衆・読者がどのように想定し、解釈が動いてゆくか、そのプロセスを叙述してみよう。*Troilus and Criseyde* は心理的な陰影の濃い作品で、作中難局に置かれ、それを肯定し、克服しようとする際の人物の心理的な葛藤、またそのような人物の境遇に対する語り手の感情移入等が生き生きと描写されている。この時彼らの言語に付随する音調は極めて重要な役割を果たしている。ここでの「声」の探求は作品の言語の意味を捉える上で必然的ですらある。

13.2. 従来の研究と課題

　従来 Chaucer の音声は主として個別音と韻律論的な立場から考察されてきた。Brink (1901)、Southworth (1954)、Robinson (1971)、Sandved (1985)、Fries (1985) 等がそれである。分節音の研究に対し超分節音のそれは、データに不確定性が伴うため避けてこられた嫌いがある。韻律的な問題は大きくは1行の詩行の弱強のパタンを同定することに注意が向けられている。音は音、韻律は韻律という分析的なアプローチの仕方が、このような研究動向を導いたのであろう。このような中で統語法や意味も考慮に入れた融合的な研究、Masui (1964)、Gaylord (1976)、Bowden (1987)、Barney (1993) は注目に値する。特に Bowden の *Chaucer Aloud* での試みは示唆的である。そこでは *The Canterbury Tales* において同一詩行が複数の調音法を許し、その結果複数に解釈される可能性を著名な Chaucer 研究者の朗読の事例を基に検証している。*Troilus and Criseyde* に関して音と意味の融合的研究は今尚検討の余地を残している。

13.3. 我々の立場：二重プリズム構造からの見直し

　第一プリズムである作者は現象をどのように切り取り、語り手や人物にどのような調音をさせたか。また第二プリズムの聴衆・読者の想定する調音法はどのようになものか。本節では、読み手の複数の調音法の選択で、いかに複数の解釈が生成されるかを考察する。§6.3.1 で述べたように、詩人がどのような「声」で語ったかを規定するのは不可能で、推測でしか語ることはできない。我々がここで問題にする意味の段階性は、Chaucer のテクストに対して客観的で固定的な一つの理念を設定するのではない。それは我々がいわばオーケストラの指揮者ないし劇の演出家の役になって、それを音声化してゆく際に生じてくるものである。

　ここで言う「声」は意味に関与する調音法を総合して用いている。Leech (1969: 95-6) の言う 'chiming'、音象徴、そして超分節音的な諸現

13. 言語表現領域の曖昧性：声（音）

象である強勢、音削減、ポーズ、リズム、抑揚等を含んで使っている。「声」は、意味論的な立場から捉えると、1文内ないし1詩行内に限定されるものではない。§3でChaucerの曖昧性の生起はテクスト構成要素の各レベルに限定されるものではなく、レベルを跨ってもいることを述べた。本節で扱う「声」も一つのレベルとして設定した。しかし、この「声」自体には意味はない。音は、あるまとまった形、即ち、語や統語構造、談話構造、更には話者の心的態度等と連関して初めて意味が与えられるものである。ここでは音が強く係わって生起する曖昧性を、意味の特質に応じて1)のように大きく3つに分けた。

1) a. 命題内容的意味
   b. 情報構造的意味
   c. 対人関係的意味

1) aは強勢、ポーズ、抑揚等の調音法で、語の意味範囲ないし文法構造が影響を被る場合である。§11の統語法及び§12の語の曖昧性（曖昧性のカテゴリーIII）に係わる。1) bは調音法で、談話の情報の新旧に揺れが生ずる場合である。§8の情報構造の曖昧性（曖昧性のカテゴリーI）に密接に係わる。1) cは調音法を通して当該命題ないし記述対象に対する話者の態度が変容する場合である。これは§9の話者の意図や§10の話者の判断・評価（曖昧性のカテゴリーII）に密接に係わる。一口に「声」の曖昧性と言っても、この1) a, b, cがあり、その各々で検討されなければならない。しかし、これら3つは分離して現われるわけではない。それらは軽重をなして一つの構造体に相互に重なり合って現れている。そして重なり合う分、意味解釈の広がりを見せている。以下では、解釈上1) a、b、cがどのように相互作用し、多音声（polyphony）を生み出すのか、各々に依拠する意味を明記して記述することにする。

13.4. 曖昧性の検証

　Leech (1969) の 'chiming' は、類字音を通して違った語が意味的に関係付けられ、相互に重なり合うことをいう。Jakobson (1960) が詩的機能として規定する 'The poetic function projects the principle of equivalence from the axis of selection into the axis of combination' (358) の実例、'I like Ike' に相同するものである。ここでは主として 1) a、つまり、意味範囲が大きく影響を受ける。2) の文脈はこうである。4月の Palladion の祭日にトロイの人々が寺院に参拝する。その中で一際人目を引くのが Criseyde である。

2) Among thise othere folk was *Criseyda*,
　　In widewes habit blak; but natheles,
　　Right as oure firste lettre is now an *A*,
　　In beaute first so stood she, makeles.　　Tr 1.169-72

A (1.171) は、アルファベットの 'A' であるが、脚韻を介して宮廷夫人 Criseyda (Criseyde の異型) と共鳴する。Criseyda は美しさの最上位 'A' と、また美しさの最上位 'A' は Criseyda と二重写しになる。更に、A の 'chiming' は言語外的 (extralinguistic) に拡がり、頭韻を介して当時の Richard 王の后、Anne of Bohemia を連想させたかもしれない。*Troilus and Criseyde* の Corpus 写本の Frontispiece のように、王と后は聴衆に含まれていた可能性がある。[1] 類字音を介した語の連結は基本的には読者の記憶に関係し、呼び出しが可能な語のストック (Cf. engram) に依存する。[2] また A の直後の makeles (1.172) は、Criseyda (あるいは Anne) と A の結束性を強化する上で効果的である。[3] この例は 1) a が中心的に作動し、語の意味幅が拡張され、結果曖昧性が醸し出される。

　Troie-joie (rejoie の 1 回も含む) の脚韻は本作品で反復的に現れ (全部で 31 回)、しかも両語は脚韻においてこの形以外のフェローを持たず、

その相互予測性は極めて高いものである。同時にこの脚韻ペアは反復し、対照的な文脈を跨っており、その残像効果（§8を参照）には注意を要する。Masui (1964) が指摘したように、二人の愛の展開的・上昇的な場面では肯定的に共鳴し合うが、他方、二人の愛が不安定になり、破綻する下降的な場面では前者の残像を残す分、肯定・否定の微妙な意味の緊張を作り出している。ここでの 'chiming' は、語と語のレベルと同時にそのペア同士が談話上反復・共鳴するという二重のレベルで作用している。

二人の愛が始まる Troilus の凱旋場面では、Troie-joie の 'chiming' は肯定的文脈で 3) のように生ずる。

3) And ay the peple cryde, "Here cometh oure *joye,*
   And, next his brother, holder up of *Troye!*"   Tr 2.643-4

Antigone は恋の受け入れに躊躇する Criseyde に対し愛の讃歌を歌い上げる。誰が作ったかの質問に、3) 同様肯定的文脈で 4) のように響かせる。

4) "Madame, ywys, the goodlieste mayde
   Of gret estat in al the town of *Troye,*
   And let hire lif in moste honour and *joye.*"   Tr 2.880-2

しかし、二人の愛が破綻する段階では 5) のように否定的文脈で使われる。

5) Ful rewfully she loked upon *Troie,*
   Biheld the toures heigh and ek the halles;
   "Allas," quod she, "the plesance and the *joie,*   Tr 5.729-31

同様否定的文脈で Troy 崩壊の運命は 6) のように描写されている。

6) Fortune, which that permutacioun
   Of thynges hath, as it is hire comitted ...

> Gan pulle awey the fetheres brighte of *Troie*
> Fro day to day, til they ben bare of *joie*.　　Tr 5.1541-7

このような一連の脚韻ペアは、1）a の観点では語と語の相互作用が見られ、1）b の観点では脚韻ペアが文脈の推移を伴い反復する新旧情報の重なり合い（残像効果）が見られる。このように第二プリズムの読者に対し意味が重層的になり、曖昧性が生起する可能性がある。

脚韻ペアの二重レベルの反響は trouthe（untrouthe も含む）- routhe（17 回）にも観察される。両語は他のフェローを持つこともできるが、本作品を見る限り頻度的にはこの脚韻ペアが圧倒的に多い。sterve-serve（12 回）そして place-grace（16 回）も同様なことが言える。いずれも上昇的・下降的場面に跨って使用されている。[4]

頭韻及び類音（assonance, consonance）を通して語と語の相互関係が促進され、意味の共鳴が生ずる場合がある。Troilus が自分の恋を Criseyde に打ち明けられない時、Pandarus は 7）のようにそのマイナス面を教え諭す。その時の頭韻・類音は注目に値する。

> 7) *Unknowe, unkist*, and *lost* that is *unsought*.　　Tr 1.809

語頭音の /un/（Unknowe-unkist-unsought）、語中音の子音 /k/（Unknowe-unkist）、語尾音の子音 /st/（unkist-lost）、語尾音の子音 /t/（unkist-lost-unsought）、そして母音の類似 /ɔ/ と /ɔu/（Unknowe-lost-unsought）を通して、語の相互作用が活性化される。また総ての動詞が受動態であり、これらの語の結束性に拍車がかかっている（Cf. iconicity）。これも Jakobson (1960) が言う「等価の原理が選択軸上から結語軸上に投射された」例である。1）a が中心的に働き、4 語は互いに臨時的な多義性を生成し、結果、曖昧性が読み取れる。

8) は、/al/ に関係して頭韻、脚韻、類音の全てが協力し合った例である。§10 の法動詞で取り上げた用例（§10 の 49)) の一部である。これ

は既に述べたように、CriseydeがTroilusを裏切った後、その行為を恥じ、世間の酷評を想定して嘆いた時のものである。7)同様に等価の原理が結合軸上に執拗に反映している。

 8) "*Allas*, of me, unto the worldes ende,
   Shal neyther ben ywriten nor ysonge
   No good word, for thise bokes wol me shende.
   O, rolled *shal* I ben on many a tonge!
   Thorughout the world my belle *shal* be ronge!
   And wommen moost wol haten me of *alle*.
   Allas, that swich a cas me sholde *falle!* Tr 5.1058-64

この連の開始行の最初の語 Allas (5.1058) の /al/ は以下の行に反復し、Shal (5.1059, 1061, 1062)、alle (5.1063)、そして再びこの連最終行の最初の語 Allas (5.1064)、最後にこの連の最後の語 falle (5.1064) に連なっている。alle (5.1063) と次行の Allas (5.1064) は頭韻で、alle (5.1063) と falle (5.1064) は脚韻で連関性が強められている。その他にも類似の音効果があるものとして /ɔl/ が挙げられる（rolled (5.1061)、sholde (5.1064)）。また /l/ の流音は音象徴的に機能し、Criseyde の悪評の流れ、また彼女の感情の流れといった効果を出しているように思われる。1) a から見ると、第一プリズムを通って生み出される Criseyde の嘆き（Allas）、自分の裏切り行為に対する世間の酷評（rolled, alle）、そうなるべき宿命（shal, falle）といった概念が、第二プリズムの読者に対し相互に予測され、曖昧性が生み出される可能性がある。5)

 9) は既に§8の談話構造（§8の2））と§11の統語法（§11の23））で取り上げた。「声」の観点から見直してみよう。コンテクストはこうである。TroilusはCriseydeに恋するが、彼女に打ち明けられず悩んでいる。彼の友達であり、また彼女の叔父でもあるPandarusはこれに気付き二人の橋渡しをし、何とか彼の願望を叶えてやろうとする。Pandarusは

このために彼女の家を訪れ、彼と彼女の人間（信頼）関係を確認する。

9) "For, nece, by the goddesse Mynerve,
　　And Jupiter, that maketh the thondre rynge,
　　And by the blisful Venus that I serve,
　　Ye ben the womman in this world lyvynge--
　　Withouten paramours, to my wyttynge--
　　That I best love, and lothest am to greve;
　　And that ye weten wel youreself, I leve."　　Tr 2.232-8

既に指摘したように、Withouten 句前後のポーズの置き方で、読み取りが違ってくる。1) a から見ると、ポーズの置き方で文法関係が変化している。Pandarus は「恋人を除けば、最も愛している女性だ」と Criseyde との信頼関係を確認する（Withouten 句の前にポーズ）。他方、「Criseyde は愛人なしに生きている」ことを示唆する（Withouten 句の前のポーズを削減する）。これは寡婦で喪に服す彼女に対して非倫理的な含みがある。更に言えば、両解釈の保留である（Withouten 句の前後にポーズ）。「声」の違いにより、文法関係だけでなく、人物（関係）のイメージにも違いが生ずる。Pandarus の発話意図はどちらにあるのか、1) c の対人関係的な意味も大きく変わってくる。第二プリズムの読者によって解釈が別れる時曖昧性が生起する。

10) のコンテクストはこうである。Criseyde は Troilus との愛のクライマックスを遂げた後、思いもかけない難局に遭遇する。捕虜交換でギリシア側に引き渡され、またそこでは騎士 Diomede の執拗な求愛を受けることになる。この難局において彼女は遂に Diomede を受け入れる。その直後罪悪感を抱きつつ独白する。この例は、§10 の法性（§10 の 49））と §11 の統語法の考察においても取り上げた。

13. 言語表現領域の曖昧性：声（音）

10) "And certes yow ne haten shal I nevere;
　　 And frendes love, that shal ye han of me,
　　 And my good word, al sholde I lyven evere.
　　 And trewely I wolde sory be
　　 For to seen yow in adversitee;
　　 And *gilteles, I woot wel, I yow leve.*
　　 But al shal passe; and thus take I my leve."　　Tr 5.1079-85

形容詞の gilteles は、§10 と §11 で指摘したように、代名詞 I か yow、あるいはその双方と結びついて命題意味が成立する。これは 1）a の文法関係から見た意味である。I yow leve の韻律は、I が強く、yow は弱く調音される。1）b の情報的な立場から見れば、I に相対的に高い情報量が与えられる。「（あなた (Troilus) とお別れする）私には罪がない」という 1）a の文法関係が浮き立つ。中世においては「裏切り」は大罪で、彼女が意味する「自分には罪がない」は、その分大胆で新しい人間像である。事実、彼女は国家的な捕虜交換の決定で、ギリシア陣営に行くことを余儀なくされ、その地で騎士 Diomede にトロイの滅亡を脅かされ、強く求愛される。このような外圧に対し生産的に自分の生の可能性を探ったのである。これは作られた人間像ではなく、難局に対応する生身の人間の在りようである。この意味は、1）c の対人関係から見ると、第一プリズムである Criseyde の発話意図を第二プリズムの読者がどのように解釈するかに依拠している。

他方、Chaucer の gilteles は、§10 で指摘したように、1）a の文法関係から見ると、目的語 yow との関係が否定できない。「（あなたとお別れするが）あなたには罪はない」が意味付けられ、相手に罪のないことを認めて自分の罪を悔いる理想的な女性像、1）c の態度的な含意が浮上する。もしこの関係が自然とすれば、統語的な予測と I を強める調音のぶつかりが想定される。このような違和感は第二プリズムの聴衆に解釈上の揺れな

いし混乱を引き起こした可能性がある。

更に I woot wel はどのように調音されるか。この点は§10の法動詞の分析で既に指摘した。「声」の観点から再認識しておこう。この句は挿入的な法動詞で、ポーズをとって現れ、少し上昇調になると考えてみよう。そこでは、話者の命題内容の断定性は和らげられる。Benson 版の句読点はこの読みを示す。他方、この句は woot の原義「認識する」を留めており（§10を参照）、I woot wel の後ポーズなしに下降調になると考えてみよう。（補文のマーカー that がないとは言え）そこでは複文構造の上位文になり、発話内容を事実として断定する言い方になる。Donaldson (1975) では I woot wel の前後に句読点のないことを§10で指摘した。ここでの「声」の問題は、1) c の命題に対する話者の判断・評価（断定性の度合い）、更には第二プリズムの読者が想定する Criseyde に対する人物観に係わる。命題 1) a も曖昧だが、それに対する心的態度 1) c も同じく曖昧である。

このようなポーズと抑揚の違いが文法、情報、態度の違いを表す類例として、11)、12) がある。

11) Ne nevere mo ne lakked hire pite;
    Tendre-herted, slydynge of corage;
    But trewely, I kan nat telle hire age.   Tr 5.824-6

12) And Signifer his candels sheweth brighte
    Whan that Criseyde unto hire bedde wente
    Inwith hire fadres faire brighte tente,

    Retornyng in hire soule ay up and down
    The wordes of this sodeyn Diomede,
    His grete estat, and perel of the town,

13. 言語表現領域の曖昧性：声（音）

> *And that she was allone and hadde nede*
> *Of frendes help;* and thus bygan to brede
> The cause whi, the sothe for to telle,
> That she took fully purpos for to dwelle.　　Tr 5.1020-9

11）は、Criseyde が Diomede に屈する直前に語り手が挿入した彼女の性格描写の最終部分である（§12.2 を参照）。前半の句 Tendre-herted を少し上げて調音し、ポーズを取って、後半の句 slydynge of corage に繋ぐ場合は、両者の結びつきに譲歩的な含みが生じてくる。他方、ポーズなしに一気に読めば、「即ち」と両者の等位の関係が浮き立たされ、かくして彼女の性格の評価（プラス・マイナスのイメージ）は抑制される。「声」の調音により、1) a の文法関係と 1) c の心的態度が変容する。またどちらの句をより強く読んだのか。つまり、次第に弱く（in decrescendo）読んでゆくのか、逆に強く（in crescendo）読んでゆくのか。ここでは 1) b の情報価値が違ってくる。この価値は人物観に密接に係わるため、1) c の問題でもある。このように表現である調音法を基に第二プリズムの読者は第一プリズムの発話者（語り手、人物）の切り取り方を想定する。複数想定できる時、曖昧性が生み出される。

12）は、Diomede に屈する前の Criseyde の心理状況である（§11 の 34) を参照）。「声」の観点から読み直してみよう。分詞構文 Retornyng … は、連の切れ目という点で、ポーズが介在し、後ろに主節があることが期待される。しかし、Peasall (1996: 26) が指摘するように、主節ではなく and thus bygan to brede … (5.1027) が続いている。分詞構文は主節との関係付けが遊離的になり、第一プリズムの Criseyde が裏切りへの係わりを回避しようとする心理が読み取れる。しかし、第二プリズムの読者はもっと柔軟に Retornyng の前後のポーズを調節して、連と連を句跨りしたり、また and thus bygan to brede / The cause whi … に対し他動詞構文のような統語関係（§11 を参照）を経験することも可能であろう。

そこでは Retornyng の主体 Criseyde が浮かび上がってくる。ポーズのあり方により 1) a の文法関係と 1) c の発話意図が変わるのである。

13) は、Diomede が Criseyde に求愛する時の彼の表情・反応の一つ一つに語り手がスポットを当てたものである。

 13) And with that word he gan to waxen red,
   And in his speche *a litel wight* he quok,
   And caste asyde *a litel wight* his hed,
   And stynte a while; and afterward he wok,
   And sobreliche on hire he threw his lok,
   And seyde, "I am, al be it yow no joie,
   As gentil man as any wight in Troie. Tr 5.925-31

a litel wight が2度繰り返されているが、弱強のリズムは韻律的にも自然なスピーチの調音としても同じである。しかし、この句をポーズを置かないで平坦調（ないし下降調）で読むのとわざとらしく少し前後にポーズをおいて上昇調で読むのとでは、この句の読み取りが違ってくるように思える。Diomede が Criseyde を釣り針で引っかけ、自分のものにしようとしていることは、既に知らされている（5.771-7）。この延長線上で捉えると後者の調音で「わざとらしく声を震わせた」と取れる。しかし、彼の顔色が赤くなったことから判断して、ひっかけるつもりが、彼女の魅力に魅せられて、思わず「声が震えた」とも取れる。これは前者の調音で表されよう。打算ずくめの彼も彼女に接して思わず熱い人間的気持ちを覚えたことになる。従来の悪のイメージとは違った彼の生身の人間像が垣間見られる。「声」の調音は、語り手の心的態度 1) c に影響を及ぼす。（§9の発話意図を参照のこと。）

14) は、Troilus の真摯な愛の告白を聞き入れて、Criseyde もまた彼への忠誠を誓うところである。

 14) "Now God, thow woost, in thought ne dede untrewe

13. 言語表現領域の曖昧性：声（音）

  To Troilus was *nevere yet* Criseyde." Tr 3.1053-4

15) は、Criseyde が Diomede の求愛に対し自分が現在どのような心的状況にあるかを示したものである。

 15) What I shal after don I kan nat seye;
   But trewelich, *as yet* me list *nat* pleye. Tr 5.986-7

否定の焦点（否定の対象で、強く強勢が置かれるところ）がどこかで意味が変わるので注意を要する。14）において強勢が untrewe に置かれて「決して不誠実ではなかった」を意味するのか、それとも強勢が（Criseyde には）意地悪く副詞の yet に置かれて、「今までのところは（不誠実では）なかった」を意味するのか。韻律的には untrewe にも yet にも強勢が置かれている。ここでの「声」は否定の文法関係に関係付けられる点では 1) a に、情報の焦点との関係では 1) b に、そして Criseyde の人物観を左右する点では 1) c に係わる。

 15）では否定の焦点が pleye に来るのか、それとも yet かで意味の読み取りが違ってくる。韻律的には pleye にも yet にも強勢が置かれている。前者だと行為自体の否定が強調されるが、後者だと「今のところ...ない」で、むしろ将来彼の意に添うことを示唆している。これもまた 1) a, b, c が共存した例である。

 16）の文脈はこうである。Criseyde の捕虜交換で Diomede がその引率の任に当たる。彼は計算ずくで途中彼女に求愛する。当該部は語り手が記した彼女の反応である。宮廷貴婦人としての礼儀作法か、ギリシアの地で生き延びるためには許してもよいという自己防衛本能があったのか。

 16) But natheles she thonketh Diomede
   Of al his travaile and his goode cheere,

>   And that hym list his frendshipe hire to bede;
>   And she accepteth it in good manere,
>   And *wol* do fayn that is hym lief and dere,
>   And tristen hym she *wolde,* and wel she *myghte,*
>   As seyde she; and from hire hors sh'alighte.　　Tr 5.183-9

法助動詞 wol、wolde、myghte はいずれも韻律的には強の部分に置かれている。この法助動詞は 1) b の新旧の情報に関係付けると、Criseyde の Diomede への信頼を積極的に表すもので、その分強く彼の期待に応ずるものとなる。このことは Troilus への忠誠に対することになり、1) c で言う Criseyde の人物観に大きな影響を及ぼす。(発話意図の解釈、§9 の 7) も参照。) As seyde she の挿入は韻律上、seyde に強勢があるが、語り手は seyde に 1) b の立場から対比強勢を置いて、「口で言っただけであり、行動は別である」と言っているのか。それともこの句をポーズを置いて浮き立たせ、この句自体の挿入が意味深長で、語り手の予想を超えて(思っていた以上に積極的に) Criseyde が反応した、と彼女の視点を聴衆に強調したのか。もしそうであれば、ここでの「声」も 1) c の態度的意味に係わる問題である。

17) は、Criseyde が Diomede の求愛に対して、一方でギリシア側を評価し、他方ではトロイを忘れることもできず、二律背反の心理状態で彼に応答する時のものである。(統語法の観点からの分析は §11 の 10) を参照。)

17) And thus to hym she seyde, as ye may here,

>   *As she that* hadde hire herte on Troilus
>   So faste that ther may it non arace;
>   And strangely she spak, and seyde thus:
>   "O Diomede, I love that ilke place

> Ther I was born; and Joves, for his grace,　　Tr 5.952-7

As she that 句は、韻律的には As と that が弱音節である。[6] 従って she とそれを受ける述部動詞が強く読まれる。この弱強のコントラストを 1) b の情報操作に関係付けると、この句は独立した文のように錯覚される。§11 の 6) の例で見たようにそのような異型もあった。しかし、注意深く聞けば、as も that も存在する句を構成しているわけで、この錯覚は取り消される。当該句は、愛した男性を思い続ける宮廷貴婦人の理念が記述されている。1) b の立場で言うと、独立文の場合 she は Criseyde を指す旧情報、句の場合それは「──する人」で総称的な情報として理解される。そして 1) c で見ると、独立文では宮廷貴婦人としての妥当性が強調されるが、句では喩え (simile) のような読みが残り、その妥当性が一歩後退する。Troilus への思いを忘れることなく（独立文の意味）、ギリシア側で同時に Diomede を受け入れてゆくのが（句の意味の含意）、第二プリズムを通して浮上する最も斬新な人物像のように思える。

13.5. おわりに

　以上のように、「声」(音) を二重プリズム構造に位置付け、いかに曖昧性が生起するかを検証した。音は、音独自では意味は生まれてこない。音は語や統語構造 (1) a)、談話構造 (1) b)、更には話者の心的態度 (1) c) と結び付いて初めて意味が生み出される。'chiming' や複数の調音法を通して解釈のバリエーションが生み出されること、また 1) a～c が重なり合うことで、多音声 (polyphony) が一層増幅することを検証した。この多音声のために第二プリズムの読者の読み取りが別れ、曖昧になる可能性が理解できた。[7]

　以上、言語表現領域に関していかにして曖昧性が生起するか、二重プリズム構造に位置付け、叙述した。§11 の統語法では Criseyde の属性に言及する表現 as she that を取り上げ、第二プリズムの読者が分析的に取る

か、まとまりとして取るかで曖昧性が生ずることを論じた。また彼女の心変わりを表わす他の統語関係の曖昧性も取り扱った。§12の語では、特にCriseydeの心変わりを表す語の選択とその背後の意味というパラディグマティックな問題に着目し、いかに意味幅のある語が選ばれ、曖昧に繋がってゆくかを検証した。そして§13の声（音）では、第二プリズムの読者が第一プリズムである語り手や人物達の調音法をいかに想定するかで意味が動き、同　詩行が曖昧に読み取れることを明らかにした。

最終章§14に§1〜§13の叙述の要約とこの叙述を通して明らかとなるChaucerの曖昧性の構造を示そう。

14. 結語

14.1. 本研究の要約

　以上のように、*Troilus and Crisyede* を材料にして、その作品の中で曖昧性がいかにして生起するのか、その仕組みの解明を試みた。曖昧性の各タイプを、本論で提案した二重プリズム構造に位置付けて叙述した。以下、考察の結果を要約する。

　§1では研究目的を示した。本論は *Troilus and Criseyde* を材料にして、Chaucer の曖昧性がいかに生起するか、そのプロセスを叙述・解明することを目的とした。この目的を達成するために、重要と考えられるポイントを示した。Ur-text のない Chaucer では話者だけでなく読者の立場も含めた考察が必要である。テクストを構成する要素間に度合い差が生ずる時、曖昧は否定できないものとなる。読者の推論方法に留意し、テクストの種々のレベル、及びレベルを跨った調査をする必要がある。このような点を踏まえた Chaucer の曖昧性の研究は未だ十分ではないことを指摘した。

　§2では曖昧性に関する従来の研究を、理論研究と Chaucer の曖昧性の実証研究の二面から批評した。研究成果と同時に課題点を明らかにした。理論研究では中世の修辞学やアレゴリーの伝統が Chaucer の曖昧性の研究にある程度有益だが、むしろ現代の詩学（Jakobson, Bakhtin 等）や言語学の意味論・語用論（Grice, Austin, Lakoff 等）が、意味の細部の分析を可能にする点でより有効であることを指摘した。そこではテクストを読み取る際、書き手の立場だけでなく読み手の立場も考慮し、両者を相互作用させてみることの重要性が指摘されている。意味の創出や拡張に密接に係わる推論方式、近接性と類似性の活用はその一例である。Chaucerにおいてこれらの推論方法は修辞的な一技法を超えて、読み取りの過程を

左右するものである。詩学や意味論ないし語用論の観点は、Chaucer の曖昧性の研究に未だ十分には応用されていないことを指摘した。実証研究では、数多くの研究が Chaucer の曖昧性を取り上げているが、その生起を叙述するフレームが定かでなく、また取り扱う表現項目にも偏りがあり、統一的なアプローチにはなっていないことを指摘した。曖昧性の仕組みの研究は、今尚再考の余地のあることを明らかにした。

　§3では本論の研究方法を記述した。曖昧性の生起プロセスを明らかにするために、それを叙述するフレームとして二重プリズム構造を設定した。現象、個々の現象に対する話者の切り取り方（第一プリズム）、切り取ったものの表現、表現を通して推論する読者の読み取り方（第二プリズム）、そして最後に読者の解釈がそれである。読者は表現を通して話者の視点を想定し、このことかあのことかと話者の意図した現象を推論する。最終的に一つの解釈に絞れない時、曖昧性が生ずる。§1で挙げたサンプル、And gilteles, I woot wel, I yow leve (5.1084) の例を用いて説明した。

　第一プリズムと第二プリズムの関係は複層的である。作品内の人物と人物、語り手と語り手が仮定する聴衆、そして作品の外側にいてその全体を統治する作者と作者同様作品全体を見ることのできる読者がいる。我々はそれぞれの視点を想定し、その間を動きながら最終的に解釈を導く。

　第一プリズムでは中世の人々の二極的で重層的なものの見方・感じ方（聖と俗、真面目と遊び等）、アレゴリカルな物事の認識の仕方、また Chaucer 自身の人間理解の仕方（人間理解が深まると、共感して裁けなくなり、総合的に捉えてゆく）に着目した。更に曖昧性の社会的な要因として、Chaucer が創作した中世当時、言論の自由が希薄であったことも無視できないことを指摘した。Chaucer の曖昧性は初期作品ではアレゴリカルな、また言論の自由がないために表現をぼかした手法が主であったが、中期の *Troilus and Criseyde* では更に心理的な手法が加わり、この点では彼の前後の作品を凌駕するものであることを指摘した。二極的で重層的な認識は後章で示したように種々の発話者（人物、語り手、作者）に

看取できた。第二プリズムを構成する読者は、聞き手である作中人物、作中で仮定された聴衆、更には Chaucer の語りを直接聞いた宮廷の聴衆、15 世紀の写字生、近代刊本の編者、現代の批評家、そして読者 'I' と多様性があることを指摘した。二極的な価値（例えば聖と俗）を重ね合わせて反応できることは、中世の発想そのものであると言うこともできる。読者 'I' は読みの転換装置を務める必要のあることを述べた。

　種々の表現は曖昧性のカテゴリーとして統合した。コンテクストをより包括的に含む上位的なものから狭義のコンテクストからなる下位的なものまで、大きく三分した。最上位にテクスト領域、中間に対人関係領域、そして最も下位に言語表現領域を設定した。テクスト領域は、メタテクスト（§4）、間テクスト性（§5）、テクスト構造（主題、人物の性格、プロット）（§6）、話法（§7）、そして談話構造（§8）に分けた。対人関係領域は発話意図（§9）と法性（§10）に分けた。言語表現領域は統語法（§11）、語（§12）、そして声（音）（§13）に分けた。計、10 のカテゴリーに分けた。

　本論の曖昧性の概念は二重プリズム構造に位置付けて定義し、その種類と数は曖昧性のカテゴリーに即して規定できるものとした。検証手順は、上位的なものから下位的なものへ記述することにし、レベル間を跨って生起する場合はクロスレファレンスで示すことにした。

　§4〜§13 では、いかにして曖昧性が生起するかを、表現ごとに二重プリズム構造に位置付けて叙述した。§4 では、第二プリズムである写字生と現代の刊本の編者の心の動きに着目した。一つの箇所（Criseyde の心変わりの現象）が異同を許し、単にエラーではなく、テクストの潜在的な曖昧性を映し出すことを検証した。例えば、in hire armes か in his armes (5.1240: Criseyde が猪を抱くのか。それとも猪が彼女を抱くのか)の異同は、抱擁自体相互行為であり、差があるとすればそれは主体性の問題である。§5 では間テクスト的な相互作用を考察した。中世におけるアレゴリーや中世の作品創作が翻案をベースにすることから、作品の間テク

スト性は不可避である。それは作品と読者の中間に存在し、第二プリズムの読者がそれを想定するかしないかで作品の意味が影響を被り、曖昧性が生起することを検証した。Boethius の『哲学の慰め』は、中間的なテクストの一つである。Chaucer はその翻訳を *Troilus and Criseyde* の直前に完成させている。彼はその内容に熟知していたと考えられる。第二プリズムの読者が Boethius のオリジナルを想定するか否かで、*Troilus and Criseyde* の「愛」の概念は大きく推移する（3.1744-71：普遍的か主観的か）。§6 ではテクストの主題、人物の性格、プロットを検討した。これは基本的には二重プリズム構造の現象、第一プリズム、表現に対応することを指摘した。読者の推論を通して見ると、いずれも二様、三様に読み取られた。愛の概念には聖と俗が融合し、語り手や人物には権威的な面と人間の生身の在りようが共存し、プロットには性質の異なる出来事（宮廷恋愛の理念と打算的ないし実益主義の観点）の相互作用が見られた。§7 ではとりわけ Criseyde の非倫理的な含みのある言動（現象）に係わって、自由間接話法（3.918-24）のような話法が使用されていることを指摘した。第二プリズムの読者には、語り手の客観的な言説か、それとも Criseyde の主観的な反応か、重点により曖昧になることを検証した。§8 では談話構造における結束性及び語順と情報構造（認識の順序の含意）に着目した。*Troilus and Criseyde* では社会的に問題的な現象は、当事者間で暗黙のうちの了解として省略的で心理的な会話が行われていた。そこでは結束性が必ずしも同定されず、最終的には第二プリズムの読者の推論に委ねられ、曖昧が残った（2.484-97）。また語順が人物の認識を反映するか否かで、意味の違いが生み出されることを検証した。

　§9 では発話の字義的な意味に対する発語内行為（illocutionary force）ないし含意（implicature）に着目した。人物は、社会・道徳的な規制から、たとえ言いたくても直接には言えない場合がある。第一プリズムの含意的な言い方に対し、第二プリズムの読者は読み取りに参加するよう要請される。読者の心の動きで字義的か含意か、複数の意味が想定され曖昧に

なることを例証した。§10では発話内容に対する話者の心的態度に着目し、法助動詞、法副詞、法動詞の意味機能を取り扱った。*Troilus and Criseyde* は人物の心理的な分析が深められた作品であるだけに、法性の使用とそこから生み出される曖昧性は注目に値する。作中人物の問題的な行為（現象）は、白黒明確にするのではなく、第一プリズムの人物の判断・評価を通して、また確実性の度合いの問題として描かれている。法性表現を通して第二プリズムの読者には虚実皮膜の世界が構築され、いずれにも割り切れない時、曖昧性が残った。本作品の心理的な曖昧性が最も端的に現れているところである。(And treweliche, as writen wel I fynde / That al this thyng was seyd of good entente 4.1415-6)。

§11では統語法の曖昧性を叙述した。これは問題的な出来事（Criseyde の心変わり）に対し、第一プリズムの話者は心理的に葛藤していると想定され、その表現が第二プリズムの読者に二様、三様の読み取りを許した（And gilteles, I woot wel, I yow leve 5.1084）。§12では、語の意味関係に見られる曖昧性を叙述した。語の選択と背後にある意味というパラディグマティックな問題を調査した。Criseyde の心変わりに係わって、slydynge (5.825) や pite (5.824) のような概念に多重性があり凝縮性の深い語、あるいは frendshipe のような出来事への適用幅の広い語が使われていた。このような語は、第二プリズムの読者の推論を刺激し、語義間において、また語と対象の対応の仕方について、意味付けが程度問題になり曖昧性が残った。§13では声を介して意味関係が拡がる場合に着目した。Chaucer の「語り」は、周知のように、音声を介して聴衆に伝達された。韻律、強勢、ポーズの取り方、抑揚は意味の創造に深く係わっている。一つの発話において第一プリズムである語り手や人物の調音が第二プリズムの読者に複数想定されると、語の意味範囲や統語法が変わったり（曖昧性のカテゴリーIII）、情報的な意味の新旧情報が交替したり（曖昧性のカテゴリーI）、また対人関係的な意味である発話意図や心的態度が推移したりすること（曖昧性のカテゴリーII）、更にこれら3つは単独

ではなく融合的にも作用していることを例証した（Ye ben the wommen in this world lyvynge-- / Withouten paramours ... 2.235-6）。

以上、§4〜§13では、曖昧性のタイプ、及びタイプ間の相互作用を、二重プリズム構造に位置付けて叙述した。このようにして方法論と解釈を統合し、曖昧性の生起過程の叙述及び解明を試みた。

14.2. Chaucer の曖昧性とその構造

§14.1 の叙述から、Chaucer の曖昧性の生起は、以下のような特徴を備えていることが明らかとなった。従来の研究をどのように批判し、前進させることができたかに言及しながらまとめてみよう。

1) 曖昧性は、二重プリズム構造の現象が、聖と俗、理念と実態等の両極的な価値、即ち、Brewer (1974) の言う 'Gothic juxtaposition' を内包する時、生じ易い。*Troilus and Criseyde* の物語内容、Troilus と Criseyde の宮廷恋愛の進展とその破綻自体、出発点から心理的に不安定な状況を備えている。このような不安定さは、とりわけ Criseyde の心変わりの事象に凝縮している。彼女の pite のような心理や情念の動きにハイライトが当てられた時とりわけそうである。本論でこの事象を多く取り上げたのは、この中に彼女の宮廷貴婦人としての理想像と彼女の生身の人間としての在りようが包摂されているからである。従来両極的な価値の併置は繰り返し指摘されたが、それを曖昧性の生起過程に関係付け、構造的な位置付けを行ったわけではなかった。本論では二重プリズム構造における現象として位置付け、第一プリズムの作者（あるいは彼によって創作されたフィクショナルキャラクター）が向かい合う対象、あるいは第二プリズムの読者が読み取り、間接的に描き出す対象として設定した。

2) 曖昧性は、第一プリズムを構成する作者が現象の多価値に対し柔軟に観察できる中間点、vantage point に立つ時生じ易い。特に現象である人物の性状や行動が社会通念に抵触する場合、それをストレートに表すのではなく、彼らの心理に共感し同情して見たり、批判的に見たりしている。

作者の視点の 'involvement' と 'detachment' の交替は、既に指摘されている。本論では二重プリズム構造の第一プリズムに位置付け、他の要素（現象、表現、第二プリズム）との関係で考察した。作者は目に見える存在ではなく、通例背後に隠れているもので、我々は語り手や登場人物の言葉を介して想定している。また話者が意図しなかったと思われる曖昧性に関しても、第二プリズムである読者との関係で捉え、テクストが読者に許す曖昧性として叙述した。[1]

3) 曖昧性は、二重プリズム構造の表現が適用幅を持たせて導入される時生じ易い。特に人物が社会通念に抵触して行動するよう要請される場合、作者は彼らの心理的な緊張状況を追体験し、中立的な立場から解釈幅のある表現を選択している。従来表現の取り上げ方には偏りがあり、必ずしも体系立てて行われたわけではなかった。本論では表現を曖昧性のカテゴリーに位置付けることで、各タイプの特徴のみならずタイプ間の相互作用を叙述できるようにした。従って、同じ例を繰り返し取り上げ、違った観点から分析を加えた場合もある。例えば And gilteles, I woot wel, I yow leve (5.1084) は、法性（I woot wel）と命題内容との関係で、語と語の統語関係で（gilteles は I に関係付けられるか、それとも yow か）、また音と意味との関係で（代名詞の強勢、I woot wel の音調）取り上げた。レベル間の重層は、Criseyde 像の曖昧性を深める種々の根拠、ひいては Chaucer の＜人間を優しく総合的に見る＞人間観、曖昧性の内包特徴とでも言える特徴に繋がってゆくことを指摘した。

4) 曖昧性は、二重プリズム構造の第二プリズム、つまり読者（登場人物の聞き手、語り手が仮定する聴衆、Chaucer の語りを直接聞いた聴衆、写字生、現代の編者、読みの転換装置としての 'I'）が表現を通して発話者の心情を想定し、それぞれの立場に合わせて推論を二様、三様に発展させる時、生じ易い。上述したように、作者は、人物が問題的な行動を起こした場合、彼らの心情に共感し同情的になると、一歩引いて最終判定を読者に委ねる傾向がある。読者は経験的な背景が違うことから、違った読み

取りをしても不思議ではない。更には、作者が無意識的に述べたこと、あるいは意図しなかったことを読み取る可能性もある。従来は作者の一つの意図という理念論やそれとは真反対の読者中心批評、脱構築に別れ、両者の相互作用を加味した読み取りの過程そのものは十分に叙述されてこなかった。本論では、第一プリズムと第二プリズムの双方の動きを叙述することで、話し手の意図の想定や聞き手の立場からの読み取りをそれぞれ明らかにし、その接点だけでなく違いをも指摘することができた。And gilteles, I woot wel, I yow leve (5.1084) の leve が 'depart from' か 'believe' かは、話者 Criseyde の心情的な揺れというよりも、テクストが読者に許す曖昧性であると結論付けた。また読者が意味を推論し、創出するメカニズム、近接性（メトニミー）と類似性（メタファー）は、従来十分には応用されていなかった。本論では曖昧性の叙述に積極的に活用した。[2)]

5) 曖昧性は、二重プリズム構造の第二プリズムである読者の視点を通して、最終的に読み取りが別れる時生ずる。辞書編集者、編者、批評家等の解釈をただ列挙するのではなく二重プリズム構造に位置付けた。またこの構造の延長線上に筆者の解釈を示した。本作品では、とりわけ Criseyde の心変わりの描写において、同情的になりまた批判的になり、読者の解釈が別れた。従来 Criseyde の性格の曖昧性はよく話題にされたが、必ずしもそのプロセスを精緻に実証したわけではなかった。本論では二重プリズム構造に位置付け、構成要素の上位から下位のレベルでまたレベルを跨って、曖昧性がいかにして生起するかを叙述した。以前の研究をその叙述性において、より一層発展させることができたと思う。

このように見てくると、Chaucer の曖昧性は文学表現の単なる一技巧を超えて、作品の意味の全体像を紐解く鍵表現であることが明らかになった。Chaucer の曖昧性の背後にあって、部分を全体に結び付け、全体を部分へ投影させる、いわば関係の磁場とでも言えるものが二重プリズム構造であり、Chaucer の曖昧性の構造であると結論付けることができる。Chaucer の「語り」の中で、表現が種々の要素を取り込んで意味が動き、

14. 結語

更には読者によって読みが別れてゆく、その動的な特性の基底部にあるのが二重プリズム構造である。§1, 1)の例 Tr 5.1054 を §3, 1) の二重プリズム構造に位置付けると、下記のように図示できる。

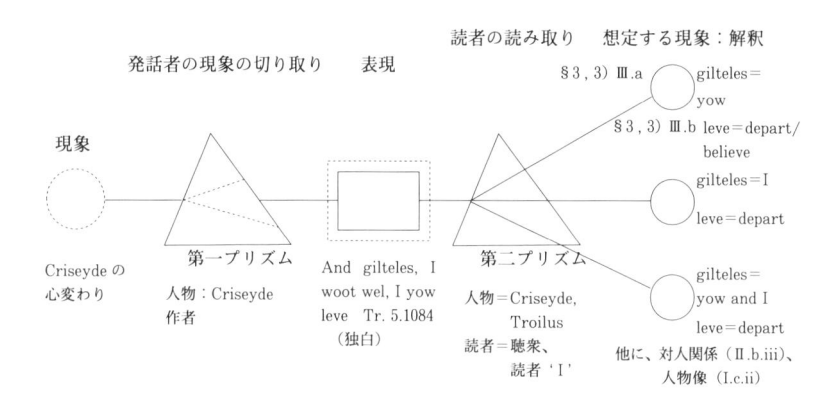

```
                        読者の読み取り    想定する現象：解釈
  発話者の現象の切り取り    表現
                                    §3, 3) Ⅲ.a ○ gilteles=
                                                  yow
                                    §3, 3) Ⅲ.b  leve=depart/
                                                  believe

  現象                                        ○ gilteles=I
                                                leve=depart

Criseydeの    人物：Criseyde  And gilteles, I   人物＝Criseyde,   ○ gilteles=
心変わり       作者           woot wel, I yow   Troilus            yow and I
              第一プリズム    leve Tr. 5.1084   第二プリズム      leve=depart
                             (独白)            読者＝聴衆、
                                               読者'I'          他に、対人関係（Ⅱ.b.iii）、
                                                                人物像（I.c.ii）
```

本研究はこの構造を解明する一つの試みである。以上が本論文の要約と結論である。

二重プリズム構造の表現を体系立てる曖昧性のカテゴリーは、決して固定的なものではない。フレームワーク及びタイプは、読者に対し欠落部分を補い、更に発展的なものを探るよう、絶えず再構築を許してゆくものである。また曖昧性のタイプで取り上げた用例は決して網羅的なものではない。二重プリズム構造の表現を位置付け、例証するために最低限必要と考えたものである。それぞれを充実させる更に密度の高い研究は今後の課題である。また本論は *Troilus and Criseyde* を材料に曖昧性の生起過程を検証したものであるが、Chaucer 作品の全体ではどうか、二重プリズム構造はどのように作用しているのか、作品間で違いがあるか、また他の中世作家（Gower, Langland, Gawain-poet, etc.）との違いは何か、といった問題は、興味をそそる更に大きな研究課題である。

本研究はこのような閉じることのない営みの一過程を示したものに過ぎない。[3)]

Appendix A: Criseyde の流動性を表す語

巻・行	語	話者 — 聴者
1.56	And how that she forsook hym er she deyde.	N
2.477	"But that I nyl nat holden hym in honde,	C-->P
2.666-7	Now myghte som envious jangle thus: "This was a sodeyn love; ...	N
2.667-8	... how myght it be That she so lightly loved Troilus	N
2.673-4	For I sey nought that she so sodeynly Yaf hym hire love, ...	N
2.678-9	For which by proces and by good servyse He gat hire love, and in no sodeyn wyse.	N
2.1222-4	... but holden hym in honde She nolde nought, ne make hireselven bonde In love; ...	N
3.269-70	For that man is unbore, I dar wel swere, That evere wiste that she dide amys.	P-->T
3.783-4	That, but it were on hym along, ye nolde Hym nevere falsen while ye lyven sholde.	P-->C
3.803-4	My deere herte wolde me nought holde So lightly fals! ...	C-->P
3.806	"Horaste! Allas, and falsen Troilus?	C-->P
3.983-4	Al thoughte she hire servant and hire knyght Ne sholde of right non untrouthe in hire gesse,	N
3.1049	And if that I be giltif, do me deye!	C-->T
3.1053-4	"Now God, thow woost, in thought ne dede untrewe To Troilus was nevere yet Criseyde."	C-->T
3.1499-500	"Ye ben so depe in-with myn herte grave, That, though I wolde it torne out of my thought,	C-->T
4.15	For how Criseyde Troilus forsook--	N
4.16	Or at the leeste, how that she was unkynde--	N

Appendix A

4.615	And if she wilneth fro the for to passe,	P-->T
4.616	Thanne is she fals; so love hire wel the lasse.	P-->T
4.675-6	That al this world ne myghte hire love unbynde, Ne Troilus out of hire herte caste,	N
4.744-6	I, woful wrecche and infortuned wight, ... Moot goon and thus departen fro my knyght!	C (M)
4.754-5	Syn he that wont hire wo was for to lithe She moot forgon; ...	N
4.773	That ilke day that I from yow departe,	C (M)
4.785-7	"Myn herte and ek the woful goost therinne Byquethe I with youre spirit to compleyne Eternaly, for they shal nevere twynne;	C (M)
4.788	For though in erthe ytwynned be we tweyne,	C (M)
4.860-1	Wol he han pleynte or teris er I wende? I have ynough, if he therafter sende!"	C-->P
4.904	"Grevous to me, God woot, is for to twynne,"	C-->P
4.1118	Myn herte seyth, 'Certeyn, she shal nat wende.'	P-->C
4.1270	But for the cause that we sholden twynne.	C-->P
4.1303-4	"The soth is this: the twynnyng of us tweyne Wol us disese and cruelich anoye,	C-->T
4.1436-7	But natheles, the wendyng of Criseyde, For al this world, may nat out of his mynde,	N
4.1440-2	... "Certes, if ye be unkynde, ... Ne shal I nevere have hele, honour, ne joye.	T-->C
4.1494-5	Ne dredeles, in me ther may nat synke A good opynyoun, if that ye wende,	T-->C
4.1534-7	"For thilke day that I for cherisynge ... Be fals to yow, my Troilus, my knyght,	C-->T
4.1546-7	And Attropos my thred of lif tobreste If I be fals! ...	C-->T
4.1551-2	That thilke day that ich untrewe be To Troilus, myn owene herte fre,	C (M)
4.1613-4	Ne, parde, lorn am I naught fro yow yit, Though that we ben a day or two atwynne.	C-->T

355

4.1630-1	And by my thrift, my wendyng out of Troie Another day shal torne us alle to joie.	C-->T
4.1635	That er that I departe fro yow here,	C-->T
5.678-9	Fele I no wynd that sowneth so lik peyne; It seyth, 'Allas! Whi twynned be we tweyne?'"	T (M)
5.768-9	For bothe Troilus and Troie town Shal knotteles thorughout hire herte slide;	N
5.824-5	Ne nevere mo ne lakked hire pite; Tendre-herted, slydynge of corage;	N
5.911-2	"What wol ye more, lufsom lady deere? Lat Troie and Troian fro youre herte pace!	D-->C
5.1052-3	Ther made nevere womman moore wo Than she, whan that she falsed Troilus.	C (M)
5.1056-7	For I have falsed oon the gentileste That evere was, and oon the worthieste!	C (M)
5.1067-8	Al be I nat the first that dide amys, What helpeth that to don my blame awey?	C (M)
5.1073-4	And syn that thus departen ye and I, Yet prey I God, so yeve yow right good day,	C (M)
5.1084	And gilteles, I woot wel, I yow leve.	C (M)
5.1086-8	But trewely, how longe it was bytwene That she forsok hym for this Diomede, Ther is non auctour telleth it, I wene.	N
5.1097-9	And if I myghte excuse hire any wise, For she so sory was for hire untrouthe, Iwis, I wolde excuse hire yet for routhe.	N
5.1247-8	"My lady bryght, Criseyde, hath me bytrayed, In whom I trusted most of ony wight.	T (M)
5.1266-7	But who may bet bigile, yf hym lyste, Than he on whom men weneth best to triste?	T (M)
5.1279-80	How darstow seyn that fals thy lady ys For any drem, right for thyn owene drede?	P-->T
5.1297-8	That if so is that she untrewe be, I kan nat trowen that she wol write ayeyn.	P-->T
5.1440-1	He ne eet, ne dronk, ne slep, ne word seyde, Ymagynyng ay that she was unkynde,	N

Appendix A

5.1445-8	He thought ... Joves of his purveyaunce Hym shewed hadde in slep the signifiaunce Of hire untrouthe and his disaventure,	N
5.1569-70	But natheles, though he gan hym dispaire, And dradde ay that his lady was untrewe,	N
5.1634	Hym thoughte it lik a kalendes of chaunge.	N
5.1669-70	And of this broche, he tolde hym word and ende, Compleynyng of hire hertes variaunce,	N
5.1679-80	That syn ye nolde in trouthe to me stonde, That ye thus nolde han holden me in honde!	T (M)
5.1682-3	Allas, I nevere wolde han wend, er this, That ye, Criseyde, koude han chaunged so;	T (M)
5.1684-6	Ne, but I hadde agilt and don amys, So cruel wende I nought youre herte, ywis, To sle me thus! ...	T (M)
5.1695-6	"Thorugh which I se that clene out of youre mynde Ye han me cast-- ...	T (M)
5.1706-8	O God," ... "that oughtest taken heede To fortheren trouthe, and wronges to punyce, Whi nyltow don a vengeaunce of this vice?	T (M)
5.1726-7	For sory of his frendes sorwe he is, And shamed for his nece hath don amys,	N
5.1738-9	... of this tresoun now, God woot that it a sorwe is unto me!	P-->T
5.1774	That al be that Criseyde was untrewe,	N
5.1775	That for that gilt she be nat wroth with me.	N
5.1776	Ye may hire gilt in other bokes se;	N

略記：N=Narrator, T=Troilus, C=Criseyde,
　　　P=Pandarus, D=Diomede, M=Monologue

357

Appendix B：流動性を表す語の作品別（Tr, Bo, LGW, Henryson）比較

語／作品	Tr				Bo		LGW	Henryson		
	C	Fortune	worldly joy	Calkas, Diomede, etc.	Fortune	worldly joy, creature, thing	Jason, Tereus, etc.	Cr	Venus	Fortune
slide/slydynge	+				+	+				
moeve moevable moevablete					+	+				
fle			+		+	+	+			
passe	+				+	+	+			
unstable			+		+			+	+	
mutable mutabilite mutacyoun		+			+	+			+	
muable remuable		+	+			+				
flitte flitting			+		+	+				
gerful		+								
chaunge chaungeable	+			+	+	+	+	+	+	
vary variaunt variaunce	+					+			+	
brotel brotelenesse			+		+	+	+	+		
light/e	+					+	+			
transitorie			+		+	+				
temporal						+				
sodeyn sodeynly	+			+	+	+			+	
inconstance unconstant								+	+	
fikelnesse (fickill)								+		+

Appendix B

	1	2	3	4	5	6	7	8	9	10
tikel tikelnesse										
(frivoll) (frivolous)								+		+
unkynde unkyndenesse	+	+					+			
cruel cruelte	+	+			+		+			
feeble feeblesse						+				
frele freletee frelenesse						+				
infirme infirmete						+		+		
don [goon] [fare] amys	+			+		+				
vice	+					+	+			
gylt	+						+			
bigile agylten	+	+		+	+		+			
holden ... in honde	+									
untrewe	+			+			+	+		
unstedefast						+				
unsad										
unfeithful					+			+		
fals falsly falsen falsnesse	+		+	+	+	+	+	+	+	
deceite deceyve deceyvable		+	+	+	+					
dissimulen disssimuler									+	
feyn				+		+	+			
forsworn							+			
bitrraye trayen	+					+				
bitrayse traysen				+			+			
tresoun	+			+			+			
trecherie				+	+					

traitour traitorye		+	+	+		+	+			
forgon	+					+				
cast [drive] [torne] [throwe] out of herte [mynde]	+	+		+						
forsake	+				+					
knotteles	+									
wende wendynge	+						+			
departe fro	+			+	+					
leve	+				+	+				
twynne atwynne	+				+	+				
lusty	+			+		+	+	+		
unclene						+		+		
lechherous lecherie						+		+		
wantown wantownesse								+		

略語：C=Criseyde, Cr=Cresseid

注

1. 序論

1) Richards (1936) は、発話の意味の生成には、文脈や読者の推測が深く関与することを指摘している。Empson (1930) は、文脈の重なり合いのタイプに基づき、7つの曖昧性に分類している。また Empson (1967) は、一見単純な表現 (e.g. A is B) が文脈の情報を吸収して複雑な意味・含意を生み出すことを検証している。文脈の重層性と読者の読み取りの問題については、大塚高信・中島文雄監修『新英語学辞典』(1982:397) の 'engram' を参照：「... ある刺激に対して有機体がなした適応の残留の痕跡を指す。(1) Ogden & Richards (1923) はこれを言語に適用し、言語記号 (sign) を一種の外的または内的刺激と見なした場合、それが有機体に及ぼす効果は、その有機体の過去の経験に依存するとした。」Ogden & Richards (1923: 52-3) を見よ。

2) Chaucer テクストの引用及び作品の略記名は、Benson (1987) による。イタリック、下線は筆者である。

2. 先行研究と課題

1) Chaucer は、例えば、Vinsauf の修辞学に習熟している。「難しい綾」で意味論的な問題を扱い、比喩による意味転移の問題も取り上げている。Cf. Tr 1.1065-71; NunPT VII 3347-52. Gallo (1971) を参照。

2) 山本忠雄 (1940: 65-6)：「意味構造は客観的なのであつて、文章の作者もこれを志向しているのである。但し作者が文章の完成によって経験する全体印象と、読者が意味を理解する場合の全体印象とは、必ずしも一致するとは限らない。それは意味構造に対する主観的感情が別種のものであり得るからである。快・不快の如き生活感情は、各人様に経験される具体的感情である限り、読者が作者に対立している場合は、必ずしも同一であるとは限らないであろう。「花咲き鳥歌ふ」が客観的な事実だけをいふの

でないとすれば、我々は作者が此の表現によって何を経験しているかを直接に知らなければならぬ。知るといふことばを用ひたが、これが知的に知るという意味ならば、作者の生活態度や環境や教養などを調べることによって、或程度まで知り得るであろう。しかし単なる論理的事実をいふに止まらない文章に於いては、かやうな知り方は不完全である。進んで情的に感じなければならない。生活を知っても之を感ずることにはならない。感ずるには、感情移入や追感などの方法では、到底機械的なのを免れない。作者と共に感じなければならない。

　... 何を経験し何を表現するかよりも如何に経験し如何に表現するかが直感されるのである。何がといふ間はまだ客観的なるを免れない。如何にといふことが明らかになつて、始めて具体的な経験となるのである。」

3) Jakobson (1987 (orig. 1957)) では、ロマン派及び象徴派詩人と類似性との関係、'Realism' の小説と近接性との関係を指摘している。後者に関しては、プロットの流れ、人物と場面の連関性、あるいは人物描写における部分的特性と全体的性格の対応関係（提喩）を示唆している。また記号論的（絵画、映画等）にも拡げて類似性と近接性の機能ないし相互作用を論じている。

4) §2.1 と §2.2 の先行研究の骨子は、中尾（2001a）で述べた。ここでは年代順に書き直している。

3. 本論の視点と方法

1) 日本中世英語英文学会、第9回全国大会シンポジウム「中世ロマンスの言語における ambiguity の諸相」（於　慶応大学、1993）において、伊藤忠夫氏は、「文学的曖昧について ── その成立のメカニズムを中心として」で、曖昧を見る観点の一つとして「表現過程」の観点を提案した。ここでは対象、それに対する表現主体の認識、そして、表現そのものへという過程を叙述している。また対象の認識について、送り手と受け手において原則的に一致しない部分を持つという立場に立っている。つまり、

ideal speaker-hearer の「通信的モデル」とは違う、送り手と受け手を同じ重みで捉える「相互作用・共同化モデル」の立場に立っている。本論は、伊藤氏と同様にコミュニケーションは送り手から受け手への一方向的な encode、decode の問題ではないという立場に立ち、両者の相互作用 (Bakhtin の言葉で言うと dialogical な機能) を重視して、二重プリズム構造を設定した。この二重プリズム構造は、日本英文学会74回大会(於北星学園大学、2002)、「Chaucer の曖昧性の仕組み —— 法動詞を中心に」の口頭発表で提案した。この枠組については更に中尾 (2003) を参照。

2) 曖昧性のカテゴリーの骨子は、中尾 (2001a) で示した。

4. テクスト領域の曖昧性:メタテクスト

1) Michael Benskin & Margaret Laing (1981: 55)

... because a MS. is a copy, and perhaps a copy of a copy ... of a copy, it has been taken to represent not the language of some one scribe or of some one place, but a conglomeration of the individual usages of all those scribes whose copies of the text stand between this present MS. and the original.

2) *Equatorie of the Planets* が Chaucer の自筆原稿であるという説もあるが、未だ検証過程にある。

3) Derek Peasall, 'The Gower Tradition': Minnis (1983: 183)

Copy after copy varies in only minute details--in contrast with the texts of Chaucer and Langland, often being copied by the same class of professional scribes. It may be that scribes were influenced by the presence of Latin, which tended to stabilise the English text with which it was associated; it may be too that the shorter verse-lines, with their regularity of metre, were more readily held in mind as scribes copied line by line; but something must be due too to the effect upon them of the sense that they were dealing with a completely finished product.

Gower's careful supervision of early production was important here: the poor quality of the majority of *Canterbury Tales* manuscripts shows by contrast the consequences of the absence of such supervision.

4) 参考までに Root (1916: 272) の想定した stemma を示しておこう。

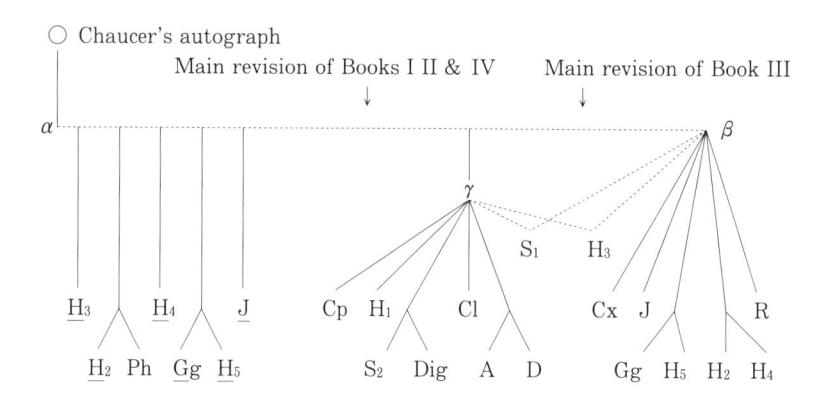

○ Chaucer's autograph
　　　　　Main revision of Books I II & IV　　Main revision of Book III
　　　　　　　　　　↓　　　　　　　　　　　　↓
α ── β
　　　　　　　　　　　　　γ
　　　　　　　　　　　　　　　　S_1　H_3
H̲₃　　H̲₄　　J̲　　Cp　H₁　　Cl　　　Cx　J　　R
　H₂ Ph G̲g H̲₅　　S₂　Dig A　D　　G̲g H̲₅ H̲₂ H̲₄

The broken line, $\alpha \ldots \beta$, represents a single MS., Chaucer's own copy of the poem, progressively corrected and revised, until its text, originally α becomes β. In the case of MSS. of composite character, the α portion of the MS. is represented by underscoring the designation.

5) 現代の編者が依拠している写本

Pollard (1898) : The present text is based on J, and has been corrected throughout from readings of α and β types alone.

Skeat (1900) : a close collation of Cl and Cp, taking Cl as the foundation, but correcting it by Cp, throughout ...

Root (1926) : In conjunction with Cp, it [J] has been used as a basic authority for the present edition.

Baugh (1963) : basically that of MS Cp, with occasional readings of the Campsall and the St. John's College.

Robinson (1957): Cp. β readings have consistently not been accepted in this text, which is based consistently on the γ version.

Donaldson (1975): I have adhered to Cp.

Warrington (1975): 明記されていない。

Howard (1976): 明記されていない。

Windeatt (1984): Cp (Cp の欠落部に対してはCl)。実際は、J の取り入れも見られる。

Benson (1987): is based on Cp. When Cp is rejected or deficient, this edition prints the readings of Cl or J, in that order.

Fisher (1989): Campsall with variants from Cp.

Shoaf (1989): based on Baugh.

6) M.B. Parkes, Cp Ms. 'History': Parkes and Salter (1978: 11-2)
The earliest identifiable person to have handled the manuscript is John Shirley (c. 1366-1456) of London, the literary entrepreneur, lender of books, and gossiply commentator on Chaucer's minor poems. ... Since the manuscript passed through the hands of John Shirley the favourite candidate for the identification of the Anne Nevill referred to the late-fifteenth-century note on fol. 101v is Anne, the daughter of Richard Beauchamp, Earl of Warwick, who was Shirley's chief patron.

7) 写本の異同の情報源として参照したもの：Windeatt (1990), Rossetti (1873), Furnivall (1882), Furnivall & Macaulay (1894-1895), Parkes & Salter (1978), Parkes & Beadle (1979), Beadle & Griffiths (1983), Tr 写本所蔵図書館作成のマイクロフィルム。

8) まれな語が書き換えられる例

Thop VII 917 worthly (Ch, El, Hg, Ph1) の worthy への書き換え：Ad1, Bo1, Bo2, Cn, Dd, Ds, En1, En3, Ha3, Ha4, Ii, Ln2, Ma, N1, Ox, Ph2, Py, Se, To

MancP 55 unweldy (Hg, El) の他の語への書き換え例：vnwelde Ha4,

La; vnweld Ld1, Ra2; vnweldly Ma; vn weldely G1; vnweli Ha3; vnwery Gg; wery En3（Manly & Rickert 1940（Vol. 8）: 147）

9) OED s.v. unwieldy: †1. Of persons, the body, etc.: Lacking strength; weak, impotent; feeble, infirm. c1386--1659 MancP 55 が初例で引用されている。Hengwrt 写本にもあり、Chaucer が肯定形の weldy を知っていても自然であろう。.

10) OED: s.v. thorn sb. 2. *fig.* (or in fig. context): Anything that causes pain, grief, or trouble; in various metaphors, similies, and proverbial expressions, as *a thorn in the flesh* or *side*, a constant affliction. c1230-- Tr 3.1104 を引用。

11) Howard のように一般の読みをしても、聴衆の男女の立場で、その指示内容は更に違ってくるように思える。男性の立場では、女性一般に対して恋のうずきを経験してほしいと願いをこめて言う言い方となる。また女性の立場からは、世の男性に対して皮肉って言っているとも取れる。当時、貴族層の現実世界において、純粋な恋愛に基づいた結婚は少なかったと考えられる。単に欲望や計略ではなく、もっと人間的な柔らかい愛を願ったかもしれない。Chaucer は受益者を 'wommen' とは言っていないことに注意したい。

12) St John's College の写本の当該部を参照。

13) 語り手は自分の「愛」の経験の乏しさを茶化している。

 For I, that God of Loves servantz serve,

 Ne dar to Love, for *myn unliklynesse*,

 Preyen for speed, al sholde I therfore sterve,

 So fer am I from his help in derknesse. Tr 1.15-8

14) 詳細は §8 の語順と情報構造の関係（認識の順序）を見よ。例えば、Tr 2.599.

15) 他に Tr 3.924 を見よ。

16) Cf. Ye knowe ek how it is youre owen knyght,

> And that *bi right ye moste upon hym triste,*
> And I al prest to fecche hym whan yow liste."   Tr 3.915-7

Windeatt (1984) によると、vp-on]on AH5 を除き、写字生の異同は見られない。この場面は次の通りである。Troilus は Pandarus の家で密かに Criseyde を待っている。Pandarus は Criseyde に Troilus が信頼に値する人物であることを強調し、彼に会うように勧める。moste は法助動詞として読み取れる。

17) Windeatt (1998: 169): ... translating 'moste' in 'I moste on yow triste' (ⅲ.587) as 'must' rather than the adverb 'moste,' but the construction in the original is --perhaps designedly--ambiguous.

18)

[trust ＋ adv]	trust--adv	adv--trust	
CT: trust ＋ wel	5	0	5/8
truste ＋ wel	4	0	4/14
trusted ＋ most	1	0	1/1
trusteth ＋ wel	13	0	13/20
Tr: truste ＋ wel	1	0	1/2
trusted ＋ most	1	0	1/2
trustest ＋ most	1	0	1/1
trusteth ＋ wel	5	0	5/7
trist ＋ most	1	1? (3.587)	2/11

注：/の分母は動詞数、分子は副詞との共起数

verb ＋ moost (adv) の語順： Blake et al. (1994) を参照。
verb--moost: WBT 895, WBT 932, WBT 959, SqT 444, ShT 172
moost--verb: KnT 2327, knT 2409, KnT 2410, WBT 879, WBT 981, WBT 1088, FrT 1395, FranT 604

19) 類例：Tr 2.239-45, 2.411-3, 3.366 (Troilus--> Pandarus)、*Confessio Amantis* 8.1293、*Sir Gawain and the Green Knight* における 'trawthe'。

20) 動詞の命令形と as yow liste。Blake et al. (1994) を参照。
   Now *demeth as yow list*, ye that kan,   KnT I (A) 1355
   Dooth as yow list: I am here at youre wille.   WBT III (D) 1016
   Right *as yow list gouerneth* this matere.'   ClT IV (E) 322
   Ye ben oure lord: *dooth with your owene thyng*
   Right as yow list.   Axeth no reed of me.   ClT IV (E) 652-3
   Dooth as yow list; haue youre biheste in mynde FranT V (F) 627
21) Windeatt (1984: 281) の注を参照。
22) 類似構文での代名詞省略について：'hente/streyne/take/folde, etc. ... in [pronoun/zero pron.]armes'。写本の異同は Windeatt (1984) を参照。

   And hym *in armes* took, and gan hym kisse.   Tr 3.182
      armes] hire a. A

   He hire *in armes* faste to hym hente.   Tr 3.1187
      armes faste to hym] hise a.t.h.f. H2 Ph

   This Troilus *in armes* gan hire streyne,   Tr 3.1205
      Gg: þus Troylus in his armys streyne hire gan

   Therwith he gan hire faste *in armes* take,   Tr 3.1359
      in] in his Ph

   Took hire *in armes* two, and kiste hire ofte,   Tr 4.1219
      armes]his a.   H2 Ph

23) 類例：分詞構文 Retornyng ... (5.1023) と主節の関係性の度合い。
24) MED boar: 1. (a) An uncastrated male swine (either wild or domestic); (d) *breme as* ---, fierce as a wild boar; *brust as a* ---, bristly

as a boar, bristling (or showing anger) like a boar; *wod as wild*---, raging like a wild boar. 3. A representation of a boar; *her.* a boar in a coat-of-arms. 4. (a) Man likened to a wild boar; esp., King Arthur, Edward III.

25) 当該部の現代語訳

Tatlock and MacKaye (1912):

As he roamed up and down through the forest, he dreamed he saw a boar with great tushes lying asleep in the heat of the bright sun, and by this boar, folding it fast in her arms and continually kissing it, lay his bright Criseyde.

Stanley-Wrench (1965):

And by this boar's side, folded in its arm

Lay kissing it, Criseyde, his lady bright,

Coghill (1971):

And close beside it, with her arms enfolding,

And ever kissing it, he saw Criseyde;

Windeatt (1998):

And beside this boar, tightly clasped in his arms and continually kissing, lay his fair lady, Criseyde.

刈田元司 (1949):

しかも猪のかたはらに、その腕にしかと抱かれ、口づけしつつ自分のかがやかしい女性のクリセイデが横たはっていた。

宮田武志 (1979):

そばにはその猪の腕にしっかり抱かれながら、美しい愛人クリセイデが横たわっていて、しきりに接吻しているのです。

26) folde (pp.) や kyssyng のいわゆる double syntax は、Renaissance の修辞学で言う、amphibology（構造的に2つに掛かる言い方）の一例と見なされるかもしれない。amphibology の中世の一般的意味は、言語の

誤用であって、修辞学上の技巧ではない。double syntax が正しいとすると、Chaucer は amphibology を時代を先取りして文体的に活かして使ったと言える。Cf. Willock and Walker (1936: 260), *The Arte of English Poesie by George Puttenham:* '*Amphibologia* or the Ambiguous'

Then haue ye one other vicious ſpeach with which we will finiſh this Chapter, and is when we ſpeake or write doubtfully and that the ſence may be taken two wayes, ſuch ambiguous termes they call *Amphibologia,* we call it the *ambiguous,* or figure of ſence incertaine, as if one ſhould ſay *Thomas Tayler* ſaw *William Tyler* dronke, it is indifferent to thinke either th'one or th'other dronke. Thus ſaid a gentlman in our vulgar pretily notwithſtanding becauſe he did it not ignorantly, but for the nonce.

> *I ſat by may Lady ſoundly ſleeping,*
> *My miſtreſſe lay by me bitterly weeping.*

No man can tell by this, whether the miſtreſſe or the man, ſlept or wept: ...

amphibology は、*Troilus and Criseyde* 4.1406 が OED 1 'ambiguous discourse' の初例。Burnley 教授によれば、このような構文は、中世期明晰さを求める法律家によって非難されている。本作品での類例は §11 の統語法を参照。

5. テクスト領域の曖昧性：間テクスト性

1) Beaugrande and Dressler (1981: 10-11): The seventh standard of textuality is to be called INTERTEXTUALITY and concerns the factors which make the utilization of one text dependent upon knowledge of one or more previously encountered texts. ... Intertextuality is, in a general fashion, responsible for the evolution of TEXT TYPES as

classes of texts with typical patterns of characteristics. Within a particular type, reliance on intertextuality may be more or less prominent. In types like parodies, critical reviews, rebuttals, or reports, the text producer must consult the prior text continuality, and text receivers will usually need some familiarity with the latter.... We have now glanced at all seven standards of textuality: cohesion, coherence, intentionality, acceptability, informativity, situationality, and intertextuality.

2) 外山（1964）によれば、材源テクストの残像が当該テクストに重ね合わされ、優劣の重層的なコンテクストが創造される問題である。

3) pite の宗教的含意は、§12.5 の pite の分析を参照。ロマンスの言語に内包される理念と現実感覚のギャップが引き起こすテンションについては、Fewster（1987）、Green（1979）が有益である。

4) Brown (first edn. 1924, rpt. 1952) 106: This World fares as a Fantasy--Whar-to wilne we forte knowe / þe poyntes of Godes priuete? 85-6. Cf. MilT I (A) 3164, 3454 の Goddes privitee。

5) Cf. ParsT. X (I) 115-20, 250-5, 340-5, 485-90, 810-5, 1005-10。

6) syn の因果関係については、§8 の談話構造（因果関係を表す接続詞）の分析を参照。

7) love の曖昧な使用の詳細は、中尾（2003）を参照。

8) §8 の談話構造（語の反復と文脈の推移）を参照。

9) Cf. 上野（1972）も本作品の人物が遭遇する理性と情念の葛藤を強調していて有益である。

10) Gordon（1970）は当該部を認識の順序の観点からは論じていない。更に言うと、*Troilus and Criseyde* は悲劇的な枠組み（起点、展開、クライマックス、大団円、結末）に沿って構成されているが、Boethius の『哲学の慰め』の哲学的な枠組み（苦悩から始まり徐々に人間認識を深め、最終的には解脱の境地に至る）から見ると、反転である。

11）類例：blisse in hevene (3.704, 3.1322, 3.1599, 3.1657)

　Pandarus は Troilus と Criseyde の密会の準備を着々と整え、いよいよその実行に及んで、「天上の至福に至る」と Troilus に覚悟を決めるよう命じている。 And seyde, "Make the redy right anon, / For thow shalt into *hevene blisse* wende." 3.703-4. しかし、Troilus が死後第八天界に登り、そこから地球を眺めるところでは、浮き世の営みを、天上の至福に比し、虚栄と捉えている。... and held al vanite / To respect of *the pleyn felicite / That is in hevene above* ... 5.1817-9. 当該句の宗教的な使用は、中世の叙情詩に繰り返し現れている。Brown (1924, rpt. 1952)：10 An Autumn Song 8, 29; 11 A Song of the Five Joys 60; 131 An Acrostic of the Angelic Salutation 42-43, 119-20. 同様に ParsT X (I) 790-5, 805-10, 830-5, 1075-80、PF の 'blisse' 72, 77、'commune profit' 47, 75 を参照。

6. テクスト領域の曖昧性：テクスト構造
1) Jakobson (1987: 111) は、Romanticism や Symbolism が類似性に従うのに対し、Realist のそれは近接関係（contiguous relationships）に従うことを指摘している。§2 の注 3) を参照。Barthes (1971: 6) は文体論の立場から、スタイルは換喩的に（by a metonymy）語られた物語を説明するのに効果的であると述べている。
2) Clemen (1963) は、視点の移行と愛の相対的評価を論証している。
3) 人物の「目」の作用と恋（心の動揺）、かくして生ずる認識（epistemology）の問題は、中尾（2001c）に Chaucer の基本的なパタンを示した。
4)「栗色の馬」に起源があり、馬の典型的な名前。高慢さのイメージがある（Benson 1987: 1027）。高慢さは、神からも最も罪深い逸脱で、無知を含意する。Hiscowe (1983: 143) を参照。
5) *Piers the Plowman* の中で *kynde* は頻用されているが、*Kynde wyt* ＜理知＞のようにプラスの価値で用いられたり、他方 *'course of kynde*

(Passus 3.56) のように人間の＜衝動＞としてマイナスの価値で用いられたりしている。Cf. Zeeman (2000) を参照。

6) MerT において、若妻の May は、老夫 Januarie が盲目であることをいいことに、近習の Damyan と浮気する。まさにその最中に夫の視力が Pluto 神によって回復する。May は現場を見られるが、夫に I was so kynde（夫の目が開くように善行を行った）(MerT IV (E) 2389) と言ってはばからない。この時の kynde は夫に対しては道徳的、他方 Damyan に対しては情欲的である。kynde については§12 の語の意味を参照。

7) MancT は *The Canterbury Tales* において ParsT を除いて最後の作品である。主題のまとまり度のない作品であるが、Chaucer は創作の終盤で、彼を絶えず引きつけてきた重要な観念を一作品に凝縮したように思える。nature, gentilesse, word と deed の対応、game と ernest の併置（交代）の問題等。人間に自然な在りよう (nature) は、下記のように述べられている。

  But God it woot, ther may no man embrace

  As to destreyne a thyng which that *nature*

  Hath natureelly set in a creature. MancT IX (H) 160-2.

8) Chaucer は若い時 Temple Inn で法律を勉強したことがある。彼は特定の事例について論理的にどれだけの切り取り方が可能かを訓練した可能性がある。Criseyde に対しては、まるで弁護士のように根拠を示して弁護している。あるいはそのような弁護士を演じている。この切り取りの問題は、第一プリズムと第二プリズムに密接に係わる。Cf. Howard (1987: 77)：Every story, seen as a "case," has a possible intellectual significance apart from its relation to "the facts."

9) *Troilus and Criseyde* は、物理的空間での論理が心理的空間に拡張されている。ギリシア軍に包囲されたトロイ側では、宮廷恋愛の規律は肯定的に適用される。しかし、解放地点にあるギリシア側に接すると、現実的な論理によって脅かされ、破綻は免れない。Chaucer は宮廷恋愛の当該

仮説内での整合性（self-containedness）をメタ認識しているようでもある。

10）§5で述べたように、love は charite、amorous/li に比べ多義的で、本作品においては第二プリズムの読者がどの観点（性愛、宮廷恋愛、神の愛）を重視するかで、意味が流動的になり曖昧さを残す。

11) Cf. benigne: thurgh the *benigne* grace of hym that is kyng of kynges and preest over alle preestes, that boghte us with the precious blood of his herte ParsT X (I) 1091; holy: *hooly* ordre is chief of al the tresorie of God and his especial signe and mark of chastitee ParsT X (I) 893; bownte: Envye comth proprely of malice, therfore it is proprely agayn the *bountee* of the Hooly Goost ParsT X (I) 485; socour: ... thou me wisse and counsaile / How I may have thi grace and thi *socour* ABC 155-6; serve: "Crist, Goddes Sone, withouten difference, / Is verray God--this is al oure sentence-- / That hath so good a servant hym to *serve* SecNT VIII (G) 417-9; labouren: Then leseth the synful man the goodnesse of glorie, that oonly is bihight to goode men that *labouren* and werken ParsT X (I) 251.

12）§5で述べたように、*Troilus and Criseyde* の5巻構成は、序（恋の悩み）、展開（悩みからの開放の兆し）、クライマックス（至福状態への到達）、大団円（喜びから悲しみへ転換）、そして終焉（絶望と悲劇的な死）である。Cf. Dante の *Divinia Comedia* の価値の進展的な3段階（地獄 ── 煉獄 ── 天国）と Chaucer が Dante の当該作品を参照して創作したとされる *The House of Fame* の価値の後退的な3段階（砂漠 ── 名声の館 ── 噂の館）の対照性に注意。

13) Cf. Henryson、*The Testament of Cresseid* の Cresseid についても運命のせいか（78, 84, 89, 121, 385, 412, 454, 469, 470)、性格（549-54, 558-60, 568-74）によるのか曖昧にされている。

14）もっと典型的には、例えば、*The Book of Duchess* の White 夫人、

The Canterbury Tales、General Prologue の Wife of Bath の骨相学的特性に現れている。

15) slydynge of corage の解釈については、§12.2 を参照。

7. テクスト領域の曖昧性：話法

1) 例えば、MerT 冒頭の語り手の地の文は、主人公 Januarie の結婚に対する期待を映し出しているようでもある。また *Sir Gawain and the Green Knight* の語り手の描写は、厳しい試練を全うするために旅に出る主人公 Gawain の視点を反映するとも言える。

2) Leech and Short (1981: 318-36) は、語り手のコントロールの度合いよって、NRA (Narrative report of action)、NRSA (Narrative report of speech action)、IS (Indirect speech)、FIS (Free indirect speech)、DS (Direct speech)、FDS (Free direct speech) に分類している。本節で「自由間接話法」と呼ぶ時、概ね同書の定義に拠るが、視点や思考の動きの点で人物のものを反映する NRSA も併せ検討した。Cf. 修辞的技法の「声」の操作（acclamatio）と関連があるかもしれない。

3) General Prologue, Monk による当時の労働観への反発（I (A) 184-8）を参照。

4) body と that thing の二様の解釈については §8 を参照。fressh と yong は、CT で Wife が Housbondes meeke, *yonge, and fressh abedde* (WBP III (D) 1259) と言うように、性的な含意でも使用されることに注意。weldy の多義性については、§12.4 を参照。It was an *heven* upon hym for to see は、賞賛を表す常套句 (narrative tag) (SqT V (F) 558, Tr 2.826, Tr 3.1742, etc.) か、文字通りに「エクスタシーをもたらしてくれる」という性的な意味か、微妙である。

5) §8 の談話構造における語順の含意を参照。

6) この例の談話構造（因果関係）の観点からの分析は §8 を参照。

7) treweliche の法的意味がもたらす曖昧性は §10 で扱う。

8. テクスト領域の曖昧性：談話構造

1) §9で扱う Grice (1975) の会話の含意を参照。会話の過度の合理化は、会話を成立させる一つの公理、「量」の公理 —— 過不足なく情報を与えよ —— に違反する。この場合聴衆・読者は低情報に直面する。しかし、上位で「共同の原理」が働き、彼らは推論を通して意味生成に参加することになる。

2) Halliday and Hasan (1976: 76) の 'comparative reference' を見よ。

3) Halliday and Hasan (1976: 206) の 'Ellipsis in question-answer and other rejoinder sequences' を見よ。

4) §12.5 の pite の含意を参照。

5) Halliday and Hasan (1976) によれば、代用形の先行詞はテクスト内にあるテクスト内界照応（endophoric）とテクスト外に想定されるテクスト外界照応（exophoric）に分けられる。ここでの代用形は、後者のケースである。テクスト内界照応は、更に代用形の先行詞が前方にある場合（anaphoric）と後方にある場合（cataphoric）とに分けられる。

6) §4のメタテクストと§7の話法でも当該例を分析しているので参照。

7) Halliday and Hasan (1976: 91) 'nominal substitution' を見よ。 Cf. 'lexical cohesion: general word.'

8) OED s.v. thing: 4. That which is done or to be done; a doing, act deed, transaction. c1000--

9) この引用部は§7の自由間接話法で指摘したように、Criseyde の視点が入っている可能性がある。

10) OED s.v. thing: 11.c. *euphem*. Privy member, private parts. c1386 WBP III 121--; Cf. 7.c. Used indefinitely to denote something which the speaker is not able or does not choose to particularize, or which is incapable of being precisely described. 1602--. この語の性的な含意は、Donaldson (1970)、Ross (1972) によって既に指摘されている。

11) Cf. Halliday and Hasan (1976: 147) 'nominal ellipsis' を見よ。

12) Cf. Halliday and Hasan (1976 :199) 'modal ellipsis' を見よ。
13) §11 の統語関係を参照。
14) §9 の発話意図（行為）の観点から見ると、積極的姿勢の表現か単なる礼節かという違いである。
15) Halliday and Hasan (1976: 29) :発話は、3 種類の意味体系を融合して成立すると考え、'ideational'、'interpersonal'、'textual' を設定している。'ideational' は命題の論理的な関係に係わり、'interpersonal' は命題に対する話者と聞き手の心的態度、そして 'textual' は結束性と情報構造に係わる。これは§3 の「曖昧性のカテゴリー」を構築する際、利用した考えでもある。
16) Sweetser (1990) は語用論的な立場を推し進めて、Halliday and Hasan の 'internal' を更に認識的（epistemic）と発話行為的（speech act）に分けている。例えば *since* について、次の3つの機能を認めている。

    a. *Since* John wasn't there, we decided to leave a note for him.
       (His absence caused our decision in the real world.) This *since* is called a 'content conjunction.'
    b. *Since* John isn't here, he has (evidently) gone home.
       (The *knowledge* of his absence causes my *conclusion* that he has gone home.)   This *since* is called an 'epistemic conjunction.'
    c. *Since* we're on the subject, when was George Washington born?
       (I *ask* you because we're on the subject--the fact that we're on the subject, for example, enables my *act* of asking the question.)

本節では、Halliday and Hasan に従って、b、c を含め 'internal' と見なす。
17) 因果関係には近接性の推論が作用している。'external' ないし 'internal' は、原因・結果の併置性の強弱（直接性・間接性）を問題にしている。

18) OED s.v. causality 2. The operation or relation of cause and effect; 'the law of mind which makes it necessary to recognise power adequate to account for every occurrence'

Mitchell: The word 'cause' is used here in a narrow grammatical sense, embracing both 'that which produces an effect; that which gives rise to any action, phenomenon, or condition' (OED, s.v. cause I.1) and 'a fact, condition of matters, or consideration, moving a person to action; ground of action; reason for action, motive' (OED, s.v. cause I.3). Cause in this sense is, of course, most frequently expressed in what formal grammarians classify as clauses of cause. As I use these terms, it covers any clause which states the cause or reason for a consequence, the grounds for an assertion, or the definition of a remark made in the clause with which it is associated'

Kerkhof (1982: 470-1) : Clauses of cause and reason are mostly introduced by: as (a), bycause (b), for (c) and syn (d) ; here again that is often added. 語用論的な観点は無視されている。Mustanoja (1960)、Visser (1969)、Roscow (1981) では、当該構文は考察されていない。

19) Peasall (1986: 17) : I normally confine myself to talking about Chaucer's irony... though *but* and *for* may have many hidden subtleties, *and* is pretty straightforward.

Smith (1992: 277) : In *Troilus and Criseyde* ... the explicative function of *syn* is often subverted by hyperbole, paradox, and irony.

We can rarely trust wholly the narrative persona, who presents himself as varyingly engaged, detached, bemused, troubled, and through it all concerned to understand and defend--or correct--the perplexities inhering in the text of his "auctour."

20) 本論で扱う因果関係を表す接続詞：OED の定義

OED s.v. sith [reduced from OE *siððan* (subsequent to that)] 2.

seeing that; =*Since conj.* 4. Now *arch.* or *poet.* Very common from c1520 to c1670, being freq. used to express cause, while *since* was restricted to time.

OED s.v. sin [contracted form of *sithen*] 2. Seeing or considering that. a1300-- † b. So *sin that. Obs.* c1375-1474

OED s.v. for: for that (reduced forms of Old English *for þœm* (dative of that) *þe* † 1. because a1200-1872 *Obs.* or *rare.* 2.a. Introducing the ground or reason for something previously said: Seeing that, since. L. *nam* or *enim*, Fr *car*, Ger *denn.* c1150--

OED s.v. because: B. conj. 1. For the reason that; inasmuch as, since. c1386 Chaucer Frankl. Prol.8--

21) for の理由説はしばしば話者の判断を示す表現と共起している。hardely (2.304), certes (3.1478), douteles (4.430), trewely (5.410) ; by my trouthe (1.906), withouten any drede (3.418) ; God woot (2.995), wel I woot (3.337), certeyn is (4.569), trusteth wel that (4.1667) ; wol (1.573), shal (4.1279).

22) このパタンは ME の説明的なテクストで頻用されている。例えば、

Stanley (1960), *The Owl and the Nightingale*:

For Aluered seide of olde quide--

An ʒut hit nis of horte islide,

'Wone þe bale is alre hecst

þonne is þe bote is alre necst;'   685-8

Wherfore we axen leyser and espace to have deliberacion in this cas to deme. / *For* the commune proverbe seith thus: 'He that soone deemeth, soone shal repente.'   Mel VII 1029-30

Whoso thanne wolde wel understande thise peynes and bithynke hym weel that he hath deserved thilke peynes for his synnes, certes, he sholde have moore talent to siken and to wepe than for to syngen and to pleye. / *For*, as that seith Salomon, "Whoso that hadde the science to knowe the peynes that been establissed and ordeyned for synne, he wolde make sorwe." ParsT X (I) 228-9

23) GP I (A) 641, ClT IV (E) 337, LGW F 525, etc.
24) grace-place の脚韻例は、§5でMerT IV (E) 1997-8 を取り上げた。
25) Criseyde は、捕虜交換でギリシア陣営に行く直前にも、Troilus をいかに哀れみ、彼を受け入れたかを説明している。

 "*For* trusteth wel that youre estat roial,

 Ne veyn delit, nor only worthinesse

 Of yow in werre or torney marcial,

 Ne pompe, array, nobleye, or ek richesse

 Ne *made* me to rewe on youre destresse,

 But moral vertu, grounded upon trouthe--

 That was *the cause* I first hadde on yow routhe!

 "Eke gentil herte and manhod that ye hadde,

 And that ye hadde, as me thoughte, in despit

 Every thyng that souned into badde,

 As rudenesse and poeplissh appetit,

 And that youre resoun bridlede youre delit,

 This *made,* aboven every creature,

 That I was youre, and shal while I may dure. Tr 4.1667-80

26) Halliday and Hasan (1976: 279) は、語の反復 (reiteration) による結束性を4つに下位区分している ('the same word, a synonym or near-synonym, a surperordinate, a general word')。
27) blisse in hevene の反復は、§5の注10) で間テクストの観点から具体的に記述した。

28) Leech (1981)、大江 (1984) は、文要素の配列を純粋に形式的な集成としてではなく、話し手が言語を用いて自分の意図することを聞き手に認めさせることを目的とする、コミュニケーションの成立と関連させている。

9. 対人関係領域の曖昧性：発話意図
1) 話者の意図と聞き手の反応を考慮に入れたコミュニケーションの立場から見ると、文は命題内容層、心的態度層、そして発話意図層の3層から成り立っていると言える。つまり、文において、話者は、命題内容「── が ── である、── が ── する」（命題内容層）に、自分の判断・評価（心的態度層）を加え、最終的にそれを聞き手に情意的働きかけ（発話意図）を通して伝えている。この3層は、決して個々別々のものでなく、相互に予測的で、協力し合って機能している。本章では、発話意図層を中心に考察する。心的態度層は§10で、また命題内容層は、§11〜§13で取り扱う。この3層構造については、安藤 (1986)、Sweetser (1990)、澤田 (1993) を参照。

2) Austin (1962) は、発話行為において、構文論的意味 (locutionary force)、聞き手に対する発語内行為 (illocutionary force)、そしてこの行為を媒介して生ずる聞き手への心理的効果、つまり、驚き、悲しみ等の発語媒介行為 (perlocutionary force) を提案している。本章では、1番目と2番目の意味を中心に考察した。

3) 発語内行為が伝達されるには、当然のこと話者・聞き手は一定の条件を満たしていなければならない。Searle (1969) は「適切性条件」を提案している：a. Propositional content, b. Preparation, c. Sincerity, d. Essence. pp. 66-7 では、'Request'、'Assert'、'Question'、'Thank'、'Advise'、'Warn'、'Greet'、''Congratulate'' を例に、4つの条件がどのように働いて、発語内行為が実現するかを説明している。他に、Levinson (1983) も有益である。

4) *Amis and Amiloun* (l.1453) では、Amiloun は Amis を正義よりも

友情を優先させて助けている。

5) 誇張法は、中世において修辞学の一技法で一般的に使用されており、アイロニーと認めるかどうかの判断は微妙である。Cf. Blake (1977: 'Parody').

6) unkynde については、§12.2.4 を参照。

7) §10.4 の法動詞を参照。

8) 人物観の揺らぎは§6の人物の性格に係わる。当該部は§13の声（音）の分析も参照。

9) Criseyde の Pandarus への問いかけ（発語内行為：依頼）を Searle (1969) の適切性条件に当てはめてみると大凡次のようになる。

  a. Propositional content：未来の行為
  b. Preparation：Criseyde は Troilus にいてほしい。言わなければ Pandarus は気付かないかもしれない。非倫理的な要請なので、Criseyde は思いを露骨には出せない。
  c. Sincerity：心からそう思っている。
  d. Essence：質問で依頼の気持ちを表す。

10) *The Book of the Duchess* では、作中に登場する Chaucer は「関連性の公理」に欠けたスピーチ（二重プリズム構造の表現）をすることで、Black Knight に対して会話の穴を埋め、一貫性を作り、会話を拡張するよう促す。騎士は、心に鬱積していることを吐き出すことで慰められる（Cf. Austin 'perlocutionary force'）。Chaucer はまるで心理療法士である。「関連性の公理」の違反に対して騎士は文字通りに対応するが、その違反は表面的なことで、全体を見通している第二プリズムの聴衆・読者には、「共同の原理」が働き、（無知の）語り手が担わされた役割、慰みを導き出す配慮（含意）が読み取られる。

11) §7の自由間接話法を参照。話法の段階性については、Leech and Short (1981: 337) が有益である。

10. 対人関係領域の曖昧性：法性

1) moot の義務意味が生ずる要因については、中野（1993）を参照。また moot の義務意味の OE 末期の例証は小野（1964）を参照。

2) Sweetser（1990）は、この意味推移を類似性に基づいて説明している。必然性（necessity）を共通概念として、その適用世界が社会物理的なものから心理的なものへと拡張したと捉えている。また多義性を導くメタファー・メトニミーの原理については、山梨（1995: 19-88）が有益である。

3)「根源的意味」（root sense）と「認識的意味」（epistemic sense）については、Coates（1983）や Sweetser（1990）の使用する用語に従っている。

4) 中尾（1999b）を参照。

5) Leech and Coates（1980: 82）は、共時的（現代英語）な立場から、'cannot' の背後にある外的要因を分類していて有益である。Chaucer の moot/moste の外的要因の検証は中尾（1999b）を参照。Coates（1983: 78-9）は、法助動詞が読み手に 2 つの意味が意識される時、それぞれが強く関係し合って、いずれにとっても構わない 'merger'（both A and B）と、いずれか 1 つであるはずだがそれが分からない 'ambiguity'（either A or B）とに分けている。Chaucer の外的要因は未分化性が強く、そのいずれをとるかは読み手の重点の問題であるように思える。

6) 中尾（1996, 2002a）を参照。

7) 個人の主観の関与が小さい（客観的な）必然性／可能性とその関与が大きい（主観的な）必然性／可能性は、Leech（1971: 75-7）が現代英語を記述する際の 'theoretical necessity/possibility' と 'factual necessity/possibility' に対応している。Traugott（1989）は英語史的立場から中英語期では、「認識的意味」は個人の関与が弱いことを指摘している。

8) Bybee（1994: 192-4）を参照。

9) Fridén（1948: 163）の指摘に負う。

10) shall 及び will の意未発達については、桝井（1954: 1-55）が有益で

ある。
11) Windeatt (1984) を参照すると、Tr 4.1279 shal]wyl H3、5.1352 moot]must DGgH2H4R、5.993 wol]shal H2H3S1 に写本の異同が見られる。
12) 日本語では「根源的意味」と「認識的意味」は明らかに違った形式で表される。当該部を刈田（1948）は根源的意味で「満足せねばならぬ」、一方、宮田（1979）は「認識的意味」で「望ましいはず」と訳している。
13) Cf. But syn thus synfully ye me begile,
My body *mote* ye se withinne a while,
Ryght in the haven of Athenes fletynge,
Withoute sepulture and buryinge,　　LGW 2550-3

Chaucer が *Troilus and Criseyde* の後に取り上げた *The Legend of Good Women* からの用例でる。コンテクストはこうである。女王 Phyllis は逆境の騎士 Demophone を助ける。Phyllis は彼に一目惚れして、彼と結婚の約束までする。しかし、彼は彼女を見捨て故国のアテネに向かう。彼女は自分の軽率さを悔やみ、彼に手紙を書いて彼の裏切りに言及する。ここでの用例は手紙の最終部で、彼の裏切りのためにもはや生きてはおれないと死の決意を表明するところである。Phyllis が女王としての権威を背景に、syn の理由節により Demophone の裏切りという反宗教的な行為を糾弾していると取れば、（その罪の償いとして）「あなたは、私の死体を見なければならない」となる。他方、syn 節を Phyllis の社会的糾弾というより恥辱による死の決意と見なせば、「義務的意味」は後退し、「認識的意味」が浮上してくる。
14) 刈田（1948）は、当該部を「きっとここへ戻ってまいります」と「認識的意味」（「きっと」）に留意し、一方、宮田（1979）は「こちらに戻って来ますわ」と「根源的意味」で訳している。
15) 刈田（1948）「また彼を信じることにしよう、きっとそうしたい」も

宮田（1979）「あなたをご信頼致しましょう、充分ご信頼できると存じます」も直接話法のように意志・能力の意味で訳している。

Cf. Criseyde の Diomede に対する態度の揺らぎは、fayn (5.187) の使用にも窺われる。OED s.v. fain (adj) 2: Const. *to* with *inf.* Glad under the circumstances; glad or content to take a certain course in default of opportunity for anything better, or as the lesser of two evils. c1330-1882.

16) 他に CT FrT III (D) 1514（悪魔の言語の不気味な両犠牲：意志、予測）も参照。

17) Cf. Lyons (1977: 797-809)

18) 'evidential' と 'epistemic' の相関性については、Brinton (1996: 231-5, 243-4) が示唆的である。

19) Both sothe sawes and lesinges (HF 676), And of fals and soth compouned (HF 1029), A lesyng and a sad soth sawe (HF 2089), Thus saugh I fals and soth compouned / Togeder fle for oo tydynge (HF 2108-9)

20) Cf. Tr 5.766-70：ギリシア陣営に送られ、2ヶ月も立たないうちにトロイに帰る意図からかけ離れた、と記されている。他方、Boccaccio の Criseida は、Dïomede が速やかに（E 'n breve spazio *Il Filostrato* 6.8.6）彼女の心から Troilo と Troie を追い出したと記されている。§12 の 9) の引用を参照。

21) §10.3 の詳細な分析は、中尾 (2002b) を参照。

22) 法動詞、I woot wel/God woot と脚韻との関係は、*Troilus and Criseyde* では wel woot I (4.1017) が 'I' で、また God woot how (1.334) が 'how' で押韻しているにすぎない。

23) Brinton (1996: 260) は法動詞の文上の位置について、文頭は「主題化」('thematized')、文中は「挿入的」('interpolated')、文尾は「付加的」('adjoined') の機能を持つと述べている。

24) 法動詞の主観性の強化については、Traugott（1989）、Brinton（1996: 229-35）を参照。

25) Brinton（1996: 255-6）は、I woot は主観的認識、God woot は客観的認識と規定している。

26) §10.3 で述べたように、Oh（2000）は法副詞に関して、'local scope' と 'global scope' を設定している。当該 scope をここでは法動詞に当てはめた。

27) MED による gilteles の扱い方

    1. Adj. (a) guiltless, sinless; blameless, inculpable; --of persons, things, actions

    2. As adv. [?adj. in early examples]: (a) without guilt, undeservedly, unjustly; (b) in a guiltless manner, innocently.

    2.(b) の引用例：

    And somme murthes to maken as munstrals cunne,

    And gete gold with here gle *giltles*, I trowe.

    (*Piers the Plowman,* C. Passus I. 33-4; A. Prol. 34 'synneles')

MED 2 は、PPl. Prol.34 の一例（目的語：物）を除き全ての例は (a) の用例（18 例）で、目的語（被動作主）と関係付けている。動詞が slay 等、非倫理的な行為に言及し、被動作主には罪がないからである。

  Chaucer の gilteles を含む文の統語法も同様である。主語と目的語を伴う用例で、3 例が主語（但し目的語は全て抽象名詞：CYT VIII (G) 1005, LGW 1982, Anel 301)、8 例が目的語 (KnT I (A) 1314, MLT II (B1) 674, WBP III (D) 385, FranT V (F) 1318, PardT VI (C) 491, Tr 2.328, LGW 2092, MercB 17) である。後者の例を 3 例挙げておこう。

    a. And seide, "If that ye don us bothe dyen

        Thus *gilteles*, than have ye fisshed fayre!   Tr 2.327-8

b. A voys was herd in general audience,

　　　And seyde, "Thou hast desclaundred, *giltelees*,

　　　The doghter of hooly chirche in heigh presence;

　　　　　　　　　　　　　　　　　　　MLT II (B1) 673-5

　　c. Right at his owene table he yaf his heeste

　　　To sleen the Baptist John, ful *giltelees*.　　PardT VI (C) 490-1

28) [6]談話上に拡がって成立する曖昧性：法性が及ぶ談話の作用域の大小（4.1667-80）、指示詞の確定に係わる談話の曖昧性（2.232-8）、省略の補完に係わる曖昧性（3.588-90）；[7]修辞的曖昧性：overstatement（2.680-6）、understatement（Cf. But *sikerly* she hadde a fair forheed; / It was almoost a spanne brood, *I trowe;* / For, *hardily,* she was nat undergrowe. / Ful fetys was hir cloke, *as I was war.*　CT GP I (A) 154-7 'Prioress'）

11. 言語表現領域の曖昧性：統語法

1) *Troilus and Criseyde* の現代の 4 刊本の異同（句読点も含まれている）については、Jimura et al.（1999）を参照のこと。

2) Nakao（1995）で as she that 句の意味を歴史的に検証し、Nakao（1993c）では同句が Criseyde に多用されていること、また彼女に適用される際、両義性が看取されることを指摘した。Yager（1994）も同時期に同句の本作品における曖昧性を考察している。私との相違点は検証の過程で随時触れた。

3) 例えば Prins（1952: 59）、Mustanoja（1960: 199）、Kerkhof（1982: 278）、Kivimaa（1966a: 88, 102; 1966b: 15）を見よ。Chaucer は、下記のように、con cele qui を as she that と翻訳している。

　　　N'el n'auoit sa robe chiere

　　　En maint leu l'auoit desciree,

> *Con cele qui* mout fu iree.　　*Le Roman de la Rose* 316-8

> And for to rent in many place
> Hir clothis, and for to tere hir swire,
> *As she that* was fulfilled of ire.
>
> 　　　　　　　　　　　*The Romaunt of the Rose* 324-6

同様に、*Le Roman de la Rose* 3030 / *The Romaunt of the Rose* 3256, Macaulay（1899）：25413, 27942, 28248, 28883, 28900, etc. を参照。 Cf. Latin: quippe qui, ut qui, utpote qui.

4) 初期近代英語において、2) c で Bourchier による Froissart の Chronicle（Ker（1967:29））に見られる。しかしこれは例外的である。Spenser の *Faerie Quene* では、当該句は as one that ... 形でのみ見られる（ex. B1, ci, s4, 6; B1, cix, s24, 4-5）。そこでの意味は 2) a でのみ機能している。

5) 句のまとまり度と意味転調の問題は、「文法化」（grammaticalization）の現象の一環として捉えられる。Hopper and Traugott（1993:2, 45-6）を見よ。意味の違いは辞書的な原義を留めた起点（source）か句としてのまとまりを強化した着点（target）かの違いである。Cf. 文法化の度合の問題は、名詞句かそれとも複合語かの判断でも見られる。ShipT の goode-wyf は句として分析的に取れば「善良な妻」であり、複合語として取れば「主婦」の意味である。前者で取ればアイロニーの意味が深められる。

6) Yager（1994）は注で Gower が使用したことを（引用例もなく）指摘するだけで、その使用法についての分析はない。

7) 当該句の関係節の動詞は、相的に見れば状態的（ないし典型的）な傾向にある。このような意味特徴は人物の属性（例えば、宮廷夫人にふさわしい資質）を表すのに好都合である。

8) 当該句のスピーチレベルについては、口語的というよりも形式張った

音調があると思われる。この句はフランス語の材源から採用された文語テクストやキリスト教の献身性を記す著述、法律文書等に用いられている。Nakao (1995) を参照。

9) Vinaver (1967:973) を参照。

10) Yager (1994) は、写本の異型及び音声的な観点からの分析は行っていない。

11) Chaucer の Swich vanyte ne kan don hire non ese, / *As she that* al this mene while brende / Of other passioun than that they wende (Tr 4.703-5) は、Boccaccio の C*ome a colei che* sentia nella mente / Tutt' altra passion che non vedeano (*Il Filostrato* 4.83.4-5) に対応している。*Il Filostrato* には、Chaucer によって採用されなかった 11 の類似例がある (1.15.6, 1.20.7, 2.35.5, 2.48.5, 2.102.7-8, 2.130.8, 3.30.5, 4.137.7, 5.41.1, 5.49.2, 6.11.1)。

12) この首尾一貫性は、§8 の接続関係において検討すべき問題である。

13) 当該例は §9 の発話意図の曖昧性としても扱った。

14) Yager (1994) は Donaldson の批評を等閑視している。Donaldson (1970: 71) : All but the very simplest uses of *as* to express equivalence cause a distancing between the things compared: 'He spoke as one who had suffered' is not as direct or unambiguous a statement as 'One could tell from his speech that he had suffered.'

15) Roscow (1981: 19-21) の転移 (displacement) を参照。

16) OED s.v. without: † 5. In addition to c1205-1535; † 6. except c1000-c1320; 7.a. (a) With absence of c1200--.

17) tendre-herted、slydynge、corage の意味範囲は、大凡次の通りである。

 tendre-herted (MED) : 6. (a) Sorrowful, heartfelt; piteous, painful, touching; (b) easily moved; of the heart: compassionate, sympathetic

Cf. tender (MED): [OF] 2. (a) Pysically sensitive, esp. to pain; susceptible to injury, vulnerable; (b) easily injured, fragile; soft

   slydynge (Davis 1979): [OE] changeable, unstable, inconstant, slippery, flowing, gliding.

   corage (Davis 1979): [OF] heart, spirit, disposition; nature; soul; courage; desire; inclination, intention.

18) このような主語省略については、Roscow (1981: 85-91) を参照。
19) Cf. And with that word *she doun on bench hym sette.*　　Tr 2.91

By Troilus adown right *he hym sette,*　　Tr 3.700

Yif thow me wit my lettre to devyse."

And *sette hym down,* and wrot right in this wyse:　Tr 2.1063-4

20) Windeatt (1983: 491): Pratt compares Bv's Diomede who, however, sits himiself down beside her.

12. 言語表現領域の曖昧性：語

1) Leech (1969) は 'chiming' の効用として類似音を介した語間の相互作用を挙げている。ここでの意味の重なり合いは、語と音声の両面に係わるが、便宜上§13で取り挙げることにする。

2) Bakhtin (1998) の 'dialogical imagination' を参照。あるものを選んだことは、あるものは選んでいないわけで、両者は意識され相互作用する可能性を持つ。

3) 深谷・田中 (1996) は、言語使用の立場に立つ意味研究である。彼らが言う＜意味付け＞は、意味が固定的にある側面ではなく、話者、聞き手あるいは場面を通して、彼らの言葉で言う＜情況＞を経由して生まれてくる側面を問題にしている。

4) Chaucer の *slide* の指示物：my sorwes (BD 567), hir sorwe (FranT V (F) 924), alle othere cures (ClT IV (E) 82), The dredful joye (PF 3), swiche folies (FranT V (F) 1002), The tyme (Tr 5.352), the devyne

substaunce (Bo 3.p12.189), the soules of men (Bo 5.p2.26), this necessite (Bo 5.p3.36), that science (i.e. alchemy) (CYT VIII (G) 680), wight (Bo 4.p6.345), bothe Troilus and Troie town (Tr 5.768)。

5) Boethius は Tester (1918)、Meun は Dedeck-Héry and Venceslas (1952) を使用した。

6) Cf. 桝井 (1962: 133)：「OED をひらいてみてもここの 'sliding' の用例をとっていないのは編者の周到な配慮によるものと解される。詩人はこの語の含蓄をその場の文脈にゆだねているからである。」

7) Chaucer は Diomede に対する彼女の優しさを強調している (Tr 5.1044-50)。

8) Windeatt (1984: 487)：Fil's active imagery of D driving Troiolo and Troy forth from Criseida's thoughts (8/6) is replaced by Ch's more passive image of Troilus and Troy slipping through C's heart like a knotteles string.

9) Boccaccio は、他にも Diomede を彼女の「(新しい) 恋人」(Fil 5.14.8, 7.31.8, 7.49.8, 7.56.3, 7.58.1, 8.6.1) と積極的に記述しているが、Chaucer はそうすることには否定的である。

10) 二つの句の関係付けの保留は §11 の統語法を参照。

11) Prioress と May については、I (A) 143-50, IV (E) 1982-97 を見よ。Burnley (1979: 148) は、'although ... the balance between reason and emotion ... is generally maintained, yet in the fourteenth century, excesses of pietism are exceedingly common' と指摘している。

12) slydynge が Bo では運命の属性 (Bo 1.m5.34) を表していることは既に指摘した。Criseyde の性格の背後に運命の属性が潜み、性格か運命かと、意味の倍音効果を一層深めてもいる。

13) Smith (1949: 5) は、プラスの価値に力点を置いて、'It (i.e. Criseyde's heart) may have changed from sympathy and tenderness, rather than from fickleness and instability, for note that "slydynge of

corage" follows immediately "tender-hearted.'" と解している。他方、Donaldson (1970: 59, 77) は、マイナスの価値を強調して、Tendreherted の直後の slydynge of corage は、'anticlimax' と評している。Elliott (1974: 325) は、'a particularly slippery kind of inconstancy' を示唆するとさえ述べている。また Burnley (1982: 95) は、ME テクストに現れる slydynge、そして Bo 翻訳のこの語の対応語である lubrica と escoulorjant が共にしばしば非道徳的な意味で用いられていることを指摘し、Criseyde の例もその一環にあるものとして解している。このような中にあって、桝井 (1962: 148) の「心のうつりやすい性質 ―― その中にはまだ善悪の評価はふくまれていない」は注目に値する。繁尾 (1982: 77) は、「「うつり気」はここでは環境に適応する心、すべてを受けて流す心の柔軟さを意味しているのだろうか」と述べていて、同様に注意すべきである。私も、基本的にはこの点を重視し、一義的な評価を押さえた解釈を押し進めた。Cf. slydynge of corage の簡潔な批評史については、Kaminsky (1980: 154-5) を参照。

14) Cf. Mais sis corages li chanjot (Benoit: *Le Roman de Troie*: 5287); animi constaniam non seruasset (Guido: *Historia Destructionis Troiae* Book III). Chaucer は slydynge を用いたことで、彼らよりも否定的評価を和らげている。他に Root (1926: 544)、Gray (1973: 191-3)、Windeatt (1984: 491) を参照。

15) knotteles の曖昧性について桝井 (1962: 146-7) が有益である。

16) Muscatine (1957: 155): The dramatic action and the editorial comment together produce a kind of controlled ambiguity that is inreasingly apparent as the poem progresses.

17) kynde の否定は、man の否定が woman になるような二極的なものではなく、段階的であり、即「裏切り者」にならないことに注意すべきである。Jespersen (1917: 85) や Aitchison (1994: 85) を参照。

18) Burnley (1992b) は、kynde の語義の曖昧さが中世の法律家に問題

的となり、彼らが反復的に定義する等の苦労を指摘している。Kanno (1998) は、unkynde は結局は <untrewe> と判明すると指摘するが、Chaucer はより意味が限定的な untrewe の語を選択していないことに注意すべきである。本作品で、For may no man fordon the lawe of kynde. (1.238) や Peraunter thynkestow: though it be so, / That Kynde wolde don hire to bygynne / To have a manere routhe upon my woo, / Seyth Daunger, 'Nay, thow shalt me nevere wynne!' (2.1373-6) に端的であるように、この語は人間に根源的な情動に係わり、人間の恋情、同情、愛情、誠実さ等幅広い意味で使われている。

19) nought kynde は、二語で分析的に行われている点、一語に結束した unkynde に対して否定の度合いは弱いと言える。

20) Bo は肉を持つものの流動性と神の不動性が、LGW は Tr とは裏腹に男性の不実と女性の善行が対比的に展開され、また Henryson では裏切った後の Cresseid に焦点が当てられ、糾弾され、罪を告悔する姿が描かれている。Henryson は Fox (1981) を使用した。

21) Burnley (1979: 94) は、'there is no mention of her (i.e. Criseyde's) moral stability: she is never called *sad, stedefast, or stable*' と指摘するが、その逆方向にあって露骨に不貞を表す語も同様回避されている (Cf. *unstedefastnesse* LGW G 526)。

22) 形容詞の限定用法には、Roscow (1981: 29-33) の言う 'attributive adjective' (premodifier, postmodifier 及び形容詞の絶対用法) を適用した。形容詞と連語する名詞は、Criseyde 自身を直接的に言及するものから、彼女の感情、行為、性質等を言及するものまで含めている。

23) 限定用法：And fareth wel, *goodly, faire, fresshe may*,
　　　　　　　As she that lif or deth may me comande!　　Tr 5.1412-3

　　　　　　　Now maistow sen thiself, if that the liste,
　　　　　　　How trewe is now thi nece, *bright Criseyde*! Tr 5.1711-2

叙述用法："O mercy, God," thoughte he, "wher hastow woned,
That art so *feyr and goodly* to devise?"　　Tr 1.276-7

Hire hewe, whilom *bright*, that tho was pale,
Bar witnesse of hire wo and hire constreynte; Tr 4.740-1

24) Shakespeare は Waker (1957) を使用した。

25) Cf. Donaldson (1972: 42)：... for Chaucer truth was never simple, always so qualified that the only way to express it satisfactorily was to mix statements of fact with many contradictory truths.　In a way, the image of his poetry is that of the false report and the true one which unite inseparably to get out of the House of Rumour into history.

26) MilT の sely の複雑な用法は Cooper (1980)、Chaucer 作品の両義的な用法は中尾 (1988a)、LGW の使用については Nakao (1988b) を参照。Knapp (2000) は Chaucer の sely の使用を概観しているが、意味の相互作用には言及していない。

27) Criseyde はこの世の流動的な「幸せ」を表すために、selynesse (3.813, 3.825, 3.831) を使っている。また sely の写本の異同は、Windeatt (1984) によれば、1.338 sely]Gg om.、3.1191 sely]lytel R、4.503 sely]happy Cx が見られる。

28) Brown (1924, rev. 1952) からの引用。

29) pite に係わる場面は、大まかに次のペアで分類される。i. God / Mary：人 (e.g. ParsT)；ii. 王：人民 (e.g. KnT, Gower *Confessio Amantis* vii. x)；iii. 裁判官：罪人 (e.g. Rotuli Parliamentorum)；iv. 宮廷貴夫人：恋に苦しむ騎士 (e.g. Tr)；v. 親：子 (e.g. MlT, PhyT)；vi. 友：友 (e.g. Tr)；vii. 聴衆・読者：物語で苦しむヒーロー・ヒロイン (e.g. Tr)。ここではペアの前の要素が pite を与える者、後の要素が pite を受け取る者である。

30) Cf. 詩人は Rose に接近する途上、Pite と Daunger のアレゴリカル

な葛藤を経なければならない。

> And while I was in this torment,
>
> Were come of grace, by God sent,
>
> Fraunchise, and with hir *Pite*.
>
> Fulfild the bothen of bounte,
>
> They go to *Daunger* anoon-right
>
> To forther me with all her myght,　　Rom 3499-504

31) Davies (1963) : *Medieval English Lyrics*

Why have ye no *reuthe* on my child?

Have *reuthe* on me, ful of murning.

Taket down on Rode my derworthy child,

Or prek me on Rode with my derling.

44 Mary suffers with her son 1-4

Jesu, I pray thee forsake nat me,

Thogh I of sin gilty be:

For that thef that henge thee by,

Redily thou yaf him thy *mercy*.

Jesu, that art so corteisly,

Make me bold on thee to cry:

For wel I wot, without drede,

Thy *mercy* is more than my misdede.

45 A devout prayer of the Passion 133-40

Francis (1987), *The Book of Vices and Virtues,* The degrees of mercy 191

For alle we beþ membres of on body, þat is to seie of holi chirche, bi grace, and þat on membre haþ kyndeliche *rewþe* on þat oper.　After, we ben alle bouȝt be on prys, þat is bi þe precious blod of Ihesu Crist þat he schedde on þe crosse for to bien vs from þe deþ wiþ-wouten ende. When Goddes sone þat was so *pitous* and so *merciable* aȝens vs, wel schulde haue *pite* and *rewþe* eche of vs oþer, and helpe and socoure eche of vs oþer.

32) routhe (< ON *hrygg* 'sorrow', 'penitence') は、OEDによれば次の通りである。1. pitifulness c1175--; 2. remorse c1200--; 3. sorrow c1205--; †4.a. matter or occasion of sorrow or regret c1200-a1626. この語は§12の42)の例に示すように、教義的なテクストでは殆ど用いられていない。世俗的な音調があるのかもしれない。この語やその派生語は、宮廷恋愛の文脈に適用され、*Troilus and Criseyde*に頻用されていることに注意すべきである。

33) mercy [< F *merci*, L *mercedem* 'reward']は、温情を要求できないあるいは罪を悔いている人への同情として、宗教的に規定される。「報償」ないし「許し」の含意で宮廷恋愛の文脈に適用されている。'have merci/pite of'の句は、おそらくフランス語の翻訳借入であろうが、フランスの宮廷主義に従うかのように、形式ばったトーンを出すのに効果的である。Cf. TroilusはCriseydeにmercyを使って感謝している："Here may men seen that *mercy* passeth right; 3.1282

34) Cf. Green (1979: 121, 122)：... courtly poets were not simply preoccupied with a romantic idealisation of love, but were also aware of elements of make believe in that ideal ... ; in the crucial bedroom scenes of the third fitt the English romance *Sir Gawain* is moving through, or disturbingly close to, fabliau country. Fewster (1987: 142) も有益である：'some ambivalence by evoking a fabliauesque reductivism'. §5の間テクスト性を参照。

35) Cf. Lydgate, *Troy Book* II 4760-2（この部分は、Tr 5. 824-5に対応する）：

> And, as seiþ Guydo, in love *variable*--
> Of *tendre herte* and *vnste[d]fastnes*
> He hire accuseth, and *newfongilnes*.

36) Cf. 斎藤（1993: 367）.
37) 巡礼者の一人、Monk は理想的な修道僧観を否定する。それを聞いた同じく巡礼者の一人 Chaucer は彼の主張に賛同する。この時付加した I seyde は、法動詞に準ずる機能を果たしている。

> Ne that a monk, whan he is recchelees,
> Is likned til a fissh that is waterlees--
> This is to seyn, a monk out of his cloystre.
> But thilke text heeld he nat worth an oystre;
> And *I seyde* his opinion was good.　　CT GP I (A) 179-83

38) chere は身体的というよりはもっと心理的で、「態度」(MED 6. (a) Kindness, friendliness, sympathy, hospitality) を意味したかも知れない。とすると、Pandarus は二人の関係にもっと積極的に踏み込んでいることになる。
39) §9 の発話意図を参照。

13. 言語表現領域の曖昧性：声（音）

1) *The Canterbury Tales*, GP の尼僧院長の紹介にも A の頭韻が使われている。On which ther was first write a crowned *A*, / And after *Amor vincit omnia*. I (A) 161-2. 桝井（1977: 74-7）を参照。
2) 深谷・田中（1995: 69-73）が規定する言語使用者の「記憶の関連配置」を参照。
3) makeles は、MED によれば 'unequalled'、'without a mate' を意味し、多義的である。ここでは第一義的には、'unequalled' であるが（MED はこの意味で当該箇所を引用）、Criseyde が寡婦（1.170）として現れていることを考えると、第二義的に 'without a mate' が浮かび上がっ

てくる。この第二義は、語り手が物語の全体を見通して使用したとすれば、更に発展的に、彼女が可変的な状況に対応する結果、＜連れ添いの束縛から離れ、流動する状態＞を暗示したかもしれない。これは辞書的というよりは語用論的意味である。Cf. O ryng, fro which the ruby is out falle. 5.549.

4) *Troilus and Criseyde* は、rime royal (ababbcc) の詩型で書かれているが、'chiming' 効果がある脚韻ペアは、その大半が cc の couplet 部分（下記の下線のある詩行を見よ）に現れている。Masui (1964: 226) は、rime royal の思考の展開法を漢詩（絶句）の起承転結に対応させている：
The seven-line stanza of the rime ababbcc which Chaucer employed in *Troilus and Criseyde,* the *Parliament of Fowls,* and others may pose an interesting problem in point of rime and line-structure. It has three parts, the *pedes* ab, ab and the *cauda* bcc. Roughly speaking, the first *pedes* (ab, ab) may serve for the beginning of a theme and its development, and the last *cauda* (bcc) for the turning (*or* surprise) (b) and the conclusion (cc) of the theme, thus forming a small unity within a single stanza. By so doing, stanza follows stanza with a circular and yet progressive movement of verse in accordance with the gradual and sustained development of a subject-matter. And the last two lines of the stanza often give us an effect of finality just as does the heroic verse. This effect of finality or summing up may certainly be achieved in part by the last rime cc. For that matter the structure of a seven-line stanza seems to resemble to some extent that of a Chinese *zekku* (quartrain) which has 'beginning, development, turning and conclusion.'

Troye--joie は、*Troilus and Criseyde* において、31 回使われている：
1.1-4, 1.118-9, 1.608-9, 2.139-40, 2.643-4, 2.748-9, 2.881-2, 3.356-7, 3.790-1, 3.874-5, 3.1441-2, 3.1450-52, 3.1714-5, 4.55-6, 4.90-1, 4.274-6, 4.335-6,

4.1306-7, 4.1441-2, 4.1630-1, 5.27-8, 5.118-9, 5.393-5, 5.426-7, 5.608-9, 5.615-6, 5.729-31, 5.779-81, 5.930-1, 5.1380-2, 5.1546-7. この脚韻ペアの意味論的な考察は、Masui (1964: 270-1, 278-80) でなされている：'Thus, *Troy* is, by the principle of proximity, equated with *joy*.'

routhe- (un-) trouthe: 1.582-4, 1.769-70, 2.349-50. 2.489-50, 2.664-5, 2.1138-9, 2.1280-1, 2.1502-3, 3.120-2, 3.1511-2, 4.1476-7, 4.1609-10, 4.1672-3, 5.1000-1, 5.1385-6, 5.1586-7.

serve-sterve: 1.15-7, 2.1150-2, 3.153-4, 3.389-90, 3.713-4, 3.1290-2, 4.279-80, 4.321-2, 4.447-8, 4.517-8, 5.174-5, 5.312-3.

grace-place: 1.895-6, 1.960-2, 1.1063-4, 2.30-2, 2.1364-5, 3.921-2, 3.1269-71, 3.1348-9, 3.1455-6, 3.1803-4, 4.555-8, 4.1684-5, 5.169-71, 5.580-1, 5.940-3, 5.956-7, 5.1322-3.

5) 他にも頭韻の例では、Troy の破壊 (Troie ... destroied 1.68; Troye ... Destroyed 1.76-7)、Calkas と彼の計算 (Calkas ... calkulynge 1.71)、Troilus と Troy の（包含）関係（これ自体メトニミーが作用している）(And Troilus to Troie homward he wente. 5.91; And forth I wol of Troilus yow telle. / To Troie is come this woful Troilus, 5.196-7; For bothe Troilus and Troie town / Shal knotteles thoroughout hire herte slide; 5.768-9. 頭韻と類音（assonance）の他の例として Masui (1964) が指摘する compleyne-peyne-twynne-tweyne を挙げることができる。And ther I wol eternaly compleyne / My wo, and how that twynned be we tweyne. 4.475-6; Myn herte and ek the woful goost therinne / Byquethe I with youre spirit to compleyne / Eternaly, for they shal nevere twynne; / For though in erthe ytwynned be we tweyne, / Yet in the feld of pite, out of peyne, 4.785-9; "The soth is this: the twynnyng of us tweyne / Wol us disese and cruelich anoye, / But hym byhoveth somtyme han a peyne 4.1303-5.

6) §11 で論じたように、as she that 句は Criseyde の性格描写として、

物語の重要な転換点で繰り返し用いられている。韻律パタンは§13 の 17) の例と全て同じである。

7) 声（音）がもたらす曖昧性については中尾（2000a）で骨子を示した。ここでは 'chiming' の現象も加えて考察した。

14. 結語

1) 発話者が想定したかどうかわからない場合、いわゆる読者にとっての「不明」の問題は、第二プリズムの認識の問題である。

2) 近接性は、Jakobson（1960）が言うように、結合軸上に作用する推論である。§3 で示した曖昧性のカテゴリーは、基本的にはこの推論が作用するバリエーションである。曖昧性はこの近接性が読者を介して緩められ、概念が重層的になる時生じている。この時、表現に凝縮される意味関係は、聖と俗の両極的な方向性に端的であるように、基本的には類似性ないしコントラストの推論に依拠している。両推論の相互作用が読者の解釈行為への参加を容易にしていると思われる。

3) Chaucer の曖昧性の研究は、言語の langue としての面よりは、言語の parole としての面が重要であり、ここには言語、文学、文化・社会等の種々の要素が凝縮される。従来 langue を中心に言語研究されてきた嫌いがあるが、当該研究は、parole の言語研究への一つの試論でもある。

参考文献

I. テクスト・翻訳

Andrew, Malcolm and Ronald Waldron. eds. 1978. *The Poems of the Pearl Manuscript--Pearl, Cleaness, Patience, Sir Gawain and the Green Knight.* London: Edward Arnold.

Baugh, A. C. ed. 1963. *Chaucer's Major Poetry.* Englewood, New Jersey: Prentice-Hall.

Benson, Larry D. ed. 1987. *The Riverside Chaucer: Third Edition Based on The Works of Geoffrey Chaucer Edited by F. N. Robinson.* Boston: Houghton Mifflin Company.

Bergen, H. ed. 1906, 1908, 1910, 1935. *Troy Book.* EETS E.S. 97 (1906), 103 (1908), 106 (1910), 126 (1935).

Beadle, Richard, and J. Griffiths. eds. 1983. *St. John's College, Cambridge, Manuscript L.1., A Variorum Edition of the Works of Geoffrey Chaucer.* Norman, Oklahoma: Pilgrim Books.

Blake, N. F. ed. 1973. *Caxton's Own Prose.* London: Andre Deutsch.

Brewer, D. S. and L. E. Brewer. eds. 1969. *Troilus and Criseyde (abridged) Geoffrey Chaucer.* London: Routledge & Kegan Paul.

Brook, G. L. ed. 1964. *The Harley Lyrics.* Manchester: Manchester University Press.

Brown, C. ed. 1924, rpt. 1952 (2nd edn. rev. G. V. Smithers). *Religious Lyrics of the Fourteenth Century.* Oxford: Clarendon Press.

Coghill, Nevill. tr. 1971. *Geoffrey Chaucer Troilus and Criseyde.* London: Penguin.

Davies, R. T. ed. 1963. *Medieval English Lyrics.* London: Faber and Faber.

Davis, Norman. ed. 1967. *Sir Gawain and the Green Knight.* 2nd edn.

Oxford: Clarendon Press.

Dedeck-Héry, V. L. and Loui Venceslas. eds. 1952. "Boethius' De Consolatione by Jean de Meun." *Medieval Studies*, XIX, 165-275.

Donaldson, E. T. ed. 1975. *Chaucer's Poetry--An Anthology for the Modern Reader.* New York: The Ronald Press Company.

Dorsch, T. S. ed. 1965. *Julius Caesar* (Arden Edition) London: Methuen & Co Ltd.

Fisher, J. H. ed. 1989. *The Complete Poetry and Prose of Geoffrey Chaucer.* 2nd edn. New York: Holt, Rinehart and Winston.

Fox, Denton. ed. 1981. *The Poems of Robert Henryson.* Medieval and Tudor Series. Oxford: at the Clarendon Press.

Francis, W. N. ed. 1987. *The Book of Vices and Virtues: A Fourteenth Century Translation of the 'Somme le Roi' of Lorens D'Orleans.* Millwood, N. Y.: Kraus Reprint.

French, W. H. and C. B. Hale. eds. 1930. *Middle English Metrical Romances.* New York: Russell & Russell.

Furnivall, F. J. ed. 1882. *A Parallel Text Print of Chaucer's Troilus and Criseyde from the Campsall MS. of Mr. Bacon Frank, Copied for Henry V. When Prince of Wales, the Harleian MS. 2280 in the British Museum, and the Cambridge University Library MS. Gg.4.27.* London: The Chaucer Society, First Series, LXIII, LXIV.

Furnivall, F. J. & G. C. Macaulay. eds. 1894-1895. *Three More Parallel Texts of Chaucer's Troilus and Criseyde,* London: Published for the Chaucer Society. Kegan Paul, Trench, Trubner & Co. Limited.

Gallo, Ernest. tr . 1971. *The Poetria Nova and Its Sources in Early Rhetorical Doctrine.* The Hague: Mouton.

Gollancz, I. ed. 1892 & 1925. *Hoccleve's Works: the Minor Poems,*

EETS E.S. 61 & 73.

Griffin, N. E. and A. B. Myrick. 1978. eds.& trs. *The Filostrato of Giovanni Boccaccio.* New York: Octagon Books.

Hamilton, A. C. ed. 1977. *Edmund Spenser: The Farerie Qveene.* London: Longman.

Hanna, Ralph III. ed. 1971. *The Auntyrs off Arthure at the Terne Wathelyn.* Manchester: Manchester University Press.

Howard, D. R. ed. 1976. *Geoffrey Chaucer Troilus and Criseyde and Selected Short Poems.* New York: New American Library.

刈田元司. 訳. 1949.『恋のとりこ』東京：新月社.

Kinsley, James. ed. 1979. *The Poems of William Dunbar.* Oxford: Clarendon Press.

Ker, William Paton. intro. 1967. *The Chronicle of Forissart translated out of French by sir John Bourchier Lord Berners annis 1523-25,* Vol. 1. New York: AMS Press, Inc.

Leach, MacEdward. ed. 1960. *Amis and Amiloun.* EETS O.S. 203.

Macaulay, G. C. ed. 1900, 1901. *The English Works of John Gower,* 2 Vols, EETS E.S. 81, 82.

Macaulay, G. C. ed. 1899. *The Complete Works of John Gower: The French Works (Mirour de l'Omme).* Oxford: Clarendon Press.

Macrae-Gibson, O. D. ed. 1973 & 1979. *Of Arthour and Of Merlin,* 2 Vols. EETS 268 & 279.

Manly, J.M. & E. Rickert. eds. 1940. *The Text of the Canterbury Tales--Studied on the Basis of All Known Manuscripts,* 8 Vols. Chicago & London: The University of Chicago Press.

宮田武志.訳. 1979.『ツウローイラスとクリセイデ』（大手前女子学園アングロノルマン研究所.

Morris, Richard. ed. 1874, 1875, 1876, 1877, 1878, 1892, 1893. *Cursor*

Mundi, 7 vols. EETS O.S. 57 (1874), 59 (1875), 62 (1876), 66 (1877), 68 (1878), 99 (1892), 101 (1893).

Muir, Kenneth. ed. 1980. *Macbeth* (The Arden Shakespeare). London: Methuen.

Panton, G. A. and D. Donaldson. eds. 1968 (rpt). *The 'Best Hystoriale' of the Destruction of Troy*. EETS O.S. 39 and 56.

Parkes, M.B. & Richard Beadle. Intr. 1980. *Poetical Works Geoffrey Chaucer: a Facsimile of Cambridige University Library MS GG.4.27*. Cambridge: D.S. Brewer.

Parkes, M.B. & E. Salter. Intr. 1978. *Troilus and Criseyde Geoffrey Chaucer--A Facsimile of Corpus Christi College Cambridge MS 61*. Cambridge: D.S. Brewer.

Pollard, A. W. et al. eds. 1898. (The Globe Edition) *The Works of Geoffrey Chaucer* (rpt). London: Macmillan.

Richardson, F. E. ed. 1965. *Sir Eglamour of Artois*. EETS 256.

Robinson, F. N. ed. 1957. *The Works of Geoffrey Chaucer*. London: Oxford University Press.

Root, R. K. ed. 1952. *The Book of Troilus and Criseyde by Geoffrey Chaucer*. Princeton: Princeton University Press.

Rossetti, Wm. Michael. ed. 1873. *Chaucer's Troylus and Cryseyde* (from the Harl. MS. 3943). London: Published for the Chaucer Society.

Rotuli Parliamentorum ut et Petitiones et Placita in Parliamento, Tempore Edwardi R. I (ad Finem Reguni Edward IV). Parliament XXI Ric. II AD. 1397. 1783 & 1832. Record Commission--Misc. Publs. Vol. 3. London: H.M.S.O.

Sands, D. ed. 1986. *Middle English Verse Romances*. Exeter: University of Exeter.

Schmidt, A. V. C. ed. 1995. *William Langland The Vision of Piers Plowman: A Critical Edition of the B-Text Based on Trinity College Cambridge MS B.15.17.* J. M. Dent/London: Everyman.

Sinclair, John D. ed. 1975. *The Divine Comedy of Dante Alighieri (1: Inferno, 2: Purgatorio, 3: Paradiso).* London, Oxford, New York: Oxford University Press.

Shoaf, R. A. 1989. *Geoffrey Chaucer Troilus and Criseyde.* East Lansing: Colleagues Press.

Skeat, W. W. ed. 1900. *The Complete Works of Geoffrey Chaucer-- Boethius and Troilus.* Oxford: Oxford University Press.

Stanley, E. G. ed. 1960. *The Owl and the Nightingale.* London: Nelson.

Stanley-Wrench, Margaret. 1965. tr. *Troilus and Criseyde by Geoffrey Chaucer.* London: Centaur Press Ltd.

Stewart, H. F., E. K. Rand and S. J. Tester. eds. and trs. 1973. *Boethius: The Concoslation of Philosopjy.* The Loeb Classical Library. Cambridge, MA: Harvard University Press.

Sutherland, Ronald. ed. 1968. *The Romaunt of the Rose and Le Roman de la Rose--A Parallel-Text Edition.* Oxford: Basil Blackwell.

Tatlock, J. S. P. and P. MacKaye. 1912. *The Modern Reader's Chaucer The Complete Works of Geoffrey Chaucer Now First Put into Modern English.* London: The Macmillan Company.

Vinaver, E. ed. Revised by P. J. C. Field. 1990. *The Works of Sir Thomas Malory,* 2nd ed., 3 vols. Oxford: Clarendon Press.

Waker, Alice. ed. 1957 (rpt. 1972) *Troilus and Cressida.* The New Shakespeare. Cambridge: Cambridge University Press.

Warrington, J. ed. 1975. *Geoffrey Chaucer Troilus and Criseyde.* London: J.M. Dent & Sons.

Willock, G. D. and A. Walker. eds. 1936. *The Arte of English Poesie by George Puttenham.* Cambridge: Cambridge University Press Library Edition.

Windeatt, B. A. ed. 1984. (paperback edn. 1990) *Geoffrey Chaucer Troilus & Criseyde--A new edition of 'The Book of Troilus.'* London: Longman.

Windeatt, B. A. tr. 1998. *Geoffrey Chaucer Troilus and Criseyde--A new translation by Barry Windeatt (Oxford World Classics).* Oxford: Oxford University Press.

II. コンコーダンス・辞書

Benson, Larry D. ed. 1993. *A Glossarial Concordance to The Riverside Chaucer.* New York and London: Garland Publishing, Inc.

Blake, Norman, David Burnley, Masatsugu Matsuo, and Yoshiyuki Nakao. eds. 1994. *A New Concordance to 'The Canterbury Tales' Based on Blake's Text Edited from the Hengwrt Manuscript.* Okayama: University Education Press.

Bosworth, Joseph, T. Northcote Toller and Alistair Campbell. eds. 1972. *An Anglo-Saxon Dictionary.* London: Oxford University Press.

Davis, N. et al. eds. 1979. *A Chaucer Glossary.* Oxford: Clarendon Press.

Godefroy, Frédéric. ed. 1965. *Lexique de L'Ancien Français.* Paris: Librairie Honor Champion, Éditeur.

Jimura, Akiyuki, Yoshiyuki Nakao, and Masatsugu Matsuo. eds. 1995. *A Comprehensive List of Textual Comparison between Blake's and Robinson's Editions of The Canterbury Tales.* Okayama: University Education Press.

Jimura, Akiyuki, Yoshiyuki Nakao, and Masatsugu Matsuo. eds. 1999. *A Comprehensive Textual Comparison of Troilus and Criseyde: Benson's, Robinson's, Root's, and Windeatt's Editions.* Okayama: University Education Press.

Kurath, H., S. M. Kuhn, and R. E. Lewis. eds. 1952--2001. *Middle English Dictionary.* Ann Arbor: The University of Michigan Press.

Lewis, Charoton T. and Charles Short. eds. 1879 (1st edn., rpt. 1969). *A Latin Dictionary.* Oxford: Clarendon Press.

Matsuo, Masatsugu, Yoshiyuki Nakao, Shigeki Suzuki, and Takao Kuya. comps. 1986. *A PC-KWIC Concordance to the Works of Geoffrey Chaucer Based on Robinson (1957).* Unpublished.

Oizumi, Akio. ed. 1991. *A Complete Concordance to the Works of Geoffrey Chaucer, Programmed by K. Miki.* Hildesheim: Olms-Weidmann.

大塚高信・中島文雄監修. 1982.『新英語学辞典』東京：研究社.

Simpson, J. A. and E. S. C. Weiner. eds. 1989. *The Oxford English Dictionary.* 2nd ed. Oxford: Clarendon Press. (J.A.H. Murray, et al. 1st edn. 1933)

Tatlock, John S. P. and Arthur G. Kennedy. eds. 1927 (rpt. 1963). *A Concordance to the Complete Works of Geoffrey Chaucer.* Washington (1927) : The Carnegie Institution of Washington; Gloucester, Mass.: Peter Smith (rpt. 1963).

Whiting, B. J. 1968. *Proverbs, Sentences, and Proverbial Phrases from English Writings Mainly before 1500.* Cambridge, MA: The Belknap Press of Harvard University Press.

III. 著書・論文

Aitchison, Jean. 1994. *Words in the Mind: An Introduction to the Mental Lexicon.* Oxford: Blackwell.

Ando, Sadao. 1976. *A Descriptive Syntax of Christopher Marlowe's Language.* Tokyo: University of Tokyo Press.

安藤貞雄. 1986.『英語の論理・日本語の論理 —— 対照言語学的研究』東京：大修館.

Ando, Shinsuke. 1983. "A Note on Line 1196 of the Wife of Bath's Tale." *POETICA*, 15/16, 154-9.

Andretta, Helen Ruth. 1997. *Chaucer's Troilus and Criseyde: A Poet's Response to Ockhamism.* New York, Washington D. C., Baltimore: Peter Lang.

Austin, J. L. 1962, 1975 (2nd edn.). *How to Do Things with Words.* (2nd edn. J. O. Urmson and Marina Sbisa, editors). Cambridge, Mass.: Harvard University Press.

Bakhtin, M. M. 1998. (Holoquist Michael (ed.), Caryl Emerson and Michael Holoquist (trs.)) *The Dialogic Imagination: Four Essays by M. M. Bakhtin.* Austin: University of Texas Press.

Barney, S. A. 1993. *Studies in Troilus: Chaucer's Text, Meter, and Diction.* East Lansing: Colleagues Press.

Barthes, R. 1971. "Style and Its Image." S. Chatman ed. *Style: A Symposium.* London and New York: Oxford University Press, 3-15.

Barthes, R. 1977. (Engl. Tr.) *Image, Music, Text.* New York: Hill and Wang.

Bateson, F. W. 1975. "Could Chaucer Spell?" *Essays in Criticism,* 25, 2-24.

Baum, Paul F. 1956. "Chaucer's Puns." *PMLA,* 71, 225-46.

Baum, Paul F. 1958. "Chaucer's Puns: A Supplemental List." *PMLA,* 73, 167-70.

Beaugrande, Robert de and Wolfgang Dressler. 1981. *Introduction to Text Linguistics.* London and New York: Longman.

Bennett. H. S. 1947. *Chaucer and the Fifteenth Century.* Oxford: Clarendon Press.

Benskin, Michael & Margaret Laing. 1981. "Translations and *Mischsprachen* in Middle English Manuscripts." M. Benskin and M.L. Samuels, eds., *So meny people Longages and Tonges: Philological Essays in Scots Medieval English Presented to Angus McIntosh.* MEDP: Edinburgh.

Blake, N. F. 1977. *The English Language in Medieval Literature.* London: J. M. Dent & Sons Ltd.

Brewer, D. S. 1986. "Chaucer's poetic style." Piero Boitani and Jill Mann, eds., *The Cambridge Chaucer Companion.* Cambridge: Cambridge University Press.

Bowden, Betsy. 1987. *Chaucer Aloud: The Varieties of Textual Interpretation.* Philadelfia: University of Pennsylvania Press.

Brewer, D. S. 1974. "Some Metonymic Relationships in Chaucer's Poetry." *POETICA,* 1, 1-20.

Brink, Bernhard Ten. 1901 (rpt. 1969). *The Language and Metre of Chaucer.* 2nd edn., revised by Fredrich Kluge. Translated by M. Bentinck Smith. New York: Greenwood Press, Publishers.

Brinton, Laurel J. 1996. *Pragmatic Markers in English: Grammaticalization and Discourse Functions.* Berlin/New York: Mouton de Gruyter.

Brown, G. and G. Yule. 1983. *Discourse Analysis.* Cambridge: Cambridge University Press.

Brown, Peter. ed. 2000. *A Companioin to Chaucer*. Oxford: Blackwell Publishers.

Burnley, J. D. 1971. *Aspects of Patterning in the Vocabulary of Chaucer*. Ph.D. Diss. University of Durham.

Burnley, J. D. 1979. *Chaucer's Language and the Philosophers' Tradition*. Chaucer Studies ii. Cambridge: D. S. Brewer.

Burnley, J. D. 1982. "Criseyde's Heart and the Weakness of Women: An Essay in Lexical Interpretation." *Studia Neophilologica*, 54, 25-38.

Burnley, J. D. 1983. *A Guide to Chaucer's Language*. London: Macmillan.

Burnley, J. D. 1992a. "Lexis and Semantics." Norrman F. Blake, ed., *The Cambridge History of the English Language*. Vol II 1066-1476. Cambridge: The Cambridge University Press, 409-99.

Burnley, J. D. 1992b. *The History of the English Language: A Source Book*. London: Longman.

Burnley, David and Matsuji Tajima. 1994. *The Language of Middle English Literature*. Cambridge: D.S.Brewer.

Bybee, J. et al. 1994. *The Evolution of Grammar*. Chicago and London: The University of Chicago Press.

Chamberlin, John. 2000. *Medieval Arts Doctrines on Ambiguity and Their Place in Langland's Poetics*. Montreal & Kingston/ London/Ithaca: McGill-Queen's University Press.

Chickering, H. 1990. "Unpunctuating Chaucer." *The Chaucer Review*, Vol 25, No.2, 97-109.

Clemen, Wolfgang. 1963. *Chaucer's Eary Poetry*. London and New York: Methuen.

Coates, J. 1983. *The Semantics of the Modal Auxiliaries*. London:

Croom Helm.

Cooper, Goeffrey. 1980. " 'Sely John' in the "Legende" of the *Miller's Tale*." *JEGP*, 79, 1-12.

Culler, J. 1983. *On Deconstruction: Theory and Criticism after Structuralism*. London: Routledge and Kegan Paul.

Derrida, J. 1976. *Of Grammatology*. Baltimore: Johns Hopkins Press.

Donaldson, E. T. 1970. *Speaking of Chaucer*. University of London: The Athlone Press.

Donaldson, E. T. 1972. "Chaucer and the Elusion of Clarity." *Essays and Studies*, 25, 23-44.

Donaldson, E. T. 1979. "Briseis, Briseida, Criseyde, Cresseid, Cressid: Progress of a Heroine." E. Vasta and Z. P. Thundy, eds., *Chaucerian Problems and Perspectives: Essays Presented to Paul E. Beichner C. S. C.* Notre Dame/ London: University of Notre Dame Press, 3-12.

Eco, Umberto. tr. Hugh Bredin. 1988. *The Aesthetics of Thomas Aquinas.* London: Radius.

Eliason, Norman E. 1972. *The Language of Chaucer's Poetry: An Appraisal of the Verse and, Style, and Structure*. Copenhagen: Rosenkilde and Bagger.

Elliott, Ralph W. V. 1974. *Chaucer's English*. London: Andre Deutsch.

Empson, William. 1930 (2nd edn. 1947). *Seven Types of Ambiguity*. Harmondsworth: Penguin Books.

Empson, William. 1967. *The Structure of Complex Words*. Ann Arbor Paperbacks. The University of Michigan Press.

Fewster, C. 1987. *Traditionality and Genre in Middle English*

Romance. Cambridge: Cambridge University Press.

Fludernik, L. D. 1993. *The Fictions of Language and the Languages of Fiction--The linguistic representation of speech and consciousness.* London and New York: Routledge.

Frank, R. W. 1972. *Chaucer and the Legend of Good Women.* Cambridge, Mass.: Harvard University Press.

Fries, Udo. 1985. *Einführung in die Sprache Chaucers: Phonologie, Metrik und Morphologie* (Anglistische Arbeitshefte 20). Tübingen: Max Niemeyer Verlag.

Fridén, Georg. 1948. *Studies on the Tenses of the English Verb from Chaucer to Shakespeare with Special Reference to the Late Sixteenth Century.* The English Institute in the Universtiy of Upsala.

深谷昌弘・田中茂範. 1996.『ことばの＜意味づけ論＞―日常言語の生の営み―』東京：紀伊國屋書店.

Gaylord, A. T. 1964. "*Gentilesse* in Chaucer's *Troilus.*" *Studies in Philology,* Vol. 61. 19-34.

Gaylord, A. T. 1968-9. "Friendship in Chaucer's Troilus." *The Chaucer Review,* Vol. 3, No. 4., 239-64.

Gaylord, A. T. 1976. "Scanning the Prosodists: An Essay in Metacriticism." *The Chaucer Review,* Vol. 11, No. 1, 22-82.

Goossens, L. 1987. "The Auxiliarization of the English Modals: A Furctional Grammar View." M. Harris and P. Ramat, eds., *Historical Development of Auxiliaries.* Berlin: Mouton de Gruyter, 111-43.

Gordon, I. L. 1970. *The Double Sorrow of Troilus--A Study of Ambiguities in Troilus and Criseyde.* Oxford: Clarendon Press.

Gray, Bickford Charles. 1973. *The Influence of Rhetoric on Chaucer's Portraiture.* University of Penssylvania, Ph.D.

Gray, Douglas. 1979. "Chaucer and 'Pite'." Mary Salu and Robert T. Farrell, eds., *J.R.R. Tolkien, Scholar and Storyteller: Essays in Memoriam.* Ithaca, N.Y., 173-203.

Green, P. H. 1979. *Irony in the Medieval Romance.* Cambridge: Cambridge University Press.

後藤正紘. 1996.『曖昧文の諸相--英語の本質の探究』東京:蒼洋出版.

Grice, H. P. 1975. "Logic and Conversation." *Syntax and Semantics,* 3, 41-58.

Halliday, M. A. K. and R. Hasan. 1976. *Cohesion in English.* London: Longman.

Héraucourt, W. 1939. *Die Wertwelt Chaucers: Die Wertwelt einer Zeitwende.* Heiderburg: Carl Winter's Universitätsbuchhandlung.

Hiscowe, David Winthrop. 1983. *"Equivocations of Kynde." The Medieval Tradition of Nature and Its Use in Chaucer Troilus and Criseyde and Gower's Confessio Amantis.* U/M/I Dissertation Information Service.

Hopper, Paul J. and Elizabeth Closs Traugott. 1993. *Grammaticalization.* Cambridge: Cambridge University Press.

Howard, D. R. 1987. *Chaucer and the Medieval World.* London: Weidenfeld and Nicolson.

池上嘉彦・河上誓作訳. 1993.『認知意味論:言語から見た人間の心』(George Lakoff, 1987, *Women, Fire, and Dangerous Things.* Chicago and London: The University of Chicago Press)東京:紀伊國屋書店.

石橋幸太郎訳. 1961.『新修辞学原論』(I. A. Richards, 1936, *The Philosophy of Rhetoric*)東京:南雲堂.

Jakobson, Roman. 1960. "Closing Statement: Linguistics and Poetics." T. A. Sebeok, ed., *Style in Language.* Cambridge,

Massachusetts: The M.I.T. Press, 350-77.

Jakobson, Roman. 1987. "8: Two Aspects of Language and Two Types of Aphasia Disturbance." *Language in Literature.* Cambridge, Masachusetts and London, England: The Beknap Press of Harvard University Press, 95-119.

Jennings, M. 1976. "Chaucer's Troilus and the Ruby." *Notes and Queries* 221, 533-7.

Jespersen, O. 1917. "Negation in English and Other Languages." *Selected Writings of Otto Jespersen.* Tokyo: Senjo Publishing Co. (orig. publ. 1917), 3-151.

Johnson, Mark. 1987. *The Body in the Mind: the Bodily Basis of Meaning, Imagination, and Reason.* Chicago and London: The University of Chicago Press.

Jordan, R. M. 1987. *Chaucer's Poetics and the Modern Reader.* Berkeley, Los Angeles and London: University of California Press.

Kaminsky, Alice R. 1980. *Chaucer's "Troilus and Criseyde" and the Critics.* Ohio: Ohio University Press.

Kanno, Masahiko. 1996. *Studies in Chaucer's Words: A Contextual and Semantic Approach.* Tokyo: Eihôsha.

Kanno, Masahiko. 1998. *Word and Deed: Studies in Chaucer's Words* Tokyo: Eihôsha.

Karpf, Fritz. 1930. *Studien zur Syntax in den Werken Geoffrey Chaucers.* Vienna and Leipzig.

河崎征俊. 1995.『チョーサー文学の世界：＜遊技＞とそのトポグラフィー』東京：南雲堂.

Kelly, H. A. 1997. *Chaucerian Tragedy.* Cambridge: D. S. Brewer.

Kerkhof, J. 1982. *Studies in the Language of Geoffrey Chaucer.* Leiden: E. J. Brill/Leiden University Press.

Kittredge, G. L. 1915. *Chaucer and His Poetry.* Cambridge, Mass.: Harvard Universtiy Press.

Kivimaa, Kirsti. 1996a. "Þe and Þat as Clause Connectives in Early Middle English with Especial Consideration of the Emergence of the Pleonastic Þat." *Commentationes Humanarum Litterarum Societas Scientiarum Fennica*, Vol. 39, Nr. 1.

Kivimaa, Kirsti. 1996b. "The Pleonastic *That* in Relative and Interrogative Constructions in Chaucer's Verse." *Commentationes Humanarum Litterarum Societas Scientiarum Fennica*, Vol. 39, Nr. 3.

Knapp, Peggy A. 2000. *Time-Bound Words: Semantic and Social Economies from Chaucer's England to Shakespeare's.* London: Macmillan.

Knight, S. 1973. *rymyng craftily: Meaning in Chaucer's Poetry.* Sydney and London: Angus and Robertson Publishers.

Kökeritz, Helge. 1954. "Rhetorical Word-play in Chaucer." *PMLA*, 69, 937-52.

Lakoff, G. and M. Johnson. 1980. *Metaphor We Live By.* Chicago and London: The University of Chicago Press.

Lakoff, G. 1987. *Women, Fire, and Dangerous Things: What Categories Reveal about the Mind.* Chicago and London: The University of Chicago Press.

Leech, G. 1969. *A Linguistic Guide to English Poetry.* London: Longman.

Leech, G. 1971. *Meaning and the English Verb.* London: Longman.

Leech, G. 1981. *Semantics.* London: Penguin Books.

Leech, G. 1983. *Principles of Pragmatics.* London: Longman.

Leech, G. and J. Coates. 1980. "Semantic Indeterminacy and the

Modals." S. Greenbaum, G. Leech and J. Svartvik, eds., *Studies in English Linguistics for Randolph Quirk.* London and New York: Longman, 79-90.

Leech, G. and M. Short. 1981. *Style in Fiction* . London: Longman.

Levinson, S. 1983. *Pragmatics.* Cambridge: Cambridge University Press.

Lewis, C. S. 1932. "What Chaucer Really Did to "Il Filostrato." *Essays and Studies,* 17, 56-75.

Lewis, C. S. 1936. *The Allegory of Love: A Study in Medieval Tradition.* London: Oxford University Press.

Lewis, C. S. 1961. "What Chaucer Really Did to *Il Filostrato.*" Richard J. Schoeck and Jerome Taylor, eds., *Chaucer Criticism-- Troilus and Criseyde & the Minor Poems* (Vol. 2). University of Notre Dame Press, 453-65.

Lyons, John. 1977. *Semantics,* Vol. 2. London/New York/Melbourne: Cambridge University Press.

Lyons, John. 1982. "Deixis and Subjectivity: Loquor, ergo sum?" R. J. Jarveilla and W. Klein, eds., *Speech, Place, and Action.* John Wiley & Sons Ltd, 101-24.

MacQueen, John. 1970. *Allegory.* London: Methuen & Co. Ltd.

Malone, Kemp. 1951. *Chapers on Chaucer.* Westport, Connecticut: Greenwood Press, Publishers.

桝井迪夫. 1954. 英文法シリーズ『SHALL と WILL』東京: 研究社.

Masui, Michio. 1960. "The Language of Love in Chaucer." *Studies in English Literature* (English Number), 1-36.

桝井迪夫. 1962.（増補第2版 1977.）『チョーサー研究』東京：研究社.

Masui, Michio. 1964. *The Structure of Chaucer's Rime Words--An Exploration into the Poetic Language of Chaucer.* Tokyo:

Kenkyusha.

Masui, Michio. 1967. "A Mode of Word-Meaning in Chaucer's Language of Love." *Studeis in English Literature* (English Number), 113-26.

桝井迪夫. 1976.『チョーサーの世界』(岩波新書 966) 東京：岩波書店.

桝井迪夫. 1977.「チョーサーの芸術とヒューマニズム ── 文体論的見地から」生地竹郎編『中世とルネッサンス』荒竹出版、73-104.

Mathew, Gervase. 1968. *The Court of Richard II.* London: John Murray.

Mathew, Gervase. 1948. "Ideals of Knighthood in Late-Fourteenth Century England." R.W. Hunt, W. A. Pantin and R. W. Southern, eds., *Studies in Medieval History Presented to Frederick Maurice Powicke.* Oxford: Clarendon, 354-62.

Mehl, Dieter. 1974. "The Audience of Chaucer's *Troilus and Criseyde.*" Beryl Rowland ed., *Chaucer and Middle English Studies in Honour of Rossell Hope Robbins,* London: Allen and Unwin, 73-89.

Mitchell, B. 1985. *Old English Syntax ,* Vol. II. Oxford: Oxford University Press.

Mitzener, Arthur. 1983. "Character and Action in the Case of Criseyde." Stephen A. Barney, ed., *Chaucer's Troilus: Essays in Criticism.* London: Scolar Press, 55-74.

Mossé, Fernand. 1952. *A Handbook of Middle English.* Baltimore: The Johns Hopkins Press.

Muscatine, C. 1957. *Chaucer and the French Tradition: A Study in Style and Meaning.* Berkeley. Los Angeles and London: University of California Press.

Mustanoja, Tauno F. 1960. *A Middle English Syntax.* Helsinki:

Société Néophilologique.

中野弘三. 1993.『英語法助動詞の意味論』東京：英潮社.

中尾佳行. 1988a.「Chaucer の曖昧性の用法 —— sely の曖昧性について」『英米語学研究 —— 松元寛先生退官記念論文集』東京：英宝社、401-7.

Nakao, Yoshiyuki. 1988b. "Chaucer's Ambiguity in *The Legend of Good Women*." *ERA* (*The English Research Association of Hiroshima*). New Series. Volume 6, No. 1, 14-49.

Nakao, Yoshiyuki. 1991. "The Language of Romance in *Sir Thopas*--Chaucer's Dual Sense of the Code." Michio Kawai ed., *Language and Style in English Literature: Essays in Honour of Michio Masui.* Tokyo: Eihôsha, 343-60.

中尾佳行. 1993a.「Chaucer の *Troilus and Criseyde* における統語的曖昧性」山口大学『英語と英米文学』第 28 号、53-76.

中尾佳行. 1993b.「Chaucer の語彙と文脈--*Troilus and Criseyde* における 'slydynge' とその関連語を中心に」『英語と英語教育 —— 高橋久・五十嵐二郎先生退官記念論文集』中谷喜一郎編. 高橋久・五十嵐二郎先生退官記念論文集刊行委員会. 広島大学学校教育学部英語科研究室、177-85.

Nakao, Yoshiyuki. 1993c. "The Ambiguity of the Phrase *As She That* in Chaucer's *Troilus and Criseyde*." *Studies in Medieval English Language and Literaure*, No. 8. The Japan Society for Medieval English Studies, 69-86.

中尾佳行. 1994a.「Chaucer のロマンスの言語における ambiguity--*Troilus and Criseyde* と *The Merchant's Tale* を中心に」『山口大学教育学部研究論叢』第 44 巻、第 1 部、45-66.

中尾佳行. 1994b.「Chaucer の *Troilus and Criseyde* におけるテクスト異同と受容の問題」山口大学『英語と英米文学』第 29 号、51-94.

Nakao, Yoshiyuki. 1994c. "The Affectivity of Criseyde's *pite*."

POETICA, 41, 19-43.

Nakao, Yoshiyuki. 1995. "A Semantic Note on the Middle English Phrase *As He/She That.*" *NOWELE* (*North West European Language Evolution*), 25. Odense University Press, 25-48.

中尾佳行. 1996.「Chaucer の *moot/moste* の意味論：文法化と主観化の一事例研究」山口大学『英語と英米文学』第31号、69-122.

中尾佳行. 1997a.「Chaucer の *Troilus and Criseyde* における認識副詞 'trewely' の意味論」*YASEELE,* No. 1、山口大学英語教育研究会、11-26.

中尾佳行. 1997b.「Chaucer の *Troilus and Criseyde* における認識表現、'ye sey me soth', 'soth to sey', 'soth is', 'sothe', 'forsoth' の意味論」山口大学『英語と英米文学』第32号、115-60.

Nakao, Yoshiyuki. 1997c. "Social-Linguistic Tension as Evidenced by *Moot/Moste* in Chaucer's *Troilus and Criseyde.*" Masahiko Kanno, Masahiko Agari, and G. K. Jember, eds., *Essays on English Literature and Language in Honour of Shun'ichi Noguchi.* Tokyo: Eihôsha, 17-34.

中尾佳行. 1997d.「Chaucer の *Troilus and Criseyde* における *shal/sholde* の意味論－Chaucer の法助動詞の凝縮性の一断面」『英語と英語教育——中谷喜一郎先生退官記念論文集』中谷喜一郎先生退官記念論文集刊行会. 広島大学学校教育学部英語科研究室、第3号、23-42.

中尾佳行. 1997e.「Chaucer の *Troilus and Criseyde* における法助動詞の意味の凝縮性——根源的意味（root sense）と認識的意味（epistemic sense）の融合性に着目して」菅野正彦他編 *Medieval Heritage: Essays in Honour of Tadahiro Ikegami*『中世英文学の伝統』東京：雄松堂、441-54.

Nakao, Yoshiyuki. 1998. "Causality in Chaucer's *Troilus and*

Criseyde: Semantic Tension between the Pragmatic and the Narrative Domains." Masahiko Kanno, Gregory K. Jember, and Yoshiyuki Nakao, eds., *A Love of Words: English Philological Studies in Honour of Akira Wada.* Tokyo: Eihôsha, 79-102.

中尾佳行. 1999a.「Chaucer の *Troilus and Criseyde* における ambiguity: 意味論的観点から —— 序論」*Circles,* No. 2. 仏教大学英文学会、15-28.

中尾佳行. 1999b.「Chaucer の moot/moste の意味論 —— 外的要因の未分化性」大庭幸男他編『言語研究の潮流 —— 山本和之教授退官記念論文集』東京：開拓社、231-46.

中尾佳行. 2000a.「*Troilus and Criseyde* における「声」の ambiguity」都留久夫編『虚構と真実 —— 14 世紀イギリス文学論集』東京：桐原書店 133-44.

中尾佳行. 2000b.「Chaucer の creative contiguity と意味拡張」『英語史研究会会報』第 4 号、12-3.

中尾佳行. 2001a.「Chaucer の *Troilus and Criseyde* の言語の ambiguity の仕組み：読者から見たテクスト構成要素間の関係性の度合いの考察」中尾佳行・地村彰之編『独創と冒険：菅野正彦先生御退官記念英語英文学論集』東京：英宝社、225-59.

中尾佳行. 2001b.「*Troilus and Criseyde* における談話構造の ambiguity」『英語と英語教育』広島大学学校教育学部英語科研究室、第 6 号、47-58.

中尾佳行. 2001c.「Chaucer の目の詩学：*semely ... to see* LGW 2074 の含意」『英語史研究会会報』第 6 号、17-20.

Nakao, Yoshiyuki. 2002a. "The Semantics of Chaucer's *Moot/Moste* and *Shal/Sholde*: Conditional Elements and Degrees of Their Quantifiability." Toshio Saito, Junsaku Nakamura, and Shunji Yamazaki, eds., *English Corpus Linguistics in Japan.* Amsterdam-New York: Rodopi, 235-47.

Nakao, Yoshiyuki. 2002b. "Modality and Ambiguity in Chaucer's *trewely*: A Focus on *Troilus and Criseyde*." Yoko Iyeiri and Margaret Connolly, eds., *And gladly wolde he lerne and gladly teche Essays on Medieval English to Professor Matsuji Tajima on His Sixtieth Birthday*. Tokyo: Kaibunsha, 73-94.

中尾佳行. 2003.「Chaucer の曖昧性の構造：*Troilus and Criseyde* 3.12-5 'God loveth ...' を中心に」菅野正彦編『"FUL OF HY SENTENCE"：英語語彙論集』東京：英宝社、21-33.

Ogden, C. K. and I. A. Richard. 1923. *The Meaning of Meaning: A Study of the Influence of Language upon Thought and of the Science of Symbolism*. London: Routledge & Kegan Paul, Ltd.

大泉昭夫. 訳. 1998.『ウド・フリース著 チョーサーの言語入門--音韻論・韻律論・形態論』東京：開文社出版.

小野茂. 1969.『英語法助動詞の発達』東京: 研究社.

Oh, S. 2000. "*Actually* and *in fact* in American English: a data-based analysis." *English Language and Linguistics,* Vol. 4, No. 2, 243-68.

Palmer, F. R. 1979. *Modality and the English Modals*. London: Longman.

Patterson, Lee. 1987. *Negotiating the Past: The Historical Understanding of Medieval Literature*. Wisconsin: The University of Wisconsin Press.

Peasall, Derek. 1983. "The Gower Tradition." A. J. Minnis, ed. *Gower's Confessio Amantis*. Cambridge: D.S. Brewer, 179-197.

Peasall, Derek. 1986. "Criseyde's Choices." *Studies in the Age of Chaucer: Proceedings,* No. 2, 17-29.

Prins, A. A. 1952. *French Influence in English Phrasing*. Leiden:

Universitaire Pers Leiden.

Provost, William. 1974. "The Structure of *Troilus and Criseyde.*" *Anglistica*, Vol. XX.

Quirk, Randolph. et al. 1985. *A Comprehensive Grammar of the English Language.* London: Longman.

Richards, I. A. 1936. *The Philosphy of Rhetoric.* London and New York: Oxford University Press.

Robertson, D. W. Jr. 1962. *A Preface to Chaucer: Studies in Medieval Perspectives.* Princeton, N. J.: Princeton University Press.

Robinson. I. 1971. *Chaucer's Prosody: A Study of the Middle English Verse Tradition.* Cambridge: Cambridge University Press.

Root, R.K. 1910. "Publication before Printing." *PMLA*, 28, 417-31.

Root, R.K. 1916. *The Textual Tradition of Chaucer's Troilus.* London: Published for the Chaucer Society. London: Kegan Paul, Trench, Trubner & Co., Ltd.

Roscow, G. 1981. *Syntax and Style in Chaucer's Poetry.* D. S. Brewer, Roman and Littlefield.

Ross, T. W. 1972. *Chaucer's Bawdy.* London: E. P. Dutton & Co. Inc.

斎藤朋子. 1993.「中世の女性Criseyde」二村宏江、秋篠憲一、海老久人編『中世英文学への巡礼の道：齋藤勇教授還暦記念論文集』東京：南雲堂、355-69.

齋藤勇. 2000.『チョーサー：曖昧・悪戯・敬虔』東京：南雲堂.

Sandved, A. O. 1985. *Introduction to Chaucerian English.* Chaucer Studies xi. Cambridge: D.S. Brewer.

澤田治美. 1993.『視点と主観性：日英語助動詞の分析』東京: ひつじ書房.

Sapir, E. 1921. *Language: An Introduction to the Study of Speech.* New York and London: Harcourt, Brace & World, Inc.

Schaar, Claes. 1967. *The Golden Mirror.* Lund: C.W.K. GLEERUP.

Searle, J. 1969. *Speech Acts: An Essay in the Philosophy of Language.* Cambridge: Cambridge Unviersity Press.

繁尾久. 1974.『中世英文学点描』東京：学際社（改訂増補版 伸光社、1982）.

Smith, Manning. 1949. "Chaucer's Prioress and Criseyde." *Philological Papers* (West Virginia University), Vol. 6, 1-11.

Smith, Macklin. 1992. "*Sith* and *Syn* in Chaucer's *Troilus*." *The Chaucer Review*, Vol. 26, No.3, 266-82.

Southworth, J. G. 1954. *Verses of Cadence: An Introduction to the Prosody of Chaucer and His Followers.* Oxford: Basil Blackwell.

Spearing, A. C. 1976. *Chaucer: Troilus and Criseyde.* London: Edward Arnold.

Sperber, D. and D. Wilson. 1986. *Relevance--Communication and Cognition.* Oxford: Basil Blackwell.

Spitzer. Leo. 1948. *Linguistics and Literary History: Essays in Stylistics.* Princeton University Press. (Rpt. 1962. New York: Russel & Russel.)

Sweetser, Eve. 1990. *From Etymology to Pragmatics.* Cambridge: Cambridge University press.

田島松二編. 1998.『わが国おける英語学研究文献書誌 1900-1996』東京：南雲堂.

Taylor, Davis. 1969. *Style and Character in Chaucer's Troilus.* Yale University, Ph.D.

Todorov, T. 1984. tr. W. Godzich. *Mikhail Bakhtin: The Dialogical Principle.* Minneapolis and London: University of Minnesota Press.

外山滋比古. 1964（1981. 8th pr.）.『修辞的残像』東京：みすず書房.

Traugott, E. C. 1989. "On the Rise of Epistemic Meanings in English:

An Example of Subjectification in Semantic Change." *Language*, 65: 1, 31-55.

上野直蔵. 1972.『チョーサーの「トロイラス」論』東京：南雲堂.

Vasta, E and S. P. Thundy. eds. 1979. *Chaucerican Problems and Perspectives.* Notre Dame and London: Notre Dame Press.

Visser, F. Th. 1969. *An Historical Syntax of the English Language.* Vol.3. Leiden: E. J. Brill.

Warner, Anthony R. 1993. *English Auxiliaries: Structure and History* (Cambridge Studies in Linguistics 66). Cambridge: Cambridge University Press.

Wetherbee, W. 1984. *Chaucer and the Poets--An Essay on Troilus and Criseyde.* Ithaca and London: Cornell University Press.

Whiting, B, J. 1934. *Chaucer's Use of Proverbs.* New York: AMS Press.

Windeatt, B.A. 1979. "The Scribes as Chaucer's Early Critics." *Studies in the Age of Chaucer.* Vol. 1, 119-41.

Windeatt, B. A. 1992. *Oxford Guides to Chaucer: Troilus and Criseyde.* Oxford: Clarendon Press.

Yager, Susan. 1994. "'As she that': Syntactical Ambiguity in Chaucer's *Troilus and Criseyde.*" *PQ,* Vol. 73, 151-68.

山梨正明. 1995.『認知文法論』東京：ひつじ書房.

山本忠雄. 1940.『文体論──方法と問題──』東京：賢文館.

Zeeman, Nicolette. 2000. "The Condition of *Kynde.*" David Aers ed., *Medieval Literature and Inquiry: Essays in Honour of Derek Peasall.* Cambridge: D. S. Brewer.

あとがき

　小学校の時、学芸会で故郷三原（広島県）の歴史を話すことになり、父に資料を準備してもらった。しかし、本番でスポットライトを浴びた瞬間せりふを全て忘れ、一言も話せなかった。父は講堂で私の発表を心待ちにしていたはずだ。家に帰って、どのように父に謝ろうかと気をもんだ。父は私に言った。「佳行、お前はよくやった。普通なら泣いて舞台裏に逃げ隠れたくなる。じーと舞台の上でよく耐えた。お前は大したもんだ。」出来事からすると叱られて当然のことだが、誉められたので驚いた。40年以上も前のことだが、この父の一言で今の自分があるのかもしれない。出来事は一つでもその切り方は発話者によってプラスにもマイナスの価値にもなる。このことを痛感した初めての経験である。父は農業に勤しみ、40半ば仕事中に倒れ、急逝した。言葉やその意味に注意を引きつけてくれた最初の師は父であるかもしれない。

　1998年頃、それまで書いてきた Chaucer の曖昧性の研究をまとめたいと考えた。曖昧性の研究をまとめる統一的な観点を明確にするのに時間がかかった。固定的ではなく、文脈の流れに即して動く意味、重なり合う意味をどのように記述するか、また発話の意味生成における聞き手の役割をいかに規定するかに苦労した。曖昧性のプロダクトではなくそれが生成されるプロセスを記述するというスタンス、そしてプロセスの記述に必要となる二重プリズム構造を明確にするのに試行錯誤の時を要した。1980年代半ばから曖昧性に係わる論文を書いてきたが、上述の観点から書き直し、また必要なところを書き足すのに5年位かかったことになる。まがりなりにも一つの本にできたことは望外の喜びである。

　この研究をするに当たっては多くの方々のお世話になった。ここに記し

て謝意を表したい。文学の言語に関心を持ち、そこからどのように曖昧性の問題へと発展していったかについて、簡単に振り返り閉めの言葉としたい。学部時代中谷喜一郎先生から *Hamlet* と *Twelfth Night* を学んだ。作品を読むごとに何か新しい発見があり、またその読みが読者によって必ずしも同じではないことを意識したのは、この時である。OED やグロッサリーを引いて準備したが、先生はいつもそこにはない何かに触れられた。意味はあるものではなく生まれてくるものだと思った。また先生には、以来言語学、文体論、詩学について、いつも簡潔にしてポイントをついたご指摘を頂いた。Chaucer の曖昧性の研究をする上で、どれだけ大きな着想になったか計り知れないものである。大学院では、桝井迪夫先生の Chaucer 講読を受講した。一見平易な言葉が、先生のフィルターを通ると、読みが重層的に広がり、意味がどんどん厚みを増してゆくのを経験した。以来、作家の言語や作品の言語に、あるいはそこにある個性のようなものに関心を深めていった。言語表現に接した時、読み手の心の中で何が起こるか、つまり、形としては一つでも、作者の立場の想定如何によって、また自分の経験基盤を反映して、意味がどのように動くかに興味が湧いてきた。20 年以上も前になるが、五日市の桝井迪夫先生宅に伺った時、Chaucer の言語の意味の話になって、先生は「僕はライムを基に Chaucer の言語の構造化を試みたが、君は意味を基に構造化を考えたらよい」と言われた。本書をこの問いかけへの一つの返答とできればよいと思っている。

　大学院時代より、参加した *ERA* (*The English Research Association of Hiroshima*) の会合で、OE から現代までの種々の文学言語に触れ、厳しくもありまた啓蒙的で示唆的な種々のコメントに接した。これは曖昧性の研究の大きな栄養分となった。同会のメンバーである菅野正彦先生には、*ERA* の研究会で、中世英語英文学会で、また論文集の企画に参加させて頂いて、特に語の意味と文脈との関係についてご指導頂いた。同メンバーの和田　章先生には、山口大学に在職中、philological な事実の発掘とその緻密な記述に関して教わった。逆のようではあるが曖昧性の研究を

あとがき

する上で重要な経験であった。曖昧性をどのように氷塊できるか、できないとしたら何故なのかを考える重要なバックボーンとなった。同メンバーの須藤　淳先生からは Chaucer の言語の重層性について貴重な情報を頂いた。また松尾雅嗣、地村彰之両氏には、写字生や編者の読みが現れる写本や刊本の異同の問題において、とてもお世話になった。

　Chaucer の曖昧性を特に強く意識したのは、1985 年頃からである。日本中世英語英文学会、第 1 回大会のシンポジウムでの発表、「Chaucer の語彙と文脈：slydynge とその関連語」（於　青山学院大学、1985）が大きなきっかけである。松浪　有先生、繁尾　久先生には、研究に対し懇切なコメントを頂き、大変お世話になった。またその折り岡　三郎、岡　富美子教授を知ることができ、以降ご著書・論文を頂き、トロイ物語の系譜や narratology について多くの示唆を得た。曖昧性の研究に「語り」の観点を入れて考えることができた。

　1989 年の 日本英語学会、第 7 回大会シンポジウム「ロマンスの言語と文体」（於　神戸大学）では、*Sir Thopas* の言語の曖昧性を発表する機会を得た。これは Chaucer の言語の重層構造を再認識するよい機会となった。本シンポジウムの司会の豊田昌倫教授には的確なコメントを頂いた。

　1990〜1991 年にかけて、英国 Sheffield 大学に在外研究する機会を得、「Chaucer の言語の曖昧性」を研究課題として設定した。Norman Blake 先生に、一学期間、チュートリアルの指導を受けた。20 分間の発表の後、曖昧性の構想や現実的な検証に係わって、先生から単刀直入の厳しい、とは言えユーモアのあるご批評を頂いた。これは、研究の大きな弾みとなった。また David Burnley 先生からは、Chaucer 演習を通して、あるいは個人的な議論を通して、曖昧性の観察や叙述について客観的で公平な、それでいて真摯なご意見を頂いた。先生が作成されていた中英語のデータベースを利用できたのも用例検索をする上で有益であった。Boethius の研究者である Brian Donaghey 先生、また OE・ME の言語・文化や中世演劇の研究者である Geoffrey Lester 先生も、曖昧性に関して授業を止め

てコメントして下さる等、大変お世話になった。

　1995年の日本中世英語英文学会、第9回大会のシンポジウム「中世ロマンスの言語の曖昧性の諸相」（於　慶応大学））では、曖昧性の問題を提案した。伊藤忠夫教授は、曖昧性が生起するメカニズムを、言語学の立場から提案された。以来教授とは、論文を通して、また口頭で、曖昧性の問題に関して議論を繰り返してきている。「曖昧性の生起過程」という着想は、先生との議論があって明確になったと言ってもよい。

　2001年の英語史研究会、第6回大会で、Chaucer の法副詞が持つ曖昧性の仕組みを発表した。田島松二教授には、後程有益なコメントを頂いた。また教授には、As he/she that 句の研究を NOWELE (Denmark, 1995) に投稿するようご推薦頂き、当該論文について懇切丁寧なコメントを頂いた。これは曖昧性の研究を押し進める上で大きなステップとなったものである。田島（1998: 96）において「わが国で科学的英語学研究が始まってほぼ100年である。先達が蓄積したすぐれた業績に学ぶ謙虚な姿勢とじっくり第一資料を読み、そして考えるという原点に帰ることから新たな研究の展望も開けてくるのではなかろうか。」と述べられている。同書から大きなインスピレーションを得たが、曖昧性の研究は先達の業績と第一次資料の読みがあって初めて達成できるものであると考える。

　2002年の日本英文学会第74回大会での口頭発表、「Chaucer の言語の曖昧性の仕組み ── 法動詞に着目して」（於　北星学園大学、5月25日）において、曖昧性を位置付け記述するための枠組み、二重プリズム構造を提案した。それまでの筆者の曖昧性の研究を統合する視点を設定したもので、本書の方法論のバックボーンになったものである。

　古い友人の川迫輝嗣氏からは、逆のことを思いながら表現すると、その表現は聞き手に対しどちらの価値が重要なのかと注意させ、思考を発展させるということを学んだ。Chaucer のパラドキシカルな表現法の一端を見る思いがした。

　熊本大学、佐賀大学、山口県立大学の集中講義（2001年）で Chaucer

あとがき

の言語の曖昧性を扱う機会を得た。筆者の研究をまとめるきっかけになった。講義中、院生や学部生諸君の反応を直に聞くことができ、大きな収穫であった。原稿の修正にフィードバックすることができた。上利政彦教授、村上　晋教授、下笠徳次教授にお礼を申し上げたい。

　松柏社社長の森　信久さん、編集部長の森　有紀子さん、そして編集部の里見時子さんには、本書の出版・編集の面倒な作業を精力的にまた的確に押し進めて下さった。ここに謝意を表したい。

事項索引

あ

曖昧性　1-3, 5-11, 13-14, 16-34, 39, 41-42, 44, 56-63, 67-69, 74-75, 77, 83, 86, 89, 92-96, 99, 101-03, 105, 109, 112, 115, 126-27, 130, 132, 135, 139, 141, 144, 148, 153-55, 157-59, 164, 168, 170, 172, 176, 179, 180, 182-83, 186, 192, 196-97, 199-200, 202-05, 207, 213-16, 220-23, 229, 239-40, 243-44, 248, 250-54, 264, 268, 271, 273-75, 283, 291, 294, 314, 318, 328-29, 331-36, 339, 343-53, 361n, 363n, 370n, 372n, 375n-77n, 381n, 383n, 387n, 389n, 390n, 392n, 397n, 400n
曖昧性のタイプ　13, 16, 28, 350, 353
曖昧性の定義　29
曖昧性の内包特徴　351
曖昧性の認知　25-26
曖昧性の抑制　31
曖昧文　25
アイロニー　12, 62, 77, 136, 183, 312, 382n, 388n
遊びと真面目　324, 346
アレゴリー　9, 14, 23-24, 58, 61, 163, 345, 347

い

一人称の語り手　74
１人称挿入動詞　182
意味付け　349, 390n
意味の層　58-59, 223, 291
意味発達の段階性　221
意味論　3, 13, 159, 168, 200, 314, 331, 345-46, 361n, 399n
因果関係　4, 15, 23, 31, 62, 82, 84, 92, 115-19, 122, 124-26, 135, 140, 151, 158, 166, 205, 239, 244, 274, 276-77, 303, 308, 312, 371n, 375n, 377n-78n
印刷文化　224
インタープレイ　103, 123, 148
韻律　17, 43, 46, 52, 104, 130, 132, 140, 178, 192, 200, 202, 205-07, 224, 330, 337, 340-43, 349, 400n
韻律条件　206
韻律論　183, 330

え

円環的　249

か

懐疑的な読者　232, 234
解釈　1, 5, 7, 10, 17-21, 29, 31, 33, 38-39, 55-56, 63, 66-67, 75, 79, 85, 91, 93-94, 102-03, 105-06, 109, 124, 126, 132-33, 140-41, 143-44, 149, 153, 155, 163, 173-74, 179, 182, 190, 202, 205, 215-16, 218, 220-21, 226, 236, 238-40, 242, 244-45, 249-50, 255, 261, 273, 278, 282, 285, 307, 313, 329-30, 336, 342-43, 346, 350, 352, 375n, 392n, 400n
外的要因　157-65, 167-68, 171, 175, 179, 383n
外面描写　92, 260, 310
会話の含意　12, 134, 376n
書き手　11, 345
鍵表現　352
下降的な場面　129, 333
語り　16, 26, 74, 94, 104, 127, 186, 191, 236, 260, 329, 347, 349, 351, 352
語り手　15, 20, 23, 26, 42-44, 46, 60, 62-63, 65, 68, 70, 74-75, 77, 83-86, 89, 93-97, 99-103, 111, 113, 116-19, 123, 125, 130, 133, 135-36, 139-41, 143-44, 146-53, 165, 167, 172, 177,

430

179-80, 182, 187-89, 192-200, 208, 212, 216, 223-24, 229-30, 232-38, 240, 242-43, 250-52, 258, 262, 264, 266, 275-76, 281-82, 298, 307-09, 311-13, 317, 321, 326-27, 329-30, 339-42, 344, 346, 348-49, 351, 366n, 375n, 382n, 398n
脚韻　17, 62, 104, 124, 129, 183, 186, 196, 207-08, 212, 224, 287, 303, 305, 311-12, 332-35, 380n, 385n, 398n-99n
含意　144, 147-48, 200
関係付け　2, 4, 11, 14, 22, 62, 144, 166, 180, 192, 194, 218, 220, 241, 245, 249-50, 252, 339, 391n
関係性　2, 4-5, 10, 15, 26, 44, 55, 62, 103, 192, 368n
関係構造　22, 245-46
関係の磁場　352
関連語　128, 254-55, 273, 294-96, 303
関連性の公理　12, 134-35, 139-40, 145, 151, 382n
間接的発語内行為　134-35
間接話法　94-95, 101, 165, 177
姦通　69, 72, 82, 321
間テクスト性　6-7, 27-28, 32, 55, 57-60, 67, 98-99, 133, 257, 277, 304, 308, 347, 370n, 396n
間テクスト的　58-60, 65, 127-28, 140, 146, 257, 265, 277, 283, 291, 300, 305, 347
刊本　20, 26, 31-33, 36-38, 40, 95, 133, 212, 285, 347
緩和語　271

き

聞き手　1-3, 7-8, 10, 12-13, 26, 105-06, 113, 115, 118, 134-35, 157, 160, 167, 172-74, 182, 184, 252-53, 255, 274, 347, 351-52, 377n, 381n, 390n
疑似宗教的　301, 303
既知情報　104-05

起動相　140
逆転の発想　24
旧情報　42, 246, 343
客観　22, 95, 125, 132, 149, 159, 162-64, 167-68, 213-14, 219
客観性　100, 165, 174
客観的　37, 94, 96, 115, 119, 126, 157-59, 162-63, 165, 168, 171, 173-74, 179-80, 203-04, 212-13, 219-20, 228, 309, 312, 330, 348, 361n-62n, 383n, 386n
宮廷貴婦人　37, 46, 49, 54-55, 61, 63, 76-77, 122, 124-25, 138, 141, 145, 147-51, 165, 168, 178, 180, 193, 218-19, 221, 229, 232-34, 238, 240, 246, 258, 260, 284-85, 341, 343, 350
宮廷恋愛　22, 39, 59, 62, 66, 69-74, 77-78, 82, 85, 93, 99, 122, 127, 143, 149, 173, 255, 276-77, 282-83, 301, 309, 311, 321, 348, 350, 373n-74n, 396n
宮廷理念　61, 63, 102, 123, 165, 187, 236, 293, 320
宮廷ロマンス　58
境界的曖昧性　27
境界不明瞭性　254
共感的立場　233
凝縮性　168, 170, 172, 254, 328, 349
強勢　27, 178, 329, 331, 341-42, 349, 351
虚実皮膜　22, 24, 77, 199, 349
共同の原理　12, 135, 138, 140-41, 146-47, 151, 376n, 382n
共鳴　62, 129, 261, 305, 333-34
『キリスト教教義論』　9
近接性　4, 10-11, 15-16, 23, 69, 83, 89, 91, 104, 115, 135, 148, 171, 223, 303, 345, 352, 362n, 377n, 400n

く

句読点　17, 31, 33, 36, 53, 95, 224, 241-42, 250, 338, 387n
句跨ぎ　241, 249, 339

431

け

経験　3, 16, 21, 24, 26, 59, 67, 77, 80, 83, 253, 361n-62n, 366n
系列軸　10, 11, 16
ゲシュタルト・イメージ　244, 275
結束性　7, 27, 89, 96, 103-05, 115, 126-27, 130, 132, 204-05, 241, 246, 284, 308, 332, 334, 348, 377n, 380n
結合軸　10-11, 16, 104, 335, 400n
権威　16, 21, 24, 59, 61-62, 67, 69-70, 80-82, 89, 160, 165, 193, 348, 384n
原義的意味　200, 202, 207
言語外的　160, 332
限定用法　268-70, 393n
言語表現領域　6-7, 27-28, 32, 202-03, 221-23, 252, 328-29, 343, 347, 387n, 390n, 397n
現象　6, 15-16, 19-21, 23, 29, 39, 56, 58, 61-62, 68-69, 73-74, 92-93, 95, 102-06, 115, 118, 125-26, 130, 132-33, 140, 144, 148, 152-53, 155, 163-64, 179, 183, 188-89, 199, 202-05, 213-14, 216, 221, 229-30, 240, 251, 253, 271, 273, 314, 317, 325, 327, 330, 346-51, 388n, 400n
言論の自由　22-24, 96, 134, 163, 346

こ

語　6, 27, 32, 252, 327, 347
語彙　17, 25, 33, 61, 95, 219-20, 254
語の選択　33, 252, 254-55, 273, 344, 349
口承伝達　8, 31, 126
口承文化　224
構文論的意味　134, 144, 381n
声　6-7, 27-28, 32, 53, 62, 92, 94, 100, 105, 130, 156, 222, 232, 242, 328-31, 335-36, 338-44, 347, 349, 375n, 382n, 397n, 400n
語順　27, 33, 45-46, 49, 56, 97, 104-05, 130-33, 152, 224, 322, 348, 366n-67n, 375n
誇張法　136, 382n

言葉遊び　8, 14, 17, 21, 107, 192
諺　58, 82, 122, 128-29
コミュニケーション　1, 8, 11-12, 130, 134-35, 183, 363n, 381n
語用論　3, 12-13, 17, 116, 160, 164-65, 172-75, 181-82, 184, 197, 203, 253-54, 274, 291, 314, 345-46, 377n-78n, 398n
語用論的条件　160, 168, 172
根源的意味　157, 158, 168-72, 175, 178, 179, 383n-84n

さ

再解釈　126, 250, 300, 313
材源　15-16, 27, 58, 60, 67, 236, 371n, 389n
作者　4-5, 9, 20-21, 25-26, 44, 56-59, 67, 77, 102, 105, 116, 124, 133, 141, 183, 197, 202, 215-16, 221, 227, 245, 248, 254-55, 258, 261, 263-64, 271, 273, 282, 314, 330, 346, 350-52, 361n-62n
作用域　192, 204, 243-44, 387n
残像　10, 72, 83, 85, 127-28, 130, 232-33, 244, 302, 333, 371n
残像効果　10, 127, 132-33, 333-34

し

詩学　9, 10, 18, 345-46
時間差　77, 132, 140, 151-52
字義的意味　134
思考動詞　182, 184, 186
自己制御性　173
指示関係　51, 104, 111, 138
詩人　20, 22-24, 26, 36, 58-59, 61, 75, 91, 193, 196, 240, 244, 248, 255, 258, 260-61, 300, 313, 330, 362n, 391n, 394n
質の公理　12, 134-35, 139-40, 144, 146, 148, 151
実念論　9, 314
視点　1, 4-6, 8-9, 13-14, 18-21, 25, 44,

432

56, 68, 72-75, 78, 81, 86, 89, 93-96, 99-102, 116, 127, 153, 160, 173-74, 179-80, 199, 233, 235, 247, 282-83, 285-86, 291, 296, 298, 304, 313, 325, 327-28, 342, 346, 351-52, 362n, 372n, 375n-76n

視点の階層性　73

写字生　7, 20, 26, 33-44, 46-47, 51-54, 56, 114, 133, 230-32, 285, 347, 351, 367n

写本　1, 31-38, 44, 51-52, 56, 156, 224, 231-32, 251, 286, 290-91, 332, 364n-66n, 389n

写本の異同　35, 52, 56, 230, 232, 365n, 368n, 384n, 394n

写本文化　224

弱強五歩格　224

重層性　9, 174, 240, 361n

重層的な　10, 17, 22, 77, 83, 218, 240, 245, 254-55, 346, 371n

宗教的　4, 9, 14, 24, 35, 59, 61, 65-67, 69-70, 72, 78-79, 85, 87, 93, 122-23, 125-27, 230, 274, 277, 291, 293, 298, 301, 308-09, 311, 318, 372n, 396n

宗教的含意　371n

自由間接話法　7, 93-102, 123, 131, 133, 149, 189, 250, 286, 291, 308, 348, 375n-76n, 382n

修辞学　8-9, 58, 190, 192, 345, 361n, 369n-70n, 382n

修辞の曖昧性　204, 387n

修辞の技巧　224

主観　22, 74, 95, 125, 132, 149, 159, 162-63, 168, 213-14, 219, 314, 383n

主観化　184

主観性　162, 167, 180, 219-20, 386n

主観性の濃淡　115, 174, 203, 207, 213, 219

主観的　75, 94-96, 115, 133, 157-59, 162-63, 167, 173, 179-80, 203-05, 213, 219-20, 310, 312, 348, 361n, 383n, 386n

主語志向性　174

主題　3, 4, 7, 14-15, 22, 27-28, 58, 67-68, 73, 93, 127, 133, 153, 239, 292-94, 318, 347, 348, 373n

主題と題述　104

上位構造の条件　159, 172-73, 178

消極的　39, 54, 157, 177, 245, 254-55, 259, 261, 263-64, 271, 273, 284, 319

上昇的な場面　129, 333

状態動詞　173

叙述用法　268-69, 271-73, 394n

情報構造　27, 103-04, 130, 132, 152, 322, 331, 348, 366n, 377n

情報源　180-81, 190-94, 196, 199, 365n

省略　52, 104, 106-07, 112, 132, 147, 204, 246-47, 368n, 387n

初期刊本　47, 231

叙情詩　293, 372n

真偽性の度合い　213

人権　22, 134, 163

新旧情報　334, 349

『新生』　9

身体領域　149

心的態度　27, 46, 169, 200, 255, 261, 264, 331, 338-40, 343, 349, 377n

心的態度層　184, 200, 203, 207, 381n, 381n

人物　3, 7, 15, 20, 22-28, 56, 61, 67-68, 73-75, 77, 79, 86, 88-89, 92-95, 100, 102-04, 107, 115-16, 125-26, 130, 132-33, 135, 144, 153, 155, 157, 168-69, 172, 179, 180, 187, 197, 199-200, 208, 215, 221, 223-24, 227-28, 230, 245, 251-52, 269, 277, 282, 294, 296, 313-14, 320, 326-27, 329-30, 336, 339, 346-51, 362n, 367n, 371n-72n, 375n, 382n, 388n

人物観　3, 29, 105, 153, 221, 338-39, 341-42, 382n

神秘主義　293

心理的　12, 24-25, 28, 31, 49, 52, 61, 91, 94, 103, 117, 122, 130, 132, 149,

155, 197, 219-21, 223, 228, 237, 248, 250, 252, 254-55, 261, 263-64, 270, 273, 292, 307, 314, 326, 329, 346, 348-51, 373n, 381n, 383n, 397n
心理的文脈　254
信頼できない語り手　116
心理領域　149

す

推論　3-4, 8-12, 15, 17, 29, 31, 33, 51, 54, 94, 104, 113, 115, 126, 132, 134-35, 138, 140, 143, 146, 153, 155, 157, 161, 169, 175, 179, 198, 205, 208, 221, 233, 285, 346, 348-49, 351, 376n-77n, 400n
推論方法　4, 12, 91, 345
推論過程　202, 216
推移動詞　174

せ

聖と俗　9, 20-22, 25, 127, 202, 314, 346, 347-48, 350, 400n
誠実性条件　140
積極的　12-13, 24, 39, 55, 60, 101, 103, 112, 114, 118, 142, 157, 177, 236, 242, 245, 254-55, 263-66, 268, 273, 275, 278, 284, 300, 319-20, 342, 377n, 391n, 397n
接続詞　46, 104, 119, 140, 150, 194, 198, 208, 212, 231, 236, 238, 249, 371n, 378n
潜在的曖昧性　47
全知の視点　74-75, 93, 298
前方照応　105, 109

そ

総合的認識　26
相互関係　4, 12, 28, 30, 92, 334
相互作用　1, 10-11, 14-16, 18, 21, 23, 25, 31-32, 58, 67, 83, 86, 92, 127, 130, 153, 158, 168, 172, 179, 192, 223, 226-27, 230, 239, 253-54, 260, 273-74, 277, 287, 291, 304, 325, 328, 331, 334-45, 347-48, 350-52, 362n-63n, 390n, 394n, 400n
相互作用・共同化モデル　363n
相互予測性　17, 333
相対的な対応　124
遡及的残像　65, 235

た

第一プリズム　7, 11, 21, 26, 30, 44, 56, 58, 67, 74, 77, 79-80, 82, 93, 96, 98-100, 102-03, 107, 111, 115-16, 118, 120, 125-26, 130, 132-35, 138, 141, 144, 153, 155, 163-65, 168-69, 175, 177-79, 189, 199, 221, 230, 240, 243, 245, 248, 251, 254, 258-59, 261, 268, 270-71, 273, 275, 282, 291, 294, 300, 302, 308, 313, 317, 320-21, 325, 327-30, 335, 337, 339, 344, 346, 348-52, 373n
第二プリズム　7, 11-12, 14-17, 21, 25-26, 30, 32, 44, 56, 58, 66-67, 73, 77, 79, 81-82, 86, 92, 96, 102-03, 107, 111-12, 115-16, 126-27, 130, 132-34, 138, 141, 144, 148, 153, 155, 159, 163-65, 167-69, 174-75, 178-79, 189-91, 199, 220-21, 226, 229-30, 239-40, 243-45, 247, 249-52, 259, 261, 264, 268, 273, 276, 282, 291, 294, 302, 307-08, 313, 317, 320-21, 325, 327-30, 334-39, 343-44, 346-52, 373n-74n, 382n, 400n
代用表現　111, 113
対話　11, 25, 77, 94, 106, 148, 253
多音声　11, 331, 343
多義性　7, 12, 17, 20-21, 27, 157, 182, 200, 203, 215-16, 219, 221, 226, 237, 252-53, 314, 334, 375n, 383n
多重性　283, 349
対人関係　20, 107, 154, 197, 200, 331, 336-37
対人関係領域　6-7, 27-28, 32, 133-34,

155, 221, 347, 381n, 383n
段階性　2, 8, 9, 77, 140, 200, 202, 207,
　　221, 225, 230, 247, 330, 382n
断定型　268, 271-272
談話構造　6, 7, 27-28, 31-32, 51-52, 102-
　　03, 133, 204, 244, 246, 308, 322,
　　328, 331, 335, 343, 347-48, 371n,
　　375n-76n
談話分析　12, 182

ち
置換表現　104
地上的　85, 127
中英語　36, 43, 47, 50, 157, 169, 223-24,
　　226, 246, 286, 383n
中間的なテクスト　63, 67, 348
中性的な語　141
中世の発想　26, 347
調音　201, 329-30, 337-40, 349
調音法　7, 330-31, 339, 343-44
超過情報　145, 147
調和辞　159-60, 173-74, 176, 178
聴衆　20, 23, 26, 31, 37, 43-44, 74, 77,
　　84, 96, 123, 126, 156, 182-83, 192,
　　200, 203, 214-15, 255, 281, 329, 332,
　　337, 342, 346-47, 349, 351, 351, 366n
聴衆・読者　2, 15, 20, 22, 55, 62, 70, 83,
　　85, 99, 103, 107, 111-12, 115, 123,
　　136, 170, 173, 189, 196, 224, 329-30,
　　376n, 382n, 394n
聴衆論　182
直接話法　94-96, 119, 165, 177, 385n
直喩表現　240

て
低情報　146-47, 376n
程度問題　13, 20-21, 39, 56, 94, 107,
　　181, 192, 202, 237, 298, 320, 349
定方向性　159
提喩　362n
適切性条件　381n, 382n
テクスト外界照応　109, 376n

テクスト内界照応　109, 376n
テクスト領域　6-7, 27-28, 32-33, 58, 68,
　　94, 103, 133, 203-04, 221, 347, 363n,
　　370n, 372n, 375n-76n
『哲学の慰め』　15, 37, 58, 63, 65, 348,
　　371n

と
頭韻　41, 287, 291, 332, 334-35, 397n,
　　399n
等位接続詞　208, 243-44
等価の原理　11, 334-35
統語的緩やかさ　224
統語法　6, 17, 27, 31-32, 61, 203, 219-24,
　　239-42, 246, 250-51, 328, 330-31,
　　335-36, 342-43, 347, 349, 370n, 386n
動作主　53-54, 246-47, 250
同情的な読者　238, 282
読者　1-6, 8-22, 25-34, 36-39, 44, 51,
　　56-59, 63, 65-70, 74, 77, 79, 81-86,
　　89, 91-94, 96, 99, 102-06, 109, 114,
　　116, 118-19, 125-27, 129-30, 132-34,
　　136, 140-41, 143-44, 146, 148, 150,
　　152-53, 155, 157-59, 161, 163-66,
　　168-69, 172, 174-76, 178-80, 183,
　　186-92, 194, 196-99, 201-02, 204-07,
　　212, 215-16, 220-23, 225-27, 229-30,
　　232-33, 236, 239-40, 243-45, 249-52,
　　259, 261, 268, 273, 276, 282, 291,
　　302, 308-09, 312-15, 317-18, 320-22,
　　325, 327-28, 332, 334-39, 343-53,
　　361n, 374n, 400n
トポス　283
取り消し　73, 86

な
内面描写　92, 260, 310
7大罪　96

に
二重意識　141
二重プリズム構造　7, 11-14, 19, 21, 29,

435

32-33, 39, 52, 56-59, 67-68, 73-74, 79, 86, 92-94, 96, 98-100, 102-03, 105, 107, 118, 125, 130, 132-34, 144, 148, 152-55, 163, 172, 179-80, 189, 199, 200, 202, 204-05, 214, 220-23, 227, 229, 239-40, 250-54, 273, 302, 314, 317, 327-30, 343, 345-48, 350-53, 363n, 382n
認識的意味　157-58, 168-76, 178-80, 182, 184, 186, 192, 383n-84n
認知論　12-13, 17

ね
ネットワーク　7

は
発語内行為　7, 27, 30, 110, 134, 144, 153-54, 184, 186, 200, 203, 207-08, 212, 221, 348, 381n-82n
発語媒介行為　381
発話意図　4, 6-7, 27-28, 32, 62, 81, 101, 105, 110-11, 117, 133-34, 140, 144, 153, 197, 221, 247-48, 262, 324, 328, 336-37, 340, 342, 347, 349, 377n, 381n, 389n, 397n
発話意図層　184, 200, 203, 207, 381n
発話者　1-2, 18-19, 29, 68, 82, 92-94, 102, 133, 155, 254, 327, 339, 346, 351, 400n
発話動詞　182, 184, 186
話し手　12-13, 24, 105-06, 134, 160, 173, 174, 253, 352, 381n
パラダイム　255, 267-68
パラディグマティック　252, 254-55, 283, 327, 344, 349
パラドックス　282
反義性　303, 305
反復　126-30, 132-33, 138, 224, 236, 244, 333, 371n, 380n

ひ
表現　1-5, 7-8, 11-15, 19-21, 23, 25-26, 28-30, 39, 43, 56, 59, 61, 63, 65, 68, 70, 72, 74, 79, 81, 83-84, 86, 93-96, 102-04, 116, 127, 132-35, 140, 144, 153, 180, 182-83, 187, 190-91, 202, 204, 221, 223, 230, 240, 252-53, 255, 261, 263-64, 273, 285, 314, 325, 327, 339, 343, 346-49, 351-53, 361n-62n, 377n, 379n, 382n, 400n
非断定型　268, 271-72
被動作主　246, 386n
秘密の規律　82, 122
秘密主義　62
比喩的な意味　258, 307

ふ
ファブリオー　62-63, 67, 74, 160, 304, 309
フィクショナルキャラクター　116, 350
不確定性　13, 107, 169, 330
複数の解釈　20-21, 29, 202, 216, 221, 240, 330
複数のテクスト　12, 57, 58
複数の読者　2, 19, 20-21, 202, 240
複層的　20, 35, 282, 346
不明瞭性　30, 253
プロット　7, 14-15, 27-28, 67-68, 83, 89, 92-93, 95, 111, 126, 133, 187, 244-45, 255, 258, 261, 273, 294, 298, 313, 347-48, 362n
文学言語　5, 12, 25
文体論　10, 182, 372n
文法化　182, 200, 202, 207-08, 219, 388n
文法的句読点　56
文脈　4, 10, 11, 25, 30-31, 129, 165, 172, 189, 228, 232, 235, 254, 273, 275-76, 285, 298, 301, 307, 332-33, 341, 361n, 391n, 396n
文脈の重層性　361
文脈の推移　130, 132, 334, 371n

へ
編者　7, 17, 20, 26, 31-34, 36-39, 41, 43,

46-48, 51-54, 56, 114, 133, 224, 239-42, 248, 250, 259, 282, 286, 307, 347, 351-52, 364n, 391n
変奏　126-27, 129-30, 132

ほ

法助動詞　7, 27, 47, 48-50, 118, 55, 157-61, 166, 168-70, 172-73, 178-80, 205, 214, 271, 342, 349, 367n, 383n
ポーズ　27, 53, 184, 201, 212, 224, 241-42, 329, 331, 336, 338-40, 342, 349
法性　6, 7, 27-28, 32, 133, 154-56, 189-92, 196, 199, 203, 208, 213, 215, 220-22, 242-43, 271, 318, 336, 347, 349, 351, 383n, 387n
法的意味　184, 198, 203, 207, 213, 375n
法動詞　7, 27, 96, 156, 196, 200, 202-06, 208, 212-13, 215, 221, 244, 250, 271, 286, 313, 334, 338, 349, 363n, 382n, 385n-86n, 397n
法副詞　7, 27, 138, 156, 178-82, 184, 198-200, 271, 349, 386n
補文のマーカー　190, 192, 338
ポライトネス　200, 212

ま

マクロ構造　28, 67, 93, 102, 133

み

ミクロ構造　67, 102
未分化的　71, 94, 99, 163, 172, 179

め

命題内容　27-28, 110, 157-58, 160, 169, 171, 183-84, 203-05, 208, 213-15, 221, 243-44, 331, 338, 351, 381n
命題内容条件　159, 172-75
命題内容層　183, 200, 202, 207, 381n
命題内容の真偽　184, 188, 203, 215
名目論　9, 314
メタ言語　7
メタテクスト　6-7, 27-28, 32-33, 117-18, 127, 132-33, 230, 250, 283, 347, 363n, 376n
メタファー　4, 7, 8, 9, 12, 14, 17, 23-24, 91-92, 158, 256, 258, 262, 274-75, 281, 352, 383n
メトニミー　4, 7, 8, 9, 12, 17, 23, 91-92, 158, 170, 237, 265, 274, 352, 383n, 399n
メトニミーリンク　280

も

諸刃の刃　128, 310, 313

よ

様態の公理　135, 138, 140-41, 147
抑揚　3, 27, 329, 331, 338, 349
読み手　169, 330, 345, 383n
読みの転換装置（'I'）　25, 37, 56, 347, 351

ら

ライムロイアル　224

り

両極的な価値体系　25
両義的　44, 158, 163, 236, 318, 394n
量の公理　12, 134-35, 140, 142-43, 145-47

る

類音　334, 399n
類義性　305
類似性　4, 10-11, 15-16, 69, 91, 149, 226, 286, 345, 352, 362n, 372n, 383n, 400n

れ

歴史　17
連　11, 50, 77, 89, 91, 120, 158, 192, 236, 249, 301, 312, 335, 339
連語　16, 268, 273, 275, 279, 303, 317, 393n

ろ
ロマンス 35, 74, 77, 116, 135, 160, 187, 230, 235, 283-84, 293, 301, 371n

わ
話者 3, 7-10, 12-13, 16, 20, 30-31, 113, 115-16, 118, 126, 130, 132, 134, 154, 157-60, 163, 168-69, 171-73, 176-77, 180, 182, 184, 199, 203-05, 208, 213-15, 222, 243-44, 252, 254-55, 268, 273-75, 304, 331, 338, 343, 345-46, 349, 351-52, 377n, 379n, 381n, 390n
話者の関与 162
話法 6, 7, 27-28, 32, 60, 93-94, 101, 123, 133, 233, 242, 283, 286, 308, 322, 347-48, 375n-76n, 382n
話者志向性 171

A
A 332
addresser 11
addressee 11
adultery 62, 69, 72, 321
Allas 335
allegory 9
α写本 40, 45, 132, 285
ambiguity 1, 29-30, 169, 239, 326, 362n, 383n, 392n
ambiguous 239, 261, 367n, 370n
ambivalence 191, 396n
ambivalent 261
Amis and Amiloun 187, 215, 315, 381n
Amor vincit omnia 4, 397n
amorous 64-65, 66, 85, 127, 318, 374n
amphibologia 370n
amphibologies 30
amphibology 369n-70n
anaphoric 109, 376n
and 99-101, 116, 152, 192, 208, 236, 243-44, 248-49
Anelida and Arcite (Anel) 386n

anticlimax 46, 65, 141, 183, 392n
architecture 17
armes 51, 368n
as he/she that 225-26
as she that 229, 7, 224-30, 233, 237, 237-38, 251, 342-43, 387n, 399n
asseveration 181-82
assonance 334, 399n
attributive use 268
Auchinleck 288, 290
auctorite 21, 59
audience 387n
Awntyrs off Arthure at the Terne Wathelyn, The 286

B
bauderye 138-39, 324
bawdy 241
Beaugrande and Dressler 370n
Benigne Love 78
'Best Hystoriale' of the Destruction of Troy, The 290
β写本 36, 40, 45-47, 50, 132, 285
blisse in hevene 127, 372n, 380n
Boece (Bo) 66, 128, 256-57, 267-68, 301, 314, 358, 391n-93n
Book of the Duchess, The (BD) 23, 38, 68, 248, 374n, 382n, 390n
Book of Vices and Virtues, The 395n
brede 250
bright/e 269, 393n-94n
brotel 267-68
brotelnesse 270
but 208, 378n
bycause 125
bytrayed 264

C
Canterbury Tales, The (CT) 4, 9, 24, 37, 40, 43, 49, 65, 74-75, 116, 129, 187, 227, 229, 260, 275, 295, 314,

438

索引

330, 373n, 375n, 385n, 364n, 387n, 397n
Canon's Yeoman's Tale, The (CYT) 248, 257, 386n, 391n
Clerk's Tale, The (ClT) 256, 368n, 380n, 390n
Franklin's Tale, The (FranT) 229, 367n-68n, 386n, 390n
Friar's Tale, The (FrT) 367n, 385n
General Prologue (GP) 65, 94, 161, 182, 260, 314, 380n, 387n, 397n
Knight's Tale, The (KnT) 74, 160, 248, 367n-68n, 386n, 394n
Manciple's Tale, The (MancT) 314, 321, 373n
Tale of Melibee, The (Mel) 184, 301, 379n
Merchant's Tale, The (MerT) 62-63, 261, 304, 309, 373n, 375n, 380n
Miller's Tale, The (MilT) 62, 74, 275, 278, 309, 371n, 394n
Man of Law's Tale, The (MLT) 42, 386n-87n
Nun's Priest's Tale, The (NPT) 185
Pardoner's Tale, The (PardT) 42, 161, 386n, 387n
Parson's Tale, The (ParsT) 62, 116, 161, 301, 373n-74n, 380n, 394n
Physician's Tale, The (PhyT) 394n
Reeve's Tale, The (RvT) 309
Shipman's Tale, The (ShipT) 161, 307, 388n
Squire's Tale, The (SqT) 367n, 375n
Summoner's Tale, The (SumT) 163, 275
Tale of Sir Thopas (Thop) 365n, 418
Wife of Bath's Prologue (WBP) 275, 386n
Wife of Bath's Tale, The (WBT) 321,

367n-68n
cataphoric 376n
charite 66, 318, 374n
Chaucers Wordes unto Adam, his Owne Scriveyn 35
chaunge 262, 264, 267
chere 72, 98, 131, 397n
chiming 192, 287, 304, 311, 330, 332-33, 343, 390n, 398n, 400n
code 11, 252
cohesion 7, 103, 371n
collation 36, 364n
collocation 252, 268
com cil/cele qui 225
com cil qui 231
con cele qui 225, 387n
commune profit 24, 69, 372n
compassioun 299
Complaint of Mars, The (Mars) 275
Confessio Amantis 35, 166, 226, 288, 291, 293, 367n, 394n
conjunction 104
consonance 334
content conjunction 377n
content disjunct 181
contiguity 4
convention 58
coordination 252, 255
corage 245, 389n-90n
counterfactual 228
course of kynde 372n
courtly decorum 284
courtly language 59, 59-60, 63, 66-67
Cp 364n-65n
Cp 写本 33, 50
cruel 263

D
daunger 165, 284-85
deceyvable 267, 300
decode 363n
De Consolatione Philosophiae 15

439

depper 106
detachment 20, 351
dialogical 11, 363n, 390n
disambiguate 329
Divinia Comedia 374n
double entendre 22, 107
double syntax 369n-70n
drof 125
drynke 75-76, 131, 139-40, 150, 305, 307

E
effictio 92
ellipsis 104-05, 376n-77n
encode 363n
engram 10, 25, 332, 361n
endophoric 109, 376n
epistemic conjunction 377n
epistemic 180, 377n, 385n
epistemic sense 157, 169, 383n
epistemology 162, 372n
ernest 22, 373n
euphemism 109
evidential 180, 190, 385n
exempla 36
exophoric 108-09, 376n
experience 21, 59
external 115-16, 118, 377n
external causals 157
extralinguistic 332

F
faire 393n
fals/e 23, 135, 263-64, 267-73, 385n
falsed 264
Faerie Quene 388n
favour 307
feyr 394n
filler 186
Filostrato, Il 14, 54-55, 58-60, 63, 65, 67, 75, 83-84, 91, 139, 141, 187, 191, 193, 199, 229-30, 237, 244, 247, 259-60, 263, 265-66, 270, 273, 283, 298-99, 301, 306, 313, 385n, 389n
FIS 101, 375n
flittinge 268
folde ... in armes 369n
for 62, 119-23, 126, 161, 208, 378n-79n
For 120, 124, 380n
forsook 141, 262, 264-65, 272-73
Fortune 81, 85, 128-29, 167
franchise 304-05
frend 315, 319
frendly 316
frend/shipe 73, 254, 314-16, 318, 320, 327, 349
frendship 319
frendes love 319
fresshe 96, 304, 393n
fuzzy 7, 14
fuzzy edge 253, 314-15, 318, 320-21, 325, 327-28

G
game 22, 373n
game and ernest 323-24
γ写本 36, 40, 45, 47, 132, 285
gentil 61, 63, 124, 291, 293, 304-05, 316, 320, 322, 324-27
gesse 207-09
gentil/esse 254, 314-15, 320-22, 326-27
Gentilesse 43, 72-73, 84, 98, 121-23, 131, 138, 168, 284, 293, 321-24, 326, 373n
gilteles 2-4, 4, 20-21, 201-02, 205, 212, 214, 218-21, 250, 337, 346, 349, 351-52, 386n
global scope 184, 186, 191, 197, 199, 203, 214-16, 386n
goode-wyf 388n
Gothic juxtaposition 15, 20-21, 350
goode 60, 62, 99, 374n
goodly 98, 131, 269, 393n-94n
Gower Tradition, The 35, 363n

440

索引

grace 60-63, 78-79, 99, 123-24, 291, 303-04, 309, 374n, 399n
grace-place 380n
grammaticalization 388n

H
hagiography 278
Harley Lyrics, The 289-90
harmonics 203, 208, 213, 219-20
hedges 181
Hengwrt 40, 44, 47, 50, 286, 366n
herte 23, 124, 152, 304-05, 397n, 399n
hert (=hart)-*huntynge* 23
hert (=heart)-*huntynge* 23
hevene blisse 372n
holy bond of thynges 78
homonymy 253
honour 77, 79-80, 124, 198, 323
hool 108
House of Fame, The (*HF*) 9, 38, 69, 374n, 385n
hyperbole 139, 378n
hyponymy 252, 255, 270

I
iambic 207, 232
ID 101
ideational 115, 377n
illocutionary force 134, 381n
immediate audience 37
implicature 348
implied author/reader 37
information structure 103
innovation 58
I gesse 156, 200, 212-14
I graunte wel 106
I leve 156, 200, 219, 241-42, 336
I not 152, 194
in crescendo 339
in decrescendo 339
I seyde 397n
I take it so 313

internal 115-16, 118, 120-21, 123-24, 126, 377n
interpersonal 115, 377n
intertextuality 7, 371n
invention 58
involvement 20, 351
ironical ambiguity 15, 60
It was an heven 96, 286
I wene 153, 156, 196
I woot wel 2-3, 20-21, 27-28, 31, 201-02, 205-07, 212-15, 217, 219-21, 250, 337-38, 346, 349, 351-52, 385n

J
Julius Caesar 198

K
kissing 369n
knotteles 261, 267, 391n-92n, 399n
kynde 15, 22, 54, 71, 190-92, 262-63, 291, 372n-73n, 392n-93n
Kynde 393n
Kynde wyt 372n
kyssyng 51

L
langue 400n
lawe of kynde, the 71-72, 98, 127, 280, 393n
Legend of Good Women, The (LGW) 24, 37-38, 267-73, 275, 358, 380n, 384n, 386n, 393n-94n
lecherous 267, 268, 300
lechery 96
legend 278
lexical cohesion 104, 126, 376n
leve 2, 20-21, 201-02, 207-08, 210, 212, 214, 218-20, 250, 337, 346, 349, 351-52
local scope 184-85, 197, 199, 203, 214, 386n
locutionary force 134, 381n

441

look 98, 131
lough 127
love 24, 63-66, 69, 72-73, 76, 80, 142, 228, 271, 307, 318, 320, 336, 371n, 374n, 396n
love of frendes 317
loveth 64-65
love of frendshipe 317-18
love tydynges 69

M
made 380n
makeles 332, 397n
marginalia 36
may/myghte 155, 169-70, 172, 174-75, 178-79, 214
ME 256-57, 262, 291, 379n, 392n
me 44
MED 43, 71, 116, 151, 158, 170, 250, 250, 261-62, 265, 286, 317, 368n, 386n, 389n-90n, 397n
Medieval English Lyrics 395n
merciable 396n
MercB 386n
mercy 291, 299, 305-06, 308, 395n-96n
merger 383n
mesure 293
metaphor 4
metonymic principle 15
metonymy 4, 372n
misericorde 291, 299, 308-09, 313
mo 41-44, 47
modality 155
modal adverb 156
modal auxiliary 155
modal lexical verb 156, 200
moot 48, 145, 160-61, 164-65, 173-74, 383n-84n
moot/moste 158, 155, 157-58, 160-61, 163-65, 168, 170, 172, 179, 383n
moote 161
moost 49

moste 45, 47-48, 144, 163-68, 367n
mote 384n
myghte 177, 342

N
Narrator 255, 298
NPT 185
NRA 100, 375n
NRSA 97, 100-01, 375n
NRA 100, 375
nature 373n
natureelly 373n
newfongilnes 300, 397n
nonfactual 228
notatio 92
novello amadore 259

O
OE 40, 157, 181, 274, 378n, 383n, 390n
OED 29, 40, 46, 61, 71, 116, 158, 170, 181, 184, 219, 238, 256-57, 259, 261-62, 274, 284-86, 291, 309-10, 312, 315-16, 320, 327, 366n, 370n, 376n, 378n-79n, 385n, 389n, 391n, 396n
OF 292, 309, 390n
OHG 274
ON 396n
Of Arthour and of Merlin 288, 290
other 106
oughte 160
overstatement 204, 387n
owe/oughte 155
Owl and the Nightingale, The 379n

P
palinode 73, 86
paradigm 10
paradigmatic 252
paramours 241
Parliament of Fowles, The (PF) 24, 38, 69-70, 93, 390n, 398n

parole 400n
paronomasia 8, 17, 21, 62, 116, 190, 192
pathos 292
performative stereotype 163
perlocutionary force 381n-82n
persoun 72, 98, 131
Piers the Plowman 372n, 386n
pietà 298
piete 299
pietosa 298-99
pite/pitee/pyte 63, 73, 82, 90, 128, 165, 230, 254, 260-61, 285, 291-92, 294-96, 298-303, 301-02, 304-13, 349-50, 371n, 376n, 394n, 396n, 399n
pitous 60-61, 98-99, 123, 168, 293, 299, 308-10, 313, 396n
pitousli/y 299, 310, 312-13
philological cycle 10
place 63
place-grace 305, 334
politeness 113, 185
polyphony 11, 331, 343
polysemy 253
predicative use 268
prive 60-62, 99, 123-24
privetee 62
prototype 253, 314, 320-21, 327-28

Q
queynte 15

R
reader 223-24
reference 104-05, 376n
register 17
reliable narrator 116
Retornyng 101, 249-50, 338-39
rewe 299
rewfully 310
rewþe 395n-96n

rime royal 46, 104, 130, 249, 398n
Roman de la Rose, Le 61, 301, 388n
Romanticism 372n
Romaunt of the Rose, The (*Rom*) 284, 388n, 388n, 395n
Roman de Troie, Le 245, 392n
romance 318, 396n
root sense 157, 383n
Rotuli Parliamentorum ut et Petitiones et Placita in Parliamento 394n, 404
round character 77
routhe 128, 137, 291, 299, 302-05, 307, 311-13, 334, 393n, 396n, 399n
routhe-trouthe 311
ruby 108, 285, 398n
ryng 108, 285, 398n

S
sad 15, 385n, 393n
scope 205, 221, 386n
self-controllability 173
sely 76, 140, 254, 274-82, 394n
semantic 28
semantic field 252, 255
semantic network 7, 252, 327
semed 96, 143, 286
sentence-final 208
sentence-initial 208, 212
sentence-medial 208, 212
servise 125
sette 112, 246-47
sette hym 390n
sexual innuendo 285
Shakespeare 269
shal 145, 164-65, 169-72, 176, 196, 214, 218, 290, 335, 384n
shal/sholde 138, 144, 155, 158, 160, 165, 170-72, 176, 179, 335
shame 80, 82, 302
Short Poems 187
siker 60, 62, 99, 123-24

443

similarity   4
simile   236-37, 343
Sir Eglamour of Artois   289
Sir Gawain and the Green Knight
    166, 248, 288-89, 367, 375
Sir Launfal   187
sith   117-18, 378n
slide   128, 256-62, 390n, 399n
slydynge   128, 176, 254-58, 260-61, 264,
    267, 273, 349, 389n-92n
slydynge of corage   85, 90, 128, 152,
    245, 249, 260, 310, 338-39, 375n,
    391n-92n
slydynge Fortune   128
smyle   127
so   122-23
soth   23
speaker's involvement   162, 208
speech act   7, 377n
Squire of Low Degree, The   187, 289
stemma   364n
sterve-serve   334
structural ambiguity   88
style disjunct   181
subordination   252, 255
substitution   104-05, 108, 376n
sure   198-99
swearing   181
Symbolism   372n
syn   60, 62, 116-18, 122-24, 126, 371n,
    378n, 384n
synonymy   252, 255
syntagm   10

T
tag   186, 196, 202, 204-05, 375n
tail rime romance   214
Tendre-herted   90, 245, 249, 260-61,
    310, 338-39, 392n
tendre   397n
Testament of Cresseid, The   267, 269,
    374n

textual   377n
that   105, 113
that houre   108
that thing   96, 109, 284, 286, 375n
therof   108, 110-11
thing   109, 284, 376n
thygnes   110-11
to my wyttynge   242
transitorie   267
trecherie   262, 267, 273, 300
tresoun   264-65
Tretis of the Tua Mariit Wemen and the
    Wedo, The   290
trewe   135, 190-92, 199, 263, 269, 271,
    316
trewely (treweliche)   182-87, 189-99,
    243, 349, 375n
Troie-joie   129, 332-33, 398n
Troilus and Criseyde (Tr)   1, 2, 5-6, 14,
    16, 18, 22-26, 28, 32-37, 42, 46-47,
    49, 58-59, 67-69, 72, 74, 83, 87, 94,
    103-04, 115, 128, 130, 155, 164, 166,
    169, 179, 183, 187, 200, 211-12, 223,
    227, 239, 247, 256, 268-69, 273, 275,
    277, 294, 296, 298-99, 308, 314-15,
    321, 329-30, 332, 345-46, 348-50,
    353, 358, 370n-71n, 373n-74n, 378n,
    384n-85n, 386n-87n, 390n-91n, 393n,
    396n, 398n, 404
Troilus and Cressida   269
trouthe   88, 125, 137, 255, 265, 302,
    306-07, 311, 323, 334, 399n
Troy Book   396n
trusteth wel   243-44
tyrant   61, 293, 304-05, 322

U
unconstant   267-68, 300
understatement   204, 387n
unidirectionality   159
unkynde   141, 261-64, 273, 382n, 393n
unreliable narrator   116

444

unstable 267-68
unstedefast 267, 300
untrewe 263-64, 267, 341, 393n
untrouthe 266, 312, 334
untrouthe-routhe 312
Ur-text 1, 32, 133, 345

V

vagueness 30
vantage point 350
variaunce 264-65
Virgin Mary 301
virgule 50

W

Wedding of Sir Gawain and Dame Ragnell, The 187
weld/e/en 40-41, 287-89, 290
welde a woman 287, 291
weldy 39-41, 95-96, 254, 283-86, 291, 366n, 375n
Why, no, parde 106
witen 211
withouten paramours 105-06, 241-42, 336, 350
withowten await 44-46, 118, 132
wol/wolde 155, 170-72, 176-79, 196, 342, 384n
woot 156, 200, 206-08, 212-14, 338, 385n-86n
wordes moote be cosyn to the dede, The 9, 314
word-web 252
worþi 40, 285-86
worthy 365n

Y

Ye, doutelees 106

人名索引

あ

安藤貞雄 158, 381n, 408
池上嘉彦・河上誓作 413

い

石橋幸太郎 413
伊藤忠夫 362n-63n

う

上野直蔵 16, 371n, 424

お

大泉昭夫 421
大塚高信・中島文雄 361n, 407
小野茂 158, 170, 383n, 421

か

刈田元司 48, 220, 282, 369n, 384n, 403

河崎征俊 16, 414

こ

後藤正紘 25-26, 31, 413

さ

齋藤勇 422
斎藤朋子 16, 397n, 422
澤田治美 381n, 422

し

繁尾久 392n, 423

た

田島松二 423

と

外山滋比古 10, 83, 127, 371n, 423

な
中尾佳行　218, 362n-63n, 371n-72n, 383n, 385n, 394n, 400n, 418-21
中野弘三　159, 383n, 418

ふ
深谷昌弘・田中茂範　397n, 412

ま
桝井迪夫　16, 68, 141, 249, 383n, 391n-92n, 397n, 416-17

み
宮田武志　48, 220, 282, 369n, 384n-85n, 403

や
山梨正明　383n, 424
山本忠雄　10, 361n, 424

A
Aitchison, Jean　252-53, 255, 314, 392n, 408
Alisoun　62
Ando, Sadao　408
Ando, Shinsuke　16, 408
Andretta, Helen Ruth　408
Andrew, Malcolm and Ronald Waldron　248, 401
Anne of Bohemia　37, 332
Antenor　229, 233, 268
Antony　198
Arcite　74, 160
Arthour　291
Augustinus　9
Aurelius　113
Austin, J. L.　134-35, 345, 381n-82n, 408

B
Bakhtin, M. M.　11, 345, 363n, 390n, 408
Barney, S. A.　43, 48, 52, 54, 239, 307, 330, 408
Barthes, R.　12, 372n, 408
Bateson, F. W.　408
Baugh, A. C.　48, 52-54, 250, 364n-65n, 401
Baum, Paul F.　17, 408-09
Bayard　70-71
Bennett. H. S.　182-83, 186, 200, 409
Benson, Larry D.　33, 36, 43, 52-53, 95, 218-19, 239, 250, 278, 280, 307, 338, 361n, 365n, 372n, 401, 406
Bergen, H.　401
Beadle, Richard, and J. Griffiths　365n, 401
Beaugrande, Robert de and Wolfgang Dressler　12, 409
Beauvau　247
Benoit　236, 245, 392n
Benskin, Michael & Margaret Laing　409
Blake, N. F.　17, 40, 49, 223, 231, 382n, 401, 409
Blake et al.　367n-68n
Blake, Norman, David Burnley, Masatsugu Matsuo, and Yoshiyuki Nakao　406
Blanche　23
Boccaccio, G.　14, 58, 146, 259, 265-66, 269, 298, 306, 385n, 389n, 391n
Boethius, M. S.　14-15, 37, 58, 63, 66, 71, 79, 82-83, 256-57, 348, 371n, 391n
Bosworth, Joseph, T. Northcote Toller and Alistair Campbell　406
Bowden, Betsy　330, 409
Brewer, D. S.　15-16, 20-21, 104, 284, 286, 308, 350, 409
Brewer, D. S. and L. E. Brewer　401
Brink, Bernhard Ten　330, 409
Brook, G. L.　401

索引

Brinton, Laurel J. 182, 200, 213-14, 385n-86n, 409
Brown, C. 35, 371n-72n, 394n, 401
Brown, G. and G. Yule 12, 409
Brown, Peter 410
Brutus 198-99
Burnley, J. D. 17, 61, 292, 309, 322, 370n, 391n-93n, 410
Burnley, David and Matsuji Tajima 410
Bybee 383n
Bybee, J. et al. 410

C
Calkas 75-76, 78-79, 112, 230, 235, 268, 298, 399n
Cæsar 198
Cassandre 55, 114, 138
Caxton, W. 37, 40, 46, 226, 231-85
Chamberlin, John 9, 410
Charite 78-79
Chaucer, Geoffrey 1, 3, 5-9, 11, 13-18, 20-24, 26, 30-38, 40, 43-44, 47-49, 54-58, 60-61, 65-69, 74-75, 83-85, 91, 94-97, 104, 109, 115, 126, 129-30, 133-34, 141, 155-56, 162-63, 169-70, 181-82, 184, 186-87, 189, 191, 193-95, 198-200, 207, 223-24, 226-27, 229-30, 232, 235-36, 240, 244, 247-48, 252-53, 255-71, 273-75, 278, 283-86, 291-92, 294, 298-01, 305-06, 309, 311, 313-14, 321, 329-31, 337, 344-53, 361n, 363n-66n, 370n, 372n-74n, 378n-79n, 382n-84n, 386n-87n, 389n-94n, 397n-98n, 400n, 405, 407
Chickering, H. 17, 52-53, 410
Clemen, W. 372n, 410
Coates, J. 163, 383n, 410
Coghill, Nevill 48, 191, 220, 231, 239, 282, 369n, 401
Constance 229
Cooper, Geoffrey 394n, 411

Cresseid (Henryson) 267-69, 360, 374n, 393n
Cressida (Shakespeare) 55, 269
Criseida (Boccaccio) 54-55, 63, 75, 91, 265, 269-270, 283, 298, 306, 385n
Criseyda (Chaucer) 270, 301, 332
Criseyde (Chaucer) 2-3, 20-22, 24, 26, 29, 39, 41-43, 45-56, 59-63, 65, 68-73, 75-82, 84-89, 91-96, 98-102, 105-09, 111-20, 122-33, 137, 139-44, 146-47, 149-53, 165-70, 176-80, 187-99, 201-02, 204-05, 213-21, 223-24, 227-44, 246-53, 255, 258-69, 271-73, 275-86, 291-92, 298, 300-03, 305-13, 315-27, 332-44, 347-52, 354, 360, 367n, 369n, 372n-73n, 376n, 380n, 382n, 385n, 387n, 391n-94n, 396n-97n, 399n
Culler, J. 12, 411
Cupid 62, 65, 72, 79

D
Damyan 63, 304, 373n
Dante, A 9, 374n
Daunger 395n
Davies, R. T. 395n, 401
Davis, Norman 245, 390n, 401
Davis, N. et al. 257, 406
Dedeck-Héry, V. L. and Loui Venceslas 391n, 402
Deiphebus 315
Demophon 267, 273, 384n
Derek Peasall 363n
Derrida, J. 12, 411
Diomede 22, 55, 73, 89, 91, 92, 100-02, 112-15, 128, 137-38, 142-44, 148-50, 153, 178, 188, 193-96, 198-99, 216-17, 227-28, 234-39, 244-50, 255, 258-61, 281-82, 298, 300, 310-12, 315-16, 318-20, 326-27, 336-43, 385n, 390n-91n
Donaldson, E. T. 16, 41, 43-44, 48,

447

52-54, 141, 149, 151-52, 183, 191, 212, 236, 239, 242, 250, 282, 284-86, 308, 338, 365n, 376n, 389n, 392n, 394n, 402, 411
Dorigen 113, 229
Dorsch, T. S. 402

E
Eco, Umberto 411
Eliason, Norman E. 411
Elliott, Ralph W. V. 17, 183, 311, 392n, 411
Emelye 74, 229
Empson, William 1, 10, 12-14, 29-30, 361n, 411
Eneas 268

F
Fame 9, 23
Fewster, C. 371n, 396n, 411
Fisher, J. H. 48, 52-53, 218-19, 242, 250, 282, 365n, 402
Fludernik, L. D. 94, 412
Fox, Denton 393n, 402
Franchise 395n
Francis, W. N. 402
Frank, R. W. 16, 412
French, W. H. and C. B. Hale 402
Fridén, Georg 170, 383n, 412
Fries, Udo 412
Furnivall, F. J. 365n, 402
Furnivall, F. J. & G. C. Macaulay 365n, 402

G
Gallo, Ernest. 361n, 402
Gawain-poet, the 375n, 353
Gaylord, A. T. 16, 98, 318, 320, 324, 326, 330, 412
Godefroy, Frédéric 406
Gollancz, I. 402
Goossens, L. 158, 412

Gordon, I. L. 14-15, 60-61, 75, 82, 98, 108, 139, 301, 307-08, 371n, 412
Gower, J. 35, 37, 226-88, 291, 293, 353, 364n, 388n, 394n
Gray 292, 392n
Gray, Bickford Charles 412
Gray, Douglas 413
Green, P. H. 371n, 396n, 413
Grice, H. P. 12, 134-35, 138-48, 151, 345, 376n, 413
Griffin, N. E. and A. B. Myrick 403

H
Halliday, M. A. K. and R. Hasan 28, 103-04, 115, 376n-77n, 380n, 413
Hamilton, A. C. 403
Hanna, Ralph III. 41, 286, 287, 403
Henryson, R 267-69, 273, 358, 374n, 393n
Héraucourt, W. 255, 292, 413
Helen 136, 290, 298
Hiscowe, David Winthrop 372n, 413
Hopper, Paul J. and Elizabeth Closs Traugott 388n, 413
Horaste 120, 167
Howard, D. R. 43, 52, 54, 242, 282, 365n, 366n, 373n, 403, 413

J
Jakobson, Roman 10-11, 15-17, 104, 223, 252, 332, 334-45, 362n, 372n, 400n, 413-14
Jason 271, 290
Jean de Meun 402
Jimura et al 387n
Jimura, Akiyuki, Yoshiyuki Nakao, and Masatsugu Matsuo 406-07
Januarie 63, 373n, 375n
Jennings, M. 414
Jespersen, O. 392n, 414
Johnson, Mark 12, 414
Jordan, R. M. 16, 414

448

索引

Jove 85, 89
Juno 160

K
Kaminsky, Alice R. 392n, 414
Kanno, Masahiko 393n, 414
Karpf, F 414
Kelly, H. A. 414
Ker, William Paton 388n, 403
Kerkhof, J. 116, 156, 170, 182, 239, 378n, 387n, 414
Kinsley, James 403
Kittredge, G. L. 155, 415
Kivimaa, Kirsti 387n, 415
Knapp, Peggy A. 394n, 415
Knight, S. 415
Kökeritz, Helge 17, 415
Kurath, H., S. M. Kuhn, and R. E. Lewis 407

L
Lakoff. G. 12, 181, 345, 415
Lakoff, G. and M. Johnson 10, 415
Langland, W. 353, 363n
Leach, MacEdward 403
Leech, G. 12, 181, 192, 330, 332, 381n, 383n, 390n, 415
Leech, G. and J. Coates 383n, 415
Leech, G. and M. Short 20, 97, 100, 375n, 382n, 416
Lewis, Charoton T. and Charles Short 407
Levinson, S. 12, 381n, 416
Lewis, C. S. 58-59, 72, 416
Love 64-66, 71, 78-79, 366n
Lydgate 129, 396n
Lyons, John 385n, 416

M
Macaulay, G. C. 388n, 403
MacQueen, John 9, 416
Macrae-Gibson, O. D. 403

Malone, Kemp 182, 416
Manly, J.M. & E. Rickert 366n, 403
Masui, Michio 17, 104, 129, 183, 292, 330, 333, 398n-99n, 416-17
Mathew, Gervase 292, 417
Matsuo, Masatsugu, Yoshiyuki Nakao, Shigeki Suzuki, and Takao Kuya 407
May 63, 261, 304, 373n, 391n
Mehl, Dieter. 182, 417
Melibee 116, 185
Meun, Jean de 258, 391n
Mitchell, B. 116, 378n, 417
Michael Benskin & Margaret Laing 363n
Mitzener, Arthur 417
Morris, Richard 403
Mossé, Fernand 417
Muir, Kenneth 404
Muscatine, C. 16, 88, 262, 392n, 417
Mustanoja, Tauno F. 378n, 387n, 417

N
Nature 24, 69-70
Nakao, Yoshiyuki 198, 228, 387n, 389n, 394n, 418-21
Nicholas 62

O
Ogden & Richards 361n, 421
Oh, S. 197, 386n, 421
Oizumi, Akio 407

P
Palamon 74, 160
Palmer, F. R. 180, 421
Pandaro 301
Pandarus 39, 41, 43, 45-47, 49-50, 60, 62, 71-73, 75, 77-78, 81-82, 86-89, 95, 98, 105-11, 116-20, 122, 124, 126, 128-32, 135-37, 144-46, 164-68, 174-75, 188, 197, 199, 227, 227,

449

232-34, 241-42, 264-65, 276-77, 280, 282-83, 285, 298, 300-02, 304-05, 308-10, 315-18, 321-25, 327, 334-36, 367n, 372n, 382n, 397n
Panton, G. A. and D. Donaldson 404
Parkes M.B. 365n
Parkes, M.B. & Richard Beadle 365n, 404
Parkes, M.B. & E. Salter 365n, 404
Patterson 16, 421
Peasall, Derek 16, 94, 100-01, 116, 192, 249, 339, 378n, 421
Philosophy 65-66, 82, 83
Philosphy 66
Pite 293, 395n
Pollard, A. W. et al. 46, 52-54, 364n, 404
Prins, A. A. 387n, 421
Provost, William 422
Prudence 185

Q
Quirk, Randolph et al. 181, 422

R
Richard II 37, 332
Richards, I. A. 1, 10, 13, 361n, 422
Richardson, F. E. 404
Robertson, D. W. Jr. 14, 422
Robinson. I. 422
Robinson, F. N. 43, 48, 52-54, 250, 330, 365n, 404
Robinson, F. N. 404
Root, R. K. 35-36, 40, 46, 48, 52-53, 250, 285, 364n, 392n, 404, 422
Roscow, G. 17, 112, 247, 378n, 390n, 393n, 422
Ross, T. W. 17, 62, 108, 241, 376n, 422
Rossetti, Wm. Michael 365n, 404

S
Sands, D. 404

Sandved, A. O. 330, 422
Sapir, E. 5, 422
Sarpedoun 227
Saturne 160
Schaar, Claes 91, 422
Schmidt, A. V. C. 405
Searle, J. 134-35, 140, 381n-82n, 423
Shakespeare, W. 269
Shirley, John 364n-65n, 377n
Shoaf, R. A. 43, 48, 365n, 405
Sinclair, John D. 405
Simpson, J. A. and E. S. C. Weiner 407
Skeat, W. W. 43, 48, 52, 54, 250, 364n, 405
Smith, Macklin 62, 116, 378n, 423
Smith, Manning 391n, 423
Southworth, J. G. 330, 423
Spearing, A. C. 16, 111, 423
Spenser, E. 388
Sperber, D. and D. Wilson 12, 423
Spitzer, Leo 10, 423
Stanley, E. G. 379n, 405
Stanley-Wrench, Margaret 48, 190-91, 220, 231, 239, 282, 369n, 405
Stewart, H. F., E. K. Rand and S. J. Tester 405
Sutherland, Ronald 405
Sweetser, Eve 169, 377n, 381n, 383n, 423

T
Tatlock, John S. P. and Arthur G. Kennedy 48, 219-20, 231, 239, 282, 369n, 407
Tatlock, J. S. P. and P. MacKaye 190-91, 405
Taylor, Davis 423
Tereus 272
Tester 391n
Theseus 271
Thynne 37, 47
Todorov, T. 423

索引

Troilo 63, 83, 193, 265-66, 283, 301, 306, 385n
Troilus 2, 3, 22, 39-42, 45, 49, 51-52, 54, 59-63, 65-66, 68-73, 75-93, 95-102, 105-12, 114-20, 122-23, 125, 127-31, 136, 138-40, 143-44, 146, 168-69, 172-75, 178-79, 187-88, 194, 196-7, 199, 216-21, 227-30, 232-35, 237-40, 242-44, 250-52, 255, 258-60, 262-66, 270, 272, 275, 275-86, 291, 298, 300-03, 305-12, 315-19, 321-26, 333-37, 340-43, 350, 367n, 372n, 380n, 382n, 390n-91n, 396n, 399n
Troy 399n
Traugott, E. C. 158-59, 383n, 386n, 423

V
Vasta, E and S. P. Thundy 424
Venus 24, 63, 65, 69, 76-79, 85, 89, 140, 276, 278, 336
Vinaver, E. (Revised by P. J. C. Field) 389n, 405
Virgin Mary 123

Visser, F. Th. 158, 170, 378n, 424

W
Waker, Alice 394n, 405
Warner, Anthony R. 248, 424
Warrington, J. 43, 52, 250, 282, 365n, 405
Wetherbee, W. 16, 218-19, 304, 424
Whiting, B. J. 281, 407, 424
Willock, G. D. and A. Walker 370n, 406
Windeatt, B. A. 16, 36, 40, 43, 46-48, 50-51, 53, 62, 84, 191, 193, 218-20, 228, 230-31, 233, 236, 239, 242, 247, 250, 282, 292, 298, 365n, 367n-69n, 384n, 390n-92n, 394n, 406, 424

Y
Yager, Susan 228, 239, 239-40, 387n-89n, 424

Z
Zeeman, Nicolette 373n, 424

451

著者紹介

中尾佳行（なかおよしゆき）

1950 広島県生まれ。
1973 広島大学教育学部中学校教員養成課程外国語科卒業。
1974-75 オックスフォード大学留学。
1980 広島大学大学院文学研究科英語学・英文学専攻博士課程後期単位取得満期退学。
1980-98 山口大学教育学部。
1990-91 シェフィールド大学在外研究。
現在　広島大学大学院教育学研究科教授。英語学専攻（英語史，中世英語英文学）。

主著書

A New Concordance to 'The Canterbury Tales' Based on Blake's Text Edited from the Hengwrt Manuscript (with Norman Blake, David Burnely, Masatsugu Matsuo, Okayama: University Education Press, 1994)

A New Rime Concordance to 'The Canterbury Tales' Based on Blake's Text Edited from the Hengwrt Manuscripts (with Norman Blake, David Burnely, Masatsugu Matsuo, Okayama: University Education Press, 1995)

A Comprehensive Textual Comparison of 'Troilus and Criseyde': Benson's, Robinson's, Root's, and Windeatt's Editions (with Akiyuki Jimura and Masatsugu Matsuo, Okayama: University Education Press, 1999)

A Complete Collation of the Hengwrt and Ellesmere Manuscripts of 'The Canterbury Tales': General Prologue (with Akiyuki Jimura and Masatsugu Matsuo, *The Hiroshima University Studies, Graduate School of Letters*, Volume 62, Special Issue, No. 3, 2002)

A Comprehensive Textual Comparison of Chaucer's Dream Poetry (with Akiyuki Jimura and Masatsugu Matsuo, Okayama: University Education Press, 2002)

主論文

Chaucer's Verbal Ambiguities towards a Systematic Approach (*Hiroshima Studies in English Language and Literature*, 32, 1988, 54-64)

The Ambiguity of the Phrase *As She That* in Chaucer's *Troilus and Criseyde* (*Studies in Medieval English Language and Literature*, 8, The Japan Society for Medieval English Studies, 1993, 69-86)

A Note on the Affectivity of Criseyde's *pite* (*Poetica*, 41, Shubun International, 1994, 19-43)

A Semantic Note on the Middle English Phrase *As He/She That* (*NOWELE*, 25, Odense University Press, Denmark, 1995, 25-48)

Causality in Chaucer's *Troilus and Criseyde*: Semantic Tension between the Pragmatic and the Narrative Domains. (Masahiko Kanno, Gregory K. Jember, and Yoshiyuki Nakao, eds., *A Love of Words: English Philological Studies in Honour of Akira Wada*. Tokyo: Eihôsha, 1998, 79-102)

著者紹介

The Semantics of Chaucer's *Moot/Moste* and *Shal/Sholde*: Conditional Elements and Degrees of Their Quantifiability. (Toshio Saito, Junsaku Nakamura, and Shunji Yamazaki, eds., *English Corpus Linguistics in Japan*. Amsterdam-New York: Rodopi, 2002, 235-47)

Modality and Ambiguity in Chaucer's *trewely*: A Focus on *Troilus and Criseyde*. (Yoko Iyeiri and Margaret Connolly, eds., *And gladly wolde he lerne and gladly teche Essays on Medieval English to Professor Matsuji Tajima on His Sixtieth Birthday*. Tokyo: Kaibunsha, 2002, 73-94)

Chaucerの曖昧性の構造
The Structure of Chaucer's Ambiguity

2004年3月25日　初版発行

著　者　中尾佳行
発行者　森　信久
発行所　株式会社　松 柏 社
　　　　〒102-0072　東京都千代田区飯田橋1-6-1
　　　　TEL 03 (3230) 4813（代表）
　　　　FAX 03 (3230) 4857
　　　　e-mail: info@shohakusha.com

組版　前田印刷（有）
印刷・製本　（株）平河工業社
ISBN4-7754-0054-1
略号＝1064
© Yoshiyuki Nakao 2004　Printed in Japan
本書を無断で複写・複製することを禁じます。
落丁・乱丁は送料小社負担にてお取り替え致します。